Kostas Murselas

ihr rotgefärbtes Haar

Roman

Romiosini

Kostas Murselas

ihr rotgefärbtes Haar

Roman

Aus dem Griechischen von
Maria Petersen
und Nina Bungarten

Romiosini

Aus dem Neugriechischen von Maria Petersen
und Nina Bungarten

Die Übersetzung wurde gefördert
vom griechischen Ministerium für Kultur,
Abteilung Literatur

Vertrieb: CHRONIKA BUCH- & MEDIENHANDEL
Bergmannstr. 26, 10961 Berlin
Postfach 610258, 10924 Berlin
Tel.: 030/ 69 34 269
Telefax 030/ 69 33 835

Lektorat: Klaus Eckhardt

Layout: Maria Bogdanou

Satz: Nina Bungarten und Maria Petersen

Titelbild und Skizzen: Kleopatra Mursela

Gesamtherstellung: Schnelldruck-Service Mortazavi, Köln

ISBN 3-929889-19-6

„Kunst ist nicht nur Genuß, sondern auch ein Schlüssel zu allen verschlossenen Türen.“

K. M.

Meine Süße,

aufgrund deiner großen Freude am Lesen, möchte ich Dir dieses Buch schenken, mit dem Wunsch, daß es dir damit "außergewöhnliche" Gefühle entstehen ....

Viel Spaß beim Lesen!

(Fortsetzung am Ende des Buches)

INHALT

Anmerkung

– Der Titel des Ersten Buchs ist ein Vers von Antonis Fostieris.

– Die Titel des Epilogs und des 16. Kapitels sind Verse von Prevert, und der Titel des Zweiten Buchs ist ein Auszug aus dem israelischen Amikai (in der griechischen Ausgabe in Übersetzung von Vass. Karavitis)

VORWORT

Das vorliegende Buch ist der erste Roman des seit 1959 durch Veröffentlichungen von zahlreichen Theaterstücken in Griechenland bekannten Schriftstellers Kostas Murselas.

Wie bei einem Theaterstück sind hier eine Aufzählung der zweiundsechzig auftretenden Hauptpersonen und ihr Bezug zu den beiden Helden des Romans vorangestellt, und auch die einzelnen Kapitel erinnern mit ihrem jeweiligen Szenenwechsel in ihrer Struktur an die Akte eines Theaterstücks. In diesem Licht ist auch die nicht nur im Deutschen, sondern ebenfalls im Griechischen für einen Roman unübliche Konstruktion einer fiktiven Erzählsituation aufzufassen, bei der der Ich-Erzähler Konstantinos Manolopulos, der zugleich einer der beiden Hauptcharaktere der Handlung ist, den Leser beziehungsweise Hörer vor sich plaziert, ihn direkt anspricht und verschiedene Eigenschaften auf ihn, vor allem die des Kritikers und Richters des Geschehens projiziert. Diese direkte Ansprache des Lesers durfte in der Übersetzung aufgrund ihrer elementaren Funktion im Roman nicht dem deutschen Sprachgebrauch angepaßt werden.

Der zeitliche Ausgangspunkt dieses stark ichbezogenen Geschehens ist das Nachkriegsgriechenland der 50er Jahre. Der Roman läßt den linken Intellektuellen Konstantinos Manolopulos naiv mit dem Vorsatz beginnen, uns das Leben des zweiten Hauptcharakters des Romans, seines mit allen Konventionen brechenden Freundes Luis sowie das des anfangs politisch noch sehr motivierten Freundeskreises aus dem Armenviertel Perama in Piräus so ehrlich wie möglich zu beschreiben. Die scheinbar locker dahererzählten Frauengeschichten, deren Brutalität einem das Blut in den Adern gefrieren zu lassen droht, bringen mit ihrer leicht zu übersehenden Selbstironie wie kein anderes Element im Roman die Ambivalenz eines in sich gefangenen und von der Mutterfigur beherrschten Charakters zum Ausdruck. Da Luis bzw.

Emmanuil Retsinas all das auslebt, wozu der Ich-Erzähler und die übrigen Freunde nicht imstande sind, gerät der Roman mehr und mehr zu einer gnadenlosen Reflexion und einem bitteren Resümee über das eigene Leben und die gescheiterte griechische Nachkriegsgeneration.

Das ist das entscheidende Neue und zugleich mit der Tradition Brechende an Kostas Murselas' Roman: eine schonungslose Gesellschaftskritik, beginnend an Beobachtungen über die eigene Person, die der Komik nicht entbehrt.

Die in neugriechischen Romanen häufig thematisierte Nachkriegsgeschichte Griechenlands ist zwar auch hier präsent, doch kann der kurzsichtige, schmächtige und verklemmte Held Manolopulos nur eine tatsächliche Heldentat aufweisen, die ihn dann letztlich von den anderen mit der Zeit mehr und mehr verkommenden Freunden, die nur auf den eigenen Vorteil bedacht ihre Ideologie verraten haben, abhebt: Er faßt den Vorsatz, all das, was ihm widerfahren ist, aufzuschreiben. So werden diese Aufzeichnungen zur Katharsis des Helden Manolopulos, und der Leser wird nicht nur zum Kritiker des Romans, den er in Händen hält, sondern zum Richter des Lebens des Helden selbst.

Auch in der Auswahl seines Vokabulars bricht Murselas mit der Tradition und bestätigt das Manolopulos in den Mund gelegte Bestreben, nichts zu beschönigen oder zu verheimlichen: Der saloppe Erzählton artet in der wörtlichen Rede ganz aus, und es wird nicht an Flüchen und Schimpfworten gespart.

In Griechenland war der 1989 erschienene, meisterhaft konstruierte Roman innerhalb von zwanzig Tagen vergriffen und brach jegliche Verkaufsrekorde. 1992 wurde er als Serie für das Staatliche Griechische Fernsehen verfilmt. Kein Roman der letzten zwanzig Jahre hat in Griechenland einen ähnlichen Erfolg wie IHR ROTGEFÄRBTES HAAR erlebt.

Maria Petersen

DIE PERSONEN

Ajisilaos, der einfachste im Freundeskreis, hat sich in Martha verliebt
Athanassia, Luis' Stiefmutter
Athina, Panajotaros' Frau
Aleka, Luis' erste Frau
Anarjyros, Unternehmer, Alekas zweiter Mann
Anestis, Onkel des Erzählers
Antigoni, Luis' Schwester
Antoniadis, im Freundeskreis der Stalinist genannt, ein guter Kerl
Aristos Krungas, Evjenias Bruder, Bäcker
Bertrand, der verrückte Halbgrieche-Halbfranzose, der Clown
Carmen bzw. Penny, Friseuse, Geliebte von Luis
Charula, Pepas Frau und zeitweise Geliebte von Luis und dem Erzähler
Chrysanthi Antypa, Alekas Mutter, Luis' Schwiegermutter
Der Bruder von Aristos, der sogenannte Gehörnte
Der Furier, ein Freund von Luis aus der Militärzeit
Der gequälte Mensch, in den sich Martha verliebt hat
Drakopulos, Soßenfrabrikant, hat Madonna geheiratet
Eleni bzw. ***Twiggy***, Moschos' Frau
Erzähler bzw. ***Kostantis Manolopulos***, Luis' Freund
Evjenia Krunga, beinahe Luis' Frau
Evstathia, Julias gottesfürchtige Tante
Fani, Litsas Schwester, Luis' Schwägerin
Fatmé oder ***Sophie***, drogenabhängige Holländerin
Fotis Demenagas, Sicherheitsbeamter während der deutschen Besatzung, finsterer Typ
Frau Nora, Geliebte des Erzählers
Frau Patra, Lasaris' Mutter
Frau Vassiliki, Marthas Mutter, hat sich in Ilias, Luis' Onkel, verliebt
Herr Tassos, der Kafeniowirt des Stadtviertels
Ilektra, Maritsas Putzfrau
Ilias, Bruder von Luis' Vater

Julia, Frau des Erzählers
Konstantinos, Sohn von Charula und dem Erzähler
Krämer, Liebhaber von Urania
Kritsinis, Major im militärischen Grundausbildungslager von Korinth
Lasaris, Sohn eines standrechtlich Erschossenen
Liakopulos, ebenfalls Sohn eines standrechtlich Erschossenen
Litsa, Luis' zweite Frau
Luis bzw. *Emmanuil Retsinas*
Luisa, Luis' und Alekas Tochter
Martha, die große Liebe des Erzählers, Liakopulos' Frau
Maritsa Gika, Periklis' Mutter, Nymphomanin
Matina, Schwester des Erzählers
Melpo, Anestis' Frau, die Frau aus Smyrna
Moschos, Luis' Halbbruder
Nikolaidis, Julias Stiefvater
Olympia Krunga, die Frau des sogenannten Gehörnten
Olga, Mutter des Erzählers
Panajotaros, Gemüsehändler, Liebhaber von Luis' Schwester Antigoni
Panajotis Antypas, Alekas Vater, Goldschmied
Papadopulos, Polizeichef des 6. Polizeireviers
Pepas, Tavernenbesitzer in Examilia
Periklis, Maritsas Sohn, inzuchtverdächtig
Persefoni Dertili, Arjyris' Frau und eine Liebe von Luis
Petros Retsinas, Luis' Vater
Polyxeni, Fotis Demenagas' hübsche Frau
Sofia, Sängerin aus Trikala
Tassula, sie wollte der Erzähler, später wurde sie Prostituierte
Tatjana bzw. Madonna, Drakopulos' Frau, Antoniadis' Schwester
Tzavaras, General, Luis' und Moschos' Onkel
Urania, die personifizierte Versuchung des Stadtviertels
Vater des Erzählers
Zöllner, Spitzname von Fanis Mann

ERSTES BUCH

DIE WÖLFE IM NACKEN

Meinen Kindern Michalis und Kleopatra

ERSTES KAPITEL

DAS GESCHENK

Um Emmanuil Retsinas, den man Luis nannte, vorzustellen, reicht ein Wort aus, ein Attribut: das „fast". Fast klein, fast häßlich, fast schön, fast faul, fast ungebildet, fast ungläubig. Was meine ich mit „fast" ungläubig? Er setzte fast nie einen Fuß in eine Kirche, aber er ging dennoch zu Beerdigungen und Taufen. Und zu Hochzeiten, sogar zu seinen eigenen. Zu zwei davon, beinahe zu drei.

Alles in allem ist er nicht leicht einzuordnen. Fast sauber, fast gewissenhaft ... und fast gewissenlos. Mit einem Wort, seine Persönlichkeit ist eine sehr widersprüchliche und sehr vielschichtige. Fast vertrauenswürdig. Fast in Ordnung.

Während ich ihn dir jetzt zu beschreiben versuche, sehe ich ihn fast vor mir, wie er sich für seine Hochzeit fertig machte ... Nein, nicht, als es so weit war. Ein bißchen vorher. In dem Moment, als er sich entscheiden mußte, sein Jawort zu geben. Er hatte verdammt große Probleme. Moment mal, ich habe die Geschichte gar nicht richtig angefangen. Erst mußt du mal verstehen, was für ein Typ er ist. Ich sage „Typ“, weil es sehr schwierig ist, dir den Charakter eines solchen Menschen vorzustellen. Falls er überhaupt einen Charakter hat. Um es kurz zu machen, er steht eben voll im Leben. Wie entstehen Flüsse? Zuerst sind es tausend Bächlein, und am Schluß bilden sie den Evrotas. Und Luis ist so ein Evrotas[1].

Aber es ist auch kein guter Anfang, daß ich dir jetzt von seiner Hochzeit erzähle. Vielleicht sollte ich dir zuerst die Geschichte mit seiner Fatmé erzählen, wie ich mit der zu tun bekam und wie er sie mir vorstellte. Danach erzähle ich dir mehr über die Hochzeit. So kommt es schon besser hin. Also fange ich mit Fatmé an.

Ich war mit meiner Frau Julia zu Hause. Samstagmittag. Wir hatten unser Essen auf zwei Tabletts gestellt und sahen fern. Einen Thriller. Weißt du, wir essen immer vor dem Fernseher. Das Übliche, Alltägliche. Keine Überraschungen, nichts Besonderes. Weißt du, alles Tolle und Aufregende geschieht bei uns „Spießbürgern“ nur in der Phantasie. Im Gegensatz zu Luis, dem passiert alles Tolle und Aufregende in Wirklichkeit. Weißt du, wir begnügen uns mit unseren Träumen. In dem Moment also, mitten in diesen meinen Träumen, klingelte das Telefon.

„Vetter?“

Luis nannte selten jemand beim Namen. Mal nannte er dich Vetter, mal Bruder, mal Onkel. Für jeden hatte er einen treffenden Spitznamen parat: Anarjyros – über den erzähle ich dir später mehr – nannte er immer nur „meinen Wohltäter“, weil der ihm seine erste Frau ausgespannt hat. Auf die Art ist er sie los geworden. Aber ... ach, ja, zuerst das Telefonat:

„Vetter, schon klar, du brauchst nichts zu sagen, deine kleine Frau sitzt neben dir.“

Der Drecksack, ständig nannte er Julia „meine kleine Frau“, obwohl sie sehr groß ist, um die einsachtzig und ein sportlicher Typ. Sie ist wirklich alles andere als eine „kleine Frau“.

„Du hast deine Hausschuhe an, das Tablett auf dem Schoß, hast den Fernseher laufen, ißt, räkelst dich auf den dicken, weichen Polstern deines Sofas ...“

Wieso konnte der Kerl mich sehen?

„Also, hör mir gut zu. Steh auf, geh zu deinem Nachttisch, schließ die Schublade auf, nimm dreißigtausend Drachmen von deinem Ersparten, steig in dein Auto und komm her. Ich habe ein fantastisches Geschenk für dich. Ich schulde dir noch was zu deinem Namenstag.“

„Was für ein Namenstag? Was redet er? Als ob er je an meinen Namenstag gedacht hätte!“

„Sag deiner Frau irgendwas. Sag ihr, Luis ist was passiert oder irgend so was. Dann läßt sie dich gehen ...“

Als ich ankam, entdeckte ich ihn an der Kreuzung Uferstraße und Amphitheastraße an einem Kiosk genau gegenüber der Taverne „Marides“, da wo das *Rodeo* ist. Da stand er und wartete. Paß jetzt gut auf, stell dir das mal vor. Es ist Sommer, Samstagnachmittag. Das hatte ich doch schon erwähnt? Achtunddreißig Grad, eine Affenhitze, Staub, Dreck, und stell dir vor, mein Freund, da wartete doch Luis glatt im Anzug, mit Krawatte und Blümchen im Revers... Als ich ihn sah, bekreuzigte ich mich. ‚Das darf doch nicht wahr sein ...‘

„Luis?“

„Halt's Maul!“

Noch nie hatte ich ihn so schnell gehen sehen. Die Eile machte seinen Gang geziert und tuntig.

„Mensch, Luis, geh ein bißchen langsamer, sonst halten sie dich noch für schwul. Was ist denn das für ein Gang?“

Er bog in einen Feldweg rechts vom *Rodeo* ein. Den haben sie jetzt asphaltiert, glaube ich. Er ging mit wiegendem Gang weiter und

bewegte die Finger beider Hände im Takt dazu. Ab und zu warf er geheimnisvolle Blicke um sich. Nach weiteren zehn Metern kamen wir am Yachthafen von Kalamaki raus. Es war das erste Mal, daß ich den aus der Nähe sah. Schiffe, Schiffchen, Riesenschiffe ... Von Meer war kaum was zu sehen. Ein Gedränge von Schiffen in allen Größen. Wie in einem Ferienpark voll Fertighäuser. Yacht neben Yacht. Ich sage dir, die reinsten Fertighäuser. Mit Kabinen, Kabinchen, und im Hof, das heißt natürlich auf Deck, Frauen in Shorts, mit BH, auch ohne BH ... da fehlten nur noch die Töpfe mit Basilikum[2]. Und die Namen vorne am Bug, absolut beeindruckend: Da war alles vertreten: Antike, Fremde, Griechentum! „Madonna“, „Christiana“, „Lucia“... So wie manche Leute außen an ihren Villen „Lena“ oder „Kalliopi“ anbringen lassen; und zwar bitte schön in lateinischem Alphabet! Hier war es genau so! Sehr romantisch! Das darf doch wirklich nicht wahr sein, wenn sich solch dicke, unförmige Leute auf ihrer „Christiana“ sonnen. Und mitten unter ihnen, mein Freund, bewegte sich Luis, bog mal rechts, mal links ab, hier in ein Sträßchen, da in eins ...
„Als ob du hier zu Hause wärst.“
„Ich bin hier zu Hause. Halt endlich das Maul!“

Plötzlich blieb er stehen.

„Wir sind da.“

Vor uns eine Yacht, so um die zwanzig Meter lang, mit zwanzig Masten, zwanzig Segeln. Aus Holz. Ich las den Namen: „Fatmé“.

Bevor Luis über den Steg ging, blieb er kurz stehen, warf einen Blick auf seine Uhr und sah sich wieder nach allen Seiten um.
„Mensch Luis, was läuft hier ab, ein Krimi oder was?
„Mach schon, wir haben keine Zeit.

Und er ging hinauf. Ich hinterher. Er fing sofort an, mir das Schiff zu zeigen.
„Ist das nicht Spitze? Das perfekteste Funkgerät, die perfekteste Funkpeilung, Tiefenmesser, Richtungsmesser, alles da!“

So ungefähr jedenfalls nannte er die Geräte. Und weiter:

„Die Instrumente zeigen dir jeden Moment an, was für Wetter auf der ganzen Welt herrscht; Längen, Breiten, Tiefen, alles können sie dir anzeigen."

Dabei drückte er auf ein paar Knöpfe. Lämpchen blinkten auf, und aus einem Drucker ratterte Papier heraus. Es sah aus wie ein Kardiogramm, ganz genau so. Die reinsten Kardiogramme. Er drückte wieder auf irgendwelche Knöpfe, das Rattern hörte auf, die Lämpchen gingen aus.

„Hier drin sind vier Kabinen, Vetter."

Und er fing an, Türen zu öffnen. Messingschlösser, Türklinken aus Messing.

„Und hier wohnt der Eigentümer."

Ein kleines Bücherregal, ein Fernseher, Spiegel, dicke Teppiche auf dem Boden, an den Wänden Stiche mit Karten und Abbildungen vom Meer; und alles aus Holz; dunkel, kastanienbraun. Alles!

Du kannst dir vorstellen, daß ich aus dem Staunen nicht mehr heraus kam. Ständig rief ich Ah! Ah! Oh! Oh! ... Das lauteste Ah! entfuhr mir jedoch, als er die vierte Tür aufmachte. Weißt du, solche Momente der Offenbarung werden im Kino immer mit Musik untermalt. Der große Moment! Gongschlag und Trommelwirbel. Er machte also die vierte Tür auf, und ich sah eine Koje und in der Koje eine halbnackte Frau. Sie hatte nur einen Slip an. Einen weißen. Der Rest ihres Körpers war nackt. Komplett! Nur ihre Augen waren geschlossen. Ah! entfuhr es mir noch einmal, aber ich blieb ruhig und hielt mich zurück. Ein Ventilator war genau auf sie gerichtet.

„Mensch Luis, sie wird sich erkälten. Mach ihn aus."

„Hast du sie gesehen?" fragte er mich.

Genau in dem Moment öffnete sie ihre Augen. Fast grün. Fast braun. Ob es so was gibt, fragst du mich? Grün und braun, paßt das zusammen? Jawohl. Die einzige Stelle, an der alle Farbkombinationen zusammen passen, selbst die unpassendsten, sind die Augen. Zum Beispiel, orange und grau, paßt das? Bei Augen ja!

„Luis!"... Hauchte sie kaum hörbar. Eine Stimme wie aus Puderzukker. Du weißt, dieser ganz fein gemahlene Zucker. Der reinste Puderzucker eben. Aber Luis beachtete sie überhaupt nicht. Er schloß die Tür und ging in die Kombüse.

„Setz dich. Wie willst du deinen Kaffee?"

In Windeseile hatte er Schränke und Schubläden aufgemacht, Brikia[3], Dosen und Teelöffel herausgenommen ...

„Bei dir zu Hause kennst du dich aber nicht so gut aus."

„Trink mal reinen vernünftigen Kaffee, Vetter, und quatsch nicht so viel. Das ist echter italienischer. Nur im *Café Greco* in Rom kriegst du sonst so was."

Das war echt Luis. Du trafst ihn immer da, wo du ihn an wenigsten erwartetest. Das muß man sich mal vorstellen, daß Luis, dessen Haus eigentlich in Perama lag – aber das war kein Haus, sondern eine Baracke – , wenn man sich also vorstellt, daß der einem auf so einer Luxusyacht Kaffee anbot. Derselbe Luis, der es noch nicht mal fertigbrachte, das Dach seiner Baracke zu reparieren, damit es nicht rein regnet. Und trotzdem, immer wenn Luis nichts anderes zu tun hatte, steckte er seine ganze Energie da rein. In seine Baracke. Immer hämmerte er irgendwo herum, besserte aus, strich an. Wenn er irgendwo altes Holz, kaputte Gipsplatten, Sperrholz, Bleche oder Dachpappe fand, nahm er es mit. Alle fünf Jahre baute er ein neues Zimmer an. Mit all den Anbauten war die Baracke zwar schmal, aber zwanzig Meter lang! Um in die Küche zu kommen, mußte man durchs Wohnzimmer, Schlafzimmer, Badezimmer, über Meere, Täler und Berge. Selbst ein Arbeitszimmer hatte Luis da.

„Hier schreibe ich Tagebücher und Briefe."

Sogar einen Brunnen hatte er. Jawohl. Er hatte es mir erzählt, und ich hatte es nicht glauben wollen. Im Schlafzimmer seines Vaters. Mitten drin. Als ich ihn zum ersten Mal besuchte, war er bei zwei Metern Tiefe angelangt. Er hatte vermutet, daß er genau an dem Punkt Wasser finden würde.

Er wollte unabhängig sein, sein eigenes Wasser, seinen Strom und seinen Garten haben. Den Hof der Baracke hatte er in einen richtigen Gemüsegarten verwandelt. Aber das Wasser blieb sein größtes Problem. Wenn sie es ihm abgestellt hatten, weil er wieder mal vergessen oder kein Geld gehabt hatte, die Rechnung zu bezahlen, störte ihn weniger, daß er selbst kein Wasser hatte, sondern daß seine Pflanzen litten. Wenn er nach Hause kam und sie vertrocknet waren, wurde er so traurig, als ob ein Mensch gestorben wäre. Was den elektrischen Strom betrifft, das hatte er hingekriegt. Oder jedenfalls fast. Er hatte eine Windmühle gebaut, defekte Motoren angeschleppt, halb kaputte Batterien, Transistoren oder wie auch immer das heißen mag, und erzeugte selbst Strom.

„Ich schlage vor, sagte er, daß wir unseren Kaffee in Fatmés Kabine trinken. So nennen wir sie, nach der Yacht: Fatmé. Wir können auch dort ungestört sprechen. Sie kann kein Griechisch. Kaum. Gebrochen. Sie ist Holländerin. Aus Amsterdam. Gehen wir rüber, dann leisten wir ihr ein bißchen Gesellschaft."

Wir gingen in ihre Kabine. Ich setzte mich aufs Bett, ganz nach unten, in Fußhöhe. Er setzte sich ans Kopfende. Genau neben ihren Kopf.

„Luis!" Wieder diese Stimme wie Puderzucker.

„Darf ich vorstellen, das ist mein Freund Kostantis Manolopulos. Kostantis."

„Kas", sagte sie.

„So wird sie dich nennen. Kas. Dein Kosename. Du brauchst ihr nicht die Hand zu geben. Du kannst ihr auch den Fuß geben. Wirklich. Kommt aufs selbe raus."

Wie du dir vorstellen kannst, hatte ich mich von meinem Schock noch nicht erholt. So sehr ich auch den Coolen spielte, der über den Dingen stand, in Wirklichkeit war ich noch nicht trocken hinter den Ohren.

„Jetzt schüttle ihr schon den Fuß, Mensch, du Dummkopf. Daß sie dir einen Kosenamen gegeben hat, bedeutet, daß sie dich nett findet. Und außerdem ist sie wahrscheinlich sowieso betrunken und sieht jetzt alles durch eine rosarote Brille, ein bißchen verschwommen."

Also berührte ich ihren Fuß, ganz leicht, sachte, gerade so eben als Willkommensgruß und lächelte sie an. Sie lächelte zurück und schloß wieder die Augen.

„Durch das Trinken hat sie es geschafft, von den harten Drogen runter zu kommen. Oder jedenfalls fast. Und jetzt versucht sie, Alkohol durch Liebe zu ersetzen, um auch vom Alkohol wegzukommen. Wenn sie geliebt wird, hört sie mit allem auf. Dann wird sie zu einem Lämmchen. Sie möchte geliebt werden. Es ist ihr ziemlich egal, von wem. Hauptsache, sie wird geliebt."

Luis bereitete mir eine Überraschung nach der anderen. Ich hätte niemals im Traum für möglich gehalten, daß sich mir die Gelegenheit bieten würde, ein solches Geschöpf in meinen Armen zu halten; sie war höchstens sechsundzwanzig, eine Schönheit und grenzenlos hingebungsvoll. Ganz offensichtlich grenzenlos. Und so eine Frau, die sich einem grenzenlos hingibt, gehört zu den Losen, die man nicht kaufen kann, sondern die einem so zufallen. Nachts träumst du von der Gewinnzahl und, wenn du am nächsten Morgen aufwachst, gewinnt genau die Zahl. Du liest auf einmal: erstes Los 3333 soundsoviel und erschrickst. Es ist das Los, das du in der Nacht im Traum gezogen hast.

„Luis!"

„Was willst du, mein Schätzchen?" antwortete er ihr jetzt voller Zärtlichkeit.

„Wein, nur ein bißchen."

Daraufhin er: „Ich werde dich verprügeln, aber richtig."

Er machte keine Witze. Das sah ich seinen Augen an. Er würde sie verprügeln. In diesem Moment drehte sie sich zu mir um und schaute mich hilfesuchend an.

Ich sagte zu ihm:

„So ein Anblick ist nichts für mein Alter. Ich haue lieber ab. Warum hast du mich überhaupt hergebracht?"

Sie schlief wieder ein. Ich betrachtete sie noch einmal. Wie hielt der verdammte Kerl das nur aus? Das Mädchen war süß, der reinste Zucker. Wenn sie nur ein wenig ihre Augen aufschlug, ihre Beine oder ihren Körper bewegte, war man schon hin und weg. So, als ob leichte, unsichtbare Schwingungen auf einen zukämen. So fühlte ich mich.

Trotzdem hatte er sie wohl oft geschlagen. Er wollte ihr die Trinkerei abgewöhnen, wollte sie retten, meinte er.

„Mensch Luis, ich konnte mir ja viel vorstellen, aber nicht, daß du auf einer Yacht zu Hause bist!"

Er lachte. Genauer gesagt: er lächelte. Später, wenn ich dran denke, werde ich dir Luis' Lächeln ausführlicher beschreiben. Unergründlich. Gibt es nicht ungefähr neunzig verschiedene chemische Elemente? Na, ungefähr so war das Lächeln von Luis. Unschuldig, listig, warm, kalt, schlau, naiv, ironisch, kriminell und und und... Ich kann dir neunzig Adjektive nennen, die alle auf ihn zutreffen. Chemie pur. Er lächelte und fuhr mit seiner Geschichte fort:

Er hatte hier auf der Yacht als Kapitänsgehilfe Arbeit gefunden, sagte er. Kapitän war der Besitzer des Schiffes namens Renato, ein etwas seltsamer, reicher Italiener. Ich habe vergessen, dir zu erzählen, daß zumindest in den letzten Jahren vor diesem Ereignis in den Sommermonaten Luis' Hauptberuf war, Schiffe zu führen. Ja, du hast richtig gehört: Schiffe führen. Luis war kein Stadtstreicher, kein Vagabund; er arbeitete. Auf seine Art natürlich.

„Hör zu. Von Anfang an, vor drei Monaten, als ich hier bei Renato anfing, fing auch die Geschichte mit Fatmé an. Auch wenn Renato sonst ganz in Ordnung ist, hat er eine Schwäche. Er zieht in der Welt herum und kommt mit etwas verwahrlosten jungen Damen im Schlepptau nach Hause. Alle drei Monate eine. So schätze ich ihn ungefähr ein. Aber mit Fatmé hier hat es Schwierigkeiten gegeben.

Weil sich herausgestellt hat, daß sie nicht nur ein Spielzeug ist, sondern auch was ganz anderes. Sie verlangt nach Wein und Stoff. Es kann passieren, daß sie mal eine brennende Zigarette vergißt, die Yacht abfackelt, daß er Schwierigkeiten mit der Polizei bekommt. Also will er sie auf jeden Fall loswerden. Und zwar sofort, heute, jetzt. Wenn er zurückkommt, will er sie nicht mehr hier vorfinden. Das ist das Problem. Was soll man da machen?"

Wir schauten sie beide gleichzeitig an und sahen, wie sie im Schlaf lächelte. Kein Vergleich natürlich mit Luis' Lächeln. Fatmés Lächeln war ganz anders. Es war nur das, was man sah, das, was es zeigte. Es war offen. Versteckte nichts. Transparent. Es paßte genau zu ihren Augen. Kein Gegensatz. Was man von Luis nicht gerade behaupten konnte. Bei ihm widersprach sich alles; alles stand im Gegensatz zueinander. Du sahst Augen, unschuldiger als die Augen Jesu, solch eine Unschuld, und dazu ein Lächeln, aus dem du nicht schlau wurdest, diabolisch.

Da merkte ich, daß ich immer noch ihren Fuß am Gelenk festhielt.

Luis' Worte hatten mich wirklich mitgerissen. Sicher träumte Fatmé jetzt. Das konnten wir an ihren Brustwarzen sehen. Luis bemerkte es zuerst. Unglaublich! Sie schwollen an, als ob sie von einer unsichtbaren Hand gestreichelt und erregt würden.

„Sie tut mir einfach leid, Vetter. Wie kann ich sie nur auf die Straße werfen, hungrig und abgebrannt? Und er will, daß wir sie rausschmeißen, es ist ihm absolut egal, er ist unerbittlich."

Natürlich sind weitere Einzelheiten nötig, um Luis in seiner ganzen Persönlichkeit und das, was ich dir hier über ihn erzähle, besser verstehen zu können; es fehlen noch ein paar Steinchen in seinem Lebensmosaik. So stelle ich mir das nämlich vor: wie ein Mosaik mit unzähligen Motiven, Formen und Farbschattierungen. Kirchen, Bordelle, Vögel, Bäume und Meer. Vor allem Meer. Luis könnte nicht lange ohne Meer in der Nähe leben. Weil er natürlich kein Geld für ein eigenes Schiff besaß, hatte er sich irgendwann mal ein fremdes Grundstück am Meer angeeignet, auf dem er dann auch seine Baracke gebaut hatte, in Perama. Er hatte sich damals allerdings verschätzt, als er im Sommer auf diesem fremden Grundstück baute, da es zu dieser Jahreszeit nicht regnete und auch die meisten Flüsse ausgetrocknet waren. Als er also bei Anbruch des Winters mit dem ersten Zimmer fast fertig war, merkte er leider etwas zu spät, daß genau an dieser Stelle ein kleiner Bach zum Meer floß, der ihm alles wieder kaputt machte. Es war allerdings zu spät zum Aufgeben. Er fühlte sich inzwischen auf dem Grundstück wie zu Hause, hatte seine ersten Bäume gepflanzt, seinen ersten Zitronenbaum. Drei Jahre lang baute er einen Damm. So zwang er das Regenwasser, seinen Lauf zu ändern. Er hatte den Kampf gegen die Naturelemente gewonnen. Vor Begeisterung hißte er sogar auf der Mauer des Damms eine Flagge, die er selbst entworfen hatte. Weiß, mit etwas Schwarz in der Mitte. Das Schwarze war rund und sah aus wie ein Flicken.

Aber ich habe ja noch gar nicht erzählt, wie Fatmé in Luis' Leben auftauchte. Einfach so: Als Luis und Renato eines Morgens aufwachten und wie gewöhnlich aufs Deck gingen, um ihre Zigarren zu rauchen, lag Fatmé da und schlief.

Luis sah sie zuerst.

„Ein Engel ist vom Himmel gefallen", rief er erstaunt aus.

„Ein Engel", stimmte Renato zu und nahm sie unter seine Fittiche.

Luis hatte sie natürlich nicht aus einer religiösen oder dichterischen Laune heraus Engel genannt, sondern weil er sich nicht erklären konnte, wie sie auf das Deck gekommen sein sollte, da der schon erwähnte Steg, der Schiff und Kai miteinander verband, nachts eingezogen wurde. Zudem gab es rundherum keine andere Yacht, von der sie hätte herüber springen können. Mann hätte also wirklich nur an Bord fliegen können. Da die beiden aber weder an ihr noch in ihrer Nähe Engelsflügel entdecken konnten, blieb die ganze Sache ihr Geheim-

nis. Und das änderte sich auch nicht, da Fatmé sich hartnäckig weigerte, dieses Geheimnis zu lüften, so sehr Luis sie auch darum bat. Sie lachte dann jedesmal auf eine verrückte Art, leidenschaftlich, hysterisch. Richtige Lachanfälle bekam sie. Dann bekamen sie Angst, daß sie an diesem Lachen ersticken würde. So ein Lachen war das. Nicht zu unterdrücken. Er hatte sie natürlich erst nach dem Geheimnis gefragt, nachdem er vorher alle in Frage kommenden Möglichkeiten ihrer „Landung" auf dem Deck geprüft und ausgeschlossen hatte. Ich sage „Landung", weil Luis als erstes ein Hubschrauber einfiel. Aber dann wären sie ja wohl vom Lärm aufgeweckt worden. Schließlich war Luis angesichts des Rätsels fast wahnsinnig. Eines Morgens bedrohte er sie mit einem Rasiermesser.
„Entweder du rückst damit raus oder ich schlitze dir die Adern auf! Rede!"

Er verletzte sie leicht. Aus Versehen. Aber er sah auch nicht so aus, als ob er scherzen würde. Sie regte sich nicht, hielt ihm sogar die Arme hin.
„Schlitz sie doch auf", sagte sie nur. Aber er konnte nicht, brachte es nicht mehr fertig, weil er sich genau in diesem Moment in sie verliebte. Der Zufall wollte es, daß ihr Beschützer gerade abwesend war, so daß er es vorzog, sie zu umarmen, statt ihr die Adern aufzuschlitzen. Er küßte sie.

Natürlich war er nur eine Zeitlang in sie verliebt, jemand wie Luis verliebt sich nie auf Dauer. Immer nur zeitlich begrenzt. Und nicht unbedingt nur im Bett. Nein. Überall.

Jedenfalls hatte Luis von da an Ehrfurcht vor den unerklärlichen Geheimnissen der Welt und entdeckte gleichzeitig das Absurde. Er fand sich mit der Sinnlosigkeit der Dinge ab und konnte sich nicht erklären, daß der Mensch, obwohl es den Tod gab, absolut darauf bestand zu leben. Daran konnte man sehen, wie es um ihn stand. Daß er jetzt sogar das Geheimnis des Auftauchens Fatmés mit dem Geheimnis des Daseins auf eine Ebene brachte und einem sagte, daß man gerade, weil es dieses Geheimnis gab, leben und auch einen Sinn darin finden konnte, daß man lebte. Natürlich war er ziemlich betrunken, als er mir das sagte, und ich habe es auch nicht richtig verstanden, habe auch gar nicht versucht, der Sache auf den Grund zu gehen ...

Auf jeden Fall machte er verschiedene Phasen durch, bis er zu dieser Schlußfolgerung kam. Fatmés Geheimnis wurde ihm zu einem richtigen Alptraum. Zu einer fixen Idee. Er war überzeugt davon, nicht weiterleben zu können, wenn er dieses Geheimnis nicht lösen würde. So steigerte er sich da hinein. Ich sage dir, er bekam richtige Depressionen. Er flehte sie an:

„Sag es mir, Fatmé, ich bitte dich, du bringst mich noch um den Verstand, wie bist du nur an Deck gekommen?"

Keine Antwort. Sie lachte nur. Am Schluß bekam Renato einen Schrecken; er sah, daß der Scherz verdammt ernst wurde.

„Chef, wenn sie es uns doch nicht verrät ..."

„Wenn du sie noch ein einziges Mal fragst, bist du gefeuert. Schluß jetzt."

Das alles auf Englisch. Luis konnte auch Englisch. Noch so ein Rätsel. Wo und wann hatte er Englisch gelernt? Die Aktion mit dem Rasiermesser war auf jeden Fall sein letzter Versuch, denn er befand sich in der Klemme zwischen drohender Entlassung und seiner Neugierde; schließlich entschied er sich dafür, auch ohne die Entdeckung des Geheimnisses weiter zu leben.

„Was soll's... Es geht auch so."

Damals allerdings ist etwas in ihm zerbrochen. Nein, nicht richtig zerbrochen. Es hat einen Sprung bekommen. So als ob etwas aus Glas wäre, hier am Brustbein, etwas höher noch, etwas, was wir alle in uns haben. Das hat einen Sprung bekommen. Er behauptete sogar – und bestand auch noch darauf – das Geräusch gehört zu haben. Deutlich. Ein seltsames Knirschen. Verrückt. Wie Farbe, die aufbricht und Risse bekommt. Er wollte es beschreiben und konnte es nicht; ihm fehlten die Worte.

Jedenfalls, ich sage dir, Luis hatte sich seitdem verändert; er war nicht mehr der alte Luis, wie wir ihn kannten. Das behaupten zumindest alle, die ihn zuletzt gesehen haben.

Als erstes hatte er die Idee mit dem Brunnenbau aufgegeben. Er hat nie wieder einen Spatenstich gemacht. Mitten im Schlafzimmer war jetzt ein Riesenloch, zwei Meter tief. Es ist echt verrückt, aber Luis lebte in einem Haus mit einem zwei Meter tiefen Loch. Er weigerte sich einfach, es zuzumachen. Es war nur abgedeckt.

Und sein Vater würde an diesem Kummer noch eingehen. Er hatte das Absurde des Lebens nun auch entdeckt. Das hat ihn dann mit dem Tod versöhnt. Das kannst du wirklich glauben. Bis dahin erschreckte ihn allein der Gedanke an den Tod. Doch jetzt hatte er sich beruhigt. Luis' Alter. Er hatte sich beruhigt.

Wie auch immer. Wo war ich stehen geblieben? Ach ja. Wir waren in Fatmés Kabine und tranken gerade unseren Kaffee. Als wir den ausgetrunken hatten, stiegen wir auf Campari um. Stark und bitter. Mit Zitrone und Zucker. Es kam mir seltsam vor, als ich Luis ein Schränkchen aufschließen sah, um den Campari rauszuholen. Doch dann klärte er mich darüber auf, daß Fatmé ein Alkoholproblem habe und deshalb alles abgeschlossen werden müsse.

Ich verheimliche dir nicht, daß ich mich nach all diesen abstrusen und für mich ungewöhnlichen Vorkommnissen wie in einem Minenfeld fühlte. Nur Gott wußte, was jeden Moment auf uns zukommen konnte. Und so weltoffen und vorurteilsfrei ich mich auch geben mochte, irgendwo waren mir weder die Gesellschaft noch meine Bekannten egal, auch Julia nicht. Selbst Tante Evstathia nicht. Gerade die nicht. Denn die war bigott und vor allen Dingen war sie reich und unterstützte uns. Stell dir mal vor, sie würde raus bekommen, daß der Mann ihrer Nichte, also ich, beziehungsweise Kas laut Fatmé auf Yachten mit Barbusigen, die sich einem anboten, mit seltsamen Ita-

lienern, mit Drogen usw. zu tun hätte. Die hätte Sachen über mich erzählt, die Niagarafälle hätten nicht gereicht, mich reinzuwaschen.
„Luis, vielleicht sollten wir ein paar Vorsichtsmaßnahmen treffen? Vielleicht hat dieser Renato irgendwo recht, wenn er fürchtet, in Schwierigkeiten zu geraten?“

Der Blick, den er mir zuwarf, ließ mich verstummen. Ich schämte mich, aber ich sprach dann doch weiter:
„Denn Renato lebt nach dem Motto: ‚Der Stärkere überlebt‘. In der Schule mußten wir mal einen Aufsatz zu diesem Thema schreiben. Raisis fragte uns: ‚Stimmt ihr zu oder seid ihr anderer Meinung?‘ Wer dafür war, durfte zwei Tage nicht zur Schule. Und das waren wir beide. Du und ich. ‚Der Stärkere überlebt in unserer Gesellschaft‘ hatten wir damals geschrieben. Erinnerst du dich?“

Natürlich erinnerte er sich, sowohl an Raisis als auch an die Strafe.
„Lieber Luis“, fuhr ich fort, „ich will nicht auch noch meine Stelle verlieren. Ich bin Sekretär beim Landgericht; ich kann mir solche Eskapaden nicht leisten. Denn es mag zwar sein, daß uns Tante Evstathia unterstützt, sie hat ja reichlich Geld, aber immerhin ist sie sechzig, im verrücktesten Alter. Wenn sie morgen den Mann ihres Lebens kennenlernt und uns nichts mehr dazu gibt, bleibt mir nur noch mein Sekretärsgehalt. Wenn ich das auch noch verliere, was dann? Dann stehe ich auf der Straße.“

Fatmé schlief die ganze Zeit über. Ihre Nippel sahen wieder aus wie vorher, ihr Körper veränderte ab und zu seine Stellung. So wie ein Maler sein Modell verschiedene Posen einnehmen läßt, bis er die gefunden hat, die er für richtig hält.

Es war inzwischen dunkel geworden. Gerade, als Luis die Lichter anmachen wollte, hörte man eine Hupe.
„Die bringen den Diesel“, sagte er und rannte raus.

Als die Tür aufging, öffnete auch Fatmé ihre Augen. Ein ganz kleines bißchen. Später mehr. Als sie Luis' Abwesenheit bemerkte, richtete sie sich auf, ergriff die Gelegenheit und stürzte sich auf mich, als ob sie einen elektrischen Schlag bekommen hätte.

„Kas, gib dein Campari."

In bestem Griechisch; dann streckte sie ihren Arm aus, um ihn mir wegzunehmen. Ich zog meine Hand zurück.

„Kas?" sagte sie und umschlang mich.

Ganz. Sie „umschlang" mich im wörtlichen Sinn. Ich war hin und weg. Um an meinen Campari zu kommen, war sie zu allem bereit. Sie schlang beide Beine um meine Hüfte, ihre Arme um meinen Hals und setzte sich ganz auf mich. Tatsächlich. Vollständig auf mich, nur den Slip an.

„Kas, bitte, nur ein bißchen."

„Fatmé."

„Sophie."

„Also Sophie, du keinen Campari."

Ich stellte das Glas auf ein Tischchen, weit genug von ihr entfernt.

„Kas, nur einmal noch."

Sie versuchte, an das Glas zu kommen. Sie schaffte es nicht, drehte sich um und sah mir in die Augen. Ich schaute sie an. Sie war sehr attraktiv. Dann, zugleich ängstlich und leidenschaftlich, legte auch ich meine Arme um ihre Hüfte. Behutsam, um ihr nicht weh zu tun.

„Kas, nur ein kleines bißchen."

Ich hielt es nicht mehr aus und wurde weich, nahm das Glas und führte es ihr an den Mund.

„Nur noch dieses eine Mal? Schwörst du?"

„Ich schwöre", antwortete sie und begann schlürfend zu trinken, Schluck für Schluck.

Als sie fertig war, nahm sie das Glas in ihre Hände, fuhr mit der

Zunge um den Glasrand, kniete sich dann auf ihre Koje, rutschte auf allen Vieren zum Bullauge ihrer Kabine, öffnete es und warf das Glas mit Schwung ins Wasser. Platsch. Ich saß währenddessen immer noch am Fußende der Koje.

Auf allen Vieren kam sie wieder auf der Matratze zu mir herüber. Sie befand sich aufgerichtet vor mir. Da sie so größer war als ich, berührte ihre Brust fast meine Lippen. Ich atmete in einem Abstand von nur einigen Millimetern vor ihrer Brustwarze.

„Es könnte ja sein, daß sie aus Dankbarkeit..."

Ich zitterte. Meine Feigheit kannte keine Grenzen. Ich dachte auch an Luis, der jeden Moment zurückkommen konnte, auch wenn man noch die Tankwagenpumpe hörte, oder der Italiener vielleicht ...

„Und ist es fair, die Situation auszunutzen? Ich weiß nicht."

Auf jeden Fall hingen meine Arme ungeschickt und unnütz herunter. Ich wußte nicht, wohin damit. Schließlich umfaßte ich wieder nur ihre Hüfte und verharrte so, fast regungslos, unentschlossen. Und plötzlich, nach einer unbestimmten Weile, beugte sie sich zu mir herab und küßte mich. Auf den Mund. Jawohl. Sie mich. Ganz zart. Dann setzte sie sich neben mich und fing an zu weinen. Genau in dem Moment wurde der Motor des Tankwagens abgestellt.

„Kas, ich liebe dich", sagte sie und weinte weiter.

Da kam Luis rein.

„Steh nicht auf, ist nicht nötig. Bleib, wo du bist."

Er nahm einen Korbstuhl, setzte sich mir gegenüber und fing an zu erklären: Fatmé sei das Geschenk, das er mir am Telefon versprochen hatte.

„Sie ist das gutmütigste Geschöpf der Welt. Wenn du das Geschenk annimmst, ist das das einzige, was du in deinem Leben nicht bereuen wirst, Vetter."

Ich verstand nicht. Worauf wollte er hinaus? Er fuhr fort:

„Die dreißigtausend, die du mitgebracht hast, geben wir ihr, damit sie nach Hause fahren kann. Oder du behältst das Mädchen und leihst mir das Geld; ich kann es gut gebrauchen."

Fatmé weinte immer noch. Diskret. Sie wußte Bescheid. Sie verstand alles, was er mir sagte.

„Die reinste Tragödie, Vetter. Ihre Angehörigen sind hinter ihr her, und sie will auf gar keinen Fall zurück."

„Kas", sagte sie und schaute mich unglücklich an.

Luis fuhr fort:

„Du hast Geld, Mensch, Dummkopf. Miete eine kleine Wohnung. Nicht für lange. Für ein halbes Jahr. Danach, wenn du sie nicht mehr willst, gibst du sie mir wieder zurück. Sobald ich aus Ägypten zurückkomme. Wenn wir sie zu ihrer Familie nach Hause schicken, fängt sie wieder mit den Drogen an, und dann geht sie zugrunde. Sie will mit denen nichts zu tun haben, das sind Idioten. Was mich betrifft, ich muß erstens bald mit dem Italiener nach Ägypten, und außerdem habe ich kein Geld, das ich ihr zum Leben geben könnte. Wo soll ich sie hinbringen? Du sagst mir ständig, daß ich zu leben verstehe. Bitte schön, jetzt leb du mal dein eigenes Leben. Das ist die Gelegenheit. Solange es hält, Vetter. Sie will dich. Ich hab' ihr schon alles erzählt. Sie ist mit allem einverstanden. Du brauchst ihr nur solange zu helfen, bis sie Arbeit gefunden hat. Und was deine Julia betrifft, habe ich keine Skrupel, scheiß auf sie."

So redete er immer weiter, er wollte mich überreden. Er blamierte mich vor mir selbst. Was er nicht noch alles sagte! Was ich mit dem ganzen Geld vorhätte, das ich sparen würde. Und daß man solche Geschenke nur einmal angeboten bekäme.

„Für den Anfang bringst du sie in einem Hotel unter, danach in einer Wohnung."

Ein schrecklicher Moment. Wie soll man so etwas in zwei Minuten entscheiden?

„Bis zu ihrem zwanzigsten Lebensjahr war ihr Leben die Hölle. Sie will nicht in ihre Heimat zurück. Sie hat Angst. Sie geht da kaputt ... Der Italiener hat keinen Bock mehr darauf, sie mitzunehmen. Er hat ihr sogar die Fahrkarte gekauft. Er will keine Alkoholiker auf seinem Schiff. Ich habe versucht, ihn umzustimmen. Nichts zu machen. Ich habe ihm gesagt, daß sie nicht mehr trinkt, daß sie geheilt ist. Keine Reaktion."

Ich saß ganz schön in der Tinte.

„Wie stellst du dir das vor, Luis? Einfach so?"

Er fing wieder mit seiner Litanei an. Er sei schließlich verheiratet. Er könne sie ja wohl nicht mit nach Hause nehmen, das ginge zu weit.

„Während deine Frau überhaupt nichts davon mitkriegen würde. Aber entscheide dich schnell, jetzt, damit wir weg sind, bevor der Italiener kommt und sie noch hier vorfindet. Er schickt sie bestimmt zurück in ihre Heimat, würde sie zur Not sogar zum Flugzeug tragen."

Was sollte ich tun? Wie hättest du gehandelt? Hättest du sie behalten? Hättest du eine solche Verantwortung auf dich genommen? Erst einmal wußte Julia haargenau, wieviel Geld wir hatten und wieviel ich verdiente. Bis auf den letzten Zehner wußte sie das, die geizige Ziege. Selbst die dreißigtausend, die ich heimlich genommen hatte und von denen ich noch nicht wußte, wie ich das erklären sollte. Was sollte ich ihr sagen, wenn sie mitkriegte, wie die Tausender weggingen? Von meiner Arbeit ganz abgesehen! Und nachher bin ich auf einmal in den Klauen von Drogenabhängigen. Es wäre ja denkbar, daß Fatmé morgen aufgeknüpft in ihrer Wohnung hängt, oder es wäre denkbar, daß ... ach, tausend Dinge wären denkbar. Abgesehen davon, daß uns die größte Katastrophe drohen würde, wenn Tante Evstathia Wind von der Sache kriegte. Ein dreistöckiges Haus in der Patissionstraße gehörte ihr, ein Geschenk an Julia, erst nach ihrem Tod natürlich. Aber bis dahin? Und mich hatte sie ohnehin schon auf dem Kieker.

„Es geht nicht, Mensch, Luis, ich kriege Ärger. Das ist mir zu gefährlich."

„Ach, Vetter, du Idiot", sagte er zum Schluß zu mir. „Der Himmel

auf Erden ist nichts für dich."
„Mensch, Luis."
„Ist schon in Ordnung, Kleiner."

Ich hätte mir in den Hintern beißen können. Und ehrlich gesagt, es war nicht so sehr das Finanzielle; ich hätte schon irgendwo Geld auf die Seite bringen können, wenn ich gewollt hätte, so knapp war ich nun auch wieder nicht bei Kasse, aber...
„Mensch, Luis, guck mal ..."
„Vergiß es, ist schon in Ordnung. Du hast recht. Es ist meine Schuld."

Und er riß sie in seine Arme. Er hielt sie mit beiden Armen umschlungen.
„Luis!" sagte sie und fing wieder an, bitterlich zu weinen.

Nicht einmal die Mutter Gottes hätte mit soviel Liebe ihren Sohn Christus in den Armen gehalten. Luis hielt sie zärtlich umarmt und sah sie an.
„Mensch, Luis, versteh mich doch, so was geht nicht so einfach. In Ordnung, ich könnte dir helfen, aber ich will nicht mit dem Feuer spielen. Und es ist ja nicht nur das Feuer."

Luis legte sie sanft in die Koje zurück, als ob sie so leicht zerbrechlich sei wie Glas oder Kristall, griff nach einem Köfferchen und füllte es mit ihren Kleidern und persönlichem Kleinkram. Er zog ihr ein gestreiftes Männerhemd und Shorts an; ich erinnere mich jetzt noch an die Farbe, knallrot, wie Feuer, wie Blut.

Als er sie mit sich hinauszog, stolperte Fatmé. Dann ging sie in aufrechter Haltung die Stufen hinauf, und ich war drauf und dran zu rufen:
„Luis, halt, ich nehme sie doch mit, und zum Teufel mit allen Problemen!"

Doch ich unterdrückte es, kriegte nur ein „Luis" raus. Ich schaffte es gerade noch, ihm das Geld in die Tasche zu stopfen. Alles, was ich dabei hatte. Dreißigtausend. Er ging raus, stieg auf sein unbeschreib-

liches Mofa und ließ sie hinter sich aufsteigen ...
„Wo bringst du sie denn hin, Mensch?"
„Nach Perama, zu mir nach Hause, wohin denn sonst?"

Ich erschrak. Was hatte der Gauner denn vor? Zu seiner Frau brachte er sie? Soweit ich wußte, lebte sein Vater auch noch bei ihnen ... Er fuhr schnell wie der Blitz los.

Seither sitzt mir der Satz „Vetter, der Himmel auf Erden ist nichts für dich" wie ein Kloß im Hals. Er hatte ihr vor lauter Eile nicht mal das Hemd richtig zugeknöpft, so daß sich beim Anfahren beide Enden öffneten und im Wind flatterten, als ob er seinem Feind eine weiße Fahne gehißt hätte.

Ich habe das unbeschreibliche Mofa erwähnt, auf das Luis gestiegen war. „Unbeschreiblich", weil es wegen der vielen Zusammenstöße und Unfälle vermutlich kein einziges Originalteil mehr hatte. Du mußt wissen, daß Luis noch lebt, ist nur auf mehrfache Wunder zurückzuführen. So oft er auf das Mofa stieg, genauso oft hätte er theoretisch bereits das Zeitliche segnen müssen. Aber immer griff im kritischen Moment ein Schutzengel ein und rettete ihn. Er kannte weder den Namen seines Engels noch die Gründe seines Eingreifens, aber er war sich sicher, daß es nicht mit rechten Dingen zuging. Anders wäre es nicht zu erklären, mein Lieber, daß er mal das ganze Vorderrad verlor, sich überschlug und hinterher unversehrt und elegant aufstand, so als ob er sich nur mal eben gebückt hätte, um irgend etwas aufzuheben, was ihm runtergefallen war. Genausowenig wäre zu erklären, daß er mit dem Vorderrad an eine Bordkante stieß, wie eine Rakete hochgeschleudert wurde, sage und schreibe auf der Ladefläche eines Lastwagens landete, der sich mit Wassermelonen beladen langsam fortbewegte. Und dann platzten die Melonen durch seinen Aufprall, statt daß er wie eine Wassermelone platzte. Verrückt. Und all das, wohlgemerkt, passierte ihm nicht, weil er ein schlechter Fahrer war, oh nein. Es passierte, weil Luis auf seinem Mofa ständig auf neue Ideen kam, Pläne schmiedete, Entschlüsse faßte und träumte. Wenn er schnell fuhr, kamen ihm die besten Ideen; die Geschwindigkeit ließ ihn abheben. Es war schon vorgekommen, daß er in Perama aufgebrochen und in Rafina angekommen war und ihm erst, als er von seinem Mofa stieg, bewußt wurde, daß er über zweieinhalb Stunden gefahren war.

„Ja, Vetter, unglaublich. Als ich ankam, da wurde es mir klar. Es war mir tatsächlich nicht aufgefallen, daß ich zwei Stunden lang gefahren war.“

In diesen zwei Stunden hatte er in seiner Phantasie Pläne für eine Kneipe geschmiedet, das Kapital aufgetrieben und Geschäftspartner gefunden; für die Buchhaltung hatte er die Frau seines Bruders eingesetzt, Eleni, auch Twiggy genannt; auf die hatte er sowieso schon immer ein Auge geworfen. Eine lange Geschichte. Hör gut zu jetzt: Beim Mofafahren war er auf die Räumlichkeiten für die Kneipe gestoßen – ein altes verlassenes Haus, dessen Besitzerin, eine sehr große[4], faszinierende Frau – es ihm nicht vermieten wollte; stell dir vor, wie weit er in seinem Traum schon gekommen war! Er brauchte eine halbe Stunde, sagte er, so lange wie von Kallithea bis zum Stadion, um sie zu überreden. Erst machte er sie betrunken, spielte ihr etwas auf der Mundharmonika vor – wenn Luis seine Gitarre nicht dabei hatte, nahm er auch mit der Mundharmonika vorlieb – und dann fütterte er sie mit süßen kandierten Trauben, behutsam, Löffel für Löffel. Jedenfalls gab sie ihm das letzte okay im Bett, er unten und sie oben. Mit ihrem herzzerreißenden Schrei beim Finale „Oh, du mein Mann!“, übergab sie ihm Seele, Körper und Bar.

Und all das, wie ich dir bereits erzählte, dachte er sich auf seinem unbeschreiblichen Mofa aus, als er nach Rafina fuhr. Es war natürlich nicht alles gesponnen. Die Räumlichkeiten gab es, die kannte er, ebenso die Buchhalterin, von der ich gesprochen hatte, seine Schwägerin, die auch etwas Buchhaltung gelernt und ihn gebeten hatte, eine Arbeitsstelle für sie zu finden. Sie wollte von ihrem Mann abhauen, den sie nicht mehr ertrug. Der Rest war gesponnen. Der Verlauf der

Geschichte und vor allem die große Dame. Die gab es nicht.

So war ich mir auch jetzt sicher, daß er sich, bis er bei seiner Baracke angekommen wäre, eine ganze Geschichte ausgedacht hätte, wie er vorzugehen hatte: Entweder würde er sich im Bedarfsfall von seiner Litsa trennen und Fatmé heiraten – das wahrscheinlich aber eher doch nicht – oder er würde beide behalten, Litsa und Fatmé. Er würde sie zu einem Mannequin oder sonst was machen, und später würde er sie mit jemand anders verheiraten, vielleicht würde er ihr auch eine Boutique eröffnen oder einen Friseursalon, irgendwas. Wirklich, das Träumen auf dem Mofa war für Luis eine aufregende Sache. Alles mögliche hatte er sich da schon ausgemalt. Sogar mit den Frauen einiger seiner Verwandten hatte er schon geschlafen. Mit denen, die ihm gefielen. Und mit Frauen von Freunden von ihm. Mit denen, die ihm gefielen. Und nicht existente Geschäftspartner hatte er bestohlen. Und er hatte sich geprügelt und Leute aus Rache verraten. Und um ehrlich zu sein geschah vieles nicht nur in seiner Phantasie. Traum und Realität waren bei Luis so nah beieinander und ineinander verstrickt, daß bei den vielen Geschichten, die er einem erzählte, weder er, der sie erzählte, noch der, der ihm zuhörte, wußte, ob er sie wirklich erlebt hatte oder nicht; wie z.B. die Geschichte von der Kneipe, von der bis heute keiner weiß, ob er sie sich ausgedacht hatte oder ob vielleicht etwas Wahres dran war. Vielleicht hat er es wirklich erlebt, denn irgendwann mal, vor Urzeiten, hatte er tatsächlich mal eine Kneipe. Nur eine Sache hatte Luis selbst im Traum nicht geschafft. Zu töten. Das konnte er nicht. Und das gab er auch zu. Das war eine Schwäche von ihm. Trotz wiederholter Versuche war es ihm unmöglich. Oft hatte er sich seine größten Feinde in der Phantasie heraufbeschworen oder Bekannte, die verkommene Subjekte waren, deren Abwesenheit sowohl der Gesellschaft als auch ihm sehr zugute gekommen wäre; er stellte sie sich in seiner Phantasie noch widerlicher vor, als sie in Wirklichkeit schon waren, so daß es völlig in Ordnung gewesen wäre, sie zu töten. Es half alles nichts – nicht einmal dann brachte er es fertig, sie umzubringen.

Wie auch immer, vielleicht war irgendwas in seinem Kopf falsch geschaltet, hatte er unzählige Male das Leben mit dem Traum verwechselt. Und wie gesagt, es handelte sich um Tagträume, die er sich ausdachte, während er auf seinem Mofa fuhr oder mit Zügen, Autos, Schiffen reiste. Nicht, während er schlief. Selten im Schlaf. Diese Träume hatten für ihn nicht so eine Bedeutung.

Nach allem, was er mir nachher erzählte, wie er mir die ganze Sache beschrieb, als ich ihn im Krankenhaus besuchte, muß der Unfall in dem Moment passiert sein, als er Fatmé gerade im Traum in Drapetsona zwischen den Flüchtlingsbaracken spazieren führte, in dem Moment, als sich die Menschen versammelten, die Fatmé in ihren Shorts und dem offenen gestreiften Hemd bewunderten, vor dem Glasgeschäft von Botsaris. In dem Moment, sozusagen auf dem Gipfel der Vergötterung, passierte das Unglück. Das Mofa raste in das Schaufenster des Glasgeschäfts. Er erzählte mir, daß er genau im Moment des Aufpralls die Bewunderungsrufe und das Flüstern der Leute und sogar Händeklatschen zu hören vermeinte. Luis wurde nebenan in ein Bettengeschäft geschleudert. Sein Schutzengel war wieder mal eingesprungen. Jawohl, er sagte mir, dieses Mal habe er ihn fast gesehen, wie er ihn packte und auf Schaumgummi und Deckenfedern warf, die im Schaufenster ausgestellt waren. So wurde er gerettet und kam mit blauen Flecken und einer leichten Gehirnerschütterung davon. Fatmé prallte zusammen mit dem Mofa gegen die Scheibe, durchbrach das Glas und wurde von einer riesigen uralten Petroleumlampe aufgespießt. Das Glas des gläsernen Lampenschirms mit archaischen Mustern von Nymphen und Satyren zerschnitt ihr Nase und Stirn und drang tief in den Kopf, bis zum Gehirn. Ihr Körper blieb unversehrt, ohne eine Schramme. Er glänzte!

Bis der Krankenwagen kam – inzwischen hatten sich auch Leute versammelt, die sie, von Neonlampen beleuchtet, bestaunten – bis sie endlich das Krankenhaus erreicht hatten – es herrschte zu der Zeit ein irrer Verkehr – war alles aus. Draußen vor dem Krankenhaus hatte sie aufgehört zu atmen.

„Es darf einfach nicht wahr sein!“ sagte Luis immer wieder.

„Es darf einfach nicht wahr sein! Fatmé, der Engel! Es darf einfach nicht wahr sein, ich Vollidiot.“

Es war das erste Mal, daß ich Luis so stammeln hörte, als ich ihn im Krankenhaus besuchte, ihn, einen Verletzten und Gefangenen zugleich.

„Es darf einfach nicht wahr sein!“

ZWEITES KAPITEL

DIE KREIDE

Man könnte sagen, daß Luis' Zuneigung zu mir wuchs, als wir in Korinth zusammen beim Militär dienten. Ich war gebrandmarkt[5], inklusive aller sich daraus ergebenden Folgen[6] und einfacher Soldat, er war gebrandmarkt, inklusive aller sich daraus ergebenden Folgen und einfacher Soldat. Unsere Betten standen im Schlafsaal nebeneinander, bei den Übungen und beim Drill waren wir ständig zusammen. Wir stammten beide aus Piräus, aus demselben Viertel, waren beide Bücherwürmer, Luis noch mehr als ich, auch wenn er nicht einmal die Schule fertiggemacht hatte. Eine Sache machte ihn traurig, nämlich daß ich seinen Palamas[7] nicht besonders mochte. Er konnte die „Zwölf Gesänge des Zigeuners" fast auswendig.

„Das ist mir zu abgehoben, das fesselt mich nicht", sagte ich zu ihm. Große Worte, heiße Luft.
„Nein, Vetter, sag so was nicht."

Palamas war damals noch sehr berühmt. Luis war unglaublich belesen. Er verschlang Dostojewski, Gogol, aber auch Petros Pikros[8] und alles, was ihm an Literaturzeitschriften in die Hände fiel. Es kann schon sein, daß er manchmal ein bißchen durcheinander brachte, was er gelesen hatte, da er überall eintauchte, aber selten erlebtest du ihn uninformiert. Auf jeden Fall war er sehr traurig, daß mir sein Palamas nicht gefiel.
„Mensch Kostantis, niemand hat bisher schlecht über ihn gesprochen. Warum du?"

Damals, ich erinnere mich, machte ich ihn mit Kavafis bekannt. Ich las ihm ein paar Verse vor. Er kannte ihn nicht. Hatte nur von ihm gehört. Ich schleppte extra das Buch von ihm mit, als ich aus einem Urlaub zurück kam. Es traf ihn tief, zu erleben, wie sein Idol Palamas in sich zusammenfiel, vor seinen Augen zu Staub wurde.
„Was ist denn das für einer, Mensch, Kostantis? Ein ganz Großer!"

Am Abend, in der Taverne von Pepas, hätte er fast geweint. Zum ersten Mal nahm er mich zu Pepas' Taverne mit, ungefähr drei Kilometer außerhalb von Korinth, nahe bei den Examilia. Bis dahin hatte er mir nie von Pepas und dessen Taverne erzählt. Ich sah ihn zwar, als er an einigen Abenden mit dem Furier abhaute, aber ich hatte ja keine Ahnung ... Er kletterte über Zäune, schmierte die Wachen und haute ab, wenn er keinen Ausgang hatte. An jenem Tag nun, als ich ihm Kavafis vorlas, wollte er mich unbedingt auch mitnehmen.
„Mensch, Manolis, ohne Ausgang zu haben, das geht doch nicht, wie soll ich denn rauskommen? Schließlich sind wir hier beim Militär und nicht im Kindergarten."

Aber er kriegte mich rum. Zuerst kletterten wir über den Stacheldraht, und danach sprangen wir über die Einfriedung. Der Furier, der Ausgang hatte, wartete in einiger Entfernung auf uns.

So lernte ich Pepas und Charula kennen, seine Frau. Pepas haßte die Kommunisten, deren Partei und ihre Ausläufer. Wenn du mal kein Geld hattest, brauchtest du nur Pepas an deinen Tisch zu holen, ihm einen auszugeben und anzufangen, auf die Banditen und ihre ganze Sippschaft zu schimpfen. Man durfte nur nicht den Fehler machen und sie aus Versehen mal Rebellen nennen. Er wollte, daß man sie Banditen nannte. Du mußtest nur auf sie schimpfen und ihm immer wieder das Glas vollschenken. Wenn du dann zum Schluß zu ihm sagtest: „Die Rechnung, Herr Pepas“, konntest du froh sein, wenn er dich nicht verhaute.

Seine Kneipe hatte er mit antikommunistischen Postern und Plakaten vollgeklebt, auf denen in wackligen Buchstaben patriotische Parolen standen: „Das Vaterland über alles“, „Erkenne dich selbst“, „Es lebe das Militär“, „Hilf dir selbst, so hilft dir Gott“, und lauter so ein Zeug. Der Dorflehrer hatte sie ihm gebracht. Er hatte das die Kinder schreiben lassen.

Das beeindruckendste Plakat hing über dem Radio. Man sah darauf einen Rebellen, der eine Frau vergewaltigte, die Griechenland symbolisierte. Niemand schaute auf den Vergewaltiger, alle schauten auf „Griechenland“. Ringsherum hingen Fähnchen.

Pepas erzählte mir, er habe den Bürgerkrieg[9] teuer bezahlt, weil die Banditen seinen großen Bruder umgebracht hatten, den er vergöttert hatte und der für ihn wie ein Vater gewesen war.

„Die Schweine, warum mußten sie sich ausgerechnet meinen Bruder aussuchen, der keiner Fliege was zuleide tun konnte?“

Und lauter so ein Zeug. Nur deshalb haßte er sie, aber das war ihm auch genug.

„Mir persönlich haben sie nie was getan, ich habe nichts gegen sie.“

„Lieber Herr Pepas, Moment mal, wenn er ein solches Unschuldslamm war, warum haben sie ihn dann getötet?“

Dann brach er jedes Mal das Gespräch ab, fuchtelte in der Luft herum und ging. In der letzten Zeit hatte er angefangen, sich zu widersprechen. Auch Luis war das schon aufgefallen.

Tatsache ist, daß jedes Mal, wenn Retsinas keine müde Drachme mehr hatte, er Pepas den Köder hinwarf, ein paar witzige Geschichten auftischte – für Luis war das Geschichtenerzählen wie das tägliche Brot – und so über die Runden kam. Kurz gesagt, er hatte bei Pepas einfach einen Stein im Brett.

Wir hatten uns noch gar nicht richtig hingesetzt, schon machte er mich bekannt.

„Darf ich vorstellen, Herr Pepas, Frau Charula", Begrüßungen, Lächeln.

Als ich Luis auf einmal die Kommunisten „rotes Gesindel" nennen hörte, stutzte ich.

„Das gibt es ja wohl nicht", dachte ich, „er ist in der dritten Kategorie[10], einfacher Soldat ohne jegliche Rechte, steht streng unter Beobachtung, steht der Linken nah. Was redet er da?"

Auf jeden Fall hatte er das Wort „Gesindel" noch nicht ganz ausgesprochen, als Pepas schon Anweisung gab, die Schale mit den gebratenen Hoden zu bringen – Luis Lieblingsspeise –, Fleischbällchen und gebratene Hoden.

Manchmal, wenn Pepas ihn in seine *Charula* hineinkommen sah – wir hatten seine Taverne *Charula* getauft – gab er schon ganz automatisch die Anweisung: „Fleischbällchen und gebratene Hoden."

Er liebte Luis, er achtete ihn.

„Du bist in Ordnung, Retsinas, schwer in Ordnung!"

Erst sehr viel später verstand ich das ganze Theater und seinen Sinn. Als ich das zweite Mal mitging, schaffte Luis es gerade so eben, mir noch schnell zu sagen:

„Vetter, du bist doch einigermaßen gebildet. Fang irgend ein philosophisches Gespräch mit Herrn Antonis an – er liebt philosophische Gespräche –, erzähl ihm vom Leben, der Sinnlosigkeit unseres Daseins und vom Tod. Der Furier wird dir hilfreich zur Seite stehen. Ich für meinen Teil werde mal kurz verschwinden. Ich sage dir noch einmal, daß Pepas ganz verrückt ist nach tragischen Geschichten. Davon abgesehen passen sie auch zu dir. Da kann Superstimmung um dich herum sein, und du siehst aus, als müßtest du gleich zum Schafott. Nur im Kino habe ich dich mal lachen sehen, du alter Gauner. Wie auch immer. Du mußt zu Pepas nur sagen: ‚Das ist doch kein Leben, alles ist sinnlos'. Dann ist er hin und weg, fängt an zu weinen, einen auszugeben und zu saufen. Gib ihm ab und zu auch einen aus, sei nicht geizig. Er wird am Schluß für alles aufkommen."

Und so war es dann auch. Ich spielte meine Rolle so gut, daß ich zum Schluß tatsächlich anfing, zusammen mit Pepas zu weinen. Ich trank und weinte. Der Furier kriegte den Mund nicht mehr zu. Wahrscheinlich dachte er: „Was ist denn hier los, ist das jetzt Ernst oder Theater?"

Er war jedenfalls total durcheinander. Pepas seinerseits war drauf und dran, sich umzubringen. Bei der zweiten Schüssel fing er an, „Zwei Türen hat das Leben"[11], bei der dritten Oka[12] – damals wurde der Wein in Oka abgemessen – kriegte keiner von uns dreien mehr mit, daß wir „Es donnert der Olymp, es blitzt die Giona"[13] sangen. Wir wußten nicht einmal mehr, ob es ein Sauflied oder ein Widerstandslied war. Und du weißt wohl noch, daß sie dich damals im Handumdrehen wegen Lächerlichkeiten einkassierten, aus viel nichtigeren Gründen als dem, als Soldat Marschlieder deiner „Feinde" zu singen. Ich sah Luis erschrocken angerannt kommen, während er seine Hose zuknöpfte. Hinter ihm lief, genauso erschrocken, Charula. Mollig, aber beweglich. Sie war höchstens fünfundzwanzig. Um ihn abzulenken, rief sie: „Pepas! Die Kohlen, lauf."

Gleichzeitig versuchte sie, ihr Haar zu einem Knoten hochzustekken; ihr dunkelblondes Haar fiel wie schimmernde Seide auf ihre Schultern. Es war eine Freude, sie anzuschauen, so errötet und aufgelöst, wie sie versuchte, gleichzeitig ihr Haar hoch zu stecken und ihre Bluse zuzuknöpfen.

„Mensch, bist du völlig bescheuert, den Pepas hier Widerstandslieder singen zu lassen?" zischte mir Luis gerade noch zu.

Ein anderes Mal wollte mir Pepas unbedingt sein Haus zeigen. Er schwankte schon ziemlich. Langsam begriff ich den Sinn des ganzen, von Luis initiierten Theaters, vor allem, als ich merkte, daß es zwischen der Küche der Taverne und dem Wohnzimmer des Hauses einen langen Korridor gab.

Als ich bei unserem vierten Besuch merkte, daß Luis auf eine seltsame Art, jedesmal fast zur gleichen Zeit pinkeln gehen mußte, „entschuldigt mich mal kurz", dachte ich mir, daß da was nicht stimmte, und wollte rauskriegen, was dahintersteckte.

Als wir – der Furier, Pepas und ich – gerade bei einigen Versen unserer Nationalhymne waren „erzähle von vergangenen Herrlichkeiten und weine darüber"[14], gerade als wir über die Vergangenheit und die Vergeblichkeit weinten – welche Vergangenheit, allerdings, welche Vergeblichkeit, fragt man sich natürlich, und wie soll uns schon mit zweiundzwanzig Jahren diese Vergeblichkeit eine Vergangenheit genommen haben, die wir nicht hatten –, wie auch immer, in dem Moment ließ ich den Furier das Theater allein weiter machen und erhob mich diskret, um das Rätsel zu lösen.

„Ich gehe auch mal auf's Klo"

Und zog los und suchte Luis. Nirgends eine Spur von ihm. Ich ging in die Küche. Nichts. Aber auch Charula war spurlos verschwunden. Mir blieb nichts anderes übrig, als eine der beiden Türen vor mir zu öffnen. Die Tür zum Abstellraum oder die Wohnzimmertür. Ich wählte die Wohnzimmertür und öffnete sie. Ein kleines bißchen, gerade so eben. Sie sahen mich nicht. Aber ich sah sie. Luis, mit halb heruntergelassener Hose, saß auf einem Sofa und Charula, saß auf ihm, mit offenen Haaren, ohne Bluse, den Rock hochgeschoben, und bewegte sich auf und ab. Aber sie bewegte sich mit unglaublicher Leichtigkeit und erotischer Ausstrahlung. So viele überflüssige Pfunde und solch eine Leichtigkeit! Als ob sie in einem Raumschiff wäre und ihre Bewegungen schwerelos wären. So bewegte sie sich auf ihm, schwerelos und mit kreisförmigen Bewegungen.

Dieses Bild werde ich niemals vergessen. Das kannst du glauben. Charulas nackter Rücken, ihre bis auf die Hüften fallenden Haare, ihre auf- und niederwippenden Brüste und ein Sofa, dessen häßlicher, mit Zweigen gemusterter Bezug schon ganz verblichen war. Gegenüber das Buffet und ein Spiegel. Ein riesiger Spiegel. Sinnbild wollüstigen Orients. Ich dachte schon, ich würde Taximia hören. Weißt du, diese improvisierte langgezogene, traurige Musik, die früher in Haschhöhlen und Spelunken gespielt wurde. Sie sahen mich nicht. Ich schloß wieder lautlos die Tür und haute ab.

Ich sagte Luis nichts. Natürlich war ich verletzt, daß er mich nicht in sein Geheimnis eingeweiht hatte. Am Abend, im Schlafsaal, machte ich kein Auge zu. Ich mußte ständig an die Szene denken und schwelgte in Gefühlen. Charula mochte zwar mollig sein, aber ihr Körper hatte wundervolle Proportionen! In der Stellung, in der sie auf Luis saß, mit hochgeschobenem Rock, nacktem Rücken, und wie sie sich dann bewegte ... Oh, ich durfte gar nicht daran denken! Meine Erregung war so groß, daß ich bei bloßer Berührung sofort gekommen wäre.

„Okay Kostantis“, sagte plötzlich Luis neben mir. „Es ist nicht nötig, daß du es dir so zu Herzen nimmst. Ich habe es vor dir geheim gehalten, weil ich mich schämte, es dir zu sagen. Nicht, daß ich wegen Pepas ein schlechtes Gewissen hätte, aber du, Bruder, bist so verschlossen, so unerfahren ... Ich habe gesehen, daß du an der Tür warst.“

Er war verdammt helle, kriegte alles mit. Der Schlawiner hatte mich gesehen. Aber er hatte auch seine Sorgen. Große Sorgen. Charula hatte ihm am selben Abend etwas sehr Ernstes mitgeteilt. Wahrscheinlich war sie schwanger. Von ihm natürlich, denn ihr Mann konnte keine Kinder zeugen. Und das wußte er. Er war bei Ärzten gewesen, um zu sehen, ob es an ihm lag. Hundertprozentig zeugungsunfähig, hatte ihm Chatzinis, ein Mikrobiologe aus Korinth, bescheinigt.

Und wie sollte man bitte schön jetzt, wo Charula im zweiten Monat war, Pepas davon überzeugen, daß auch noch Wunder geschähen, daß auch Ärzte Fehler machten und daß das Kind von ihm wäre. Zur Not würde Luis natürlich auch das fertigbringen. Er war in der Lage, Pepas davon zu überzeugen, daß nicht nur dieses Kind von ihm war, sondern auch noch viele andere im Dorf. Aber er wollte lieber versuchen, Charula zur Abtreibung zu überreden.

„Ausgeschlossen. Lieber töte ich Pepas oder mich selbst, als mein Kind zu töten."

Dies war ihr letztes Wort, so sehr sich Luis sich auch anstrengte, sie zur Abtreibung zu überreden. Es blieb ihm nichts anderes übrig, als Pepas zu überzeugen – und er schaffte es tatsächlich! Er führte ihm das Beispiel von Sarah aus dem Alten Testament an, er versuchte ihn davon zu überzeugen, daß der Mikrobiologe aus Korinth sicher ein Kommunist sei – was übrigens auch stimmte – und daß der ihn aus Haß auf seine andere Einstellung für zeugungsunfähig erklärt hätte, daß die Wissenschaft immer hinter dem Leben zurückbliebe, daß...

Aber sein letztes Argument war einfach Spitze:

„Warum, Herr Pepas, gehen wir denn nicht einfach zu einem Mikrobiologen, der einer von uns ist, Kommunistenhasser? Ich kenne einen in Piräus. Einverstanden?"

Gesagt, getan. Binnen einer Woche waren Luis, ich und Pepas in der Praxis von Sidiropulos in der Filonosstraße. Sidiropulos gab Pepas ein Glasröhrchen ohne Verschluß, mit großer Öffnung, führte ihn ins Innere der Praxis und sagte ihm, er solle in das Fläschchen ejakulieren.

Wir saßen zu dritt im Flur, Luis, der Arzt und ich, und warteten. Nach drei Minuten kam auch Pepas mit dem Samen zurück. Nach zwei Tagen rief ihn Sidiropulos an. Im übrigen war auch er ein Kommunist, hatte ich ganz vergessen zu erwähnen, ein Bekannter von Luis' Vater.

„In Ordnung, Herr Pepas, Sie können so viele Kinder machen wie sie wollen. Gesünderes Sperma ist mir noch nicht vorgekommen."

Pepas wäre fast verrückt geworden. Seitdem stieg ich bei Luis noch mehr im Ansehen, und er schloß mich noch mehr in sein Herz, denn ich habe ganz vergessen, dir zu erzählen, daß der ganze Plan von mir stammte.

„Für tausend Drachmen könnte sich ein anderer Mikrobiologe finden lassen, der Pepas Zeugungsfähigkeit bescheinigen könnte."

Das genau hatte ich gesagt. Kaum hatte ich die Idee geäußert, hätte mich Luis fast geküßt.

„Wahnsinn!" sagte er zu mir, und machte sofort Sidiropulos ausfindig.

Er machte ihm klar, was es für eine Tragödie geben würde, wenn unter diesen Umständen das Kind von Charula geboren werden würde, er führte ihm die Morde vor Augen, die es unweigerlich geben werde und erläuterte ihm, daß Pepas es überhaupt nichts ausmachen würde, als hintergangener Ehemann alle umzubringen: die Mutter, das Kind und den Vater. Sidiropulos ließ sich überzeugen. Es war nicht mal nötig, ihn zu schmieren.

„In Ordnung, bringt ihn her."

Was wir dann auch machten.

„Kostantis, du bist Spitze. Wenn ich mal irgendwas für dich tun kann, sag's mir. Eine große Idee, grandios", sagte Luis immer und immer wieder.

Und so war Charulas Leben gerettet, so wären auch in die Taverne wieder Friede und Freude eingezogen, denn, wie du die vorstellen kannst, als Pepas den anschwellenden Bauch bemerkt hatte, waren nicht nur Friede und Freude verlorengegangen, sondern es hatte auch feste Schläge und Tritte gehagelt.

„Sag, du Miststück, mit welchem Kommunisten hast du es getrieben?"

„Ich schwöre dir, es kann nur von dir sein!“

Pepas Meinung nach konnten ihm nur Kommunisten so was angetan haben. Die letzten Prügel bezog sie an dem Tag, als der Anruf von Sidiropulos kam.

„Sie können so viele Kinder machen, wie sie wollen, Herr Pepas.“

Fast im selben Moment, als er ihr den letzten Tritt versetzte, kam auch der Anruf! Aber es war schon zu spät. Der letzte Tritt hatte bei Charula eine Fehlgeburt ausgelöst.

So kam das Kind von Luis und Charula niemals zur Welt. Tiefe Trauer lag über der Taverne.

„Gott schickt mir solch ein Geschenk, und ich Idiot verliere es!“

Pepas konnte seinen Kummer und seine Wut kaum ertragen. Ihm fielen sogar die Haare aus. Nein. Zuerst wurden sie weiß, und danach fielen sie aus. Ich sage dir, Pepas litt. Drei Monate lang bemühte er sich, Charula wieder zu schwängern. Das klappte natürlich nicht. Luis hatte ihm gesagt, daß der Eisprung nur einmal im Monat stattfinde und daß das Problem sei, den richtigen Zeitpunkt zu erwischen.

„Du mußt zum Zeitpunkt des Eisprungs in ihr drin sein. Genau zu dem Zeitpunkt. Stell dir mal vor“, sagte er, „es vergeht ein ganzes Leben, und du erwischst nie den richtigen Zeitpunkt!“

Pepas hatte nun also seine Charula ins Schlafzimmer verbannt und ließ sie sich gar nicht mehr anziehen. Er wollte, daß sie allzeit bereit war. Damit er, sobald er Lust bekam, sich gleich, ohne Zeit zu verlieren, auf sie stürzen konnte.

„Aber, Antonis, das geht doch nicht, schließlich haben wir zu tun.“

„Scheiß drauf, das hier ist wichtiger.“

Und so mußte Charula notgedrungen, obwohl sie Bescheid wußte – was sollte sie anderes tun? – nicht nur bis zum Schluß ihre Rolle spielen, sondern auch noch möglichst überzeugend wirken. Sie fügte sich in ihr Schicksal, ohne zu klagen!

Natürlich klappte Pepas im dritten Monat zusammen. Doch seinem physischen Zusammenbruch ging ein anderer voraus, der ideologische.

Es kann sein, daß dir das heutzutage alles ein wenig seltsam, ein wenig lächerlich vorkommt, aber damals, im Alltag, in der Kaserne von Korinth, hatte alles eine ganz andere Bedeutung.

Als Luis sich nach diesen Ereignissen von Charula trennte, war etwas zerbrochen, irgendwas war kaputt gegangen in der ganzen Atmosphäre. So als ob die Taverne jetzt kleiner wäre, als ob das Bühnenbild beschmutzt worden wäre. Die gebratenen Hoden und die Okaden kamen nicht mehr mit derselben guten Laune, und auch Pepas philosophierte nicht mehr so oft. Er war immer gereizt, ständig fand er einen Grund, sich zu ärgern.

Er fing auch wieder an, die Leute zu verfluchen, die seinen Bruder auf dem Gewissen hatten und sich darüber zu beklagen, daß seit damals alles in seinem Leben und seinem Haus bergab gegangen sei.

In so einer Stimmung setzte sich Pepas eines nachts also zu uns – ich weiß auch nicht, wie er dazu kam –, und erzählte uns zum ersten Mal, wie und warum sie seinen Bruder getötet hatten. Bisher war er diesem Thema regelmäßig ausgewichen. Nie wollte er darüber sprechen. Er leerte also drei Gläser Nemeaswein und fing danach an, uns ausführlich zu berichten, was ihm von Herrn Fotis beschrieben worden war, dem Menschen, der die Ereignisse jener Mordnacht persönlich erlebt hatte, der auch der einzige Zeuge war, wie uns Pepas sagte. Pepas redete, trank und weinte in einem fort.

„Das Schicksal aller wäre anders verlaufen, wenn mein Bruder heute noch leben würde. Und Herr Fotis würde sich jetzt weder an Polyxeni noch an ihrer Mitgift erfreuen. Über drei Hektar Orangen, abgesehen von den Olivenhainen und dem Herrenhaus."

„Herr Pepas, bei Gott, werd etwas deutlicher. Wer hat nach dem Tod deines Bruders seine Frau Polyxeni geheiratet?"

Aber Pepas brachte wieder alles durcheinander. Einen Teil wollte er verschweigen, einen Teil erzählen, und so widersprach er sich. „Schwierige Zeiten, hinterhältige Zeiten“, meinte er.

Sicher ist nur, daß sein Bruder noch nicht mal ein Jahr tot war, als Polyxeni schon Herrn Fotis heiratete.

„Das Flittchen... nicht mal ein Jahr hat sie gewartet.“

Ich weiß nicht warum, aber je häufiger Pepas mal hier „Herr Fotis“ und mal da „Herr Fotis“ einwarf, desto mißtrauischer wurde Luis. Irgendwas störte ihn, irgendwas hörte sich nicht gut an, irgendwas paßte nicht so richtig.

„Und dieser Herr Fotis? Kann man den mal kennen lernen? Wo steckt er?“ fragte er plötzlich.

„Jetzt? Ausgeschlossen. Sein Leben hängt am seidenen Faden. Hatte zwei Herzinfarkte. Den dritten wird er nicht überleben.“

„Und Polyxeni?“

„Die Nutte will ich noch nicht mal anspucken, geschweige denn sie sehen.“

Luis hatte keinerlei Zweifel mehr, daß dieser Herr Fotis eine verdächtige Rolle in der Geschichte gespielt haben mußte. Er begann bereits, ihn sich vorzustellen, als würde er ihn auf einem Foto sehen: gelbgrüne Augen, gelbgrüne Haut, kaputte Zähne, links oder rechts neben dem Mund eine Narbe, dichte Augenbrauen, dünn.

Aus Pepas' Erzählungen stellte er ihn sich mit arrogantem Gesichtsausdruck vor, mit dem Benehmen eines Gestapo, als ob ihm die Welt gehören würde, als ob sie nur für ihn gemacht worden wäre, einer von denjenigen, die dich zwingen, ihnen den besten Leckerbissen, den besten Platz zu geben.

„Kommen Sie herein, Herr Fotis, setzen Sie sich, Herr Fotis.“

„Aber nach allem, was du sagst, scheint mir dein Herr Fotis nicht gerade in Ordnung zu sein“, warf Luis listig ein.

„Ist er auch nicht, aber rede nicht drüber, denn ansonsten ist er eine sehr ehrbare und respektierte Persönlichkeit in ganz Korinth. Mächtig und einflußreich. Ein Wort von ihm läßt Minister aus ihren Sesseln heben in unserer Gegend hier. Alle respektieren ihn. Polizisten und Priester. Ich kann mich über ihn nicht beklagen, dafür aber über Polyxeni. Was ihn anbelangt, gefiel sie ihm, er hat sie geheiratet, er war halt nur auf seinen Vorteil bedacht. Ansonsten war er in Ordnung. Was in seiner Macht stand, tat er für mich. Die Lizenz für die Taverne bekam ich und ... Ein Telefonat von ihm genügte, und die Anzeigen, die der Stadtarzt gegen mich erhoben hatte, waren null und nichtig. Das niederträchtige Weibsbild ist's gewesen, er war mir gegenüber schwer in Ordnung. Schon immer."

„Einen kleinen Moment mal, lieber Herr Pepas, was meinst du mit ‚in Ordnung'? Eben noch hast du gesagt, daß er ..."

Plötzlich erinnerte sich Luis, wo er diesen Herrn Fotis schon mal gesehen hatte. Jedenfalls stellte er ihn sich so vor. Dem Sofa mit den Zweigen gegenüber, dort wo er sonst saß, wenn er es mit Charula trieb, hing am Spiegel ein vergilbtes Foto. Es klemmte in dem Spalt zwischen Holz und Spiegelglas. Es waren drei Personen darauf. Zwei Männer und in der Mitte eine Frau. Er erinnerte sich auch an die Frau. Sie hatte Eindruck auf ihn gemacht, deshalb war er überhaupt erst auf das Foto aufmerksam geworden. Er erinnerte sich, daß einer der Männer klein, sympathisch, gutmütig wirkte. Der andere war von großer, imposanter Statur, besaß eine starke Ausstrahlung und hatte einen verschlagenen und humorlosen Ausdruck in den Augen. Aber die Frau hatte etwas besonderes, sie ließ sich nicht beschreiben. Nicht besonders schön. Aber anziehend. Wenn sie an dir vorbeigehen würde, würdest du sie nicht bemerken. Wenn aber ein Scheinwerfer auf sie fiele, dann würde es dich durchzucken. Du würdest dich in sie verlieben. Sie hatte keine besonders feinen Gesichtszüge, war ziemlich klein und dick. Je länger du sie ansehen würdest, desto stärker würde sie dich in ihren Bann ziehen. Ganz sicher eine Frau, der du auf Gedeih und Verderb ausgeliefert sein würdest. Das sah man auf den ersten Blick. Man müßte schon sehr einfältig sein, daran zu zweifeln.

„Hast du ein Foto von ihm da?" warf Luis scheinbar zufällig ein, neugierig, ob der Herr Fotis tatsächlich der Große auf dem Foto sei.

Pepas stand sofort auf, bereits torkelnd, und holte das Foto. Es war das Foto vom Spiegel, wie Luis es sich gedacht hatte.

„Hier sind alle drei. Sie waren Freunde und Nachbarn. Das einzige Foto, das ich besitze."

Ich weiß nicht, ob ich dir erzählt habe, daß Luis, auch wenn er Kriminalgeschichten und -filme nicht mochte, trotzdem ein irrsinniges kriminalistisches Gespür hatte. Nichts entging ihm.

Wenn er dich beobachtete und dabei seine Augen blitzten, seine Augenlider zitterten, wußtest du, daß er in dem Moment auf deiner Frequenz war, sich auf die Wellen einstellte, die du aussandtest.

„Das ist dein Bruder?" fragte er Pepas und zeigte auf den einen von den beiden, den kleinen.

„Ja, woher weißt du das?"

„Und das ist dieser Herr Fotis?" fuhr Luis fort.

„Ist er!"

Luis wandte sich mir zu und schaute mich an, dann den Furier und zum Schluß Pepas.

„Und das ist natürlich Polyxeni, nicht wahr?"

„Ja, das ist sie", antwortete Pepas immer erstaunter.

Er war sich sicher, daß kein anderer Luis von diesem Foto erzählt haben konnte. Woher, zum Teufel, wußte er, wer wer war?

Es verging etwa eine Minute beredten Schweigens. Blicke, Mienenspiel, Mutmaßungen. Luis war am Schluß vollkommen ruhig, geheimnisvoll, schürzte ein wenig seine Lippen, drehte das Foto um und las laut:

„29. Juni 1947, als Geschenk zu deinem Namenstag."

Darunter eine Unterschrift. Fotis Demenagas. Genau an dieser Stelle lächelte er. Wir schauten ihn alle an. Saßen regungslos da. Trauten uns nicht mal zu atmen. Er, nicht weniger gespannt wie wir, drehte das Foto wieder um und schaute es sich noch einmal an. Wie der Optiker deine Augen und der Kardiologe dein Herz untersucht. Genau so. Es fehlte nicht viel, und wir hätten zuschauen können, wie er Stetho- und Mikroskop hervorholte. Nach einer Weile gab er es dann Pepas zurück.

Es war eindeutig, daß Luis seine Schlüsse aus der Geschichte gezogen, seine eigene Geschichte geschaffen hatte.

„Am nächsten Tag, am 30. Juni, sind die Banditen von den Bergen runtergekommen und haben ihn erschossen", sagte Pepas zu ihm, um zu sehen, wie Luis reagierte.

„Und am 29., also einen Tag vor seiner Ermordung, hatte dein Bruder Namenstag. Hieß er nicht Petros? Oder Pavlos?"

„Petros, ja", erwiderte Pepas, der total platt vor Erstaunen und sprachlos war.

„Woher weißt du das?"

Luis antwortete nicht, sondern stand auf.

„Los, Freunde, laßt uns gehen, das reicht für heute."

Pepas packte ihn bei den Achselstücken.

„Moment mal, du hast dir doch irgendwas dabei gedacht, du weißt doch was."

Und er drückte ihn wieder auf den Stuhl zurück.

„Was willst du, lieber Herr Pepas? Herr Fotis lebt doch noch. Oder etwa nicht? Das heißt, daß du ihn selber fragen kannst. Er gehörte jedenfalls nicht zu den Banditen. Oder?"

„Natürlich nicht! Der gehörte zu den anderen", antwortete Pepas.

„In Ordnung, das reicht. Sag, was wir dir schuldig sind, und dann sind wir weg."

Er spielte seine Rolle hervorragend, das Schlitzohr.

„Manolis, du kommst hier nicht lebend raus, wenn du nicht alles sagst, was du dir gedacht hast."

Pepas lallte schon. Aber Luis sagte kein Wort, er kam gar nicht mehr dazu. Pepas hatte so viel getrunken, daß er auf seinen Stuhl zurückfiel und einschlief, als er aufstehen wollte, um Luis festzuhalten.

Abends im Schlafsaal konnten wir nicht einschlafen. Wir bekamen einfach kein Auge zu. Auf einmal drehte sich Luis zu mir herüber und machte mir Zeichen aufzustehen.

„Ich gehe raus, komm mit."

Er warf seinen Soldatenmantel über, nahm seine Zigaretten – Santé – und ging raus. Angeblich aufs Klo.

Wir setzten uns vor die Klobaracke, auf ein paar leere Ölfässer. Nachdem er sich eine Zigarette angesteckt und drei, vier tiefe Züge hintereinander genommen hatte, begann er zu sprechen:

„Paß mal auf, Vetter. Pepas' Geschichte liegt mir schwer im Magen."

Er holte aus seiner Manteltasche das Foto heraus. Er hatte es geklaut.

„Und nicht nur die Geschichte. Auch die Frau."

Er zog eine Taschenlampe heraus und beleuchtete sie. Jetzt konnte ich sie auch besser sehen. Sie hatte tatsächlich etwas Magisches an sich. Sie gehörte zu den Frauen, die man nicht vergaß. Hattest du sie einmal gesehen,vergaßt du sie nie.

„Vetter, ich hoffe nicht, daß du den Schwachsinn von Pepas geglaubt hast, daß die Rebellen seinen Bruder getötet haben. Warum hätten die Rebellen so ein kleines Würstchen töten sollen? Sonnenklar, daß da ganz andere Dinge im Spiel waren."

„Und zwar?"

„Entweder Polyxeni hatte es ihm angetan, dem Meister Fotis, oder ihre Olivenhaine oder beides."

Daraufhin schaute ich mir das Foto noch einmal genauer an. Luis hatte recht. Herr Fotis verschlang sie fast mit seinen Blicken.

„Entweder hatten die da schon ein Verhältnis, oder es hat durch Petros' Tod angefangen, das ist sicher", dachte ich.

Luis hatte inzwischen drei Zigaretten hintereinander weggeraucht. Ich merkte, daß die Geschichte hier offenbar noch nicht zuende war. Wir sprachen nicht.

Ich wußte, ich sah, daß Luis bereits weit weg war.

„Wie alt schätzt du sie?" fragte er mich.

„Wenn der Mord '47 stattgefunden hat, muß sie jetzt so um die fünfundzwanzig, achtundzwanzig sein.“

„Ja, genau.“

Er nahm das Foto, steckte es in seine Manteltasche und stand auf. Wir gingen schweigend und in uns gekehrt zum Schlafsaal zurück. Als wir uns hinlegten, sagte er nur noch:

„Ich kann einfach nicht glauben, daß diese Frau einen so durch und durch eiskalten Menschen geliebt haben soll.“

Er legte sich hin.

Von da an begann die Geschichte, in meiner Phantasie ungeahnte Ausmaße anzunehmen.

Seit jener Nacht vergingen weitere fünf, und in keiner sah ich Luis im Schlafsaal schlafen. Er hatte es geschafft, jede Nacht Ausgang zu bekommen. Ich sah ihn beim Tee am Morgen, wenn wir auf den Bänken saßen, einer dem anderen gegenüber. Er sprach kein Wort, saß vornübergebeugt und stumm da. Wie eine Sphinx. Mit einem in die Ferne gerichteten und der Welt entrückten Blick. Erst am Samstagmorgen, als ich meinen Tee schlürfen wollte, packte er mich auf einmal am Arm.

„Hab ein bißchen Geduld, du wirst alles auf einmal erfahren, ich hebe es dir als Überraschung auf.“

Ich stand regungslos da, mit dem Kochgeschirr in der Hand, und schaute ihn zweifelnd an.

„Sag mir, woher wußtest du, daß sein Bruder Petros hieß?“

Er lächelte.

„Ist dir das immer noch nicht klar? Mein Vater heißt auch Petros. Hast du das vergessen? Stand da nicht, daß am 29. Juni sein Namenstag war?“

„Du Schlitzohr“, sagte ich zu ihm, statt ihn zu küssen.

Daraufhin holte er in aller Seelenruhe, mit einem geheimnisvollen Lächeln, seine Zigarettenschachtel raus, öffnete sie und hielt sie mir hin. Er wußte, daß ich nicht rauchte.

„Nimm, die wird dir gut tun."

Ich schaute ihn lächelnd an und streckte meine Hand aus.

Und so geschah es, daß ich zusammen mit Luis, im KEN[15] von Korinth, meine erste Zigarette rauchte.

„Du wirst sehen, daß deine Tage so leichter vorübergehen."

Und das stimmte.

Ich konnte nie verstehen, warum dieser Mensch eine solche Schwäche für mich hatte. Ich war ein Niemand, ohne Ausstrahlung, ängstlich, schüchtern. Es gab nichts an mir, was ein Interesse an meiner Person hätte hervorrufen können, irgendetwas Seltsames, etwas, was man dahinter hätte vermuten können. Ich war einfach nur langweilig. So, wie ich wirkte, so war ich auch, ohne Geheimnisse, ohne jegliche schauspielerische Begabung, während bei Luis alles möglich war. Allein mit ihm zu sprechen war das reinste Abenteuer. Wo man ihn auch berührte, sprühte er förmlich Funken. Ein Zauberer!

Meine Neugierde hatte inzwischen ihren Höhepunkt erreicht. Ich stellte mir alles mögliche vor. Er war zu allem imstande: z.B. daß er irgendwelche vergilbten Schreiben des Herrn Fotis aufgestöbert hatte, aus denen Polyxenis Untreue hervorging, oder daß er ihn erpreßte oder daß er ihn eines Nachts am Schopf packen und vor Pepas zerren und ihn dort zwingen würde, die Tat zu gestehen. „Ich liebte sie und deshalb habe ich gemordet", lauter solch melodramatisches und unwahrscheinliches Zeug. All so etwas stellte ich mir vor. Ich stellte mir sogar vor, daß Luis – halbtot, wie Herr Fotis war – sich als Priester verkleiden und den Beichtvater mimen würde.

„Gesteh alle deine Sünden, wenn du dir ein Plätzchen im Paradies sichern willst", und dann würde der reden. Ich stellte mir vor, daß Fotis Demenagas Polyxeni gebeten hätte, den Priester zu rufen, damit er die letzte Beichte ablegen könnte. Und sie, inzwischen von Luis eingeweiht, würde den verkleideten Luis bringen anstatt den richtigen Priester zu rufen.

Alles mögliche malte ich mir aus, und zu allem hielt ich ihn fähig. Daß er schlimme und schreckliche Geschichten über Fotis rauskriegen würde, mit Dokumenten wie Briefen, Zeugenaussagen und Fotos. Daß er ihn als Kollaborateur, Verräter, Spion der Deutschen entlarven würde, dann, daß er der Schrecken des ganzen Dorfes gewesen sei usw ... Ich sag dir, zu allem hielt ich ihn fähig. Nur eines traute ich ihm nicht zu, und genau das brachte er fertig. Hör zu, damit du ihn schätzen lernst, paß auf:

Eines Abends, als wir, der Furier und ich, nach langer Zeit mal wieder in die *Charula* gegangen waren, um einen zu trinken – „Gehen wir, Manolopulos?" – „Ja, laß uns gehen" –, stell dir vor, was wir da sahen! Pepas und Luis tanzten sturzbetrunken Tango mitten im Raum. Jawohl. Und nicht nur das. Wir sahen auch, daß alle Wände ringsherum leer waren. Weder „Es lebe das Militär" noch „Der Kommunismus, Opium für das Volk." Sie hatten alles abgenommen, sogar dieses Pornoposter.

Auf alles war ich gefaßt gewesen, aber daß Luis aus Pepas einen Linken machen würde, das hätte keiner für möglich gehalten.

Ich weiß nicht, wie lange Pepas' ideologische Wandlung gedauert haben mag, sie gehört aber sicher zu den erschütterndsten, die es je gegeben hat.

Sobald Charula uns zur Tür hereinkommen sah, fing sie an, uns um etwas zu bitten, was ich am Anfang gar nicht verstand.

„Herr Manolopulos, retten Sie unsere Taverne, tun Sie was, die sind verrückt geworden. Ich hatte mich schlafen gelegt, mir ging's nicht so gut, und auf einmal hörte ich sie. Sie warfen die Poster weg, zerrissen die Plakate des Lehrers, schimpften auf Tsaldaris[16]."

Kannst du dir dieses Bild vorstellen? Volles Rohr Tango-Musik, Pepas mit Luis als Tanzpartnerin, und sie tanzen à la Rodolpho Valentino, mit großen Schritten und ausgestreckten Armen in vollkommener Ekstase. So richtig mit Figuren. Auch wenn sie vor Betrunkenheit torkelten. Sobald eine Figur geglückt war, stürzte sich

Pepas auf Luis und küßte ihn ab.

Andere Gäste, hingerissen und berauscht von der Darbietung, schmissen ihnen Teller hin, klatschten in die Hände, schrien. Es herrschte Bombenstimmung. Sie riefen „Es lebe Pepas“, kippten den Retsina wie Wasser runter, und die ganze Zeit über bat Charula uns, sie zu retten.

Die Situation war allerdings wirklich ernst. Es gab keinen Zweifel, daß jeden Moment entweder Schlägerkommandos des Schattenstaates[17] der Gegend auftauchen, den Laden zu Kleinholz verarbeiten und sie windelweich prügeln würden – was dann auch geschah – oder irgendwelche Polizisten erscheinen würden, um sie zu verhaften.

In dem Moment fiel mein Blick auf Charula. Sie war aufgestanden, wie sie war, vom Bett der „Unzucht“, dort, wo Pepas sie hinverbannt hatte, um den Stammhalter zu empfangen: Sie war halbnackt, Rücken und Brust fast unbedeckt, mit einem Nachthemd aus billigem Nylon knallrot, Feuer, kurz bis zu den Knien, mollig, fast schon unförmig, und ihr Gesicht strahlte wie der Mond im August.

Es war das erste Mal, daß mich ein solch starkes Verlangen nach einer Frau ergriff. Ich sah sie an. Sie sah mich an.

„Lieber Herr Kostas, stoppen Sie sie, das Ganze kann nicht gut ausgehen.“

Ich ging zu ihr hinüber. In all dem Durcheinander zwinkerte mir Luis listig zu und deutete auf Charula. Er wußte, was los war.

„Kommen Sie und ziehen Sie sich etwas über, sie werden sich noch erkälten“, sagte ich zu ihr. Ich glaubte an das, was ich sagte. Ich sah, wie sie zitterte; es war auch eiskalt in jener Nacht. Eiseskälte und Mond. Vollmond!

Ich schob sie auf die Küche zu.

„Ziehen Sie sich erst mal was an.“

„Ins Zuchthaus werden sie kommen.“

„Aber warum denn, was tun sie denn schon? Das ist doch nicht so...“

„Nicht? Bevor Sie gekommen sind, sangen sie sogar Widerstandslieder. Sie provozieren, sie sind laut. Sie waren ja eine ganze Zeit nicht hier, haben einiges nicht mitbekommen ... Es ist viel passiert seitdem."

Ich öffnete die Tür, die zum Wohnzimmer führte – ich kannte mich ja inzwischen aus – und schob sie hinein.

„Kommen Sie, ziehen Sie sich zuerst was an, das geht doch nicht, sie werden sich noch erkälten."

Wir gingen hinein, und die Tür fiel ins Schloß. In diesem Moment zog ich sie an mich und umarmte sie. Ohne mich zu besinnen. Ich konnte mich nicht mehr beherrschen. Und küßte sie.

Ich wußte noch nicht einmal so richtig, wie man küßt. Doch war mein Verlangen so groß, daß auch Charula, nach einigen Sekunden des Zögerns und Erstaunens, sich ihren Gefühlen hingab; sie ließ sogar die üblichen Verzögerungsfloskeln weg.

Das Sofa mit den geschmacklosen Zweigen stand an derselben Stelle, und gegenüber hing der Spiegel. Ich zog sie auf mich. Sie wehrte sich nicht. Den Blick nach unten gerichtet, ließ sie ihren Gefühlen freien Lauf.

Ich zog ihr völlig ungeschickt einen Träger ihres Nachthemds über die Schultern herunter. Die ganze Brust kam zum Vorschein. Hart, weiß, mit einer riesigen Brustwarze, rund und pechschwarz. Als ich ihren Slip ausziehen wollte, wurde ich total nervös, weil er sich verhedderte und nicht heruntergehen wollte.

„Macht nichts", flüsterte sie mir zu, „lassen Sie ihn ruhig."

Und ich ließ ihn an ihrem Bein hängen.

Ich war im Rauschzustand, wußte nicht, was ich zuerst tun sollte. Ihre Lippen küssen, ihre Brüste, oder sie umarmen? Es war eine Flut, die mit einer solchen Wucht über uns hereinbrach, als wenn sie gegen eine Absperrung schlüge, und wir kämpften dort in den Wellen. Mal beugte ich mich herunter und küßte ihren Bauchnabel, mal kam ich hoch zu ihren Brüsten, zu ihren Brustwarzen.

„Heute abend stirbt der Faschismus!" hörte man Pepas draußen rufen.

Ich hörte ihn wie durch einen Filter.

„Nein, nicht", flüsterte mir Charula zu und zog mich an den Haaren hoch, damit ich sie auf den Mund küßte.

Sie wollte mich lieber in der Nähe ihres Gesichtes haben, vielleicht weil sie sich schämte. Sie fühlte sich besser, wenn wir uns in die Augen schauten.

Genau in diesem Moment, hingerissen, außer Atem, als hätten wir zu Fuß einen Berg erklommen, zog ich sie auf mich, während ich mich gleichzeitig auf das Sofa mit den Zweigen fallen ließ. Sie war inzwischen sehr erregt. So sehr, daß sie meine Hose aufknöpfte, sie zusammen mit der Unterhose herunterzog, und sich so geschickt vor- und zurückbewegte, daß ich in sie eindringen konnte.

Danach begann sie mit jenen bekannten leichten Kreisbewegungen, genauso wie sie es mit Luis gemacht hatte.

Im Spiegel gegenüber sah ich alles. Wie ihr Rücken, ihre Taille, ihre Hüften auf- und niedergingen. Es dauerte nur wenige Sekunden. Ihr Aufschrei, als sie kam, war unbeschreiblich. Ich erschrak. Bis dahin hatte ich so etwas noch nie gehört. Als ob sie zerrissen würde, als ob ihr die Eingeweide rausgerissen würden, wie eine Löwin, der sie die Jungen nahmen, ein Schrei voller Schmerz und Erlösung zugleich.

So etwas kann man nicht beschreiben, dann verliert es seinen Zauber. Man muß es erleben. Im selben Moment kam auch ich.

Ich fühlte, wie mich ihre ganze Hitze durchflutete, ihre ganze Lust, wie eine dicke Flüssigkeit, die in mein Blut eindrang.

Ihre Hände hatten sich unter Mantel und Hemd in meinen Rücken gegraben, und so verharrten wir regungslos, eng umschlungen, schwer atmend.

Langsam erlangte ich das Bewußtsein von Zeit und Raum wieder. Meine Ohren fanden ganz langsam ihr Gehör wieder, meine Augen ihre Sehfähigkeit, mein Denken seine Angst.

Die Stimmen von nebenan erreichten mich wieder, das Händeklat-

schen und ein paar Akkorde, mit Markos' Stimme, glaube ich.
„Immer, wenn ich komme, habe ich den Eindruck, als ob ich aus der Ferne Glöckchen hörte. Und du?"
„Ich höre Geräusche, ohne allerdings genau ihre Herkunft zu kennen und zu wissen, wonach sie klingen! Undefinierbare Geräusche, Tausende."

Ich weiß nicht, ob ich den Satz ganz zu Ende gebracht hatte. Genau in dem Moment hörte man den ersten Krach, als ob Scheiben, Türen, Holz zerbrächen. Wie beim Jüngsten Gericht. Man hörte Flüche und das Zerbrechen von Gläsern und Krügen, an den Wänden, auf dem Boden; Teller wurden aus den Fenstern geworfen und zerbrachen an den Bäumen und den Umzäunungen. Außer Tellern wurden auch Tische, Stühle und Stuhlbeine rausgeworfen und zerschlagen.
„Mein Gott!" sagte Charula und sprang auf.

Sie schaffte es gerade noch, ihren Slip anzuziehen. Statt eines Kleides – wo sollte sie eins in solch einem Augenblick finden – warf sie sich ein großes gehäkeltes Tischtuch über, schneeweiß, das sie vom Tisch genommen hatte.

Ich versuchte, Unterhose, Hose hochzuziehen, suchte nach Knopflöchern, Gürtel, Riemen, Jacke, Hose ... Ich hatte eine Wahnsinnsangst. Ich wußte ganz genau, daß ich dran war, wenn mich die Militärpolizei erwischte. Als plötzlich zwei Pistolenschüsse fielen, hörte ich mit Zuknöpfen und Zuschnallen auf, hielt meine Hose mit beiden Händen fest, damit sie nicht runterrutschte, öffnete das Fenster, nahm Anlauf, als würde ich zum Hochsprung ansetzen, und war im Garten.

Einen Moment lang hielt ich auf der gegenüberliegenden Seite inne, um nach Luis und dem Furier Ausschau zu halten. Die Patronen hatten Löcher in die über den Tischen hängenden Fässer geschlagen. Ich sah, wie Pepas' Nemeas-Retsina herausfloß, ganz gelb, so als ob jemand von oben runterpinkeln würde. Das sah aus wie lauter kleine Springbrunnen oder sprudelnde Quellen.

Ich sah gerade noch, wie Charula angsterfüllt, mit dem löchrigen Tischtuch über dem knallroten Naylonnachthemd, den Raum betrat.

Mitten in diesem Höllenspektakel, halbnackt wie sie war, glich sie einer Haremsdame, einer Person aus einer anderen Welt.

Für Sekunden sah ich auch Pepas, den die Schlägerkommandos in eine Ecke gedrängt hatten und auf ihn eindroschen, während von oben Retsina auf sein Gesicht sprudelte.

Ein paar andere Gäste saßen regungslos wie begossene Pudel an der Seite. Sie taten so, als sähen sie nichts, und schauten woanders hin.

„Mörder!" hörte ich Charula rufen und sah, wie sie sich auf sie stürzte.

Ich sah weder Luis noch den Furier.

„Rette sich wer kann", sagte ich mir und haute ab.

Innerhalb von einer Viertelstunde erreichte ich das Militärlager, war über Zäune und Stacheldrähte gesprungen und nun im Schlafsaal angekommen.

Hast du schon mal einen Hund bei großer Hitze erlebt, wenn er rennt und hechelt? In dem Zustand war ich, als ich ankam. Wie ein Hund mit heraushängender Zunge. Ich konnte weder Luft holen noch ausatmen, eine Minute länger, und mein Herz hätte ‚krack' gemacht, wie eine überspannte Sehne, die reißt.

„Was zum Teufel ist denn euch heute abend passiert?" rief mir der Schlafsaalwächter zu, als ich mich rückwärts aufs Bett fallen ließ.

Dann erst hörte ich neben mir genau so ein Hecheln. Ich drehte mich langsam um, und was sah ich? Luis, auf dem Rücken liegend, der mich mit seinen schlauen Augen anschaute.

Selbst, wenn wir hätten sprechen wollen, wäre es unmöglich gewesen. Wir konnten nur tief Luft holen. Er war auch abgehauen. Durch das Schlafsaalfenster sah ich den Mond. Voll, ganz silbern.

Ich drehe mich wieder zu Luis. Seine Augen waren auch auf den Mond gerichtet.

Ich brauche wohl kaum zu erwähnen, daß im selben Moment, in dem ich nicht mehr außer Atem war, die Angst hochkam. Wenn mich irgendwer bei der Kommandantur verpfiff, wenn mich irgendein Verräter gesehen hätte, wäre ich verloren. Ich war sowieso schon gebrandmarkt, wenn jetzt noch herauskommen würde, daß ich einen friedliebenden Bürger wie Pepas aufgeklärt hätte? Vom Furier wußte ich nicht, wo er hingegangen war, was nach dem Angriff der Vandalen passiert war.

Am nächsten Morgen tranken wir unseren Tee, Luis und ich, über unsere Tassen gebeugt und schweigsam, und ich zusätzlich noch verängstigt.

Ich stippte etwas Kommißbrot in den Tee, ließ es dann aber liegen. Ich konnte nichts runterkriegen.

Luis trank neben mir mit Appetit seinen Tee, stippte sein Kommißbrot rein und genoß das Frühstück, als sei nichts vorgefallen.

Ein Frühlingsmorgen. Sonne, klarer Himmel, überhaupt kein Frost. Nur ein wenig Tau. Du konntest ihn sehen. Überall. Auf den Bäumen, den Bänken, den Fensterscheiben. Aber es war einem nicht kalt.

„Du hast nichts zu befürchten. Hast du was getan? Nein!“ warf Luis plötzlich ein, als läse er meine Gedanken.“

„Mensch, Manolis“, erwiderte ich, „verstehst du denn nicht? Wenn die ganze Geschichte erst einmal hier ankommt, in der Kommandantur ... Weißt du noch, was Pepas und du gestern gesagt habt? Was ihr gesungen habt, ist dir das bewußt? Widerstandslieder, wenn nicht noch Schlimmeres.“

Er lächelte.

„Ach, hör auf. Nur das Komparsenlied haben wir gesungen und dazu getanzt. Nur das hast du gehört."

Ich erschrak. Nein. Eher fühlte ich mich zum ersten Mal ein wenig von Luis abgestoßen. Jetzt mal ohne Scheiß, so gleichgültig und leichtsinnig, wie Luis es war, konnte es sein, daß wir in große Schwierigkeiten gerieten. Zufällig waren gerade zwei Tage zuvor meine Entlastungsunterlagen in der Verwaltung eingetroffen. Von der dritten Verdächtigkeitsstufe würde ich in die zweite eingestuft werden. Ich näherte mich sozusagen der sogenannten Epsilon-Kategorie, in die die eingestuft werden, die nicht vorhaben, die bestehende Regierung zu stürzen, diejenigen, die sich damit halbwegs abgefunden haben.

Wenn du das jetzt hörst, mag dir das alles mehr oder weniger unglaubhaft erscheinen, aber es ist nicht schlecht, daß du es mal hörst.

Ich wurde sogar zu Kommandeur Kritsinis gerufen, der es mir persönlich mitteilen wollte.

„Alles klar, Manolopulos, du bist entlastet. In ein bis zwei Jahren, mit einem neuen Antrag, kannst du sogar in die Kategorie Epsilon kommen, dann hast du überhaupt keine Probleme mehr."

Natürlich hatte ich weder einen Entlastungsantrag gestellt noch hatte ich von irgendwas eine Ahnung. Meine Mutter hatte das arrangiert. Sie muß wohl zu Onkel Anestis gegangen sein. „Wenn er gebrandmarkt und so schwer belastet aus dem Militär entlassen wird, wird er keine Zukunft haben. Er wird weder Richter werden können noch Beamter ..."

Und Onkel Anestis war mit dem Chef der Schutzpolizei von Piräus befreundet; zusammen auf der Jagd, zusammen in den Ferien, zusammen im Kafenio.

„Bringt mir einen Antrag von ihm, den krieg ich schon wieder hin."

Und er kriegte mich wieder hin.

„Du bist nachdenklich, Manolopulos", fuhr Kritsinis fort. „Eigentlich müßtest du jetzt vor Freude in die Luft springen. Ohne eine Loyalitätsbescheinigung, das weißt du, wirst du nicht mal Hausmeister! Ganz zu schweigen von Richter, wovon du träumst."

Natürlich hatte ich niemals davon geträumt, Richter zu werden. Meine Mutter träumte davon. Auch Rechtsanwalt wollte ich nicht werden. Das war auch ein Traum meiner Mutter. Der „Rechtsanwalt“.

Der Direktor der Schutzpolizei von Piräus hat mich am Telefon höchstpersönlich gebeten, daß ich auf dich achtgeben soll“, fuhr Kritsinis fort.

Tatsache ist, daß ich niemals das Regime hatte stürzen wollen – das interessierte mich überhaupt nicht – noch im Elend umkommen wollte. Sehr gern hätte ich es natürlich gesehen, wenn andere es stürzten, aber nicht ich.

Auf jeden Fall, so wie der Kommandeur mit mir redete, fühlte ich mich nicht besonders wohl, auch wenn mir, um ehrlich zu sein, diese Entlastung sehr gelegen kam, weil ich sonst nach meinem Militärdienst wirklich überhaupt keine Arbeit gefunden hätte, noch nicht mal irgendeinen Job.

Als ich sah, daß Luis die Ereignisse bei Pepas nicht ernst nahm, fing ich an, mich langsam unwohl zu fühlen.

„Seine Oberflächlichkeit wird uns noch mal zum Verhängnis“, dachte ich bei mir und sagte es ihm.

„Mensch, Kostantis, du bist voller Angst, voller Schuldgefühle, sieh das mal ein bißchen lockerer.“

Ich wollte ihm von meiner Entlastung erzählen, von Onkel Anestis, was mir der Kommandeur über die Zukunft gesagt hatte, über die Kreide ...

„Es gibt eine Kreide, Manopulos. Es ist völlig egal, wer sie in der Hand hält. Auf jeden Fall hat derjenige, der sie in der Hand hält, die Macht, dir die Grenzen vorzuschreiben, innerhalb derer du dich zu bewegen hast. Innerhalb dieser Grenzen ist alles erlaubt, außerhalb aber ist alles verboten.“

So einen Quatsch erzählte mir der Kommandeur. Nur stellte er das

Ganze so plastisch dar, daß ich selber schon anfing, überall Kreidestriche zu sehen.
„Ich weiß, Kostantis, der Furier hat mir davon erzählt. Das hast du gut gemacht."

Ich war baff. Er fuhr fort:
„Du mußt nur aufpassen, daß dich die Sache nicht zu sehr vereinnahmt. Denn, wenn du deine Entlastung zu ernst nimmst, hast du verspielt. Dann machen sie aus dir einen Jungen für alles." In dem Moment merkte ich, daß Karantonis, der Bataillonsspion, neben uns saß. Er lauschte. Er tat so, als ob er genußvoll in sein Frühstück vertieft wäre, lauschte aber in Wirklichkeit.
„Ich habe weder einen Antrag auf Entlastung noch sonst was gestellt. Das war meine Mutter", sagte ich leise zu ihm.
„Hast du gut gemacht, aber, wie ich bereits sagte, nimm den Antrag nicht zu ernst. Sonst machst du dich von jedem Karantonisspion abhängig."

Die letzten Worte sagte er absichtlich laut, damit Karantonis ihn hörte. Das zog. Karantonis warf seine Zigarette weg, er trat sogar drauf, verzog ein bißchen seinen Mund, tat so, als ob er auf die Uhr schaute, als ob er es eilig hätte, und ging weg. Ich hingegen wollte Luis noch fragen, was mit Pepas und Charula passiert war, was er über Polyxeni erfahren hatte, ob er sie kennengelernt hatte usw. Ich kam aber nicht mehr dazu.

Kurz darauf erschien ein Korporal zusammen mit einem Soldaten. Sie blieben vor uns stehen.
„Freundchen, der Kommandeur will was von dir, komm mit", sagte der Korporal zu Luis, und der, ganz Aristokrat, nahm die letzten Schlucke seines Tees zu sich, sammelte Zigaretten und Feuerzeug ein, behielt beides in der Hand und stand auf.
„Los, beweg dich, das ist keine Einladung zu einer Party."

Der Korporal zog ihm eins über und stieß ihn. Durch den Stoß fielen ihm Zigaretten und Feuerzeug hin. Er wollte sich gerade bük-

ken, um sie aufzuheben ...
„Laß sie liegen, die brauchst du nicht“, sagte der Soldat zu ihm und zertrat sie mit seinem Stiefel.

Er trampelte darauf herum und lachte.

Ich wollte aufstehen und ihm die Meinung sagen. Der Korporal drückte mich wieder runter.
„Und du, du hast nichts gesehen.“
„Schon okay, Kostantis“, fügte Luis hinzu. „Die sind auf meiner Seite. Auf dem Weg werden wir uns schon einigen.“

Er zwinkerte mir zu.

Ich war sicher, daß er, bis sie in der Verwaltung angekommen sein würden, sie soweit haben würde, daß sie auf seiner Seite stünden. Luis konnte man nicht hassen und ihm auch nicht lange böse sein. Er gehörte nicht zu den Menschen, an denen du vorbeigehst und so tust, als ob du sie nicht siehst.

Während sie weggingen, mit ihm in der Mitte, wettete ich, „daß ich nicht Manolopulos heißen will“, wenn er es bis zur Verwaltung nicht geschafft haben sollte, sie total einzuwickeln.

Ich stand auf und folgte ihnen, bis sie an der Kantine abbogen. Ich konnte gerade noch sehen, wie der Korporal genau in der Kurve eine Zigarettenschachtel rausholte und Luis eine Zigarette anbot, und den anderen, wie er das Feuerzeug rausholte und Luis die Zigarette anzündete.

Als ich am Abend in den Schlafsaal kam, war Luis' Bett leer. Es fehlten auch seine Sachen und sein Tornister. Niemand wußte Bescheid. Auch der Furier nicht.
„Auf jeden Fall ist er nicht im Haftraum“, sagte er zu mir.
„Versetzung?“
„Auch nicht!“
„Meinst du, daß sie ihn zum Militärgericht geschickt haben könnten?“

„Ausgeschlossen. Das wüßten wir."

„Was Schlimmeres?" fragte ich ihn. „Man hört von so vielen Selbstmorden. Möglicherweise haben sie ihn ‚selbstgemordet'."

„Luis? Glaubst du das etwa?" Er lächelte.

Viele Tage und viele Nächte vergingen ohne jede Nachricht. Es konnte natürlich sein, daß Luis sich absichtlich versteckte, um uns auf die Folter zu spannen.

In der neunten Nacht war ich im Waschraum. Es war teuflisch kalt, ich putzte mir gerade die Zähne. Ich erinnere mich, sie taten mir weh, das Wasser war so kalt, der Zapfenstreich war noch nicht geblasen worden. In dem Moment also, als ich mich über das Waschbecken beugte, um den Schaum auszuspucken, tippte mir jemand auf die Schulter.

„Mein Freund, ich habe eine Nachricht für dich."

Ich drehte mich um und sah den Korporal, denjenigen, der Luis abgeholt und in die Verwaltung gebracht hatte.

„Wisch dir mal die Schaumreste vom Mund."

Ich wischte den Schaum ab.

„Wo ist Luis? Seit ihr ihn abgeholt habt, hat ihn niemand mehr gesehen."

Er lachte idiotisch.

„Wen? Retsinas? Weißt du das denn noch nicht? Er ist der engste Freund vom Kommandeur. Ist in alles eingeweiht."

Er sprach und lachte. Ein breites und blödes Lachen. Am Schluß, als ich den Witz der Sache erkannte, fing ich auch an zu lachen, genau so breit und blöde.

„Hier, nimm!"

Und ich nahm die Botschaft entgegen.

Ich las: „Kostantis, wasch dich, parfürmier dich und geh direkt zur Wache des Tors. Sag nur deinen Namen, und man wird dir für die Nacht Ausgang geben. Unten, am Meer von Korinth, ist ein Hotel, *Bellevue* heißt es. Dort wirst du mich antreffen. Bring auch Geld mit.

Es gibt noch ein Paradies. Du wirst schon sehen."

Wie gesagt, wenn du mit Luis befreundet bist, hat dein Leben weder Anfang noch Ende, es stagniert nie, es hört nichts auf, alles ist im Fluß. Selbst wenn du ihn jahrelang nicht gesehen hast, wartest du immer auf ein Zeichen, eine Nachricht, auch die verrückteste, die unglaublichste. Einmal, ich erinnere mich, als ich ihn schon fast vergessen hatte, klingelte mitten in der Nacht auf einmal das Telefon. Ich erschrak!

„Kostantis, schreib auf, Kallergistraße 145, Piräus. Hast du das? Komm her, ich möchte dich sofort sehen."

Und er legte auf. Verrückt, sag ich dir. Und ich ging hin. Steine, Müll und Dreckwasser.

Ich weiß nicht, aber in einer Gesellschaft, die irgendwie anders wäre, könnte Luis Banken leiten, Fabriken, oder er könnte ein Diplomat von Kaliber werden, Außenminister, alles mögliche, eine Berühmtheit ersten Grades.

Während ich weiter auf dem schlammigen Weg ging, überlegte ich mir, wo er wohl um diese Uhrzeit, mitten in der Nacht, ein Telefon gefunden hatte, von dem aus er mich hatte anrufen können.

Zu jener Zeit, mußtest du, um zuhause ein Telefon zu haben, entweder Arzt, Kollaborateur oder Krämer sein. Die Krämerläden waren damals Telefonzentralen. Der Krämer war aufgrund des Telefons die angesehenste Person in der Nachbarschaft. Der Arzt und der Krämer.

Frühmorgens hörtest du: „Kalliopi, Ihr Verlobter, Telefon!" – „Urania, dein Papa, Telefon!" – „Katerina, der Onkel!" So in dem Stil.

Wir waren bis in alle Einzelheiten über das Leben aller informiert. Über Trennungen, Tode und Verbrechen. Alles lief über das Telefon.

Am Rande der Nachbarschaft also rief der Krämer, und los liefen Kalliopi, Katerina, Urania und wie immer sie auch heißen mochten.

Im Nachthemd oder im Bademantel, mit zerzausten oder ungekämmten Haaren oder mit Lockenwicklern.

Was für ein buntzusammengewürfeltes Schauspiel, unbeschreiblich!

Nur wenn ich „Urania, dein Papa, Telefon!" hörte, rannte ich an die Tür.

Denn Urania war das Beste vom Ganzen. Wenn man sie sah, wie sie loslief und Haar, Nachthemd, Bademantel im Winde flatterten. Einmal kam sie sogar nur mit einem Handtuch bekleidet raus.

Sie lief, und wenn man sie ansah, wurde einem ganz anders. Was für lange Beine, was für ein langer Hals. Man wartete förmlich darauf, daß das Handtuch oder der Bademantel aufging, damit man möglichst viel vom Bein oberhalb des Knies sehen konnte, oder ein Stückchen Busen, denn oft schaffte sie es ja nicht einmal, Knöpfe oder Gürtel zuzumachen.

Ich bin mir sicher, daß die halbe männliche Jugend der Nachbarschaft sich Urania in ihrem Bett vorstellte, wenn sie onanierten.

„Urania, dein Papa, Telefon!"

Kaum erscholl dieses „Urania", war der Teufel los. Nur für Sekunden, bis sie aus dem Haus war. Sobald sie rauskam, blieb die Welt stehen, wer auch immer sich in dem Moment auf der Straße befand. Spaziergänger, Eisverkäufer, Kohlenhändler, Krämer, Fischer. Alle! Unbeweglich. Salzsäulen. Alle warteten darauf, daß sie rauskäme.

Auf dem Rückweg lief sie nicht. Sie ging zurück, in langsamem Rhythmus, mit wiegenden Hüften! Sie beugte nur ein wenig ihren Kopf nach vorne, so als wenn sie ganz allein wäre, hielt mit beiden Händen den Bademantel fest, damit er nicht aufging, und stolzierte weiter.

Sobald sie die Tür hinter sich schloß, ging das Leben auf der Straße weiter.

Für kurze Zeit hing noch ihr Parfüm in der Luft, auf der ganzen Strecke vom Krämerladen bis zum Haus.

Die Frau des Krämers, Smaragda, schäumte vor Wut, sie konnte

Frauen nicht leiden, und Urania schon gar nicht.

„Smaragda, Geduld, so was bringt uns Kundschaft ein."

Auch Luis kannte Urania. Manchmal, wenn wir beim Militär über unser Viertel redeten und ich Urania erwähnte, lächelte er, und zwar auf eine mysteriöse Art.

Trotz allem hatte nie jemand geschafft, sie rumzukriegen. Sie blieb stets der unerfüllte Wunsch von uns allen. Unnahbar!

Obwohl sie einem ja eigentlich den Eindruck einer Frau machte, die leicht rumzukriegen war, gab es niemanden im ganzen Viertel, der von sich behaupten konnte, mit ihr geschlafen zu haben.

Auf jeden Fall gab uns das Unbekannte, das ihr Privatleben umgab, Anlaß dazu, sie in einem gewissen Licht zu sehen und uns alles Mögliche mit ihr vorzustellen. Unsere Phantasie blühte! Wir glaubten, daß sie ihre Liebhaber nach Mitternacht empfing, damit niemand sie sehen konnte, und daß dann die absolut heiße Orgie stattfinden würde.

Wir schafften aber nie, was zu sehen oder zu hören, obwohl wir ständig auf der Lauer lagen und sie beobachteten, wie die Schießhunde. Wir suchten nach dem Liebhaber, so als ob wir den Mörder eines unaufgeklärten Verbrechens suchten.

Der Krämer bestand darauf, daß der Papa echt war. Das merkte er an der Stimme. Es war immer dieselbe Stimme. Rauh, alt.

Der Krämer sagte kein böses Wort. Auch über die anderen Frauen nicht. Nur seine Smaragda.

Schließlich waren wir übereingekommen, daß sie ihre Liebhaber wahrscheinlich nicht bei sich zuhause traf. Am wahrscheinlichsten war es, daß sie sich mit ihnen in deren Häusern traf. „Jeder Anruf ein Besuch", meinten wir.

Unsere Phantasie ging so sehr mit uns durch, daß wir sie schließlich unter uns nicht mehr Urania nannten.

„Die Frau aus Smyrna." So nannten wir sie. Auch wenn sie nicht aus Smyrna war, wie sich später herausstellte. Wir ließen uns nicht beirren: „Die Frau aus Smyrna!“

Wir glaubten damals, daß eine so begehrenswerte, attraktive, die Phantasie so anregende Frau nur aus Smyrna stammen könnte.

Das einzige konkrete Beweisstück, das wir hatten, war die Tatsache, daß sie den ganzen Tag badete. Das wußten wir, weil das Badezimmer von Frau Fofo genau nebenan lag, Wand an Wand mit ihrem. „Meine liebe Frau Olga“, sagte Fofo zu meiner Mutter, „die Gute tut wirklich den ganzen Tag nichts anderes, als sich zu waschen. Mindestens zweimal am Tag. Das Wasser läuft die ganze Zeit. Ihr Mann arbeitet und rackert sich auf dem Meer ab, um bei der *OULEN* zu bezahlen.“

So hieß die *EYDAP*[18] damals. Urania war mit einem Seemann verheiratet, einem Hochbootsmann. Sie mieteten damals die Wohnung, wo sie jetzt wohnten, heirateten, und nach zwei Monaten ging er auf ein Schiff, das ins Ausland fuhr.

Wir sahen ihn niemals wieder. Ich ging zum Militär, kam wieder, und er war immer noch nicht aufgetaucht. Später zogen wir um, in einen anderen Stadtteil. So vergaß ich Urania und ihren Hochbootsmann, bis zu jener Nacht, als Luis' Anruf kam.

„Jedes Mal gibt es Ärger, wenn du mit ihm zusammen bist. Außerdem mußt du morgen früh ins Büro. Bleib hier. Wo gehst du hin?“ sagte meine Mutter.

Ich war schon auf der Straße, und sie versuchte immer noch, mich zurückzuhalten. Es war Dezember, und es herrschte Eiseskälte. Ich hatte außerdem vergessen, Handschuhe anzuziehen. Der Himmel war tiefrot!

„Es wird schneien, mach den Mantel zu“, rief sie mir vom Balkon aus nach.

Bis ich ein Taxi bekommen hatte, waren bereits die ersten Flokken gefallen. Die Pfützen waren halbgefroren.

Im Taxi, als ich versuchte, mit meinem Atem meine Hände zu wärmen, schoß mir auf einmal ein Gedanke durch den Kopf. Ich erinnerte mich, daß die Hausnummer 145 nicht Luis' Haus war. Was hatte denn die Kallergistraße mit Luis' Haus zu schaffen, in Dogani?

Es war in der Nähe von meinem Elternhaus und wahrscheinlich Uranias Haus ...

Meine Phantasie galoppierte los. Deshalb hatte Luis so geheimnisvoll gelächelt, damals beim Militär! Auf einmal wurde alles wieder lebendig. „Urania, dein Papa, Telefon!" und sie, wie sie in ihren Bademänteln losrannte, mal rot wie Feuer, mal hellblau, und in kleinen Schrittchen, wenn der Bademantel lang und eng war und ihre Beinfreiheit einschränkte.

Ich wohnte drei, vier Häuser von ihrem Haus entfernt. Ich erinnere mich an den Tag, als wir umzogen, ich gerade einen Aushang mit Nachmietergesuch an unser Haus klebte und sie gerade vom Telefonieren zurückkam. Sie blieb stehen.

„Guten Morgen", sagte sie.

„Guten Morgen", gab ich zurück.

Ihre Augen waren voller Angst.

„Ich wollte Sie fragen, ob Sie möglicherweise das Haus später mal verkaufen? Mein Mann hat mir geschrieben, daß ich in der Nachbarschaft nach einem suchen soll und ..."

„Ist er immer unterwegs?"

„Immer. Ostern wird er kommen. Er wollte ausreichend Geld sparen, damit wir uns ein eigenes Haus kaufen können."

Tatsächlich, Hausnummer 145 war Uranias Haus. Je näher wir kamen, desto sicherer war ich mir. Die Nachbarschaft trat wieder lebendig in meine Erinnerung. Fast nichts hatte sich verändert.

Der Krämerladen wie eh und je an seiner Stelle. Mir kam es fast vor, als sähe ich den Krämer immer noch, mit seiner Glatze, den lebendigen Augen, wie er aus der Tür trat, seine Hände zu einem Trichter formte und rief: „Urania, dein Papa, Telefon!" Alles sah noch genauso aus. Nur etwas mehr heruntergekommen. Abgeblätterter Putz, abgebröckelter Mörtel, leerstehende Häuser und überall Eisentüren.

Sie hatten die hölzernen weggeworfen. Und Autos, viele Autos.

Von weitem konnte ich eine Menschenmenge vor der Nummer 145 erkennen und Luis, der etwas abseits stand, wie er mit den Händen in den Taschen auf- und abging. Er trug nur ein Jackett. Ihm mußte eiskalt sein. Der Herumtreiber hatte es noch nicht mal zu einem Mantel gebracht.

Er wartete auf mich! Als er mich sah, sagte er nichts. Er ging vor mir her, schlängelte sich an den Leuten vorbei, die sich alle an der Tür drängten, und ging ins Haus. In dem Moment erschien auch ein Fotograf. Wir ließen ihn vorbei. Wir hinterher, dicht an ihn gedrängt. Wir kamen durch den Flur, das Wohnzimmer...

„Die Herrschaften?“ fragte ein Polizist.

„Presse“, antwortete Luis. Er ließ uns durch.

Wir kamen ins Schlafzimmer. Wie oft hatte ich von diesem Schlafzimmer geträumt! Alles in kirschrot! Die Stores – so nannte meine Mutter die Vorhänge –, der Toilettenhocker, der Sessel, der Teppich ... Und an der Wand, genau über dem Bett, ein Bild. Es erinnerte an ein altes Poster, wie die, die wir auch heute noch in der Ouzerie von Apotsos sehen können, eingerahmt, das eine mollige Frau zeigte, ein bekanntes Modell seinerzeit, mit einem madonnenhaften Gesichtsausdruck, halbnackt, auf einem Diwan. Alles in rosa! Ihre Strümpfe, die Wangen, die Brust! Rosa! Und darunter Uranias Bett. Breit, aus Walnußholz, riesig. Und auf dem Bett eine Decke, die zwei Körper ganz bedeckte.

Ganz unten schaute ein Frauenfuß hervor, regungslos. Lackierte Nägel, knallrot.

Rechts, in der Nähe des Nachttisches, ein Kohlenbecken mit halbverglühten Kohlen.

Ein Mann in Zivil faßte, sobald er den Fotografen sah, die Decke an einem Zipfel und schlug sie mit sehr vorsichtigen Bewegungen zurück.

Zuerst sah man Urania auf dem Rücken liegend, nackt, und neben ihr ebenso nackt der Krämer. Er auf dem Bauch. Eins ihrer Beine war angewinkelt unter dem Bein des Krämers. Seine Hand, genauer gesagt seine Faust, hielt eine ihrer Brüste. Sein Körper bedeckte ihren zur Hälfte. Seine Lippen klebten an ihrer Schulter und seine andere Hand, die linke, befand sich unterhalb ihres Oberschenkels, oben, so als streichele er sie noch, wie in Bewegung.

Ein vollendetes Gemälde, voller Farbe, Bewegung, Tiefe.

Einen Moment waren wir alle vom Blitzlicht geblendet.

„Vom Dioxid, von den Kohlen im Kohlenbecken sind sie vergiftet worden, sie glühten die ganze Nacht", hörte ich flüstern.

In dem Moment kam auch die Frau des Krämers draußen an, Smaragda. Sie war in Livadia gewesen, bei ihrer Mutter, aber bei dem starken Schneefall hatte sie Bedenken, daß sie eingeschneit werden könnte und war umgekehrt.

Der Polizist hatte alle Not, sie zurückzuhalten. Sie schimpfte, fluchte, schrie. Sie war klein und dick. Neunzig Kilo mußte sie mindestens gewogen haben. So schmächtig er war, so beleibt war sie.

In dem Moment, während ihres Gekreisches und Geschreis, während alle versuchten, sie aus dem Haus rauszukriegen und nur wir beide im Zimmer blieben, sah ich Luis, wie er wie bezaubert sich vor ihr Bett kniete, sie fast in den Arm nahm – das kannst du ruhig glauben – und mit seiner Hand ihre Haut berührte. Er beugte sich sogar über sie, und war nahe daran, sie auf den Bauch zu küssen. Ich erschauderte!

„Bist du verrückt geworden?" sagte ich zu ihm und zog ihn weg.

Wir hauten ab, während man Smaragda noch bis zur nächsten Ecke hören konnte. Sie war außer sich.

Wir gingen zu Luis nach Hause. Ein Keller, das reinste Grab, feuchtkalt, düstere Atmosphäre.

Die ganze Nacht tranken wir Ouzo. Wir warteten auf das Morgengrauen, dann wollte ich gehen. Weiter drinnen, im anderen Zimmer, hustete Luis' Vater.

„Manolis, willst du dich nicht schlafenlegen?“ fragte er.

Beim Morgengrauen wurde Luis kalt, und er zog sich einen Mantel an. Mich wickelte er in eine Decke ein.

Wir erinnerten uns an die Zeit, als ich ihm beim Militär von Urania erzählt hatte, und er lachte. Er wußte schon damals über den Krämer Bescheid.

„Ich hab’ mir das gleich gedacht, Vetter.“

Er hatte sich hundert Mal selber an sie rangemacht, und sie hatte ihn immer abgewiesen. Sie ließ niemanden lange an sich ran. Sehr viel später, so scheint es zumindest, war sie nur noch mit dem Krämer zusammen. Kannst du dir das vorstellen?– Wenn man sich überlegt, daß die Heiratsanträge, obwohl sie verheiratet war, nur so auf sie einprasselten: Der Hauptmann von Anchialos, groß, blond, gutaussehend. Der Apotheker, ein eingefleischter Junggeselle, war ganz verrückt nach ihr. Ganz zu schweigen von Panajotaros, dem Gemüsehändler: „Ob du nun deinen Hochbootsmann hast oder nicht, das kommt aufs selbe raus, das ist doch kein Leben, was willst du denn mit dem? Verlaß ihn!“

„Und schließlich, mein Freund, hat sie sich mit dem Krämer eingelassen. Hat man so was je gehört! Man höre und staune! Er hieß Lukas.“

Seitdem dachte ich jedesmal, wenn ich Luis sah – das kannst du ruhig glauben – auch an Urania.

Doch jetzt bin ich ganz vom Hundertsten ins Tausendste gekommen. Deshalb zurück zu diesem Tor, wohin ich aufgrund von Luis’ Nachricht ging, um mir die Genehmigung für den nächtlichen Ausgang zu holen.

Als ich darum bat, trieb die Wache am Tor noch Scherze mit mir. „Was hast du mit Retsinas zu tun? Und was für ein Urlaub soll das denn sein? Was hast du eigentlich gedacht, was Militär bedeutet?“

Ich erschrak.

„Ein Streich von Luis" dachte ich mir. Als ich gerade gehen wollte, höre ich ihn sagen:
„Halt mal. Manolopulos, hast du gesagt? Hier, nimm schon, du hast jetzt vierundzwanzig Stunden Ausgang, du Glückspilz."

Und er gab mir die Genehmigung.

Während ich die Hauptstraße entlangging, in Richtung Meer, zum *Bellevue*, fingen wieder die Ängste an, die Zweifel, „wo führt das schon wieder hin, was hat Luis nun mit mir vor", so'n Zeug eben.

Ich versuchte, diese Ängste zu überwinden, mich auf mich selbst zu besinnen, „Du Blödmann, hier sitzt du nun und zerbrichst dir den Kopf." Und Luis sagte immer zu mir:
„Deine Mutter, die hat dich geschafft. Diese Gehirnwäsche hast du hinter dir. Du kommst nicht in die Gänge. Selbst wenn man dir die Frauen auf dem goldenen Tablett serviert, kommst du nicht in die Gänge. Ich weiß noch, wie sie ständig mit dem Löffel hinter dir her war ‚Iß, fall nicht, mach dich nicht schmutzig, komm nicht zu spät. Hast du auch die Hand vom Popen geküßt? Hast du dich bedankt? Steh auf, damit sich der Herr setzen kann'. Mensch, scheiß doch auf sie. Was soll dir denn schon passieren."

Ein Psychologe oder Psychiater hätte es nicht treffender beschreiben können. Er kannte mich in- und auswendig.
„Und das Ärgerliche an der ganzen Angelegenheit ist, daß so viel in dir steckt. Unterdrück das nicht. Und wenn du es genau wissen willst, in dir steckt sogar noch mehr als in mir. Wenn du erst mal den Kostantis in dir zu Wort kommen läßt, wachsen dir ungeahnte Kräfte, dann bist du nicht mehr zu halten."

Sobald ich die Rezeption des *Bellevue* betrat, sah ich ihn. Seinen Rücken, auf dem Sofa. Rechts und links von ihm zwei Frauen. Auch mit dem Rücken zu mir.

Die eine erkannte ich sofort, es war Charula. Sicher. Ich erkannte sie an den Haaren. Die andere? Unbekannt. Braunes Haar, hell, honigfarben. Ich erschrak.

„Soll ich gehen oder bleiben?"

Angst und Zweifel kamen wieder hoch.

„Worauf will der Gauner hinaus? Wenn Pepas davon Wind bekommt, sind wir verloren."

Meine Gedanken wurden unterbrochen, Luis hatte mich im gegenüberliegenden Spiegel gesehen. Er stand als erster auf. Kurz darauf erhoben sich auch die beiden Frauen. Als sie sich umdrehten und ich ihre Gesichter sah, war ich hin und weg. Nicht wegen Charula. Wegen der anderen. Ich sage dir, ich war hin und weg. Ich sperrte Mund und Augen auf ...

„Ich bring ihn um, jetzt ist Schluß, das darf nicht wahr sein!" Polyxeni! Sie sah haargenau aus wie auf dem Foto. Jawohl, mein Herr! Dieselben schlauen Augen, derselbe Mund. Wenn nicht noch schöner. Hundertprozentig Polyxeni!

Sie trug eine Baskenmütze, einen schwarzen Mantel, einen schwarzen Rock, Pullover, alles pechschwarz. Und ein rosiges, strahlendes Gesicht. Wie die deutschen Frauen, die man aus den Filmen der zwanziger Jahre kennt. Wie Marlene Dietrich.

Einen Moment lang blieben wir regungslos stehen. Sie und ich. So als ob irgendwo ein Fotograf wäre und wir auf das „Klick" der Aufnahme warteten, das uns aus unsere Starre erlösen würde.

Auf alles war ich gefaßt gewesen, alles mögliche hatte ich mir vorgestellt, aber Polyxeni einmal persönlich zu sehen, neben Luis, nein, das niemals. So was kriegte man selbst mit schwarzer Magie nicht hin.

Luis kam auf mich zu. Er hakte sich bei mir ein und führte mich in die Nähe einer Säule, die von einer efeuähnlichen Kletterpflanze umschlungen war.

„Guck nicht so blöd, Bruder. Mach jetzt bloß nichts falsch. Ich habe

dich ihnen in den schillerndsten Farben dargestellt. Hast du Geld mitgebracht?"
„Ja, soviel ich hatte."

Er wollte mich zu den beiden Frauen führen, um mich vorzustellen.

„Halt mal, ich verstehe da was nicht."

„Das wirst du gleich schon verstehen."

Ich fragte mich, wie es um Luis' Moral stand. Wie konnte er Pepas so hintergehen, obwohl sie befreundet waren? Hatte er kein schlechtes Gewissen, keine Schuldgefühle? Ich fragte ihn das.

„Nein, Vetter, ich bin nicht so verdorben, wie du denkst. Wir sollten uns keine falschen Vorstellungen machen. Ich habe keine Liebe zerstört. Ich bin in bereits zerstörtes Gebiet eingedrungen. Es war sowieso schon verlassen. Ich habe es nicht ausgehalten, es so trocken und ausgedörrt zu sehen. Ich habe nichts von Pepas gestohlen, habe ihn nicht bei Charula schlechtgemacht und ihn nicht übers Ohr gehauen. Ich mag Pepas sehr, aber wie man es auch dreht und wendet, für Charula existierte er nicht mehr, sie hatte ihn bereits verlassen."

Charula kam zuerst auf mich zu und streckte mir ihre Hand entgegen.

„Wie geht es Ihnen?"

Sie schaute mich einige Sekunden lang an und senkte dann ihren Blick. Als ich ihr die Hand reichte, spürte ich dasselbe süße Gefühl wie damals wieder durch meinen ganzen Körper strömen.

Ich erinnerte mich an den Spiegel, ihren Rücken, ihren Aufschrei, „jedes Mal, wenn ich komme, ist mir, als hörte ich tausend Glöckchen läuten."

Polyxeni reichte mir ihre Hand nicht. Sie behielt beide in ihren Manteltaschen.

„Sehr erfreut", sagte sie nur und schaute mich an.

Als die Frauen in der Taverne, in der wir später saßen, sich in der Toilette die Hände wuschen, kam er noch mal auf das Thema zurück.

„Sei kein Blödmann, Vetter ..."

Ich unterbrach ihn:

„Mensch, Manolis, bist du vollkommen bescheuert? Hast du Lust auf Mord und Strafgericht? Okay, was passiert ist, ist passiert, aber ..."

Er ließ mich nicht ausreden.

„Vetter, das hatten wir doch schon mal, laß Vernunft und Ängste beiseite. Ich habe zwei Zimmer reserviert, nebeneinander ..."

Ich ließ ihn nicht ausreden.

„Komm zu dir. Wir werden Ärger kriegen. Da ist zunächst mal Pepas. Dann Fotis, ihr Mann. Wenn sie von irgendeinem gesehen worden sind, was..."

Ich sah Luis den Kopf schütteln und redete nicht weiter.

„Welcher Pepas und welcher Fotis? Der eine, Fotis, ist verstorben. Hast du nicht gesehen, daß sie schwarz trägt? Bist du blind? Und der andere ist in Korinth im Knast."

Mir blieb wieder der Mund offen stehen. Er schob ihn mir mit der Hand zu. Ich fiel von einem Erstaunen in das nächste.

Danach teilte er mir auf die Schnelle die Einzelheiten mit:

„Nach dem Angriff der Schlägerkommandos in jener Nacht in der Taverne kam kurz darauf die Polizei. Sie nahmen Charula und Pepas fest. Charula ließen sie wieder frei, Pepas nicht. Als Pepas erfuhr, daß sein Bruder nicht von den Rebellen, sondern von Fotis' Männern oder sogar von Fotis selbst umgebracht worden war, machte er verschiedene Entwicklungsstadien durch. Das des Anarchisten, das des Verrückten – aber richtig verrückt, ohne Scherz. Da konntest du was erleben. Wie er Polyxeni im Keller niederknien ließ und zu ihr sagte, „sprich die Wahrheit, sonst bist du des Todes", und ihr den Lauf des Jagdgewehrs an den Kopf hielt, und sie schwor, daß sie es nicht gewußt habe, und daß sie bis heute geglaubt habe, daß die Rebellen ihren Petros umgebracht hätten, seinen Bruder. Während oben im Her renzimmer Demenagas mit dem Tod rang, gerade den vierten Herzinfarkt hatte, zog Pepas unten die reinste Tragödie ab. Wenn ich nicht dort gewesen wäre, um ihn zurückzuhalten, hätte er Polyxeni umgebracht. Sie verdankt mir ihr Leben. Deshalb sage ich dir, jetzt mit mir zu schlafen ist ja wohl das mindeste. Es wird sicher das einzige sein, was sie in ihrem Leben nicht bereuen wird."

Ich hörte zu und traute meinen Ohren nicht. Vor allem in dem Moment, als er Pepas' Trauer beschrieb, in der dritten Phase dessen ideologischer Zerrüttung, vor der Verwandlung, zwischen Gefasel, Verleumdungen, Tränen und Schlägen auf den Tisch seiner Taverne, als er zu ihm sagte:

„Ich, mein guter Luis, gehörte tief in meinem Herzen stets zu den anderen. Tief drinnen habe ich niemals geglaubt, daß die meinen Bruder umgebracht haben, auch wenn ich es nicht gestand, das war nicht zu meinem Vorteil, aber, sonnenklar, mit ein bißchen Grips kamst du drauf. Niemals hat sich mein Bruder ihnen widersetzt, niemals sagte er ein schlechtes Wort über sie. Und in die EAM[19] wäre er beinahe eingetreten und ... Danach, im Bürgerkrieg, hat er natürlich Abstand davon genommen, aber niemals hatte er ... Warum also hätten sie ihn umbringen sollen? Diese Frage ließ mir keine Ruhe ..."

Und weiter ging es mit der Trinkerei und der Jammerei.

Genau in dem Moment faßte er einen Entschluß nach dem anderen. Zuallererst, sagte er, dürfe es nicht sein, daß sein Bruder gestorben sei und dessen Mörder glücklich und zufrieden lebten. Auf keinen Fall.

„Mein lieber Pepas, mein lieber Antonis, warte damit noch ein wenig, du bist jetzt betrunken", sagte Charula zu ihm.

„Scher dich um deinen eigenen Kram."

Außerdem konnte er nicht weiter der Partei der Mörder seines Bruders angehören.

„Auf keinen Fall" sagte er zu ihm.

So kam es zu seiner ideologischen Verwandlung, so landeten wir im Haus von Fotis Demenagas, so drang er betrunken weiter ins Hausinnere und zog Polyxeni an den Haaren herbei, und so bekam der erschrockene Demenagas, als er aufstehen wollte, wegen des Schrekkens seinen fünften Herzinfarkt. Als wir wieder nach oben kamen, um zu sehen, wie es ihm ging, war er fast tot. Pepas setzte sich hin und wartete.

„Keiner rührt sich“, sagte er. Demenagas flehte, man möge einen Arzt rufen, doch er blieb hart, „keine Bewegung, sonst seid ihr tot.“ Verrückt, sage ich dir. „Entweder stirbt er von selbst, oder ich bring ihn um. Lebend kommt er auf keinen Fall hier raus.“ Zwanzig Minuten dauerte Demenagas’ Röcheln.

Luis und Polyxeni standen in einer Ecke des Zimmers. Sie rührten sich nicht und sagten auch nichts. Versteinert, und er in Todesangst. Nichts war zu hören. Nur sein Röcheln. Nach kurzer Zeit kam von draußen ein Hund herein. Er begann zu winseln und an der Tür zu scharren. Es war sein Hund, Fotis’ Hund.

Pepas stand auf, öffnete die Tür, gab dem Hund einen Tritt und schloß sie wieder. Später zog er sogar die Gardinen zu und setzte sich wieder.

Polyxeni wirkte verloren, ausdruckslos, aufrecht. Nur tief in ihren Augen war ein Leuchten. Mit dem Mikroskop wahrzunehmen oder mit Intuition. Und neben ihr Luis, der nicht wußte, was er tun sollte.

„Vetter, ich wußte nicht, ob das irgendein Film ist, den ich im Kino gesehen habe oder ob ich wirklich dort war und die Ereignisse verfolgt habe. In dem Moment, in dem Demenagas das letzte Mal seinen Kopf bewegte, wie er sich auf seine Ellbogen stützte, ergriff Polyxeni neben mir erschrocken meine Hand und drückte sie. Ich schaute sie an, sie schaute mich an. Sie wußte, wenn Demenagas überleben sollte, würde ihr Leben eine Hölle sein. Als er sich also aufrichtete und zu ihr sagte: ‚Jetzt ruf schon den Arzt, du Hure‘, drehte sie ihm den Rükken zu und fiel mir in die Arme. Sie zitterte. Sie glaubte, daß er sich plötzlich erholt hatte. Ihre Fingernägel drohten mir aus lauter Angst meine Handinnenfläche zu durchbohren. Demenagas wollte eine Bewegung machen, wollte vom Nachttisch irgendwelche Medikamente nehmen, aber Pepas stand blitzschnell auf und schnappte sie sich. Er warf sie weg. Ein *du Miststück* kriegte Fotis gerade noch raus und fiel zurück."

Luis beschrieb mir die ganze Todesszene von Demenagas so anschaulich, daß ich wirklich selbst schon so etwas wie ein Ziehen im Herzen zu spüren glaubte, einen undefinierbaren Schmerz.

In solch einem Moment fand nur Luis den Mut, den Arzt anzurufen und die Situation zu retten. Demenagas hatte sogar selbst Telefon. „Herr Doktor, Demenagas stirbt, beeilen Sie sich" sagte Luis zu ihm.

Als er ankam, fand er sie genau in der Stellung vor, wie ich sie vorhin beschrieben habe. Regungslos wie Marmorsäulen.

Luis machte ihm auf, Luis erzählte ihm, was geschehen war.

Es war klar wie Kloßbrühe, daß niemand trauerte. Wenn der Arzt ein wenig genauer hingesehen hätte, hätte er auf den Gesichtern Erleichterung statt Trauer wahrgenommen.

Seitdem, wenn Luis von irgendwelchen ereignisreichen Abenteuern erzählt oder nach seinen Widerstandsgeist beweisenden Dokumenten in seinem Leben sucht, erinnert er sich nicht, jemals irgendwas Heroischeres vollbracht zu haben. Zumindest hatte er bei der Ermordung eines schlechten Elementes der Gesellschaft mitgeholfen.
„Mensch, du Schlitzohr", sagte ich schließlich zu ihm, „reichen dir denn diese Geschichten nicht? In einem Monat werden wir entlassen, was willst du denn? Daß sie uns in den Bunker stecken?"

Er hörte natürlich nicht auf mich. Bei Polyxeni ging er aufs Ganze.
„Ich sterbe, Vetter, dieses Geschöpf ist keine Frau. Wo du sie auch berührst, du verbrennst dich. Eine Nacht mit ihr, und dann sehen wir weiter!"

Im Morgengrauen, als unterhalb des *Bellevue* die großen Lastwagen vorbeifuhren, auf der Straße, die am Meer entlangführte, wachte ich auf.

Es war genau sechs Uhr, und um sechs Uhr dreißig erscholl das Wecksignal. Ich kriegte einen Schreck.

Ganz langsam zog ich meine Beine eins nach dem anderen unter der Decke hervor, um aufzustehen, ohne Charula zu wecken.

Das eine Bein, vom Knie abwärts, guckte unter der Decke hervor. Sie schlief fest.

Ich zog mich an, nahm den Mantel über den Arm, setzte die Mütze auf und öffnete die Tür. Bevor ich sie schloß, schaute ich Charula an. Sie schien durch das Geräusch halb aufgewacht zu sein, aber sie öffnete die Augen nicht. Sie lächelte. Danach drehte sie sich auf die andere Seite, an die Wand.

Durch die Drehung wurde ihr Rücken frei, ihre Hüfte, die Innenseite ihrer Knie.

Ich fühlte etwas Seltsames, eine Aufruhr im Magen. Diese ganze Fülle, während sie in Ruhestellung war, fast wie tot, verlor plötzlich jene Anziehungskraft, die Leichtigkeit, die ihr durch die Bewegung gegeben war.

Und dadurch, daß wir vergessen hatten, die Fensterläden zu schließen, verlor ihr Körper jetzt im Morgengrauen, im Licht, den Zauber, den er im Halbdunkel des Zimmers gehabt hatte, in der Nacht, und wurde fast bedrohlich.

Ich schloß erschrocken die Tür. Ich hatte das Gefühl, als hätte ich was Falsches gegessen, als hätte man mich mit verdorbenem, abgestandenem Essen gefüttert.

Ich ging ganz schnell die Treppen runter, und als ich an der Rezeption bezahlen wollte, sah ich Luis schon dastehen, mit den Händen in den Taschen seines Mantels, wie er auf der Stelle trat, um sich aufzuwärmen.

„Wie war's?" fragte ich ihn.

„Sie hat mich nicht rangelassen. Die ganze Nacht hat sie geweint, und ich Idiot habe das Kindermädchen gespielt. Und du?"

Wir gingen. Und kamen gerade rechtzeitig zum Appell.

DRITTES KAPITEL

TEUFLISCHER VERFÜHRER

Ich könnte dir stundenlang unendliche Geschichten nach der anderen von Luis erzählen. Im wahrsten Sinne des Wortes unendlich, denn viele Personen, denen er begegnete und die eine Rolle in seinem Leben spielten, traf er immer wieder.

Luis zog nicht leicht einen Schlußstrich, aber auch den Leuten, die ihn kennenlernten, ging es ebenso, sie konnten ihn niemals vergessen, geschweige denn ihm etwas nachtragen. Selbst, wenn er einem das schlimmste Übel antat, war es unmöglich, ihm nicht zu verzeihen. Wenn man es schaffte, seine Handlungen aus einem gewissen Abstand heraus zu sehen, verstand und akzeptierte man sie. So erklärt sich auch meine Verehrung für ihn. Nicht genau Verehrung. Es ist nicht nur Verehrung. Nicht nur Bewunderung. Erstaunen und Bewunderung, mit etwas Neid gemischt. So ungefähr. Ich kann das passende Wort nicht finden. Auf jeden Fall besitzt dieser Mann eine starke Ausstrahlung. Er zieht die Menschen um sich herum in seinen Bann.

Wenn ich jemanden davon überzeugen will, was für eine wichtige Angelegenheit das Leben sein kann und nach Argumenten suche, fange ich an, Geschichten von Luis zu erzählen, wie ich es jetzt mit dir tue. Aber auch, wenn ich jemanden vor Abwegen bewahren will, die das Leben birgt, lande ich bei Luis' Geschichten.

Er ist sozusagen für mich Vorbild und abschreckendes Beispiel zugleich geworden. Kurz und gut, er ist eine zerstörerische Person, todbringend, will ich es mal nennen. Deshalb sind auch einige aus dem Freundeskreis gescheitert, die zu engen Kontakt zu ihm hatten, und sind nie auf einen grünen Zweig gekommen, zumindest, wenn man die bürgerlichen Maßstäbe anlegt:

Der Furier, der ihn genauso wie ich beim Militär aus nächster Nähe erlebt hatte, kam vom Regen in die Traufe. Er verließ seine Laufbahn als angehender Mediziner, gab den Krämerladen seines Vaters auf, verließ seine im vierten Monat schwangere Frau und endete als Kellner in einer Bierstube in München, wo er mit einer fünfundvierzigjährigen ehemaligen Prostituierten zusammenlebt.

Pepas wurde ein völlig verstockter Kommunist. Seit dem Tag, an dem sie ihn in das Gefängnis von Korinth sperrten und ihm auch noch Demenagas' Tod anhängen wollten, kam er nicht mehr raus. Er starb dort.

Ganz zu schweigen vom Kommandeur des KEN von Korinth, Kritsinis, der, statt Luis vors Strafgericht zu bringen – erinnerst du dich an den Tag, an dem er ihn zu sich rief – ihn zu seinem engsten Vertrauten im Büro machte. Seitdem ist diesem Menschen alles Unglück zugestoßen, was man sich nur vorstellen kann.

Alles begann, als er bei jenem ersten Zusammentreffen Luis seine schon erwähnte Rede über die Kreide halten wollte. Daß es eine un-

sichtbare Hand gibt, die eine Kreide hält ... Lauter so'n Zeug.
„Ich scheiße auf diese Kreide, mein General“, unterbrach ihn Luis.

Natürlich war Kritsinis kein General. Sondern nur Major. Und nicht mal das. Er erfüllte nur die Pflichten eines Majors.

Kaum hatte Kritsinis das gehört, erstarrte er. Die eine Hand blieb mit ausgestrecktem Zeigefinger in der Luft hängen. Seine Augen waren weit aufgerissen, der Mund halboffen, er regte sich nicht. Auf so einen Spruch von Luis war er nicht gefaßt gewesen. Aber auch Luis erschrak, als er ihn so sah, weil er befürchtete, daß Kritsinis tot umfallen könnte und er dann wegen vorsätzlichen Mordes eingelocht würde. Er überlegte schon, abzuhauen. Als er aber sah, daß die Unterlippe seines Gegenübers zitterte, beruhigte er sich.

Schließlich brachte Kritsinis fertig, zu flüstern:
„Was hast du gesagt?“

Er hatte seine Stimme, seine ganze Erscheinung und Herrlichkeit verloren.
„Ich sage, mein General, diese Kreide, von der Sie sprachen, auf die scheiße ich. Ich persönlich lebe sechzig von hundert Prozent außerhalb dieses Kreidestrichs.“

Da fiel Kritsinis in Ohnmacht. Erst wurde er rot, er schwoll an und wurde rot, sein Gesicht wurde die reinste Mohnblume, und dann fiel er in Ohnmacht. Er schaffte nur noch mit einer Stimme, die klang wie die eines heiseren Hahnes, zu sagen:
„Nenn mich nicht noch einmal General, ich bin kein Gener...“

Bei Gener... fiel er in Ohnmacht. Von da an begann Kritsinis' Fall, oder besser gesagt, sein Verfall. Es ist schwierig, die einzelnen Stadien zu beschreiben, die er bis zu seinem Ende durchmachte.

Als er irgendwann mal in Charulas Taverne verlauten ließ: „Was habe ich denn mit den Dummschwätzern zu schaffen?“, war sein Untergang bereits besiegelt. Es fehlte nur noch seine offizielle Bestätigung, seine Bekanntmachung.

Als erstes machte Luis ihn zum Dichter. Ich weiß nicht, ob er das tat, um sich zu amüsieren oder weil er Soldaten nicht besonders gut leiden konnte, aber von den ersten Tagen ihrer Bekanntschaft an lag er ihm mit „werde Dichter, werde Dichter“ in den Ohren: „Mein lieber Major, Sie müssen eines Tages Gedichte schreiben, Sie offenbaren uns jeden Tag Schätze.“

Natürlich kam ihm die Idee mit dem Dichter nicht aus heiterem Himmel. Aus ein paar Anspielungen, die Kritsinis gemacht hatte, wie z.B. „als ich jung war, schrieb ich Verse und wollte Künstler werden; stattdessen bin ich beim Militär gelandet ...“ schöpfte Luis seine Idee. Er ließ sie erst heranreifen und überarbeitete sie mehrmals, bis er sie ihm präsentierte.

Sie tranken bei Pepas und besoffen sich fürchterlich. In meinem ganzen Leben habe ich noch nie ein dermaßenes Saufgelage erlebt. Immer, wenn der Major lyrische Erhebungen auf seine Kindheitsjahre und einen Cousin ersten Grades von ihm anstimmte – auf den Cousin komme ich noch zurück – ließ Luis jedes Mal die Bemerkung fallen: „Major, du mußt Gedichte schreiben.“

Dann stimmte Kritsinis regelmäßig mit großartiger Gestik und lallend seinen schon erwähnten Refrain an: „Was habe ich denn mit den Dummschwätzern zu schaffen.“

Eines Nachts schob er Luis zusammen mit den Ausgangsgenehmigungen, die er ihm regelmäßig gab, seine ersten Gedichte rüber.
„Was meinst du?“ fragte er ihn später.
„Lieber Major, es sind kleine Meisterwerke. Die nächsten kannst du schon veröffentlichen.“

Seitdem ging Kritsinis immer seltener zu den Übungen und den Appellen. Er schloß sich in der Verwaltung oder in seiner Wohnung ein, selbst in der Toilette oder in der Kantine, um Gedichte zu schreiben.

Die ersten schwarzen Wolken am Himmel seiner Karriere zogen

auf, als der Brigadegeneral Papatheodorou dem Regiment einen Spontanbesuch abstattete, wahrscheinlich – denke ich mir jetzt – von irgend jemandem informiert, der es auf Kritsinis' Stelle abgesehen hatte.

Und so kam es, daß er ihn statt in der Verwaltung in der Offizierstoilette vorfand, wo er gerade Gedichte deklamierte.

Als der Brigadegeneral dort ankam, bot sich ihm ein empörender und lächerlicher Anblick. Es gab nur eine einzige Offizierstoilette in der ganzen Verwaltung. So traf er auf einen Reserveleutnant, der draußen wartete und der sich zudem in einer nicht besonders würdigen Haltung befand. Er sah ihn mit den Händen in den Hosentaschen seine Genitalien halten und verschwitzt in kleinen Schritten gebeugt hin- und hergehen, um seinen Druck so lange wie möglich hinauszuzögern, da er sich nicht traute, Kritsinis zu stören.

„Du kannst dir vorstellen, Vetter, der Brigadegeneral war sozusagen sprachlos. Von drinnen – stell es dir mal vor – rezitierte Kritsinis' hohe Stimme „Kritsinis", und draußen krümmte sich der Reserveleutnant, weil er aufs Klo mußte."

Kritsinis gefiel die Akustik der Toilette, und kaum war die Kompanie zu Übungen ausgerückt, eilte er dorthin. Aber dieses Mal hatte er Pech, denn er hatte nicht bemerkt, daß der Reserveleutnant draußen stand.

Die Szene wurde noch tragikomischer, als der Reserveleutnant beim Anblick eines echten Brigadegenerals versuchte, stramm zu stehen und zu grüßen, was ihm aber trotz seinen verzweifelten Anstrengungen nicht gelang.

Letztendlich gab er den Kampf mit der Selbstbeherrschung auf und ließ einfach los. In demselben Augenblick, in dem er grüßte, pinkelte er sich in die Hose. In diesem Moment kam auch Luis hinzu.

„Vetter, ich habe in meinem ganzen Leben kein glücklicheres Gesicht gesehen."

Doch entdeckte Luis im Kommandeur nicht nur einen Dichter. Er entdeckte auch dessen verdrängte Homosexualität.

Luis hatte bereits gespürt, daß dieser Cousin ersten Grades einst eine schicksalhafte Rolle in Kritsinis' Leben gespielt hatte. In einer alptraumhaften Nacht voller Geständnisse brachte er es auf eine für ihn typische Art fertig, den Major zu dem Geständnis zu bewegen, daß er die Liebe zum ersten Mal durch das Glied jenes schicksalhaften Cousins erfahren habe. Seitdem – schwor er – hatte er weder mit einer Frau noch mit einem Mann geschlafen.

„Emmanuil Retsinas, glaubst du mir?" fragte er ihn immer wieder.

„Ich glaube dir", sagte Luis.

„Ich habe versucht, diese verflixte Erinnerung abzuschütteln. Ich habe drei Versuche mit Frauen unternommen. Sind alle danebengegangen!"

Luis – der angefangen hatte, ihn zu mögen – sagte zu ihm: „Mein Gott, mein lieber Major, du bist über vierzig, und du hast nie mehr...?"

„Glaubst du mir nicht?"

„Ich glaube dir, aber wenn das so ist, wie soll ich sagen, entgeht dir die süßeste Sache auf der Welt. Egal, ob du mit einem Mann oder mit einer Frau schläfst, das ist Geschmackssache, aber du mußt dich zuerst mit dir selbst aussöhnen."

Die ganze Szene, die ich dir beschreibe, spielte sich in Luis' Wohnung ab, in Piräus, in jenem feuchtkalten Keller. So eng waren sie inzwischen befreundet! Sein Vater hörte vom Nebenzimmer aus all diese Wahnsinnsdinge die ganze Nacht – wie sollte er da einschlafen können! – und die beiden zechten draußen, aßen Lamminnereien und Darmspezialitäten, die der Major mitgebracht hatte, – und unterhielten sich über das Glied des Cousins.

Bis zur Morgendämmerung hatte Luis es geschafft, Kritsinis so sehr mit sich selbst und seinen Neigungen auszusöhnen, daß er auf einmal zu einem anderen Menschen wurde. Er hatte sich nun im Griff.

„Jetzt, Vetter“ – auf einmal begann er, auch Kritsinis „Vetter“ zu nennen – „jetzt verstehst du sicher, warum ich, als du mir von der Kreide erzähltest, zu dir sagte, daß ich drauf scheiße. Wenn du nicht die Linie übertrittst, lebst du nicht wirklich, denk dran.“

Am Morgen, im Morgengrauen, als Luis’ Schwester– sie war Nachtschwester im *Tzanio*-Krankenhaus – nach Hause kam, fand sie sie schlafend vor. Kritsinis in Uniform in ihrem Bett und Luis in seinem.

Ihr war zum Weinen zumute. Sie riß sich zusammen. Sie hatte Luis gern, aber sie hielt es nicht mehr aus. Krethi und Plethi hatten schon in ihrem Bett geschlafen. Prostituierte, Dichter, Schmarotzer, jeden, den Luis nachts aufgriff, ließ er in ihrem Bett schlafen. Nur einen Offizier hatte sie bis jetzt noch nicht gesehen. Jetzt war es so weit!

„Geduld!“ hörte sie. Hinter ihr stand ihr Vater.

„Ich kann ihn nicht mehr ertragen. Das Maß ist voll. Er soll arbeiten, weggehen. Ich will mein Bett, meine Wohnung, er soll sich zum Teufel scheren, abhauen.“

Sie redete und redete. Schließlich zündete sie den Gaskocher an und setzte das Briki auf. Der Kaffee würde ihr gut tun.

„Ich habe euch satt, dich und deinen Sohn, ich hau ab.“

Danach nahm sie einen Stuhl und setzte sich vor Luis’ Bett. Das stand in der Küche, an der Wand, neben dem Spülbecken.

Der Vater wollte ihr etwas sagen, aber sie ließ ihn nicht ausreden.

„Ich bezahle die Miete, den Strom und das Wasser. Zum Teufel mit euch allen.“

Sie hieß Antigoni. Sie setzte sich also vor Luis’ Bett und wartete darauf, daß er aufwachte.

„Sag, du Halunke, du hast es ihm besorgt, dem Major, oder?“ fragte ich ihn, als er es mir am nächsten Tag erzählte.

„Kostantis, nein. Ich habe ihm überhaupt nichts getan. Er würde mich begehren, sagte er, mich lieben, ich ihm gefallen, aber ich habe ihn nicht angerührt. Was passiert ist, hat er selbst getan." Und er beschrieb mir die unglaubliche Szene: Während der Major ihm seine Lebensgeschichte erzählte, daß er aus einer Soldatenfamilie stamme, nach dem Zwischenfall mit dem Vetter Tänzer werden wollte, ihn seine Eltern, sobald sie das hörten, zwangen, die Kadettenanstalt zu besuchen, daß sie ihn nach seinem Abschluß fast gewaltsam mit einer Eleni verheirateten, die sich von ihm nach fünf Monaten trennte, daß er versuchte, durch die Disziplin beim Militär seine Leidenschaft zu bezwingen, daß ihn die Erinnerung an die Fast-Vergewaltigung durch seinen Vetter nie verließ, daß, daß ...

Während er das alles Luis erzählte, mitten in der Nacht, während sich im Nebenzimmer sein Vater befand, der die letzten Worte wahrscheinlich nicht hörte – er war schließlich doch eingeschlafen –, kniete sich der Major auf den eiskalten Mosaikfußboden und legte seinen Kopf auf Luis' Schoß, sehr zärtlich, sehr feminin. Später, betrunken und inzwischen mit seinen Neigungen ausgesöhnt, begann er, während er die Einzelheiten der Vergewaltigung beschrieb, wie selbstverständlich und ohne Ankündigung, Luis' Hose aufzuknöpfen.

„Kostantis, ich habe mich noch nie in einer schwierigeren Lage befunden. Ich hatte gehört, daß Schwule richtig böse werden, wenn du sie zurückweist; ich wußte nicht, was ich machen sollte, ehrlich. Ich habe ihn einfach machen lassen. Er knöpfte meine Hose auf, holte meinen Schwanz heraus ... Mir gefiel das überhaupt nicht, ich schwör's dir. Er hing ganz lange unten, völlig schlapp, saft- und kraftlos, sage ich dir, aber ich dachte darüber nach, wie ich mit Kritsinis als Feind die Militärzeit überstehen würde, und außerdem traute ich mich nicht, ihn abzuweisen. Ich ließ ihn einfach gewähren. Rührte mich nicht vom Fleck. Dann war's auch schon vorbei. Einen Augenblick lang glaubte ich, Vetter, bin mir aber nicht sicher, daß mein Vater die Tür einen Spalt breit aufmachte. Er war aufgewacht. Ich erschrak. Ich bin mir nicht sicher, ob er was gemerkt hat, ob er kapiert hat ... Wahrscheinlich nicht."

Seine Schwester Antigoni ahnte natürlich alles, auch wenn sie nichts gesehen hatte. An der Art, wie der Major nachher mit ihr redete, wie er ging, und vor allem wie er seine Kaffeetasse hielt – sie hatte ein teuflisches Gespür –, reimte sie sich alles zusammen.

Ich war in der Zwischenzeit auch gekommen. Wie ich dir bereits erzählt habe, wohnte ich in der Nähe. Im Morgengrauen dann, als es Zeit für den ersten Bus zum Militärlager war, ging ich ahnungslos zu Luis.

Ich sah Antigoni, die Luis in das Zimmer des Alten zog. Sie sagte nichts zu ihm. Sie spuckte ihn an. Ich wollte mit ihr sprechen, ihr gut zureden. Na ja, ich wußte ja noch nicht, worum es sich genau handelte, ich hatte den Major ja noch nicht gesehen.

Sobald sie mich sah, fiel sie mir verzweifelt in die Arme und fing an zu weinen.

„Warum hilfst du ihm denn nicht? Du bist doch sein Freund. Warum sagst du ihm denn nicht mal die Meinung? Warum läßt du zu, daß er sich kaputtmacht?"

Seine Schwester war eigentlich fast hübsch. Ich begegnete ihr nicht so oft, aber, doch, sie war hübsch.

Seitdem hatte ich immer, wenn ich sie sah, den Impuls, ihre Augen zu küssen. Es lag eine solche Bitterkeit in ihnen, eine solche Trauer! Man hatte den Eindruck, daß in ihren Winkeln stets eine Träne hing, die aber niemals heruntertropfte.

„Antigoni, es ist doch nicht so ... nimm es nicht so ... Die Dinge sind einfacher, als sie aussehen. Was auch immer passiert, bei Luis muß man das nicht so ernstnehmen. Er weiß, was er tut. Hab Vertrauen zu ihm", sagte ich zu ihr.

Dann erst merkte ich, daß sie sich in meinen Armen befand, daß sie weinte. Ich hörte auf. Redete nicht weiter. Ich streichelte ihr nur über die Haare.

Und auf einmal hörte sie auf zu weinen, hob ihren Kopf hoch, bog ihn etwas zurück und sah mich an. In ihrem Blick lagen Unsicherheit, Furcht und Verträumtheit. Ich war total durcheinander, wußte nicht, was ich tun sollte. Ich schluckte nur und ließ meine Hand in der Luft über ihrem Kopf schweben. Ich schaffte es gerade noch, ihr auch in die Augen zu sehen, noch tiefer. Nie habe ich verstanden, warum ich, Kostantis Manolopulos, mich nicht in Antigoni verliebt habe. Nie.

„Komm, Kostantis, wir gehen. Der Jeep des Majors ist gekommen, um uns abzuholen. Er nimmt uns mit."

Ich kam aus dem Keller auf die Straße.

„Laß dich hier nicht mehr blicken. Hast du das gehört?" rief sie ihrem Bruder nach, als wir losfuhren.

Ich schaute immer noch ihre Augen an. Luis seufzte tief, sehr tief, und holte seine Schachtel Zigaretten hervor.

Zehn Tage später übernahm Papagos[20] die Regierung. Zwanzig Tage später war die Herrschaft von Kritsinis vorbei:

Um sechs Uhr morgens, eine halbe Stunde vor dem Morgenappell, brachen zwei Unteroffiziere die Tür der Verwaltungstoilette auf und entdeckten dort Kritsinis. Er kniete mit heruntergelassener Hose auf einer halbzerrissenen Decke. Hinten auf ihm war der Koch des Lagers zugange. Er hatte nicht mal seine Soldatenmütze abgenommen.

„Keine Bewegung!" riefen die Unteroffiziere und richteten ihre Gewehre auf sie.

Als sie den Kommandeur erkannten, waren sie total verwirrt. Sie wollten eigentlich jemand anders schnappen, und erwischten nun ihn. Sie versuchten irgendwas zu sagen, sich zu entschuldigen, die Tür zu schließen, aber es war schon zu spät, es hatten sich schon jede Menge Soldaten aus den anderen Toiletten versammelt. Allen voran Luis und ich.

Alle waren sprachlos.

Was in jenem Moment in Kritsinis genau vorging, weiß ich

nicht, nach außen hin tat er jedenfalls so, als sähe er uns nicht, als existierten wir nicht.

Er war ruhig und gefaßt und weit weg. Er stand ganz bedächtig auf, zog seine Hose hoch, knöpfte sie zu, zog seine Krawatte fest und machte Anstalten zu gehen.

Einen Moment lang drohte er seine Beherrschung zu verlieren, als er sich nach seiner Brille umsah und sie nicht fand. Da sprang Luis herbei, drängte uns zur Seite, hob die Brille auf und gab sie ihm. „Danke", sagte er zu ihm und ging. Ganz vornehm und elegant.

Wir machten ihm Platz, und er schritt durch uns hindurch mit einer Miene, als sei er ein Ehrengast und wir das Empfangskomitee. Nur die Kapelle und der Marsch fehlten. Er ging weiter, aus dem Gebäude hinaus, am Tor vorbei, erreichte die Straße und verschwand. Niemand sah ihn je wieder. Außer Luis.

VIERTES KAPITEL

DER PUFF

Während der ersten Zeit nach unserem Militärdienst wurde jedesmal Alarm geschlagen, wenn Luis zu uns nach Hause kam.

Er war bei uns nicht erwünscht. Vor allem bei meiner Mutter nicht. Ihm gegenüber verhielt sie sich natürlich unterwürfig und ängstlich, aber kaum hatte er die Tür hinter sich zugemacht, war es immer dasselbe:

„Sei ja auf der Hut vor dem. So ein Umgang bringt nichts Gutes. Kein anständiger Mensch in der Nachbarschaft läßt ihn ins Haus. Permanent wird er auf die Wache gerufen. Er und sein Vater. Ausgerechnet jetzt, wo deine Papiere wieder in Ordnung sind. Paß bloß auf, daß du dir nicht wieder was zu Schulden kommen läßt. Onkel Anestis ist sowieso schon sehr wütend auf dich. Seinetwegen."

Sie startete eine richtige Gehirnwäsche gegen Retsinas, nannte ihn Sittenstrolch, Schnorrer usw.

Erst als im Viertel bekannt wurde, daß Luis demnächst heiraten würde, stiegen seine Aktien bei meiner Mutter.

„Hoffentlich wird er jetzt einsichtig."

Ihrer Meinung nach tut eine Ehe gut. So, wie man sagt, daß Gymnastik gut tut. Sie bringt einen auf den rechten Weg, man wird geformt. Als sie dann noch erfuhr, daß er ein Drittel von Krungas' Bäckerei als Mitgift bekommen sollte, fing sie sogar an, sich bei ihm einzuschmeicheln.

Sie lud ihn zum Essen ein, machte keine saure Miene mehr, wenn er uns besuchte und sagte nette Dinge zu ihm.

„Du solltest dir ein Beispiel an ihm nehmen. Er heiratet ein schönes Mädchen, Mitgift hat sie auch, und Verwandtschaft, die allerlei Beziehungen zur Regierung hat."

Tatsächlich gewann Luis im Viertel plötzlich an Geltung und Ansehen.

„Hör auf mit deinen Sprüchen, Mama", sagte ich.

Nur mein Vater war traurig, er beurteilte Luis' Ehe anders.

„Erst hat uns dein Freund den Unabhängigen vorgespielt, aber sobald er einen Vorteil für sich sieht ... Darin sind sie doch alle gleich."

Das war vielleicht eine Geschichte mit Luis' Hochzeit. Ich erinnere mich immer noch gut an den schrecklichen Nachmittag im Vorhof der Hl. Sophia, in Piräus.

Es war August, eine Affenhitze, wir warteten auf ihn, und der Lump kam nicht. Nicht er wartete auf die Braut, sie wartete auf den Bräutigam!

Ich sehe sie immer noch vor mir, wie sie da in ihrem Brautkleid auf den Kirchenstufen steht und wartet. Das Kleid lang, bis zum Hals geschlossen, mit Schleppe, Brautschleier, langen Ärmeln, die bis zu den Fingerspitzen reichten.

Du hättest die Gäste hören sollen: „Das ist ihr aber viel zu groß."

Als ich sie sah, tat sie mir leid. Und genau über uns auch noch diese Sonne, die uns regelrecht briet. Man verfluchte die Stunde und jeden Augenblick, den man dort war.

„Ach Mensch, was tut Retsinas uns da an, jetzt stehen wir hier blöd rum", sagte ich flüsternd zu Ajisilaos.

„Ich glaube immer noch nicht, daß er sie heiratet, Manolopulos" wiederholte er fortwährend.

Wir waren als einzige aus unserem Freundeskreis da: Ajisilaos und ich.

Die einzige, die sich nicht beschwerte, war die Braut. Obwohl sie schon eine ganze Viertelstunde wartete. Obwohl ihr der Schweiß in Strömen herunterlief.

Nicht, daß sie nicht litt, aber etwas in ihr sagte ihr, daß „ihr Manolis" schon kommen werde, und daran klammerte sie sich. Doch wie lange? Der Schweiß lief ihr inzwischen wirklich in Strömen herunter. An Stirn, Hals, Ohren, Nase. Mit ihm zusammen floß alles hinunter, was ihm in den Weg kam, Schminke, Kajal, Farben. Mal ganz abgesehen von ihren Achseln. Darüber sage ich lieber nichts. Jedesmal, wenn sie ihre Hand hob, um eine Strähne ihrer Haare zurückzustreichen, die ihr immer wieder ins Gesicht fiel, sah man unter ihrem Arm eine klatschnasse Höhle.

Als auch die zweite Viertelstunde zu vergehen drohte, machte sich eine unbestimmte allgemeine Gereiztheit breit.

Doch wagte keiner der Gäste, die Krungas-Familie zu verstimmen.

Evjenia – so hieß die Braut – blieb trotz allem äußerst höflich. Und schön! Trotz ihres Brautkleids, in dem sie buchstäblich unterging, trotz des Schweißes, trotz der Tatsache, daß sie einen ziemlichen Hängearsch hatte, war sie weiterhin schön. Das Unangenehme war, daß auch diejenigen, die diesen Hängearsch noch nicht bemerkt hatten, ihn jetzt aufgrund des Schweißes ausmachen konnten. Weißt du, der Schweiß, der inzwischen alles überflutet hatte, hatte begonnen, die Landschaft genauestens abzuzeichnen, vor allem genau jenen Bereich, und zwar auf aufreizende und ordinäre Weise. Und so betonte er die beiden Hälften ihres Hinterns stark, während er die Poritze unberührt ließ.

Tatsache ist, daß Retsinas wegen dieser Ritze ein angehendes Mitglied der Krungas-Familie wurde. Auch wenn meine Mutter meinte, er habe es nur auf die Bäckerei abgesehen. An der ganzen Evjenia zog ihn nichts so sehr an wie diese Ritze. Weder ihre Augen, die sehr schön waren, noch ihre Brüste, die auch nicht zu verachten waren, noch ihre rosa Waden, die ihm allerdings auch gefielen. Nur eins wollte er von Evjenia. Jene Ritze. Sie war es gewesen, die er zuallererst gesehen hatte, als er sie kennenlernte. Erst die Ritze und dann sie.

Ich erinnere mich, wie sie in Votsalakia, dem Strand von Paraskevas, auf dem Bauch lag, in einem Badeanzug, der ihr viel zu klein war, im Gegensatz zu dem Brautkleid, das ihr viel zu groß war. Beides geliehen. Sowohl der Badeanzug – von einer Cousine – als auch das Brautkleid, von einem Geschäft, das Brautkleider verlieh.

Retsinas war hin und weg, sobald er sie so auf dem Bauch liegen sah.

„Was für ein Arsch!" sagte er.

Er hatte nicht unrecht. Ich weiß nicht, woran es lag. An ihrer Haltung? An dem zu klein geratenen Badeanzug, der in ihre Ritze hineingerutscht war? Tatsache ist, daß Luis hin und weg war. Als wir neben ihr lagen, sah ich, wie Luis' Schwanz in seiner Gymnastikhose steif wurde. Er trug keine Badehose, weil er keine hatte. Er trug ein Mittelding zwischen Unterhose und Shorts. Blau.

Sie war allerdings nicht allein. Ihr Bruder war dabei, Krungas.

Evjenia war nie allein. Weder am Strand, noch auf der Straße, noch auf Parties. Nirgends.

Ihre persönliche Garde war immer dabei. Jedesmal, wenn sie ausging. Entweder Mutter oder Vater oder einer der beiden Brüder waren ihre ständigen Begleiter.

„Mensch, den kenne ich doch von irgendwoher, irgendwo habe ich den doch schon mal gesehen", sagte Luis ständig zu mir.

Er suchte nach einer Möglichkeit, an sie ranzukommen, ein Gespräch zu beginnen.

„Den kenne ich doch, den kenne ich doch", und plötzlich erinnerte er sich. „Die Krungas-Bäckerei," rief er.

Fast hätten sie ihn gehört.

Tatsächlich. Von unserer unmittelbaren Nachbarschaft aus ein paar Blocks weiter befand sich ihre Bäckerei. Dort hatte er ihn gesehen. Aristos hieß er!

Nach fünf Minuten hatte er mit ihm ein Gespräch begonnen. Nach zehn Minuten wußte er alles. Er brachte Aristos dazu, ihm alles zu verraten. Wer er war, was er arbeitete, Adresse, Telefon, Gesinnung; auch wenn wir das meiste natürlich schon wußten.

„Wenn du irgendein Problem hast, komm zu mir. Ich regele das dann schon. Ob Polizei, Staat oder Schattenstaat – ich hab' überall Zugang", sagte er zu ihm und lachte blöde.

Noch eine von Luis' Wahnsinnseigenschaften. Er nahm einen für sich ein, brachte einen erst dazu, ihm zu vertrauen und dann verführte er einen dazu, ihm Persönliches zu verraten. Alles. Was man erzählen und was man besser nicht erzählen sollte.

Er selbst dagegen gab einem selten etwas preis, weder wo er wohnte noch wo er arbeitete noch wo er verkehrte – während er den anderen regelrecht auszog.

Stell dir vor, als wir ihnen kurz darauf im *Romantiko* von Kastella einen Ouzo ausgaben, brachte er Aristos so weit, ihm das große

Drama seines Lebens zu gestehen, nämlich daß er mit Olympia schlief, der Frau seines Bruders. Als Evjenia gerade zum Händewaschen weg war, gestand er ihm nach einem tiefen Seufzer:
„Ich, mein Freund, verberge hier im Herzen das größte Drama,“und er zeigte auf sein Herz.

Evjenia spielte zu Beginn unserer Bekanntschaft in Votsalakia die Coole. Sie würdigte uns keines Blickes, blieb auf dem Bauch liegen – was Luis' Verlangen natürlich noch größer werden ließ. Wenn man sah, wie die beiden Hügel unterhalb des Rückens verliefen, war man hin und weg. Das ging so weit, daß Luis nicht mehr sprechen konnte. Ihm blieb die Spucke weg, seine Lippen waren so ausgetrocknet, daß sie aufsprangen. Richtig krank war er.

Als sie uns schließlich den Gefallen tat, sich umzudrehen und uns zu grüßen, „sehr erfreut“, waren wir total sprachlos. Auf einmal sahen wir einen Riesenbusen, Wimpern, die einer Loren Ehre gemacht hätten. Ganz zu schweigen von den Lippen und den Augen.
„Sieh einer an, was die Bäckerei von Krungas ausbacken kann“ sagten wir später zueinander. Wie du siehst, wir liebten auch die Wortspielereien.

Wir trauten unseren Augen nicht. Wenn du ihre Eltern gesehen hättest, ihre Brüder, erst dann würdest du unser Erstaunen verstehen. Ihre Eltern waren die reinsten Walfische. Bäuche wie Fässer. Oberarme wie Boxer der Schwergewichtsklasse. Alle beide klein und dick. Ihre Brüder genau das Gegenteil. Groß und dünn wie Störche. Das sind die Wunder der Natur. Was hat nun die schöne Evjenia mit dieser Ansammlung purer Häßlichkeit zu tun?

In der Zwischenzeit, um zu unserer Geschichte zurückzukommen, befand sich die Hochzeit weiterhin auf dem Stillstand.

Auch die zweite Viertelstunde war vergangen, und der Bräutigam war nirgends zu sehen.

Wir ahnten nahendes Unheil. Ich bekam richtig Angst! Als ob ich schuld daran wäre, daß Retsinas die Braut versetzte. Ich war der einzige von Luis' Leuten, den sie kannten. Der alte Gauner hatte ihnen gleich am Anfang das Märchen erzählt, daß er ein Waisenkind sei, ohne Eltern, Geschwister, Verwandte ... Ajisilaos kannten sie nicht.

Nach einer Stunde quälender Warterei machte sich langsam einer nach dem anderen unauffällig aus dem Staub.

Doch um Evjenia und ihre Familie nicht weiter dieser Demütigung auszusetzen, sah man, wie ihre Brüder sie außer sich vor Zorn unter den Achseln packten, sie wegschleppten und ins gemietete Taxi luden, das auf der Straße wartete. Sie zerrissen die weißen Schleifen, die sie auf der Kühlerhaube befestigt hatten, wie es üblich ist, und rissen ein paar weiße Blumen von den Scheibenwischern ...
„Wir sind gerettet“, flüsterte ich Ajisilaos zu. „Sie hauen ab.“

Ich hatte noch nicht ausgesprochen, als ihr Bruder Aristos wie ein wutschnaubender riesengroßer Dummkopf zurückkehrte.

Hast du je einen Telegrafenmast in Eile gesehen? Genau so sah er aus.

Einen Moment lang sah ich ihn im Kirchhof unter den Leuten stehen, die sich langsam diskret davonschlichen. Dann sah er sich um, und kaum hatte er mich erblickt, kam er direkt auf mich zu. Er packte mich am Kragen, schüttelte mich und sagte:
„Sag deinem Arschloch von Freund, daß er schon mal sein Grab schaufeln kann. Entweder er heiratet sie oder er stirbt. Am übernächsten Sonntag hier, zur gleichen Zeit.“

Und weg war er.

Uns lief der kalte Schweiß runter. Trotz des heißen Nachmittags überlief es uns kalt.

Er war doch noch nicht weg. Falsch. Nach drei Schritten blieb er stehen, drehte sich um und kam wieder zurück. Jetzt allerdings wurde er von seinem Bruder, dem Gehörnten, begleitet.

Der Taxifahrer hatte es inzwischen eilig und hupte. Tut, tut, tut...

Er packte mich erneut am Kragen.

„Rück raus damit. Wo wohnt er? Straße, Nummer, Stadtteil."

Einer der Brüder hielt Ajisilaos fest und der andere mich. Außerdem war kaum mehr jemand außer ihrem engsten Kreis da. Es gab also keine Hoffnung auf Hilfe. Die Eltern und der Trauzeuge standen in der Nähe. Ach, und die Frau des anderen Bruders – die vergaß ich – Olympia, mit der Aristos schlief, „ich habe ein großes Drama hier drinnen, mein Freund." Eine schreckliche Person. Groß, dick und häßlich.

„Woher soll ich wissen, wo er wohnt?" antwortete ich. Ich hatte kaum ausgesprochen, da hob er mich schon am Kragen hoch. Wie eine Feder.

„Laß den Quatsch und rede."

Ich spielte den Unschuldigen.

„Ehrlich, ich habe ihn beim Militär kennengelernt, ich weiß nichts, er hat mir nichts gesagt. Du, Ajisilaos, weißt du was?" Ich versuchte ihm den Ball zuzuspielen.

„Rede schon, und laß Ajisilaos aus dem Spiel. Ich scherze nicht, du kannst gleich deine Zähne von der Straße aufsammeln. Pack aus."

Das Taxi hörte man weiter mit seinem tut... tut... tut... Ich sah es schon vor mir: aus Mund und Nase blutend, mein Kragen zerrissen ...

„Ich schwöre euch, ich ..."

Ich startete einen letzten Befreiungsversuch, aber er ließ mich nicht ausreden.

Eine saftige Ohrfeige brachte mich in die Realität zurück.

Wie sollte ich das aushalten, wie wird man da nicht zum Verräter seines Freundes? Ich mußte mich entscheiden. Entweder würde ich ohne Zähne, mit Brüchen und was weiß ich nicht alles von hier weggehen, oder ich verriet ihn. Ich verriet ihn. In Nullkommanichts. Ich sagte ihnen Straße, Hausnummer und Stadtteil. Und meine Adresse noch dazu. Alles verriet ich ihnen, Ajisilaos war dabei. Alles, was sie wissen wollten und noch mehr. In allen Einzelheiten sagte ich es ihnen. Sie schmissen mich wie einen toten Tintenfisch auf den Boden und hauten ab.

Als Ajisilaos und ich auf dem Heimweg waren, bemitleidete und verachtete ich mich. Wie ein begossener Pudel schlich ich dahin.

Ich hatte es ihm gesagt, dem alten Gauner, als er hinter ihr her war und sie ihn an der Nase herumführte und mal „ich habe Angst" sagte, mal „ich kenne dich doch gar nicht" und mal „meine Brüder werden mich umbringen."

„Schlag sie dir aus dem Kopf, du wirst Ärger mit denen kriegen", sagte ich zu ihm.

Er hörte nicht auf mich. Machte weiter.

Das ist einfach Luis' Problem, seine fixen Ideen. Spartaner. Er kämpft bis aufs Blut[21]. So ist er immer. Wenn er sich was in den Kopf setzt, dann bleibt er dabei. Bis zum Schluß. Er ist ein hartnäkkiger Mensch. Der reinste Lenin. Der hatte sich vorgenommen, Rußland zum Kommunismus zu führen, und das tat er dann auch. Er hätte es nicht überlebt, wenn er es nicht geschafft hätte. Die Muschiken, die Proletarier und die Revolutionäre hätten vielleicht auch ohne Revolution überleben können, doch Lenin nicht.

„Es sei denn, du bist entschlossen, es auf eine Hochzeit ankommen zu lassen. Ansonsten solltest du nicht mit der Krungas-Familie spielen. Die sind Mitglieder dieser Schlägerkommandos, tragen Waffen, das weißt du."

Sowohl Ajisilaos als auch ich sagten ihm gehörig die Meinung und warnten ihn.

„Zur Not lasse ich es auf eine Heirat ankommen", meinte er nur.

Er wußte nicht, wovon er sprach. Er war fast arbeitslos. Er arbeitete alle Jubeljahre in den Kühlhäusern Fix in Piräus, er zählte dort die Tiefkühlware, und in so einer Situation sprach er von Heirat. Zum Verrücktwerden.

Natürlich hatten wir, die wir ihn kannten, keinen Zweifel daran, daß er sie rumkriegen würde. Es kam nicht oft vor, daß er sich eine

Frau in den Kopf setzte und sie nicht rumkriegte. Aber das Problem war, was er danach machen würde, nach dem Vergnügen, denn die Krungas-Familie ließ nicht mit sich spaßen, wie ich schon sagte. Die mordeten!

Wie du dir vorstellen kannst, entwickelten sich die Dinge rasend schnell. Nach etwa vierzehn Tagen, an einem Mittwochmittag, ließ sich Evjenia von ihm küssen und, es war ja zu erwarten, sie war hin und weg. Wenn ein unerfahrenes Mädchen, das noch nie mit einem Mann geschlafen hat, auf einen trifft, der sie richtig küßt, und es dann noch Emmanuil Retsinas ist – kein Thema, dann ist sie hin und weg und gibt ihm alles.

Bis zum Treffen am darauffolgenden Mittwoch brannte Luis' Kuß in ihr, hatte sie entflammt, hatte das Verderben beider vorbereitet.

Und, paß gut auf, ich sagte „am darauffolgenden Mittwoch", weil nur dann – sie bekamen an dem Tag Mehl geliefert – die ganze Familie außer Haus war.

Den Mittwoch also, den Tag hatte Luis sich bereits vom ersten Moment an in Votsalakia, dem Strand von Paraskevas, gemerkt, als er zu ihnen sagte: „Ich komme irgendwann mal vorbei, um euch zu besuchen", und der Bruder hatte ihm geantwortet: „Komm mal vorbei, nur nicht mittwochs, da wird uns Mehl geliefert."

Und natürlich ging er am Mittwoch hin. Der zweite Mittwoch war noch aufregender für Evjenia. Sie gab sich ihm mit Leib und Seele hin. Nun gehörte sie ihm.

Aber Luis, der sich nicht nur erträumt hatte, daß sie ihm gehöre, sondern daß sie ihm absolut gehöre, kam auch am übernächsten Mittwoch wieder.

Was wir nicht alles versuchten, um ihn zu bremsen, was wir ihm nicht alles sagten: „Worauf willst du hinaus? Und was passiert, wenn etwas schiefgeht und sie an einem Mittwoch kein Mehl geliefert bekommen, und was passiert, wenn ..."

Er hörte nicht auf uns. Ihn schreckten weder drohender Ärger noch der Schattenstaat ab.

Wir versuchten ihn von seinem letzten Ziel abzubringen, hofften, daß er es sich vielleicht doch noch anders überlegen würde.

„In Ordnung, Retsinas, sie hat einen wunderschönen Hintern, aber schlag dir das aus dem Kopf, sie wird dich da nicht ranlassen. Sie ist unerfahren. Laß es also besser, laß sie, übertreib es nicht, gib auf."

Aber er gab nicht auf. Und hatte Erfolg. Bereits am nächsten Mittwoch. Nicht erst am übernächsten.

Als er uns im Kafenio von Herrn Tassos, Makedonias-, Ecke Dervenakionstraße, beschrieb, wie sie sich ihm ganz und gar hingegeben hatte, waren wir alle sprachlos.

Seine Beschreibungen machten uns total heiß. Wir waren alle drei sehr erregt.

In dieser Verfassung gingen wir von dort aus direkt zu den Nutten bei den Schwarzblechen, Endstation Aitolikos. Wir trieben es alle drei mit derselben Frau. Im Stehen. Das war wohl ihr Glückstag. Als erster Luis, als zweiter ich und als dritter Ajisilaos, der sich Läuse einfing.

Luis bezahlte für uns alle drei. Einen Tausender. Er gab ihn so weg, wie er ihn bekommen hatte. Etwa drei Tagelöhne durch argentinische Tiefkühlkost. Er behielt nichts davon für sich. Die Freunde über alles.

Herr Tassos schleppte also Ouzo herbei und Retsinas beschrieb uns die Szene in allen Einzelheiten, wie eine Stickerei mit ganz feiner Nadel.

„Es darf doch nicht wahr sein", kommentierten wir immer nur, „nein, Mensch, das darf nicht wahr sein."

„Freunde, das Wichtigste ist es, die Frau nicht zu verärgern, denn das, was du brauchst, das braucht sie auch. Sie braucht Zärtlichkeit. Leichte, sanfte Bewegungen. Zuerst mußt du sie in Stimmung bringen. Du darfst nicht gleich aufs Ganze gehen. Denn dann kann es keiner von beiden genießen. Nachher ist sie bereit, dir alles zu geben. Du kannst sie zum Schreien bringen, ohne daß sie Schmerzen empfindet. Du kannst ihr in die Brustwarze beißen, bis sie blutet, und sie wird dich gewähren lassen. Du kannst sie auspeitschen, und sie wird sich nicht wehren. Aber vorher mußt du ihren Rhythmus finden, das Maß. Es ist, als ob man eine ganze Vorstellung gibt, Freunde, als ob man ein Theaterstück inszeniert. Erste, zweite, dritte Szene und so weiter. Bis der Vorhang fällt, ist Einfallsreichtum angesagt, Handlung, Überraschungen."

Wir hörten ihm mit offenem Mund zu. Sogar Herr Tassos blieb einen Moment lang stehen, um zuzuhören, nachdem er was aufgeschnappt hatte. Wie eine Salzsäule.

„Hast du ihr wehgetan?" fragte Ajisilaos.

„Das erste Mal, und ohne Schmerzen? Ausgeschlossen. Es tut zwar weh, aber gleichzeitig gefällt es ihr auch."

Als Herr Tassos das hörte, war er nichts wie weg. Es war ihm peinlich.

„Aber, wie ich euch bereits sagte, keine Gewalt, kein Drängen. Immer schön langsam. Das wichtigste ist, zu wissen, wie man ihre Klitoris streichelt."

Ajisilaos wußte nicht einmal, was eine Klitoris ist. Als er es ihm erklärte, wurde er so geil, daß es ihm beinahe gekommen wäre.

„Aber du mußt mit verrückten Küssen jeder Art anfangen. Dann gehst du runter zur Brustwarze. Und paß auf, daß deine Zunge nicht hart wird. Sonst tut es ihr weh, und dann ist es vorbei, dann ist der Zug abgefahren. Auch solltest du niemals anfangen, wenn du dir nicht sicher bist, daß ein Bett oder ein Sofa in der Nähe ist. Wenn es zu weit weg ist, besteht die Gefahr, daß sie auf dem Weg dorthin abkühlt. Du mußt in der Nähe sein, ganz nah."

Ich sage dir, er redete, und wir wurden immer heißer. Ajisilaos war knallrot geworden, sein Gesicht sah aus wie eine rote Rübe. Ihm schien das alles exotisch und unglaublich. Wir konnten uns nicht vorstellen, daß Evjenia, die Jungfrau und total unerfahren gewesen war, sich so etwas von Luis gefallen lassen würde.

„Wißt ihr, warum sie mich ran ließ, Freunde? Das kommt euch sicher witzig vor. Weil sie sich einfach nicht traute, mich abzuweisen. Selbst, als ich schon dabei war, sie von hinten zu nehmen, siezte sie mich noch. Sie hatte Respekt vor mir. Von ihrer Erregung mal abgesehen, sie kriegte sowieso nichts mehr mit, sie hatte alle Raum- und Zeitvorstellungen verloren. Als ich sie auf den Bauch drehte, wußte sie ja noch nicht und konnte sich auch noch nicht vorstellen, was kommen würde."

Der Gauner beschrieb uns erst in tausend Einzelheiten das Zimmer und danach die Haupthandlung.

Er fing mit den Familienfotos an, den Wänden, den Fliesen, dem Bett. Im Bett der Eltern fand alles statt. Ein Eisenbett, mit vielen Verschnörkelungen, harter Matratze und einem verrosteten Gestell, das fürchterlich quietschte.

Danach fing er an, ihren Körper zu beschreiben. Als ob er eine Leinwand vor sich hätte und malen würde. Farben, Linien, Tiefe. Er hatte sie, sagte er, in die beste Stellung gebracht. Auf Knien und Ellbogen aufgestützt, nicht auf die Fäuste. Nur so kommt die optimale Krümmung von der Hüfte abwärts zustande. So wird sie zu einer Wildkatze.

„Freunde, in dem Moment, als ich in sie eindrang, krallte sie sich mit den Fingern am Bettgitter fest. Nur ein ‚ach' war zu hören. Sonst nichts. Kein einziges Wort sagte sie. ‚Ach!'... Nur das."

Das Komische an der Geschichte war, daß Luis, während er sie von hinten stieß, zufällig mal den Kopf hob und voller Erstaunen hoch oben über dem Bett König Pavlos mit seiner Friederike erblikken mußte.

„In dem Moment, Freunde, kriegte ich einen ganz schönen Schrecken! ... Ich bumste plötzlich nicht mehr Evjenia, sondern Friederike. Sie hatte auch noch dieses perverse Lächeln drauf ... Im Ernst ...“

Natürlich fingen ein paar Tage, nachdem Luis uns alles erzählt hatte, die Probleme für ihn an.

Auf einmal wurden ihm alle negativen Eigenschaften Evjenias bewußt. Sie war auf einmal blöder, als er sie sich vorgestellt hatte. Sie hatte einen tiefer hängenden Arsch, als es am Anfang den Anschein hatte. Sie war bis auf die Knochen königstreu und, das Schlimmste von allem, sie verehrte den Bund der Ehe.

„Mensch Mädchen, Mensch Schätzchen, was willst du denn jetzt schon mit der Ehe? Wo wir doch mit oder ohne Ehe dieselbe Sache machen.“

Doch sie war unnachgiebig und wollte unbedingt heiraten. Sie zitterte vor Angst, daß ihre Brüder es erfahren könnten, bevor sie die Gelegenheit hätte, es ihnen zu sagen.

„Wir könnten uns zumindest verloben.“

„Schätzchen, warte, laß mich erst mal eine geeignete Stelle finden, meinen Abschluß machen, doch nicht so, wie Zigeuner.“

Aber Evjenia hatte keine Geduld. Sie heulte sich die Augen aus.

Auf der einen Seite der Heiratsalptraum, auf der anderen Seite das Problem mit dem Hängearsch – ich weiß nicht wieso, aber der Hängearsch machte ihm sehr zu schaffen – ließ er sich zwei Wochen nicht blicken. Zweimal besuchte er sie mittwochs nicht.

Sie war außer sich. Auf einmal stellte sie fest, daß sie weder Adresse noch Telefonnummer hatte und nicht wußte, wie sie ihn erreichen sollte. In ihrer Panik machte sie zwei tödliche Fehler: Erstens verriet sie ihr Geheimnis Olympia, da sie sich Rat in der Angelegenheit einholen wollte; die sagte es Aristos weiter. Zweitens gestand sie Aristos auf sein Drängen hin auch das Mittwochsgeheimnis.

Das war der Beginn der Tragödie.

„Der wird mir schon nicht entwischen, eines Mittwochs wird er schon wieder auftauchen."

Sie hatten auch gar keine andere Möglichkeit, ihn zu erwischen. Also änderten sie den Liefertag für das Mehl, und jeden Mittwoch befand sich die Krungas-Familie in Habachtstellung. Sie lauerten ihm auf. Einer in der Küche, der andere auf dem Abort. So nannten sie damals die Toiletten: Aborte.

Sie hielten richtig Wache. Und als Evjenia dann auch noch ausplauderte, daß Luis Friederike als alte Schlampe bezeichnet hatte, schäumten sie vor Wut.

Schließlich tappte Luis in die Falle. Als ihn Evjenia an jenem verhängnisvollen Mittwoch sah, wie er gutaussehend und frischgeduscht erschien, bereute sie plötzlich, daß sie ihn verraten hatte. Sie merkte auf einmal, daß jeden Moment alles vorbei sein würde. Sie wollte nicht sein Unglück. Sie wollte ihn zum Mann.

Doch war es nun zu spät. Als er ihr gerade mit viel Takt die Brust freigelegt hatte und daran saugte, lauerten die anderen im Hinterhalt. Siehst du, sie wollte ihm natürlich nicht ihren Verrat gestehen. Was hätte sie zu ihm sagen sollen?
„Ich habe dich verraten, gib acht"? Sie war nun verpflichtet, bis zum Schluß die Unschuldige zu spielen. Und das tat sie.

Luis merkte natürlich was. Der Empfang, den sie ihm bereitete, war nicht derselbe wie die anderen Male gewesen. Als er sie fragte: „Was ist denn los mit dir, Baby? Du bist so kühl. Was verschweigst du mir?" stürmten die beiden Telegrafenmasten rein.

Evjenia schrie auf, um so zu tun, als ob sie nicht Bescheid wüßte, als ob sie sie nicht erwartet hätte und bedeckte ihre Brust. Sie zitterte.

Natürlich spielte Luis den Ahnungslosen.

Er dachte daran, wie viele Linke an die Wand gestellt worden waren, weil sie nicht bereit gewesen waren, im entscheidenden Moment Reueerklärungen zu unterschreiben.
„Tot hat das Bereuen auch keinen Sinn mehr", dachte er sich, nehmen wir also einmal an, daß sie dir die Gelegenheit dazu geben werden."

Er mußte nachgeben, und er gab nach.

Als Aristos ihn an die Wand stellte, wo er ihn an den Haaren hingezogen hatte, kamen ihm lauter Bilder von Erschossenen in den Sinn. Vor ihm sah er auch den anderen Bruder, den Gehörnten, im Abstand von sechs Schritten, mit der Pistole in der Hand. Hier, sagte er sich, sieht es schwer nach Exekution aus, kein Spielraum für Machtkämpfchen.

„Freunde, ihr habt mich mißverstanden", sagte er zu ihnen.

Auch die verzweifelte Evjenia warf ein:

„Tötet ihn nicht, nein!"

Das reichte, um Luis zur absoluten Kapitulation zu bewegen, er war sogar bereit, irgendein patriotisches „Es lebe Hellas" oder ähnliches zu rufen, um überzeugend zu wirken.

„Heute ist Mittwoch. Am kommenden Mittwoch heiratet ihr", sagte Aristos plötzlich. „Oder am übernächsten."

„Das geht nicht, Freunde. Selbst das Gesetz verlangt einen Monat Frist."

Sie ließen natürlich nichts gelten.

„Kümmer dich nicht um das Gesetz. Wir sind das Gesetz."

Die Dinge wurden schwieriger.

„Ich bin außerdem arbeitslos, das wißt ihr."

„Das wissen wir, das haben wir auch bedacht. Du wirst in der Bäckerei arbeiten. Ein Drittel gehört dir, als Mitgift. Wir werden auch eine Wohnung für dich finden. Durch die Arbeiterwohnungsgenossenschaft."

Die Arschlöcher hatten an alles gedacht.

„Schließlich liebt Evjenia dich", schloß er. Zum Schluß machte Luis noch einen letzten Fluchtversuch.

„Ich muß doch vorher einen Antrag auf eine Wohnung stellen."

„Brauchst du nicht. Ist alles schon geregelt. Du bekommst auch ohne Antrag eine Wohnung."

Scherz beiseite, Luis besaß auf einmal eine Wohnung, einen Arbeitsplatz und ein Drittel der Bäckerei ... Und wenn man bedachte, daß Evjenia mehr oder weniger einen Hängearsch hatte – okay, schließlich war niemand perfekt – und einen mehr oder weniger mittelmäßigen Verstand, lag der Fall nicht gerade schlecht für ihn.

Denn gerade in jener Zeit war ein Mädchen mit einem so sehenswerten Hintern und einer solchen Mitgift so ungefähr der Traum aller. In Amerika nennen sie das den amerikanischen Traum, hier weiß ich nicht, wie es genannt wird, aber ich unterschrieb die Heiratsurkunde für einen viel kleineren Traum. Um Tante Evstathias dreistöckiges Haus zu erben, ging ich so weit, ihre Nichte zu heiraten, um mal nebenbei auch von mir zu sprechen.

„Vorerst werdet ihr hier bei uns wohnen, bis wir die Wohnung bekommen", sagte Aristos abschließend.

Während Luis den Gehörnten mit der Waffe in der Hand so vor sich stehen sah, schoß ihm durch den Kopf, daß Evjenia auf kurz oder lang beide Brüder verlieren würde. Beide waren hundertprozentig dem Tode geweiht. Eteokles und Polyneikes. Wenn eines Tages der Verrat des einen Bruders dem anderen zu Ohren kommen würde, wie es dann auch geschah, wäre der Zweikampf auf Leben und Tod sicher.

Dieser Gedanke war seine letzte Hoffnung.

In der Zwischenzeit wartete Aristos auf Luis' Antwort auf die Frage, ob er bereit sei, mit ihnen zusammenzuziehen. Und nicht nur Aristos; die ganze Krungas-Familie wartete darauf.

„In Ordnung, ich bleibe bei euch, wenn ihr Friederike abhängt", sagte Luis plötzlich zu ihnen im kläglichen Bemühen, einen heroischen Abgang zu machen.

Natürlich brachte er nicht mal den Satz zuende.

„Wir werden sie nicht nur nicht abhängen, sondern, wenn du sie noch einmal „alte Schlampe" nennst, kannst du deine Zähne eigenhändig aufsammeln."

Damit drohte er immer. Und mit dem „dann kannst du deine Zähne eigenhändig aufsammeln", das nur zur Erklärung, meinte er nicht nur die Zähne.

Natürlich merkte Luis am Ausdruck „alte Schlampe“, den der Bruder gebraucht hatte, daß Evjenia ihn verraten hatte. Woher sonst wußte Aristos, daß er sie „alte Schlampe“ genannt hatte?

Er akzeptierte alles. Er zog sogar zu ihnen. Er kam mit zwei Koffern. Einer mit Büchern, der andere mit Klamotten.

Zu Hause sagte er kein Wort über das Geschehene. Sie sahen ihm zu, wie er wegging. Ich half ihm beim Umzug. Sie fragten nicht mal. Antigoni verstand auch so.

„Entweder er geht in die Verbannung oder er heiratet“, sagte sie.

Was für eine Bitterkeit immer in ihren Augen lag! Es war Abend. Wir gingen im selben Moment, in dem sie zum *Tzanio* aufbrach.

„Manolopulos, du sagst nichts?“ sagte sie zu mir.

Was sollte ich sagen. Ich sah sie nur an.

„Willst du mir nicht sagen, wohin dein Freund geht?“

„Er heiratet“, sagte ich.

Verstehst du jetzt meine Situation, meine Demütigung, als ich im Vorhof der Hl. Sophia-Kirche gezwungen war, Retsinas zu verraten, indem ich den Krungäern Straße und Hausnummer gab?

Ich war in einem bedauernswerten Zustand, kam kohlrabenschwarz vor Dreck nach Hause, mein neuer Anzug war zerrissen ...

„Um Gottes willen“ sagte meine Mutter ständig, während ich ihr erzählte, daß die Hochzeit nicht stattgefunden hatte.

Ajisilaos neben mir zitterte vor Angst.

„Manolopulos, wir sitzen in der Tinte. Wenn die uns auf der Wache verraten, sind wir angeschmiert.“

Als meine Mutter „Wache“ hörte, fiel sie in Ohnmacht.

Kaum hatten wir sie wieder zu Bewußtsein gebracht, fiel sie erneut in Ohnmacht, weil Ajisilaos mit seinem dummen Gelaber fortfuhr:

„Und nicht nur die Wache. Die brechen Knochen, stecken Häuser an“, sagte er zu ihr.

„Was erzählt der Blödmann da?“

Am Schluß hielten wir eine kleine Familienkonferenz ab zum Thema „sollen wir Luis vorwarnen, oder sollen wir uns da raushalten?“

Meine Mutter lud Onkel Anestis zu dieser Konferenz ein. Eine abenteuerliche Person, der Onkel. Irgendwann muß ich dir ja von ihm erzählen. Eine widersprüchliche Persönlichkeit. Bewundernswert. Ein Kommunist, der freiwillig zur Einsicht gekommen war. Ein ehemaliger Atheist und ehemaliger Kartenspieler. Bis er dreißig wurde. Seitdem war er gesetzestreu und gottesfürchtig.

Vorher war er Nachtschwärmer, Barbesucher, Clubgänger, Bordellbesucher gewesen; hatte drei Tripper hinter sich, eine Verurteilung wegen eines ungedeckten Schecks und Zeugungsunfähigkeit infolge seines ersten Trippers.

Auf einmal verwandelte sich dieser Onkel Anestis – der Schandfleck der Familie – völlig unerklärlich in eine hochanständige Person, einen hochachtbaren Herrn. Er wurde zum Freund des Direktors der Schutzpolizei von Piräus und von da an zum Freund aller Direktoren der Schutzpolizei von Piräus. Er bekam eine Stelle im Finanzamt von Piräus, hörte mit den Club- und Bordellbesuchen und dem Kartenspielen auf, und plötzlich nahm ihn seine Familie wieder in ihren Armen auf, wie einen verlorenen Sohn, der zurückgekehrt war.

Ständig lag mir meine Mutter mit Onkel Anestis’ Geschichte in den Ohren:

„Hast du gesehen? Selbst Onkel Anestis hat Vernunft angenommen und ist ein ordentlicher Mensch geworden.“

Ich erinnerte mich an ihn: groß, elegant, lässig und stets in einem weißen Anzug, Rohseide, und Jasmin im Aufschlag. Ständig Jasmin im Aufschlag. Wie Alain Delon, unbezwingbar.

Wie sich dieser Mensch verändert hatte! Seit er beim Finanzamt arbeitete, fielen auch Jasmin und Rohseide weg. Er lief regelrecht ein. Mit dem ersten Schmiergeld, das er annahm, entdeckte er, was Sparen bedeutet. Von da an lebte er nicht mehr. Er sparte nur noch.

Der einzige Lebensabschnitt, der für uns dunkel und unerklärlich blieb, war seine Hochzeit. Wir waren damals alle total überrascht. Eines Morgens kündigte er uns an, daß er am nächsten Sonntag heiraten werde. Diese plötzliche Ankündigung seiner Hochzeit erinnerte mich ein wenig an den guten alten Onkel Anestis.

Niemand wußte etwas über die Braut. Sie war total unbekannt. Zum Zeitpunkt der Hochzeit erfuhren wir nur ihren Namen. Melpo. Man hörte auch ein Flüstern: „Eine Smyrnäerin."

Seitdem vergöttere ich Smyrnäerinnen. Sobald ich Smyrnäerin höre, fange ich Feuer und stehe in hellen Flammen.

Als ich sie dort stehen sah, unter dem Kronleuchter, groß, rosig, mit einem sanften Gesicht, war ich hin und weg. Die reinste Aphrodite, nur ein wenig rundlicher.

Einerseits glänzende, unschuldige Augen, Augen einer Mutter Gottes, und andererseits ein äußerst weiblicher Körper, sehr aufreizend, dämonisch. Volle, sinnliche, tiefrote Lippen. Ganz zu schweigen von der Brust, den Augenbrauen, dem Hals. Wahnsinn, dieser Hals, diese Schwingung von den Schultern aufwärts! Nur auf Gemälden habe ich solche Hälse gesehen und auf ein paar Postkarten in orientalischem Stil.

Ich sage dir, seitdem war ich beim bloßen Hören des Wortes „Smyrnäerin" erfüllt von Taximia, erregenden Düften, Diwanen, auf denen Odalisken[22] lagen, Wandmalereien in Kirchen mit nackten Gottesmüttern. Seitdem taufte ich jede Frau, die so war, Smyrnäerin. Maria Magdalena nannte ich Smyrnäerin. Deshalb gefiel es mir auch, daß Urania Smyrnäerin genannt wurde.

Und tatsächlich, Tante Melpo war eine Smyrnäerin. Sie sprach langsam und gedehnt, mit einer näselnden Stimme. Du brauchtest sie nur zu hören und warst schon erregt. Du brauchtest sie nicht einmal zu sehen. Ruf sie an, frag sie z.B. was über ihre Blumen, und wenn deine Dinger nicht Feuer fangen, dann will ich nicht Manolopulos heißen.

Ihr Reiz stieg noch durch ein Geheimnis, das ihr ganzes Leben umgab. Niemand wußte etwas über sie. Als ob sie vom Himmel gefallen wäre. Auch der Onkel erzählte uns nie etwas über sie. Was sie tat, wer sie war, Eltern, Verwandte, Herkunft, wo sie aufgewachsen war, wie ... Ein Geheimnis. Keinerlei Erinnerung begleitete sie, nie hörte ich sie z.B. sagen: „Damals, als wir Kinder waren, ...“

Als mir Luis später das große Geheimnis ihres Lebens verriet, nahm die Tante in meiner Phantasie ungeahnte Ausmaße an:

Sie war, erinnere ich mich, zusammen mit dem Onkel zu Besuch gekommen und sie hatten im Haus Luis und mich angetroffen.

Als Luis sie sah, war er wie vom Donner gerührt. Er sagte nichts, als ich sie ihm vorstellte. Er senkte nur den Kopf, sagte „freut mich sehr“, murmelte dann etwas über Kopfschmerzen und ging.

Nie habe ich erfahren, ob auch sie ihn erkannt hat, ob sie sich an ihn erinnerte.

„Die Tante war fünf Jahre Nutte in der Filonosstraße. Club- und Animierdame im *Kit Kat*. Wußtest du das nicht?“

Luis hatte auch mit ihr gebumst. Oft.

„Ich sage dir, Kostantis, sie war die erste Frau, mit der ich geschlafen habe. Ein göttliches Wesen. Nie verhielt sie sich einem gegenüber als Prostituierte. Sie brachte mir Grünschnabel bei, daß man mit einer Frau sehr zärtlich umgehen muß.“

Ich hörte Luis zu und war fasziniert. Seitdem konnte ich mir Tante Melpo, wenn ich sie sah, nicht mehr anders vorstellen als mal in sündhaften Betten, mal auf Barhockern der Clubs in der Filonosstraße, wie sie auf Kunden wartete, mal ...

Einmal hat mich Luis selbst ins *Kit Kat* mitgenommen, wo er sie kennengelernt hatte.

„Mein erstes Geld habe ich mit ihr verpraßt, Kostantis.“

Zum ersten Mal betrat ich einen Club mit Prostituierten.

„Sie saß gewöhnlich dort“ – er zeigte mir die Stelle – „dort, wo jetzt die sitzt, die dir zulacht. Unmöglich, daß sie mich nicht erkannt hat, Kostantis.“

Wahrscheinlich erinnerte sie sich an ihn. Ich sah es in ihren Augen; das war nur so ein Gefühl, als sie sich zum ersten Mal bei mir trafen.

Vielleicht haßte mein Onkel deswegen Luis so, wenn man voraussetzt, daß die Tante ihm von Luis erzählt hat. Es war nur natürlich, daß er nicht wollte, daß irgendwer etwas über ihre Vergangenheit erfuhr.

Immer, wenn ich an der Filonosstraße vorbeikam, mußte ich an die Tante denken.

Sie hatte zu Hause ein Grammophon mit einem großen, bemalten trichterförmigen Lautsprecher und Schallplatten aus Smyrna, mit Liedern, die von sehr hohen, langgezogenen weiblichen Stimmen gesungen wurden. Auf einer Platte erkannte ich ihre Stimme.

Anfangs stritt sie es ab, aber ich war mir sicher, daß sie es war, die sang.

Wir waren allein bei ihr, als ich es ihr sagte. Ich besuchte sie gern. Alles bei ihr war zierlich, sinnlich. Die Farben auf den Sofas, ihre Fotografien, ein paar große tiefrote Lampenschirme, die Blumen, die Töpfe mit den Sonnenblumen. Ein ganzer Hof voller Töpfe mit Sonnenblumen. Manche lieben Hunde. Sie liebte Sonnenblumen. Und Parfüm. Sobald man ihr Haus betrat, wurde man von Parfüm betört. Überall. Sogar ihre Toilette erinnerte an alles andere als an eine Toilette. Überall leises Rascheln, rosafarbene leinene Decken und Parfümduft.

Ich werde auch eine Fotografie von ihr nie vergessen, die man an der gegenüberliegenden Wand erblickte, sobald man ihr Wohnzimmer betrat. Eine große Fotografie. Sie zog einen in ihren Bann. Ausgestreckt auf einem Diwan für Paschas, mit hängenden Fransen, posierte sie, wie es schien, für einen Fotografen der damaligen Zeit. Sie ließ nur ihre Beine aus dem Morgenmantel hervorschauen. Es waren sicherlich die Kulissen des Bordells, in dem sie gearbeitet hatte.

Sie bot mir eingemachte smyrnäische Süßigkeiten an, auf goldenen Tellerchen, die auch aus Smyrna stammten.

Sie wußte, daß ich kam, um diese Schallplatte zu hören, mit dieser wollüstigen Stimme. Sie war fünfundvierzig Jahre alt und hatte immer noch eine starke Ausstrahlung.

Ich erinnere mich, daß sie stets diesen knallroten Morgenmantel trug. Er ähnelte dem auf dem Foto. Der Morgenmantel.

Schließlich gab sie es zu; es war tatsächlich ihre Stimme. Sie hatte mal jemanden kennengelernt, der Schallplatten machte. Sie sang damals. Und tanzte.

„Aber du darfst es niemandem sagen. Selbst dein Onkel Anestis weiß es nicht. Versprichst du mir das?"

„Ich verspreche es."

Und sie küßte mich. Der Geschmack jenes Kusses wurde mit der Zeit zu einem Duft, der nie verflog.

Jedenfalls vergötterte sie Onkel Anestis, damit hier kein falscher Eindruck entsteht. Sie vergötterte ihn!

Natürlich beschloß die Familienkonferenz, um zu unserer Geschichte zurückzukommen, daß ich mich da rauszuhalten und Luis nicht darüber zu informieren hätte, was auf ihn zukäme, denn wenn die Krungäer davon Wind bekämen, würde ich statt seiner büßen müssen. Es wurde außerdem beschlossen, daß ich für einige Tage nicht das Haus verlassen sollte.

Ajisilaos machte sich natürlich nach der Konferenz auf und davon.

„Was deinen Freund Retsinas betrifft, geschieht es ihm ganz recht, wenn sie ihn verprügeln. Schließlich hat der dem Mädchen die Heirat versprochen; jetzt soll er mal sehen, was es heißt, wenn man seine

Versprechen nicht hält. Als er mit ihr rumgemacht hat, hat es ihm doch auch gefallen, oder?“

Die letzten Worte sagte der Onkel. Ich wurde traurig. Als ob er keine Ahnung von Liebe und Leidenschaft hätte. Als ob nicht er es letzten Endes gewesen war, der es gewagt hatte, eine Prostituierte zu heiraten ... Sie redeten und redeten, um mich zu überzeugen, aber ich saß auf glühenden Kohlen. Ich wollte rechtzeitig bei Luis sein, um ihn zu retten; ich schaffte es einfach nicht, ihm nichts zu sagen.

„Und die Hauptsache ist, vergiß das nicht, daß du in zwei Monaten deine Abschlußprüfungen machst. Wenn du jetzt Ärger bekommst und wieder was in deiner Akte vermerkt wird, bist du nicht mehr zu retten. Ich wiederhole, gib dich nicht mit diesem Tunichtgut ab, diesmal kannst du nicht mehr auf mich bauen, dann kannst du deine Stelle im Ministerium vergessen.“

Die letzten Worte zwangen mich in die Knie. Diese Scheißstelle im Ministerium war zu meinem Lebenstraum geworden. Traum und Alptraum zugleich. Außerdem hatte der Onkel ja schließlich wegen dieses Traumes diese herausragende Position in unserer Familie. Alle vergötterten wir den Onkel und beteten ihn an.

Und wenn ich es mir recht überlegte, ich wußte immer noch nicht, warum er soviel Interesse für unsere Familie zeigte, seine Verwandten zweiten Grades. Gefiel ihm die Rolle des Beschützers? Es war unmöglich für mich, herauszufinden, worauf er aus war; ich mache mir nichts vor, es gibt kein selbstloses Handeln. Es ist zumindest selten.

Jedenfalls, um dir die Wahrheit zu sagen, mich packte auch die Angst.

Obwohl ich wußte, daß Luis entfernt davon war, ein Kommunist zu sein oder sonst irgendwelchen Ideologien anzuhängen, daß er eher ein Anarchist war, undiszipliniert, verrückt, spürte ich trotzdem, daß ich mich früher oder später würde entscheiden müssen. Auf der einen Seite Onkel Anestis, das Studium, die Stelle und auf der anderen Seite das Unbekannte, die Gefahr, der Zauber.

Während der Familienkonferenz saß mein Vater in einer Ecke, ohne was zu sagen. Er sagte nie etwas. Wahrscheinlich hatte er sich irgendwann dazu entschlossen, sich meiner Mutter total zu ergeben, und das tat er dann auch.

Seitdem hatte ich dieses Bild im Kopf: Ich sah ihn, wie er nach der Arbeit immer am selben Platz am Tisch saß und seinen Ouzo trank. Gurken, Sardellen und Ouzo. Er sagte nichts. Er guckte nur. Er guckte den Himmel an. Stundenlang. Auf dem Platz schlief er auch ein. Und auch jetzt bei der Familienkonferenz saß er dort. Auf demselben Platz. Stumm.

Als ich ihn so sah, erwachte in mir ein heroisches Gefühl, so als ob ich Trommeln und Flöten hören würde.

Ich hielt es nicht aus, bis zum Ende den Judas zu spielen.

In dem Moment, als sie dachten, sie hätten mich überzeugt und anfingen zu essen, genau in dem Moment haute ich durch das Wohnzimmerfenster ab.

Natürlich viel zu spät. Als ich bei Luis ankam, war es schon passiert. Alles war verwüstet. Zerfledderte Bücher, zertrümmerte Möbel, Schubladen und Kleidung lagen überall verstreut auf dem Boden herum. Luis saß regungslos, unter Schock, mit hohem Fieber, geschwollenen Wangen und ausgeschlagenen Zähnen in einer Ecke des Zimmers auf dem Mosaikfußboden. Sein ganzes Gesicht hatte sich durch die Schwellungen in eine einzige riesengroße Nase und einen riesengroßen Mund verwandelt.

Ich war außer mir vor Wut. Wenn ich nicht an der Familienkonferenz teilgenommen hätte, um mir den Schwachsinn anzuhören, hätte ich vielleicht das Schlimmste verhindern können. Ajisilaos ist mit dran schuld. Dieser Angsthase. „Bist du verrückt geworden? Wenn die uns da antreffen, zerfleischen die uns." Er hatte mir totale Angst eingejagt.

Als ich Luis ins *Tzanio*-Krankenhaus zu seiner Schwester brachte, hatte er ein Bein gebrochen, einen Zahn ausgeschlagen, Prellungen an den Armen, und es war nicht sicher, ob das Auge zu retten war.

Antigoni küßte ihn. Sie sprach ihm Mut zu. Er solle sich nicht von diesen Arschlöchern erpressen lassen. Dort im Krankenhaus erfuhr sie alle Einzelheiten. Von der Hochzeit und daß er die Braut sitzengelassen hatte.

„Geschieht ihr ganz recht."

Als ich ihr von der Szene vor der Kirche berichtete, „war nicht mehr zu sehen, dein Bruder, er wurde Luis[23] ", konnte sie sich kaum halten vor Lachen.

So wurde aus ihm „Luis". Seitdem nannte ihn niemand mehr bei seinem Namen. Er hieß bei allen nur noch „Luis".

Offensichtlich reichte es den Arschlöchern nicht, ihn zu verprügeln, sondern sie nannten ihm auch noch einen neuen Hochzeitstermin.

„Das war nur der Anfang. Wenn du es noch einmal wagen solltest, abzuhauen, zahlst du die ganze Rechnung" sagten sie ihm. Und sie machten keine Scherze. Die Krungäer scherzten nie. Während der deutschen Besatzung hatten sie sogar jemanden umgebracht.

Als ich nach zwei Tagen zufällig Aristos im *Kalifornia* traf, machte ich mir vor Angst fast in die Hose.

Das *Kalifornia* war das Kino des Viertels. In jener Zeit sah man mit einer Eintrittskarte zwei Filme. Wir gingen um zwei ins Kino und kamen um sechs raus.

Als ich mir auf der Leinwand gerade Tyrone Power ansah, tippte mir jemand diskret von hinten auf die Schulter. Ich drehte mich um und sah Aristos. Er war derjenige, der das Sagen hatte. Der andere Bruder, der uns inzwischen bekannte Gehörnte, war nur sein willenloses Werkzeug.

„Hör zu, Brillenschlange, glaub ja nicht, daß du mir entkommst!

Wenn aus der Hochzeit nichts wird, kommst du aus der Geschichte nicht heil raus. Und bestell ihm, daß er mich ja nicht mit dem Geheimnis von Olympia erpressen soll. Dann stirbt er. Er und du mit. Kommunistenschweine spielen nicht mit der Schwester von Krungas. Bring den Casanova zur Einsicht, damit du nachher nicht für ihn büßen mußt. Als du für ihn Schmiere gestanden hast, ging es ihm gut, was?"

Das hatte ihm alles dieses Miststück Evjenia verraten.

Tatsächlich hatte ich jeden Mittwoch, wenn er zu ihr ging, Schmiere für ihn gestanden. Sogar das hatte ich getan. Für eine Gegenleistung allerdings. Es war zu der Zeit, als ich mich in Tassula verliebt hatte.

„Mensch, Tassula ist nichts für dich", meinte Luis. „Die paßt nicht zu dir. Was hast du mit Tassula zu schaffen?"

Sie war fünf Jahre älter als ich, mollig, launisch. Doch ich gab nicht auf. Ich wollte sie.

„Dann mach dich doch ran. Worauf wartest du noch?"

Ihr Bruder war Polizist. Wie sollte ich mich bei einem Polizisten als Bruder an sie rantrauen?

Sie kam für gewöhnlich aus ihrem Haus und setzte sich auf einen Schemel oder auf die Treppenstufen ihres Hauses, das unserem gegenüberlag.

Sie wußte, daß in dem Moment, wo sie auf die Straße kommen würde, die Verehrer massenhaft auftauchen würden. Es gefiel ihr sehr, daß um sie geworben wurde. Innerhalb von fünf Minuten begannen sie, um sie herumzuscharwenzeln. Sie gingen hin und her und warfen ihr Blicke zu, aber niemand wagte es, weiterzugehen.

In jener Zeit hatten alle Häuser im Piräus Keller und die Keller ein kleines Fensterchen zur Straße hin zum Lüften. Oft ging ich dort runter und wartete darauf, daß Tassula gegenüber ihre Beine spreizte.

Gewöhnlich saß sie für kurze Zeit sehr sittsam mit geschlossenen, vom Rock bedeckten Beinen. Kurz darauf wurde sie's leid, ließ sich gehen und spreizte ihre Beine. Oder sie kratzte sich. Wenn sie kein Passant sah, hatte sie die Angewohnheit, sich zu kratzen. Sie schob den Rock ganz hoch und kratzte sich.

Schließlich einigten Luis und ich uns:

„Ich stehe für dich Schmiere, und du sorgst dafür, daß ich mit ihr zusammenkomme, okay?"

Ich schrieb ihr einen feurigen Brief. Meine Bedingung war, daß er ihn ihr gab.

Und diese Geschichte war dann auch der Anlaß dazu, daß ich für einige Zeit den Kontakt zu Luis abbrach.

Er hatte ihr weder den Brief gegeben noch jemals von mir erzählt. Da konnte er noch so oft das Gegenteil behaupten.

Nach langer Zeit, als mein Verlangen nach ihr abgeklungen war und ich mit Tassula darüber sprach in der Annahme, sie habe den besagten Brief erhalten, brach sie in Lachen aus.

„Aber was redest du denn da, Manolopulos? Weißt du denn nicht?"

„Was sollte ich denn wissen?"

„Hat dir Retsinas nichts erzählt?"

Und sie wandte sich ab, um nicht vor Lachen zu platzen. Hahaha.

„Warum lachst du denn?" wollte ich sie fragen. Da gestand sie mir, daß sie zu der Zeit, als ich ihm den Brief gegeben hatte, bereits ein Verhältnis mit ihm hatte.

„Schön hat er dich da an der Nase herumgeführt, dein Freund."

Ich war außer mir.

„Die Sau, er hat mich völlig verarscht."

Als sie später ihren Bruder, den Polizisten, wegen einer Reihe von Vergehen festnahmen, Drogen, Devisenausfuhr usw., verließ sie das Haus und verschwand aus unserem Leben und aus dem Viertel. Ich erzähle dir später, wo und wie ich sie wiedersah.

Und so kam es, daß ich wieder mit Luis sprach: Es war viel Zeit verstrichen seit damals, viel war passiert – Umzüge, Prüfungen, Ereignisse – und plötzlich, eines Tages, als ich drauf und dran war, ihn zu vergessen, eines Nachmittags sah ihn meine Mutter durch den Türspion, nachdem er geklingelt hatte. Sie fing an zu zittern.

„Dieser Teufel ist wieder da. Soll ich aufmachen?"

Statt auf die Antwort zu warten, rannte ich zur Tür und machte selbst auf.

„Mensch Kostantis, ich habe es nicht ausgehalten, daß du mir wegen einer Frau böse bist."

Meine Mutter war ärgerlich! Sie wußte, daß Luis wohl kaum zu meinem Wohl gekommen war.

Nicht mal im Traum dachte sie daran, ihm einen Kaffee oder etwas anderes anzubieten.

„Ach, Mensch Vetter, du hast vielleicht eine Mutter."

Ich hielt immer noch seine Hand und starrte ihn an.

„Zieh dir was über, Kostantis. Nimm nichts mit, auch kein Geld. Ich habe welches. Außerdem schulde ich dir noch was und möchte das wiedergutmachen. Frag nicht, wie und was. Es reicht, wenn du tust, was ich dir sage. Keine Widerrede."

Na gut! Luis durfte man niemals etwas abschlagen. Das brachte Pech. Es wäre, als ob man das Leben verleugnen würde, als ob man etwas, das einem heilig war, Mutter oder Vater verraten würde ... So oft ich ihm etwas abschlug, bereute ich es nicht nur – aber davon erzähle ich dir später –, sondern diese „Neins" haben an mir gezehrt, haben mich schwer mitgenommen.

Zehn Minuten später gingen wir los, ich schloß die Tür.

„Wohin geht ihr?" rief mein Mutter.

Sie wußte Bescheid. Wenn man mit Luis wegging, bestand die Gefahr, daß man niemals zurückkehrte.

Kaum waren wir auf der Straße, als er auch schon ein Taxi rief.

Daß Luis Geld für ein Taxi hatte, war, als hätte man im Lotto gewonnen, als hätte ein Erdbeben stattgefunden, als wäre ein Krieg ausgebrochen.

Im Taxi drückte er meine Hand.

„Ich möchte, daß es dir gutgeht, Vetter. Laß deine Mutter in ihrem eigenen Saft schmoren. Hör nicht auf sie. Schließlich reicht es, daß sie sich selbst und deinen Vater auf dem Gewissen hat; sie braucht ihr Gewissen nicht auch noch mit dir zu belasten. Was willst du eigentlich? Wovor hast du Angst? Vertrau mir, und ich werde dich groß machen, zum König der Könige." Luis war Versuchung und Aufruhr in einer Person. Er rüttelte einen wach. So sah ich ihn, so empfand ich ihn. Er zog einen in Straßen, Gassen und Alleen, und man wußte niemals, ob sie einen irgend- oder nirgendwohinführten.

„Nach Chatzikyriakio", befahl er dem Taxifahrer.

Und er begann, mir zu erklären:

„Vetter, ich wußte doch, daß du einen Narren an Tassula gefressen hattest, was hätte ich tun sollen? Hätte ich dir sagen sollen, daß ich was mit ihr habe? Ich wollte dich nicht verletzen. Anfangs verschwieg ich es dir. Und später wußte ich nicht, wie ich es dir sagen sollte."

Ich war ihm nicht mehr böse. Ich lachte nur.

„Und du hast zugelassen, daß ich wie ein Depp dastand?"

„Sieh mal, Vetter, die war scharf auf dich, das wußte ich. Wenn du ihr nur einmal zugezwinkert hättest, hättest du sie schon gehabt. Wenn ich euch hätte zusammenbringen wollen, hätte ich das im Handumdrehen machen können. Du paßtest ihr ins Konzept, aber danach wärst du ihren Fängen nicht mehr so leicht entkommen."

„Das verstehe ich nicht."

„Warte ab. Du wirst schon sehen."

Im Taxi merkte ich plötzlich, wie gut Luis gekleidet war. Er schien Geld zu haben! Er war frisch rasiert, geduscht und die Haare saßen gut. Er trug sogar eine Krawatte.

Meine Mutter hatte ihn auf die Schnelle nicht mustern können, sonst hätte sie sicherlich ihre Meinung über ihn geändert.

Schon immer hatte meine Mutter großen Wert auf die Verpakkung, die Hülle, die äußere Erscheinung gelegt. Je glänzender die Verpackung, desto stärker ist sie beeindruckt. Bei Menschen und Dingen. Das Schlichte gefällt ihr nicht. Sie wählt immer das Verpackte und Verzierte. Alles, was in Gelatine eingelegt, farbig verpackt, mit Schleifen und Schnörkeln versehen ist, gewinnt sie für sich. Dasselbe gilt für Menschen. Bist du z.B. selbständig oder irgendwo fest angestellt? Hast du ein eigenes Haus, irgendeinen Verwandten, der Arzt oder Rechtsanwalt ist? Bist du einflußreich und wohlhabend? Dann reißt sie sich ein Bein für dich aus. Wenn auch noch hinzukommt, daß du Beamter bist – kein Angestellter – und in die Kirche gehst, dann reißt sie sich nicht nur ein Bein aus, sondern dann setzt sie dich an ihre rechte Seite, dann wirst du zu ihrem Vorbild, ihrem Herrn, und sie zu deiner Sklavin. Dann kannst du mit ihr machen, was du willst. Sie würde sogar so weit gehen, mit dir zu schlafen. Und zwar nicht, weil du ihr gefällst – derlei Freuden hat sie sich ein für alle Male versagt –, sondern weil es ihr unmöglich war, nein zu sagen, sich jemandem zu widersetzen, der Beziehungen und Geld hat.

Diese Schwäche hat sie in ihrem Leben sehr teuer bezahlt. Sie selbst und mein Vater, aber allen voran meine Schwester Matina.

Um sie mit irgendeinem bedeutenden und gebildeten Menschen zu verheiraten, hatte sie Matinas Schoß zum Durchgangslager gemacht. Welch gutgekleidete Herren sie auch immer kennenlernte, die brachte sie mit nach Hause. Weil sie Verpackung und Prunk überzeugte, war es ihr unmöglich zuzugeben, daß gerade solch guterzogenen und gutgekleideten Herren es wagten, „arme und unverheiratete“ Mädchen zu vernaschen.

Glücklicherweise schaffte sie es zum Schluß, sie mit einem dikken Ölhändler vom Großmarkt zu verheiraten. Allein die Tatsache, daß sie sich Öl für den Rest ihres Lebens umsonst gesichert hatte, reichte ihr, ihn als eine gute Partie zu betrachten.

Deshalb machte sie auch stets das Kreuzzeichen, wenn sie über ihren Schwiegersohn sprach.

„Gott möge ihn beschützen", sagte sie dann immer.

Eines Tages, als wir uns mal wieder stritten, hielt ich es nicht mehr aus – mir rutschte etwas raus – und ich sagte ihr ganz genau, was ich dachte:

„Durch deine Schwachsinnsaktionen und deine wohlerzogenen Herren, die du ins Haus schleppst, hat deine Tochter bis jetzt vier Abtreibungen gehabt. Einer nach dem anderen bumst sie und ist wieder weg, bevor man ihn richtig gesehen hat."

Sie riß Mund, Augen, Ohren auf ... war außer sich. Sie schüttelte immer wieder den Kopf, konnte es nicht fassen.

„Ein Glück, daß der Ölhändler Arsenis auftauchte und sie geheiratet hat."

So ordinär hatte noch niemand mit ihr gesprochen. Sie schüttelte weiterhin den Kopf, um zu demonstrieren, daß sie es nicht fassen könne, und fiel in Ohnmacht. Sie hatte recht. Es war leichter für sie, in Ohnmacht zu fallen oder sich sogar auf der Stelle das Leben zu nehmen als z.B. zuzugeben, daß Herr Georg, der Richter, ein Bekannter von Onkel Anestis, nachdem er sich ein- oder zweimal mit Matina getroffen hatte, diese auch entjungfert hatte.

Und der Lehrer, der ihr Englisch beibrachte, wenn sie sich im Wohnzimmer einschlossen.

„Das Kind hat Unterricht, stör es nicht." Wie konnte sie denn glauben, daß Unterricht das einzige war, was er ihr nicht gab. Nicht ein einziges Wort hatte Matina gelernt. Sie selbst hoffte natürlich immer auf eine gute Ehe.

„Ein braver Junge ist der Nikitas." oder „Nikitas ist aus gutem Hause" ...

Als sie an jenem Tag aus der Ohnmacht erwachte und mir sagte, daß sie mir nicht ein Wort glauben und daß das alles nur meiner boshaften Phantasie entspringen würde, sagte ich ihr, daß sie mit dem Quatsch aufhören und mir nicht mehr die Heilige Mutter Gottes vorspielen sollte.

„Kaum siehst du einen ‚braven Jungen', reißt du dir ein Bein aus. Überlegst, wie wir ihn einwickeln können ... Hört, hört, sie glaubt mir nicht. Frag mich, der sie immer zum Gynäkologen gebracht hat!"

„Hier", sagte Luis zum Taxifahrer. Wir stiegen in Chatzikyriakio aus. Er gab ihm auch einen Fünfer Trinkgeld. Ein Riesenbetrag zu jener Zeit. Ein Prinz war der alte Luis geworden. So nannte ich Leute, für die Geld keine Rolle spielte. Prinzen! ... Manchmal gab ich Geld aus und trauerte ihm noch nach. Ich ging in eine Taverne, und obwohl ich z.B. verrückt nach Krabbensalat war, bestellte ich ihn nie. Tropfen für Tropfen hatte meine Mutter mir den Geiz eingeträufelt. Ich hatte an nichts Freude, nicht mal an einem Sonnenuntergang mit meiner Freundin, wenn der Abend etwas mehr gekostet hatte. Ich rechnete auf, war total kleinlich, während Luis nie kleinlich war, niemals überlegte, was ihn ein Abend kosten würde, wenn er sich amüsieren wollte.

Ich erinnere mich, wie er einmal vollkommen unerwartet zu uns kam, meine Schwester, meinen Vater und mich abholte, um uns ins Theater auszuführen, damit wir das *Lied des toten Bruders* sehen konnten, alles von ihm bezahlt. Das tat er für meinen Vater. Er wußte, daß dem die Musik von Theodorakis gefiel.

Luis liebte meinen Vater. Er saß stundenlang bei ihm und unterhielt sich mit ihm. Jedesmal, wenn er ihn in seiner Ecke sitzen sah, wo er seinen Ouzo trank mit seinen Gurken, Oliven und Sardellen, setzte er sich neben ihn, und sie unterhielten sich.

Da konnte sich meine Mutter aufregen wie sie wollte, ihn anschnauzen, er solle gefälligst aufstehen und ihr bei der Arbeit helfen, statt mit dem Nichtsnutz zu quatschen. Er beachtete sie gar nicht, würdigte sie keines Wortes, brachte ihr absolute Mißachtung entgegen.

Das sind, glaube ich, die einzigen beiden Siege meines Vaters. Der eine, daß außer ihm niemand auf seinem Platz saß und der andere, daß er mit Luis sprach.

Luis verhielt sich natürlich genauso. Absolute Ignoranz meiner Mutter gegenüber; er hörte sie gar nicht. Als ob sie Luft wäre.

Ich sage dir, Luis gefiel meinem Vater. Deshalb wurde er auch traurig, als er erfuhr, daß Luis die Tochter von Krungas heiratet, er sank in seinen Augen, als ob er ihn verraten hätte. Er konnte die Krungäer nicht leiden.

Meine Mutter war total aufgeregt an dem Tag, als Luis kam und uns drei abholte. Sie hatte Angst vor Luis, nicht nur meinetwegen, sondern auch meines Vaters wegen, des alten Manolopulos. Man darf nicht vergessen, daß er damals noch relativ jung war, um die fünfundfünfzig.

Sie begann, eine herannahende Gefahr zu ahnen. Es hätte ja passieren können, daß Luis ihm eine andere Seite des Lebens zeigte, ihm sogar irgendeine Dirne vorstellte und er uns alle im Stich ließe. Wieso eigentlich nicht?

Deshalb freute sie sich beide Male. Einmal, als sie erfuhr, daß er in den Hafen der Ehe einlaufen wollte – endlich, das war's dann, auch er hat die Waffen gestreckt – und das andere Mal, als ich mich wegen Tassula mit ihm verkrachte. Beide Male atmete sie auf.

Als Luis ein- oder zweimal bei uns vorbeikam und ich ihm nicht die Tür öffnete, hätte sie vor Freude fast angefangen zu singen. Ich sage dir, zu singen. Soweit ich mich erinnern kann, hatte ich sie nie singen hören. Tja, also, es fehlte nicht viel und sie hätte angefangen zu singen.

„Ich habe es schon immer gesagt", sagte sie zu mir, „der hat keine moralischen Prinzipien. Er ist ein falscher Fuffziger, dein Freund."

Ich hatte den Fehler begangen, ihr von der Geschichte mit Tassula zu erzählen. Seitdem allerdings verlegte ich mich auf die Taktik meines Vaters: ihr weder zuzuhören noch ihr zu antworten.

Aber bei der Geschichte mit Tassula konnte ich nicht anders: „Halt die Schnauze", sagte ich und trat gegen die Tür. Das ganze Furnier ging kaputt. Heute noch kannst du die geflickte Stelle sehen, wenn du zu uns nach Hause kommst.

Er kam also, holte uns ab, ging mit uns ins Theater, spendierte uns nachher noch Suvlaki und brachte uns im Taxi nach Hause zurück.

„Laßt uns mit dem Bus fahren", meinte mein Vater.

„Nein, mit dem Taxi."

Nicht mal einen Zehner ließ er uns beisteuern. Nur, als er sich von uns verabschiedete, flüsterte er mir zu:

„Kannst du mir 'nen Zehner für den Bus leihen?"

Stell dir vor, er hat alles bezahlt und nichts übrig behalten, nicht mal das Geld für den Busfahrschein. Ein Prinz!

Aber ich will mal auf meine Geschichte zurückkommen: Als wir also am Chatzikyriakio angekommen waren und er den Taxifahrer bezahlt hatte, gingen wir zum Hafen hinab, zur Ouzerie des Herrn Lambros. Solche Ouzerien gibt es nicht mehr. Sie hatte Tische auf dem Bürgersteig. Von dort aus konnte man den Hafen und die Schiffe sehen.

Herr Lambros nahm nie Bestellungen auf. Wenn man sich hinsetzte, kam er schon mit zwei kleinen Pfannen auf einem Tablett als erstem Häppchen an. Fleischbällchen. Wenn man in die Hände klatschte und auf die leeren Pfannen zeigte, brachte er den zweiten Teller. Gebratene Würstchen mit Eiern. Er bereitete bis zu zwölf verschiedene Häppchen zu. Danach ging es wieder von vorne los. Er redete nie. Niemals.

Er rief einem nicht einmal zu, was man zu bezahlen hatte. Er brachte eine geschriebene Rechnung. Wenige Worte, das Notwendigste nur, wenn man was vergessen hatte oder um dir ein „Frohes Fest" zu Weihnachten zu wünschen.

Ich wußte natürlich, daß Luis, während wir auf Leinenstühlen sitzend unsere Gläser leerten, irgend etwas vorhatte. Er führte was im Schilde, aber ich wollte nicht fragen, um ihm nicht den Überraschungseffekt kaputt zu machen.

Ich sage dir, bei Luis mußte man jederzeit mit allem rechnen. Es konnte sein, daß er dir einen Hubschrauber vom Himmel holte, um dich Ministern vorzustellen oder dich mit Greta Garbo bekannt zu machen. Die hat er mir nämlich einmal vorgestellt, deshalb sage ich das. Jawohl. Auf Skiathos. Ich war dort '68 zusammen mit Stavropulos hingefahren, um Grundstücke zu besichtigen. Stavropulos und ich machten damals die Phase des Hotel-Business durch. Er hatte auch mich zum angehenden Teilhaber seiner zu gründenden Gesellschaft gemacht. Dort also hörte ich auf einmal Luis' Stimme vom Meer her: „Mensch, Kostantis?" Ich traute meinen Augen nicht. Wen sah ich? Luis in Badehose. Einer seidenen Badehose. Weiß mit roten Streifen.

„Ich bin's, Vetter. Hast du geträumt?"

Auf einem Liegestuhl ausgestreckt, auf dem Deck einer Yacht, und neben ihm, auf einem zweiten Liegestuhl, eine sehr feine sechzigjährige Dame. Wahrscheinlich Engländerin. Sie sprach Englisch.

Als er sie mir vorstellte, wäre ich fast ins Wasser gefallen.

„Darf ich vorstellen, Greta Garbo."

Sie streckte mir ihre Hand entgegen. Stavropulos fing an zu husten, er konnte nicht mehr. Vielleicht war sie es auch nicht, ich weiß es nicht. Aber sie ähnelte ihr. Sie sah genauso wie auf den Fotografien aus. Hut, schwarze Brille, dünn, groß und fein. Ich glaube, daß sie es tatsächlich war. Stell dir vor, Luis mit der Garbo. Das kann doch nicht wahr sein.

Als wir uns in die Ouzerie von Herrn Lambros setzten, fingen wir nicht gleich an, uns zu unterhalten. Wir hielten unsere Gläser und schauten uns an.

„Es muß erst dunkel werden, bevor wir hingehen können."

Ich fragte ihn nicht, wohin. Ich wollte den Lässigen spielen, denjenigen, der mehr oder weniger das Abenteuer im Blut hatte. Und das hatte ich ja auch zweifelsohne, verdammt noch mal, aber das System schluckt dich ganz langsam, kaum merklich und du gerätst in die Mühle, innerhalb der Grenzen von Kritsinis' Kreide und schaff dann mal, frei und unabhängig zu bleiben, wie du es dir vorstellst.

Als wir nun also still unseren Ouzo tranken, fragte ich ihn nach Kritsinis, ob er was von ihm gehört hätte.

Mir fiel auf, daß Luis und mich mit den Jahren mehr die Erinnerungen, die Menschen, die wir einst zusammen kennengelernt haben, verbanden, als die Gegenwart. Wir hatten nicht so viel zu erzählen über die Gegenwart. Mir machte das Angst, es gefiel mir nicht. Ich wollte den Kontakt zu Luis nicht verlieren. Ich wollte ihn immer spüren, stark, fließend, geheimnisvoll, wie damals in Korinth. Wenn ich ihn verlieren würde, dann würde das meinen Untergang bedeuten.

„Ist dir aufgefallen, daß ich dich gar nicht gefragt habe, warum du mich hierhergebracht hast? Ich will dir den Überraschungseffekt nicht nehmen."

Er schaute mich an. Er beherrschte sich, um nicht loszuprusten.

„Daß du nach Kritsinis fragst, zeigt, daß du nicht Bescheid weißt. Er ist jetzt Staatssekretär im Ministerium. Mit Büro, Klingel, Sekretärin, Hausmeister. Eine wichtige Person."

Ich brauchte nicht lange, um zu kapieren.

„Nein, Mensch Luis, erzähl mir nicht, daß ... Erzähl keinen Scheiß. Arbeitest du? Hast du einen Job?"

„Habe ich, Vetter, habe ich."

Das erklärte alles. Den Anzug, das Taxi, die Ouzerie. Er wurde

traurig. Er hatte es mir eigentlich nicht sagen wollen, aber da ich es von selbst gemerkt hätte ...
„Er hat mich zum Hausmeister in seinem Ministerium gemacht. Beste Beziehungen zur Regierung hat er jetzt, dein Freund."

Mann, oh Mann, ich wurde unglaublich traurig. Er würde ihn drängen, sagte er mir, die Schule zu beenden, um ihn fest anzustellen, auf einer höheren Stufe.
„Und bilde dir jetzt bloß keine Schweinereien ein! Es ist nie wieder etwas passiert. Er mag mich einfach. Antigoni hat er zur Beförderung im TZANIO verholfen. Auf meine Bitte hin hat er Ajisilaos im Wasserbehörde eine Anstellung verschafft. Aber ich werde abhauen, Kostantis, es ist nicht nur der Anzug und die Krawatte und die Arbeit. Der Hausmeisterjob ist auch ein bißchen unter meiner Würde. Nicht daß ich ... aber den Wachhund zu spielen, das geht nicht. Ich werde noch ein paar Freunden Jobs beschaffen, und dann ist er wieder ‚Luis', dein Freund Luis. Wenn ich dir irgendwie behilflich sein kann, dann sag es jetzt, wo es noch geht."

Er hatte recht. Ihm stand das Angestelltendasein nicht, die Stempelkarte, die feste Arbeitszeit. Daß er jedem Direktorenheini, der an ihm vorbeiging, „Guten Morgen, Herr Chatzidimitriou" wünschen mußte.
„Verstehst du das? Ich mache das nicht aus Egoismus, ich spiele nicht den Hochmütigen, aber, naja ... Und außerdem zwickt mich die Krawatte – ich ersticke – und die schreiben sie dir vor." Ich wußte nicht, was ich ihm raten sollte, was für eine Position ich vertreten sollte. Sicher ist, daß ich mich nicht korrekt verhielt. Anstatt ihm den Marsch zu blasen und zu sagen: „Halt mal, Freundchen, Luis. Was denkst du eigentlich, wer du bist? Alle werden wir auf kurz oder lang in die Knie gezwungen. Willst du etwa ein Leben wie ein Parasit führen und verschuldet bleiben? Und wofür hältst du eigentlich deine Schwester, die für dich sorgt?" Aber ich sagte es nicht. Im Innersten meines Herzens war er mir so lieber, wie er war, wie ich ihn kannte.

Ich wollte ihn so, den Verführer, den Freien, den Vagabunden.

Ich fühlte mich wie einer dieser Forscher, die Versuche mit indischen Ferkeln und Menschen machen. Ich wollte sehen, wie ein solcher Charakter endet. Es war ein kritischer Moment. Ich wußte, daß Luis auf mich hörte, daß er mir vertraute.

„Nein, Mensch, Luis, der Hausmeisterjob paßt nicht zu dir, aber was sonst? Wohin soll dein Leben führen?"

Nur das sagte ich.

Er trank sein viertes Glas Ouzo in einem Zug aus, stellte es ab und kratzte sich am Kopf. Ich sah, daß sein Haar schütterer geworden war und wurde traurig.

Nein, ich glaube nicht, daß ich ihn verraten habe, indem ich ihn nicht auf den Boden der Tatsachen runterholte. Wenn ich ihn überzeugt hätte, das Gymnasium abzuschließen, wäre er zwar sicherlich heute ein angesehener Herr, aber er wäre nicht mehr Luis, von dem ich dir erzähle, der Märchenerzähler, der Zauberer.

Den versuchte er auch darzustellen, den Zauberer, aber er schaffte es nicht. Er schaffte es nicht, Feuer zu schlucken oder Eisen zu fressen oder ... Er nahm Unterricht bei einem Halbgriechen-Halbfranzosen, Bertrand. Was soll's, unverbesserlicher Luis. Er verlor Zähne, zog sich Verbrennungen zu, Quetschungen. Er strengte sich sehr an, aber lernte wenig. Nur ein paar kleine Zaubertricks. Für drei volle Jahre war er der dritte Mann im Zirkus Bertrand.

Dieser Bertrand war auch so ein Spinner. Oh, oh! Wie bin ich da jetzt wieder draufgekommen. Das ist eine wilde Geschichte, ein richtiger Ritterroman. Dieser Typ hatte einerseits ein Geschäft, Geld, ein Haus, eine Yacht, und andererseits ... Hör gut zu, mein Freund. Obwohl er sein Leben wunderbar in geregelte Bahnen gelenkt hatte, er hatte alles, was sein Herz begehrte – Reisen, Geld, Frauen –, trotzdem hatte er diese Zirkus- und Zauberleidenschaft. Das packte ihn so sehr, daß er alles sausen ließ und Zauberer wurde.

Von Kindesbeinen an sei er um die Welt gereist, erzählte er, nicht, um die Welt zu sehen, sondern um die Zirkusse der Welt zu sehen. Er übte jahrelang mehrere Stunden täglich zu Hause. Er hatte sogar ein Seil im Garten von einer Ecke zur anderen gespannt und versuchte sich als Akrobat. Und irgendwann klappte es. Danach versuchte er, Feuer zu schlucken und schaffte es. Damals gab er Geschäft, Arbeit und das angenehme Leben auf, sammelte eine Französin von der Straße auf, die verrückt nach ihm war, eine frühere Pantomimin, früheres Mannequin, zog mit ihr durch Städte und Dörfer, über Berge und durch Täler und gab Vorstellungen. Sie bauten ihre Bretter auf Plätzen und in Kaffeehäusern auf und gaben ihre Vorstellung. Danach ging die Französin mit dem Clownshut sammeln.

Als Luis sie zum ersten Mal in Epidaurus sah, war er total fasziniert. Obwohl er eigentlich zum ersten Mal eine antike Tragödie hatte sehen wollen, entschied er sich schließlich für die Vorstellung von Bertrand. Auf der einen Seite gab es *Prometheus* zu sehen und auf der anderen die Zirkusnummern von Bertrand. Sobald Luis Böden, Fackeln und Bettlaken sah, war er überwältigt. Seine Frau Aleka – er war inzwischen verheiratet – konnte ihn noch so sehr am Ärmel ziehen und ihm sagen, daß „die Eintrittskarten verfielen“, Luis blieb dabei. Aleka wurde wütend, schimpfte. Es half nichts, er blieb hart. So trennten sie sich für immer. Sie wischte sich die Tränen ab, nahm ihm alles Geld ab, was er bei sich trug plus Theaterkarten, schickte ihn zum Teufel und ging allein in den *Prometheus*. Von da an folgte er Bertrand jahrelang.

Sicher spielte Bertrand eine schicksalhafte Rolle in Luis' weiterem Leben. Er vermittelte ihm etwas von seiner Verrücktheit und seiner Philosophie. Die Französin hielt es zwei Jahre aus, bevor sie abhaute. Luis drei, aber er kehrte nicht zu seiner Aleka zurück. Die hatte ihm inzwischen Herr Anarjyros ausgespannt, das erzähle ich dir später.

Bertrand machte immer noch weiter. Er hatte sich inzwischen einen Lastwagen gekauft, den er in einen Zoo verwandelte. Dort lud er einen Riesenaffen, Schlangen, Vögel und ich weiß nicht was noch alles rein und fuhr damit über Dörfer und Plätze. Er war verrückt und wußte es.

Luis stellte mich ihm einmal vor. Ein sympathischer Verrückter. Allerdings folgte ihm keine Französin mehr. Das Geschäft war auch weg. Die Hälfte hatte das Finanzamt eingesackt, die andere Hälfte sein Bruder. Die Yacht verkaufte er gerade noch rechtzeitig, und von dem Erlös kaufte er sich die Tiere und den Lastwagen. Sein Haus war weg, auch verkauft. Sein Bruder hatte seine Unterschrift gefälscht und es ihm weggenommen.

„Der ist verrückt. Was will er denn damit?“ sagte er.

„Erst, wenn du das alles weißt, kannst du Bertrand und seine Verrücktheit verstehen.

Doch laß uns nach Chatzikyriakio zurückkehren, in die Ouzerie von Herrn Lambros. Wir waren inzwischen beim sechsten Ouzo angekommen, die Nacht brach herein, und der Hafen unten wurde eins mit der Stadt. Man konnte das Land vom Meer nicht mehr unterscheiden. Wir sahen keine Schiffe mehr. Nur noch Lichter. Gelbe Lichter, die sich bewegten. Und die Nacht. Sie rückte immer näher.

Ich wollte ihn nach Polyxeni fragen, der Frau von Demenagas, nach Charula, ob er irgendwelche Nachrichten von ihnen hatte. Doch ich vergaß es ständig. Ich fragte ihn nur nach Polyxeni:

„Was ist mit ihr, hast du sie noch mal gesehen?“ Er schüttelte melancholisch seinen Kopf.

„Die ist ausgekocht, Vetter. Die alte Nutte wußte, daß Demenagas ihren Bruder getötet hatte. Alles wußte sie, aber sie behielt es für sich. Und obwohl sie es wußte, heiratete sie ihn. Ausgekocht ist die.“

Wir lallten schon ziemlich. Mit der Nacht zog auch die Kälte herauf. Schließlich zog er Geld aus der Tasche, legte es auf den Tisch und stand auf.

„Komm, steh auf, wir sind spät dran."

Wir schwankten.

„Von jetzt an treffen wir uns immer bei Herrn Lambros, wenn wir uns unterhalten wollen. Einverstanden? Solange wir leben."

„Einverstanden!" Wir gaben uns die Hand.

Wir gingen zum Hafen runter. Luis erzählte wieder von seinen Träumen. Er wollte Geld sparen, um diese Kneipe aufzumachen, von der er schon lange träumte . Kaffee, Ouzo, Tsipuro und Vorspeisen von gesalzenem Rindfleisch bis Würstchen aus Mykonos. Mit Liebe zubereitet. Eine gemütliche Kneipe.

„Damit Freunde und Bekannte zum Quatschen kommen können. Mit orientalischer, byzantinischer und smyrnäischer Musik, damit Stimmung aufkommt."

Wir waren inzwischen im Hafen angekommen. Filonos-, Skouse-, Bubulinasstraße. Er blieb vor einem schönen neoklassizistischen, zweistöckigen Haus stehen.

„Wir sind da, Vetter, sagte er und zeigte mir die offene Tür; darüber ein hölzerner Balkon. Am Ende des Flurs wirst du eine hölzerne Treppe sehen. Davor sitzt eine alte Frau. Wenn sie dich anhält, sag ihr ‚Retsinas schickt mich', dann läßt sie dich rauf. Ich muß kurz weg und komme dann wieder."

Ich wollte mehr Informationen von ihm haben – was ich da sollte, wen ich da treffe, was ich sagen sollte, wenn sie mich fragen, was ich will –, auch wenn ich schon ahnte, worum es ging, wenn ich ehrlich bin.

„Frag nicht so viel, Vetter. Wenn du die Treppe raufgehst, kommst du in eine große Halle. Dort wirst du schon sehen. Kommt Zeit, kommt Rat."

Er hielt alles für möglich und machbar, als ob er mich nicht kennen würde.

„Luis, red keinen Unsinn. Ich werde nur hochgehen, wenn du mitkommst."

Ich wußte, daß ich ihm die Tour vermasselte, er hatte es sich anders vorgestellt. Schließlich kam er mit. Wir gingen rauf. Ein langer Flur mit nackten, abgeblätterten Wänden und drüber hing eine bloße Birne, die gerade so eben den Flur beleuchtete. Sie gab schwarzgelbes Licht ab. Am Ende die Treppe und die davor sitzende Alte. Ich schaute sie an, als sie uns grüßte. Ihr Gesicht war die reinste Legende. In ihren Augen konnte man die Geschichte unseres Volkes lesen. In ihren Falten und auf der Stirn, überall. Wenn man sich zu ihr runtergebeugt und ihr Gesicht mit einem Mikroskop untersucht hätte, hätte man Kleinasiatische Katastrophe, Bürgerkrieg und Besatzungszeit entdekken können. Verrat, Spitzelei, Spionage, Heldentum. Meere, Ozeane, Byzanz und Ionien, den versteinerten König[24], alle, alles.

Sie merkte, daß ich sie eindringlich und mit Neugier betrachtete und erschrak. Wer weiß, was für Schrecken und Morde ich in ihrem Gedächtnis wachrüttelte. Ich trug auch noch einen schwarzen Trenchcoat und eine Sonnenbrille, die zugleich auf meine Kurzsichtigkeit eingestellt war. Ich sah aus wie ein Spion der Sicherheitspolizei.

„Du hast sie erschreckt. Was hast du nur an? Zieh den Trenchcoat aus."

Auf halber Höhe, dort, wo die Treppe eine Biegung machte, befand sich ein Absatz mit einer Vitrine in der Wand. Geschwungen und mit ganz kleinen vielfarbigen Gläsern. Wie in einer Kirche. Von oben schlug uns warme parfümschwangere Luft entgegen. Von irgendwoher hörte man die Stimme von Markos Vamvakaris[25], rauh, voller Qual. Ich schaute Luis an, er schaute mich an.

„Eines Tages muß du das alles aufschreiben, Vetter. Du bist ein Verräter, wenn du es nicht aufschreibst."

Ich war total erstaunt. Es war das erste Mal, daß Luis so was zu mir sagte.

„Ich habe den Brief gelesen, den du mir für Tassula gegeben hast. Den habe ich noch und bewahre ihn auf. Wenn ich irgendwann mal nicht mehr da sein sollte, sollst du wissen, daß ihn Ajisilaos dann haben wird. Als ich den Brief las, habe ich mir gesagt, daß er zu schade für Tassula ist, und so habe ich ihn behalten."

Wir kamen in die große Halle. Auf den ersten Blick sah ich: „Hier mußt du den Lässigen spielen, mein Freund, sonst machen sich alle über dich lustig."

Rundherum Fenster und Balkontüren in englischem Stil. Überall Fensterchen, und durch die Fensterchen konnte man den ganzen Hafen bis zum Prolimenas sehen. Rautenförmig, hell. Ganz hinten riesige Schornsteine. Dünger und Zement Herakles. Links in der Ferne, das Meer eins mit der Nacht und dem Himmel. Wenn du aufmerksam lauschtest, hörtest du sogar die Wellen rauschen.

Ich war zum ersten Mal in einem Bordell. Früher hatte Luis schon oft versucht, mich in Bordelle in der Filonosstraße zu kriegen. Wir kamen bis zur Tür, aber am Schluß haute ich jedesmal schnell ab. Ich fühlte mich nicht wohl! Ich empfand Prostituierten gegenüber Ehrfurcht. Keine Furcht, Ehrfurcht. Wenn wir auf der Straße an welchen vorbeikamen und ich sie dastehen sah, an Türen gelehnt, in ganz kurzen Röcken, oder auf hölzernen Balkonen mit halboffenen Morgenmänteln, sodaß ihre Brüste zu sehen waren, und sich aufreizend bückten, um Passanten anzulocken, packte mich ein beklemmendes Gefühl, das schwer zu beschreiben war. Verwirrung, Nervosität, Schokkiertheit, Feigheit, Neugier war da mit drin. Einerseits war ich scharf auf sie wie ein Verrückter, andererseits war meine Phantasie total überfordert.

„Mensch, Blödmann, für fünfzig Drachmen kannst du mit denen machen, was du willst. Du kannst sie flachlegen, auf den Rücken, auf den Bauch, wie du willst. Was grübelst du da noch?"

Schon von klein an hatte ich unrealistische Vorstellungen von Frauen. Alles an ihnen schien mir geheimnisvoll, unantastbar.

„Komm, setz dich", meinte er und zog mich auf ein kleines Sofa.

Beinahe jeder hat schon einmal solche Salons in Filmen gesehen, in denen eine Szene im Bordell spielt. Wenn man das allerdings live erlebt und selbst drin ist, ist es was ganz anderes.
„Jetzt hast du es doch noch geschafft", flüsterte ich ihm zu.

Als ich den ersten Schock überwunden hatte – denn bis zu dem Zeitpunkt hatte ich nichts wahrgenommen, weder Personen noch Dinge hatte ich ausmachen können: nur ein allgemeines Durcheinander, eine Trübung – war mein erster Eindruck, daß ich mich auf einmal vor einer seltsam verwischten Wandmalerei befand. Als ob die Schenkel der einen Prostituierten in den Körper der anderen übergingen. Ein unglaubliches surrealistisches Gemälde. Mein Blick verließ die tiefroten Lippen der einen – Litsa hieß sie –, um auf den tiefroten Lippen einer anderen zu landen. Einige gingen umher, andere saßen. Sie trugen schwarze kurze Kostüme, lange durchsichtige, tiefrote Morgenmäntel. Rot war vorherrschend. Aber alle Farben zusammen – schwarz, rot, weiß, grün, rosa –, das reinste Farbspektakel. Es wurde einem schwindelig dabei. Langsam begann ich, Gesichter, Gesichtszüge und Augen zu unterscheiden.

Meine Augen blieben an einem Soldaten haften. Er saß in einer Ecke, gebeugt, mit Glubschaugen, und ließ seine Blicke schweifen, um sich klar darüber zu werden, welche er nehmen würde. Man sah es ihm an. Er schied das unbrauchbare Material vom guten: Die hat tolle Beine, aber Brust gleich null – ich verfolgte seine Augen, seine Gedanken – die andere hat Brust und Waden, aber sie ist voller Krampfadern. Da, die da drüben steht, die über Vierzigjährige. Schade, denn was Körper, Brust, Schenkel betrifft, ist sie nicht zu übertreffen. Er hätte sie lieber in jung gehabt. Er wog die Vor- und Nachteile ab. Seine Blicke schweiften ab und kehrten immer wieder zu ihr zurück.
„Die wird er letztendlich nehmen", dachte ich mir.
„Mensch, was machst du denn? Guckst du dir den Soldaten oder die Frauen an?"

Er kehrte zu Litsa zurück. Sie gefiel auch mir. War nicht mal

zwanzig. Sie trug einen rosa Morgenmantel, den sie systematisch für Sekunden aufgehen ließ und dann wieder zumachte. Er kehrte zu der Vierzigjährigen zurück, ließ seine Blicke noch einmal prüfend über sie gleiten. Irgendwann drückte er seine Zigarette in einem Aschenbecher, der neben ihm stand, aus und stand auf. Er ging zur Vierzigjährigen, zwinkerte ihr zu und ging weiter. Ich hatte gewußt, daß er sich für sie entscheiden würde. In seinen Augen lag Furcht. Das war eine Sache, mit der nur eine Vierzigjährige verständnisvoll umgehen konnte. Litsa hätte sich vielleicht über ihn lustig gemacht.
„Was soll das, Luis, warum hast du mich hierher gebracht?"
„Wart's ab."
„Ich will nicht, wie soll ich's dir erklären ..."

Doch ich sah, daß er mit seinen Gedanken woanders war, er suchte nach etwas. In dem Moment kam Litsa und setzte sich zu uns. Wenn du von der heiligen Jungfrau träumen würdest und du auf einmal sähest, wie sie ganz langsam ihre Bluse aufknöpft und ihre Brüste auspackt, wie würdest du dich da fühlen? Genauso fühlte ich mich jetzt. Ich empfand Ehrfurcht, Verehrung und Begierde. Als wenn einem während des Gebets plötzlich die heilige Mutter Gottes höchstpersönlich ihre Brüste anböte.
„Möchte dein Freund keine Gesellschaft haben?" fragte sie.
„Er ist schüchtern. Er hat es gern, wenn es ihm von selbst kommt."

Da machte sie, als wenn sie sich schämen würde, ihren Morgenmantel zu, den sie in der Zwischenzeit aus Gewohnheit hatte aufgehen lassen.
„Warum tragen Sie denn nachts eine Sonnenbrille?"
„Das ist nicht nur eine Sonnenbrille. Ich bin kurzsichtig."

Sie lächelte und, ohne, daß ich darauf gefaßt gewesen wäre, nahm sie sie mir ab.
„So ist es besser. Ich heiße Litsa. Und du?"
„Manolopulos."
„Nicht den Nachnamen, den Vornamen", und sie lachte.

„Kostas."

Daraufhin stand ein dicklicher Typ von gegenüber auf, von dem ich schon seit einiger Zeit beobachtet hatte, daß er sie mit den Blikken verfolgte. Mitte Fünfzig und ... dick, klein und verschwitzt.

„Bist du frei?" fragte er sie.

Sie lächelte mich erneut an, als ob sie mir sagen wolle „kann man nichts machen, offensichtlich hab' ich dir nicht gefallen", dann setzte sie mir wieder meine Brille auf und ging zum Flur, bis ganz ans Ende.

„Luis, warum hast du mich hierher gebracht?"

„Gib mir dein Wort, daß du bis zum Schluß deine Fassung behältst, und du wirst schon sehen."

Wieso „die Fassung behalten"?

Er meinte, daß ich, egal was ich zu sehen bekommen würde, weder einen Schock bekommen noch mich der Mut verlassen solle.

„Stell dir vor, Vetter, ich würde dich in ein Zimmer führen und du würdest auf dem Bett z.B. Urania sehen. Oder deine Tante Melpo. Ja, nehmen wir die. Stell dir vor, sie hätte sich von Onkel Anestis getrennt und ihren alten Beruf wieder aufgenommen. Und du sähest sie nackt auf dem Bett sitzen und auf Kunden warten."

Ich erschrak. Meine Phantasie schlug Kapriolen.

„Das wäre ja ein Hammer, wenn es Tante Melpo wäre" dachte ich mir. Ich mußte ihm versprechen, daß ich keinen Rückzieher machen werde, wer auch immer es sei. Selbst wenn es seine eigene Schwester wäre. Ich wurde immer neugieriger.

„Hand drauf? Kein Gequatsche, kein wieso, weshalb, warum, wenn du sie siehst."

„Du hast mein Wort", und ich gab ihm die Hand.

Ich musterte die Umgebung: Ein paar Blumentöpfe mit Pflanzen, die halbvertrocknet waren, ein Ölofen in der Mitte des Raumes, dessen Rohre bis zur Decke gingen, Öllampen aus Bronze, die rundherum an den Wänden aufgehängt waren ... Auf diese Weise, durch das Herumgucken, schien viel Zeit vergangen zu sein, denn der Soldat kam wieder raus und hinter ihm die hübsche Vierzigjährige.

Er ging lässig und sicher. Er hatte es geschafft. Offensichtlich. Sie stellte sich wieder an den gleichen Platz wie vorher, für den nächsten.

Da fiel mir auf, daß Luis verschwunden war. Kaum hatte ich ihm mein Wort gegeben, war er verschwunden.

„Jetzt mußt du alles aufs Spiel setzen, Manolopulos", sagte ich mir und begann, nach einem bekannten Gesicht zu suchen. Nur eine blieb übrig, deren Gesicht ich noch nicht gesehen hatte. Und wahrscheinlich war sie jetzt erst gekommen. Sie saß ganz dicht am Ofen. Sie trug einen weiten Glockenrock. Und ein hellblaues T-Shirt. Um ihren Hals war ein rotes Tuch geschlungen. Ich sah ihren Rücken. Sie hatte ihre Beine gespreizt und rieb ihre Hände, um sie zu wärmen. Ich wartete darauf, daß sie sich umdrehte, damit ich ihr Gesicht sehen konnte. Kurze Zeit später kam der Dicke raus. Er blieb kurz stehen, wischte sich den Schweiß ab und ging.

„Was für eine Suppe hat mir der Lump da eingebrockt?"

Die Frau da kenne ich auf keinen Fall. Der nackte Rücken, die nackten Schultern, in hellblau und rot, ließen sie appetitlich erscheinen, die reinste Herausforderung. Jedenfalls war es auf keinen Fall Tante Melpo, Urania oder Antigoni.

Plötzlich stand sie auf. Noch eine Sekunde, und ich würde ihr Gesicht sehen. Spannung, Neugier. Als sie sich umdrehte, um wegzugehen, erkannte ich sie. Tassula! Ich konnte mich nicht irren. Ja, Tassula. Natürlich kaum wiederzuerkennen. Schlanker, eine bessere Figur, eine andere Haarfarbe, eine andere Frisur, Kurzhaarschnitt und Dauerwelle.

Als sie ihren Kopf hob und mich sah, erstarrte sie. Der große Moment. Wir sahen uns an. Sie sagte nichts. Mir fiel Luis und das Versprechen, das ich ihm gegeben hatte, ein. Sie ging bis ganz nach hinten durch. Ich folgte ihr. Ganz davon abgesehen gab es auch keine

Alternative. Ich hatte es geschafft, ich schien lässig, hatte meine Fassung nicht verloren. Sie blieb in der Mitte des Flurs stehen. Dann öffnete sie eine Tür und ging hinein. Sie ließ sie offen. Ich ging auch hinein und schloß die Tür. Sie hatte mir den Rücken zugewandt. Sie stand regungslos in der Mitte des Zimmers.

„Hat Retsinas dich hergebracht?"

„Ja, aber er hatte mir nicht gesagt, daß ich dich hier treffen würde."

„Ich wußte es, ich hatte schon darauf gewartet."

Und, ohne noch etwas zu sagen, zog sie ihr T-Shirt über den Kopf. Sie trug keinen BH. Sie setzte sich aufs Bett. Ich blieb stehen, verlegen, und sah sie an. Genau bis hierhin hielt ich das Theater, meine Lässigkeit durch.

„Frag nichts. Man darf da halt nicht reingeraten. Im Grunde ist es besser so."

Und sie bedeutete mir, mich neben sie zu setzen. Ich setzte mich. Sie fing an, mir ihre Lebensgeschichte zu erzählen, wie sie hierhin gekommen war. Ich sah auf ihre Brust. Ohne daß sie es merkte. Ihre Brustwarzen waren lang, spitz. Als ich später daran saugte, gab die eine sogar Milch ab, einen Tropfen.

„Wahrscheinlich wegen der Abtreibung, sagte sie. Du brauchst keine Angst zu haben."

Sie weinte.

Doch ich bin jetzt zu sehr von Evjenia, ihrer Hochzeit und den Krungäern abgekommen. Wir waren, du erinnerst dich, dort stehengeblieben, als ich Aristos im Kino *Kalifornia* traf, wo er mir gedroht hatte, daß wir schreckliche Schwierigkeiten kriegen würden, wenn Luis nicht seine Schwester heirate.

Von da an entwickelten sich die Dinge viel schneller, als wir erwartet hatten.

Natürlich war mir an jenem Tag die Lust auf einen Film vergangen. Erst einmal mußte ich aus Angst ständig aufs Klo. Alle zehn Minuten aufs Klo. Dann kriegte ich Bauchweh und Durchfall. Ich ging. Wäre ich noch etwas länger geblieben, wäre ich krepiert.

Bis ich Luis endlich gefunden hatte, war ich schon halb durchgedreht. Als ich ihn schließlich fand und ihm die neuesten Entwicklungen mitteilte, riet er mir, mich zu beruhigen und bis zum übernächsten Sonntag, an dem die Hochzeit stattfinden sollte, „werden wir schon sehen, was ich dann machen werde".

„Er hat sie nicht mehr alle", dachte ich bei mir.

„Was gibt es denn da noch zu sehen, Luis? Hast du etwa nicht vor, sie zu heiraten?"

„Ich weiß nicht. Mach dir jedenfalls keine Sorgen. Wenn sie mich nicht an ihre Brüder verraten hätte, würde ich sie heiraten, in Ordnung. Aber soll ich jetzt etwa meine Verräterin heiraten?"

Inzwischen war meine Familie, durch die Ankündigungen des Krungas, daß wir fürchterlich in Schwierigkeiten kommen würden usw. so in Aufruhr geraten, daß sie beschlossen hatten umzuziehen. Mein Vater war dagegen:

„Laßt mich zufrieden. Ich gehe keinen Schritt von hier weg." Am dritten Tag hatten sie ihn überredet. Wir zogen weg zum Profitis Elias. Umsonst, denn nach wenigen Tagen, eines Mittags, hörte man bis zum Kafenio von Herrn Tassos die beiden Schüsse.

In wenigen Minuten erreichte uns die Nachricht. Krungas, der sogenannte „Gehörnte", hatte seinen Bruder Aristos getötet, auf dem Bett mit Olympia. Er hatte sie auf frischer Tat ertappt, und zwar in der wüstesten Stellung, die man sich vorstellen kann.

Und so gingen wir zur Beerdigung von Aristos und Olympia statt zur Hochzeit von Evjenia und Luis.

Ich fragte Luis nie, ob er dem „Gehörnten" verraten hatte, daß Aristos mit seiner Frau schlief. Luis kam natürlich nicht zur Beerdigung.

Er schickte uns. Wir trafen Evjenia dort. Sie hatte gehofft, auch Luis zu treffen. Es tat ihr weh, daß sie ihn nicht sah. Ganz bestimmt.

FÜNFTES KAPITEL

LEICHT ZERBRECHLICH

Als ich meiner Mutter erzählte, daß Luis nicht nur eine Stelle im Ministerium bekommen hätte, sondern auch die besten Beziehungen zu einflußreichen Leuten pflegte und mir auch eine Stelle verschaffen könnte, wenn ich wollte, flippte sie beinahe aus, das sage ich dir. Dieser Schock war nicht gut für ihre Gesundheit. Jedenfalls ging es von diesem Moment an schnell mit ihr abwärts. Sie bekam Diabetes, Herzrhythmusstörungen und eine leichte Thrombose. Sie konnte es nicht glauben. Sie verstand die Welt nicht mehr.

„Retsinas in einem Ministerium? Unmöglich", sagte sie.

Sie hielt ihn für so absolut unfähig, faul, so wenig achtenswert, daß ... Und als sie dann auch noch erfuhr, daß er Ajisilaos Arbeit bei der Wasserbehörde besorgt hatte, wußte sie überhaupt nicht mehr, was sie sagen sollte. Sie bekreuzigte sich mehrfach.

„Was werde ich noch alles erleben? Was soll ich dazu noch sagen?"

Später milderte sie ihre harte Kritik ein wenig ab. Zuerst entdeckte sie, daß Luis auch gute Eigenschaften besaß.

„So schlimm ist er nun auch wieder nicht. Siehst du, was er für lebendige Augen hat? Sie sprühen ja richtig."

Dann schob sie, in Anbetracht des eigenen Vorteils, ihre Bedenken beiseite, die sie vorher gehabt hatte, nämlich daß er auf meinen Vater und mich einen schlechten Einfluß ausüben könnte und machte das dramatische Zugeständnis, ihn zum Essen einzuladen. Es war das zweite Mal, daß sie ihn zum Essen einlud.

Sie sah, wie sich Zukunftsaussichten auftaten. Für meine Schwester – damals hatte sie den Ölhändler noch nicht gefunden – für mich, der noch keine Karriere gemacht hatte, für meinen Vater, der in Kürze in Rente gehen würde und den er vielleicht auch irgendwo unterbringen könnte.

Nachts konnte sie nicht einschlafen. Und wenn ich aus irgendeinem Grund früh aufwachte, sah ich durch die offene Tür immer ihre Augen weit offen. Sie schmiedete dann Pläne für unser Leben. Eine wahre Architektin. Und nicht nur für unser Leben. Für alle Bekannten und Unbekannten. Es reichte, wenn sie in ihren Einflußbereich gerieten. Natürlich waren wir, ihre nächsten Verwandten, ihr Hauptanliegen. Das war auch der Grund, weshalb sie niemals eine Arbeit annahm, sie tat nichts. Da sie für andere Rollen geschaffen war, beschränkte sie sich auf ein bißchen Kocherei und Putzerei, und das mehr schlecht als recht. Sie hatte für so was keine Zeit. Sie war permanent in Zeitdruck, da ihre Pläne die Grenzen unseres Lebens überschritten. Sie reichten bis hin zu den Urenkeln. Ihr Hirn war zu einem regelrechten Computer geworden. Sie hatte ihn mit allen möglichen Informationen und Programmen gespeist; man brauchte nur einen Knopf zu betätigen, und schon spuckte sie das Ergebnis aus.

Sie war nicht nur Architektin, sondern auch Prophetin. Bei Tassula und bei Tante Melpo hatte sie alles vorausgesehen. Aber auch wirklich alles.
„Hier stinkt was", sagte sie ständig.

Sie hatte den Geruchssinn mit dem Charakter gleichgesetzt. Sie war die erste, die gerochen hatte, daß etwas an der Sache faul war. Als ich den Fehler beging, ihr von der Vergangenheit der Tante zu erzählen, war sie gar nicht so überrascht, wie ich erwartet hatte. Sie hatte es bereits geahnt.
„Ich bin gespannt darauf, wie du dich jetzt verhältst. Wirst du Unfehlbare die ‚Sünderin' noch einladen können?"

Tatsache ist, daß sie ganz schön mit sich haderte. Doch schließlich lud sie sie nicht nur ein, sondern schmeichelte ihr auch noch, umsorgte sie, sprach nett mit ihr. Was sollte sie auch anderes tun? Onkel Anestis kannte Herrn Megaloikonomos, eine wichtige Persönlichkeit damals, kannte außerdem den Direktor der Sicherheitspolizei von Piräus. Wir hatten nur ihn als Beschützer der Familie, sollten wir den etwa verlieren?
„Ich weiß nicht, was deine Tante mal gewesen sein soll. Jetzt ist sie jedenfalls keine Sünderin mehr. Sie liebt ihr Zuhause und ihren Mann."

Und so arrangierte sie sich sowohl mit den Behörden als auch mit ihren Prinzipien. Diese Art, auf die sie sich fast in allen Bereichen arrangierte, hatte meinen Vater in ein willenloses Wesen verwandelt. Irgendwann hatte er begonnen, sie zu akzeptieren. Er ordnete sich unter.

In den ersten Ehejahren setzte er ihr noch etwas entgegen. Irgendwann versuchte er sogar, sie auf seine Linie zu bringen. Doch sie hatte anscheinend den längeren Atem. Eine Zeit lang tat sie ihm den Gefallen und wartete einfach ab. Er merkte, daß sie Recht behielt und alle ihre Vorhersagen eintrafen. Nach und nach verlor er ein Argument nach dem anderen. Sie hatte zum Beispiel vorgeschlagen, das Geld ihrer Mitgift in einem zweiten Haus anzulegen, denn Thanassis schien ihr nicht vertrauenswürdig genug, um mit ihm ein Geschäft aufzumachen.

„Du wirst dein Geld verlieren. Behalt deine Arbeit und stell keine hohen Ansprüche."

Mein Vater hörte nicht auf sie. Thanassis hier und Thanassis da. Innerhalb von drei Jahren war alles im Eimer: das Geschäft, die Mitgift und die Möglichkeit zu arbeiten. Mit einem Schlag war er arbeitslos. Innerhalb von drei Jahren gab es drei Katastrophen.

„Du wirst sehen, daß er mit unserem Geld groß rauskommen wird. Und du siehst keinen Pfennig davon wieder."

Und so war's dann auch. Thanassis war jetzt in ganz Piräus bekannt. Er besaß die größten Lampengeschäfte.

„Jetzt tut der Herr so, als ob er uns nicht mehr kennt."

Der einzige „Gewinn" durch ihn war der Ölhändler, der Matina heiratete. Den halste der uns auf. Ich sage dir besser nicht, was sie uns über den vorausgesagt hatte, und sie behielt wieder recht. Kassandra wie sie leibt und lebt, das reinste Orakel von Delphi war meine Mutter. Sie hatte sich noch nie vertan. Nur Luis konnte sie nicht einordnen. Bei ihm funktionierte ihr Computer nicht. Ständig brachte er ihre Voraussagen durcheinander.

Jedenfalls wagte es mein Vater nach der Geschichte mit Thanassis nicht mehr, ihr zu widersprechen.

„Was für ein Betrüger!" sagte er ständig.

Er wußte schließlich, daß sie am Schluß recht behalten würde, warum sollte er ihr überhaupt noch widersprechen? So beschränkte er sich nach und nach auf seinen Ouzo und seine Ruhe.

Nur Luis holte ihn ab und zu mal da raus. Mein Vater liebte ihn, wie ich ja schon erwähnt habe, aber natürlich wagte er es nicht, ihn mir als Vorbild hinzustellen.

Manchmal lauschte ich nachts dem Gemurmel meiner Eltern:

„Was sitzt du denn da stundenlang und quatschst mit dem Nichtsnutz?

Was bringt das? Willst du etwa, daß er auch noch deinen Sohn auf dem Gewissen hat? Daß er ihn nun auch noch in politische Angelegenheiten mit reinzieht? Ein wahrer Faulenzer ist das und sonst nichts.“

Sie redete auf ihn ein, und er schwieg dazu. Was sollte er auch sagen? Als wir aber erfuhren, daß Luis im Ministerium arbeitete, gab ihr mein alter Herr contra:

„Guck mal einer an! Vorher war er nur ein Nichtsnutz für dich und jetzt lädst du ihn auf einmal zum Essen ein. Du willst wohl, daß dein Sohn auch ins Ministerium kommt? Plötzlich ist er nicht mehr der heruntergekommene Kerl. Er heißt jetzt sogar Herr Retsinas. Du könntest ihn dir jetzt auch als Schwiegersohn vorstellen, nicht wahr?“

Auf diese Weise zahlte er ihr alles heim. Meine Mutter sagte kein Wort. Zu dieser Zeit kriegte sie dieses Zittern im Mundwinkel, von dem ich dir schon erzählt habe. Unmerklich fast, aber sichtbar. Wenn du auf etwas keine Antwort weißt und so ein Typ wie meine Mutter bist, dann endet das entweder mit einem Schlaganfall oder mit einem Tick. Den Tick kriegte sie dann auch.

Sie tat mir leid. Ich wußte, daß sie eigentlich immer im Recht war. Zum ersten Mal bekam ich ein schlechtes Gewissen! Die Arme, ihr Leben lang mühte sie sich ab, konnte nachts nicht schlafen, träumte davon, für die anderen irgend etwas herauszuschlagen – niemals dachte sie dabei an sich selbst – und nun kritisierten wir sie auch noch. Kaum fanden wir eine Schwachstelle, wie jetzt, als sie nicht wußte, was sie antworten sollte, zielten wir direkt auf den wunden Punkt. Alle machten mit. Was sollte sie antworten? „Wer zuletzt lacht, lacht am besten“? Warum lud sie ihn dann zum Essen ein? Sollte sie zugeben, daß sie im Unrecht war? Ist das etwa so einfach? Außerdem war sie sich ja nicht sicher, daß sie im Unrecht war. Sie wußte, daß ihre Antennen Botschaften empfingen, die außerhalb unseres Sendebereiches lagen. Andererseits hatte sie keine Beweise.

Es ist schon witzig, aber dieses Mal sollten sowohl Luis als auch meine Mutter recht behalten. Wenn man ihrer Taktik folgte, ging man sicher nicht unter. Aber man konnte auch nicht in das Paradies, das Luis einem bot. Wenn man Luis folgte, ging man zwar auch nicht unter, aber es blieb einem immer der Zweifel, ob man richtig gehandelt hatte.

Jetzt jedenfalls, zwei Minuten vor Luis' Ankunft, hatten mein Vater und ich meine Mutter auf die Anklagebank gesetzt. Wir sagten ihr all das, was wir ihr immer schon mal sagen wollten.

„Gib endlich zu, daß nicht alles schwarzweiß ist. Glaubst du etwa, daß du besser lebst als Luis? Hat er etwa gestohlen? Hat er gemordet? Hat er jemanden verraten?"

Ich sehe sie jetzt noch vor mir, wie sie mit der Fischplatte in der Hand dastand und uns mit großen, weitaufgerissenen Augen ansah! Das war wohl der Moment, als dieses Zucken anfing, das ich ja schon erwähnte. Es fing genau dort an, in der Tür zwischen Küche und Eßzimmer. Meine Schwester las im anderen Zimmer gerade im *Thesaurus* und das einzige, was sie alle paar Minuten sagte, war: „Seid leise, ich lese". Wenn sie gewußt hätte, daß wir auch für sie kämpften. Wenn sie besser aufgepaßt hätte, dann hätte sie später gewußt, warum sie den Ölhändler nicht hätte heiraten dürfen.

Als ich das Zucken im Mundwinkel meiner Mutter zum ersten Mal wahrnahm, begann auch mein schlechtes Gewissen. Doch ich kam gerade so richtig in Fahrt. Jetzt gab es kein Halten mehr!

„Was weißt du schon vom Leben? Warum bist du dir verdammt noch mal so sicher, daß du recht hast? Nur weil er zufällig eine Stelle im öffentlichen Dienst bekommen hat, ist er jetzt auf einmal der ‚Herr' Luis?"

Ich redete und redete ... es ging gar nicht so sehr darum, was ich sagte, sondern darum, es ihr endlich mal zu zeigen.

„Und weißt du auch, wie er die Stelle bekommen hat? Durch wen? Tja, das möchtest du wohl gerne wissen! Durch Kritsinis."

Ich konnte mich nicht mehr beherrschen. Es brach einfach so aus

mir raus.
„Und weißt du auch, warum er ihm die Stelle verschafft hat? Weil er anders rum ist und Luis es ihm mal besorgt hat. Hast du gehört? Er hat die Stelle bekommen, weil er es ihm mal besorgt hat."

Das saß. Die Herzrhythmusstörungen meiner Mutter wurden zum Crescendo, ihr ganzer Kopf zuckte und sie ließ zu allem Überfluß auch noch die Fischplatte fallen. Ihre gute Platte!

Totales Chaos. Der Fußboden und das gute Tischtuch waren versaut. Ich hatte es zu weit getrieben. Niemand konnte schnell genug reagieren.

Genau in diesem Moment klingelte es. Mein Vater wollte offensichtlich niemanden sehen. Er stand auf und schloß sich in sein Zimmer ein.
„Ich habe keinen Hunger, laßt mich bitte in Ruhe, ich gehe schlafen."

Und weg war er. Ich hatte sein Idol zerstört. Das machte mich traurig. Es gefiel mir, daß mein Vater Luis mochte, und ich wollte ihn in seinen Augen nicht herabsetzen. Außerdem hatte ich auch noch gelogen. Luis hatte es Kritsinis nicht ein einziges Mal „besorgt", wie du ja weißt. „Macht nichts, er wird sich beruhigen" dachte ich, „er wird ihm schon verzeihen."

Wie gesagt, Luis verzieh man alles. Sogar Periklis – ein Freund aus der Kafenio–Runde – hatte ihm verziehen, obwohl er Luis auf frischer Tat mit seiner Mutter im Bett erwischt hatte. Es mag dir merkwürdig erscheinen, aber selbst so was ist passiert:

Eine Zeitlang war Luis mit der Mutter von Periklis zusammen. Nicht, daß das absonderlich gewesen wäre. Wenn du Frau Maritsa Gika, Periklis' Mutter, kennen würdest, würdest du das wahrscheinlich nicht nur für natürlich, sondern sogar für unausweichlich halten.

Periklis' Haus war bis zu dem Zeitpunkt für die ganze Clique ein Ort unserer Phantasien und Träume gewesen. Niemand hatte in Wirk-

lichkeit je einen Fuß über die Schwelle gesetzt, aber seine Bedeutung für uns nahm durch einige Andeutungen und Anspielungen außergewöhnliche Ausmaße an. „Verdammtes Haus“ nannte es meine Mutter. Bevor Ajisilaos bei den Wasserbehörden arbeitete, nannte er es Bordell. Nachdem er seine Stelle angetreten hatte, änderte er seine Ausdrucksweise.
„Mensch, glaubst du etwa noch, was wir damals darüber gesagt haben? Das ist gar kein besonderes Haus.“

Viel später erfuhren wir den Grund für seinen Sinneswandel. Als er auf seiner Arbeit mal was über das Bordell von Maritsa sagen wollte, kriegte er es plötzlich mit seinem Vorgesetzten zu tun. Der kannte Frau Gika nämlich zufälligerweise sehr gut. Was für ein blöder Zufall! Und außerdem war dieser Typ nicht nur sein Vorgesetzter, sondern auch noch groß und ausgesprochen kräftig. Ein ganz schönes Muskelpaket. Der reinste Bulle, wie sich noch rausstellen sollte. Als die beiden zufällig mal allein waren, stand der Herr Bulle auf, trat an Ajisilaos heran, packte ihn ziemlich unsanft am Kragen und sagte:
„Du Drecksack, wenn du noch einmal ein böses Wort über Maritsa sagst, bring ich dich um!“

Dann ließ er ihn los. Wenn der Satz des Dicken ein wenig länger gewesen wäre, dann wäre Ajisilaos erstickt.

Seitdem wurde Maritsas Haus „Mensch, das ist gar kein besonderes Haus“ genannt.

Später stellte sich raus, daß zu der Zeit, als der Herr Bulle Frau Maritsa verteidigte, er ihr Liebhaber war. Später wurde er ihr Ehemann, und etwas später, als er das Zeitliche segnete, „mein Leandros selig“. Er starb auch an einem Herzinfarkt. Er war der zweite oder dritte Ehemann, vielleicht sogar der vierte – niemand weiß es – der in Maritsas Händen an einem Herzinfarkt starb. Der erste war Gikas. Wahrscheinlich.

Frau Maritsa selbst hatte viele Spitznamen: die Blonde, die Feuer- und Wasserfrau. So nannte sie Herr Tassos, der Kafeniobesitzer, wenn er über sie sprach, „wie geht's der Feuer- und Wasserfrau?"

Andere wiederum nannten sie nur die Sünderin, die Verdammte, die Nymphomanin. Luis erklärte uns, was genau nymphomanisch ist. „Das ist eine, die andauernd mit Männern bumst und nie befriedigt ist."

„Falsch, sie schläft dauernd mit Männern und ist auch befriedigt", widersprach Antoniadis, auch einer aus der Clique.

Die meisten Geschichten aus Maritsas Leben erfuhren wir von Ajisilaos, unserem Tratschonkel:

„Freunde, ich habe gehört, daß sie, wenn sie Lust auf einen Mann hat und keinen findet, sich nicht selbst befriedigt. Da steht sie nämlich nicht drauf. Nein, sie ruft ihre Putzfrau, Frau Ilektra, legt sich mit gespreizten Beinen aufs Bett und läßt sich von Ilektra verwöhnen."

Auf jeden Fall muß da was Wahres dran sein, denn bevor Ilektra Maritsa kennenlernte, war sie eine einfache Frau gewesen, die sich nur um ihr Haus und ihre Arbeit gekümmert hatte, und später wurde sie eine stadtbekannte Lesbe. Wenn man sich überlegt, daß sie etwas später, nachdem sie sich von ihrem Mann getrennt hatte, sogar mit einer aus Wien stammenden Archäologin in Kastella zusammenlebte! Danach verloren wir jegliche Spur von ihr.

Luis war natürlich der einzige, der sich auf die Suche nach ihr machte. Ihre Geschichte und ihr Mut hatten ihm Eindruck gemacht. Sie war eine einfache Frau gewesen. Ich erinnere mich an sie. Eine ungebildete, gutmütige, fast gottesfürchtige Frau. Er wollte sie treffen und sie befragen, wollte herausbekommen, wo sie den Mut hergenommen hatte, all diese „gesellschaftlichen" Hürden ihres Lebens zu überwinden.

Tja, so ist Luis. Die Leute, die er einmal trifft, will er nicht aus dem Blickfeld verlieren. Er will sie immer wiedersehen. Nicht so sehr ihrer Gesellschaft wegen. Er will vielmehr etwas über ihre Entwicklung erfahren, ihre Veränderungen, ihre Verwandlungen. Ihn fasziniert, ihn erregt die Möglichkeit, ihr Leben persönlich zu verfolgen.

Wenn er weiß, was du warst, will er wissen, was aus dir geworden ist. Für so was lebt und stirbt er.

Als er erfuhr, daß der Furier, mit dem wir zusammen beim Militär gewesen waren, in München mit einer Deutschen zusammenlebte, einer ehemaligen Nutte, war er sehr beeindruckt.

„Das sind die wahren Revolutionen, Kostantis. Wie soll man es zu einer großen Revolution bringen, wenn man noch nicht mal eine kleine zustande bringt? Damals sprach er kein Deutsch und war verheiratet, feige, voller Komplexe, und nun sieh mal, was aus ihm geworden ist! Wir sollten ihn irgendwann mal besuchen.“

Selbst wenn sich in deinem Leben nichts verändert hat, selbst wenn du es hast stagnieren lassen, selbst dann will Luis wissen, was für einen inneren Weg deine Gedanken gegangen sind, deine Seele, wie du dich damit abgefunden hast, wie du dich mit der Idee angefreundet hast, daß es das schon war, daß es nun ein Ende hat mit den Verrücktheiten, daß du jetzt nur noch zu Hause rumhängst. Ganz oft, es konnten Jahre vergangen sein, kam ihm auf einmal eine Person oder eine Geschichte in den Sinn.

„Mensch Kostantis, du hast doch ein Auto. Laß uns Polyxeni besuchen. Ich möchte wissen, ob sie noch lebt und ob sie noch mal geheiratet hat.“

Auf jeden Fall war Luis' Beziehung zu Maritsa für den ganzen Freundeskreis ein historisches Ereignis. Sie war damals um die vierzig, er etwas über zwanzig. Wir konnten es nicht glauben. Habe ich schon erwähnt, daß Periklis, obwohl er zu unserem Freundeskreis gehörte, uns noch nie zu sich nach Hause eingeladen hatte? Das allein reichte aus, das Geheimnis in unserer Phantasie wachsen zu lassen. Klar wie Kloßbrühe, daß was Wahres dran sein mußte. Wenn Ajisilaos – der Hauptinformant der Clique – was Neues wußte, sahen wir das schon von weitem. An der Art, wie er ging und wie sich seine Arme, Beine – und vor allem seine Ohren – bewegten.

„Aufgepaßt, er hat was in Erfahrung gebracht.“

Weißt du, er ging mit schnellen Schritten, und seine Arme und Ohren bewegten sich dabei. Wie funktionierte das verdammt noch mal? Seine Ohren waren außerdem noch riesengroß. Das untrüglichste Zeichen war aber sein Beißen auf die Lippe, mehr auf die Unterlippe. Wenn er sehr interessante Neuigkeiten hatte, biß er sie sich fast blutig.

„Mach mal halblang, Ajisilaos, du wirst dir noch ein Stück rausbeißen", rieten wir ihm dann.

„Freunde, es geschehen noch Zeichen und Wunder. Maritsas Mann Gikas ist an einem Herzinfarkt gestorben. Sein Bruder Menelaos ist gerade zu Besuch, Gikas kommt ausnahmsweise mal früher als sonst nach Hause, und was muß er sehen ... Leute, da kommt ihr nicht drauf!"

Wir saßen mit offenem Mund da.

„Sag schon, Mensch, was hast du gesehen?"

„Leute, er hat sie erwischt, wie sie's gerade im Sitzen miteinander trieben, auf einem Sessel. Als er sie an den Haaren ziehen wollte, um sie von Menelaos loszureißen, fiel er um und war sofort tot. Feierabend für Gikas."

Wir lachten nicht, sondern erschraken.

Danach benachrichtigten einige Nachbarn Periklis in der Nachhilfeschule. Er drehte total durch. Ich hab' gehört, er hat irgendwo ein Schlachtermesser geklaut und ist damit hinter Onkel und Mutter her, um sie umzubringen. Ein richtiger Orest.

Auf jeden Fall wunderten sich viele über den Herzinfarkt von Gikas, denn er hatte sie schon mindestens zwanzig Mal auf frischer Tat ertappt, und trotzdem war er nicht daran gestorben. Natürlich wurde das Schlachtermesser nie benutzt. Periklis selbst hatte es seiner Mutter gegeben, nachdem sie in einer dramatischen Szene gestanden hatte, daß sein Onkel sein wahrer Vater sei und er auf dem besten Wege sei, sich zum Vatermörder zu machen.

Die Geschichte Luis-Maritsa begann, als Ajisilaos eines Tages wie immer außer Atem und sich auf die Lippe beißend ankam und uns verkündete, daß er nun endlich bei Periklis zu Hause gewesen sei. Wir setzten uns alle hin, ließen ihn in der Mitte Platz nehmen und warteten gespannt.

Maritsa habe ich dir noch gar nicht beschrieben; ich weiß auch gar nicht, ob das nötig ist. Sie ist klein, mollig, blond, hat blaue Augen und ist behaart. An den Armen, an den Seiten ihrer Wangen und unter den Achseln. Ihre Lippen springen einem sofort ins Auge. Sie sind voll, fleischig, geschürzt. Und sie hat Grübchen in den Wangen. Genau wie Ava Gardner, nur etwas kleiner. Du brauchst nur auf ihre Augen und ihre Lippen zu sehen, und schon bist du in ihrem Bann.

„Leute, die hat einen Bannkreis um sich rum. Im Umkreis von ein, zwei Metern, so genau kann ich das nicht sagen. Jedenfalls stehst du in Flammen, sobald du da reingerätst. Dann entkommst du nicht mehr. Wirklich. Sie strahlt solche Wellen aus."

„Ajisilaos", sagte Luis auf einmal zu ihm. „Entweder fällt dir jetzt was ein, wie wir sie alle kennenlernen oder wir verraten, daß du über sie herziehst."

Er starrte uns mit offenem Mund an. Schließlich willigte er ein.

„Einverstanden, aber ich muß zuerst einen Vorwand finden."

Doch Luis ging das nicht schnell genug.

„Du bringst uns jetzt hin."

Maritsa empfing uns in schneeweißen seidenen Dessous.

Wenn sie ging, raschelte die Seide, und ihre Wimpern klimperten. Solche Wimpern habe ich noch nie gesehen. Lang, braunblond und außerdem noch echt. Sie waren so lang, daß sie klimperten. Man konnte es hören. Es schien sie nicht einmal zu stören, daß wir sie in Dessous sahen.

„Zuhause ist sie nie angezogen", sagte Ajisilaos, als er unser Erstaunen bemerkte.

Die Zimmer waren alle in Halbdunkel getaucht. Sie mochte kein helles Licht. Die Fenster hatte sie mit schweren kirschfarbenen Gardinen verhängt. Alle Zwischentüren waren aus Kristallglas, das mit Schwänen und Satyren bemalt war.

„Ich mag Schatten“, verriet sie uns.

Ihre Stimme war heiser, weich, erregend und hörte sich an, als ob sie aus Lautsprechern käme. Bis jetzt hatten wir sie nur eilig am Kafenio vorbeigehen sehen und nie die Gelegenheit gehabt, mit ihr zu sprechen. Sie hatte uns höchstens mal „Guten Tag“ gesagt.

Überall standen große, gemütliche Sofas und Parawane aus Holz und ebenfalls bemalter Leinwand rum. Im Schlafzimmer lagen auf dem Fußboden rote Flokati-Teppiche und auf dem Bett Decken in derselben Farbe. Über dem Bett hing ein Gemälde mit einer liegenden halbnackten Frau. Später erfuhr ich, daß es eine Kopie der *Frau Rekamier* war. Zwei Lampen, die aussahen wie Leuchttürmchen aus rotem Glas, standen auf den Nachttischen.

Sie liebte Musik, Theater und Liebesromane. Das erzählte sie uns. Seltsam, aber ich habe noch nie eine „sittenlose“ Frau kennengelernt, die nicht die schönen Künste liebte. Sie sah, daß ich das Gemälde bewunderte.

„Das habe ich in Frankreich gekauft“, sagte sie mir. „Es hat mir gefallen.“

Sie war sogar in Frankreich gewesen. Für die damalige Zeit war das etwas Besonderes.

„Mensch, ihr Idioten, fragt nicht so viel. Dort läßt sie abtreiben“, sagte Ajisilaos.

Tatsache war, daß kein Osterfest verging, an dem Maritsa nicht nach Frankreich reiste. Ajisilaos bereitete uns eine Überraschung nach der anderen. Frau Gikas zeigte uns ihr Zuhause, während wir bereits seit einiger Zeit in ihren Bann geraten waren.

Sie legte eine Schallplatte auf das Grammophon – du weißt schon, so eins mit großem Trichter und einer Kurbel, wie bei Tante Melpo – und wir hörten Klaviermusik. Als ich später dasselbe Stück noch einmal hörte, erfuhr ich, daß es die „Mondscheinsonate“ von

Beethoven war. Stell dir jetzt noch viel Parfüm und Klaviermusik dazu vor, dann weißt du ungefähr, was für eine Atmosphäre bei ihr herrschte.

„Meine schöne Dame", sprach Luis sie an, „ich weiß zwar nicht, was Kostantis und Ajisilaos tun werden, aber ich verlasse auf gar keinen Fall ihr Haus. Ich werde mein Rasierzeug und meine Decken hierherbringen, damit ich sie sehen und hören kann."

Ungefähr so sagte er das, halb im Scherz, und dann blieb er tatsächlich da. Stell dir vor! Er hatte es also ernst gemeint. Wir gingen, und er blieb da. Drei Nächte lang.

Als Periklis von der Nachhilfeschule nach Hause kam – sie hatten ihn vergessen – fand er die beiden eng umschlungen schlafend im Bett vor. Er schloß die Tür und wartete, bis sie aufwachten.

Als Luis aufgestanden war, ging er zu Periklis, der in seinem Zimmer Schiffchen malte, und spielte den Lässigen, so als ob überhaupt nichts wäre.

„Du hier, Periklis? Manolopulos und Ajisilaos sind gerade weg."

Das sagte er. Periklis tat so, als ob ihn das alles nichts anginge. Er hatte sich damit abgefunden. Seine Mutter änderte sich sowieso nicht. Er fing an, über chinesische Dichtung zu reden. Er las Luis sogar was davon vor.

Nach diesen ersten drei Nächten ging Luis bei Maritsa ein und aus. Fast ein Jahr lang. Deswegen mußte er auch die Prüfungen wiederholen. Viel später erst gestand mir Maritsa, daß sie sich das erste Mal in ihrem Leben so sehr in jemanden verliebt hatte und einem Mann sechs Monate lang treu geblieben war.

Nach sechs Monaten hielt sie es nicht mehr aus; es kamen wieder diverse andere „Hausfreunde". Manchmal war auch Onkel Menelaos dabei. Periklis sprach niemals mit ihm. Er haute mit Luis zusammen ab.

Einmal beschrieb mir Luis, wie Maritsa im Bett war.

„Ich sage dir, eine solche Frau kann man nicht verlassen, Vetter.

Selbst wenn du total k.o. bist, erweckt sie dich zu neuem Leben. Das ist nicht nur einfach körperliche Lust, das ist viel mehr. Es ist alles, und dazu kommt noch etwas, was man nicht erklären kann."

Er redete und redete ....

„Luis, du wirst noch krank, wenn du so weitermachst. Guck dich mal an! Du kriegst noch die Schwindsucht."

Und genau die kriegte er. Seine Schwester hatte alle Mühe, ihn vor dem Tod zu bewahren. Als er das erste Mal Blut spuckte, brachte sie ihn sofort ins Krankenhaus.

Die Geschichte von Maritsa und Luis war das schlagende Argument meiner Mutter gegen ihn. „Dem ist nichts heilig. Sie mag ja sein, wie sie will, aber daß er sich an die Mutter eures Freundes ranmacht?"

Das Seltsamste an der ganzen Geschichte war Periklis. Schweigsam, weltfremd, rätselhaft und unnahbar war er. Kurz nachdem Luis Blut gespuckt hatte, verfiel er in eine tiefe Depression. Danach stürzte er sich wieder in die chinesische Dichtung. Er malte nun nicht mehr Schiffchen und Meer, sondern nur noch schwarze Vögel, die wie Fledermäuse aussahen. Er hörte auch mit der Nachhilfeschule auf und schloß sich in seinem Zimmer ein. Die Wände scines Zimmers strich er rot, ließ sich Haare und Bart wachsen und wusch sich immer seltener. Er verließ das Haus nur nach Mitternacht. Wir erklärten uns das so, daß er die Besuche der „Hausfreunde" nicht länger ertrug.

Ajisilaos betonte immer wieder, daß viel passiert sein mußte, bevor Luis den Kontakt abbrach. Er war davon überzeugt, daß Luis sie nicht nur mit Freunden der Familie, sondern mit Periklis selbst erwischt haben mußte.

„Spinnst du? Was sagst du? Weißt du, was du da sagst?"

„Es läßt sich nicht anders erklären, Manolopulos. Die bringt selbst einen Heiligen in Versuchung, wie soll ihr da ein Kind widerstehen."

Irgend etwas wußte er, das Schlitzohr. Mich störte die Vorstellung nicht. Selbst daß sie mit ihrem Sohn schlief, kam mir normal vor.

Maritsa war die Erde, die mit dem Universum schlief. Wenn es möglich gewesen wäre, mit der ganzen Menschheit zusammenzukommen, hätte sie es getan und auch nicht verstanden, warum sie es nicht hätte tun sollen. Sie war eine riesige Gebärmutter, die ständig überreizt war. Sie kannte keinerlei Hemmungen oder Tabus. Wenn es nicht an einigen technischen Schwierigkeiten gescheitert wäre, hätte sie mit allen geschlafen. Ihr Schoß war die im ständigen Frühling begriffene Natur selbst.

Nach langer Zeit gestand mir Luis:

„Kostantis, wenn man kein Sperma mehr hat, bringt sie einen zum Bluten. Bei mir ist schon mal Blut statt Sperma gekommen."

Periklis kam von einer Reise nach Thessaloniki nicht wieder. Schrieb ihr auch nicht. Er beschäftigte sich fortan nicht mehr mit chinesischer Dichtung, sondern mit Fremdsprachen. Er machte eine Nachhilfeschule in Thessaloniki auf. Das heißt, er machte sie nicht auf, sondern er heiratete eine vierzigjährige Frau aus Thessaloniki, die auch behaart war. Maro hieß sie. Sie hatte die Nachhilfeschule. Niemand weiß, ob er sie wegen der Schule geheiratet hatte oder weil sie seiner Mutter ein wenig ähnlich sah.

Jedenfalls wog er hundertfünf Kilo, als Luis ihn nach zwanzig Jahren wiedersah. Wenn man sich überlegt, daß er, als er zwanzig war, das reinste Skelett war, dünn wie ein Streichholz. „Das Gespenst" nannten wir ihn, „das Gespenst kommt!"

Luis und ich schuldeten dieser Frau sehr viel. Hauptsächlich, daß sie uns gute Musik und gutes Theater nahebrachte.

Sie führte uns das erste Mal ins Theater. Sie nahm uns an der Hand, buchstäblich an der Hand, und führte uns hin. Ich erinnere mich, daß wir zu ihr nach Hause zurückkamen, es war fast Mitternacht, total beeindruckt waren und bis zum Morgengrauen über Wanja, Astrov und Sonja diskutierten. Wir hatten Tschechov gesehen. *Onkel Wanja*. Gelobt seien Tschechov und Maritsa.

Aber ich komme schon wieder vom Thema ab. Wo war ich stehengeblieben? Ach ja! Als wir Luis zum Essen erwarteten, von meiner Mutter zum ersten Mal eingeladen.

Als sie also gerade im Begriff war, aus lauter Verzweiflung in Ohnmacht zu fallen, klingelte es an der Tür. Wir hatten Luis erwartet, und stattdessen stand Ajisilaos da. „Er bringt Neuigkeiten", dachte ich. Er konnte sich kaum beherrschen, ich sah es ihm an. Er zwinkerte mit den Augen, machte mir Zeichen, daß er mit mir unter vier Augen sprechen wollte.

„Luis schickt mich. Er kommt nicht. Er läßt sich entschuldigen. Ihm ist was dazwischengekommen."

Ich nahm ihn beiseite, damit meine Mutter nicht zuhörte.

„Was ist passiert? Warum kommt er nicht?"

„Er wartet draußen auf der Straße auf uns. Er ist in Fahrt. Der ist so geladen, daß er jemanden umbringen könnte."

Bevor meine Mutter was mitbekam, hatte ich Jackett und Schuhe angezogen, und wir gingen zusammen nach unten. Einen Moment lang dachte ich, daß Luis nicht gekommen sei, weil er keine Treppen steigen wollte. Es wäre nicht das erste Mal gewesen.

„Ach, Mensch, Kostantis, ich komme nicht noch mal zu dir. Zu viele Treppen", sagte er oft. Er konnte die ganze Welt zu Fuß durchqueren, aber wenn man ihn Treppen steigen ließ, brachte man ihn um.

„Ach Quatsch, was denn für Treppen? Er wird dir das selbst erklären", sagte Ajisilaos zu mir, als ich ihm meine Vermutung mitteilte.

Als wir herunter kamen, stand Luis da und pinkelte, am hellichten Tag, hinter einem Lastwagen. Er war so nervös, daß er alle fünf Minuten pinkeln mußte.

„Was ist bloß los mit mir?"

Bis wir in Levka in Piräus ankamen, vom Profitis Elias aus etwa eine dreiviertel Stunde zu Fuß, war er weitere fünf Mal stehengeblieben, um zu pinkeln. Zweimal auf normalen Toiletten und dreimal hinter Lastwagen und Baracken.

Er fing an zu schimpfen:

„Wenn ich ihn allein umbringen könnte, würde ich es tun. Aber er ist stark. Zu dritt könnten wir es schaffen."

Ich wußte immer noch nicht, worum es ging. Das einzige, was ich kapiert hatte, war, daß wir auf dem Weg waren, irgend jemanden umzubringen.

Zum ersten Mal sah ich Luis so wütend. Er hatte seinen ganzen Charme verloren, war richtig aus der Fassung geraten.

„Wohin gehen wir?"

„Zu Arjyris, halt's Maul."

Arjyris gehörte zu unserer Clique. Ein wichtiges Mitglied der Kommunistischen Partei Griechenlands. Held des Tages, nicht so sehr wegen seiner Anschauungen als vielmehr, weil er die kleine Martha, ein armes Waisenkind, bei sich aufgenommen hatte.

„Als hätte das Schwein keine eigenen Sorgen. Angeblich erfüllte er nur seine parteilichen Pflichten. ‚Das Mädchen ist ohne Schutz', behauptet der, ‚ich nehme sie zu mir, meine Mutter wird sich um sie kümmern'", murmelte Luis vor sich hin, während wir weitergingen.

Die Mutter starb dann allerdings sehr schnell, und er fing an, sich selbst um sie zu kümmern. Luis war damals noch halb in der Partei eingeschrieben, ein Genosse von Arjyris.

„Erklärst du mir jetzt endlich mal was, Luis?"

Statt mir zu antworten, holte er eine Zeitung aus seiner Tasche.

„Schau dir das Foto an. Dann weißt du schon, worum es geht."

Ich sah Kritsinis, unseren Kommandanten aus Korinth, in seinem Haus erhängt. An einem Haken, an dem man Kronleuchter aufhängt. Er hing im Bademantel von der Decke herab. Ich war total geschockt.

„Arjyris ist doch ein Freund, dachte ich zumindest, und früher war er sogar mal mein Betreuer in der Partei. So ein Arschloch. Über dreißig und nichts dazugelernt. Als wir vor ein paar Tagen Ouzo bei Herrn Lambros tranken, habe ich mich vergessen und ihm von Kritsinis'

Geheimnis erzählt. Alles habe ich Idiot ihm erzählt. Daß er eine Arbeit für mich gefunden hat, daß er sich nachts gerne als Frau verkleidet, um Liebhaber zu finden, und damit man ihn nicht erkennt und er sich nicht blamiert. Alles erzählte ich ihm, wo Kritsinis verkehrt und wann. Er schadet doch niemandem. Den Mann soll man doch zufrieden lassen. Er lebt doch nur, wie es ihm gefällt. Wie sollte ich ahnen, daß Arjyris so ein Arschloch ist, daß er alles verrät?“

Luis war total aufgebracht. Er hatte ein schlechtes Gewissen, war wütend und hatte Schuldgefühle.

„Wieso habe ich Idiot ihm das überhaupt erzählt? Konnte ich wissen, daß er so ein Holzkopf ist? So sensationslüstern? Mehr aus Spaß habe ich es ihm erzählt. Hätte ich das bloß geahnt!“

Als wir bei Arjyris ankamen, waren auch wir durch Luis' Erzählungen in Fahrt gekommen. Wir waren fest entschlossen, ihn umzubringen. Ich war nicht ganz so fest entschlossen, um ehrlich zu sein. Deshalb versuchte ich auch die Strafe zu mildern.

„Er muß ja nun nicht gleich sterben, Luis.“

„Laß es, Manolopulos, du hast keine Ahnung. Und außerdem, mir gegenüber hat sich Kritsinis immer absolut korrekt verhalten. Es kümmerte ihn weder, welcher Partei ich angehörte, noch ... Und das, obwohl er wußte, daß ich gebrandmarkt war. Er half dem ganzen Freundeskreis, und zwar ohne drauf zu achten, ob für ihn was dabei rausspringt. Zehn Leute leben jetzt wie die Maden im Speck dank seiner Hilfe. Von Ajisilaos selbst ganz abgesehen.“

„Das ist eine große Schweinerei, Luis, ohne Frage.“

Ajisilaos gab natürlich seinen Senf dazu.

Wir näherten uns auf Zehenspitzen, gingen durch eine hölzerne Gartentür und standen vor der Haustür. Die Farbe war abgeblättert, die Tür baufällig, fast morsch.

Wir wechselten Blicke, und Ajisilaos trat so heftig gegen die Tür, daß sie nicht nur nachgab, sondern sogar in zwei Teile zerfiel. Man hörte eine weibliche Stimme schreien, und als wir reinstürmten, sahen wir auf der einen Seite die „schutzlose“ Martha nach einer Decke greifen, um ihre Blöße zu bedecken – sie trug ein kurzes schäbiges Nachthemd – und auf der anderen Seite Arjyris in Unterhose zum Klo rennen, wo er sich einschloß.

„Konnte ich ahnen, Mensch, daß sich deine Schwuchtel umbringen würde, he, konnte ich das ahnen?“ rief der Revolutionär aufgebracht aus seiner sicheren Ecke. „Ich habe es einem Freund erzählt, der Journalist ist, Karalis. Der ist an allem schuld. Nicht ich. Aber warum regst du dich so auf, Mensch? Bist du mit ihm verwandt? War er etwa dein Bruder?“

Und dann fing er damit an, daß der Parteifeind auf jede Art zerschlagen werden muß, und was sei er selber gewesen, dieser Kritsinis, der Sohn eines Verräters sei er gewesen, eines Kollaborateurs, der in Korinth selbst Informationen gegen Kommunisten gesammelt habe, daß ...

„Wieviele hat er ‚in den Urlaub‘ auf die Felseninseln geschickt, hast du da mal drüber nachgedacht? Ein Schwein war er. Was sonst? Und wie viele und in was für einem Zustand sind die von Makronissos zurückgekommen, und wie viele sind überhaupt nicht zurückgekommen seinetwegen? Und im Endeffekt, ein Reaktionär weniger.“

Luis zitterte, als er das hörte. Er trat gegen die Tür, spuckte aus, schrie.

„Und was geht das mich an, was sein Vater irgendwann mal gemacht hat oder was er selbst getan hat? War er in Ordnung, als ich ihn kennenlernte, oder nicht? Hat er sich fair verhalten oder nicht? Hat er mir etwa nicht geholfen?“ schrie er.

„Keine Ahnung, warum er dir geholfen hat. Darüber wird viel geredet. Keine Ahnung, warum. Viel ...“

„Und wer bist du, daß du uns kritisierst, ihn kritisierst? Bist du etwa besser? Warum heiratest du dann die Kleine nicht, statt einfach so mit ihr zusammen zu wohnen? Tust du etwa deine Pflicht der Partei gegenüber, indem sie so bei dir lebt? Und wer vergibt mir jetzt, daß ich einen Freund verraten habe? Er vertraute mir, er öffnete mir sein Herz, und ich mußte zu seinem Verräter werden? Und wie kannst du nur denken, daß ich die Partei über mein Gewissen stellen könnte, he? Du Schwein. Ich bin die längste Zeit dein Freund gewesen, du Arschloch!"

Luis schäumte vor Wut.

„Komm da raus", rief er ihm zu, „denn wenn ich Feuer lege, wirst du mit Haut und Haaren da drinnen verbrennen. Wer nimmt mir jetzt meinen Schmerz über seine Verachtung für mich? Was konnte ich ihm denn sagen? Die Rechte wird durch so was nicht lächerlich gemacht, du Arschloch. Und glaub ja nicht, daß er sich nur umgebracht hat, weil er sich blamiert hatte, nein, sondern auch, weil ich ihn verraten habe. Deshalb hat er sich aufgehängt. Du Schwein. Und war es etwa nötig, Mensch, daß sie gleich mit Fotografen vor Ort anrücken? Hast du dir das alles ausgedacht oder dein Betreuer aus der Partei?"

„Keiner, Mensch, ich habe es dir doch gesagt, ich schwöre es dir. Der Journalist hat das alles gemacht. Bring nicht die Partei ins Spiel. Die Partei hat nichts damit zu tun."

In der Zwischenzeit hatten Ajisilaos und ich Nachschlüssel und Schraubenschlüssel angeschleppt. Wir schlugen gegen die Scheißtür, aber sie wollte einfach nicht aufgehen.

Martha hatte sich in die Ecke eines Sofas verkrochen, in Decken eingewickelt, und schaute uns mit diesem ewig erstaunten Ausdruck in den Augen an.

„Bohnenstange, mach auf, denn so verschlimmerst du nur deine Lage. Mach auf, wir wollen dir ein paar in die Schnauze hauen, damit unsere Wut verraucht, sonst ist hier der Teufel los. Wir gehen hier nicht weg, damit du's weißt", brüllte Luis.

Am liebsten hätte er seinen Kopf gegen die Wand geschlagen. Er kam nicht über die Sache weg.

„Er hat mir ein Geheimnis anvertraut, er war ein wahrer Freund, und ich Idiot ..."

Er fluchte und trat weiter gegen die Tür. Ich versuchte ihn zu beruhigen. Er fuhr fort:

„Wenn er sich nicht umgebracht hätte, hätte ich mich umgebracht. Was hätte ich sagen sollen? Wie hätte ich ihm entgegentreten sollen? Wie hätte ich ihn davon überzeugen sollen, daß ich damit nichts zu tun hatte?"

Luis hatte recht. Alle Zeitungen der Opposition hatten ihn total in den Dreck gezogen. Fotos, auf denen er mit Perücke, Frauenhandtasche und nackten Knien zu sehen war, auf der Singrustraße.

„Mein Gott! Wenn es ein Jüngstes Gericht gibt und ich ihm im Jenseits wiederbegegne, was soll ich dann nur sagen? Schwein, Arschloch! Alles nur, damit dein Journalist seine Sensationsmeldung hat?"

Ich war schon immer etwas praktischer veranlagt und bat Martha, uns einen Kaffee zu machen. Sie ging zuerst ins andere Zimmer, um sich anzuziehen. Kurz darauf machte mir Ajisilaos ein Zeichen, zu ihm zu kommen.

„Beug dich ein wenig vor, Casanova, wenn du eine Frau sehen willst."

Er zeigte mir das Schlafzimmer. Ich brauchte mich nicht einmal vorzubeugen. Gegenüber der halboffenen Tür war ein Spiegel. Nackt wirkte Martha noch dünner. Wenn du sie auf eine Reise schicken würdest, müßtest du sie mit der Aufschrift versehen: „Achtung, leicht zerbrechlich." Sie schien fast aus Glas zu sein. Nur ihre Augen waren riesengroß. Schwarz. Wie Kohle.

Als Luis wieder rein kam – er war pinkeln gegangen –, ertappte er uns beim Spannen. Er kriegte auch noch was zu sehen.

Wir alle kannten Martha. Von klein auf. Einen Vater hatte sie nie gekannt. Den hatten die Deutschen einkassiert. An die Mutter kann sie sich kaum erinnern. Gefängnis, Verbannung und von einem Transport zum nächsten. Sie hatte alles für den Kampf gegeben. Nur ihr Leben nicht. Das hätte sie auch noch gegeben, aber es kam ihr ein Dreiradfahrzeug zuvor. Zwei Linke sind durch Dreiradfahrzeuge umgekommen. Lambrakis[26] und sie. Doch bevor sie für immer ihre Augen schloß, schaffte sie es noch, dem Genossen Arjyris ihre Tochter anzuvertrauen. Ihm kam das sehr gelegen, denn so dick und unansehnlich wie er war, hätte er nie im Leben eine Frau abgekriegt. Als Martha aus ihrer Wohnung raus mußte, nahm er sie in seiner Hütte auf.

Der Kaffee allerdings, um den ich gebeten hatte, wurde Arjyris, der immer noch in der Toilette belagert wurde, zum Verhängnis. Du wirst es noch sehen. Martha bereitete den Kaffee zu und weinte. Ajisilaos wusch neben ihr in der Küche ein paar Tassen ab und redete leise auf sie ein.

Luis kam zu mir.

„Mensch, rette das Mädchen. Sie gefällt dir doch. Oder etwa nicht? Nimm sie dem Dicken weg. Der wird sie wie eine Zitrone auspressen und sie dann auf die Straße werfen. Heirate sie zur Not."

Ich sah ihn erstaunt an. So einen Vorschlag hatte ich nicht erwartet.

„Was siehst du mich so an? Was hast du denn für Vorstellungen von der Ehe? Mit oder ohne Martha wirst du unglücklich scin, wenn du in deinem Leben nicht auf deine innere Stimme hörst. Wenn du die Vernunft zu Rate ziehen willst, mußt du mit allen unvernünftigen Dingen und Verrücktheiten aufhören und vor allen Dingen den Umgang mit bestimmten Freunden beenden. Und zuallererst den Umgang mit mir!"

Was sollte ich darauf antworten? Daß so was nicht so einfach geht? Und wie sollte ich ihn überzeugen?

„Wie, Luis? Wo soll ich sie denn hinbringen? Wenn ich eine Stelle hätte, wenn ich arbeiten würde, okay, dann könnte man darüber reden."

Er schüttelte seinen Kopf und schien im Begriff, mich zu beschimpfen, aber er überlegte es sich dann doch anders. Er ging wieder zu Arjyris, trat wie ein Besessener gegen die Tür und schrie los: „Du bist kein Mensch. Eine Schlange bist du. Und ein Mann bist du auch nicht. Wenn du einer wärst, würdest du rauskommen und sagen: ‚Schlag mich, du hast recht'."

Er wartete einen Moment. Keine Antwort. Er kam zu mir zurück, sah mich an und brachte das Gespräch wieder auf Martha. Er fragte mich, ob sie mir gefiele.

„Das weißt du doch. Okay, sie gefällt mir, aber wo soll ich sie denn hinbringen? Ich kann meiner Mutter doch nicht sagen, sie wohnt bei uns. Das kann ich doch nicht."

Er drehte mir den Rücken zu, trat wütend gegen ein paar herumliegende Tüten, breitete seine Arme aus und spuckte in den Himmel. „Mein Gott! Und so was will ein Mensch sein?"

Er kam wieder auf mich zu, diesmal wütend und aggressiv.

„Vetter, du wirst es bitter bereuen, mach dir das klar. Du wirst traurig sein. Du wirfst wertvolle Dinge weg! In den Mülleimer."

Er hätte mir besser eine runtergehauen oder mich angespuckt, statt mir so etwas zu sagen. Er traf mich mitten ins Herz. Eine Kugel hätte nicht besser treffen können. Er hatte mich voll erwischt.

In dem Moment brachte Martha den Kaffee. Sie gefiel mir! Die Angst war aus ihren Augen gewichen. Sie war lieblicher geworden. Ajisilaos wich nicht von ihrer Seite.

„Ich habe den Kaffee süß gemacht. Ich wußte nicht, wie ihr ihn trinkt."

Ich wollte etwas erwidern, ich suchte nach einfallsreichen Worten, um ihr Eindruck zu machen, wie z.B. „du hättest ihn auch gar nicht anders machen können!" So was in der Art überlegte ich mir, aber bevor ich den Mut fand, es auszusprechen, kam mir Ajisilaos zuvor und brachte einen seiner abgedroschenen Sprüche:

„Und wenn du ihn noch so bitter gemacht hättest, wir würden ihn trinken."

Martha wurde knallrot.

„Laß den Scheiß, Ajisilaos", sagte Luis.

Ajisilaos verhielt sich Luis gegenüber wie ein Soldat zu seinem General. Jedes Mal hatte man den Eindruck, daß er ihm gleich ein „zu Befehl" zurufen würde. Unvorstellbar, was für einen Respekt er vor ihm hatte. Lehrling, Offiziersbursche, alles, was man sich vorstellen kann, war er für ihn. Er vergötterte ihn. Er war sich sicher, daß Luis eines Tages groß rauskommen würde.

„Wir werden als Beamte enden. Zu unserem Lohn und vielleicht zu einer Mitgift werden wir's bringen; aber Luis, Freunde, ich gehe jede Wette ein, wird uns eines Tages regieren."

Davon war er überzeugt. Er schwor auf ihn.

„Los, Ajisilaos, Geld hast du, hol uns mal Zigaretten", sagte Luis plötzlich.

Ehe ich mich versah, war ich auf einmal mit Martha allein. Je länger ich sie ansah, desto besser gefiel sie mir. Ihre Augen verschlangen mich geradezu. Nachdem sie die Tassen geholt hatte, überwand ich mich und forderte sie auf, sich hinzusetzen. Luis tat so, als ob er seine Hände waschen wollte und ging in die Küche. Er verfolgte die Szene von weitem. Sie setzte sich; kurz darauf wandte sie sich mir zu und sah mich an.

„Du solltest von hier weggehen. Das paßt nicht zu dir", brachte ich hervor.

Sie lächelte. Sie mußte die Bemerkung zumindest naiv gefunden haben.

„Dieses Jahr werde ich mit der Schule fertig. Wohin soll ich gehen?" erwiderte sie.

Jetzt sah sie mich nicht nur an, sondern forderte mich richtiggehend heraus. Ihre Augen waren von einer seltsamen Kühnheit. Sogar ihre Lippen. Man hätte erwartet, daß die Tatsache, daß sie ein Waisenkind war und ein ärmliches Leben führte, sie in ein willenloses und ängstliches Geschöpf verwandelt hätte. Alles andere als das. Je länger man sie ansah, desto stärker spürte man, daß sie eine große

Kraft und einen starken Willen besaß.

Mir fiel auf, daß nicht nur von ihren Augen, sondern auch von ihren Beinen eine starke Anziehungskraft ausging. Von der Fessel aufwärts, bis nach oben. Obwohl sie dünn war, habe ich noch nie so vollkommene Beine gesehen. Es ergab sich, daß das Sofa, auf dem wir saßen, so durchgesessen war, daß wir in ihm versanken, und das ließ ihren blauen Rock hoch über ihre Knie rutschen.

Wo sollte man zuerst hingucken? Auf die Lippen, die Augen oder die Beine? Ich fühlte, wie ich immer schwächer wurde, wie ich wie gelähmt war. Auf jeden Fall, als sie „wohin soll ich denn gehen?" sagte, fühlte ich mich absolut hilflos.

„Was soll ich jetzt darauf antworten?" überlegte ich.

„Was könnte ich ihr vorschlagen? Wo soll sie hingehen?" ...

„Keine Ahnung. Es wird sich schon was finden, irgendeine Arbeit, irgendwas wirst du schon finden ..."

Ich redete absoluten Unsinn. Warum hatte ich überhaupt so ein Gespräch angefangen?

„Ich möchte zuerst mit der Schule fertig werden und dann aufs Polytechnikum. Mir macht das Zeichnen Spaß. Vielleicht studiere ich Architektur. Arjyris ist gar nicht so schlimm ..."

Ich versuchte, sie vom Gegenteil zu überzeugen:

„Er hat sich Luis gegenüber aber gemein verhalten."

„Ja, gemein, das stimmt. Das habe ich ihm auch gesagt. Ich wußte es. ‚Das hättest du nicht tun dürfen' habe ich zu ihm gesagt."

Ich versuchte, ein wenig deutlicher zu werden, ihr etwas zu sagen, das sinnlich klingen würde oder ...

„Weißt du, ich kann mich noch daran erinnern, daß dich deine Mutter zu uns schickte und ich dir beibringen sollte, wie man einen Aufsatz schreibt."

Mehr konnte ich nicht sagen. Bis hierhin reichte mein Mut. Ich wollte noch hinzufügen: „Wie sehr hast du mir gefallen damals", aber ... Aber auch das war schon eine Art Geständnis.

„Ich erinnere mich gut an dich", sagte sie. „Ich ging damals in die erste Klasse des Gymnasiums. Was du mir zu dem Thema gesagt hast, das sie uns in der Schule aufgegeben hatten, gefiel mir ... Warte mal. Wie war das noch? Ach ja! ‚Ein Tag allein zu Hause.' Ja, das war's. Ich wollte schreiben, daß ich tausend Sachen machen würde, allen möglichen Unsinn. Doch du sagtest: ‚Nein, es ist zwar möglich, daß du das alles tun würdest, es ist aber auch möglich, daß du das alles nicht tun würdest. Denn wenn man plötzlich allein ist, entdeckt man, daß man nicht weiß, was man mit der ganzen Freizeit anstellen soll, die man plötzlich zur Verfügung hat. Schreib die Wahrheit'. Und das tat ich dann auch. Ich erinnere mich, daß der Lehrer mich ansah wie ein Wesen von einem anderen Stern. Der Aufsatz gefiel ihm. Ich bekam eine Eins. Ich habe nie wieder einen schlechten Aufsatz geschrieben."

Während sie sprach, kam mir ein Satz von Luis in den Sinn, den er vor langer Zeit gesagt hatte, als wir sie in einem Kino getroffen hatten. „Mensch Kostantis, sie ist in dich verliebt. Siehst du das nicht?"

Unsere Hände lagen auf dem Sofa nebeneinander und berührten sich beinahe. Während sie über Aufsätze redete und darüber, wie sehr sie von unseren Gesprächen beeinflußt worden war, dachte ich die ganze Zeit: „Soll ich sie anfassen oder nicht? Soll ich sie anfassen oder nicht?"

Luis machte mir aus der Küche Zeichen.

„Nix wie ran", bedeutete er mir. Und auf einmal berührte ich ihre Hand. Ganz sachte ... Sie brannte. Wie zart sie war! ... Schmal, nur ein Hauch, wie ein Spatz. Diese kleinen Vögel, die in eine Hand passen. Sie ließ es zu, doch gleichzeitig senkte sie ihre Augen. Als wenn sie sich schämte. Aber sie zog ihre Hand nicht zurück.

Ich fühlte mich, als stände ich unter Strom. Da ich meine Jacke ausgezogen hatte, konnte man sehen, daß sich meine Hose von innen wölbte. Ich erschrak und schämte mich. Ich versuchte mich auf etwas anderes zu konzentrieren, damit die Erregung nachließ, aber da war nichts zu machen. Solange der Kontakt bestand, war auch der Stromkreis nicht unterbrochen. Ich sah auch ihre Beine, erahnte ihre Brüste ... Sie trug keinen BH. Ihre Brüste waren klein, rund, wie Tennisbälle. Alles in mir war durcheinander. Ich wollte sie.

„Was mache ich jetzt?" überlegte ich. „Was mache ich jetzt?"

Um mir die Sache zu erleichtern, hatte Luis inzwischen ganz diskret die Küchentür geschlossen.

Meine Finger begannen ganz sachte, sich auf ihrem Handrücken zu bewegen. Es war schon fast ein Streicheln. Auch jetzt zog sie ihre Hand nicht zurück.

Dann wandte ich mich ihr zu, ohne lange darüber nachzudenken, und nahm ihr Kinn in die andere Hand, um ihren Kopf zu heben.

„Sag mal...

Ich redete nicht weiter. Als sie ihre Augen hob, nahm ich die Hand von ihrem Kinn und führte sie hinter ihren Rücken. Danach zog ich sie ganz vorsichtig an mich. Als wenn sie leicht zerbrechlich wäre. Nur daß in wenigen Minuten aus leicht zerbrechlichem leicht entflammbares Material wurde.

„Du gefällst mir, du hast mir immer gefallen", sagte ich.

Daraufhin streichelte sie mit ihrem Zeigefinger meine Lippen.

„Du lügst doch. Tassula hat dir auch gefallen und Urania auch. Deine Mutter hätte niemals zugelassen, daß wir uns sehen."

Sie bekam kaum ihren Satz zu Ende. Wir hörten, wie Luis draußen mit Ajisilaos sprach.

„Immer langsam, Langer", sagte er. „Warte, er macht gerade ein paar Hausaufgaben mit ihr."

Da fing Arjyris von der Toilette aus zu brüllen an. Er hielt es nicht mehr aus.

„Raus aus meinem Haus, sonst rufe ich die Polizei. Retsinas, du Null. Hast du gehört?"

Und er fing an, von innen gegen die Tür zu treten. Kaum hatte er

„du Null“ geschrien, stürmten Luis und Ajisilaos ins Zimmer. Wir saßen wie die Lämmchen auf dem Sofa. Sie gingen zur Toilette. Ajisilaos redete zuerst:
„Wenn du dich traust, komm raus. Mach auf, komm raus und stell dich der Polizei.“

Luis kam zu uns. Er sah uns an und war zufrieden. Ständig versuchte dieser Scheißkerl, mich aus der Rolle des „guten Menschen“ zu befreien. Er wollte mich „verderben“. Das war für ihn zur fixen Idee geworden. Er beugte sich zu Martha runter.
„Was hast du vor? Wirst du bei dem Schwein hier bleiben? Dann brauchst du mir nicht mehr unter die Augen zu kommen.“

Sie wandte sich zuerst mir zu, dann ihm.
„Ich weiß nicht“, sagte sie.

Ich spürte, daß der Moment gekommen war, in dem ich etwas sagen mußte, und ich sagte:
„Ich werde versuchen, meine Mutter zu überreden, daß du bei uns wohnen kannst, und dann sehen wir weiter. Vor allem mußt du jetzt erst einmal die Schule abschließen.“ Wieso sagte ich denn dieses „vor allem“? Ajisilaos meinte daraufhin sofort:
„Ich habe jedenfalls ein Zimmer frei. Ich wohne bei meiner Mutter. Ein ganzes Zimmer frei.“

Ohne etwas zu sagen, stand Martha auf und ging ins Nebenzimmer. Wir schauten uns verwundert an. „Was ist denn jetzt los? Wohin geht sie?“
„Wenn du zur Polizei willst, lasse ich dich gehen und werde dir nichts tun. Aber nur, wenn du uns auch wirklich anzeigst. Sonst lege ich Feuer und fackele dein Haus ab“, rief Luis Arjyris zu.
„Bist du verrückt, Mensch? Such doch den Journalisten, den Karalis. Ich habe es ihm bloß erzählt. Er hat die Sache an die Öffentlichkeit gebracht. Und zieh die Partei da nicht mit rein. Ich bitte dich, blamier mich nicht. Die Partei hat keine Ahnung von der Geschichte.“

Als der Dialog zwischen Luis und Arjyris beendet war, hatte Martha ihren Koffer gepackt. Als wir sie so in der Schlafzimmertür stehen sahen, mit dem Koffer in der Hand, konnten wir nichts sagen. Sie hatte sich auch eine Baskenmütze aufgesetzt. So habe ich sie immer in Erinnerung. Mit einer Baskenmütze. Mal blau, mal rot, mal schwarz. Als ich sie in der offenen Tür stehen sah, wie sie der Türrahmen umgab, glich sie einem Bild mit dem Titel *Frau mit Baskenmütze*.

Meine Beine fingen an zu zittern, ich war wie gelähmt.

„Sie wagt es abzuhauen! Schließlich hatte sie hier schon irgendwie eine Sicherheit. Ganz davon abgesehen bin ich mit dran schuld."

Sie kam auf mich zu.

„Nein Manolopulos, es ist nicht deine Schuld. Du brauchst auch nicht traurig zu sein."

Sie hatte meine Gedanken gelesen. Ajisilaos sah uns an. Schaute von einem zum anderen. Ich weiß nicht, ob er kapiert hatte, was genau vorgefallen war. Auf jeden Fall nahm er ihr, während wir anderen unsicher danebenstanden, den Koffer aus der Hand und sagte:

„Ich weiß nicht, was ihr vorhabt, aber bei mir ist Platz für sie."

Und ging raus. Diese Geste von Ajisilaos reichte, um Martha so zu rühren, daß es ihr nicht nur die Tränen in die Augen trieb, sondern sie auch den Entschluß faßte, ihm zu folgen.

Ich versuchte einen Moment lang, ohne die nötige Überzeugung, „Ich werde auch versuchen, zu Hause ..." zu sagen.

„Nein, ich gehe zu Ajisilaos, laß mal, ist schon gut", sagte sie.

Luis machte uns daraufhin Zeichen, daß wir vier uns lautlos wegschleichen sollten, damit Arjyris dort bleiben sollte, wo er hingehörte. Auf dem Scheißhaus. Besetzt ohne Besetzer. Er sollte nicht genau mitkriegen, wann wir abhauen.

Erst als wir zwei Häuserblocks weiter waren, hörten wir seine Stimme. Er rief nicht. Er brüllte.

„Martha! Martha!"

Nur ihren Namen rief er. Zum Glück kam gerade ein Taxi vorbei, und wir schafften es, alle drei mit dem Koffer einzusteigen, sonst hätte er uns noch erwischt.

Arjyris sah ich später wieder. Genau dreimal. Einmal auf seiner Hochzeit, dann nach seiner Hochzeit und zum Schluß auf seiner Beerdigung. Ich erfuhr nur, daß er irgendwann von der Partei ausgeschlossen worden war, wie Luis.

Im Taxi versuchte ich, Martha etwas zu sagen:

„Morgen werde ich wissen, ob ... ich werde es meiner Mutter sagen. Schließlich kann ich sie unter Druck setzen, ich werde ..."

Sie ergriff ganz zärtlich meine Hand.

„Ist nicht nötig. Es gibt keinen Grund, warum du dich mit meinen Angelegenheiten belasten solltest. Erst mal wohne ich bei Ajisilaos, und dann sehen wir weiter."

Auch wenn Luis Arjyris nicht verprügelt hatte, war er doch froh, ihm Martha weggenommen zu haben. Er hatte sich an ihm auf die schlimmste Art gerächt. Das war jedenfalls seine Erklärung dafür, daß er plötzlich in Lachen ausbrach.

„Da wird er nicht drüber hinwegkommen", meinte er und beruhigte sich mit diesem Gedanken.

Während der Taxifahrt fiel Luis ein, daß es besser sei, wenn Martha für einige Tage in einem Hotel wohnte, damit Arjyris sie nicht fände. Um die Spuren zu verwischen.

Wir brachten sie ins Hotel *Mykene* an der Miaoulis-Küste, in der Nähe der Bar von John Bowl. Erster Stock. Zimmer zwölf. Ajisilaos trug die ganze Zeit über den Koffer.

SECHSTES KAPITEL

LUIS' ERSTE EHE

„Belmondo in klein. Und mit dem weiteren Vorzug, daß er blaue Augen hat. Klare blaue Augen."

So wurde Luis von seiner ersten Frau Alice beschrieben. Wir, seine Freunde, erfuhren von seiner Hochzeit und seiner Tochter erst im Nachhinein, als viel Zeit verstrichen war und er schon wieder kurz vor der Scheidung stand.

„Ich wußte, daß wir mit diesem ‚Alice' Schwierigkeiten bekommen würden, Kostantis. ‚Alice' rief sie die Mutter, ‚Alice' der Vater ... Von Anfang an gefiel mir ihr ‚Alice' nicht. Ich nannte sie ‚Aleka' und die anderen ‚Alice'. Wenn sie sie wenigstens ‚Aliki' genannt hätten, das wäre ja noch gegangen. Aber aus Aleka Alice zu machen, das ging nun wirklich zu weit, das war lächerlich. ‚Ob Aleka, Aliki oder Alice, ist doch dasselbe' sagte ihr etwas beschränkter Vater.

Als Luis zu Maritsas Zeiten als Vertreter im Buchhandel zu arbeiten angefangen hatte, passierten zwei entscheidende Unglücksfälle in seinem Leben. Der erste war die Bekanntschaft mit Alice.

„Vetter, ich hatte damals Lolita im Kino gesehen, die sah genauso aus wie Alice. ‚Spielst du, hübsches Kind, im Kino die Lolita? fragte ich sie. Sie war verdutzt, Kostantis. Nein, sagte sie und lachte. ‚Das kann nicht sein, hübsches Kind, du mußt die Schauspielerin sein' ..."

Der andere Unglücksfall war sein finanzieller Ruin. Obwohl er innerhalb von vier Monaten fünfhundert Mal die Gesammelten Werke von Dostojewski und die von O'Neill in der Ausgabe des Gowostis-Verlages verkaufte, zusätzlich noch etwa zweihundert Kochbücher eines unbekannten Verfassers und noch viele andere Bücher, ging er trotzdem pleite. Ein großer Erfolg, aber er brachte ihm nichts, denn er schaffte es nicht, eine zweite Lieferung zu verkaufen; die erste sollte die letzte bleiben.

Es gab aber noch einen dritten Unglücksfall. Es mag zwar sein, daß er auch vor seinem Vetreterdasein gerne las, aber von da an wurde das Lesen zu einer Droge für ihn. Er konnte unmöglich irgendein Buch verkaufen, ohne es vorher gelesen zu haben. Er las sogar Kochbücher. Aus dem Grund leckt man sich auch die Finger nach Luis Gerichten. So kam er auch zum Meer; er arbeitete mal als Koch auf der *Elli*.

Auf jeden Fall entdeckte er sehr früh, daß selbst ein zweites Leben wahrscheinlich nicht ausreichen würde, um all die Bücher zu lesen, die er lesen wollte. Vermutlich ist auch dort der Grund für seine Abneigung gegen eine geregelte Arbeitszeit, ja, gegen jedwede Art von Abhängigkeit zu suchen. Wie konnte Luis die Lektüre eines Dostojewski unterbrechen, um zum Scheißministerium zur Arbeit zu gehen? Das war für ihn nicht einsichtig. Einer der Gründe, aus denen er seinen Hausmeisterposten aufgab, war nicht so sehr Kritsinis' Tod oder daß sie ihm das Leben schwermachten, sobald sein Gönner das Zeitliche gesegnet hatte. Sondern er haute dort ab, als sie ihn verpflichten wollten, diese verfluchten Stechuhren zu benutzen.

Damals fingen alle Ministerien an – eins nach dem anderen – Stechuhren einzuführen. Drei Tage hielt er es aus. Am vierten erschien er nicht mehr.

Vor Einführung der Stechuhren kam er ganz gut klar. Wenn er mal eine oder zwei Stunden zu spät kam, wickelte er seine Vorgesetzte, die aussah wie eine Hündin, um den Finger.

„Mein Augenstern, ich habe es einfach nicht geschafft."

Sogar das Verkehrsproblem hatte er als Ausrede angebracht, obwohl es damals dieses Problem noch gar nicht gab. Er hatte es vorausgesehen. Jedenfalls verzieh ihm seine „hündische" Vorgesetzte.

Ajisilaos sagte zu uns:

„Er macht uns da was vor, von wegen ‚Augenstern' und Verkehrsprobleme. Das wird kaum gereicht haben, um sie zu beruhigen. Laß dir von ihm keinen Bären aufbinden, Manolopulos. Glaub ihm nicht alles, was er sagt."

Er bestand darauf, daß Luis, dem bekanntlich nichts heilig war, seinem „Augenstern" die Äugelchen verdreht hatte und es ihr heftig besorgte.

Mir hat er es jedenfalls nicht sofort erzählt. Erst später. Er hatte zwar ein paar Mal geheimnisvoll gelächelt, doch ein volles Geständnis lieferte er mir erst viel später.

„Mensch, ich sage dir doch, glaub ihm nicht", wiederholte Ajisilaos.

Und so ist es wohl auch. Die Hälfte von Luis' Leben bleibt ein Geheimnis. Es gibt ganze Zeitabschnitte mit für uns unbekannten Ereignissen. Und es gibt viele Dinge in seinem Leben, von denen ein Freund weiß und ein anderer nicht. Zum Beispiel von der Geschichte mit dem Halbgriechen, Halbfranzosen, diesem Bertrand, dem er sich angeschlossen hatte und bei dem er als Fakir gearbeitet hatte, erfuhren wir erst sehr viel später.

„Ich sage dir, Manolopulos, der zeigt er's. Da kannst du aber Gift drauf nehmen. Ihr kleiner Schreibtisch hinten im Flur ächzt bestimmt ganz schön."

Die Dame war noch knackig. Ich lernte sie auch kennen, als ich Luis einmal vom Ministerium abholte.

„Meine Madonna, kann ich zwei Stündchen fehlen? Mich braucht mein Schriftsteller hier."

Er hatte angefangen, mich „Schriftsteller" zu nennen. Zu „Vetter" bzw. „Kostantis" kam jetzt noch „Schriftsteller". Die Dame ließ ihn selbstverständlich ziehen. Sie war um die vierzig, mit einem Gesicht, das tatsächlich aussah wie das einer Hündin. Sie hatte alle Merkmale einer Hündin: eine plattgedrückte Nase, ein schmales Kinn, eine schmale Stirn ... Wie eine Hündin eben, aber im Grunde sehr sympathisch. Ich weiß nicht, ob du dir schon mal Hundegesichter genau angesehen, in Hundeaugen geschaut hast ... Sieh sie dir genau an. Dann wirst du verstehen, was ich mit „sympathisch" meine. In Ordnung, es sind zwar nur Hunde, doch wenn du sie anschaust, wird dir warm ums Herz. Die Dame glich nicht nur äußerlich einer Hündin, sondern verhielt sich auch so. Ich hab' gehört, sie bellte sogar.

„Mensch, Luis, ich hoffe ja wohl nicht, daß du sie ..."

Er schaute mich an.

„Nein. Spinnst du?"

Als die Dame allerdings aufstand und ich sie auf den Ausgang zugehen sah, staunte ich nicht schlecht. Das war der Körper einer Tänzerin. Vollkommen. Waden, Hüfte, Becken! Gesicht und Körper waren zwei völlig unterschiedliche Dinge bei ihr. Von dem Moment an glaubte ich Ajisilaos. Ich sagte natürlich nichts zu Luis, aber ich war nun auch davon überzeugt.

„Der Mistkerl, der bumst sie. Da bin ich sicher."

Jedenfalls munkelt man, daß die Dame einen Sohn von Luis bekam, der aber früh starb. Und nicht nur das. Sondern sie soll ihn noch, als er längst nicht mehr im Ministerium arbeitete und später, als auch sie schon in Rente war, unabhängig davon, ob er gerade verheiratet war oder nicht, immer ausfindig gemacht und sich mit ihm getroffen haben. Es hieß, daß er der Mann ihres Lebens war. Sie machte ihn ausfindig, rief ihn an und bekniete ihn, sie zu besuchen.

„Und ... geht er jedes Mal hin?"

Ajisilaos war sich seiner Sache ganz sicher.

„Natürlich."

Zum Schluß beschrieb er uns eine Begegnung zwischen der Dame und Luis, die er aus nächster Nähe verfolgt hatte, als Luis ihn einmal zu einem Besuch mitgenommen hatte.

„Aber ich mußte schwören, daß es niemand von euch erfährt."

Sie wohnte in einer riesigen Wohnung im teuren Kolonaki-Viertel, zusammen mit ihrer Mutter, einer querschnittsgelähmten achtzigjährigen Alten.

„Kinder" – selbst als wir erwachsen waren, nannte er uns noch „Kinder" –, „die Wohnung ist das reinste Mausoleum. Alles dunkel und finster. Die Wände, die Möbel, die Gardinen, die Bilder, die Fußböden, alles ist in braun und schwarz gehalten. Ein riesiger Korridor, und von beiden Seiten gehen überall Türen ab. Aus Mahagoni. Nirgends sieht man Glas. Nur Holz. Altbau, mit hohen Decken. Die Wände fast nackt. Ein paar Gemälde – die meisten mit lauter Bergen und Bäumen – ein paar Möbel, ein paar Gegenstände. Die Bücherregale fast leer. Das einzige, was man sieht, sind ausgestopfte Vögel. Und nicht nur dort. In der ganzen Wohnung. Überall ausgestopfte Vögel. Von ihrem Vater. Der war Jäger. Er erlegte sie, und dann stopfte er sie aus. Seine Leidenschaft. Er malte auch. Von ihm waren die Gemälde mit den Bäumen. Ihre Mutter schenkte uns keinerlei Beachtung, als wir reinkamen. Sie machte demonstrativ in ihrem Rollstuhl kehrt und fuhr weg! Mit lautem Quietschen. Verrostet und lange nicht geölt. Irgendwo am Ende des Korridors bog sie ab. ‚Das müssen irgendwelche heruntergekommenen Aristokraten sein, irgendwelche ehemaligen Von und Zu ...', dachte ich. Nachdem wir vorgestellt worden waren und die üblichen Floskeln ausgetauscht hatten, ließen sie mich im Wohnzimmer zurück. Sie, die Dame, wie ich sie so im Halbdunkel sah, schien den hündischen Gesichtsausdruck verloren zu haben. Sie hatte sich so stark Gesicht, Augen und Mund geschminkt, daß ich den Eindruck hatte, ich sei in einem Theater. Ihre Art aufzutreten – sie kam durch lila Vorhänge, die das Wohnzimmer vom Eßzimmer trennten – verstärkten meinen Eindruck noch. Wirklich, sie sah aus, als ob sie eine Maske trüge und von der Bühne käme. Ich hatte mal in Epidaurus eine Vorstellung mit englischen Schauspielern gesehen ... Sie sah genauso aus wie Klytämnestra aus dem Stück. Jedenfalls herrschte eine drückende Atmosphäre. Ihr Körper war geschmeidig, hochgewachsen, stolz. Die reinste Klytämnestra. Ihr Hauskleid war das einzige, was weiß war. Und das dunkelste waren ihre Strümpfe. Pechschwarz, Netzstrümpfe, nuttig. Dann hörte ich wieder das Quietschen ... als ob sich Eisen auf drehenden Rädern rieb. ‚Ihre Mutter fährt wohl auf dem Korridor herum‘ dachte ich.

‚Mein Augenstern, warum ziehst du denn deine Gardinen nicht zurück und läßt ein bißchen Licht rein? Warum lüftest du denn deine Wohnung nicht?‘ fragte Luis sie. Und da, Freunde, sah ich plötzlich Spinnen an der Decke. Überall waren Spinnen. Als hätte sie sie bewußt hängen lassen, zur Verzierung. So gut paßten sie zu der ganzen Einrichtung. Sie bot mir Schokolade und etwas zu trinken an. Ich kriegte nichts runter. Sie, die Dame und Luis, gingen weg. Sie gingen durch den Bühnenvorhang und waren verschwunden. Ich hörte, wie sich eine Tür hinter der Bühne schloß. Ich blieb stehen. An den Wänden hingen ein paar Familienfotos. Und ein eingerahmtes Juradiplom, „sehr gut“, mit ihrem Namen. Persefoni Dertili. So hieß sie. Dertili. Plötzlich spürte ich die Anwesenheit einer anderen Person im Wohnzimmer. Ich drehte mich um, und wen sah ich? Ihre Mutter, im Rollstuhl, zwischen Korridor und Wohnzimmer. Sie bewegte sich nicht, sah mich nur an. ‚Scher dich doch zum Teufel, Alte‘, wollte ich gerade sagen. Mir wurde schlecht bei ihrem Anblick. Sie hatte sich auch noch lauter Kolliers umgehängt und ein ganz kleines Medaillon mit einem Foto. Sie schaute mich eindringlich und drohend an. Ich wollte mich ihr nähern. ‚Wie geht es Ihnen', sagte ich aufs Geratewohl zu ihr. Da hörte man, fast im selben Moment, von weitem so etwas wie Stöhnen, ein langgezogenes aaah ... ‚Aha, der Saukerl, er ist gleich zur Sache gegangen. Jetzt vögelt er sie' dachte ich. Als das Stöhnen zu hören war, verschwand die verrückte Alte. Sie machte in ihrem Rollstuhl kehrt und war verschwunden.

Gerade als ich nicht mehr wußte, was ich machen sollte – ob ich weggehen oder bleiben sollte – war Persefonis Stimme erneut zu hören, jetzt anhaltender. Die Leere der Wohnung und die hochgezogenen Decken brachten sie mir verstärkt näher, als ob der Laut aus einem Lautsprecher käme. Freunde, ich kam mir vor wie in einem Krimi. Und dazu noch die wertvollen Klunker der Alten! Der Fall war klar. Ich zählte so etwa zehn Ketten an ihrem Hals. So kommt es dann zu Verbrechen. Solche Leute provozieren das ja geradezu. Als Persefoni zum dritten Mal stöhnte, machte ich mich auf und schloß die Tür hinter mir, überquerte die Bühne, öffnete ganz vorsichtig eine weitere Tür und kam endlich an die letzte Tür. Da kam das Stöhnen her. Sicher waren dahinter Luis und sein ‚Augenstern' zugange. Jetzt, wo ich einem solchen Schauspiel schon so nah war, sollte ich mich da etwa nicht bücken, um ein wenig zuzuschauen? Zu meinem Unglück sah man vom Schlüsselloch aus nicht den ganzen Raum, sondern gerade so eben die Hälfte. Das halbe Zimmer, das halbe Sofa. Darauf bäuchlings die halbe Persefoni – soviel konnte ich von ihr erkennen, von der Hüfte an abwärts – mit ihren schwarzen Strümpfen, ihr weißes Hauskleid hochgerutscht und hinter und über ihr der halbe Luis – soweit ich erkennen konnte – mit halbheruntergelassener Hose und Unterhose. Die war blauweißgestreift. Und wie er an ihrem Hintern rauf und runterging und stöhnte. Wie eine Dampfmaschine an einer Steigung. Das fehlte noch, daß er mittendrin den Geist aufgab. Ich sage euch, schlimmer als eine Dampfmaschine. ‚Das war's, der wird auch nicht jünger', dachte ich. Persefonis Stöhnen wurde immer lauter. Leute, ich schlackerte mit den Ohren. Ich war aufs Äußerste erregt. Unglaublich. Letzten Endes stellen sich diese Aristokratinnen, die so tun, als wenn sie vom Tuten und vor allen Dingen vom Blasen keine Ahnung hätten und den Eindruck erwecken, als seien sie über jeden Verdacht erhaben, als die Schlimmsten heraus, sobald ihnen ein armer Schlucker in die Arme läuft, so wie jetzt Luis oder irgendein gutaussehender Knabe aus den ärmeren westlichen Vierteln ..."

Ajisilaos redete und redete, und wir waren bei seinen Schilderungen alle ins Träumen geraten.

„Und – wo waren wir stehengeblieben? Ach ja, im entscheidenden Moment, als ihr Gestöhne seinen Höhepunkt erreicht hatte, merkte ich, wie mir etwas die Finger leckte, denn ich kniete ja auf dem Boden. Ich erschrak so sehr, daß ich aufsprang. Es war eine Katze, natürlich auch schwarz, die sich an meinem Arm gerieben hatte. Sie vermieste mir den besten Moment. Bevor ich mich wieder gebückt hatte, hörte man ein leises Stöhnen, das aber woanders herkam. ‚Ihre Alte', dachte ich, ‚die spannt bestimmt auch.' Ich lief los, um nachzusehen, aber dann bereute ich es und kehrte zum Schlüsselloch zurück. Allerdings umsonst. Sie waren fertig. Ich sah nur noch Luis dastehen und sie vor ihm knien und ihm mit einem Handtuch unendlich zärtlich seinen Schwanz abwischen, so wie Mütter ihre Kinder abtrocknen. Zärtlich und vorsichtig. Von weitem war wieder das Quietschen der Alten zu hören. Wenn ich euch sage, daß ich mich wie in einem Krimi fühlte, könnt ihr mir ruhig glauben. Katzen, Dunkelheit, Bühnenvorhänge, die verrückte Alte, Spinnen, ausgestopfte Vögel. Nur der Mörder fehlte noch. Und wenn man dann noch die Kolliers der Alten hinzunahm, hatte man das Verbrechen auf dem silbernen Tablett. ‚Bring sie um und kauf dir dein heißersehntes Auto. Du befreist damit auch Persefoni von ihrem Hausgeist'. Ich ging nicht weg. Ich hörte Geflüster, Schluchzen und Weinen. Sie saßen jetzt beide auf dem Sofa. Über ihr hing das Foto von einem Admiral mit Schnurrbart.

Sicher ihr Vater, der die Vögel tötete und ausstopfte. Plötzlich stand sie auf und verschwand aus einem Blickfeld. Luis knöpfte seine Hose zu. Innerhalb von einer Minute war die Dame wieder zurück und setzte sich neben ihn. ‚Dein Freund vielleicht? ...‘ , fragte sie ihn, während sie aus der Tasche ihres Hauskleides ein Bündel Geld herausholte und ihm gab. Ehrlich, ein Bündel mit Tausendern. Er bedankte sich noch nicht mal. Er stopfte es in seine Tasche, als ob es sein Gehalt wäre ... Aber wirklich viel Geld, nicht ein, zwei Tausender, was sozusagen der normale Tarif gewesen wäre. Dann wandte sie sich ihm ganz zu, nahm sein Gesicht in ihre Hände und zwang ihn, sie anzugucken. Sie weinte lautlos. Ihr liefen einfach so die Tränen runter. So sehen wohl Krokodilstränen aus. Am Schluß fing sie an, Unsinn zu reden: Er solle sie heiraten, sie hätte nicht mehr lange zu leben, da sie schwerkrank sei, er solle nicht dumm sein, sie wolle ihren Nichten und Neffen nichts vererben, weil die mies zu ihr seien, vielleicht wollten sie sie sogar umbringen ... Lauter so einen Mist. Ich war drauf und dran, ihr aus meinem Versteck heraus zuzurufen: ‚Wenn du nicht willst, daß dich deine Nichten und Neffen beerben, dann verfasse doch ein Testament auf Luis' Namen und hör auf zu heulen. Komm doch raus mit der Sprache: Kaufen willst du ihn dir‘."

Im Freundeskreis rechneten wir uns später aus, wie hoch wohl die Mitgift der Dame war. Allein das Eckhaus in der Tsakalofstraße war zwanzig Millionen wert. Nicht gerechnet der Pinienhain in Kastri, dann die Anagnostopulou, dann das Geschäft in der Egnatiastraße. Ganz zu schweigen von Guthaben und Renten. Ihre eigene und die ihres Vaters ...

Als Ajisilaos, der sich ganz offensichtlich nicht an seinen Schwur hielt, den anderen von der Hochzeit und dem Testament erzählt hatte, stürzten sich alle auf Luis:

„Heirate sie, Mann, du Dickschädel. Was hast du zu verlieren? Du bumst doch schon mit ihr ... Wenn sie sowieso schon dein Sperma abgekriegt hat, kann dir doch gar nichts passieren! In Ordnung, sie ist älter als du. Na und? Bring sie dazu, dir die Tsakalof noch zu Lebzeiten zu überschreiben und ruh dich dann auf deinen Lorbeeren aus!"

Ajisilaos versuchte mit allen Mitteln, ihn zu überreden. Er glaubte, daß Luis nur so auf einen grünen Zweig kommen würde und mit ihm zusammen dann auch wir. Sie schmiedeten einen Haufen Pläne, wollten eine Weberei, eine Spinnerei aufmachen. Das war in letzter Zeit Ajisilaos' fixe Idee. Bei der Behörde zu kündigen und eine Spinnerei aufzumachen.

Ich hörte ihnen zu und lachte. Ich wußte, daß sie sich umsonst bemühten. Sogar Arjyris ließ sich langsam wieder blicken, als sich die Nachricht verbreitet hatte. Er hatte eine kleine Firma aufgemacht, die mit Industriekühlschränken handelte, und es fehlte ihm nur etwas Kapital, „um es sogar mit Apostolou aufzunehmen."

Luis ließ sie einfach reden. Glaube ich jedenfalls. Ich glaube nicht, daß er je ernsthaft in Versuchung war, nachzugeben. Jedenfalls schäumte Ajisilaos vor Wut:

„Du elender Dickschädel", sagte er, „du machst ihr offensichtlich lieber den Gigolo, besorgst es ihr für ein paar müde Tausender, und willst dasselbe nicht für Millionen tun?"

Er konnte es nicht fassen. Ungefähr ein halbes Jahr hielt sich die Aufregung über dieses Thema im Freundeskreis.

„Die Frau ist steinreich. Was kann denn schon passieren? Du bestiehlst sie doch nicht."

In der Zwischenzeit hatten sie alles über Persefonis Gesundheit in Erfahrung gebracht. Sogar ihren Todestag wußten sie schon. Sie hatten ihre Ärzte ausfindig gemacht, Krankenschwestern geschmiert, um an Kopien der Untersuchungsergebnisse zu kommen. Es lag alles auf der Hand. Das Herz der Dame hatte tatsächlich ausgedient. Da gab es kaum noch was, was richtig funktionierte. Sie hatte massive Durchblutungsstörungen und deshalb alles von Atemnot bis zu einer Entzündung des Herzmuskels.

„Sie wird dir im Bett eines Tages noch unter der Hand wegsterben, bevor du sie geheiratet hast. Es kann sogar passieren, daß du dann des Mordes verdächtigt wirst.“

Die Aufregung wurde zur Panik, als ihre Mutter abkratzte, das „Gespenst“. Denn das bedeutete, daß sich die Immobilienwerte von Persefoni verdoppelten.

Nach der Beerdigung ihrer Mutter, auf der wir alle waren, wie man bei der Gelegenheit bemerken sollte, fand die schwerwiegendste Konferenz des Freundeskreises statt. Zwölf insgesamt. Sie hatten sich so hochgeschaukelt, daß Ajisilaos sich zu der Bemerkung hinreißen ließ: „Entweder er heiratet sie oder ich spreche kein Wort mehr mit ihm. Er hat ja schon Starallüren. Vor lauter Hochmut verpaßt er die beste Chance seines Lebens.“

Er wollte ihn unbedingt retten, zur Not mit Gewalt. Ich hatte ein, zweimal an diesen qualvollen Konferenzen teilgenommen. Heute wäre Luis wahrscheinlich realistischer da rangegangen. Damals amüsierte er sich fast über die ganze Sache. Er verhielt sich so, als ob sie ihn überhaupt nicht beträfe.

„Luis, warum läßt du Persefoni in dem Glauben, daß du darüber nachdenkst? Wo du es doch sowieso nicht tun wirst, warum läßt du sie...?“

Er lachte.

„Vetter! Soll ich dir mal was sagen? Mir gefällt die Idee. Ich würde sie glatt heiraten, sie scheint es ja zu wollen, aber am Schluß, das ist sicher, werden wir uns streiten, und Geld werde ich nicht kriegen. Ihre Nichten und Neffen werden es bekommen. Für wen hältst du Persefoni denn? Laß sie reden. Sie ist immer noch die Tochter ihrer Mutter. Sie gibt, um zu nehmen. Ich lasse alles besser so, wie es ist. Immer wenn mir das Taschengeld ausgeht, spielt das Mädchen die Samariterin.“

Diese altmodischen Worte, die Luis manchmal benutzte, sie gefielen mir gut.

„Warum, lieber Kostantis, soll ich die Geschichte abbrechen? Allein schon die schwarzen Netzstrümpfe. Wenn sie so auf dem Bauch liegt und diese Strümpfe anhat, ist sie der reinste Wahnsinn. Im Grunde genommen fühlt sie sich doch einsam, ein zwei liebe Worte, schöner Sex ...Was will ich mehr? Wenn wir verheiratet wären, würde sie mich im hohen Bogen rauswerfen, wenn ich mal was tun sollte, was ihr nicht paßt. Was bringt das Heiraten also?"

Er hatte recht. Schließlich zerbrach die Beziehung an etwas, das keiner erwartet hatte. Niemand ahnte was, bis wir eines schönen Morgens eine Hochzeitsanzeige in der Zeitung lasen. Sie heiratete Arjyris und seine Kühlschränke.

„Habe ich es dir nicht gesagt, Kostantis? Sobald Geld ins Spiel kommt, kannst du alle vergessen. Warte mal ab, wie es weitergeht."

Ajisilaos war noch direkter:

„Was habe ich dir gesagt, Manolopulos? Die Dame ist die reinste Schwanzkäuferin. Kaum merkt sie, daß Luis sich ihr nicht verkauft, hat sie sich einen anderen armen Typen gekauft. Sie ist halt das Kaufen gewohnt. Ganz zu schweigen von Arjyris, der sich prostituiert."

Natürlich wurde keiner von uns Freunden zur Hochzeit eingeladen. Und als sie uns dann alle zwölf uneingeladen an den Kirchenstufen des Hl. Dionyssios im Kolonaki-Viertel stchen sahen, wurden sie ganz gelb im Gesicht, kam ihnen die Galle hoch. Sie wurden beide krank. Zum Gottesdienst war auch die Polizei gebeten worden. Es ging das Gerücht um, daß ihre Nichten und Neffen mit dem festen Entschluß gekommen waren, sie aus der Entfernung vor Vollzug der Hochzeit wie Kennedy niederzuschießen, damit Arjyris sie nicht als ihr Ehegatte würde beerben können.

Obwohl sie so entkräftet war, stand Persefoni die Trauung durch. Wir hatten eigentlich damit gerechnet, daß sie mit ihrem schwachen Herzen noch vor Ort das Zeitliche segnen würde. Aber sie hielt auch die Hochzeitsnacht und die ganze Hochzeitsreise noch durch. Arjyris hatte sich Singapur als Reiseziel für die Hochzeitsreise ausgedacht.

„Man lebt schließlich nicht ewig."

Singapur war der Traum seines Lebens. Wo zum Teufel hatte er sich einen so fernen Traum aufgegabelt?

Mitten im *Tanz des Jesaja*[27] raunte uns Ajisilaos zu:
„Der Dicke hätte sich eine Sklavin bestellen sollen, die ihm Luft zufächelt. Er wird platzen. Aber wahrscheinlich wird seine Todesursache ja sowieso das Platzen sein, jetzt, da er immer gut zu essen hat."

Letztendlich ist er nicht am Platzen gestorben. Sondern am Aufstoßen. Wirklich. Manche Leute stoßen auf und fühlen sich erleichtert, und er stieß auf und gab den Löffel ab. Es muß so im sechsten oder achten Jahr gewesen sein – ich erinnere mich nicht genau – als er richtig dick geworden war, da saß er eines Tages – es war auch noch Freitag der dreizehnte, und stell dir vor, er war nicht abergläubisch – in einem Schaukelstuhl und trank seinen Whisky aus Böhmischem Kristall. Da kam ihm das Bedürfnis aufzustoßen, und genau in dem Moment, in dem er seinen Mund öffnete, starb er, in der Stellung, sitzend, regungslos, komisch. Die Anwesenden lachten sogar. Sie dachten, daß er einen Witz machen wollte. Erst als er vornüber auf den Boden fiel, merkten sie, daß das kein Scherz war, daß er keine Witze machte.

Bei seiner Beerdigung waren wir alle zwölf wie bei seiner Hochzeit wieder anwesend. Persefoni war die reinste Marlene Dietrich. Ihr Körper wurde einfach nicht älter. Wenn man sie so sah, mit dem Trauerschleier vor ihrem Gesicht und schwarz – schwarz stand ihr von jeher gut – und wenn man ihre Waden sah, dann bedauerte man Arjyris, der das alles verlor. Er wurde mit zwei Grabreden verabschiedet: Eine hielt ein kleiner potthäßlicher Sprecher der Industrie und eine ein Vertreter der Partei, da Arjyris nach seiner Hochzeit wieder in die Partei aufgenommen worden war.

Ajisilaos neben mir konnte sich wieder mal nicht benehmen und machte einen seiner groben Scherze:
„Jetzt ist Luis wieder dran."

Und damit behielt er tatsächlich recht. Selbst heute noch, wie ich

erfahren habe, besucht er sie ab und zu. Zweimal, sah ich ihn die Omirustraße hochgehen, und er ging beide Male zu ihr. Ich sprach ihn nicht an, sondern heftete mich an seine Fersen. Er ging die Omirustraße geradeaus, die Treppen hoch, bog rechts ab und kam an der Anagnostopulustraße an ihrem Haus raus. Das dritte Mal, als ich ihn wiedersah und er gerade auf die Klingel drücken wollte, sprach ich ihn an. Er drehte sich um:
„Ach, Vetter, denk nichts Böses. Die Frau ist einsam. Sie ist fast sechzig. Auch wir werden nicht gerade jünger.“ Er zeigte mir seinen Kopf. Ein paar Haare waren ihm rundherum geblieben, schon fast weiß.

Jedenfalls schaffte es Persefoni auch jetzt nicht, ihn zu kaufen. Als sie ihn einmal in Perama in seiner Baracke besuchte, traute sie ihren Augen nicht. Während er bei ihr wie ein Fürst hätte leben können, zog er das Elend vor.

Doch laß mich zu Luis' und Alekas Ehe zurückkehren. Eine Ehe, die etwa zwei Jahre hielt; ich bin mir nicht ganz sicher. Irgendwann im dritten Jahr verließ sie ihn plötzlich, wenn ich mich recht erinnere, in Epidaurus, damals, als Luis jenen seltsamen Clown Bertrand traf. Er versuchte nie, Kontakt mit ihr aufzunehmen. Als ihre Rechtsanwälte ihn endlich aufstöberten und ihm die Scheidungspapiere zur Unterschrift vorlegten, hatte er nicht nur nichts dagegen einzuwenden, sondern bedankte sich auch noch bei ihnen.
„Schließlich hat sie um meine Hand angehalten, also hat sie auch das Recht, die Scheidung von mir zu verlangen.“

Und das war nicht gelogen.

Aleka, die damals verrückt nach seinen blauen Augen war, „Belmondo in klein“, nach seinen Scherzen und seiner unkonventio-

nellen Art, kaufte ihm immer alle Bücher ab, die er ihr als Buchvertreter brachte.
„Und dieses hier, Cousine, und jenes, Cousine. Nimm sie. Die Bücher tun gut, sind gesund, voller Vitamine."
„Ha, ha, ha, ha!" lachte sie und kaufte! Denk dir, viel später entdeckte er, daß er ihr zweimal die Gesammelten Werke von Dostojewski und von O' Neill verkauft hatte. Sie hatte natürlich nicht mal reingeguckt. Nicht einmal! Noch nicht mal in das Kochbuch. Erst als Luis eines Tages feststellte, daß sich Alekas Schulden auf über zwanzigtausend Drachmen beliefen, ein unglaublicher Betrag zu jener Zeit, erst dann wurde ihm der Ernst der Geschichte bewußt.

Vor allem aber erschrak natürlich der Großbuchhändler, der sah, wie sich die unbezahlten Raten in unglaublicher Geschwindigkeit vermehrten und in schwindelerregender Höhe bewegten, und danach erst Luis:
„Cousinchen, wie sieht's aus? Kannst du nicht bei deinem Papa ein bißchen Knete lockermachen?"

Doch die Cousine war von Natur aus ungezogen und äußerst dreist, „sie ist die reinste Lolita, Kostantis. Die ganze Zeit kaut sie Kaugummi." So antwortete sie ihm auch an jenem Tag mit einem Kaugummi im Mund:
„Heirate mich, dann sind wir quitt. Einverstanden?"

Luis, für den alles in dieser Welt ziemlich normal war, willigte ein.
„Einverstanden", sagte er nur.

Ihre Eltern hätten ihn natürlich lieber umgebracht, als ihm ihre Tochter zu geben. Dummerweise war sie auch noch ihr einziges Kind. Wie sollten sie sie von der Idee mit der Hochzeit abbringen, ohne sie zu verstimmen?

Nach ihrem dritten Selbstmordversuch nahmen sie ihren „Belmondo" bei sich auf.
„Ich mußte zu ihr nach Hause gehen und um ihre Hand anhalten, Vet-

ter. Ich kaufte einen Blumenstrauß und zog los. Um Eindruck zu schinden, hatte ich die längsten, dicksten, aber auch die billigsten Blumen ausgesucht. Gladiolen mit einem Meter langem Stil. Zweimal hätte ich der Mutter beinahe die Augen ausgestochen. Ich hatte noch nie Eltern gesehen, die so sehr von ihrem Schwiegersohn in spe angewidert waren. Vor allem der Vater."

Luis ging zusammen mit seiner Schwester zur Verlobung. Sein Alter war sich so sicher, daß Luis nicht heiraten würde – wie es mit Evjenia geschehen war – daß er dachte, es lohne sich nicht hinzugehen.

Jedenfalls müssen ihre Eltern, als sie Luis näher kennenlernten, von einer Ohnmacht in die andere gefallen sein.

„Wissen Sie, lieber Herr Antypas, als Ihre Tochter mich bat, sie zu heiraten, habe ich ohne jegliche Bedingungen zugesagt. Weder eine Wohnung noch Bargeld habe ich von ihr verlangt."

Antypas war erst einmal sprachlos, dann wurde er puterrot, wie frische rote Bete, und danach sagte er:

„Meine Tochter hat dich gebeten, sie zu heiraten, sagst du? Du hast die Dreistigkeit und sagst solche ... solche? ..."

Er suchte nach den passenden Worten und fand sie nicht. Aleka, die gerade den Kaffee kochte, lachte schallend. Sie liebte Luis' Grobheiten, die den Zuhörer peinlich berührten. Sie sprang Luis bei und erklärte:

„Manolis wollte eigentlich nur sagen, daß er mich nicht wegen meines Geldes heiratet, Papachen."

Später schimpfte sie ihren „Belmondo" natürlich hundert Mal einen Schwachkopf, daß er weder Geld noch Wohnung gefordert hatte. Jedenfalls vermied es der Papa als fanatischer Geizhals, seiner Tochter eine Mitgift zu geben.

„Wir werden zu gegebener Zeit noch sehen, ob er dich nur wegen deines Geldes geheiratet hat."

Die Angebote des Schwiegervaters waren konkret und deutlich.

„Ich werde dich in der Goldschmiede anstellen“ – er hatte nämlich eine eigene Goldschmiede – „damit du erst mal das Handwerk lernst. Gib den Job mit den Büchern auf. Bücher haben keine Zukunft. Ohne festen Standort wird man kein Kaufmann.“

Natürlich machte Luis ihm nichts vor. Er sagte ihm schon, daß er etwas höhere Ziele verfolgte und erzählte ihm von seinem schon erwähnten Traum, von der außergewöhnlichen Kneipe. Danach erzählte er ihm vom Meer, von den Seemannspapieren ... Mit einem Wort, er ließ durchblicken, daß er nicht zu sehr auf Luis als Goldschmied setzen sollte.

„Du willst einen Verrückten heiraten, Alice, das sollte die klar sein. Wo gibt's denn so was! Da biete ich ihm an, Teilhaber in so einem Geschäft zu werden und er scheißt drauf!“

Ihre Mutter, Frau Chrysanthi, regte das Benehmen ihres Mannes auf.

„Panajotis, was für Ausdrücke benutzt du, was sind denn das für Worte?“

Aber Panajotis, völlig außer sich, fuhr unbeirrt fort: „Natürlich scheißt er auf mich, wie soll ich es denn sonst ausdrücken, Chrysanthi? Du hast ihn doch gehört. Er scheißt auf mich. Ich biete ihm eine sichere Arbeit an, und er sitzt da und erzählt mir was von Kneipe und Meer und lauter solchem Schwachsinn.“

Frau Chrysanthi hatte jedenfalls eine bessere Meinung von Luis. Sie fand ihn sympathischer. Er gefiel ihr; sie fand ihn amüsant. Sie hatte andere Vorstellungen von seiner Zukunft: „Soll er doch erst mal Abitur machen, zwei Klassen müßte er nur noch schaffen, dann könnte er Jura studieren. Wir kriegen ihn da ohne Aufnahmeprüfungen rein. Papaliguras ist ein Freund deines Onkels. So geht zumindest seine Redegewandtheit nicht verloren. Er ist schlagfertig und intelligent.“

Sie hätte ihn fast überzeugt. Wirklich. Wenn sie sich nicht so schnell getrennt hätten, wäre Luis in den Genuß des Abiturs gekommen. Die Hochzeit wäre beinahe nicht vollzogen worden, denn der Buchhändler, der Luis' Grossist war, erschien uneingeladen bei der Verlobung. Das Verlobungsdatum fiel mit dem Datum zusammen, an dem der Buchhändler anfing, Luis zu verfolgen. Ich glaube, daß sie sogar heute noch wegen dieses unerklärlichen Bankrotts vor Gericht sind, denn der clevere Buchhändler war von Luis' Fähigkeit, mit Leichtigkeit Bücher in Tausenderhöhe an den Mann zu bringen, begeistert gewesen und hatte ihm tonnenweise Gesammelte Werke großer Meister übergeben.

Luis konnte den Buchhändler jedenfalls nie leiden. Ständig gab er ihm Karteikarten, ließ ihn Unterschriften leisten und Geschäftsbücher führen.

„Mein Gott, Herr Sowieso, die Bürokratie hat's dir ja ganz schön angetan. Papiere, Papiere und nochmals Papiere, mein Gott."

Niemals nannte er ihn Vetter oder bei seinem Namen, Herr Chatsaras. Er nannte ihn immer Herrn Sowieso. Jeden, den Luis nicht besonders leiden konnte, nannte er Herrn Sowieso.

„Was für ein Idiot das ist, ist es denn möglich, daß er sich mit Büchern beschäftigt und dabei so eine Krämerseele ist? Er ist pedantisch, zählt ständig und schreibt auf. Er hat noch nie in ein Buch reingeguckt. Von morgens bis abends sitzt er da im Keller hinter seinem schäbigen Schreibtisch aus Metall. Augen, Herz und Beine sind dabei schon draufgegangen. Der Idiot hat sich kaputtgemacht."

Wir waren uns alle sicher, daß Luis ihm niemals eine Drachme geben würde. Seit er ihn aufs Korn genommen hatte, war Herr Sowieso dazu verdammt, Luis kennenzulernen, und er lernte ihn kennen.

Niemand weiß und wird je erfahren, ob die Käufer ihre Raten nicht bezahlt hatten oder ob Luis die Raten der Käufer einfach unterschlagen hatte. Anfangs sagte Chatsaras, daß er ihm verzeihen würde, wenn er zumindest die Karteikarten der Kunden herausrücken würde, damit er selbst die Raten einkassieren könnte.

Natürlich tauchten die Karteikarten nie auf. Sie sind irgendwo verlorengegangen, oder Aleka hat sie weggeworfen, als sie außer sich vor Wut aus Epidaurus zurückkam.

„Lassen sie mich in Ruhe, ich habe nirgendwo Karteikarten gesehen. Da wird der Nichtsnutz wohl irgendwo anders geschlafen und die Karteikarten dort vergessen haben."

Jedenfalls ging es mit Herrn Sowieso seit dem Tag bergab, an dem er gerichtliche Schritte gegen Luis unternommen hatte. Dieser Geizhals, der jeden Zehner umdrehte und dem nicht mal sein Leben – das vor allen Dingen – mehr wert war als das Geld, vernachlässigte wegen des Rechtsstreits mit Luis nach und nach sein Unternehmen: Er ließ sich weder neue Ware liefern noch ergänzte er die alte. Nicht mal um seine Angestellten kümmerte er sich besonders, die Geld zu unterschlagen begannen. Luis' Untergang wurde schließlich zu seinem einzigen Lebensinhalt. Er vernachlässigte die Buchhandlung total, verlor eine Verlobte, fuhr eine alte Frau mit dem Auto an, was ihn teuer zu stehen kam, und steckte aufgrund seiner Zerstreutheit sein Wochenendhaus buchstäblich in Brand. Es passierten ihm unglaubliche Dinge. Natürlich schaffte er es nicht, Luis' Hochzeit zu vereiteln, auch wenn er es versuchte. Er sagte die schlimmsten Dinge über Luis zu Alekas Vater. Er bezeichnete ihn als Menschenschieber, Haschfreak, Schwuler, Zuhälter und was es an bösartigen Bezeichnungen sonst noch so gibt.

„Lieber Herr Antypas, retten Sie ihre Tochter. Dieser Typ ist das allerletzte. Man kann von Glück reden, wenn er sie nur auf den Strich schickt. Ein unverbesserlicher Kommunist. Wie die Lernäische Schlange[28], aber der kommt nicht weit, ich werde ihn zerschlagen."

Doch als herauskam, daß ihre Alice im vierten Monat schwanger war, konnten sie nicht mehr zurück. Weder ihre christlichen Prinzipien noch die öffentliche Meinung erlaubten eine derartige Schande. Nach einer dramatischen Besprechung der Lage entschied sich das Ehepaar Antypas für die Hochzeit.

„Nein, Chrysanthi, die Hochzeit muß stattfinden. Eine Abtreibung im vierten Monat ist gefährlich und empfiehlt sich nicht. Auch ist es nicht schicklich, wenn wir ein uneheliches Kind bei uns aufziehen. Man kann nur hoffen, daß er sich bessert. Er hat keine andere Wahl. Wir werden ihn schon zur Vernunft bringen.“

Aber sie brachten ihn nicht zur Vernunft, obwohl er vorübergehend sogar wieder zur Schule ging, um das Abitur nachzumachen, wie ich dir ja schon erzählt habe. Vielleicht hätten sie ihn wirklich zur Vernunft gebracht, wenn ihn die Ereignisse nicht eingeholt hätten. Luis’ große Schwäche: die Ereignisse. Er war verrückt nach Ereignissen.

„Kostantis, schaffe Ereignisse. Laß die Dinge nicht einfach so auf gut Glück geschehen. Mach ein paar Anrufe, verabrede dich, gehe Straßen und Büros durch. Wer weiß? Vielleicht kommt was dabei raus. So, im Sitzen, erstickst du noch, versumpfst du, denkst an die Sinnlosigkeit des Lebens und den Tod, vegetierst vor dich hin. Besser du schläfst, als daß du ... Aber wenn du nicht schläfst, benutze deine Sprache, die Beine, die Arme, das Gehirn.“

Einmal, ich weiß es noch, ich war inzwischen verheiratet, trafen wir uns auf der Straße, als ich zur Gymnastik ging. Warum sagte ich ihm nur, wohin ich gehe, als er mich danach fragte?

„Kostantis, ich hatte echt nicht gedacht, daß du so ein Blödmann bist, wie die, die kurze Hosen anziehen und auf dem Lykavittos joggen. Als ob du dir einen runterholst, Vetter. Das hat keinen Sinn so. Zur Not ist es besser, du machst dich an eine vollbusige Hausangestellte oder an eine üppige feine Dame ran, anstatt so allein Gymnastik zu treiben. Da passiert wenigstens was und du trainierst auf eine angenehmere Art.“

Ich hörte mit der Gymnastik auf. Die zwölftausend, die ich dem Gymnastikstudio Papanikolaou im voraus bezahlt hatte, waren auch weg. Ich war höchstens ein, zwei Mal dagewesen.

„Mensch, da finde ich lieber eine Geliebte für dich, mit der du alle möglichen Gymnastikübungen machen kannst, Kostantis. Eine, der das Bergsteigen Spaß macht, mit der du alle Berge und Gipfel nehmen kannst. Deine Frau ist ja so langweilig und träge geworden, die wird so was kaum mitmachen. Mir kommt da gerade 'ne Idee. Wie wäre es, wenn ich dir Frau Nora vorstellen würde, die verrückt ist nach Bergsteigen? Die hat auch einen langweiligen schwerfälligen Mann, der noch dazu fett ist. Einmal, zweimal, dreimal, seitdem hat ihr Mann die Schnauze voll und geht nicht mehr mit. Die Dame vergnügt sich jetzt mit Bergsteigen. Bergige Atmosphäre. Auf der Anhöhe. Quellen, Nachtigallen und Tannen. Auch ich habe schlapp gemacht. Zweimal bin ich mitgegangen, danach war Schluß. Doch du bist ja ausgehungert nach Bewegung ..."

Er hatte nicht gelogen. Nora gab es wirklich. Und ob es sie gab! Sie war eine Frau mit allem drum und dran. Und der alte Gauner stellte mich ihr sogar vor. Am Anfang glaubte ich ihm nicht, aber als ich mich eines Nachmittags plötzlich auf dem Sofa von Herrn Stelios, ihrem Mann, sitzen sah, und Frau Nora mir gegenüber, glaubte ich ihm nicht nur, sondern es war außerdem auch noch zu spät, einen Rückzieher zu machen.

„Du ungläubiger Thomas, wenn Luis dir was sagt, kannst du es ruhig glauben."

Und Nora war wirklich nicht zu verachten. Frische Gesichtsfarbe von den Quellen und den Tannen, festes Fleisch vom Bergsteigen, knackige Brüste vom vielen Training ...

„Von klein auf macht es mir Spaß mich zu bewegen", sagte sie zu uns.

Wie eine Wildkatze. Solch eine Geschmeidigkeit des Körpers hatte ich noch nie gesehen. Und Luis sagte zu mir:

„Kostantis, wenn du es ihr mal wider die Natur besorgen möchtest, brauchst du sie nicht auf den Bauch zu drehen. Sie ist wie aus Gummi. Sie kann ihre Zehen in den Mund nehmen, und plötzlich hast du den schönsten, knackigsten Hintern vor dir und genau an der richtigen Stelle. Die ist voll durchtrainiert. Es gibt keine Lage und keine Stellung, die sie nicht einnehmen kann. Du brauchst nur Phantasie zu haben und deine Wünsche zu äußern."

Während er mir all das beschrieb, wurde ich ganz wild.

„Ich habe dir gesagt, wenn ich nicht von Natur aus gegen das Bergsteigen wäre, würde ich für nichts in der Welt dieses bukolische Abenteuer abbrechen."

Er machte mich so neugierig darauf, diese „kernige" Frau endlich kennenzulernen, daß ich drauf und dran war, schlechtes Gewissen, Ängste und Aufregung zu überwinden.

„Was kümmert es dich, Blödmann? Ich werde dich decken. Laß doch Julia in ihrem eigenen Saft schmoren. So wie die drauf ist! Wir werden ihr irgendwas von Grundstücken erzählen. Wenn du der erzählst, daß du Grundstücke zu Sonderpreisen gefunden hast, schickt sie dich sogar in die Hölle zum Besichtigen. Ständig jagt sie Schnäppchen nach."

Es hätte nicht viel gefehlt, und er hätte mich überzeugt. Seit meiner Hochzeit war ich nicht fremdgegangen.

„Was soll ich sonst noch sagen, Vetter? Weißt du, was das Schlimmste für mich wäre? Stell dir vor, du bist deiner Frau ein Leben lang treu und erfährst dann, daß sie selbst keine Gelegenheit ausgelassen hat? Damit du dich also nicht im Nachhinein in den Hintern beißt und sagst: ‚Oh, Mensch, was habe ich alles verpaßt!', nimm dein Schicksal lieber selbst in die Hand."

Immer wenn Luis über Julia spricht, macht er seltsame Anspielungen. Er spricht dann immer ganz allgemein, ganz hypothetisch.

Wie auch immer, ehe ich mich recht versah, saß ich Frau Nora und ihrem Mann gegenüber, Charilaou-Trikupi-Ecke Solonosstraße.

„Stelios ist ein Fall für sich. Der sitzt auf seinem Fettsteiß und wird noch mal an den Abgasen sterben", sagte er, obwohl Stelios dabei war.

„Der kaut ununterbrochen Schokolade, Erdnüsse, Haselnüsse, alles mögliche."
„Ich liebe Abgase. Warum könnt ihr das nicht einfach einsehen? Mein Organismus hat sich daran gewöhnt", sagte er und lachte.

Ein kluger Kopf. Bariton an der Oper. Auf jeden Fall hatte seine Nora irgendwo recht. Auch wenn sie ihn hundert Mal betrog, konnte man es ihr nicht übelnehmen, denn jedes Mal, wenn Stelios in der Oper singen mußte, war jegliche sexuelle Betätigung ausgeschlossen. Völlige Enthaltung war angesagt. Er hatte nämlich festgestellt, daß seine Stimme nach jedem Geschlechtsverkehr an Klang verlor, und er wollte seine Karriere nicht für Noras Schoß aufgeben.
„Tut mir leid, Nora, aber ..."

So sah sich Nora gezwungen, Bergsteigerin zu werden. Aus Zufall natürlich, denn der erste, mit dem sie ihrem Mann untreu wurde, Lakis, ein Regieassistent der Oper, war zufällig ein fanatischer Bergsteiger. Durch ihn lernte sie die Berge lieben, auch wenn sie von jeher eine Vorliebe für das Meer hatte.

Später, als Lakis homosexuelle Neigungen aufzuweisen begann und sie sich unter sehr dramatischen Umständen zur Trennung gezwungen sahen, änderte sich die Lage nicht sehr. Beide setzten das Bergsteigen fort. Er mit einem ehemaligen Bühnenbildner und sie mit einem ehemaligen Sportlehrer eines Mädchengymnasiums. Stelios vertraute ihr. Natürlich nicht so sehr ihr wie den Menschen, die eine Vorliebe für Berg und Heide hatten. Er glaubte, daß der Mensch oberhalb einer gewissen Höhengrenze nicht nur körperliche, sondern auch sittliche Stärke entwickelte.
„Stelios ist voll in Ordnung, Kostantis. Ein moderner Mensch. Ist nicht für Nörgeleien und Eifersüchteleien", sagte Luis immer noch in seiner Anwesenheit. Stelios lachte nur.
„Ich glaube, daß die Natur den Menschen läutert. Schade, daß meine Beine mich nicht mehr tragen. Ich würde auch gern auf Berge und Felsen klettern."

Und so wurde auch ich zum Bergsteiger. Allerdings nicht lange. Einmal kündigte Julia im letzten Moment an, daß sie sich auch die Grundstücke ansehen wolle, die ich alle ablehnte. Auch da rettete mich Luis. Ich bat ihn, Nora zu benachrichtigen, daß ich verhindert sei, und fragte ihn, ob er nicht zufällig irgendein Grundstück wüßte, das zu verkaufen sei, damit ich Julia dahinbringen könnte. Und er wußte eins. So kauften wir – bzw. sie, denn es lief auf ihren Namen – tatsächlich an jenem Sonntag das Grundstück in Vassilika in Euböa, das heute viele, sehr viele Millionen wert ist, während wir damals nicht mal hunderttausend dafür bezahlt hatten. Sechzig Ar Obstbäume.

Nora habe ich nie wiedergesehen. Ich erfuhr nur von Luis, daß es sie nun wieder zum Meer zieht.

„Und Jod ist genauso gesund wie Sauerstoff", sagte sie zu ihm, als er sie mit einem fanatischen Ruderer in Limanakia von Keratea erwischte, und sie lachten beide aus vollem Halse.

Letztendlich hatte Luis doch Recht, als er mir riet, Ereignisse selbst zu schaffen. Ich sagte es ihm.

„Das kommt nicht von mir, Kostantis, dein Dichter sagt das, durch dich bin ich auf ihn gekommen, auf deinen Kavafis mit seinem *Ithaka*. Die Reise ist das, worauf es ankommt. Er sagt es immer wieder. Aber du hast den Sinn nicht verstanden. Und wenn du es genau wissen willst, die Ereignisse waren es, die mich von meiner Aleka befreit haben. Wenn ich nicht selbst hinter Ereignissen her gewesen wäre, dann wäre ich nie diesem Verrückten Bertrand gefolgt."

Doch die Sache verhielt sich nicht ganz so. Auch wenn Bertrand nicht aufgetaucht wäre, hätte sich Aleka trotzdem von Luis getrennt. Sie hielt es nicht mehr aus. Nicht Luis. Die Ereignisse.

„Tatsache ist, daß das Mädchen gewohnt war, dreimal am Tag zu essen, ins Kino zu gehen, ihr Eis zu essen, Vetter ... Abgesehen davon hatten wir ganz unterschiedliche Gewohnheiten. Zu Fuß gehen wollte sie nicht, eine kalte Wohnung wollte sie nicht, ihre Wäsche mit der Hand waschen wollte sie nicht. Was sollte sie mit so einem wie mir anfangen? Solange sie mit mir zusammen blieb, konnte es vorkommen, daß sie einen Tag in der Woche zu essen bekam und die übrigen sechs Tage nicht."

Auf jeden Fall gab ihnen ihr Vater in den ersten Monaten nach der Hochzeit Taschengeld. Danach stellte er das ein.

„Bis hierher und nicht weiter. Ich rackere mich nicht dafür ab, daß sich dein Pascha an den gedeckten Tisch setzen kann", sagte er zu seiner Tochter, die inzwischen auch gemerkt hatte, daß man von Luft und Liebe allein nicht leben kann.

Voller Schreck erkannte sie, daß es ein großer Unterschied ist, bei Papa zu wohnen und Luis als Nachtisch zu haben oder mit ihm zusammenzuleben. Sie realisierte auf einmal, daß all die Scherze, die er machte und mit denen er sein Publikum in Staunen versetzte, nicht nur Gequatsche waren, mit dem er sich seine Zeit vertrieb und uns zum Lachen brachte. Sie erkannte, daß es auch seine Lebensart war, daß Luis genau das war. Nur das.

Und als er sich anfangs sogar weigerte, im Geschäft ihres Vaters zu arbeiten, erschien es ihr so dumm, daß ...

„Hast du sie nicht mehr alle? Und wovon sollen wir leben? In einem Monat bringe ich unser Kind zur Welt. Du bist nicht mal krankenversichert. Wer soll denn die Klinik bezahlen? Oder meinst du etwa, ich beantrage Sozialhilfe? Mein Vater hat sich ganz klar ausgedrückt. Er gibt uns nicht eine müde Drachme. Was sollen wir machen? Hast du eine bessere Idee?"

Ihr Vater war tatsächlich gnadenlos.

„Er soll ins Geschäft kommen und das Handwerk lernen. Er wird auch einen guten Lohn bekommen. Ich werde ihn auch krankenversichern. Mehr kann er ja wohl nicht verlangen."

Aleka war zur Vermittlerin zwischen Vater und Ehemann gewor-

den. Es begannen fürchterliche Streitereien, an die sich Luis selbst heute nur sehr ungern erinnert; er bekommt dann eine Art vorübergehende Lähmung der unteren Gliedmaßen.
„Nun red schon. Mein Vater fragt, was du vorhast. Er will wissen, was du vorhast. Auf keinen Fall möchte er, daß er sich abrackert und du alle Viere von dir streckst. Es sei denn, du ziehst es vor, daß ich arbeite und du nicht."

Luis war unglücklich, daß seine Aleka nicht emanzipiert genug war, um arbeiten zu gehen.
„Eine wirklich emanzipierte Frau, Vetter, würde niemals zulassen, daß sie zu Hause bleibt, während ihr Mann arbeitet", sagte er verbittert zu mir, als er mir schließlich die Geschichte ihrer Ehe während meines Krankenhausbesuches bei ihm erzählte.

Er lag mit dieser seltsamen Lähmung an den Beinen im *Alexandra* in der billigsten Klasse als Sozialhilfeempfänger. Zur selben Zeit gebar seine Frau ihr Kind in einer vorbildlichen sehr teuren Geburtsklinik Athens. Auf Papas Kosten, versteht sich.

Schließlich sah sich Luis in Anbetracht der unausweichlichen Realität gezwungen, Goldschmied zu werden.
„Also gut, ich werde auch das tun", sagte er zu seiner Aleka. So wurde er also Goldschmied.

Dieses letzte Zugeständnis ging nicht so einfach und kampflos vonstatten. Es waren dramatische Selbstmordversuche Alekas vorausgegangen, extreme Hungerzeiten, Versuche, Luis vom kapitalistischen System zu überzeugen:
„Sei nicht dumm. Gold ist Gold. Der Wert des Goldes sinkt nie."

Das war die ständige Leier seines Schwiegervaters, sein Slogan sozusagen.

Als Antypas seine Zuschüsse einstellte, wurde, wie du dir vorstellen kannst, das finanzielle Gleichgewicht ihrer Wohnung gestört, die sie inzwischen gemietet hatten. Ausstehende Mieten, abgestellter Strom, Wasser ... Es kam also zwangsläufig zu dieser Lähmung der unteren Gliedmaßen. Dann folgten seine Einweisung ins Krankenhaus, die Geburt seiner Tochter und schließlich seine Entlassung aus dem Krankenhaus.

Die ersten eindeutigen Anzeichen traten auf, als er aus dem Krankenhaus nach Hause kam und erstaunt feststellte, daß der Hausschlüssel nicht mehr ins Schlüsselloch paßte.

„Mensch, dieser verdammte Schlüssel", sagte er immer wieder. Als er sich schließlich dazu durchrang zu klingeln, öffnete ihm ein Beamter. So nennt Luis all die „Glücklichen". Sobald er Schlafanzug, Pantoffeln, Schonbezüge auf dem Sofa, rote, volle Wangen sieht, sagt er sich: „Beamter in Sicht." Und er hat sich noch nie vertan.

„Lieber Kostantis, die erkennst du sofort. Die sind selbstsicher und ruhig. Die sind ganz sicher, daß, solange sie leben, weder ein Weltkrieg ausbrechen wird noch sonst irgendwas Aufregendes in ihrem Leben. Die kannst du abschreiben. Und selbst, wenn sie mal links waren, werden sie mit der Zeit konservativ. Sie ändern Ausdruck, Bewegung, Geschmack. Die gehen wie Frösche, die Plattfüße haben. Sie tragen eine Maske, zu Hause und draußen. Und nicht nur eine. Verschiedene. Eine für die Kinder, eine für den Vorgesetzten, eine für die Frau, eine für die Geliebte, eine für ... Okay, es gibt auch Ausnahmen, aber Maske bleibt Maske."

Sobald nun also der Herr die Tür öffnete, witterte Luis den Standesbeamten.

„Die Beamten im Standesamt sind wieder anders, Vetter. Die erkennst du auf den ersten Blick."

Luis unterscheidet die Personen anhand der Ämter, die sie bekleiden bzw. die Ämter anhand der Personen, die dort sitzen.

„Ein Kassierer hat wieder ein anderes Gesicht als ein Finanzbeamter. Generell kann man die Ämter danach unterscheiden, ob dort Schmieren und Bestechung drin ist, denn das verändert mit der Zeit ihre Gesichter, Kostantis. Schau sie dir mal an, dann siehst du es. Ihre Nasen werden größer, gebogener, die Haare schütterer, sie kriegen ein hämisches Grinsen. Achte darauf, dann siehst du, daß sie alle schmale und zusammengepreßte Lippen haben, kaputte Zähne, Adleraugen, einen kleinen Buckel. Ich habe noch nie einen Menschen gesehen, der sich bestechen läßt und der keinen Buckel und ein hinterhältiges Grinsen hat. Wirklich, Vetter ..."

Der Standesbeamte nun, der womöglich vom Besitzer Informationen bekommen hatte, was für ein „Schurke" der vorige Mieter gewesen war, grunzte irgendwas darüber, daß die vorigen Mieter ausgezogen seien und daß er die Wohnung jetzt gemietet hätte und daß er endlich seine Ruhe haben wolle, denn er sei schon öfters belästigt worden. Er gab ihm einen Packen mit Briefen und unbezahlten Rechnungen und schlug ihm fast die Tür vor der Nase zu.

So war Luis gezwungen, sich an seinen Schwiegervater zu wenden. Dort sah er auch zum ersten Mal seine Tochter. Das einzige, was ihm seine Lolita sagte, als sie ihn sah, war:
„Du wolltest doch Ereignisse, oder? Da hast du sie jetzt im Überfluß", und drehte ihm den Rücken zu. Anscheinend hatte er seine Theorie der „Ereignisse" auch Aleka unterbreitet, aber zu anderen Zeiten, vor ihrer Hochzeit, als sie noch für ihn sprach, als sie ihr gefiel, um nicht zu sagen, als sie von seiner Theorie fasziniert war.

Auf jeden Fall war seine Aufnahme in die Familie Antypas seltsam bis verdächtig. Luis hatte keinerlei Einwände, mit seinen Schwiegereltern zusammen zu wohnen. Zur Not tat er ihnen auch noch diesen Gefallen!
„Lieber Herr Panajotis, du sollst nicht traurig sein", sagte er zu ihm. „Ich kann mich ganz gut an die jeweiligen Verhältnisse anpassen. Deine Tochter ist diejenige, die nicht anpassungsfähig ist."

Antypas fing wieder an, sich aufzuregen. Dieser Mensch, dieser

Luis, trieb innerhalb von zwei Stunden seinen Cholesterinspiegel und seinen Blutdruck in die Höhe.

„Ich kann nicht mehr, Chrysanthi, so geht das nicht weiter, ich drehe noch mal durch mit diesem Schwiegersohn."

Das Tragische an der Sache war für Luis, daß ihm Aleka weiterhin gefiel.

„Kaum sah ich sie, Kostantis, in diesem Mini – braunes Leder – was soll ich sagen ... Den hat ihr ihr Goldschmied gekauft. Ich war hin und weg, konnte es kaum abwarten, mich auf sie zu stürzen."

„Was heißt denn hier ‚deine Tochter', Herr Retsinas? ‚Meine Frau' solltest du sagen. Komm zu dir. Du bist verheiratet. Du trägst Verantwortung, du hast jetzt ein Kind. In Ordnung, ich habe ihr die Klinik bezahlt. Okay, das war inkonsequent von mir, aber ich wollte nicht, daß sie ihr Kind wie eine Bettlerin auf der Straße zur Welt bringt."

Luis konnte sich nicht beherrschen.

„Aber ich, ich wurde im Krankenhaus wie ein Bettler behandelt, Onkel. Da hat kein Hahn nach gekräht."

Er nannte ihn niemals Papa oder Vater. Immer Onkel oder Herr Panajotis. Antypas kriegte wieder einen knallroten Kopf vor Wut. Er war drauf und dran zu platzen.

„Komm schon, Panajotis, beruhige dich", sagte Frau Chrysanthi zu ihm und bemühte sich, ihm den Schweiß von der Stirn zu wischen.

Mit diesem Menschen konnte man nicht ein einziges Gespräch führen. Alle seine Argumente richteten sich schließlich gegen ihn selbst, entlarvten ihn und ließen ihn rückständig, auf seinen Vorteil bedacht und schlecht erscheinen. Sein ganzes Leben lang hatte er den guten Christen und den barmherzigen Samariter gespielt und „auf einmal kommt der jetzt an ..." und machte ihn vor den Augen seiner Tochter und seiner Frau lächerlich. Weißt du, er konnte ihm kaum irgendeine Beschimpfung ins Gesicht schleudern, ihn zum Beispiel Mitgiftjäger oder Dieb nennen, denn das war er ja nicht. Er spürte natürlich, daß er es mit einem ganz außergewöhnlichen Fall zu tun hatte. Luis bot ihm überhaupt keine Angriffsfläche. Er wußte überhaupt nicht, wie er mit ihm umgehen sollte. Ich sage dir, Antypas saß der Schreck noch in den Gliedern. Der Schreck wurde nach kurzer Zeit zum Entsetzen, als er erstaunt feststellen mußte, daß seine Chrysanthi nicht nur nicht mehr über ihr Schwiegersöhnchen wütend wurde, sondern sich auch noch über ihn amüsierte. Das reinste Drama also. Und nicht nur ein Drama. Eine Tragödie, wie du noch sehen wirst. Antypas gab jedenfalls nicht auf.

„Vielleicht hättest du gern, daß ich dir auch noch deine Miete bezahle? Oder meinst du, daß Alice von selbst ausgezogen ist, aus einer Laune heraus? Oh nein, mein Herr. Als sie die Räumungsklage bekam, was hätte sie da tun sollen, und was hätte ich als Vater tun sollen? Hätte ich sie mit ihren Sachen auf der Straße sitzen lassen sollen, damit sie da auf dich wartet?"

Aleka hielt diese Gespräche nicht mehr aus. Sie stampfte mit den Füßen auf, knallte Türen und Fenster zu und ging in das Zimmer neben der Küche, das ihnen ihre Eltern zur Verfügung gestellt hatten. Dort hatte sie auch alle ihre Habseligkeiten verstaut. Bücher in Kisten, Papiere, allen möglichen Krempel, Koffer, die Gitarre des Faulpelzes – denn ein Faulpelz war Luis seinem Schwiegervater zufolge – und natürlich die Wiege des Kindes. Das einzige neue und saubere war ihr Ehebett, ein Geschenk von Luis' Schwester Antigoni.

Als er ins Zimmer ging, um mit ihr zu sprechen, lag sie bäuchlings auf der Matratze, schlug mit ihren Fäusten auf das Kissen ein und weinte.

„Wie soll ich es dir beschreiben, Vetter ... Obwohl ich beschlossen hatte abzuhauen, um der Nörgelei zu entgehen ... als ich ihre Oberschenkel sah, konnte ich mich wieder mal nicht beherrschen und stürzte mich auf sie. Aber auch sie konnte sich nicht beherrschen. Wir schafften es noch nicht mal, die Tür zu schließen. Wie ausgetrocknete, durstige Erde nahm sie mich auf."

Luis ist sich sicher, daß sie von Alekas Mutter beobachtet wurden, denn abgesehen davon, daß er so was wie Schritte hörte, merkte er es daran, daß sie es später vermied, ihm in die Augen zu sehen, als sie zusammen im Wohnzimmer Kaffee tranken. Sie kochte ihm nämlich auch den Kaffee, während ihr Panajotis zu ihr sagte: „Dem solltest du noch nicht mal Gift geben."

„Frau Chrysanthi ist ja wohl nicht viel gewohnt. Wir hatten ja auch gerade 'ne Stellung drauf! Da hat sie bestimmt den Schock ihres Lebens bekommen, Vetter."

Auf jeden Fall kamen sie nicht richtig zum Ende. Sie wurden vom Geschrei ihrer Tochter unterbrochen, die in der Wiege neben dem Bett lag.

„Gib ihr den Schnuller wieder und komm her. Der wird ihr runtergefallen sein", sagte Aleka zu ihm.

Luis rannte mit heruntergelassenen Hosen rum, suchte und fand den Schnuller, gab ihn seiner Tochter und ...

„Mach auch die Tür zu. Du hast sie ja sperrangelweit offengelassen."

Er schloß die Tür, kehrte zu seiner Aleka zurück, kniete sich hinter sie und streichelte eine Weile ihre Hüften, die Ritze ihres Hinterns und genoß für ein paar Sekunden in stiller Verzückung den Anblick. Schließlich nahm er ein Kissen, legte es ihr unter den Bauch, um sie etwas höher zu bringen, um den unteren Teil etwas höher zu bekommen und ...

„Ein göttlicher Körper, Vetter, vollkommen."

Luis hielt nichts vor seinen Freunden geheim. Er wollte sie sogar an Einzelheiten teilhaben lassen. Dabei machte er keinen Unterschied, ob es sich nun dabei um seine Frau handelte oder eine vorübergehende Beziehung.

„Wenn ich das alles erzähle, Vetter, ist es so, als würde ich es zum zweiten und dritten Mal durchleben. Davon abgesehen glaube ich, daß es auf diese Weise bleibt, zu Geschichte wird, irgendwo aufgeschrieben wird und so noch Jahrhunderte weiterlebt. Die dummen Gänse schämen sich natürlich. Sie sagen mir immer, daß ich meinen Freunden nichts erzählen soll.“

Tatsache ist, daß Luis nicht zögerte, uns alle Spielarten und Variationen seines Sexuallebens mitzuteilen. Wenn wir dann später die Frauen trafen, mit denen er jeweils geschlafen hatte, wußten wir alles über ihre Körper, ihr Verhalten im Bett, bis hin zu Einzelheiten, wie sie einen Orgasmus bekamen, welche Farbe ihre Brustwarzen hatten, ob sie eng gebaut waren oder nicht, ob sie Schwächen oder Laster hatten.

Wir kannten sogar die Größe von Alekas Klitoris.

„Sie ist so groß wie eine Eichel, Freunde. Sobald man sie auf den Bauch legt und von hinten in sie eindringt, braucht man sie nur an der Klitoris zu berühren, sie gerade so eben zu berühren, und schon kommt sie. Aber sie will, daß man zuerst ganz sachte in sie eindringt, behutsam und zärtlich. Wenn man erst einmal in sie eingedrungen ist, kann man härter werden, kann ihr sogar ins Fleisch beißen, das macht ihr nichts, aber bis man in sie eingedrungen ist, möchte sie, daß man zärtlich mit ihr umgeht und ... Mit dem Kopfkissen aber wird alles perfekt, läuft es von selbst.“

Der Hund erzählte alles so anschaulich und heizte uns so an, daß wir große Mühe hatten, unsere schwellenden Schwänze und unsere Schamröte zu verbergen. Und immer, wenn Liakopulos gerade dabei war, dessen Glied länger als dreißig Zentimeter war, das er also unmöglich verbergen konnte, dann nahm unsere Stimmung rauschhafte Formen an.

„Luis, du blamierst deine Frauen völlig, du stellst sie bloß, Scheiße.“

Er sagte mir seine Meinung:

„Warum, Vetter? Wenn sie denken, daß sie etwas tun, wofür sie sich schämen müssen, statt stolz darauf zu sein, dann stimme ich dir zu ... Ich erhöhe sie damit.“

„Aber du führst uns doch in Versuchung, du bringst uns auf Ideen ... Hast du keine Angst, daß wir vielleicht auch mal ...“

„Ich bin ein Mann und weiß Bescheid, Vetter. Oder denkst du, daß Aleka, wenn sie etwas, sagen wir mal, Anziehendes an sich hat, du als mein Freund sie nicht heimlich anschauen oder sie nicht am liebsten flachlegen würdest? Mal unabhängig davon, daß dich die Moral, die Freundschaft und so was davon abhalten würden. Das Risiko habe ich sowieso, Vetter. Wenn es so kommen sollte, daß sie dich auch ein bißchen anmacht, zweifele ich nicht daran, daß du sie bumsen wirst. Wir sollten uns da nichts vormachen. Und sag mir nicht, daß du nicht eines Tages bereuen wirst, daß du es nicht gemacht hast ..."

Auf jeden Fall trieb ihn Antypas schwer in die Enge. Nach jenem sexuellen Rausch, den er mit Aleka bei ihrem ersten Treffen erlebt hatte, nach seiner Rückkehr aus dem Krankenhaus, war es ihm unmöglich, sie zu verlassen.

„Sie erregt mich, Jungs, ich bin verrückt nach ihr. Selbst ihre Gelenke erregen mich. Alles an ihr. Sogar ihre Zehen. Wie soll ich es euch beschreiben? In welcher Stellung sich ihr Körper auch immer befindet, er hat immer etwas Erregendes für mich."

Und so kam es, daß er vom dritten Tag an völlig eingespannt wurde. Er akzeptierte alles. Sie wollten, daß er Goldschmied wird? Er wurde Goldschmied. Antreten um sieben Uhr morgens? Antreten um sieben Uhr morgens!

Antypas hatte ihm total die Flügel gestutzt. Er wahrte weder Form noch Höflichkeit.

„Wach auf, Faulpelz. In zehn Minuten ist Abfahrt."

Das Haus hatte sich in eine Kaserne verwandelt. Er hatte kaum seinen Kaffee getrunken, da hörte er schon die Hupe draußen. Tut, tut, tut ... Im selben Moment wischte er sich den Mund ab, zog sich Schuhe und Jacke an, fluchte und spuckte.

„Meine Güte, wie bin ich da bloß reingeraten" und rannte seinen Pflichten entgegen. Sie hatten ihm sogar seine morgendliche Zigarette abgewöhnt. Er hatte nicht genug Zeit. Aber selbst, wenn er Zeit dazu gehabt hätte, die Kopfschmerzen der Frau Chrysanthi hätten ihm verboten zu rauchen.

„Warum steckst du sie an? Sie bekommt Kopfschmerzen vom Rauch."

Er machte die Zigarette aus, fluchte ein paar Mal und haute ab. Zur selben Zeit drehte sich Aleka noch einmal im Bett um, während ihre Tochter Luisa wie verrückt schrie.

„Laß sie schreien. Lange hält sie das nicht durch. Irgendwann wird sie schon aufhören."

In der Zwischenzeit schaffte Luis es gerade noch, in den Austin zu steigen, und los ging's.

„Wir sind schon wieder zu spät dran."

Innerhalb von zwei Monaten entwickelte sich Luis zu einem hervorragenden Goldschmied. Du brauchst mir ja nicht zu glauben. Antypas erschrak. Luis hatte sogar begonnen, eigene Objekte zu entwerfen, die sehr gut ankamen, die unbezahlbar wurden. Ich weiß nicht, ob du schon mal Ringe mit kleinen Schlangen aus Diamantensteinchen gesehen hast? Das ist sein Entwurf. Den kopierten danach alle Goldschmiede. Ich sage dir, er entwickelte sich zu einem Fachmann erster Klasse. Sein Schwiegervater traute seinen Augen nicht. So eine Feinheit, Behendigkeit und Detailtreue hatte er noch nie gesehen! Luis leistete die kunstvollste Arbeit. Wir sahen und hörten nichts mehr von ihm. Er war unentwegt mit seinem Schwiegervater zusammen. Wenn sie mittags das Geschäft schlossen, aßen sie nur kurz irgendwo ein Sandwich und kehrten zum Laden zurück, um die Bestellungen fertigzumachen. Eheringe, Colliers, Ketten. Am Nachmittag öffneten sie den Laden wieder, stiegen um acht in den Austin und fuhren nach Hause. Luis sagte kein Wort. Seine Haltung war beispielhaft. Er jammerte und klagte nicht.

Nach kurzer Zeit ging es ihnen finanziell besser. Sie mieteten das Geschäft nebenan, um ihre Arbeitsmöglichkeiten zu erweitern.

„Laß uns in Ruhe abwarten, lieber Manolis, wenn wir hier ausziehen, sollten wir in eine eigene Wohnung ziehen, damit wir nicht wieder zur Miete wohnen müssen."

So was in der Art sagte seine Aleka abends im Bett zu ihm. Sie war glücklich und schmiedete Pläne für die Wohnung, für das Kind, für den neuen Mantel, „du sollst auch was haben", für das neue Kleid, stand ihr wohl ein Lamé-Kleid oder ein schulterfreies?

„Und später kaufen wir uns dann ein eigenes Auto. Was meinst du?"

Er hörte zu, antwortete aber nicht. Er hörte nur zu. Luis lief zum ersten Mal in seinem Leben Gefahr, von der Mühle verschlungen zu werden, in eine Falle geraten, für immer verloren zu sein. Später gab er das zu. Damals aber wußte keiner von uns, ob er „endlich zu Vernunft gekommen war", ob er irgendwelche anderen Gründe hatte, in der Situation zu verharren oder ob er einfach eine Weile von der Bildfläche verschwunden war.

Gleichzeitig fand in Papas Schlafzimmer, das sich auf der anderen Seite des Wohnzimmers anschloß, ein Dialog anderer Art statt:

„Noch niemals habe ich mich so geirrt. Dein Schwiegersohn ist ein Künstler. Der Bursche fabriziert die reinsten Engel."

Und das war nicht gelogen. Er hatte unter anderem auch Engel entworfen, deren vollendete Form sogar den ganzen Markt in Aufruhr gebracht hatte.

„Eine solche Goldarbeit hat es noch nie gegeben."

Antypas begann, Luis zu fürchten. Und wenn der morgen von ihm verlangte, Teilhaber zu werden?

„Tatsache ist, daß du es ihm versprochen hast", erwiderte ihm Chrysanthi.

„Ja, das habe ich, aber eigentlich meinte ich damit den Zeitpunkt nach meinem Tod, das heißt wenn ich in Rente gehe. Dann ja, dann soll er das Geschäft ganz übernehmen. Aber nehmen wir mal an, ich stimme zu. Traust du ihm ? Ist schon richtig, er benimmt sich anständig, da sage ich ja nichts, aber wer weiß, ob sich das ändert, sobald er Rechte hat. Vielleicht setzt er uns dann ja vor die Tür. Davon abgesehen werde ich das Gefühl nicht los, daß er etwas im Schilde führt. Ich habe gehört, daß er sich in Ministerien und auf Polizeistationen herumtreibt."

Frau Chrysanthi allerdings ließ sich nicht mehr von den Ängsten ihres Mannes beeindrucken.

In der letzten Zeit hatten auch die Streitereien zwischen Papa und Aleka angefangen, der es nicht gefiel, daß Luis nur auf Lohnbasis arbeitete, und die ebenfalls von ihm forderte, daß er ihn zum Teilhaber machte. Chrysanthi sagte dasselbe:

„Jetzt mach schon! Du hast es ihm versprochen; sonst verlieren wir ihn vielleicht noch. Wenn er nicht etwas Solideres hat, was ihn an Aleka bindet ..."

Doch Antypas glaubte nicht, daß sie ihn verlieren würden.

„Wo soll er schon hingehen? Jetzt, wo er von einem Monatslohn locker ein Jahr lang leben kann."

Solche Dinge waren es, die Frau Chrysanthi immer mehr an ihrem Panajotis enttäuschten.

„Wir wissen nicht, Vetter, ob diese Enttäuschung seinen Charakter und seinen Geiz oder das Sexualleben der beiden betraf", sagte Luis später mal zu mir.

Neuerdings schlief Antypas auch nicht mehr gut. Nachts stand er auf, spazierte in Hausflur und Garten umher, als würde er Schlechtes vorausahnen, und er sorgte, bevor er ins Bett zurückging, immer dafür, daß die Tür zum zweiten Flur geschlossen war, von dem das Zimmer der jungen Leute abging. Er hielt es nicht mehr aus, jede Nacht mitanhören zu müssen, wie sie miteinander schliefen. Das nervte ihn.

Aus allem, was mir Luis erzählte, schloß ich, daß Frau Chrysanthi wahrscheinlich ihrer Tochter irgendwann mal gebeichtet haben mußte, daß ihr Papa auf sexuellem Gebiet leider Probleme hatte und daß er seit dem Kauf des Hauses in Ägina völlig impotent war. Seitdem, gestand sie ihr, hatte er höchstens alle sechs Monate Lust, und nie hat sie sich die Beziehung zwischen Landhaus und Papas Impotenz erklären können. Selbst wenn man behauptet, daß die Natur einem zu neuen Kräften verhelfe und so ein Quatsch. Von wegen neue Kräfte. Im Gegenteil ...

Auf jeden Fall wagte es Chrysanthi in einer dieser Nächte, in denen Antypas im Haus umherwanderte, ihn zu fragen, was mit ihm los sei und warum er so aufgeregt sei.

„Es ist nichts. Schlaf weiter."

Daraufhin setzte er sich neben sie, doch legte er sich nicht hin. Sie merkte an der Art, wie er „es ist nichts" gesagt hatte, daß er wohl wieder gehört hatte, wie die Kinder miteinander schliefen und deshalb aufgewühlt war. Sie sagte nichts. Sie drehte ihm nur den Rücken zu und weinte. Nach einer Weile jedoch tippte er ihr auf die Schulter und sagte, daß das Maß voll sei und daß sie endlich eine Wohnung finden sollten.

„Er ist ein Monstrum. Tag und Nacht tut er nichts anderes. Sie sollen abhauen."

„Du solltest dich lieber freuen" wollte sie ihm erwidern, aber sie hielt sich zurück und sagte nichts. Panajotis legte sich nicht hin. Er saß ratlos auf dem Bett und versuchte sich zu erinnern, was er vergessen hatte ...

„Ach, ja, der Wecker."

Der Sonntag brach an, sie wollten nach Ägina fahren, und zum ersten Mal hatte er vergessen, den Wecker zu stellen.

„Der hat mich schon ganz durcheinandergebracht. Jetzt hätte ich glatt den Wecker vergessen." – Luis hatte aber auch schon seit einiger Zeit gemerkt, daß seine Anwesenheit im Haus wie ein Katalysator auf das Ehepaar zu wirken begann. Genauer gesagt sah er, daß ihre Beziehung, die vorher das Bild einer undurchdringlichen Mauer abgegeben hatte, jetzt Löcher zu bekommen schien, das spürte er. Sie wurde langsam brüchig.

Als am Morgen nach der Nacht, in der Frau Chrysanthi geweint hatte, der Wecker höllisch zu schrillen begann, passierten sehr seltsame Dinge.

„Das war kein Wecker, Vetter. Eine Pauke in Miniausführung. Genau das Richtige für die Auferstehung der Toten. Der reinste Alarm."

Frau Chrysanthi gestand im Nachhinein, daß die Hauptursache ihrer Kopfschmerzen wohl diese Pauke gewesen sei. Doch als sie Antypas das sagte, erwiderte er ihr, daß sie keinen Unsinn reden solle und daß er um nichts in der Welt diesen Wecker eintauschen würde:

„Das ist ein ‚Made in England', ein einzigartiger Mechanismus und vor allem ein Familienerbstück."

Er sagte ihr außerdem, daß mit diesem Wecker ganze Generationen aufgewachsen seien. Sein Großvater, sein Vater, er, ihre Tochter.

Alle Ereignisse seines Lebens brachte er mit seiner Meerjungfrau in Verbindung. So hieß der Wecker: Meerjungfrau. Der Wecker hatte über dem „Made in England" eine Meerjungfrau als Markenzeichen, deshalb.

Und Tatsache war, daß das allmorgendliche Wecken durch die Meerjungfrau in Antypas' Haus für ihn so etwas wie eine festliche Begebenheit war. Das Rasseln des Weckers fing nicht leise an, um dann langsam lauter zu werden, wie es üblich ist. Nein. Im Gegenteil. Es fing an wie eine Salve, wie die Kanonen auf dem Lykavittos an den Nationalfeiertagen, und wurde dann leiser, wenn es nicht mehr nötig war.

Mit dem ersten Rasseln war im Haus der Teufel los.

„Zuerst wurde meine Tochter wach, Vetter. So ein Gebrüll hast du noch nie gehört. Aleka schrie dann kurz auf, zog sich das Kissen über den Kopf und wartete auf das Ende des Alarms. Ich vergrub mich un-

ter der Decke und wachte selten richtig auf. Frau Chrysanthi schnellte erschrocken hoch wie eine Feder, streckte ihre Hand aus, um die Meerjungfrau auszustellen, und jedesmal hielt er ihre Hand fest, bis die Meerjungfrau ganz verklungen war. Er war der einzige im Haus, der dieses kriegsfreudige Spektakel genoß. Er sagte, daß es ihn an seine Kindheit, Paraden, den Albanienkrieg, glorreiche Zeiten und die EON[29] erinnerte, als er Gruppenführer war und ihn dieselbe Pauke zu Ausflügen weckte. Jedenfalls spielten sich die Dinge an diesem Sonntag vollkommen anders ab, Vetter. Erst einmal schnellte Frau Chrysanthi nicht wie eine Feder hoch. Denk dir, so sehr hatten sich die ewig gleichen Bewegungen eingeschleift, daß Antypas aus Gewohnheit gerade ihre Hand festhalten wollte und erstaunt feststellen mußte, daß seine Chrysanthi sich nicht von der Stelle bewegt hatte. Einen Moment lang erschrak er sogar, wie er sie so auf dem Rücken regungslos mit offenen Augen daliegen sah. Er bekam Angst, daß sie in der Nacht das Zeitliche gesegnet haben könnte. Erst als er sah, daß sie ihre Augenlider bewegte, beruhigte er sich.
‚Steh auf, was liegst du noch da?' ...

Das war keine Frage. Er stellte ihr nie Fragen! Er gab ihr Befehle. ‚Kostantis, an dem Tag merkte ich, daß ich dem Alten Schaden zugefügt hatte.'"

Als sie sich weigerte, der Säule des Hauses nach Ägina zu folgen, als sie sagte: „Ich habe Kopfschmerzen, ich komme nicht mit", hätte Antypas fast einen Schlaganfall bekommen, er traute seinen Ohren nicht.

Zum ersten Mal in ihrem gemeinsamen Leben parierte Frau Chrysanthi ihrem Goldschmied nicht. Er war natürlich drauf und dran, sie auszuschimpfen und mit der alten Litanei anzufangen nach dem Motto: „Komm schon, laß den Unsinn, ich habe keine Lust dazu, du hast schließlich Verpflichtungen, ich arbeite die ganze Woche wie ein Tier, und nur am Sonntag kann ich mich erholen", aber er kam nicht dazu. Zwei Dinge hielten ihn davon ab. Das Unwiderrufliche ihrer

Entscheidung, das er in ihren Augen sah, und vor allen Dingen, weil Luis pinkeln ging. Gerade wollte er zu ihr sagen, „Komm schon, hör auf mit dem Quatsch ...“, da sah er Luis in Unterhosen durch den Flur zum Klo rennen und sein Dingsda festhalten. Er wunderte sich darüber, welcher böse Geist wohl in der Nacht aufgestanden war und die Tür zum Flur aufgemacht hatte, denn er konnte sich doch noch erinnern, sie zugemacht zu haben.

„Ich konnte nicht mehr an mich halten, Vetter. Mit der ersten Salve seiner Meerjungfrau habe ich mir dieses Mal in die Hose gemacht.“

Jedenfalls hinderte dieses Pinkelgeräusch Antypas daran, so richtig loszulegen und energisch gegen Chrysanthi vorzugehen. Er kam sich auch ein bißchen lächerlich vor. Frau Chrysanthi war fest entschlossen und sagte noch einmal zu ihm: „Ich komme nicht mit, fahr allein.“

Jetzt verlor Antypas total die Fassung. Er schaute von seiner Gattin zu Luis und von Luis zu seiner Gattin, dachte ein, zwei Minuten nach und beschloß, allein wegzufahren, ohne ein weiteres Wort zu verlieren.

Innerhalb von drei Minuten war er angezogen, bekreuzigte sich und war weg. Während ihm Luis beim Pinkeln aus dem Badezimmerfenster nachschaute, wie er mit seinem Rucksack auf dem Rücken loszog, mit diesen unbeschreiblichen kurzen Hosen, die bis zum Knie gingen, begann er „Warum freut sich die Welt und lächelt, Vater?“ zu singen. Antypas muß ihn noch gehört haben, denn Luis sah, daß er böse Blicke zum Badezimmerfenster hinwarf, sich auf die Lippen biß und daraufhin erniedrigt und völlig außer sich in seinen Austin stieg. Als er außer Sicht war, begann Luis, nachdem er zunächst seinen Schwanz trocken geschlenkert hatte, erst zu verstehen, was sich abspielte.

„Kostantis, ich habe schon seit einigen Tagen gemerkt, daß irgend etwas mit der Frau Mama nicht stimmt. Ich weiß nicht, ob ich ihm den ganzen Schaden zugefügt habe oder ob die Zeit einfach reif dafür war."

Ihm fiel ein, daß seine Freundschaft mit der Mama ein paar Tage früher begonnen hatte, eines Abends, als Antypas Aleka zum Arzt brachte. An jenem Abend hatte Luis Frau Chrysanthi gebeten, ihm das Fotoalbum mit den Familienfotos zu zeigen.

Luis hatte schon immer die Angewohnheit, bei jemandem zu Hause als erstes die Fotos auszugraben. Das ist seine Leidenschaft! Anhand der Fotos versucht er dann, deine Geschichte zu rekonstruieren.

„So lernst du einen Menschen kennen, Kostantis. So sehr er sich auch in Pose setzt, so sehr er auch versucht, sich ins beste Licht zu rücken, mit ein wenig Beobachtungsgabe wirst du auf jedem Foto sein Wesen erkennen, seine Entwicklung, wie er war und wie er jetzt ist."

Ich erinnere mich, wie begeistert er war, als ich ihn einmal in eine Ausstellung eines Malers namens Migadis mitnahm und er feststellte, daß viele der Bilder Fotos glichen.

„Kostantis, das ist ja phantastisch!"

„Ich wußte, daß sie dir gefallen würden. Deshalb habe ich dich auch hergebracht."

Er versuchte mir zu erklären, warum ihm die Bilder so sehr gefielen:

„Mein lieber Kostantis, ein Maler kann die Posen und Masken weglassen und dir das Innere eines Menschen hervorholen, seine Gedanken. Das gefällt mir. Auf einem Gemälde kann ich eher verstehen, wer die Dame ist, sie nimmt Fleisch und Blut an, das Innere wird nach außen gekehrt, während sie auf dem Foto ihr wahres Wesen vor mir verbirgt, sie präsentiert sich als Heilige mit ausdruckslosem Gesicht."

Als Luis nun also das Album von Frau Chrysanthi durchblätterte, spürte er, daß diese verwelkte und reizlose Frau einst ein anderer Mensch gewesen sein muß. Mit zwölf Jahren – das sah man ganz

deutlich auf den Fotos – war sie anmutig wie eine Nymphe, voller Charme und die Versuchung in Person.
„Und unschuldig, Vetter. Das konntest du an ihren Augen sehen. Als sie fünfzehn war, hatte sie schon einen Busen, der es mit dem der Loren aufnehmen kann. Ich konnte es kaum glauben. Ich sah sie auf einer Schaukel. Auf dem Spielplatz vor der Lichtmeßkirche. Staub, Dreck und ein paar vertrocknete Olivenbäume rundherum. Ihre Schürze war ganz weit hochgerutscht. Damals war sie noch Schülerin."

Frau Chrysanthi schämte sich ganz fürchterlich. Sie wurde puterrot beim Durchblättern des Albums.

Zu der Zeit hatte Luis sie langsam auch daran gewöhnt, etwas Ouzo zu trinken.
„Ach, von ein, zwei kleinen Ouzo merken Sie gar nichts", sagte er und schenkte ihr den ersten ein.

Auf den Fotos konnte er sehen, daß sie Armut und Unglück durchgemacht hatte. Ihre Eltern waren früher wohlhabend gewesen, aber plötzlich verliebte sich der Papa, sagte sie, in eine vom Theater.
„Er war Taxifahrer. Er hatte sie – die vom Theater – mit dem Taxi nach einer Vorstellung aufgelesen, eines Nachts in Tamburia. Sie war betrunken und pleite. Er ließ sich drei Tage zu Hause nicht blicken. Er kehrte für kurze Zeit zurück, doch danach verschwand er wieder, bis wir ihn eines Tages gar nicht mehr sahen. Laß mich überlegen, wie die vom Theater hieß ... Nein, die war nicht vom Theater. Sie war Sängerin."

Nach allem, was Luis daraus schließen konnte, fing dann der Abstieg an. Das konnte er an allen darauffolgenden Fotos erkennen. Immer ärmere Kleidung, Umzüge in immer kleinere Wohnungen.
„Meine Mutter", fuhr Chrysanthi fort, „begann in die Kirche und zu Ölungen zu gehen. Doch Gott hat uns nie verlassen."

Bereits mit vierundzwanzig war Chrysanthi nicht mehr wiederzuerkennen, im negativen Sinne. Ihre Gesichtszüge und der Ausdruck in ihren Augen waren härter geworden. Außerdem kleidete ihre Mutter sie jetzt wie eine Nonne. Sie trug lange Kleider mit Kragen bis zum Hals. Die Ärmel waren lang und breit, die Kleider und Blusen ohne Pfiff, die Beine behaart.

„Eine wahre Christin rasiert sich nicht die Beine."

Das einzige, was seine Pracht auf allen Fotos beibehielt, war ihr Busen.

Weil der Mann von Chrysanthis Mutter mit einer vom Theater durchgebrannt war, begann sie allmählich das Theater zu hassen, das Lied, die Musik, die Liebe, das Leben.

„Haben sie sich niemals verliebt?" fragte Luis sie.

„Nein, dazu kam es nicht. Oder vielleicht einmal." Sie erinnerte sich nicht mehr so genau.

„Ach mein Gott, was du alles aus mir rauslockst ... Panajotis würde mich umbringen, wenn er mich hören könnte."

Das Album war fast ganz durchgeblättert, da stieß Luis auf ein Foto von Aleka im Badeanzug.

„Nein, das ist nicht Aleka ... das bin ich."

Da streckte Luis die Waffen.

„Ach, liebste Schwiegermutter, das darf doch wohl nicht wahr sein. Hier sind Sie ja eine wunderschöne Frau."

„Aleka und ich sehen uns vollkommen ähnlich, siehst du?"

Luis sah für Sekunden zum ersten Mal in ihren Augen ein wenig Erotik aufflackern.

„Ich habe es ganz genau gesehen, Vetter. Da war etwas Erotisches in ihren Augen."

Danach, erzählte sie, lernte sie ihren Antypas kennen. Nicht als Goldschmied, sondern als Küster in der Gemeinde der Lichtmeßkirche. Es sollte ein Fest im Passalimani in Piräus stattfinden ...

„Damals war Metaxas[30] noch am Ruder."

Luis war drauf und dran, loszulachen.

„Unser oberster Arbeiter und Vater?"

„Ja, der. So nannten wir ihn. Ich kann mich genau daran erinnern, als wäre es gestern geschehen. Panajotis wollte mich bei der EON einschreiben, glaube ich. In der Kirche hatte gerade eine Hochzeit stattgefunden. ‚Kommt ihr mit?' fragte er meine Mutter und mich. Meine Mutter war dort als Kerzenanzünderin beschäftigt. An dem Nachmittag lernte ich ihn kennen. Wir gingen dann zusammen hin. Nach Terpsithea."

Luis erschrak.

„Wann war das?" fragte er.

„Im August '36, ja. Viele Leute, Jugendliche, Polizei, Lärm. Ich sehe noch alles vor mir. Später zündeten sie ein Feuer an. Sie verbrannten einen riesigen Bücherberg. Es hieß, das seien antipatriotische Schriften. Als die Dämmerung einbrach und wir in das Feuer schauten, ergriff er meine Hand."

Luis legte das Album hin und stand auf.

„Dieses Feuer habe ich auch gesehen. Ich erinnere mich noch gut, obwohl ich erst sechs Jahre alt war. Mein Vater nahm mich mit. ‚Um die Schweine zu sehen', sagte er ... Wir wohnten übrigens auch in derselben Gemeinde, etwas weiter unten, in Dogani."

„Sieh mal einer an", erwiderte sie.

Seit jenem Abend begann Frau Chrysanthi sich zu verwandeln, bis sie nicht mehr wiederzuerkennen war. Fünf bis sechs solcher Abende, an denen sie allein mit Luis war, reichten aus, um ihr ganzes Weltbild zu erschüttern.

Zuerst überredete er sie, sich die Haare an den Beinen zu rasieren.

„Vetter, du glaubst gar nicht, was für Waden bei der Mama da zum Vorschein kamen."

Natürlich verzieh ihr Antypas diese Rasur nie.

So wenig Luis sie anfangs leiden konnte, umso mehr mochte er sie jetzt.

Als nächstes überredete er sie, sich die Haare zu färben. Blond.

„Und auch hier glaubst du nicht, was da für ein Kopf zum Vorschein kam. Sie sah genauso aus wie die Sängerin Rosa Eskenasi. Doch ihren Dutt wollte sie nicht lösen. Das war Antypas' unüberschreitbare Grenze. Er wollte sie mit Dutt. ‚Aber der macht Sie doch mindestens zehn Jahre älter' sagte er zu ihr. Doch sie behielt ihn."

Danach begann Luis mit der Psychoanalyse. Jeden Nachmittag eine Sitzung, bis zu jenem schicksalhaften Sonntag, als Antypas allein zum Wochenendhaus nach Ägina aufbrach.

An jenem Sonntag überzeugte Luis Frau Chrysanthi davon, daß ihre Kopfschmerzen weder vom Wecker noch von ihren Wechseljahren kamen.

„Liebe Frau Chrysanthi, was erzählen Sie mir denn da? Seit Jahren sind Sie an diesem Ort lebendig begraben und dann führen Sie mir die Wechseljahre als Grund an? Sie haben noch so viel vom Leben vor sich, daß Sie sogar noch mal heiraten könnten."

Diese letzte Bemerkung machte er mehr, um sie zu schocken, als daß er daran glaubte, aber Frau Chrysanthi hatte sich schon an ihn gewöhnt und ließ sich nicht mehr so leicht schocken.

Luis arbeitete nicht nur als Psychoanalytiker, sondern sozusagen auch als Archäologe.

„Wenn du es schaffst, Vetter, alle Schichten vorsichtig abzutragen, eine nach der anderen, kann es sein, daß du noch auf ein Troja stößt..."

Tag für Tag stellte er fest – er wurde sich immer sicherer – daß sich unter all den Schichten eine völlig andere Frau befand. Und das konnte man sehen. Ihre Gesichtszüge gewannen langsam wieder die Sanftheit, die sie auf den frühen Fotografien gehabt hatten. Die Schwermut verschwand aus ihren Augen, ebenso die Angst und die Angespanntheit. Natürlich waren das unerklärliche Veränderungen für Antypas, und obwohl sie ihn beunruhigten, machte er ihr keine großen Szenen, sondern fand sich fast damit ab.

Heute abend jedoch fühlte sich Frau Chrysanthi seltsam, seltsamer als an anderen Tagen. Die beiden waren außerdem noch allein zu

Hause. Aleka war zu Herrn Anarjyros gegangen – merk dir den Namen, ich komme noch auf ihn zurück – Antypas war in Ägina, wie du weißt. Es deutete also alles darauf hin, daß etwas Aufregendes geschehen würde. Ja, Frau Chrysanthi fühlte sich in der Tat ganz seltsam heute abend, deshalb wurde sie wohl auch ein bißchen öfter rot, wenn Luis seine gewagten Anspielungen auf ihr verlorengegangenes Liebesleben losließ, und deshalb wurde sie auch ganz unsicher, als sie sah, wie Luis ihren ganzen Körper musterte. Sie wußte nicht, was sie sagen sollte. Vor Aufregung schüttete sie sich erst einmal den ganzen Ouzo auf ihr gutes Kleid. Trotzdem hatte sie keine Angst vor ihm. Sie hatte begonnen, ihm zu vertrauen.

Als sie aufstand, um ins Schlafzimmer zu gehen und sich umzuziehen, war sie nicht ganz sicher auf den Beinen, zitterte beim Gehen, ein Zeichen, daß die „Revolution" plus Ouzo schon ihre Wirkung zeigten. Als sie zurückkam und sich wieder in den Sessel setzte, wollte sie etwas sagen, sich rechtfertigen, aber sie konnte sich nicht mehr beherrschen und begann zu weinen.

„Sie weinte und schluchzte herzzerreißend, Vetter. ‚Schwiegermütterchen, es ist niemals zu spät', sagte ich zu ihr. Doch sie reagierte nicht, sondern weinte nur weiter. Daran war wohl auch der Ouzo schuld."

Luis hatte sie richtig daran gewöhnt. Das Glas, das sie auf ihr Kleid geschüttet hatte, war schon das dritte gewesen. Er goß ihr ein viertes Glas ein. Sie trank ohne Widerrede. Und schluchzte weiter.

„Ich habe an Panajotis überhaupt nichts auszusetzen. Ich weiß nicht, was mit mir los ist. Ich sehe ihn nicht mehr so, wie ich ihn bisher gesehen habe. Ein Grund dafür ist auch die Tatsache, daß er dir das halbe Geschäft als Alekas Mitgift versprochen hat und sich nicht an sein Versprechen hält. Er streitet sich auch ständig mit unserer Tochter darüber."

Luis war sehr gerührt und streichelte ihr zärtlich über den Kopf, um sie zu trösten. Offensichtlich Balsam für ihre Seele.

„Meine liebe Frau Chrysanthi, sorgen Sie sich nicht um mich. Mir war sowieso klar, daß er sein Versprechen nicht einlösen würde. Und selbst, wenn er mir das Geschäft jetzt ganz gäbe, würde ich es nicht haben wollen. Unter uns, ich kann Ihren Mann nicht mehr ertragen."
„Nein, das darfst du nicht sagen. Er ist kein schlechter Mensch, nur daß er ..."

Ihre Tränen durchnäßten das zweite Kleid. Sie konnte nicht mehr, stand auf und ging wieder ins Schlafzimmer.

„Ich muß mir mal die Nase putzen", sagte sie. Bis ins Wohnzimmer war ihr Weinen zu hören, obwohl sie die Tür geschlossen hatte. Luis wußte nicht, was er machen, wie er sie beruhigen sollte. Gerade hatte ihm Liakopulos ein Buch von Freud geliehen, und so schwirrte sein Kopf von Symptom, Verdrängung, Libido, Hysterie. Er hatte die Information, mußt du wissen – von Aleka hatte er das erfahren – daß ihr Panajotis sie nicht einmal mehr anfaßte. „Die reinste Hysterie." Das konnte er sehen; aber was sollte er ihr sagen, und was sollte er tun? Je mehr er sie mit seinen Theorien beeinflußte, desto schlimmer wurde ihr Zustand.

„Statt ihr gut zu tun, schadet es ihr im Endeffekt."

Genau in diesem Moment rief Liakopulos an. Er war außer sich vor Freude, weil er erfahren hatte, daß die Partei Sachariadis ausgeschlossen hatte.

„Endlich haben die Idioten ihn rausgeschmissen. Hast du es schon gehört?"

Dieser Parteiausschluß von Sachariadis war ihm zur fixen Idee geworden.

„Der Typ ist ein Arschloch!"

Wo auch immer du Liakopulos antrafst, zu Hause bei jemandem, auf der Straße, im Kafenio – ja sogar auf der Beerdigung von Chatzis, einem anderen sehr guten Freund von uns – er hatte immer die gleiche

Leier drauf.
„Der Typ ist ein Arschloch, der hat von nix Ahnung. Der ist so bescheuert, daß er schon aus dem Grund kein Provokateur sein kann."

Ich sage dir, Sachariadis ging ihm nicht aus dem Kopf. Das machte ihn kirre.
„Ist nicht mein Vater wegen seiner Fehler und Versehen draufgegangen, Manolopulos? Und bin ich nicht auch seinetwegen auf der schwarzen Liste und kriege nirgendwo eine Stelle?"

Die Stelle bekam er allerdings, sehr schnell sogar, wie du bald sehen wirst. Und er bekam sie nicht nur, die Stelle, sondern dehnte sie sogar aus, machte sie zu einem Riesenposten, zu einem Thron, der sich fast über den ganzen Raum Attika erstreckt hätte. Jedenfalls waren Wut und Trauer für seinen Vater echt. Er hatte ihn geliebt.
„Nach diesem beschissenen Wahlboykott von '46 ließen sie meinen Alten nicht mehr in Ruhe, bis er sich in die Berge flüchtete und da krepierte. Was wollte der Spinner denn mit dem Boykott? Ständig begab er sich aufs Glatteis."

Liakopulos hatte so eine Art, schnell zu reden, ein Wort verschluckte das nächste – es war ungewiß, ob Luis die Hälfte von dem verstand, was er sagte – und gleichzeitig hörte Luis auch noch Frau Chrysanthis Weinen von nebenan. Das einzige, woran er sich erinnern konnte, war, daß er Manolopulos ausfindig machen sollte – mich also – und wir zu ihm nach Hause kommen sollten, um zu diskutieren und zu feiern. Er war es leid, ihm am Telefon zuzuhören. Er wollte lieber live hören, wie er redete. Er zog sogar sein Geschwätz vor, statt ihm am Telefon zuzuhören und nichts von dem zu kapieren, was er ihm erzählte.

Als ich Luis das letzte Mal sah ... Moment, wann war das noch ... Ach ja, ich war zu Antypas' Juweliergeschäft gegangen. Dort traf ich ihn. Ich erinnere mich, daß meine Schwester im Begriff war, diesen Ölhändler zu heiraten und meine Mutter mich losgeschickt hatte, bei Luis den Goldschmuck für die Hochzeit zu kaufen, damit's billiger wird.

Luis steckte mir zwei Ringe in die Tasche, einen als Geschenk für den Bräutigam und einen für meine Schwester. Außerdem gab er mir ein Armband und zwei oder drei von seinen Engeln als Anhänger. Nicht eine Drachme nahm er mir ab.

„Wir werden Antypas kaum arm machen. Hier, nimm auch noch ein Armband mit deinem Namen drauf."

Und dann schüttete er mir sein Herz aus:

„Ich halte es nicht mehr aus, Kostantis. In Ordnung, das Geld ist gut, ich habe sogar etwas gespart, aber mit dem Mann geht es nicht länger. Ganz abgesehen davon, daß er mich übel ausbeutet, daß Aleka von der Geschichte mit Persefoni Wind bekommen hat. Der Alte hat mich verpfiffen. Sie kam ein, zwei Mal hier ins Geschäft, und er erkannte sie. Scheiß drauf. Ich will meine Freiheit, alter Junge. Ich sehe keinen Menschen mehr. Alle sagen – selbst mein Vater, der eine Seele von Mensch ist – daß ich es unbedingt durchhalten soll."

Er redete und redete, aber wir wurden ständig unterbrochen. Mal kauften sie Figürchen und kleine Kreuze, mal Armbänder und Colliers...

Ich beobachtete ihn. Nicht ein Kunde hatte den Laden wieder verlassen, ohne auch etwas gekauft zu haben. Ich erinnere mich, daß eine verschrumpelte Frau in den Fünfzigern, das Gesicht voller Pubertätspickel, den Laden betrat und von seinen Worten hin und weg war: „Augensternchen, dieses Armband wirst du auch beim Schlafen nicht mehr abnehmen. Das wirst du immer am Handgelenk behalten. Nimm es mal zur Probe mit nach Hause. Ich will nicht mal deine Telefonnummer. Wenn es dir gefällt und du es nicht vergißt, komm einfach vorbei und bezahle es."

Und tatsächlich gab er es ihr, ohne Geld dafür zu nehmen. Danach kamen noch mehrere andere Frauen. Ein Schmuckstück wollten sie kaufen, und mit zehn verließen sie den Laden. Schließlich war er es leid, nahm das Vorhängeschloß, schob mich raus, zog die Rolläden runter und schloß ab.

„Zum Teufel mit Antypas und seinem Laden. Komm", sagte er zu mir, und wir hauten ab.

Er führte mich in die gegenüberliegende Bar von *Dorothy*. So stand es draußen geschrieben, oben drüber, in roten Buchstaben: *Dorothy*.

Ich hatte mich gerade eben hingesetzt. Als ich aufsah, um mir den Raum anzuschauen, erstarrte ich. Dorothy war nicht Dorothy. Es war Charula.

„Du erinnerst dich an Charula, in Korinth, mit Pepas und Polyxeni?" fragte er.

„Du kannst Fragen stellen. Natürlich erinnere ich mich an Charula!"

Ich hatte den Satz noch nicht ganz beendet, da fiel mein Blick auf sie, und ich sah, daß sie zu mir rüberschaute. Dann kam sie auf uns zu und gab mir die Hand.

„Wie geht es Ihnen, Herr Manolopulos?"

Mann, oh Mann! Ihr Lächeln erinnerte mich an einiges!

„Gut. Und Ihnen?" antwortete ich ihr höflich; ich Armleuchter siezte sie und starrte sie mit offenem Mund an.

Ich traute meinen Augen nicht. Sie hatte sich nicht sehr verändert. Und doch, sie war schlanker geworden und irgendwie auffallend gekleidet, mit einem roten seidenen Oberteil und einem blauen weiten Plisseerock. Obwohl sie noch dieselbe Person geblieben war und man sie sofort erkannte, war es trotzdem gleichzeitig so, als wenn man einen anderen Menschen vor sich hatte. Dieselben Lippen natürlich, dasselbe Gesicht, derselbe Glanz in den Augen, aber ein anderer Mensch. Natürlich wirkte sie jetzt mit den stärker geschminkten Lippen und den längeren Haaren noch attraktiver, noch eleganter. Sie erinnerte mich an Sperantsa Vrana. Ich hatte sie '55 in einem Musical gesehen, in dem sie, glaube ich, eine Prostituierte gespielt hatte. Auf jeden Fall war ich auf diese Überraschung nicht gefaßt gewesen. Woher sollte ich ahnen, daß ich in Dorothys Bar Charula treffen würde.

Jetzt kenne ich Luis schon seit so vielen Jahren, und er überrascht mich immer wieder von neuem. Sicherlich hatte er diese Begegnung schon lange vorbereitet, der alte Gauner. Alles hatte er geplant.

„Wie geht es denn Herrn Pepas?“ fragte ich sie.

„Seit sie ihn geschnappt haben, ist er nicht wieder rausgekommen. Danach haben sie uns auch noch die Taverne weggenommen. Er ist gestorben. In der Verbannung. Was hätte ich damals tun sollen? Die Stimmung im Dorf war gegen mich. Ich war ja auch nicht von dort. Und dann hatte ich das Kind, Konstantinos.“

Luis zündete sich neben uns eine Zigarette nach der anderen an. Er sah woanders hin. Tat zumindest so.

„Was für ein Kind?“ wollte ich gerade fragen, kam aber nicht mehr dazu, denn Luis bremste mich, indem er mir unter dem Tisch auf den Fuß trat.

„Und wie geht es Ihnen? Studieren Sie noch?“

„Ja, immer noch. Na ja, so ungefähr jedenfalls.“

Ich merkte, daß Retsinas etwas sagen wollte, doch dann besann er sich eines besseren und schickte sie Ouzo holen. So hatte er Gelegenheit, mir zu schildern, was geschehen war:

„Sie hat mich mal besucht, zusammen mit dem Kind. Sie war ganz allein. Gerade zu dem Zeitpunkt stand *Dorothys* Bar zur Miete frei. Die hatte sich gerade umgebracht, kanntest du sie nicht? Dorothy war gar keine Frau. Sie war ein Mann.“

Ich unterbrach ihn. Ich hatte keine Lust, noch eine neue Geschichte zu hören.

„Erzähl mir lieber von Charula.“

Sie kam mit dem Ouzo zurück.

„Auf jeden Fall hat sich Manolis, Gott schütze ihn, mir gegenüber anständiger verhalten hat, als es mein eigener Vater tun würde. Er hat Geld für mich aufgetrieben und mir geholfen, den Kühlschrank zu schleppen. Und der Taufpate meines Kindes ist er auch geworden."

Sie konnte nicht weitersprechen. Ihre Augen füllten sich mit Tränen. Ohne noch etwas zu sagen, ging sie weg, offenbar, um sich ein Taschentuch zu holen und sich die Tränen abzuwischen.

„Laß uns gehen", sagte Luis plötzlich zu mir und rutschte von seinem Hocker runter. Er legte einen Fünfziger hin, trank seinen Ouzo in einem Zug aus, verließ die Bar und schleifte mich fast hinter sich her.

„Halt, Manolis, was soll denn das?"

„Mensch, laß uns gehen, ich weiß schon, warum."

Und wir machten uns auf den Weg. Schweigend gingen wir die Strecke nach Terpsithea hoch. Ich erwartete, daß Charula aus ihrem Laden kommen und hinter uns herrufen würde, doch sie kam nicht raus.

„Dieses Treffen hatte ich als Überraschung für dich aufgehoben. Du wirst die Sache durchschaut haben, aber da die Dinge nun mal so gelaufen sind ..."

Ich suchte nach einer Möglichkeit, das Gespräch wieder auf Charula zu bringen.

„Sag mal, Luis ..."

„Was soll ich denn sagen, Vetter? Du hast es doch selbst gemerkt. Oder hast du es etwa nicht gemerkt? Deshalb hat sie es auch Konstantinos genannt. Es wurde genau neun Monate nach eurer gemeinsamen Nacht im *Bellevue* in Korinth geboren. Sie hat mir geschworen, daß sie mit keinem anderen Mann geschlafen hat. Genau neun Monate. Ich habe sie gezählt. Abzüglich weniger Tage. Mit drei Männern hat sie bis dahin geschlafen. Mit Pepas, mit dir und mit mir. Aber es sind auch keine Beweise nötig. Wenn du das Foto von dem Kind siehst – es sieht aus wie du. Es ist dir wie aus dem Gesicht geschnitten. Was hätte ich tun sollen? Als sie mit dem Kind auf dem Arm zu mir kam ... Sie wollte zu dir und es dir sagen. Sie hoffte immer noch. ‚Laß ihm Zeit', sagte ich zu ihr, ‚jetzt studiert er gerade, später kannst du's ihm sagen.' Hätte ich dich damit belasten sollen? Du kannst mit so was doch gar nicht umgehen. Ich sagte ihr, daß ich dich aus den Augen verloren hätte, daß ich nicht wüßte, wo du wärst. Habe ich nicht richtig gehandelt?"

Ich war gerührt und erschreckt, ja fast schon geschockt.

„Du hättest es mir sagen müssen."

Er hielt an und schaute mir in die Augen.

„Und was hättest du dann gemacht? Mensch, du Traumtänzer. Hättest du sie vielleicht geheiratet? Hättest du das Kind anerkannt? Hättest du sie mit nach Hause genommen? Vielleicht so, wie du Martha damals mit zu dir genommen hast? Bitte schön, jetzt sage ich es dir mal ganz offen. Hör auf zu labern, Manolopulos. Du hast sowieso schon den falschen Weg eingeschlagen! Wolltest du dir vielleicht noch ein paar Probleme mehr aufhalsen? Willst du mir etwa was vormachen? Aber ich hätte sie und das Kind damals mal ruhig zu dir schicken sollen, um mir einen Spaß daraus zu machen, um zu sehen, wie dir das Herz stehen bleiben würde."

Er blamierte mich vor mir selbst, ließ kein gutes Haar an mir, brachte mich fast um damit. Ich fühlte mich genauso, wie er sagte. Mir blieb fast das Herz stehen.

„Du bist für solche Dinge nicht geschaffen, Kostantis, das Thema hatten wir doch schon mal."

„Sie hätte es mir sagen können, als sie merkte, daß sie schwanger war."

„Rastest du jetzt ganz aus? Sie wollte sowieso unbedingt ein Kind. Du hättest ihr höchstens gesagt, daß du dich an den Abtreibungskosten beteiligst. Und außerdem war sie in dich verliebt, vergiß das nicht."

Mir wurde langsam kalt. Wir waren am Terpsithea-Platz angekommen. Von fern konnten wir Stimmen hören. Zeitungsverkäufer, die irgendeine Meldung ausriefen. Luis versuchte hinzuhören. Er wartete ungeduldig darauf, daß die Regierung zurückträte, daß Wahlen kämen, daß die Demokraten gewännen, daß er endlich die Seemannspapiere bekäme, die die Schweinehunde ihm um nichts in der Welt rausrückten.

„Mensch Luis, hoffst du immer noch auf die Papiere?"

„Was denkst du denn, Vetter? Daß ich hierbleibe und mein Leben mit Antypas vergeude? Aber die Schweine sagen ständig, daß ich eine bewegte Vergangenheit habe und nicht vertrauenswürdig bin."

Die Regierung war nicht zurückgetreten. Die Stimmen verkündeten, daß ein Extrablatt über die Verhaftung von Merten berichtete.

Wir setzten uns auf eine Bank am Platz. Er zog eine Zigarettenschachtel hervor und bot mir eine an. Ich lehnte ab. Das Kind von Charula ging mir nicht aus dem Kopf. Jetzt wollte ich es genau wissen.

„Vergiß es. Jetzt ist es eh vorbei. Inzwischen hat sie sich damit abgefunden. Kannst du dir vorstellen, daß sie damals zu dir gekommen wäre und von dir Alimente, Verantwortung etc. gefordert hätte?"

Ich kriegte wieder Angst.

„Meinst du denn, sie kommt eines Tages noch zu mir?"

Er wandte sich mir wieder zu und sah mir in die Augen. Er hatte dieses teuflische, oft unergründliche Grinsen drauf, aus dem du nicht ersehen konntest, ob er dich damit umbrachte, Mitleid mit dir hatte oder einen Scheiß auf dich gab.

„Mensch, Kostantis, ich würde gerne ... Weißt du, was ich gerne würde? Daß wir uns wiedertreffen, wenn wir achtzig sind, und daß du mir dann sagst, wieviele Dinge du in deinem Leben bereut hast. Was denkst du eigentlich? Hättest du mit Charula vielleicht eine schlechte Wahl getroffen? Bei Martha hast du dich damals aus dem Staub gemacht. Bei Charula machst du dich jetzt wieder aus dem Staub. Sie fordert überhaupt nicht von dir, daß du die Verantwortung oder sonst einen Quatsch übernimmst. Dein Leben gehört dir, aber du wirfst sie einfach weg. Ich sage dir das, weil ich weiß, daß dir beide Frauen gefallen. Warum solltest du denn zum Beispiel nicht mit Charula zusammenleben? Du brauchst sie ja nicht zu heiraten. Charula verdient ihr eigenes Geld. Du hättest alles, was du willst. Und die *Pantios*-Uni würdest du mit ihrer Hilfe auch abschließen. Oder kannst du es nicht akzeptieren, sie nur als Geliebte zu haben?"

Er redete und redete ... Daß ich auch sie verlieren würde, wie Martha, daß viele Männer hinter ihr her seien, daß sogar ein Reeder sie überaus schätze, daß sie seine Angebote ausschlage, weil sie noch immer auf mich hoffe, daß sie alles andere als ungebildet sei, daß sie alle Klassiker gelesen habe, daß sie sensibler sei als so manche Idiotin mit Examen ...

Ich ließ ihn reden, aber damals erschienen mir all diese Dinge unglaublich und unvorstellbar. Daß ich mein Elternhaus und meine Studien aufgeben und mit einer Barfrau zusammenleben sollte? Daß ich akzeptieren sollte, daß mich eine, die beinahe „so eine" ist, bei sich zu Hause aufnähme und mich aushielte? Denn so sah ich sie, als „so eine", die durch wer weiß wie viele Betten gegangen war, egal was Luis sagte. Natürlich sagte ich das nicht laut, aber er kapierte es auch so.

„In Ordnung, Kostantis, vergiß es. Ich sage es dir zum letzten Mal. Aber nur, daß du's weißt, du wählst immer den falschen Weg. Deine Mama will auf Teufel komm raus, daß du ein Papier hast. Hol es dir, und du wirst sehen, daß du dir am Ende damit nur den Arsch abwischen kannst. Wollen wir wetten? Karrieren und so 'n Scheiß sind nichts für dich. Du bemühst dich ganz umsonst. Dein wahres Wesen treibt dich zu anderen Dingen als zu denen, mit denen du deine Zeit verlierst. In Ordnung, vergiß sowohl deinen Sohn als auch Charula. Dann aber ein für alle Mal", sagte er abschließend und spuckte aus.

SIEBTES KAPITEL

DIE VERWANDLUNG

Erst sehr viel später erzählte mir Luis, was für unglaubliche Dinge sich bis zu Liakopulos' und meiner Ankunft bei seinen Schwiegereltern zu Hause abgespielt hatten, als er uns an jenem besagten Sonntag eingeladen hatte. Zuerst einmal brachte er es nicht nur fertig, Frau Chrysanthi zu beruhigen, sondern er machte sie zu einem anderen Menschen. Nun inzwischen völlig bewußt und absichtlich beschloß er, den Grad ihrer Betrunkenheit zu erhöhen.

„Kostantis, das hat mich die Erfahrung gelehrt. Versuche niemals, die Zunge und die Leidenschaften einer Frau zu entfesseln, ohne daß du vorher eine handfeste Ouzobehandlung hast vorausgehen lassen."

„Sag mir, Mensch", fragte ich ihn am nächsten Tag, „worauf warst du letztendlich aus? Was hattest du vor?"

Er antwortete mir nicht direkt. Doch stritt er energisch ab, nach einem bestimmten Plan vorgegangen zu sein. Nach allem, was ich so mitbekam, scheint ihn ganz im allgemeinen die Idee der Verwandlung Frau Chrysanthis fasziniert zu haben.

„Alles, Kostantis, begann, als ich sie aus dem Schlafzimmer zurückholen wollte, als ich ihr helfen wollte, ihren hysterischen Anfall zu überwinden."

Er fand sie weinend vor dem Spiegel an ihrem Schminktisch sitzend vor, ihre Ellenbogen auf die Glasplatte und das Kinn auf die Hände gestützt. Sie tat nichts anderes, als sich im Spiegel anzuschauen und zu weinen. Als Luis eintrat, drehte sie sich zu ihm um und begann einen Monolog: „Mir geht es nicht gut. Ach, mein Gott. Mir geht es nicht gut. Was ist nur mit mir los? Warum weine ich ?"

Luis setzte sich in die Nähe aufs Bett und ließ sie reden. „Mir geht es nicht gut. Was soll ich nur Panajotis sagen? Ich habe ihm versprochen, keinen Ouzo mehr zu trinken, und jetzt habe ich doch welchen getrunken. Er hat mich schwören lassen, daß ich euch nicht verrate, daß er ein Metaxas-Anhänger war, und ich habe es verraten. Daß ich meine Beine rasiert habe, das wollte er nicht. Und daß ich meine Haare blond gefärbt habe, das wollte er nicht. Und warum um alles in der Welt bin ich nur nicht nach Ägina gefahren? Was habe ich mir nur dabei gedacht, daß ich nicht hingefahren bin?"

Sie redete und redete und merkte gar nicht, daß Luis kurz den Raum verließ und mit der Ouzoflasche und den Gläsern zurückkam. Vor allem merkte sie nicht, daß sie das fünfte Glas in einem Zug leerte.

„Denk nicht, Vetter, daß ich eine unanständige Absicht hatte. Ganz sicher nicht."

Als er vom Bett aufstand und hinter ihrem Rücken stehen blieb, trafen sich ihre Augen im Spiegel. Genau in dem Moment hörte sie auf zu reden und zu weinen. Sie versuchte sogar zu lächeln. Und da beugte sich Luis hinunter, nahm eine Bürste und einen Kamm vom Toilettentisch. Sie rührte sich nicht. Er war kurz befangen, doch dann kam ihm eine verrückte Idee und setzte sie sogleich in die Tat um: Zuerst löste er ganz plötzlich und unvorhergesehen ihren Dutt, eine von Antypas' letzten Festungen. Das blonde Haar, das herabfiel, war berauschend. Luis war begeistert. Er begann, ihr Haar zu bürsten.

Es war nun zu spät für Chrysanthi, sich zu widersetzen. Sie fügte sich in ihr Schicksal. Wie konnte sie ahnen, daß Luis einst Damenfriseur gewesen war?

Jawohl. Damenfriseur. Ich glaube, das war, als er aus dem Militär entlassen worden war. Damals, als die Polizei ihm zum ersten Mal jenes berühmt-berüchtigte gesellschaftliche Führungszeugnis verweigerte, das er für seine Seemannspapiere brauchte.

„Retsinas, glaub ja nicht, daß du je diese Seemannspapiere bekommst. Du kannst von Glück reden, daß du noch am Leben bist."

Papadopulos, der Chef des Sechsten Polizeireviers, zeigte ihm seine Akte, um ihn zu überzeugen.

„Dank dem lieben Herrgott, daß du Moschos' Bruder bist. Mit einer solchen Akte wärst du normalerweise schon im Jenseits."

Ich habe dir noch nicht von Luis' Stiefbruder Moschos erzählt. Er ist von einem anderen Vater. Die Distanz zwischen Luis und seinem Bruder war unterschiedlicher Art, angefangen von Klassen- bis hin zu metaphysischen Unterschieden. Fast galaktisch. Das heißt, wie Menschen von unterschiedlichen Galaxien, nicht nur von unterschiedlichen Planeten. Von unterschiedlichen Galaxien. Es reicht, wenn ich erwähne, daß er im Militärdienst war. Er war jung von einem zeugungsunfähigen, kinderlosen Onkel, einem Bruder ihrer Mutter, adoptiert worden, der etwas von einem Aristokraten hatte, etwas von einem Rentner, der gut von den Einkünften seines Besitzes leben konnte. Erst sympathisierte er mit Evtaxias, dann mit Tsaldaris und schließlich mit Papagos. Mit einem Wort, er war der Schandfleck der Familie mütterlicherseits. General Tzavaras hieß er und war Spezialist für Militärrecht.

Wie auch immer, das erzähle ich dir ein anderes Mal. Jetzt zurück zum Thema, zu Papadopulos, der unerbittlich war, was die Bescheinigung betraf, die Luis von ihm forderte, obwohl letzterer sowohl Reueerklärungen unterschrieben hatte, als auch dazu bereit war, Sachariadis abzuschwören.

„Kommt nicht in Frage, Retsinas, verarschen können wir uns selber.“

„Und was soll jetzt aus mir werden, Chef? Wovon soll ich leben? Willst du Chauffeur werden, brauchst du die Bescheinigung. Willst du Priester werden, brauchst du sie auch. Willst du Lastenträger werden, brauchst du sie auch. Nicht mal Busschaffner kannst du werden. Den Job hatte ich und wurde nach einem Monat entlassen. Sie wollten Papiere sehen. Will ich studieren, dasselbe Problem. Sie wollten Papiere sehen. Was soll ich machen? Ganz zu schweigen von Berufen im Beamtenstatus. Nicht mal Müllmann kann ich werden. Auswandern kann ich auch nicht, weil ich dazu einen Reisepaß brauche. Nicht mal einen Motorradführerschein haben sie mir gegeben, so daß ich Zusteller hätte werden können. Wie soll das denn weitergehen?“

Papadopulos war währenddessen damit beschäftigt, in der Nase zu bohren und durch das offene Fenster Penny anzustarren. Penny war der Spitzname von Fräulein Carmen, die vor sechs Monaten genau gegenüber den inzwischen in der Nachbarschaft bekanntgewordenen Damenfrisiersalon „Der schöne Kopf“ eröffnet hatte. Da Dauerwelle und Ponyfrisuren Carmens Stärke waren, wurde durch ein paar seltsame Assonanzen das „Pony“ zu „Penny“, und schon hatte sie ihren Spitznamen weg.

Auf jeden Fall träumte der Chef des Sechsten Polizeireviers vor sich hin und bohrte in der Nase. Luis' Existenzängste interessierten ihn einen Scheißdreck, um so mehr aber der große und schlanke Körper Carmens, die gerade in provokativer Haltung auf der Schwelle ihres Geschäfts stand.

Papadopulos hörte irgendwann auf, in der Nase zu bohren und ord-

nete stattdessen seine Bleistifte.
„Wie soll ich Sie nur überzeugen, liebster Herr Polizeichef? Weder will noch kann ich Ihr Regime stürzen. Was immer Sie von mir wollen, ich bin dabei."

Er begann, mündlich der KKE[31] und ihren Anhängseln abzuschwören und zu erklären, daß er bereit sei, für sein Vaterland, dessen Himmel und Meer sein Leben zu lassen.
„Retsinas, hau doch endlich ab. Du überzeugst mich nicht. Bring deinen Vater zum Unterschreiben einer Erklärung her, dann kriegst du die Bescheinigung, aber mit einem solchen Vater ..."

Als Luis gerade dabei war, auch Vater und Mutter abzuschwören, erfaßte er die Blickrichtung des Polizeichefs. Er begriff, daß er sich vergebens bemühte und daß er wieder seinen Bruder Moschos würde beschwören müssen. Sonst hatte er keine Chance, die Seemannspapiere je zu bekommen. Er stand auf.
„In Ordnung, Herr Polizeichef, ich haue ab, aber wie soll ich Geld verdienen? Was soll aus mir werden? Ein Dieb?"

Papadopulos war ziemlich abwesend, da er abwechselnd in der Nase bohrte und die Tintenfässer auf seinem Schreibtisch ordnete. Aber er sagte den einmaligen Satz:
„Werde doch Damenfriseur. Warum wirst du nicht Damenfriseur? Da brauchst du wahrscheinlich keine Bescheinigungen."

Als Luis das am Abend im Freundeskreis erzählte, während sie gerade im Kafenio von Herrn Tassos das berühmte „Herz"-Spiel spielten, waren alle wie vom Donner gerührt. Ich war der einzige, der lachte. Und ich lachte auch noch laut und heftig. Bei dem Gedanken, Luis könnte Damenfriseur werden, setzte es bei mir aus.

Da Liakopulos, der älteste von uns, etwa im gleichen Alter wie Arjyris, sich wegen seines dreißig Zentimeter langen Schwanzes besonders männlich vorkam, stand entrüstet auf und fuhr mich an:
„Wieso lachst du, Manolopulos? Der ist so verrückt, daß er das glatt fertig bringt und zur Friseuse wird. Friseur der Papa beim Militär,

Friseuse er."

Ajisilaos wußte nicht, auf wessen Seite er sich stellen sollte. Tatsache ist, daß er sich nicht vorstellen konnte, daß sein Idol zur Friseuse werden sollte, wie er mit Kamm, Lockenwicklern und Bürste in der Hand die entsprechenden Bewegungen machen würde.

„So ja nun auch wieder nicht, Manolis", sagte er zu ihm, aber Antoniadis ließ ihn nicht ausreden.

„Doch Mensch, warum denn nicht? Soll er's doch machen. Und er soll es nicht nur machen, sondern er soll auch noch von unseren Zeitungen fotografiert und zum Thema des Tages werden. Damit die Leute erfahren, wozu ein Linker gezwungen wird, um sich seinen Lebensunterhalt zu verdienen."

Antoniadis vertrat im Freundeskreis sozusagen die Stalinisten. Er übertraf selbst Arjyris an Fanatismus. Strenggläubig und ohne jede Reue. Er glaubte an den Genossen Sachariadis und die Vision der dritten Runde.

„Der Anführer hat gesagt: Gewehr bei Fuß, und wir müssen das Gewehr bei Fuß halten. Auf diese Weise werden wir zu Friseuren, Kohlenhändlern, Eisverkäufern und was immer du dir sonst noch vorstellen kannst. Hauptsache, wir können davon leben."

Nachdem Liakopulos erst einmal Schaum vor den Mund bekommen und in einer Minute etwa tausend unverständliche Worte ausgestoßen hatte – er spuckte sie eher aus als daß er sie aussprach – brachte er ein letztes „Blödmann" hervor, dies nun äußerst deutlich ausgesprochen, und stand auf, um zu gehen.

Natürlich war Antoniadis nicht ganz so ein Blödmann. Er hatte nur von seiner Mutter ein kleines Altkalender-Kirchlein geerbt und lebte von den sonntäglichen Kollekten und den Kerzen, die die Gläubigen anzündeten und das ihm genug Gelegenheit und Annehmlichkeiten bot, an die Revolution und den Kampf des griechischen Proletariates zu glauben. Siehst du, niemand konnte ihm die Kirche versiegeln. Ihn schützte die Verfassung.

Bevor Liakopulos aus der Tür war, nach dem „Blödmann“, das er ihm zugerufen hatte, blieb er kurz stehen, drehte sich um und sagte etwas noch Schlimmeres und Verletzenderes zu ihm:
„Jetzt reden auch noch die, die vom Opium des Volkes leben.“

Opium sagte er und meinte die Kirche. Nachdem er das also hinzugefügt hatte, verschwand er. Antoniadis, dessen Schwachstelle zum ersten Mal so offen getroffen worden war,– verzog sein Gesicht zu einer seltsamen Grimasse, schluckte, wollte etwas sagen – kriegte es aber nicht raus, weil seine Stimme versagte – packte schließlich seine Zigaretten ein und ging vor sich hin murmelnd ebenfalls zur Tür.
„Bleib doch sitzen, Mensch“, rief ihm Ikonomidis zu. Der war das vermittelnde Element unseres Freundeskreises und das wandelnde Lebensmodell meiner Mutter.
„Wenn wir das Problem erst mal verstanden haben, ist es zu spät. Dann hat euch der Widerstand aufgezehrt.“

Das waren seine letzten Worte, und weg war er.

Nach jenem Abend war Luis verschwunden. Für lange Zeit. Einen Monat lang wurde er nicht gesehen. Frau Maritsa war es , die ihn als erste im „Schönen Kopf“ von Carmen entdeckte, als sie zum monatlichen Haarfärben hinging. Die Neuigkeit verbreitete sich blitzschnell im ganzen Viertel. Retsinas als Damenfriseur bei Penny. Seine Schwester Antigoni nahm die Neuigkeit als Scherz auf, fand ihn aber nicht lustig genug zum Lachen. Sein Vater hörte gerade im Radio, wie Finanzminister Markesinis die Abwertung der Drachme ankündigte.
„Man erzählt sich, daß dein Sohn jetzt in einem Damenfrisiersalon arbeitet. Wußtest du das?“

Er antwortete nicht einmal. Entweder hörte er es nicht oder fand die Nachricht von der Abwertung der Drachme viel wichtiger. Vermutlich eher letzteres.

In jedem Fall war Carmen bereits im dritten Monat so begeistert von Luis' Handfertigkeit und der ganzen Kundschaft, die er brachte, daß sie ihm vorschlug, ihr Partner zu werden. Er wollte es sich überlegen. Im sechsten Monat änderte sie ihren Vorschlag:

„Entweder Partner plus Hochzeit oder Abtreibung, und wir werden sehen."

Er entschied sich für die Abtreibung. Genau zu dem Zeitpunkt kam der schicksalhafte Papadopulos dazwischen. Einen Tag nach der Abtreibung, als er sie in der *Volikas*-Klinik in Chatzikyriakio besuchte, traf er Retsinas dort an.

„Was sucht denn das Kommunistenschwein hier?" fragte er sie.

Die gleiche Frage stellte selbstverständlich auch Luis:

„Was sucht denn diese Kanaille hier?"

Auf jeden Fall war dieses Treffen schicksalhaft für Luis und sein berufliches Fortkommen. Er spürte, daß Carmens Polizist sie sofort nach ihrer Entlassung aus der Klinik vor eine Entscheidung stellen würde:

„Entweder entläßt du das Kommunistenschwein, oder ich gehe."

Und tatsächlich sagte er ihr genau das, so daß Carmen, die sich zwischen Kommunistenpack und Macht zu entscheiden hatte, sich natürlicherweise für die Macht entschied, wodurch sich Papadopulos wiederum gezwungen sah, etwas früher als geplant auf das Schafott geführt zu werden. Er heiratete sie.

Ihre Hochzeit fand genau an dem Tag statt, an dem der größere der beiden Krungasbrüder – erinnerst du dich an ihn? – der sogenannte Gehörnte, Aristos, seinen ebenfalls großen Bruder und seine eigene Frau, die potthäßliche Olympia, auf dem sündigen Bett tötete.

Die Schüsse waren bis zur Lichtmeßkirche zu hören, als gerade die Sakramente gefeiert wurden. Auch Luis war bei der Hochzeit anwesend. Wir gingen zusammen hin. Danach, als wir vom Mord erfuhren, sagte Luis zu mir: „Ein Schwein weniger." In dem Moment kapierte ich nicht, was er meinte. Später lachte ich. Und danach, als mir klar wurde, daß ihm der Mord sehr gelegen kam, um Evjenia zu entgehen, kam mir der Gedanke, daß er sogar seine Hand dabei im Spiel gehabt haben könnte. Das machte mir Angst.

Ich komme zu jenem schicksalhaften Sonntag zurück, als Luis begann, Frau Chrysanthi in ihrem Schlafzimmer die Haare zu bürsten. Ich hatte ganz vergessen, dir zu erzählen, daß sich kurz vorher – das heißt vor der Bürstenszene – , ein nachmittäglicher Streit zwischen Aleka und Luis zugetragen hatte, bei dem es um den Kauf einer Wohnung ging. Wenn der Streit nicht vorher stattgefunden hätte, hätten sich die Dinge vielleicht nicht so schnell und verhängnisvoll für die Familie Antypas entwickelt.

„Komm schon, Manolis", redete Aleka auf ihn ein, warum hast du nur den Teufel in dir? Die Bank gibt uns ein Darlehen und Herr Anarjyros einen Kredit. Ich will, daß wir endlich in ein eigenes Haus ziehen. Ist das etwa zuviel verlangt?"

Aber Luis leistete Widerstand. Er sagte die ganze Zeit zu sich selbst:

„Freundchen, aufgepaßt! Laß dich dieses Mal weder von ihren Waden noch von ihrem Hintern umstimmen."

Bei dem Mädchen konnte er einfach nicht konsequent bleiben! Jedesmal kippte er vollkommen unrühmlich um. Er konnte ihr keine Bitte abschlagen. Was sie natürlich auch wußte. Sie war sich inzwischen ihrer Waffen vollkommen bewußt, und deshalb hob sie sie jedes Mal als Reserve für das Ende der Szene auf.

„Mein Augenstern, besteh nicht drauf, ich will mich nicht so sehr verschulden. Wenn dein Vater eines Tages das Zeitliche segnet, nehmen wir sein Haus. Es macht mir nichts aus, mit deiner Mutter zusammen zu wohnen."

Aleka gab nicht auf, aber auch Luis blieb hart und unerbittlich.

„Laß dich nicht erweichen, du Dummkopf, sonst bist du verloren",

sagte er sich die ganze Zeit. Sie hatte schon fast ihre Strapse ausgezogen, und er war immer noch standhaft, in Position. Sie würde seine Augen nicht auf sich ziehen können. Während er mit ihr sprach, bemühte er sich, sie nicht anzusehen. „Hebe dich hinweg", sagte er innerlich immer wieder. Nur mit einem Slip bekleidet, fixierte er den Garten und die Weinlaube. Er wußte ganz genau, daß er sich nicht zu ihr umdrehen durfte. Täte er es, müßte er augenblicklich zur Salzsäule werden, sonst wäre er verloren.
„Drehst du dich endlich mal zu mir um? Oder soll ich mir die ganze Zeit deinen Rücken ansehen?"

Die Gefahr aufzugeben, beschränkte sich nicht nur auf das Sehen. Allein schon das Rascheln, das ihr Spitzennachthemd verursachte oder ihr Parfüm reichten aus, um ihn zu erregen.

Tatsache war, daß alle Sinne für Luis die reinste Folter sein konnten: das Sehen, das Hören, das Riechen. All das machte ihn fertig.
„Mein Vögelchen, stell dir vor, daß morgen dein Alter einen Rappel kriegt und mich aus dem Laden wirft. Was meinst du? Soll ich dann ohne Ende ackern, damit ich die Schulden begleiche? Ausdauer ist nicht gerade meine Stärke. Das weißt du."

Aleka öffnete gerade die Dose mit ihrer parfümierten Creme.
„Dann verlang von meinem Vater, daß er dich zum Teilhaber macht. In diesem Fall kann er dich nicht rausschmeißen. Ich habe ihm das schon gesagt und mich sogar mit ihm deswegen gestritten. Ihm bleibt gar nichts anderes übrig. Er muß einwilligen."

Sie begann, die Creme sanft in ihre Haut einzumassieren.
„Meinst du wirklich, daß dein Vater mich zum Teilhaber macht?"

Das Parfüm bestürmte schon seine Nase.
„Warum nicht? Aber er hat kein Vertrauen zu dir. Er hat erfahren, daß du einen Antrag gestellt hast, auf See gehen willst, und daß dich dieses mannstolle Weibsstück Persefoni schon wieder besucht hat."

Luis betete inbrünstig, sie möge nicht vor ihm vorbeispazieren, denn in ihrem jetzigen Zustand, parfümiert und in diesem Baby Doll,

hatte er keine Chance. Er würde wieder aufgeben, und zwar wieder unrühmlich und überhaupt nicht heldenhaft.
„Wenn sie kommt, gehst du mit ihr sofort in eins dieser Stundenhotels."
„Das sagt er absichtlich, um uns auseinander zu bringen."
„Du bist hinter dem Hl. Spyridon gesehen worden."
„Und du glaubst diesen Quatsch? Ich mit der in einem Hotel?"
„Nicht?"
„Natürlich nicht", sagte er kurz und knapp und vermied so die Fortführung dieses Gesprächs.

Sie kam auf das Thema zurück, das ihr auf den Nägeln brannte, den Kauf der Wohnung. Sie sagte, daß sie bereits eine Wohnung gefunden habe und daß Herr Anarjyros, der Bauherr, es ihr sehr günstig überlassen würde. Er antwortete ihr mit ein paar stereotypen Antworten, so wie er sie von seinem ehemaligen Aufklärer Arjyris gehört hatte:
„Genossen, selbst die Darlehen sind Fallen. Sie kriegen dich unter, ohne daß du es merkst. Zuerst wecken sie in dir den Wunsch nach Besitz, einem eigenen Häuschen, und später unterdrücken sie dich. Erst sollst du Kapital ansammeln und später kommen Raten, Steuern, Teilzahlungen auf dich zu, so daß du fünfzehn Jahre, die du abbezahlst, auf die Langlebigkeit des Systems hoffst, denn du weißt ja dann, daß jede Erschütterung, ob Arbeitslosigkeit oder Streik, sie dazu zwingt, dir dein Häuschen wieder wegzunehmen, und du als der Besitzer, der es inzwischen liebgewonnen hat, würdest natürlich lieber sterben, als es ihnen zurückzugeben."

So ungefähr trug er es auch Aleka vor, als Volkswirtschaftsunterricht. Natürlich kapierte Aleka nicht ein Wort von dem, was er sagte. Und zwar nicht nur, weil es zu hoch für sie war, sondern hauptsächlich, weil sie durch den Spiegel des halboffenen Schrankes mit Erstaunen festgestellt hatte, daß Luis' Schwanz steif wurde, während er mit ihr sprach. Ihre einzige Antwort auf seinen Vortrag war: „Laß die

Scheiße", kam über das Bett krabbelnd auf ihn zu, zog ihn an sich und begann, ihm den weißen Slip auszuziehen, während er den Volkswirtschaftsunterricht fortsetzte.

Diese unbezwingbaren Initiativen Alekas führten stets zur bedingungslosen Kapitulation. Natürlich akzeptierte er all ihre Bedingungen: Sie würden sowohl ein Darlehen aufnehmen als auch die Wohnung des Herrn Anarjyros kaufen und am Abend, wenn der Papa aus Ägina zurückkäme, würde Luis energisch von ihm verlangen, ihn endlich zum Teilhaber zu machen, und am nächsten Wochenende würde er ganz sicher mit ihr nach Epidaurus fahren, damit auch sie endlich mal eine griechische Tragödie zu sehen bekäme. Sie sagte, sie würde nur dann sein Sperma herunterschlucken, wenn er ihr all das verspräche. Also versprach er es, und sie schluckte es herunter.

Als Liakopulos und ich auf Luis' Einladung hin, mit ihm zu feiern, im Hause Antypas ankamen, hatte Aleka, überglücklich über ihren Sieg in fünf Minuten, ihren Mund ausgespült, ihr nuttiges Oberteil angezogen, das den Busen halb unbedeckt und den Rücken frei ließ, ihre Strümpfe und Strapse angezogen und darüber einen äußerst engen lila Rock, der ihren unglaublichen Körper feierlich zur Geltung brachte. Sie hatte ihre Tochter geweckt, um sie mitzunehmen und verließ singend das Haus, um sich mit Herrn Anarjyros zu treffen und den Kauf der Wohnung abzuschließen.

„Meinst du, daß du diesen Herrn Anarjyros am Sonntag überhaupt antriffst?"

Luis hatte ihn nur einmal gesehen. Er wußte nicht einmal, wie er genau aussah. Nur daß er eine Glatze und überall kleine Leberflecken hatte, auf den Wangen, den Händen, den Augen. Und daß er klein und dick und rothaarig war. Nur daran erinnerte er sich. Und reich war er natürlich.

„Ich werde zu ihm nach Hause gehen. Er hat sich sehr bemüht, uns die Wohnung freizuhalten. Morgen ist es vielleicht schon zu spät. Er erwartet mich."

„Das Flittchen, sie war sich sicher, daß sie mich rumkriegt", dachte sich Luis, als er sie weggehen sah. Langsam begann er, sich mit sich selbst zu versöhnen.

„Wenn man es sich recht überlegt, jeder Mensch braucht ein kleines Haus für sich. Macht nichts. Wir werden sehen."

Als Aleka die Außentür schloß, rief sie:

„Also, mein Schatz, wenn ich bei Anarjyros fertig bin, gehe ich deinen Vater besuchen, damit er seine Enkeltochter zu sehen bekommt."

Das war ihre Zugabe. Luis, ob du es glaubst oder nicht, war richtig gerührt. Beinahe hätte er geweint. Soweit er sich recht erinnert, hatte er sich danach so sehr mit der Idee des Wohnungskaufs abgefunden, daß er schon überlegte, auf wessen Namen sie die Wohnung kaufen sollten.

„Nicht, daß ich so reinfalle wie Bolas! Obwohl seine Sophie mit dem ersten Dahergelaufenen bumste, mußte der Ärmste jahrelang als Gehörnter die auf ihren Namen laufende Dreizimmerwohnung abbezahlen. Obendrein verließ sie ihn, sobald er die Wohnung abbezahlt hatte."

Luis gab niemals zu, daß er uns an jenem schicksalhaften Sonntag zu sich eingeladen hatte mit dem einen Ziel, den familiären Frieden von Antypas zu zerstören. Obwohl ihm, dickköpfig wie er war – und das gibt Luis auch zu – recht geschah. In Ordnung, er gibt zu, daß er alle ihm zur Verfügung stehenden Mittel benutzt hat, um Frau Chrysanthi so weit zu bringen, ihm ihr Herz zu öffnen, aber er hatte niemals ihren Ruin im Sinn.

Als er sie gerade bürstete – du erinnerst dich? – eröffnete er ihr, daß er zwei sehr gute Freunde erwartete und daß Aleka erst spät nach Hause kommen würde, da sie einen gewissen Herrn Anarjyros besu-

chen gegangen sei und daß vor kurzem Herr Panajotis aus Ägina angerufen habe, um mitzuteilen, daß er heute abend nicht mehr zurückkäme, da er keinen Platz mehr auf dem Schiff bekommen habe.
„Ach, warum hast du mich denn nicht mit ihm sprechen lassen?"
„Sie weinten gerade; und was hätten Sie gesagt, wenn er Sie gefragt hätte, warum Sie weinen?"
„Das ist richtig, was hätte ich da sagen sollen?"

Um die Zeit zu überbrücken, begann er ihr Geschichten zu erzählen. Zuerst erzählte er ihr die mit dem Unfall von Thrasyvulos. Tatsache ist, daß es niemand je schaffte herauszufinden, ob es sich dabei um eine wahre oder eine erdachte Geschichte handelte. Niemand von uns hat Thrasyvulos je wiedergesehen, um ihn zu fragen, um das rauszubekommen. Sicher ist, daß Luis Thrasyvulos' Frau Anait scharf fand, aber da Thrasyvulos so etwas wie ein Freund war, zeigte er ihr das nie, sondern ging den beiden sogar aus dem Weg. Er traute sich selbst nicht.
„Vetter, diese Anait ist ein außergewöhnliches Wesen. Sie ist Armenierin und singt. An der Frau ist alles rund: Wangen, Brüste, Hintern. Kaum hatte sich Thrasyvulos einen Volkswagen zugelegt, lud er Luis als ersten zu einer Probefahrt ein. Die beiden wollten bis nach Isthmia zum Kaffeetrinken fahren und dann zurückkehren. Schließlich kam Luis allein zurück. Blutverschmiert, die Kleidung zerrissen und total dreckig.
„Frag nicht viel", sagte er zu Anait, als sie ihm aufmachte. „Dein Thrasyvulos und sein Auto schwimmen wahrscheinlich gerade in den Tiefen des Saronischen Golfs. Als ich wieder zu mir kam, hing ich an einem Felsen. Sie suchen immer noch nach ihm. So einen Schwung hatten wir drauf."

Er hatte sie geweckt. Es war weit nach Mitternacht. Sie sah ihn wie blöde an. Er ließ sie weder schreien noch klagen. Sie schlief fast noch. Er beruhigte sie, tröstete sie.
„So ist das Leben! Wir sind alle sterblich." Und so ein Zeug eben.

Etwa zwei Stunden lang tröstete er sie, bis sie auf dem Sofa einschlief. Erst dann stand er auf, um sich zu duschen und seine Wunden auszuwaschen. Es war zwei Uhr nachts.

Später sagte Anait, daß ihr die ganze Geschichte wie ein Traum vorkam, so wie Luis sie geweckt hatte.

Als im Morgengrauen die Tür aufging und Thrasyvulos hereinkam, genauso zerlumpt und dreckig wie Luis, fand er die beiden nackt und umschlungen im Schlaf der Gerechten vor.

Frau Chrysanthi war sprachlos.

„Was sind denn das für Sachen, mein lieber Manolis, die du mir da erzählst?"

Ihr kam die ganze Geschichte unglaublich vor. Sie war völlig verwirrt. Sie verlor so sehr den Sinn für das, was recht und was unrecht war, was man durfte und was nicht, daß sie nicht mehr wußte, wie sie sich verhalten sollte. Sollte sie wütend werden oder sollte sie lachen? So wie ich dir das jetzt natürlich erzähle, erscheint es wirklich unwahrscheinlich und auch ordinär; aber du kannst mir glauben, daß Luis mir die ganze Sache in tausend Einzelheiten absolut überzeugend beschrieb. Wenn du dabei gewesen wärst, wärst du auch ganz sicher gewesen, daß alles genau so und nicht anders war.

„Mein lieber Manolis, das sind aber wirklich ganz unschickliche Dinge, die du mir da erzählst. Mit der Frau deines Freundes? Wie konntest du nur!"

„So spielt das Leben. Schließlich haben wir keinen umgebracht. Es ist halt passiert."

Als er ihr danach die Geschichte von Maritsa und Evjenia erzählte, war sie kurz davor, durchzudrehen. Jesus hatte Gleichnisse erzählt, um seine Schäfchen zu retten, während Luis Geschichten erzählte, um die Leute umzudrehen. Sonnenklar, daß all diese Geschichten Frau Chrysanthis Horizont auf gefährliche Art und Weise erweiterten, auch wenn sie es noch nicht zugeben konnte.

„Aber, lieber Manolis, was hast du denn in der Schule gelernt? Wie bist du nur auf den falschen Weg geraten?“

„Teils Veranlagung und teils Schicksal. Vielleicht habe ich das von meiner Mutter. Ihren ersten Mann, Karaiskos, einen dummen Berufssoldaten, verließ sie schon im ersten Jahr nach der Hochzeit, 1930. Sie hatte gerade Moschos zur Welt gebracht. Doch sagt sie, daß sie sich trennte, als er mit Pangalos und ein paar anderen eine ‚Bewegung‘ gründen wollte. Er wurde in einem Schweinestall verhaftet, als er und die anderen gerade schworen, Veniselos aufzuhängen. In jener Nacht machte sich meine Mutter mit dessen Offiziersburschen aus dem Staub. Nach neun Monaten wurde ich geboren, dein Schwiegersohn. Der Offiziersbursche, Herr Petros, ist mein Vater. Veniselos-Anhänger und Friseur beim Militär, Gefreiter bei der Reservearmee. Mein Alter sagt, daß er die Verschwörung höchstpersönlich Sofulis verraten hat. Meine Mutter, die sich in der Zwischenzeit mit ihm zusammengetan hatte, hatte ihm davon erzählt. Mein Vater war ein hübscher Kerl. Nach drei Jahren wurde meine Schwester Antigoni geboren. Nach fünf Jahren, bei der Beerdigung von Michalakopulos, dem ehemaligen Premierminister, wurden beide verhaftet. Meine Mutter und mein Alter. Es war eine Kundgebung gegen Metaxas. An jenem Tag regnete es in Strömen. Einem teuflischen Zufall zufolge wurden sie von ihrem Ex-Mann verhaftet, von Karaiskos höchstpersönlich, der Metaxas damals stark unterstützte. Nach zehn Tagen starb meine Mutter an Lungenentzündung. Durch den Regen. Sie war völlig durchnäßt gewesen. Mein Vater arbeitete weiterhin als Friseur. Später arbeitete er bei der Bahn. Als Weichensteller. Dann stempelten sie ihn als Kommunisten ab und schickten ihn in die Verbannung. Karaiskos starb bei den Dezemberkundgebungen durch einen Blindgänger, als er gerade gegen eine Mauer pinkelte ... Aber ich langweile dich. Kurz und gut, ich ähnele wohl eher meiner Mutter.“

Frau Chrysanthi war von Luis’ Geschichten völlig hingerissen; als Luis sie aufforderte, sich im Spiegel zu betrachten und ihm zu sagen, ob ihr ihre Verwandlung gefalle, wäre sie beinahe in Ohnmacht gefallen. Sie erkannte sich selbst nicht mehr, in keinem Punkt. Von Kopf bis Fuß sah sie eine andere Chrysanthi. Doch war sie nicht nur äußerlich eine andere Chrysanthi, sondern auch innerlich, durch und durch. Das konnte man sehen. Ihre Augen hatten einen anderen Ausdruck bekommen. Sie hatten Tiefe, eine gewisse Schwermut und Nachdenklichkeit erlangt.

Luis verharrte absolut regungslos, während sie sich im Spiegel anschaute. Er wußte sehr wohl, was sich in diesem Moment in ihrer Seele abspielte: die letzte Phase der Verwandlung. Deshalb ließ er sie in Ruhe, um diese Verwandlung nicht zu unterbrechen. Gestern und Heute in einem letzten Aufeinandertreffen. Rückblicke, Erinnerungen, Zurückweisungen, alles zusammen kämpfte in ihr. Gleich würde sie einen sehr tiefen Seufzer ausstoßen und sagen: „Zum Teufel, ich habe mein ganzes Leben vergeudet! Was ist aus meinem Leben geworden?"
„Vetter, ich war mir absolut sicher. Ich wartete wirklich darauf, und dann sprach sie es aus. Ganz genau so. ‚Zum Teufel, ich habe mein ganzes Leben vergeudet! Was ist aus meinem Leben geworden?' Sie benutzte genau dieselben Worte. Das kannst du ruhig glauben. Genau dieselben. Sie hat es tatsächlich genauso gesagt."

Als sie sich dann umdrehte und ihn ansah, schlug er ihr unauffällig vor, daß sie sich doch besser umkleiden solle, da ja Besuch ins Haus stünde. Zuerst verstand sie gar nicht, was er sagte – sie war noch in ihre Erinnerungen versunken. Als sie das Bewußtsein für Raum und Zeit wiedererlangt hatte, verstand sie. Und sie stimmte zu. Er schlug ihr vor – wie kam er nur auf die Idee – sich irgendwas von Aleka anzuziehen:
„Einfach so, aus Spaß, um sie zum Lachen zu bringen, wenn sie nach Hause kommt und sieht, daß Sie ihre Kleidung tragen."

Durcheinander, wie Frau Chrysanthi noch war, widersetzte sie sich nicht. Sie war einverstanden.
„Doch werden Sie mir erlauben auszusuchen, was Sie tragen werden", fragte er.

Sie erlaubte es. Er ging an Alekas Schrank und wählte einen roten Rock mit einem Schlitz an einer Seite und ein schneeweißes Oberteil mit dünnen goldenen Trägern und brachte ihr die Sachen. Sie zog sie an. Der Rock lag bei ihr eng an, und auch das Oberteil war so eng, daß ihr Busen wie gemeißelt aussah. Er band ihr zusätzlich ein feuerrotes Tuch um den Hals. Hochhackige Schuhe, schwarze Seidenstrümpfe, eine schwarze Halskette, schwarze Ohrringe. Ihre lockigen, blonden Haare fielen offen auf die Schultern. Er schaffte bloß nicht mehr, ihre Augen zu schminken. Wenn sie nicht ein paar Falten im Gesicht gehabt hätte, hätte man nur schwer unterscheiden können, wer die Mutter und wer die Tochter war.

Sie schaffte es nicht mehr, Widerstand zu leisten. Als sie sich im Spiegel ansah und gerade „Oh Gott!“ sagen wollte, klingelte es an der Haustür. Wir waren es, Liakopulos und ich.

Ich erspare dir die Einzelheiten. Du verstehst. Als wir ankamen, war es mitten am Tag. Bis um sieben waren wir alle vier sturzbetrunken. Luis, Liakopulos, Chrysanthi und ich! Und wenn ich sage „sturzbetrunken“, dann meine ich das so, wie ich es sage. Vielleicht nicht so sehr Luis, denn der erinnert sich noch an die Einzelheiten. Ich weiß nur noch, daß Liakopulos heulte wie ein Schloßhund, weil sie ihn zwei Tage vorher auf die Polizeiwache beordert und ihn dazu gezwungen hatten, eine eindeutige Reueerklärung zu unterschreiben, da er sonst, wie sie ihm drohten, kein Bein mehr auf die Erde bekäme. „Freunde, ich habe unterschrieben. Was hätte ich tun sollen? Ich habe unterschrieben.“

Ich lallte und flehte Luis an, mich zu Charula zu fahren, damit ich meinen Sohn sehen könnte, damit ich sie heiraten könnte, damit ... Ich weiß selbst nicht mehr, was ich alles sagte.

Frau Chrysanthi lachte die ganze Zeit über nur laut. Sie konnte nicht an sich halten. Da machte Liakopulos eine Bemerkung über ihre

Wimpern. Luis hatte sich verhört und glaubte gehört zu haben, daß er sie bat, das Lied *Deine Wimpern glänzen* zu singen. Ich hörte, wie Liakopulos Luis fragte: „Mensch, wo ist denn ihr Mann?“ und wie Luis antwortete: „In Ägina, der kommt nicht vor morgen zurück.“ Da begann Chrysanthi das Wimpernlied zu singen. Ihre Stimme war wie die von Stella Greka. Mit Tremolo in der Stimme. Liakopulos kam auf allen Vieren zu ihr gekrochen und umarmte ihre Beine. Sie verlor das Gleichgewicht und fiel auf das Sofa. Er redete auf sie ein, aber keiner von uns konnte verstehen, was er zu ihr sagte. Chrysanthi natürlich auch nicht. Ich war mit meinen Gedanken nur bei Charula.

„Jetzt komm schon, Luis, bring mich mit deinem Mofa zu ihr, das wird nicht länger als zwei Minuten dauern. Wir können auf dem Rückweg Ouzo mitbringen. Der ist uns sowieso ausgegangen. Und Bier.“

Ich wollte unbedingt Charula sehen, ich hätte sie am liebsten mit hierher gebracht.

„Warum denn nicht, Mensch?“

Mal lachte Chrysanthi, mal kicherte sie und mal warf sie ein: „Ach! Was redet ihr da nur!“

Liakopulos war inzwischen total scharf auf Chrysanthi.

Ich weiß nicht mehr, wie ich auf das Mofa und wie wir zur *Dorothys* Bar gekommen waren.

„Es ist geschlossen. Du Blödmann!“

„Am Sonntag geschlossen? Seltsam.“

Wir sahen genau nach, vielleicht war sie ja nur kurz irgendwohin gegangen. Aber nein, es war wirklich geschlossen.

„Der Reeder hat sie sicher rumgekriegt und sie bei sich aufgenommen. Das war’s dann ja wohl, jetzt haben sie sie dir weggeschnappt. Arschloch.“

Den ganzen Rückweg über beschimpfte er mich.

Als wir mit Ouzo und Bier beladen zurückkamen, war keine Menschenseele im Wohnzimmer. Absolute Leere und Stille. Wir schöpften Verdacht. Luis machte mir Zeichen, nicht zu sprechen, und wir schlichen auf den Zehenspitzen zum Schlafzimmer. Die Tür war verschlossen. Nur durch das Gartenfenster hatten wir die Chance, was zu sehen, wenn wir wollten. Wir gingen in den Garten. Wir schlichen vorsichtig vorwärts, während wir gleichzeitig versuchten, nicht loszuprusten. Das Schauspiel, das sich uns bot, war buchstäblich nicht zu beschreiben. Wir schleppten einen großen Stein unter das Fenster, um uns daraufzustellen und bis zum Fenstersims zu kommen, damit wir besser sehen konnten. Chrysanthi stand mit hochgezogenem Rock aufrecht an das Bettgestell gepreßt. Liakopulos stand vor ihr und versuchte unter Anstrengungen, seinen riesigen Dreißig-Zentimeter-Schwanz reinzustecken. Mal nahm er ihr das eine Bein hoch, mal ihr anderes.

„Komm, meine Süße ... Wo hast du denn diese Schätze so lange versteckt gehalten, meine Süße?“ stammelte er die ganze Zeit, berauscht vom Ouzo und der Erregung. „Dein Beinchen, meine Süße, ein bißchen höher. Komm, mein Schätzchen, komm ...“

Am Schluß verstand keiner mehr von uns, was er sagte, da er mindestens eine Viertelstunde versuchte, ihn reinzukriegen. Er schwitzte wie ein Irrer, aber es war wie verhext. Luis war drauf und dran ihm zuzurufen:

„Auf das Bett, Blödmann, wirf sie auf das Bett“, aber da sah er, wie Liakopulos sie gerade in die Arme nahm, sich auf den Bettrand setzte und sie ganz behutsam auf sich zog und sie auf sich draufsetzte. Erschrocken und sprachlos verfolgten wir das Geschehen bis zum Ende. Wir kannten sein riesiges Glied und zitterten vor Angst, daß die Frau einen Gebärmutterriß erleiden könnte.

Liakopulos war inzwischen zu einem wilden Tier geworden. Er zerriß ihr fast den BH und das Oberteil. Als ihre Brüste zum Vorschein kamen, schneeweiß, war es ihm, als hätte der Blitz eingeschlagen. Er war nun völlig außer sich und wußte nicht mehr, was er zuerst tun sollte. Mal streichelte er ihre Brüste, mal saugte er an ihnen. Für einen Moment sahen wir auch Frau Chrysanthis Hintern, an dem sich lauter rote Striemen vom Bettgestell abzeichneten. Mit einem Wort, der Anblick war, wie ich bereits sagte, unbeschreiblich.

Als sie sich dann auch nicht mehr beherrschen konnte, begann sie sich mit rhythmischen Bewegungen auf ihm zu bewegen, während ihr gleichzeitig ein leises Stöhnen entfuhr, das immer lauter wurde. Das ganze Spektakel wird etwa eine Viertelstunde gedauert haben. Liakopulos' großes Geschick, sich stundenlang zurückhalten zu können, solange es die Frau braucht, hatte Frau Chrysanthi im wahrsten Sinne des Wortes erschüttert. Der Gauner, als hätte er die Zeit genau eingestellt. Ihr Schrei, mit dem sie kam, war einmalig. Ein Aufschrei! Er hatte Ähnlichkeit mit dem Todesschrei eines Tieres, das geschlachtet wird. Er klang wie das wilde Brüllen eines Tieres, wenn ihm das Messer in den Hals gestoßen wird. Erst holte sie ein paarmal tief Luft, so als ob sie erstickte und ihr der Sauerstoff fehlte, und dann schrie sie.

Als Antypas nach Hause kam, es war schon dunkel, so gegen elf, sah er sich zuerst mit seinem Schicksal und dann mit den Tatsachen konfrontiert. Er erlitt einen unbeschreiblichen Schock direkt nach dem anderen. Bevor er sich von dem einen erholen konnte, bekam er auch schon den nächsten.

Bereits beim Betreten des Gartens hörte er Tanzmusik. Er wunderte sich. Mißtrauisch wie er war, klingelte er nicht an der Haustür. Er öffnete die Tür selbst. Als er vom Flur in das Wohnzimmer trat, erlitt er den ersten Schock, da er Chrysanthi für Aleka hielt.
„Was ist denn hier los? Wo ist denn deine Mutter?" fragte er sie. Doch brachte er den letzten Satz nicht ganz raus, da er mit Schrecken feststellte, daß die, die mit dem Orang-Utan tanzte, mit Liakopulos

also, nicht Aleka, sondern ihre Mutter, seine Chrysanthi, war.

„Seine“ ab sofort in Anführungszeichen.

Den zweiten, weit größeren Schock, erlitt er, als er Chrysanthi aus den Armen von Liakopulos riß und ihm schlagartig ihre „unsittliche“ Verwandlung auffiel. Wohlgemerkt, er hatte nicht mal wahrgenommen, daß ihr Oberteil zerrissen war und kam auch gar nicht mehr dazu, da ihn der dritte und letzte Schock heimsuchte: Angewidert stellte er fest, daß Liakopulos' Hose heftig geschwollen war und der besagte Schwanz aufgrund seiner unvorteilhaften Größe den Hosenstoff zu zerreißen drohte. Doch auch ohne diesen Anblick wurden ihm genug Dinge klar an der Art, wie „der Schuft“ „seine“ Chrysanthi hielt. Sie rannte ins Schlafzimmer und schloß sich ein. Uns beförderte er mit Fußtritten aus dem Haus. Alle drei. Wie hätten wir reagieren sollen? Wir kriegten kein Wort raus.

Wir blieben vor dem Gartentor stehen und sahen uns an. Wir wußten nicht, was wir tun sollten.

„Du Idiot, hast du mir nicht erzählt, daß ihr Mann in Ägina ist und heute abend nicht mehr zurückkommt?“ sagte Liakopulos endlich zu Luis.

Bis heute, ich betone es noch mal, hat keiner von uns erfahren, ob Retsinas uns belogen hat oder nicht, als er Chrysanthi sagte, daß Antypas aus Ägina angerufen hatte, um zu sagen, daß er das Schiff verpaßt habe und nicht kommen würde. Darüberhinaus haben wir nie erfahren, ob alles von Luis geplant gewesen war, um seinen Schwiegervater zu zerstören. Er selbst weist das natürlich von sich. Doch heißt das für uns überhaupt nichts. Wir kennen Luis ja zur Genüge.

Als nächstes riß Antypas das Fenster von Luis Zimmer auf und warf das ganze Hab und Gut raus. Ich glaube nicht, je einen beeindruckenderen Rausschmiß gesehen zu haben. Als erstes flog uns seine Gitarre vor die Füße. Innerhalb von kurzer Zeit waren Garten und Straße übersät von zerbrochenen Spiegeln und zerrissenen BHs von Aleka. Antypas' Zerstörungswut erstreckte sich auch auf seine Tochter. Vor unseren Augen wurde alles zu Müll. Die Wiege des Kindes, das Bett, Matratzen, Kleider, Spitzennachthemden, zusammen mit den Kleiderbügeln, alles wurde zu Müll, der am Ende einen kleinen bunten Berg bildete. Als letztes flogen Luis' Bücher und Karteikarten aus dem Fenster. Jetzt, wo ich darüber nachdenke: Bei dieser Aktion müssen Chatzaras' Karteikarten verloren gegangen sein, die mit den Raten der Bücher. Also hat Luis sie doch gehabt und sie aus Rache nicht übergeben, der Schuft. Liakopulos schäumte vor Wut.

„Scheiße, wir sind auf die Schnauze gefallen", sagte er immer wieder.

Den Haufen mit den Sachen ließen wir so liegen und zogen los, um einen Lieferwagen dafür zu finden. Antypas warf immer noch Sachen raus. Wir bogen um die Ecke und kamen am Schlafzimmer der Schwiegereltern vorbei. An einer Ecke des Fensters stand Chrysanthi neben der Gardine. Wir konnten ihr Gesicht sehen. Sie schaute uns an. Ihre Augen waren voller Schrecken und Entschlossenheit.

Liakopulos blieb stehen und sah sie mit unglaublicher Trauer an.

„Die Sache ist ihr teuer zu stehen gekommen", sagte er.

„Jede Revolution beginnt mit Blutvergießen", antwortete Luis und ging weiter.

Als wir an der nächsten Ecke angekommen waren, überlegten wir, ob es nicht vielleicht besser wäre, wenn Luis Schmiere stehen würde, um Aleka abzufangen, falls sie in der Zwischenzeit kommen sollte. Wir wollten den Lieferwagen holen, der den „Müll" abtransportieren sollte. So brüllte es auch Antypas aus dem Fenster: „Nimm deinen Müll mit, du Herumtreiber."

Wir kamen mit dem Lieferwagen zurück und luden die Sachen auf. Als wir gerade fertig waren und wegfahren wollten, hielt genau vor uns ein zehn Meter langer Straßenkreuzer. Bevor wir reagieren konnten, sahen wir, wie Aleka mit ihrer Tochter aus dem Wagen stieg. Ich sah sie zum ersten Mal. Aleka war tatsächlich eine Wucht. Am Steuer saß dieser Rothaarige, Anarjyros, mit Blümchen im Revers, Brille à la MacArthur, so wie Blinde sie tragen. Wir wunderten uns.

Mitten in der Nacht trug der Armleuchter eine Sonnenbrille? Lackschuhe, schwarzweiß, goldenes Kettchen in der Brusttasche.

Als Aleka ihn gerade vorstellen wollte, packte Luis sie und schubste sie auf die Ladefläche des Lieferwagens neben sein Mofa. Das Kind nahm Liakopulos mit nach vorne. Anarjyros glotzte uns erstaunt an. Er brachte den Mund nicht mehr zu. Wie hätten wir ihm jetzt etwas erklären sollen? Ich stieg als letzter auf. Fast hätten sie mich vergessen, da ich noch versuchte, dem Bauunternehmer gegenüber auf höflich zu machen, so nach dem Motto:

„Wissen Sie, dies und das."

Sie hatten nicht gesehen, daß ich nicht aufgestiegen war.

Liakopulos traf sich noch für geraume Zeit ab und zu mit Chrysanthi. Etwa alle drei Monate, wenn Antypas zur Herzuntersuchung in die Praxis von Vardas ging, denn sein Herz hatte, wie du dir wohl denken kannst, nach den vielen aufeinanderfolgenden Schocks jener Nacht irreparable Schäden davongetragen.

Sie rief ihn, also Liakopulos, gewöhnlich an.

„Wie geht es Ihnen? Wie ist Ihr Befinden?" Immer höflich und korrekt.

„Bist du allein, mein Schätzchen?"

„Ja, ich bin allein."

Bevor Aleka ihren Bauunternehmer heiratete, Herrn Anarjyros, lebte sie für geraume Zeit mit ihm zusammen, bis die Scheidung von Luis durchkam.

„Wahrscheinlich, Vetter, hatte sie mich schon vorher betrogen. Vielleicht das erste Mal an dem Tag des Rausschmisses. Nicht aus Lust oder Liebe. Nein. Sondern wegen der Scheißwohnung. Damit er sie ihr billiger und in Raten gibt. Ich schöpfte Verdacht, als ich mit ihr nach Epidaurus fuhr, und wir ihn da plötzlich trafen. Das war geplant. Vielleicht bin ich auch aus dem Grund mit Bertrands Zirkus abgehauen. Vielleicht, wenn ich es mir jetzt so recht überlege. Es hat mich verletzt, das verheimliche ich dir nicht, es hat mich schon verletzt!“

Seither lebt Luis, wenn er seine Tochter besuchen geht, für zwei Stunden wie ein Prinz. In Psychiko[32]. Ein Riesengarten, ein palastartiges Haus, mit Schwimmbecken, indirekter Beleuchtung, Hängematten und Springbrunnen.

„Vetter, wenn du siehst, wie die Hausmädchen dem Rothaarigen den Whisky servieren, auf goldenen Tabletts und goldenen Tellerchen[33] und in Kristall. Ganz zu schweigen von Aleka. Wie die Königin Amalia höchstpersönlich. Sie wandelt zwischen Statuen und Bäumen einher wie eine Scheißkaiserin. Aber meine Tochter – ob du es glaubst oder nicht – auch wenn ich sie vernachlässigt habe, sie himmelt mich an.

Ich glaube, daß auch Aleka nie aufgehört hat, ihn zu lieben, deshalb wird sie ihre Untreue auch später teuer zu stehen kommen. Du wirst es noch sehen.

ACHTES KAPITEL

DAS LETZTE ABENDMAHL

Lasaris, der Schlaumeier in unserem Freundeskreis, stellte ohne Umschweife fest:

„Verschiedene traumatische Erfahrungen haben Luis zu dem gemacht, was er ist."

Er bestand darauf, daß es sich dabei um „traumatische Erfahrungen" handele.

„Was du nicht sagst. Dermaßen traumatisch?"

„Ja, genau dermaßen. Denn im Grunde genommen hat er ja seine Mutter nie kennengelernt. Und nicht nur das, er hat sie idealisiert. Sie hat eine unglaubliche Bedeutung für ihn. Da sie angeblich ihren Ehemann, einen königstreuen Metaxas-Anhänger, verlassen hat und sie darüber hinaus auch nicht gezögert haben soll, ihm mit einem demokratischen Friseur Hörner aufzusetzen, denkt er jetzt, daß sie etwas ganz besonderes gewesen sein muß, wo sie sich doch getraut hat, den Konventionen ihrer Zeit sozusagen einen Schlag ins Gesicht zu verpassen. Vollkommener Quatsch. Einen Schlag ins Gesicht! Man sieht ja, wo das hingeführt hat: Deswegen lag sie so schnell unter der Erde."

Wenn Lasaris mit seinem psychologischen Blödsinn anfing, mit diesen verallgemeinernden Deutungen, löste sich der Freundeskreis innerhalb von zehn Minuten auf.

Diesmal stand Ajisilaos als erster auf. Ich erinnere mich, daß wir draußen vor dem Kafenio von Herrn Tassos saßen. Es herrschte ein übles Wetter: Der Himmel war mit Wolken bedeckt; es war kühl und naß. Ich versuchte ihn zurückzuhalten:

„Laß mich in Ruhe, Manolopulos. Wozu sollen wir uns denn so einen Schwachsinn anhören? Wie soll sich denn der damals dreijährige Luis daran erinnern können, was seine Mutter damals getan hat?"

Ajisilaos bekam immer das Kotzen, wenn er Lasaris zuhörte.

„Allerdings, du Banause. Natürlich konnte er sich erinnern. Warum nicht? Und selbst wenn er sich selbst nicht daran crinnern konnte, so hörte er doch die Schilderungen anderer, hatte den Klang der Schilderungen im Ohr, so daß ... Aber was kann man von einem erwarten, der in seinem Leben noch kein Buch aufgeschlagen hat. Und wenn du es genau wissen willst, mein Herr, die Kindheit ist die Zeit, die ..."

Ajisilaos ließ ihn nicht ausreden.

„Kriech du mal lieber deinem Karposilos in den Arsch und laß die klugen Sprüche."

Karposilos war der Spitzname eines von Lasaris' Professoren an der Universität. Ajisilaos log nicht. Wirklich, Lasaris war der einzige Scheißdauerarschkriecher des Herrn Professors. Er träumte von einer

Universitätskarriere, von Stipendien und rannte als Handlanger achter Klasse im Gefolge von Karposilos mit.

Lasaris' Mutter, Frau Patra, arbeitete sich als Putzfrau in den Büros im Megaro Jannulatos kaputt. Sie drehte jeden Pfennig zehnmal um, damit ihr Sohn sein Taschengeld, seine Anzüge und sein Studium hatte. So schaffte es Lasaris, sich beim Herrn Professor als Sohn eines wohlhabenden Gastarbeiters auszugeben und Theater zu spielen, wie wir später erfuhren.

„Du schämst dich wohl für deinen Vater, Lasaris? Ist er jetzt befördert worden? Ist er jetzt plötzlich zu einem wohlhabenden Gastarbeiter geworden? Schuld daran ist deine Mutter, die das alles weiß und mitmacht, statt dir mal richtig eine runterzuhauen."

Ganz genauso sagte ihm Ajisilaos auf der Hochzeit von Drakopulos mal die Meinung, als wir inzwischen erwachsen geworden waren. Er stellte ihn völlig bloß. Wie sollte Lasaris damals in der Universität gestehen, daß Nationalisten seinen und Liakopulos' Vater in Trikala exekutiert hatten?

Und so kam es, daß Mutter und Sohn schlimmer als Höhlenmenschen in den Flüchtlingsbaracken beim Hl. Dionyssios in Piräus in der Nähe der einstmaligen Gefängnisse von Vurla lebten. Doch wenn man Lasaris sah, wie er aus seinem Kellerloch trat und nach Athen hinaufging, war man sprachlos. Er trug einen tadellosen Anzug, eine lederne Tasche, das Haar mit Brillantine gestylt, mit quietschenden Lackschuhen, in denen man sich spiegeln konnte.

Wenn Antoniadis ihn so sah, schaute er gen Himmel, breitete seine Arme aus und rief:

„Oh mein Gott, wie hältst du nur solche Ungerechtigkeit aus?"

Damit er Eindruck schinden und den Anschein des Oberarschlochs in der Universität erhalten konnte, wurde seine Mutter fast typhuskrank, blind und behindert. Sie hatte zehn Dioptrien Kurzsichtigkeit und kaufte sich trotzdem keine Brille. Ihre Arme und Beine konnte sie wegen der Arthritis kaum mehr bewegen. Sie war spindeldürr vom

Hungern und litt an akutem Vitaminmangel. Sie machte immer weiter, schwand dahin, ohne zu klagen.
„Wie eine Sklavin hält er sie, das Schwein. Er erscheint nicht mal an der Tür mit ihr zusammen, damit sie ihn nicht vor anderen Leuten mit ihrem schlimmen Anblick bloßstellt. Wer weiß, was für Lügengeschichten er Karposilos auftischt und wie er sich bei ihm eingeschleimt hat."
„Mensch, ihr Armleuchter, man wird nicht zum Assistenten eines Professors nur durch Lügengeschichten und Einschleimen. Da müssen sich noch ganz andere Dinge abgespielt haben. Es sei denn, man ist ein Genie. Lasaris hingegen ist alles andere als das. Das einzige was er drauf hat, ist Eindruck zu schinden."

Jedenfalls war er lange nicht mehr im Freundeskreis aufgetaucht, und daran war wahrscheinlich Luis schuld, der ihn einmal mit Fußtritten aus dem Kafenio von Herrn Tassos gejagt hatte.
„Raus hier, du alter Betrüger, mach dich bloß vom Acker", hatte er zu ihm gesagt.

Wir verfolgten sprachlos den Rausschmiß. Lasaris schlich sich kleinlaut davon. Er sagte keinen Ton.
„Was ist denn los, Luis? Was hat er dir denn getan?"

Wir tippten damals alle auf irgendeine Frauengeschichte, daß Lasaris einer, mit der Luis was hatte, etwas gesteckt haben mußte. Er antwortete uns nicht.

Und als der Herr jetzt erfuhr, daß sich Retsinas und Aleka getrennt hatten und daß wir schon lange kein Lebenszeichen mehr von ihm erhalten hatten, erschien er eines Sonntags auf einmal wieder im Kafenio, mit Krawatte, Brillantine im Haar, Ledertasche, betont locker, so nach dem Motto: „Ich kam gerade zufällig vorbei, da dachte ich ..."

Er war sehr neidisch auf Retsinas und wunderte sich, wie der es

geschafft hatte, ein so schönes Mädchen wie Aleka aus einer so wohlhabenden Familie zu kriegen.
„Hör auf, Retsinas", sagte er zu ihm, „du spielst uns den Uneigennützigen vor, aber du wußtest genau, wo du den Köder auslegen mußtest."

Und als der Bastard jetzt ankam, sah er wieder nur eine willkommene Gelegenheit, um über Luis herzuziehen, statt dessen Größe einzusehen, da er doch seinem eigenen Vorteil und einer gesicherten Existenz den Rücken gekehrt hatte:
„Wofür hält sich dieser Herr Retsinas eigentlich?" und „Der wird sich noch um Kopf und Kragen bringen! Der muß bescheuert sein, leichtfertig so ein Mädchen, so eine Zukunft und so ein florierendes Geschäft sausen zu lassen."

Und was hat ihm sein Schwiegervater denn bitte getan? Stimmt schon, er war Metaxas-Anhänger. Na und? Was hat er denn erwartet? Hätte er ihn ungestraft gehen lassen sollen? Um mal das Kind beim Namen zu nennen, beinahe hättet ihr noch seine Frau gevögelt." Seine Informationen gingen offensichtlich über das „beinahe" nicht hinaus.
„Verläßt man einfach so Frau und Kind und schließt sich mir nichts dir nichts einem Zauberkünstler an?"

Auf diese Art erfuhren wir von Luis' neuer Verrücktheit, nämlich daß er in Epidaurus einfach so Aleka hatte stehen lassen und sich einer ärmlichen Zauberertruppe angeschlossen hatte. Ich erinnere mich, daß wir damals alle wie vom Donner gerührt waren.
„Und du, Manolopulos, als sein bester Freund, warum hast du ihn nicht zur Vernunft gebracht? Auch verlorene Söhne kehren eines Tages zurück. Auch sie lassen nicht einfach solche Gelegenheiten verstreichen."

Wir wunderten uns alle. Auf einmal hatte er so viel Interesse an Luis? Bis jetzt war es so gewesen, daß er die Krätze kriegte, sobald er Luis sah. Und genau in diesem Moment hielt er seinen eben erwähnten Vortrag über Luis' Kindheitstraumata.

Keiner von uns antwortete ihm. Als ob wir vorher verabredet hätten, daß wir schweigen. Als Ajisilaos ihn angriff, versuchte ich, die Gemüter zu beruhigen. Im Nachhinein verabscheue ich mein Verhalten an jenem Tag. Ich gab ihm sogar ein- bis zweimal beinahe recht, daß es für Luis an der Zeit ist, sich dem Ernst des Lebens zu stellen. Ich heuchelte nicht nur, sondern ließ auch Ajisilaos auflaufen. Dabei wußte ich längst, daß Lasaris Mitglied in der EKOF geworden war, einer vom Staat geduldeten, reaktionären Studentenverbindung. Und daß er der Oberspitzel von Karposilos geworden war, um Stipendien und Bescheinigungen über gutes Betragen zu kriegen. Trotzdem stellte ich mich dumm und verriet ihn nicht. Tja, damals wollte ich ja auch noch Richter werden, und daher „tat ich gut daran, Auseinandersetzungen aus dem Wege zu gehen." Lasaris hätte nicht die geringsten Hemmungen, mich zu verraten. Als Sohn eines Erschossenen mußte er ständig Beweise seiner Staatstreue liefern, wenn er weiterkommen wollte.

„Was war nur in dieses Arschloch Ajisilaos gefahren, daß er ihn so angriff? Sonst war er ein Angsthase ohnegleichen, und jetzt spielt er auf einmal den Helden?"

„Hör zu, Lasaris, entweder du machst dich aus dem Staub oder ich wasche mal deine schmutzige Wäsche. Und wenn du was gegen Luis hast, sag es ihm am besten direkt", sagte Ajisilaos, der inzwischen wütend aufgestanden war und auf Lasaris' Antwort wartete.

Jetzt saß Lasaris in der Scheiße. Schließlich machte er den Mund zu, schürzte die Lippen, nickte mißbilligend mit dem Kopf, als pfeife er auf uns, stand auf, nahm die Ledertasche – er hatte seine Ledertasche immer dabei – und machte sich auf und davon. Ich versuchte ihn zu beruhigen.

„Warte, Lasaris, rief ich ihm hinterher, du brauchst nicht so ..."

Ich wollte nicht, daß er mich mit seinen Feinden in einen Topf warf. Ich hatte Angst vor ihm. Ich wollte sogar hinter ihm herrennen,

um ihn zum Umkehren zu bewegen, aber Antoniadis hielt mich zurück. Daraufhin legte ich mich mit Ajisilaos an:
„Bist du noch bei Trost ? Was soll der Mist von wegen dreckige Wäsche ? Weißt du, wer das ist? Weißt du, was der anrichten kann? Du bringst uns alle in des Teufels Küche!"

Eisige Stille.

„Es paßt mir nicht, daß der sich hier bei uns herumtreibt!"

Aha. War das der Grund für seinen Haß! Lasaris will ihm nämlich Martha ausspannen, läßt nicht mehr von ihr ab, macht ihn ihr gegenüber total schlecht. Hat ihn Ajisilaos deshalb so angegriffen?"

„Ist es das, Ajisilaos? Bist du deshalb so über ihn hergefallen?"

„Nein, Mensch, deshalb nicht, das schwöre ich euch. Das geht mir doch am Arsch vorbei. Wenn Martha ihn scharf findet, soll sie doch gehen. Dadurch geht ihr was verloren. Wenn der einen hochkriegt, sind das nicht mehr als drei Zentimeter. Wenn ihr drei Zentimeter genug sind, soll sie ruhig abhauen."

Um seine Ehre zu retten, erklärte er uns schließlich, was er mit der dreckigen Wäsche meinte und erinnerte uns an die Szene, als Luis Lasaris in hohem Bogen aus dem Kafenio geschmissen hatte.

„Und das hat was damit zu tun?"

„Natürlich hat es was damit zu tun. Erinnert ihr euch an den Gefängnisausbruch der siebenundzwanzig Kommunisten 1955 aus Vurla? Na, einer der Flüchtigen kannte seine Mutter und ging zu ihr, um sich bei ihr zu verstecken. Der Sohn war gerade nicht zu Hause; als er zurückkam und den Flüchtigen sah, wißt ihr, was er da tat? Er zwang ihn, am hellichten Tag auf die Straße zu gehen, obwohl er ganz genau wußte, was einem Flüchtigen bevorstand, wenn er über die Schwelle des Hauses trat. Bei der Menschenjagd, die damals herrschte, wäre er auf keinen Fall entkommen. Und trotzdem zwang er ihn, auf die Straße hinauszugehen. Er schrie seine Mutter an, mit welchem Recht sie seine Zukunft aufs Spiel setze und daß er nicht beabsichtige, das Schicksal seines Vaters zu teilen."

Wir waren ziemlich geschockt über Ajisilaos' Enthüllungen über den Flüchtigen und Lasaris' Schwanz. In dem Moment fing es an, wie aus Kübeln zu regnen. Lasaris war sicherlich klitschnaß geworden. Er war bestimmt noch nicht zu Hause angekommen. So einen Regen hatte ich noch nie gesehen. In fünf Minuten hatten sich die Straßen in Flüsse verwandelt. Man sah keine Bürgersteige und Straßen mehr, sondern nur noch Ströme und Flüsse, die in Richtung Meer flossen. Wir schafften es gerade noch, uns unsere Tabletts mit Kaffee und Ouzo zu schnappen und ins Kafenio hineinzulaufen.

Wir genossen das Schauspiel durch Herrn Tassos' Fensterscheiben. An diesem Tag waren die Keller von Lasaris und von Luis überschwemmt.

Etwa drei Tage nach dem Platzregen entdeckte Luis auf dem Trikala-Platz, als er gerade die neue Geliebte des halbfranzösisch-halbgriechischen Zauberkünstlers zersägte – die Französin war abgehauen – da entdeckte er also seine Schwester Antigoni unter den Zuschauern, die ihn kalt und ausdruckslos ansah. Er erschrak so sehr, daß er die Frau einfach stehen, die Säge fallen ließ und zu seiner Schwester rannte. Er nahm sie beiseite, damit sie reden konnten. Sie standen verlegen da und sahen sich an.

„Ich schämte mich, Vetter. Zum ersten Mal in meinem Leben schämte ich mich so sehr. ‚Komm, Antigoni', sagte ich, ‚tu nicht so, als hätte ich unseren Vater umgebracht'."

Sie öffnete wortlos ihre Tasche, gab ihm die Hausschlüssel vom Elternhaus, ein paar unbezahlte Rechnungen und drehte ihm den Rükken zu. Im Weggehen sagte sie noch, daß der Keller überschwemmt und der Vater um ein Haar ertrunken wäre, daß er sich jetzt im Krankenhaus in einem schlimmen Zustand befände, daß die meisten Möbel völlig zerstört seien, daß jemand die Rechnungen bezahlen müßte und daß sie die Schnauze voll hätte und abhauen würde.

„Ich halte es nicht mehr aus. Verstehst du? Ich kann nicht mehr. Ich hab's satt."

Bevor er „warte, was redest du denn da?" sagen konnte, hatte sie sich rasch entfernt und stieg in zehn Meter Entfernung in einen parkenden Volkswagen. Er konnte gerade noch den Fahrer erkennen. Es war der dicke Panajotaros, der Gemüsehändler aus unserem Viertel. Er konnte auch Akkordeon spielen, er war stadtbekannt. Und er war offensichtlich auch ein Experte in finanziellen Dingen. Er hatte seine eigenen „Fünfjahrespläne". '45 erschien er im Viertel als jemand, der absolut nichts hatte. Groß und dünn war er damals. '46 wurde er dikker und kleiner. Er arbeitete, glaube ich, als Kellner in Vasilänas Taverne, Ecke Makedonias- und Artemissioustraße, und genau ein Jahr später, also '47, stieg er von der Arbeitnehmer- in die Arbeitgeberklasse auf. Das Verschwinden des alten Liakopulos wurde zur Chance seines Lebens. Die Mutter des jungen Liakopulos – du erinnerst dich, das ist der, der Luis' Schwiegermutter, Chrysanthi Antypa, an jenem Abend gebumst hat – mußte nach dem Verschwinden ihres Mannes den Gemüseladen an Panajotaros untervermieten, da sie überfordert und unfähig war, ihn selbst zu führen. '50 verliebte er sich in die uns bekannte Urania, er hatte ihr sogar vorgeschlagen, den Hochbootsmann zu verlassen und ihn zu heiraten, und als sie ablehnte, entschied er sich, mit Hilfe einer Vermittlerin Athina zu heiraten, die Tochter des Schlachters im Viertel, dick, ebenso dicke Mitgift und acht Dioptrien Kurzsichtigkeit. Zu gleicher Zeit stand auch Liakopulos' Gemüseladen zum Verkauf. Mit Athinas Mitgift konnte er den Gemüseladen kaufen, verlor aber an Würde.

„Du hast dich verkauft", würden alle zu ihm sagen. Er mußte sich entscheiden: Athina mit eigenem Gemüseladen oder seine Würde ohne Gemüseladen. Er entschied sich für den Gemüseladen. Athina war nur ein Nebeneffekt des Gemüseladens. '55 ungefähr, wenn ich mich nicht in den Daten irre, hatte er es geschafft, seinem Imperium außer dem Gemüseladen noch Krungas' Bäckerei einzuverleiben, denn als der eine Krungasbruder den anderen erschoß und zu lebenslänglicher Haft verurteilt wurde, beschloß Vater Krungas, die Bäckerei zu verkaufen.

Und auf diese Weise verlieh Panajotaros' rasend schneller Aufstieg ihm das Recht, ein Auto, ein Haus, eine Frau, und von Zeit zu Zeit verschiedene Geliebte zu haben, die er in Wohnungen in einem zweistöckigen Haus in Kastella unterbrachte, das ebenfalls ihm gehörte. Bezüglich des letzten Punktes, der Untreue, erleichterte ihm Athinas fast komplette Blindheit die Angelegenheit. Sie sah ja so gut wie nichts mehr mit ihren zwölf Dioptrien, die sie inzwischen erreicht hatte. Sie konnte nicht einmal die Uhrzeiger erkennen, um zu wissen, wann der „Untreue" wegging und wann er zurückkam.

Deshalb traute Luis seinen Augen nicht, als er sah, wie Antigoni in den Volkswagen von Panajotaros stieg.

„Nein, Manolopulos, mußte sie sich mit diesem Opportunisten einlassen", beklagte er sich bei mir am nächsten Abend, als ich ihn in Bechlivanis' Suvlakibude bei der Hl. Dionyssioskirche traf, in der Nähe von Lasaris' Wohnung.

Er konnte sich nicht mit diesem Abstieg seiner Schwester abfinden. Er war nicht darauf gefaßt gewesen.

„Er ist Mitte fünfzig und sie noch nicht mal dreißig, und verheiratet ist er auch."

Als er hinter ihr herrannte, um sie zu fragen, in welchem Krankenhaus der Vater eingeliefert worden sei, konnte ihm Antigoni gerade noch beim Anfahren zurufen:

„Auf mich braucht ihr nicht mehr zu warten. Nie wieder. Hast du gehört? Nie wieder."

„In welchem Krankenhaus?"

„Im Zentralkrankenhaus in Kokkinia."

Ich weiß noch, wie ich ihn am nächsten Tag bei Bechlivanis zu trösten versuchte.

„So schlimm ist es nun auch wieder nicht, Luis. Panajotaros ist an sich kein schlechter Mensch. Der ist in Ordnung. Antigoni hat es halt nicht mehr ausgehalten. Und bevor sie so weitermacht ... Was hätte sie denn tun sollen? Der hat sich gefunden, mit dem hat sie sich eingelassen. Das Drumherum ist doch egal. Wenn man es so sieht, Athina liegt sowieso in ihren letzten Zügen. Wußtest du das?"

Das hatte er nicht gewußt. Woher auch? Er war so lange nicht dagewesen.

„Na immerhin. Da können wir uns ja schon mal anstellen, nicht wahr?"

Er kippte sich den vierten Ouzo in einem Zug runter.

Nachdem Antigoni abgehauen war, verließ Luis Bertrands Truppe, nahm den Zug Richtung Piräus und stieg am Larissa-Bahnhof aus. Kaum war er angekommen, rief er mich auch schon an und bat mich, ihn in der Suvlakibude zu treffen. Er war noch nicht einmal bei seinem Vater im Krankenhaus gewesen. Ich hörte die Züge im Hintergrund.

„Kommst du? Ich muß dich sehen. Hast du Zeit? Ich bin gerade angekommen. Wenn du rauchst, bring auch ein paar Santé mit oder was du gerade hast. Irgendwas ohne Filter."

Luis reiste nur mit dem Zug, Flugzeuge waren nichts für ihn. Natürlich hatte er auch nie genug Geld zum Fliegen. Auch mit dem Bus reiste er nicht gerne. Nur mit dem Schiff und mit dem Zug.

Er erinnert sich auch heute noch an den Geruch von Kohlenstaub auf den Bahnhöfen. Und an die Brücke des Hl. Dionyssios in Piräus. Als kleiner Junge verbrachte er Stunden dort. Von da aus sah er den unter ihm durchfahrenden Zügen nach, die wie riesige pechschwarze Schlangen aussahen.

„Mensch, Manolis, bist du ein Masochist? Gefällt dir das etwa hier?"

Er nahm mich mit. Damals waren die Straßen dieser Gegend alle voller Dreck, Erde und Kohlenstaub. Dazu kamen noch die vorbeifahrenden Lastwagen, die uns ständig in Straßenstaub hüllten.

Rechterhand lagen ein Stück weiter die Wellblechhütten von der Ätolikoustraße, dort, wo die Prostituierten standen. Der Brücke gegenüber, in der Nähe des Bahnhofs, war Bechlivanis' Suvlakibude. Hier gab es das leckerste Suvlaki von ganz Piräus. Heute nicht mehr. Damals. Hier hatten wir uns einmal betrunken und waren dann zu Katherina gegangen. Das heißt, er hatte mich mitgenommen. Mein erstes Mal!

Es war eine Querstraße zur Ätolikoustraße, ohne Häuser, nur mit ein paar scheußlichen, getünchten Mauern links und rechts von der Straße, und dahinter lauter unüberdachte Lagerhallen. Oben auf den Mauern lehnten seitlich riesige Wellbleche, und die Lagerhallen selbst waren voll von altem Eisen, riesigen kaputten Schiffsmotoren, Propellern, Ankern, Kesseln und Flaschenzügen. Die Türen waren kaputt und standen halb auf.

Bis nachmittags um sieben herrschte ein Wahnsinnsverkehr. Lastwagen, Pferdekarren, Dreiradwagen und Schubkarren. Nach sieben Uhr war mit einem Schlag keine Menschenseele mehr zu sehen, alle Straßen, Lager und Büros wie leergefegt. Die Büros sahen allerdings eher wie Hütten mit kaputten Fensterscheiben aus. Die waren auch aus Wellblech. Und rostig waren sie, dreckig und rostig. Eine Farbe, die aussah wie Periodenblut, bedeckte alles und jeden. Gesichter, Fensterscheiben, Straßen, Wände. Selbst der Himmel wurde braun, wenn viel Verkehr war und die Pferdekarren und Lastwagen vorbeifuhren und diesen braunen Staub aufwirbelten.

Es gab nicht mal eine richtige Straßenbeleuchtung. Nur ein paar dreckige Lampen an den beiden Strommasten der DEI am Ende der Straße. Die Stromwerke hießen damals noch nicht DEI, sondern POWER.

Nach sieben Uhr, wenn es dämmerte, und später dann, wenn die

Dunkelheit hereinbrach, füllten sich die Straßen mit Ruhe und Stille. Nur das Pfeifen der Loks unterbrach die Stille. Du konntest nicht mal deine eigenen Schritte hören, da das Geräusch von diesem dicken Staub verschluckt wurde. Manchmal konntest du ein paar unscheinbare Schatten zwischen den Wellblechen oder hinter den heraushängenden Türen der Lager verschwinden sehen. Wenn du etwas näher kamst, konntest du Liebesgestöhne hören. Bei Vollmond warst du wie verzaubert. Durch das sanfte Licht des Mondes schimmerte der Rost in verschiedenen Farben!

Und diese saftiggrüne riesige Pappel neben dem einen Strommast der DEI! Wenn du dir jetzt noch das Pfeifen der Züge vorstellst, ist das Märchenbild perfekt.

Katherina und Rosa, beide Smyrnäerinnen, um die Vierzig, waren die Stamm-Nutten der Gegend. Alle jungen Männer aus der Umgebung lernten dort zum ersten Mal die Liebe kennen. Und sie holten sich dort auch ihren ersten Tripper.

Als mich Luis das erste Mal mitnahm, kriegte ich nichts geregelt. Ich zitterte wie Espenlaub. Kriegte weder einen hoch noch hatte ich überhaupt Lust. Obwohl Katherina sehr nett zu mir war, trotzdem ... Vielleicht wegen der Kälte, ich trug nur ein kurzärmeliges Hemd. Vielleicht auch, weil ich sie in der Dunkelheit nicht sehen konnte. Weder ihre Augen noch ihr Gesicht.

„Du hast recht, Manolopulos, daran liegt es. Bei mir ist es genauso: Wenn ich die Frau nicht sehen kann, und sei es nur ihre Umrisse, habe ich auch keine Lust. Denk nicht mehr darüber nach."

Das zweite Mal lief alles glatt. Ich suchte mir wieder Katherina aus. Sie führte mich sofort zur Laterne. Wahrscheinlich hatte Luis ihr was gesagt. Uns beschien ihr schwacher Schein. Als sie ihre Bluse aufknöpfte und ich ihre Titten sah, vergaß ich alles. Sie war sehr zärtlich zu mir.

„Komm, mein Junge, du brauchst dich nicht zu schämen."

Sie knöpfte meine Hose auf und begann mich zu streicheln. Zehn

Meter weiter stand auch die Pappel. Allein und einsam. Sie paßte gar nicht in diese ganze Umgebung. Ein leichter Wind fuhr durch ihre Blätter.

Fünfzig Drachmen gaben wir jeder. Meinen Anteil bezahlte Luis. Beide Male. Er hatte zwar nicht viel Geld, aber zu jener Zeit arbeitete sein Vater noch bei der Bahn, als Weichenstellerassistent oder so.

Wenn sein Alter Nachtdienst hatte, hörte ich abends, wenn ich gerade lernte, oft Luis' Pfeifen unter meinem Fenster. Ich sprang dann heimlich aus dem Wohnzimmerfenster und ging mit ihm zum Bahnhof.

Sein Vater gab ihm dann immer das Kleingeld, das er gerade in der Tasche hatte. Sie sprachen nicht viel miteinander. Nur das Notwendigste, wie z.B., daß er sich nicht mit Ruhm bekleckern oder dran denken solle, den Haustürschlüssel einzustecken.
„Weck deine Mutter nicht, wenn du nach Hause kommst."

Dabei war sie nicht seine Mutter, sondern seine Stiefmutter. Frau Athanassia. Sein Vater liebte Luis. Auch wenn sie nicht viel miteinander sprachen.

Wenn ich manchmal zu Luis nach Hause ging und nur sein Vater da war, versuchte er nie, etwas aus mir rauszukriegen, wie das die meisten Eltern taten. Er fing nicht mit dem üblichen Zeug an wie zum Beispiel: „Sag dem Faulpelz doch mal, daß er mehr lernen soll" oder „Hat er dir verraten, was er vorhat? Will er studieren oder zur See gehen?" Nichts dergleichen. Er hatte Vertrauen zu Luis. Wahrscheinlich deshalb.

Sogar zu Antigoni war er nicht viel anders. Auch mit ihr sprach er wenig. Nur das Nötigste.
„Dein Vater ist wirklich ein ganz außergewöhnlicher Mensch", sagte ich eines abends voller Bewunderung zu Luis, als wir uns wieder mal bei Bechlivanis getroffen hatten.

Er antwortete mir nicht. Daran merkte ich, daß irgendwas passiert sein mußte.

„Sie haben ihn entlassen, Vetter. Jetzt gibt es kein Taschengeld und keine Fahrkarten mehr umsonst.“

Er hatte ihn mit Fahrkarten bis nach Larissa versorgt. Ich wollte ihm was Tolles erzählen:

„Aber er ist doch Beamter; das ist eine staatliche Einrichtung; das geht doch nicht.“

„Und ob das geht. Wenn du hin und wieder mal eine Zeitung lesen würdest, statt nur Literatur und Schulbücher, wüßtest du, daß es geht.“

Als der schon erwähnte Papadopulos den Vater Retsinas auf das sechste Polizeirevier bestellte und ihn aufforderte, eine Erklärung zu unterschreiben, die besagte, daß er kein Kommunist sei, sagte er: „Ich kenne mich in diesen Dingen nicht aus und möchte damit auch gar nichts zu tun haben.“

Papadopulos dachte allerdings anders darüber, denn er konnte ihm nachweisen, daß er nicht nur sehr wohl etwas damit zu tun hatte, sondern daß er auch Parteibeiträge gezahlt und sich ’46 am Wahlboykott beteiligt hatte. Zwar stimme es, daß er vielleicht kein Verbrechen begangen habe, aber seine Ideologie an sich sei schon etwas Schlimmeres als ein Verbrechen. Er sei zu gefährlich für einen Posten im öffentlichen Dienst. Außerdem, was solle das heißen, er könne nichts bei der Bahn anrichten, natürlich könne er das, wenn er wolle, und, um es kurz zu machen, entweder er unterschreibe oder er werde entlassen.

Mittwochnachmittag fand die Unterredung auf dem Revier statt, Freitagmorgen teilten sie ihm seine Entlassung mit.

Damals war auch Panajotaros ein häufiger Gast bei Luis’ Vater. Es war zu der Zeit, als er den Gemüseladen von Liakopulos’ Vater übernommen hatte und kurz bevor er sich in Urania verliebte. Obwohl der Vater Retsinas um einiges älter als Panajotaros war, kam der gern zu ihm, weil Herr Petros, so wortkarg er auch mit seinen Kindern sein mochte, gesprächig und offen im Umgang mit seinen Freunden war. Alle nannten ihn den Philosophen. Es gab kein Problem, zu dem er nicht mindestens drei Lösungen parat hatte. Nur wenige wissen, daß Panajotaros – und das meine ich vollkommen ernst – durch den alten Retsinas zu dem geworden ist, was er ist. Er war derjenige, der ihn auf die Idee brachte, den Gemüseladen zu mieten. Er fand für ihn die Lösung „Athina", als er ihn wegen Geldmangels beinahe nicht gekauft hätte. Er war es auch, der ihn später auf die Idee brachte, Krungas' Bäckerei zu kaufen.

„Beeil dich, belagere den Alten und kauf sie! Was soll der denn jetzt mit der Bäckerei anfangen, wo der eine Sohn im Gefängnis und der andere unter der Erde ist?"

Panajotaros also, der sich dem alten Retsinas gegenüber sehr verpflichtet fühlte und seine Schuld etwas abtragen wollte, tat nun alles, um ihn davon zu überzeugen, die von Papadopulos geforderte Scheißerklärung zu unterschreiben. Er sagte, daß er selbst auch unterschrieben habe und es keine Schande sei und daß er schließlich nicht gerade ein Parteifunktionär sei und wie er sich jetzt ernähren wolle, wenn er entlassen würde und daß sie auch nur seinen „Mitgliedsbeitrag" wollten.

Dasselbe sagte ihm auch Luis' Stiefmutter Athanassia. Sie redeten ganz schön auf ihn ein an einem Mittwochnachmittag. Alle beide. Luis hörte sie vom anderen Zimmer aus. Er war nicht auf der Seite seines Vaters. Obwohl er damals aktives Mitglied in der EPON[34] war, sah er ein, daß die Argumente von Panajotaros und Athanassia stärker und logischer waren.

Er erfuhr, daß Panajotaros zwei Durchschüsse hatte, daß er mit Tritten und Schlägen aus seinem Dorf verjagt worden war und daß er längst das Zeitliche gesegnet hätte, wenn er nicht gleich zwei Erklärungen hintereinander unterschrieben hätte. Eine bei einem Leutnant der Gendarmerie bei Examilia in der Nähe von Korinth: „Geh und frag, Herr Petros, geh nach Examilia und frag, wen du willst, nach Panajotaros. Guck, hier sind noch die Narben, wenn du mir nicht glauben willst."

Er zeigte sie ihm. Da sah sie auch Luis.

Woher sollte ich wissen, daß in der seltsamen Geschichte damals mit Charula, Pepas und Fotis Demenagas Panajotaros Luis' Informant war. Und mir gegenüber spielte er damals den Detektiv, der Schuft.

Die zweite Erklärung unterschrieb er hier bei Papadopulos.

„Ist es meine Schuld, Herr Petros, daß alles so gekommen ist? Wenn sie solche Dummköpfe waren und zuließen, daß sie eingesackt wurden! Hatten sie nicht ganz Griechenland in ihrer Hand? Schön. Warum haben sie es ihnen dann kampflos überlassen?"

Der arme Vater Retsinas hatte keine schlagenden Argumente. Ständig wiederholte er:

„Unsere Ideologie und unsere Fehler sind zwei verschiedene Dinge."

„Aber, mein lieber Herr Petros, warum bist du nur so dickköpfig? Ich spreche mit dir auf einer praktischen Ebene, und du schwebst in den Wolken. Weißt du, wer mich verprügelt und aufs Revier geschleppt hat, als ich zum ersten Mal '45 hierherkam? Der Bulle vom 6. Revier, der mit der Hasenscharte rechts, Vulgaris. Und weißt du, was der vorher gewesen ist? Sicherheitsbeamter, Kollaborateur der Deutschen. Jawohl. Und was sah ich, als ich hierherkam? Denselben Vulgaris als Polizist eben im 6. Revier. Die Polizei ist voller Arschlöcher, die der Verhaftung nur durch Verrat entgangen sind, und da willst du mir noch was erzählen. Als er auch noch meine Papiere verlangte, verschlug's mir die Sprache. Der berücksichtigte überhaupt nicht, daß wir aus demselben Dorf stammen. Statt zu tun, als wenn er von nichts wüßte, brachte er mich im Handumdrehen ins Gefängnis."

Luis' Vater hörte ihm zu und lächelte die ganze Zeit wie ein Heiliger. Er war auch noch extrem dünn. Wie ein vergeistigter Heiliger sah er aus.

„Ich stehe zu meiner Ideologie, Panajotaros. Arschlöcher gibt es überall, und sie werden uns immer unsere Stellen wegnehmen."

Panajotaros wurde fuchsteufelswild.

„Tut mir leid, Petros, aber du redest Schwachsinn. Sich fertigmachen zu lassen, ohne Grund zu leiden und ohne Hoffnung, einmal dafür entschädigt zu werden? Alles, was recht ist, aber das ... Außer, du wartest auf eine Belohnung nach deinem Tod. Doch was willst du bis dahin tun? Wovon willst du bis dahin leben? Ich jedenfalls glaube nicht an Gott und an einen Lohn nach dem Tod."

Er glaubte vielleicht nicht an Gott, aber später ist er sogar Küster geworden, um Papadopulos davon zu überzeugen, eine vollständige „Entfärbung" bei ihm vorzunehmen.

„Okay, ich darf kein Verbrechen begehen, ich darf nichts Böses tun, aber darf ich denn nicht an meine Familie denken?"

Luis unterbrach die beiden, als ihm sein Halbbruder einfiel. Deshalb öffnete er die Tür und betrat das Zimmer, um es ihnen zu sagen.

„Vater, warum gehst du denn nicht zu Moschos oder zu Onkel Tzavaras? Immerhin ist er Mutters Bruder. Wenn er will, kann er denen sagen, daß sie die Unterschrift nicht von dir verlangen sollen." Bei dem Namen „Tzavaras" blieb dem alten Retsinas fast das Herz stehen.

„Ich soll zu Tzavaras gehen?"

Er verschluckte sich. Athanassia brachte ihm schnell ein Glas Wasser. Panajotaros klopfte ihm auf den Rücken.

„Was hat er dir denn getan, daß du so reagierst? Hat er etwa deinen Vater umgebracht? Oder ist es deswegen, weil er auf der anderen Seite steht?"

Warum mischte sich Athanassia bloß ein!

„Nein, er hat nicht meinen Vater umgebracht, aber meinen Schwager, den Mann meiner Schwester. Zweimal zum Tode verurteilt. Er hat ihn auf dem Gewissen."

Alle waren betroffen. So wortkarg, wie er in seiner Familie war, hatte er niemals von Tzavaras und seinen Machenschaften erzählt, und jetzt waren alle betroffen.

Tzavaras kannte ich auch. Luis und ich waren mal bei ihm gewesen, um Moschos zu besuchen.

Dort lernte ich auch Moschos' Verlobte Eleni kennen. Später tauften wir sie im Freundeskreis Twiggy, weil sie diesem bekannten Mannequin ähnlich sah. Sie war schlank, dünn und hübsch wie Twiggy. Sie machte einen etwas verlorenen Eindruck. Sie lächelte und schaute verloren drein. Außerdem war sie unerträglich höflich. Was man auch zu ihr sagte, was man auch tat, ständig sagte sie „danke", „wie gütig von Ihnen", „was hätten Sie gerne", „setzen Sie sich doch" ...

Anscheinend hatte sie ständig Angst. Wie dem auch sei, sie war jedenfalls eine geheimnisvolle Frau.

Alles ganz schön rätselhaft bei deinem Onkel, sagte ich zu Luis, als wir rauskamen.

Tzavaras war klein, dick, glatzköpfig, kühl und mürrisch. Sein Anblick versetzte einen in Angst und Schrecken. In seiner Anwesenheit machten sich Twiggy und Moschos buchstäblich in die Hose. Sie verhielten sich unterwürfiger als Hausangestellte. Und stell dir vor, Moschos war damals schon dabei, die Militärakademie abzuschließen. Er trug seine Uniform. Sie lag sehr eng am Körper an; der goldene Säbel hing an der Seite.

Als ich ihn auf- und abgehen sah, wirkte er wie der reinste Hampelmann im Vergleich zu Tzavaras. Fast hätte ich gelacht

„Am meisten tut mir Eleni leid", sagte ich zu Luis, als wir gegangen waren.

„Mir auch, Vetter!"

Seine Augen funkelten vor Zorn.

„Eins jedenfalls steht fest. Dein Onkel treibt's entweder mit Eleni oder mit Moschos", sagte ich.

Als wir das Haus betraten, war der Onkel noch nicht zu Hause. Als wir gerade die Begrüßung hinter uns hatten, ging plötzlich die Tür auf, und er kam herein. Unser Paar reagierte, als wenn eine Alarmglocke geläutet hätte: Er nahm ihm den Hut ab, sie brachte ihm ein Glas Wasser; sie informierten ihn, wer angerufen hatte, über die Post und daß Blumen gebracht worden waren. Die ganze Zeit über siezten sie ihn. „Lassen Sie nur, Onkel", „Bemühen Sie sich nicht, Onkel", „Ach, Papagos hat auch für Sie angerufen, Onkel". Er hörte ihnen schweigend zu.

Als er Luis sah, deutete er nur ein Kopfnicken an und machte nur kurz die Bemerkung: „Hast du endlich Vernunft angenommen?" und ohne auf eine Antwort zu warten, war er schon wieder in seinen Gemächern verschwunden. Mich nahm er gar nicht wahr.

Luis hatte ihn bis dahin nur von seiner guten Seite kennengelernt und kümmerte sich nicht besonders um das, was er sagte, aber jetzt, seit sein Vater zum ersten Mal Panajotaros gegenüber das „zweimal zum Tode verurteilt" seines Schwagers aufgedeckt hatte, erstarrte er buchstäblich.

„Für wen haltet ihr Tzavaras eigentlich? Weil er dir den braven Christen vorspielt, glaubst du ihm auch noch? Als ich deine Mutter heiratete, wäre es besser für mich gewesen, wenn er mich getötet hätte, als das Unglück zu erleben, was seinetwegen über mich hereinbrach. Obwohl es seine eigene Schwester war, ließ er sie in der Untersuchungshaft sterben, statt sie da rauszuholen. ‚Entweder du verläßt diesen Antichristen' – damit meinte er mich – ‚oder ich kenne dich nicht mehr.' Das sagte er zu ihr. Zuerst war er Knüppelträger der Veniselos-Gegner, dann wurde er zu Maniadakis'[35] Werkzeug, zu einem Freund der Deutschen, zu einem Verräter. Weißt du, wie viele er mit seiner Unterschrift ins Jenseits befördert hat?"

Panajotaros versuchte trotz allem mit ein paar abgedroschenen Ar-

gumenten Luis' Vater dazu zu bewegen, die Reueerklärung zu unterschreiben:
„Lieber Herr Petros, tu mir den Gefallen und laß Tzavaras Tzavaras sein. In Ordnung, du hast schon recht, aber hier geht es um viel mehr. Ist es denn nötig, daß du dafür büßen mußt? Oder glaubst du, daß du Tzavaras dadurch bestrafst, daß du nicht unterschreibst? Damit bestrafst du dich doch nur selbst. Es hat sich nun mal bestätigt, daß es besser gewesen ist, sich während der Besatzung nicht zu rühren. Dasselbe gilt auch für die Dezember- und die späteren Ereignisse. Also was redest du da? Warum sollen wir uns in die Nesseln setzen? Und paß auf, du wirst nicht nur die Arbeit verlieren. Das ist noch das kleinste Übel. Leute werden ohne Grund massenweise an die Wand gestellt. Sie lochen dich ein und bevor du noch weißt, wie dir geschieht, stehst du schon vor dem Exekutionskommando. Und wenn man's genau betrachtet, wer hat mich eigentlich gefragt, ob ich damals die Waffen niederlegen wollte? Und jetzt sagt mir ein Herr Sachariadis, daß ich sie wieder aufnehmen soll! Das soll wohl ein Scherz sein, was? Es scheint wohl nicht zu reichen, daß die Arschlöcher sich alle ruhig verhalten und nicht einmal ihren Hund verloren haben, jetzt soll ich ihnen obendrauf auch noch den Gefallen tun, mich ihnen zuliebe an die Wand stellen zu lassen? Nein danke, mein Herr. Mir reicht's. Nein danke."

Der alte Retsinas hörte zu, aber ob Panajotaros nun sprach oder nicht, war ihm einerlei.
„Mich hat er aber irgendwie überzeugt, Vetter. Vielleicht nicht ganz überzeugt, aber er hat mich zum Nachdenken gebracht."

Tatsache ist, daß sich Panajotaros' Sätze bei Luis im Kopf festgesetzt hatten. Sie veränderten sein ganzes Weltbild. Deshalb kam es mir auch komisch vor, als er ihn später auf einmal einen Opportunisten nannte, als es um seine Schwester ging. Letztendlich war Panajotaros weder so ahnungslos noch so naiv, wie er tat.
„Mag sein, Herr Petros, daß ich nicht aus Überzeugung in die EAM

eingetreten bin. Ich war ungebildet. Meine Pflicht habe ich damit eben erfüllt, aber alles hat Grenzen. Was meinst du? Soll ich etwa aus falschem Stolz ein Leben lang den Helden spielen? Ich sehe doch, wohin das führt. Die zweite Runde ist vorüber. Sie haben uns kurz und klein geschlagen. Sollen wir uns etwa auch noch verarschen lassen? Wir müssen stillhalten, und dann sehen wir weiter."

Mit diesen Worten schloß Panajotaros eine seiner großen philippischen Reden. Von da an besuchte er den alten Retsinas immer seltener, bis er irgendwann überhaupt nicht mehr erschien.

Die Entlassung des Herrn Petros versetzte das ganze Stadtviertel in Angst und Schrecken. Nach und nach begannen die Leute, seine Gesellschaft zu meiden. Sie grüßten ihn noch nicht mal mehr auf der Straße.

„Willst du vielleicht, daß sie uns auch auf die schwarze Liste setzen?"

Erst zogen sich die Eltern zurück und dann brachten sie ihre Kinder dazu, es ihnen gleich zu tun. Auch meine Mutter lag mir in den Ohren damit, daß ich Luis die Freundschaft kündigen sollte. Das tat ich aber nicht. Vielleicht, weil mir noch nicht klar war, was es heißt, wenn dich die Mächtigen auf die schwarze Liste setzen. Um ehrlich zu sein, Angst hatte ich schon. Wenn ich auffälliges Verhalten vermeiden konnte, tat ich es. Ich ging zum Beispiel nicht in Luis' Gesellschaft am Polizeirevier vorbei oder versuchte, mich spät abends mit ihm zu treffen. In der ersten Zeit nach der Entlassung war ich auch nicht so häufig bei ihm zu Hause. Ich weiß nicht, ob er das merkte. Natürlich war Lasaris der erste, der sich damals aus dem Freundeskreis zurückzog. Wenn er Luis sah, war er nichts wie weg.

Seit Panajotaros den alten Retsinas immer seltener besuchte, hatte der weder Lust nach Arbeit zu suchen noch sich mit irgend jemandem zu treffen noch das Haus zu verlassen. Nur manchmal sahen wir ihn nachts wie ein Gespenst auf den Straßen umherirren. Der einzige, der ihn in Ruhe ließ und nicht ständig auf ihn einredete, was er zu tun habe und daß er arbeiten solle, war Luis.

Nach und nach richtete sich sein Vater im Keller ein. Er hatte sich von der Straße einen kaputten Sessel mit einem halbzerschlissenen grellen Bezug geholt. Als Luis ihn eines Abends sah, wie er versuchte, den Sessel durch die Tür zu kriegen, es aber nicht schaffte, hätte er fast geweint.

„Laß doch, Vater, ich trage ihn dir rein."

Einen Monat lang flickte der Alte an dem Sessel rum. Danach stellte er ihn gegenüber dem Kellerfenster auf und saß nun die meiste Zeit dort. Er ließ es nicht zu, daß jemand den Sessel von seinem Platz rückte.

Ich habe keine Ahnung, wer heute in Retsinas' Keller wohnt, aber wenn das Haus noch steht und du mal daran vorbeikommen solltest, kannst du die Stelle noch sehen, wo die Beine des Sessels – solche runden, dicken Beine waren das – gestanden haben; sicher existieren die Abdrücke noch. Mit der Zeit hatte sich der Steinfußboden dort abgenutzt.

Tatsache ist, daß sich beim alten Retsinas Unglücksfälle und Ereignisse häuften. Zuerst die Belohnung, die auf seinen Bruder Ilias ausgesetzt wurde, fünfzigtausend Drachmen. Ilias, Retsinas' Bruder, ehemals Lehrer, war auf einem Gefangenentransport geflohen. Seitdem hatte man nichts mehr von ihm gehört. Danach verschwanden Liakopulos' und Lasaris' Väter. Beide waren Freunde von ihm gewesen. Sie hatten bei Herrn Tassos immer zusammen Karten gespielt. Der Vater von Lasaris war auch Eisenbahner gewesen.

Neben den Sessel hatte der alte Retsinas ein Eisentischchen mit einer Marmorplatte gestellt. Das hatte ihm der Vater Liakopulos während der Renovierung seines Gemüseladens geschenkt, kurz bevor er zum zweiten Partisanenkrieg verschwunden war.

„Hier, damit du an mich denkst, wenn du deinen Ouzo trinkst."

Auf das Tischchen hatte er ein Radio gestellt, ein aus der Vorkriegszeit stammendes holländisches Philips-Modell. Luis hatte es in einem der Trödelläden von Piräus für ihn gekauft. Von seinem ersten

Lohn in den Kühlhäusern von Katramanos in Piräus. Er besorgte damals eine Gitarre, eine Verlängerungsschnur und das Radio. Er stellte es auf die Marmorplatte und machte es an, während alle begierig darauf warteten, etwas zu hören. Als Sofia Vembos[36] Stimme erklang, schienen die Augen des Alten zu lachen.

„In Ordnung, es funktioniert", sagte Luis zu ihm und zwinkerte mit dem einen Auge.

Retsinas antwortete nicht. Offensichtlich weinte er vor Rührung.

Von da an hörte er den ganzen Tag Radio. Morgens machte er es an und abends aus. In letzter Zeit hörte er auch schlecht und drehte es voll auf.

Eines Abends stürmte Panajotaros wie ein wildgewordener Stier rein. Er raste die Kellertreppe runter, wobei er zwei Stufen auf einmal nahm.

„Hast du sie noch alle, Herr Petros? Was tust du denn da? Den *Sender Freies Griechenland*'[37] volle Pulle? Seid ihr denn hier alle verrückt geworden? Wo lebt ihr eigentlich? Mensch, Athanassia, wie kannst du das nur zulassen? Wenn ein einziger Spitzel hier vorbeikommt und das hört, dann könnt ihr gleich alle zusammen nach Jaros[38] ziehen."

Er wollte es gerade ausmachen, da packte der alte Retsinas seine Hand:

„Moment noch!"

Im Radio wurde die Erschießung von Liakopulos und Lasaris bekanntgegeben. Alle waren wie vom Donner gerührt. Und als Athanassia sah, daß er das Radio nicht leiser stellte, rannte sie wutentbrannt hin und schaltete es aus.

Athanassia hatte sich in letzter Zeit sehr verändert. Sie war gereizt und nörgelte ständig herum. Auch jetzt tat sie so, als ob ihr die Ermordung ihrer beiden Freunde scheißegal wäre. Sie ging in die Küche und wusch ab.

„Ich mache mir Sorgen um meine Stiefmutter, Manolopulos. Ihr geht der Alte auf die Nerven. Sie hat keinen Bock mehr."

Panajotaros begann wieder ganz zaghaft und nicht ohne Vorsichtsmaßnahmen Herrn Petros zu besuchen. Seine Hochzeit mit der Tochter des Fleischers, Athina, stand unmittelbar bevor. Noch im gleichen Jahr kaufte er den Gemüseladen. Allmählich kehrten auch die Lebensgeister des alten Retsinas zurück.

Als ich irgendwann im Oktober 1949 Luis eines Abends zu einem kleinen Rundgang abholen wollte, fand ich die ganze Familie über das Radio gebeugt, wie sie wieder *Freies Griechenland* hörten. Die letzten Worte hörte ich auch mit. Trotz Luis' aufklärerischer Informationen schenkte ich der Sache damals nicht viel Bedeutung. Ich hörte, wie eine Stimme sagte – sie war irgendwie heiser und voller Bitterkeit, mit schluchzendem Unterton, daß die feindlichen Aktivitäten eingestellt worden seien und daß die Demokratische Armee[39] ihre Waffen nicht strecke, sondern den Kampf nur vorläufig einstelle. Der Monarchofaschismus gehe bald seinem endgültigen Niedergang entgegen ...

Ich erinnere mich noch genau daran, daß Luis mit den Händen in den Taschen auf- und abging und ausspuckte. Herr Petros weinte und wischte sich mit seinem Schlafanzug die Tränen ab. Panajotaros fing wieder mit einer seiner philippischen Reden an, was sie einem denn da noch für Schwachsinn erzählen wollten und was denn mit „vorläufig einstellen" gemeint sei und wer denn noch irgendeinen Kampf einzustellen habe und was für einen Kampf sie überhaupt noch meinten?

Der alte Retsinas sagte nichts. Er schüttelte nur mit den Kopf. Luis gab mir ein Zeichen, und wir gingen die Treppe hoch. Er ging nicht mehr zur EPON und schrieb auch keine Parolen mehr an die Wände. Nach drei Tagen wurde er von Papadopulos vorgeladen und aufgefordert, die erste Erklärung zu unterschreiben. „So viele du willst", antwortete ihm Luis und unterschrieb. Natürlich bekam er die Bescheinigung, um die er gebeten hatte, nicht.

Frau Athanassia hatte Herrn Petros mit dieser Scheißerklärung total genervt.

„Sie hat den Mann fertiggemacht, Vetter. Er solle unterschreiben, sagte sie ständig, sie habe es satt, für uns alle zu arbeiten und würde das nicht mehr lange aushalten."

Sie arbeitete auch im Megaro Jannulatos. Als Putzfrau, zusammen mit Lasaris' Mutter. Sie war jung. Etwas über vierzig.

„Komm, Petros, nun unterschreib schon. Ich halte das so nicht mehr aus. Ich haue bald ab."

Der letzte große Streit zwischen Athanassia und Retsinas fand an seinem Namenstag statt. Diesmal mischte sich Luis ein.

„Laß ihn doch in Ruhe, Athanassia. Du hast ja recht, aber wenn er nicht will, dann soll er halt nicht unterschreiben."

Athanassia wollte antworten, doch sie hielt sich zurück. Sie sah ihren Mann schweigend in seinem Sessel sitzen und Tag und Nacht zum Kellerfenster hinschauen. Sie hatte gar keine Lust mehr, noch was zu sagen. Etwas in ihr war abgestorben und das war ihr bewußt.

Auch Antigoni war da. Sie riß nur ihre riesigen Augen weiter auf und schaute die beiden an. Und da, im ungünstigsten Moment, verkündete sie ihnen ihren Entschluß, Krankenschwester zu werden. Auf die Idee hatte sie Panajotaros gebracht: „Warum wirst du nicht Krankenschwester? Du bekommst Essen und ein Gehalt und hast ärztliche Versorgung umsonst."

„Soll ich, Papa?"

Statt des Papas antwortete ihr Athanassia:

„Natürlich sollst du. Irgend jemand muß ja das Geld in diesem Haus ranschaffen. Zum Teufel mit eurer Politik."

Sie zog aus ihrer Jackentasche unvermittelt das kleine braune Täschchen hervor, in dem sie ihr Geld verwahrte und legte es auf die Marmorplatte.

„Da ist alles, was ich habe. Ab morgen bin ich auch arbeitslos. Ich bin entlassen worden. Wegen Papa."

Die Nachricht schlug bei Familie Retsinas wie ein Blitz ein ...

Wie auch immer, trotz getrübter Stimmung bestand Athanassia darauf, das für den Namenstag des Vaters geplante Festessen nicht zu verschieben. Sie hatten so viele Leute eingeladen. Sogar mich. Ich zählte zwölf Personen am Tisch. Wie beim Letzten Abendmahl. Der Gedanke an das Letzte Abendmahl setzte sich so sehr in meinem Kopf fest, daß ich anfing zu überlegen, wer der Judas sein könnte.

Ajisilaos und Arjyris waren auch da. Panajotaros und Athina waren als erste gekommen. Gerade als aufgetragen wurde, kam auch Liakopulos mit einer schwarzen Trauerbinde am Arm, die er wegen seines Vaters trug. Kaum sah er Panajotaros, machte er wieder kehrt und wollte gehen. Er konnte ihn überhaupt nicht leiden, denn mit seinem Gequatsche hatte Panajotaros seine Mutter rumgekriegt und ihr den Gemüseladen abgekauft. Luis hielt ihn am Hemdsärmel fest.

„Setz dich, Mensch, laß den Unsinn. Schwamm drüber."

„Nein, ich gehe. Hier sind einige Leute, mit denen ich lieber nicht am Tisch sitze."

Panajotaros fühlte sich beleidigt, stand auf, schnappte sich Athina und sagte zu ihr:

„Los, nimm deine Tasche, wir gehen."

Sie war vollkommen verblüfft. Dann suchte sie nach ihrem Schuh. Wo Athina auch immer hingeht, zieht sie einen Schuh aus. Sie sagt erst „Bitte entschuldigen Sie, dieses verflixte Hühnerauge", und dann zieht sie ihn aus. Bis sie ihren Schuh wiederfand, hatte Arjyris beide wieder auf ihre Stühle gedrückt.

„Geld, bares Geld habe ich euch gegeben und damit das Geschäft gekauft, das war kein Spielgeld", sagte er immer wieder zu Liakopulos.

Der schäumte noch immer vor Wut.

„Du Mitgiftjäger, halt die Schnauze!"

Wie du inzwischen weißt, versteht man nicht, was Liakopulos sagt, wenn er aufgebracht ist, und somit waren seine Schimpfworte ziemlich sinnlos.

Gerade in diesem Moment wurden die ersten Vorspeisen aufgetragen, dampfend und wohlriechend. Genau das Richtige, um mit dem Streit aufzuhören. Gleichzeitig kam ein starker Wind auf. Luis stand auf und stopfte ein Loch am Kellerfenster.

Ich vergaß ganz, Lasaris zu erwähnen. Der war auch da. Er wollte die Adresse von Moschos haben und kam zufällig genau zum Fest. Das behauptete er wenigstens, und wir glaubten ihm. Obwohl er nicht in den Kreis paßte, forderte Luis ihn auf, sich hinzusetzen und ein Glas Wein mitzutrinken.

„Ich hab's eilig", sagte er, „aber gut, ein Gläschen ...", und setzte sich.

Marthas Mutter war auch da; Frau Vassiliki lebte damals noch. Es waren nicht einmal zwanzig Tage vergangen, seit sie durch so etwas wie eine Amnestiemaßnahme aus der Verbannung zurückgekehrt war. Sie war noch genauso fein wie früher. Blaß und durchsichtig, so durchsichtig , daß sich selbst ihre Falten in einer seltsamen Unwirklichkeit ihrer Gesichtszüge verloren. Sie war eine aristokratische Erscheinung. Man könnte sie für eine verarmte Gräfin halten und läge nicht ganz falsch. Ihre Bewegungen, ihr Gang, ihre melodische und langgezogene Art zu sprechen verliehen ihr eine seltsame Vornehmheit. Sie aß immer mit Messer und Gabel und tupfte sich den Mund mit einer Stoffserviette ab. Niemand hätte vermutet, daß diese Frau bis zu ihrer Heirat als Hausangestellte in großbürgerlichen Häusern tätig war. 1935 war sie bei dem bekannten Politiker Kondylis[40] angestellt. Sie kann sich noch an ihn erinnern. Einmal, sagt sie, hat sie mit eigenen Augen gesehen, wie er mit den Fäusten gegen die Wand trommelte und den König Georg verfluchte, weil der „Elende" ihn seines Amtes enthoben hatte, obwohl er, Kondylis, seinetwegen seine Ideen verraten hätte, um ihn wieder auf den Thron zu bringen.

„Das war also der Dank", schrie er. Ob das wahr war? Vielleicht verwechselte sie Kondylis mit jemand anderem. Wenn man bedenkt, daß sie nicht zur Schule gegangen war und noch nicht mal unterschreiben konnte.

Das sagte sie auch zu den Leuten auf Makronissos[41], die sie folterten und ihr zusetzten, die Reueerklärung zu unterschreiben, damit sie zu ihrer Tochter zurückkehren könne.

„Ich kann weder lesen noch schreiben. Wie soll ich da unterschreiben?"

Das sagte sie sogar mehrmals ...

Um seine Langeweile zu vertreiben, sagte schließlich ein Schlauberger von Alfamitis[42] zu ihr:

„Heißt das, daß du unterschreiben würdest, wenn du lesen und schreiben könntest?"

„Vielleicht würde ich sogar unterschreiben."

Das hätte sie besser nicht gesagt. Als sie gerade glaubte, die Sache sei im Sande verlaufen, kam eines Morgens derselbe Typ in ihr Zelt gestürmt und hatte einen älteren Herrn dabei.

„Der ist Lehrer. In einem Monat kannst du unterschreiben, sonst habt ihr beide schlechte Karten."

Als Luis mir diese Geschichte erzählte, schien sie mir völlig unglaubwürdig!

„Und wenn ich dir sage, Vetter, wer der ältere Herr war, dann wirst du mir antworten, daß so was nur in Büchern vorkommt. Was für ein verrückter Zufall! Es war mein Onkel Ilias. Jawohl. Der Bruder meiner Mutter. Natürlich erkannte sie ihn nicht sofort, sie konnte sich auch nicht gut an ihn erinnern. Erst verliebten sie sich ineinander und danach stellten sie fest, daß sie Nachbarn gewesen waren und sich von früher her kannten."

Innerhalb von zwanzig Tagen hatte Frau Vassiliki lesen und schreiben gelernt. Der erste Brief, den sie selber las, war von ihrer damals achtjährigen Tochter.

Nach einem Monat wurde sie aufgefordert, die Erklärung zu unterschreiben. Dazu kam es jedoch nicht mehr. Als sie gerade im Begriff war zu unterschreiben – falls sie unterschrieben hätte – erbrach sie zum ersten Mal Blut. Es war auch ein Oberfolterer namens Ioannidis anwesend. Sie mußte sich erbrechen, als sie um sich herum all die schrecklichen Gesichter erblickte. Unter dem Erbrochenen war auch Blut. Ioannidis begann wie eine hysterische Alte zu kreischen: „Weg mit ihr, weg mit ihr.“ Und so brachten sie sie weg, ohne daß sie unterschrieb. Aus Versehen.

Doch laß uns zu unserem Essen zurückkehren. Die zwölf Personen waren noch nicht vollständig anwesend. Mal zählte ich zwölf, mal elf, mal ... Mitten im Zählen klopfte es an der Tür. Wir erwarteten niemanden mehr. Alle hatten große Angst. In jenen Tagen waren Gerüchte im Umlauf, daß wir mit Verhaftungen und Erschießungen zu rechnen hätten. Wir hatten vorher gerade eine hitzige Diskussion über Sachariadis und Plastiras[43] geführt, und Arjyris, der älteste aus dem Freundeskreis, hatte daraufhin Panajotaros heftig angegriffen und gesagt, er täte gut daran, seine Schnauze zu halten, denn schließlich hätte er die Erklärungen unterschrieben und brauche nun nicht das Andenken der Helden zu beschmutzen.
„Laß mich doch in Ruhe, Mensch, Arjyris. Wer redet denn von den Helden? Ich rede von denen, die in irgendwelchen Varkisa und im Libanon[44] Unterschriften geleistet haben wie nichts, die meine ich.“

Jetzt fing auch Liakopulos an zu brüllen und griff Arjyris an, womit er sich auf die Seite seines Feindes Panajotaros stellte. Lasaris zitterte buchstäblich. Er hatte sich an eine Ecke des Tisches gesetzt und zitterte. Er schaute ständig zum Kellerfenster hin. Wenn in dem Moment ein Denunziant vorbeikäme, bedeutete das für ihn den Abschied von Studium und Karriere.

Luis und ich hörten erstaunt und beeindruckt diesen ganzen alptraumhaften Diskussionen zu, ohne uns einzumischen. Arjyris spielte den Helden und sagte: „Na und, Leute, was werden sie uns schon tun“, doch flüsterte er vorsichtshalber. Nur Frau Vassiliki ließ sich nicht aus der Fassung bringen.

Es klopfte immer noch an der Tür und niemand stand auf, um sie zu öffnen, bis schließlich Athanassia ging. Als sie die Tür aufmachte, blieb uns vor Erstaunen der Mund offen stehen. Eine biblische Erscheinung trat ein. Wirklich. Einen Moment lang dachte ich, es sei Aris Veluchiotis persönlich, der Partisanenkämpfer. Ganz genauso sah er aus. Er trug genau so einen Bart, war relativ klein, hatte blitzende Augen und dicke Finger ... Genau wie er. Als er da aufrecht auf dem Treppenabsatz des Eingangs stand, dachten die meisten von uns, daß es sich um die Auferstehung eines Toten handele. Nur Flinte und Umhang fehlten noch, um Aris komplett zu machen. Und der Hut.

Die erste, die er umarmte, als er hereinkam, war Marthas Mutter. Da sah man die Liebe. Was war das für eine Umarmung! Natürlich war es Onkel Ilias, der Flüchtige, wie dir sicherlich inzwischen klar ist.

Arjyris sprang auf, dämpfte das Licht und zog die Gardinen zu ... Es herrschte eine eisige Atmosphäre. Athanassia, die ihren Schwager noch nie leiden konnte – sie wußte, daß er ihren Mann beeinflußte – sagte nicht einmal „Herzlich Willkommen".

Ich brauche dir nicht zu sagen, wie sehr ich erschrak und mich an die Worte meiner Mutter erinnerte, die mir, als ich gegangen war, hinterhergerufen hatte: „Geh nicht, du wirst in Schwierigkeiten kommen."

Wenn man damals jemanden versteckte, der gesucht wurde, war das Mindeste, was man zu erwarten hatte, die Verbannung. Ein Jahr später erschossen sie Nikiforidis, weil er Unterschriften für den Frieden gesammelt hatte. Kann man sich das heute noch vorstellen?

Es gab einen kleinen Aufruhr im Freundeskreis. Alle rutschten, jemand holte einen Stuhl, damit er sich hinsetzen konnte.

„Hat dich jemand gesehen?" fragte Athanassia.

„Nein, niemand. Vielleicht Tassula, aber sie hat mich nicht erkannt."

Der alte Retsinas sagte, daß mit Plastiras die Lage jetzt besser stehe, „wir werden aufatmen", doch meinte Arjyris, daß sie sich keine falschen Hoffnungen machen sollten, denn der würde auch nur ein Machtspiel spielen.

Ich zitterte derweil immer noch vor Angst. „Wenn der beschattet wurde ..."

Mir kam wieder der Gedanke vom letzten Abendmahl in den Sinn. Theoretisch müßten wir jetzt dreizehn sein. Ich zählte nach, dann noch einmal. Ich kam nur auf zwölf. Während ich noch zählte, begann Athanassia den zweiten Gang aufzutragen. Jemand fragte, ob sie Bier hätten. Sie hatten keins.

„Ich gehe zum Krämer und hole welches", sagte sie.

Sie ging ins Zimmer, zog sich eine Jacke an, nahm ihre gute Tasche und ging hinaus. Der Wind war stärker geworden. Es war Juni, doch das Wetter war winterlich. Vom Kellerfenster her zog es.

„Und Zahnstocher, Athanassia. Bring Zahnstocher mit", rief ihr der alte Retsinas hinterher, als sie die Stufen hinaufging.

„Bringe ich mit. Fangt schon an zu essen. Wartet nicht auf mich. Sonst wird das Essen kalt."

Wir fingen an zu essen. Stimmung und Appetit waren uns vergangen. Panajotaros warf ab und zu einen Scherz in die Runde. Nur seine dicke Athinula lachte.

Wir waren schon fast mit dem Pastitsio fertig, die kleinen Salatplatten und die Weine waren auch schon alle, da fragte Panajotaros plötzlich in die Runde: „Wo ist denn Athanassia geblieben? Die ist ja immer noch nicht zurück."

Das Namenstagskind nahm einen versteinerten Ausdruck an, wie es eiskaltes Wasser nicht schlimmer hätte verursachen können. Er erschrak.

„Athanassia? ... Athanassia?" begann er zu rufen.

Nichts. Stille. Antigoni stand auf und suchte in den anderen Zimmern. Da war niemand.

„Sie ist abgehauen. Sie ist sicher abgehauen", erklärte der alte Retsinas daraufhin.

Niemand wollte ihm glauben.

„Das kann nicht sein. Wo soll sie denn hingegangen sein?" Luis rannte zum Krämer. Dort hatte man sie nicht gesehen, sie war gar nicht da gewesen.

„Ihr braucht gar nicht zu suchen. Sie ist abgehauen. Ich bin mir sicher. Ich habe es in ihren Augen gesehen. Wenn ich es mir recht überlege, habe ich es gesehen. Ich hätte nicht auch noch die Zahnstocher erwähnen sollen."

Luis entdeckte, daß auch noch Bier im Kühlschrank war. Sie hatte gelogen, was das Bier betraf. Also hatte sie ihre Flucht vorbereitet.

Jemand meinte, man solle versuchen, sie auf der Straße zu finden.

„Das wird nichts bringen. Sie ist ein für alle Male abgehauen. Die Zahnstocher ...", sagte Herr Petros, einer Ohnmacht nahe.

Er stand auf und setzte sich dann in seinen Sessel. Er schaute uns gar nicht an. „Die Zahnstocher sind dran schuld." Das murmelte er die ganze Zeit vor sich hin.

Antigoni fing an zu weinen und schlug ihre Hände vors Gesicht. Panajotaros fing an liebevoll ihre Haare zu streicheln.

Da merkte ich als erster, daß auch Lasaris nicht da war. Mitten im Tohuwabohu war er verschwunden. Deshalb kamen zwölf statt dreizehn raus. Das Schwein. Erneut packte mich die Angst, doch sagte ich kein Wort. Ich beließ es dabei, um nicht noch mehr Unruhe zu stiften.

Der Philips spielte den Tango *Kombarsita* in voller Lautstärke. Der Tölpel Ajisilaos, der ständig ins Fettnäpfchen trat, wollte die Situation entspannen und bat Antigoni um einen Tanz. Den alten Retsinas beruhigte Frau Vassiliki ein wenig mit Sätzen wie „Die kommt schon zurück, da bin ich mir sicher" und so ähnlich.

Und plötzlich fing Herr Petros an, ein Partisanenlied zu singen. Alarmiert schreckte Panajotaros hoch:

„Hast du sie noch alle? Willst du uns alle umbringen? Hör auf."

Doch der sang weiter, völlig absurd, als ob er sich außerhalb von Raum und Zeit befände. Er hörte und sah nichts. Erst als Luis ... „Mensch Vater“ rief, brach er abrupt mitten im Lied ab. Genau in dem Moment stellte auch Ajisilaos Lasaris’ Abwesenheit fest.

„Freunde, Lasaris hat sich aus dem Staub gemacht.“

Panajotaros wurde bleich. Er geriet in Panik und schrie, wir sollten unsere Sachen nehmen und abhauen. Athina suchte wieder nach ihrem Schuh. Es begann eine Diskussion darüber, wo Ilias am sichersten übernachten könne. Jeder fand eine Ausrede. Sogar das Großmaul Arjyris.

„Bemüht euch nicht, ich mach das schon“, sagte Vassiliki.

Ihren Satz bekam sie nicht mehr zu Ende. Beide Flügel der Tür flogen durch einem Tritt auf. Sie hatten nicht mal angeklopft, um die Form zu wahren. Es waren drei an der Zahl, in Zivil. „Polizei!“ riefen sie.

Nur Antigoni und Athina ließen sie zurück. Den Rest von uns warfen sie in einen Käfig, einen über den anderen. Frau Vassiliki saß Ilias gegenüber. Sie weinte nicht. Sie lächelte. Mit den Händen in den Taschen saß sie da. Sie zitterte.

Als der Jeep anfuhr, sah ich gerade noch Antigoni auf dem Bürgersteig. Sie sah uns mit ihren riesigen verschreckten Augen nach. Hinter ihr stand Athina mit nur einem Schuh . Den anderen, einen häßlichen blauen Pump, hielt sie in der Hand. Sie hatte nicht mehr geschafft ihn anzuziehen.

Einen Moment lang wurden sie vom Scheinwerfer des Jeeps geblendet. Sie schlugen die Hände vor die Augen.

NEUNTES KAPITEL

DIE FLUCHT

Als Luis mich anrief und fragte, ob wir uns in Bechlivanis' Suvlakibude treffen könnten, wunderte ich mich. Ich hatte ihn schon lange nicht mehr gesehen. Eigentlich seit damals, als uns der unbeschreibliche Antypas, der damals noch sein Schwiegervater war, aus dem Haus geworfen hatte.

An Bechlivanis' Suvlakibude war die Zeit auch nicht spurlos vorübergegangen: Alles war ungepflegt und dreckig, die Farbe an den Wänden abgeblättert, der Steinfußboden abgenutzt, die Decke fleckig, alles abbruchreif.

Als ich Luis unrasiert und in sich zusammengesunken allein in einer Ecke sitzen sah, wurde es mir schwer ums Herz. Ein von Fliegenscheiße verdrecktes und verblichenes Foto von Karamanlis[45] hing genau über ihm und rundete das Bild des Elends ab.

Neben Karamanlis hing ein großes rotweißes Farbfoto von Olympiakos Piräus, mit Reißzwecken an die Wand gepinnt. Ein Stück weiter eine stehengebliebene Wanduhr. Er schaute sie an.
„Vor drei Jahren blieb sie genau an dieser Stelle stehen, erinnerst du dich?"

Es war Dezember und naßkalt. Die letzten Regenschauer hatten alles unter Wasser gesetzt. Die Tür ließ schloß nicht richtig , und der Petroleumofen war abgestellt. Mir kam Luis' Kellerfenster in der Doganistraße in den Sinn und die Nacht, in der sie uns verhafteten. Er war vorher noch mit den Schuhen auf das gute Sofa seiner Stiefmutter gestiegen, um das Loch im Fenster zuzustopfen. Sie rief: „Manolis, mein Gott, hab Mitleid mit mir"! Sie konnte zudem den vergammelten Sessel nicht ausstehen, den ihr Mann angeschleppt hatte: „Mensch Petros, warum hast du denn den hergebracht? Der paßt hier überhaupt nicht rein. Und dieses Tischchen erst! ... Eisen zwischen Holzmöbeln! Mein Gott, das ist keine Wohnung, das ist die Hölle."

Luis steckte sich eine Zigarette an. Ich betrachtete ihn. Seine Stirn war breiter geworden, seine Haare spärlicher und stellenweise schon ergraut. Außerdem war er völlig unmöglich angezogen. Er trug eine graue weite Hose – damals waren enge Hosen modern – einen langgeschnittenen karierten Zweireiher, ein kariertes Hemd und einen blauen Pullover, keinen Mantel.

Als er das eine Bein über das andere schlug, bemerkte ich auch seine Socken – die paßten überhaupt nicht zum Rest. Sie waren grün. Dazu trug er schwarze Lackschuhe. Er sah meinen Blick.
„Glotz mich nicht so an, Vetter. Ich bin beklaut worden. Das hier sind die Sachen, die sie mir übriggelassen haben."

Er bückte sich und öffnete seinen Koffer, damit ich reinschauen konnte.
„Guck mal, vorher war der bis zum Platzen voll."

Jetzt war er fast leer. Ein paar Strümpfe, Bücher, seine berühmten langen Unterhosen – er war anscheinend zu den langen Unterhosen zurückgekehrt – und sein Rasierzeug.

„Ganz schöner Mist, Vetter."

Neben seinem Koffer stand eine Tasche .

„Und die? Gehört die auch dir?"

„Nein, die gehört Sofia."

„Oh, nein!" dachte ich, „eine neue Person in der Geschichte." Er sah mir meine Verwunderung oder besser gesagt mein Mißbehagen an.

„Ich erzähle dir alles, Kostantis. Du wirst sie auch gleich sehen. Sie ist gerade auf die Toilette gegangen."

An dem Zug, mit dem er reisen wollte, mußte irgendwas repariert werden oder er hatte Verspätung – ich erinnere mich nicht mehr genau, was er sagte – jedenfalls wollte er am nächsten Morgen ganz früh aufbrechen.

„Glaubst du, daß ich nicht mal mehr weiß, wie ich da reingerutscht bin? An die beiden Typen kann ich mich aber erinnern. Extrem dunkle Typen mit Schnurrbart. Ich habe sie in einer Taverne in Trikala getroffen. Sie kannten mich vom Zirkus und wollten mir unbedingt einen ausgeben. Sofia, von der ich dir gerade erzählt habe, saß bei ihnen. Sie wartete auch auf den Zug. Von da an kann ich mich an so gut wie nichts mehr erinnern. Ich weiß nur noch, daß ich ständig zu ihnen gesagt haben muß, daß ich mir ein Hotelzimmer nehmen will, um die Nacht rumzukriegen. ‚Wir', sagten sie, ‚wir machen das schon. Wir bringen dich zu Alexandros.' Immer dieses ‚wir machen das schon'... Ich weiß noch, wie wir die Plätze tauschten; ich sollte mich doch neben Sofia setzen. Ob sie mir Asche in den Wein getan haben? Ich weiß es nicht. Auf jeden Fall war das kein normales Besäufnis, sondern so was wie ein Abtauchen. Ich hörte noch, wie sie sagten, daß ich mir eine super Puppe aufgerissen hätte, daß ich Glück hätte, die Nacht mit der Puppe zu verbringen, und sie zeigten dabei immer auf Sofia. Ich kriegte schon kaum noch was mit. Wie auch immer, ich merkte nicht, wann sie mich in ein Hotel der allerletzten Kategorie brachten. Die Sache ist die, daß ich morgens neben einer halbnackten Frau aufwachte. Ich erschrak. Sie schlief mit offenem Mund. Später sagte sie mir, daß sie Polypen hätte. Ihre Nasenlöcher waren dazu noch riesengroß. Als ich sah, wie sie auf- und zugingen, geriet ich in Panik. Dünn war sie auch noch, das reinste Skelett. Ihre Knie waren ein Zwischending zwischen Ziegen- und Pferdeknien. Nur ihre Haare waren wunderschön, lang und seiden. So war ich auch in der Taverne hereingefallen, als mich die Typen zu sich an den Tisch baten. Ich hatte nur ihren Rücken und ihre Haare gesehen. ‚Warum nicht?' dachte ich mir, ‚zu verlieren habe ich nichts.' Und ich ging hin. Zum Glück hatte ich die Fahrkarte schon vorher gelöst. Sie leerten meinen Koffer und meine Jacken- und Hosentaschen. Sie raubten mich völlig aus. Ich stand auf und machte mich aus dem Staub, denn wenn die besagte Dame aufgewacht wäre, wäre das Drama erst recht losgegangen. Ich war mir noch nicht einmal sicher, ob es die aus der Taverne war. Die Schweine hatten mich total pleite zurückgelassen. Der Hotelwirt kannte sie nicht. Er hatte sie zum ersten Mal gesehen. ‚Die haben Sie hierhergebracht, Sie und die Frau, und Sie in einem gräßlichen Zustand hier abgesetzt.' Es müssen Obst- und Gemüsehändler gewesen sein. Ich weiß noch, daß auf ihrem Lastwagen leere Kisten standen."

Während Luis mir die Geschichte erzählte, steckte ich unbewußt meine Hand in die Tasche, um zu sehen, ob ich genug Geld mit dabei hatte. Er sah die Bewegung.

„Keine Angst, Kostantis. Du brauchst nur den Ouzo und den einen Telefonanruf zu bezahlen."

Verdammte Scheiße, wie ich mich schämte! Und außerdem stellte ich fest, daß ich Geld dabei hatte. Meine Mutter hatte es mir heute morgen ganz früh gegeben, damit ich ein paar Rechnungen und mein Diplom sowie die Gebühren beim Ministerium bezahlte. Etwa vier- bis fünftausend. Ich war in einer schwierigen Lage. Was sollte ich tun? In zwanzig Tagen würde die Anmeldefrist für die Prüfung zum Sekretär beim Landgericht verstrichen sein, und wenn ich mich bis dahin nicht angemeldet hätte, konnte ich nicht an den Prüfungen teilnehmen. Sollte ich ihm trotzdem das Geld geben? Er brachte das Gespräch wieder auf Sofia.

„Übrigens war diese Vogelscheuche schon beim Anfahren des Zuges auf den letzten Waggon aufgesprungen. Wie eine Hochspringerin, nur nicht so groß."

Plötzlich unterbrach er seine Erzählung mittendrin, als wäre ihm etwas eingefallen und schaute zur Toilette rüber.

„Komm, steh auf", sagte er plötzlich. „Bezahl den Ouzo und den Anruf und laß uns abhauen."

„Und das Mädchen?"

„Zerbrich dir darüber nicht den Kopf. Komm schnell. Außerdem gehen Frauen nicht so schnell verloren."

Ich warf das Geld auf den Tisch, und wir brachen Hals über Kopf auf. Bechlivanis rannte hinter uns her, um uns ihre Tasche zu geben.

„Die gehört der Frau. Sag ihr, daß wir es eilig hatten."

Er schüttelte den Kopf. Wir bogen um die Ecke und gingen hinauf in Richtung *Balkankino*.

„Haben sie dir viel geklaut?"

„Alles, was ich hatte."

„Kannte Sofia die Typen nicht?"

„Die hatte sie auch erst an dem Tag kennengelernt. Wahrscheinlich hatten die sie von Kalambaka kommend mit dem Lastwagen aufgelesen. Sie sang in Kneipen. Sie sagt, daß sie einen Vertrag im *Romantiko* in Amfiali hatte. Um nicht zu übertreiben, ganz so eine Vogelscheuche, wie ich sagte, ist sie nicht. Nur diese Knie, aber wenn sie etwas zunehmen würde ... Sie ist Mitte dreißig. Als sie ihr Gesicht auf der Zugtoilette gewaschen und geschminkt hatte, war sie kaum wiederzuerkennen. Ihr fehlte allerdings ein Zahn. Den hatte sie durch die Klarinette verloren. Die Klarinette hatte ihr Leben ruiniert, das heißt, derjenige, der in ihrer Gruppe die Klarinette spielte, als sie sich entschieden hatte, die Dimotika[46] zu verlassen. Er hatte sie fürchterlich verprügelt."

Zu Fuß erreichten wir die Baracken. Ob man sie Flüchtlingsbaracken oder Blechkisten nannte, kam aufs selbe raus. Eine Baracke stand neben der anderen. Von dort aus fuhr der Bus ab. Die Gassen zwischen den Baracken waren sehr eng. Da kam höchstens der Karren vom Eisverkäufer durch. In vielen Baracken standen die Eisschränke draußen vor der Tür, wenn drinnen nicht genug Platz war. Winters wie sommers bildeten sich kleine dreckige Lachen und Bäche in den Gassen und Gäßchen. Hinter den Baracken standen ein paar vereinzelte saftiggrüne Bäume. Und dahinter kamen dann Hafen und Meer. Rechterhand konntest du den Himmel nicht sehen. Nur weiße Rauchschwaden von der Düngemittelfabrik. Wenn wir noch ein bißchen weiter hinaufgegangen wären, auf Drapetsona zu, hätte man den Fabrikgestank riechen können. Dort befand sich auch Botsaris' Glasgeschäft und daneben Iordanis' Bettzeugfabrik. Ich weiß noch, wie wir stehenblieben und eine uralte Petroleumlampe bestaunten. Vielleicht war es dieselbe, die später Fatmé das Leben kosten sollte.

Ich trat gegen eine Konserve. Ich konnte nicht mehr. Es mußte einfach raus.

„Hör mal. Ich habe an die viertausend bei mir, weil ich ein paar Rechnungen bezahlen wollte. Und ich will auch eine Prüfung ablegen. Nimm erst mal die Tausend, damit du die Nacht rumkriegst. Dann sehen wir weiter."

Er meinte, daß er zu Liakopulos gehen wolle, aber da ginge keiner ans Telefon.

„Den brauchst du gar nicht erst zu suchen. Es gibt wieder Verhaftungen. Er versteckt sich."

Ich weiß nicht, wie ich darauf kam, einen Blick nach hinten zu werfen.

„Luis, die besagte Dame folgt uns. Das muß sie sein."

„Ich hab' sie schon bemerkt."

Sie hing sich an uns ran und folgte uns wortlos. Sie stellte sich nicht vor, oder ... Sie sah genauso aus, wie er sie beschrieben hatte. Ziemlich sympathisch und ziemlich häßlich. Sie trug einen grünen kurzen Rock und eine billige Pelzmantelimitation. Sie stolperte in ihren hohen Stöckelschuhen daher. Wie wollte sie auf den schlammigen Straßen von Drapetsona laufen? Sie schwankte hin und her wie ein Boot bei Wellengang.

„Haben sie die auch ausgeraubt?"

„Da kannst du Gift drauf nehmen. Und nicht nur ausgeraubt."

Luis vermutete, daß die beiden sie sich zwischen Kalambaka und Trikala vorgenommen hätten. Erst machten sie sie betrunken und dann vergewaltigten sie sie. Sie ließen ihr die eine Tasche, aber sie nahmen ihr eine Ledertasche weg.

„Die haben ihr mindestens vierzigtausend geklaut, und den Ausweis und den Goldschmuck, den sie bei der Arbeit trägt. Und jetzt zittert sie vor Angst, daß sie auch noch schwanger ist."

Als er das sagte, fiel mir seine Schwester ein. Sollte ich ihm sagen, daß Panajotaros sie geschwängert hatte? Daß sie, nachdem sie Luis in Trikala besucht hatte, mit Panajotaros nach Thessaloniki gefahren war, um dort ihr Kind zu bekommen? Daß Panajotaros um jeden Preis das Kind behalten wollte, da seine Frau Athina unfruchtbar war? Daß nun beide ungeduldig auf Athinas Tod warteten, um heiraten zu können? Sollte ich ihm das erzählen? Oder wäre es besser, wenn ich ihm sagen würde, daß Panajotaros sie richtig in einer Wohnung in einem zweistöckigen Haus in Kastella zusammen mit ihrem Vater untergebracht hatte? Oder daß der Alte fünf Tage vor dem Gewitter abgehauen und in seine Wohnung in Dogani und zu seinem Sessel zurückkehrt war, weil er es nicht ausgehalten hatte, seine Tochter schwanger und von jemandem ausgehalten zu sehen?

Na, so ungefähr erzählte ich es ihm doch. Luis hörte mir zu, preßte dabei die ganze Zeit seine Lippen zusammen und kratzte sich.

Er konnte es nicht leiden, sein Leben von Familienangelegenheiten beeinflußt zu sehen. „Ich habe nur ein einziges Leben."
„Die Überschwemmung war aber nur der Auslöser für Antigonis Entscheidung. Wir alle, der ganze Freundeskreis, schöpften bis Mitternacht Wasser. Alles schwamm da drinnen. Deinen Vater konnten wir gerade noch retten. Antigoni kam weinend zum Kafenion gelaufen. Sie brachte ihn nicht ins *Tzanio*, wo sie arbeitete, weil sie sich seiner schämte, sondern ins Städtische Krankenhaus von Kokkinia. Dort holte Panajotaros sie ab, und zusammen fuhren sie dann zu dir."
„Und seit wann ist sie mit ihm zusammen?"
„Seit sie als Linke aus dem Krankenhaus entlassen wurde. Allerdings hatte er ihr schon vorher nachgestellt. Eines Tages holte er sie unter dem Vorwand ab, ihr das Haus in Kastella zu zeigen, um es ihr zu vermieten ... Von da an."

Es war dunkel geworden. Die Laternen gingen an. Es waren immer noch diese gelblichen Birnen, die an den Strommasten der POWER hingen und ihr dürftiges Licht auf die Hütten der Flüchtlinge warfen. Kränkliche Strahlen spiegelten sich in den Pfützen und Schlammlachen wider.

Etwas später gingen an den Geschäften und in den Baracken Leuchtschriften und Lichter an. Nach und nach wurden Luken, Vorhänge und Dachpappen beleuchtet. Die meisten Türen bestanden aus aufeinandergenagelten Brettern. Aus den Ritzen strömte ein schwerer Geruch von Kohl, Tabak und etwas, das wie verbranntes Öl oder verbrannter Zucker roch. Von irgendwoher hörte man Musik. Die Schallplatte mußte sehr alt oder halbkaputt sein. Du konntest gerade mal so eben die Worte verstehen: „Küß mich heute abend und lab dich an mir, denn morgen geh ich fort, und du siehst mich nie wieder."
„Erinnerst du dich, Vetter? Weißt du, von wem sie ist und wo wir sie gehört haben?"

Ich blieb stehen und versuchte mich zu erinnern. Da hörte ich zum ersten Mal Sofia sprechen:

„Die Platte ist von Chiotis[47]. Dazu kann man Seïmbekiko tanzen." „Singst du das Lied auch, mein Schätzchen?" hörte ich Luis ganz zärtlich zu ihr sagen.

„Ja, das singe ich auch", antwortete Sofia und fing an zu weinen.

Mir wurde ganz komisch. Sie suchte in ihrer Rocktasche nach einem Taschentuch. Sie hatte ja nicht mal eine Handtasche.

Luis gab ihr ein paar Papierservietten. Sie weinte sehr heftig. Was war denn nur so plötzlich in sie gefahren? Sie zog die Nase hoch, schneuzte sich und wischte sich die Tränen aus den Augen und von den Wangen.

„Wein nur, du brauchst dich nicht zu schämen. Kostantis ist ein guter Freund."

Wir gingen weiter. Hinter den selbstgehäkelten Vorhängen konnten wir die Menschen in den Baracken sehen. Manche saßen am Tisch, andere lagen im Bett, tranken oder unterhielten sich.

Eine andere Melodie zog uns weiter, es war ein schwerer Rhythmus aus Anatolien, wie ein Taximi. Wir näherten uns einem Fenster mit blauen halbgeschlossenen Fensterläden und schauten heimlich hinein. Ein bärtiger Mann mit sehr dunklen Augen und Locken saß im Anzug auf einem ausziehbaren Bett und spielte auf einem Saiteninstrument mit einem sehr kurzen Hals, das einen seltsamen Klang von sich gab. Ich hatte es noch nie gesehen.

„Das ist ein Saz. Türkisch, melodisch", flüsterte Sofia uns zu.

Gegenüber hing ein großer Spiegel, sicher antik, in einem goldverzierten Rahmen. Sie hatten den Tisch beiseite geschoben. Ich sah, wie sich in der Mitte des Raumes ein Mädchen von höchstens sechzehn Jahren zum Rhythmus der Musik bewegte. Um ihren Hals hielt sie ein Tuch, führte es zur Brust und wieder hoch zum Hals. Sie bewegte sich, als wäre sie aus Gummi. Sie schaute sich im Spiegel an und tanzte.

Sofia hatte aufgehört zu weinen und schaute nur noch.

Die Feuchtigkeit drang in alle meine Glieder. Wenn ich gewußt hätte, daß es so spät würde, hätte ich einen Mantel mitgenommen. Ich hatte Luis gar nichts von mir erzählen können, von meinem beendeten Studium, den Aussichten auf eine Stelle, meiner Beziehung zu Julia, die sich in Höchstgeschwindigkeit auf Verlobung und Hochzeit hinbewegte.

Als wir auf die Hauptstraße kamen und wortlos bergab gingen, hielt Luis ganz plötzlich ein Taxi an. Es bremste neben uns.

„Gib mir den Tausender; dann sehen wir weiter. Ich gehe meinen Vater im Krankenhaus besuchen und danach nach Hause. Kommst du mit?"

Ich konnte ihm gerade eben noch den Tausender zustecken, da stieg er schon mit Sofia ins Taxi.

Als ich nach Hause kam, mußte ich unweigerlich an das Geld denken. Auf gar keinen Fall konnte ich meine Mutter darum bitten. Sie hätte es mir vielleicht wiedergegeben, aber zuerst hätte sie mich gezwungen, mir wieder die ganze Litanei über Luis anzuhören. Und nicht nur das, sondern sie hätte sogar erwartet, daß ich derselben Meinung sein sollte. Und wie hätte ich Luis verteidigen sollen?

Ich mußte an Sofias herzerweichenden Blick denken, als sie mit Luis ins Taxi gestiegen war, sich zu mir umgedreht und „Gute Nacht" gewünscht hatte, und schon meldete sich mein schlechtes Gewissen wieder.

„Du denkst schon wie deine Mutter", dachte ich und ärgerte mich über mich selbst. Ich wußte nicht, was ich denken sollte. Schon seit einiger Zeit ging mir Luis' Gelassenheit auf die Nerven.

„Letzten Endes schläft man so, wie man sich bettet. Alles hat seinen Preis."

„Wieso denn, du Blödmann? Hat Luis irgendwas von dir verlangt?" fuhr ich den Dialog mit mir selbst fort ...

Während meine Mutter mir in der Wärme und Sicherheit der häuslichen Atmosphäre eine leckere heiße Fischsuppe vorsetzte, begann ich, Luis' und mein Leben miteinander zu vergleichen. Ich wollte, verdammt noch mal, nicht so kleinlich sein. Ich verabscheute mich in diesem Moment selbst.

„In Ordnung, er mag ja sein, wie er ist, aber du, du Nichtsnutz, dem es an nichts fehlt, fängst an, einem Scheißtausender nachzutrauern und dich zu seinem Richter aufzuspielen? Hast du etwa schon vergessen, daß er dir damals die Fünfziger für die Nutten schenkte? Daß er dich auf die großen Abenteuer, die kostenlosen Zugreisen mit den Freikarten seines Vaters mitgenommen hatte?"

„Ja, Mensch, aber wie soll es weitergehen? Wie sieht seine Zukunft aus? Wie stellt er sich sein Leben vor?"

Ich verstand ihn nicht mehr.

„Worauf ist er denn aus, verdammt noch mal? Er ist ja nicht faul, was will er nur? Warum fängt er nicht irgendeine ordentliche Arbeit an? Er verliert ja auch so seine Zeit, strengt sich auch so an, quält sich auch so ab ..."

Ich muß so hastig und unordentlich gegessen haben, daß mich meine Mutter zurechtwies:

„Iß mal langsam, du hast ja dein ganzes Hemd bekleckert. Morgen hast du nichts anzuziehen."

Hoffentlich dachte sie nicht an das Geld. Ich hatte den Gedanken noch nicht mal zu Ende gedacht, da sagte sie auch schon:

„Na, wie sieht's aus? Hast du das Diplom bezahlt?"

Als hätte sie meine Gedanken gelesen. Ich tat so, als hätte ich nichts gehört. Was hätte ich denn antworten sollen? Ich wußte ja schließlich, daß man mit tausend Drachmen damals nicht eins, sondern fünf Oberhemden kaufen konnte. Was sollte ich ihr also antworten?

„Mit fremdem Geld spielst du den barmherzigen Samariter und Gönner ... Siehst du nicht, daß deine Mutter sich seit zehn Jahren keinen neuen Mantel gekauft hat? Siehst du nicht, daß sich dein Vater in der

Schneiderei seinen Rücken ruiniert hat, um dir das Studium zu ermöglichen?“

„Ja, stimmt schon, aber hast du dir mal klargemacht, was für ein schweres Schicksal die Familie Retsinas und besonders Luis hat aushalten müssen? Und jetzt entpuppst du dich im Vergleich zu ihm als mieser Geizkragen, oder stimmt das etwa nicht? Hättest du je den Mut, dir ohne ersichtlichen Grund so eine Frau wie Sofia aufzuhalsen? Er weiß nur ihren Vornamen, Mensch. Alles, was er von ihr weiß, ist ihr Name. Weder, woher sie kommt noch sonst etwas über ihre Vergangenheit ... Und stell dir vor, was los ist, wenn die auch noch schwanger ist. Würdest du sie etwa mit nach Hause nehmen? Und was für Schwierigkeiten Luis noch haben wird! Eventuell die Krankenhauskosten, die Miete. Und dabei ist er arbeitslos und pleite und haust in einer Wohnung ohne Heizung mit einer Sofia am Hals.“

Ich sah unseren Ofen auf der höchsten Stufe brennen, meine Mutter geschäftig hin- und hergehen und das morgige Essen zubereiten.

„Mensch, soll er sich jetzt auch noch vor dir rechtfertigen? Habt ihr etwa die gleichen Chancen gehabt? Du hast alles. Dein Vater hat dir sogar die Anzüge genäht.“

Ich fühlte mich mit diesen Gedanken nicht mehr wohl und unterbrach das Essen mittendrin, wischte mir den Mund ab, zog Jackett und Mantel an ...

„Wo gehst du hin?“ rief mir meine Mutter hinterher. „Paß bloß auf! Ich will nicht, daß du dich mit denen einläßt.“

Sie meinte die Familie Retsinas. Sie erinnerte mich daran, daß sie meine Schwester mit dem Ölhändler erwarte, ich solle nicht zu spät kommen. Sie fragte mich, was sie Julia sagen solle, wenn sie käme...

„Sag ihr, er ist weggegangen und du weißt nicht, wo ich hingegangen bin.“

Ich rannte raus, nahm mir ein Taxi, fuhr in mein altes Stadtviertel, ging zu Herrn Kalambokas’ Suvlakibude, in der Nähe von Tassos' Kafenio, kaufte Suvlaki, Brot, Wein und lief danach schnurstracks zum Keller von Retsinas.

Als ich bei ihm ankam, sah ich den alten Retsinas auf dem ausziehbaren Sofa liegen. Ihm gegenüber, auf dem schon erwähnten Sessel, saß Sofia in eine blau-gelb karierte Decke gehüllt. Sie fror. Ihre Zähne klapperten. Sie gab ein komplettes Klavierkonzert mit ihrem Zähnegeklapper.

Luis hatte mir aufgemacht.

„Wie geht es dir?"

„Beschissen."

In dem Halbdunkel konnte man so gut wie nichts erkennen. Die Beleuchtung bestand alles in allem nur aus einer Petroleumlampe. Wasser und Strom waren abgestellt. Es roch nach Schimmel und Jod. Alles hatte sich verzogen, sogar die Bilderrahmen an der Wand. Der Steinfußboden war voller Schmiere und Müll. Man hatte das Gefühl, als ginge man auf Schlamm. Alles war vermodert. Auch Möbel und Kleidung. Die Wände waren grün und aufgeschwemmt. Ich berührte den Putz, und es fiel gleich ein ganzes Stück von der Wand herab.

Sofia versuchte, das Radio einzuschalten.

„Vergiß es, wir haben doch keinen Strom."

Auch der Hals von Luis' Gitarre hatte sich verzogen. Sie war fast unbrauchbar.

Nach und nach konnte ich in dem Halbdunkel Personen erkennen. Sie saßen schweigend und regungslos da.

„Der engste Kreis, Vetter."

Antoniadis und Liakopulos waren auch da.

„Ich dachte, du würdest dich verstecken", sagte ich zu Liakopulos, um einfach irgendwas von mir zu geben.

„Ich? Wieso?"

Er wirkte beleidigt. Ich sah sie mir einen nach dem anderen an.

Sie saßen da, als hielten sie Totenwache. Ich setzte mich. Niemand sagte ein Wort.
„Was ist denn mit euch los, Leute? Seid ihr etwa tot? Schließlich habe ich jetzt ein Problem, nicht ihr."

Selbst in dieser Situation ließ Retsinas sich nicht die Laune verderben. Ich stellte Suvlaki und Wein irgendwo ab.
„Falls jemand Hunger hat", sagte ich, „hier sind ein paar Suvlakia."
„Jedenfalls kann man hier keine Nacht überleben", sagte Antoniadis.

Luis begann die Suvlakia zu verteilen. Jedem gab er zwei kleine Spieße.
„Ich habe schon gegessen", sagte ich, „ich möchte keins."
„Hör zu, wenn dein Alter hier heute abend einschläft, dann gibt's für ihn kein Morgen mehr", sagte Liakopulos zu Luis, als der ihm die Suvlakia gab.

In dem Moment kam auch Ajisilaos. Er brachte Kerzen und Dekken mit. Hinter ihm war Martha. Als sie mich sah, blieb sie stehen. Einen Moment lang verlor sie die Fassung. Sie starrte mich an, als ob ich ein Gespenst wäre. Sie nahm Ajisilaos die Kerzen aus der Hand, begann sie eine nach der anderen anzuzünden und unter uns zu verteilen. Die Szene erinnerte mich an die Karfreitagsprozession.

Als sie bei mir ankam, schaute sie mich leicht ironisch an und sagte:
„Herr Manolopulos, herzlichen Glückwunsch zur Verlobung."

Ich biß mir auf die Lippen. Warum mußte sie das ausgerechnet jetzt sagen? Sie stellte mich vor allen bloß. Aus Rache, da war ich mir sicher. Und ich hatte mich so bemüht, daß keiner von der ganzen Sache was mitkriegt! Und überhaupt, was für eine Verlobung meinte sie? Bis jetzt hatte sie noch gar nicht stattgefunden. Sie hatte absichtlich gelogen, um mich zu ärgern. Doch das, was mir den Rest gab, war das „Herr Manolopulos".

Als Luis, der gerade dabei war, seinen Vater mit einer zweiten Decke zuzudecken, das hörte, fragte er natürlich:

„Und wer ist die Glückliche?"
„Julia", kam mir wieder Martha zuvor.
„Und so was verheimlichst du mir, Vetter? Na, da hat dich deine Mama ja gut untergebracht, sehe ich. Bin ja mal gespannt, wie du mit ihr schlafen willst, du Blödmann. Große dünne Frauen waren doch noch nie dein Fall."

Ich wäre viel lieber von der Erde verschluckt worden als mich vor Luis zu rechtfertigen. Und dabei hatte ich die ganze Zeit in Bechlivanis' Suvlakibude und auch bei dem Spaziergang danach vorgehabt, ihm von mir zu erzählen, doch dann hatte ich es immer wieder aufgeschoben und es streckenweise auch vergessen. Das, was mir jetzt am peinlichsten war, war die Blamage vor Martha.

Luis kannte Julia gut. Er konnte sie noch nie leiden. Erst einmal mochte niemand ihren Vater. Vielleicht übertrug sich diese Abneigung auch auf Julia. Eine Zeit lang fand Luis sie anscheinend ganz gut. Man hatte sie sogar ein- zweimal zusammen gesehen.
„Mensch Luis, warum deckst du denn deinen Vater noch zu? Warum macht ihr überhaupt die Kerzen an? Wie schon gesagt, hier kriegt ihr auf gar keinen Fall die Nacht rum. Hast du sie noch alle?" rief Liakopulos auf dem Weg in die Küche, um Gläser zu holen.
„Du mußt irgendwann auch mal erwachsen werden und Verantwortung übernehmen. Wenn du so weitermachst, stirbt er."

Liakopulos hatte sich in Rage geredet:
„So geht das nicht weiter. Alles, was recht ist. Ich weiß ja nicht, wie du dich bisher durchgeschlagen hast, aber in diesem Fall sieht die Sache gar nicht gut aus. Es ist alles nicht mehr so wie früher."

Ein Rat folgte dem nächsten, bis wir plötzlich alle verstummten. Es brach eine spannungsgeladene Stille herein, die die Eiseskälte und die Feuchtigkeit noch unerträglicher werden ließen. Man hörte sie förmlich um einen herumschleichen. Ich bekam eine Gänsehaut.

Sofias Zähne klapperten weiter. Luis setzte sich wortlos seinem Vater zu Füßen und schaute uns an. Jeden einzelnen von uns. Er hielt

sich mit beiden Händen an der Matratze fest. Mich beschlich ein beklemmendes Gefühl. Unweigerlich stellte ich ihn mir als Sechzigjährigen vor – vielleicht kam das von der Beleuchtung – weißhaarig oder mit Glatze, in armseliger Kleidung, wie er ziel- und sinnlos durch Häfen, Plätze, Städte und Dörfer streicht und sich dreckig und unrasiert mit Schnorren und Betteln durchschlägt. Danach kam mir ein anderes Bild in den Sinn: Als abgetakelter Frauenheld mit gefärbtem Haar treibt er sich stolz und traurig mit Witwen, alten Frauen und Touristinnen über fünfzig zwischen Omonia– und Syntagmaplatz und Klafthmonosstraße herum.
„Du bist ja so lange auf Bergen und Fluren herumgeirrt. Vielleicht hast du nicht mitbekommen, daß sich die Situation hier inzwischen verändert hat. Je nachdem, aus welchem Blickwinkel man es sieht, hat sie sich verschlechtert oder verbessert."

Als ob wir uns abgesprochen hätten. Es hagelte nur so Prophezeiungen und Ratschläge, um Luis auf den Boden der Tatsachen zu bringen.
„Geh mal zum Tante-Emma-Laden und versuch einzukaufen. Vorbei ist es mit dem Anschreiben lassen oder anderen Dingen, die man gewöhnt war. Das Kafenio von Herrn Tassos wird abgerissen. Da kommt ein Mehrfamilienhaus hin. Ohne Knete in der Tasche bist du erledigt."
„Was zum Teufel hast du nur drei Jahre lang gemacht? Wo hast du bloß gesteckt? Hier gab's doch einige Chancen."

Bei der Frage „was hast du gemacht" schauten alle unwillkürlich Sofia an, so als wollten sie sagen: „Ist das alles, was dabei rausgekommen ist?"
„Retsinas, es ist einfach nicht mehr witzig. Komm endlich auf den Boden der Tatsachen. Sonst sehe ich schwarz für dich. Und mach dich nicht über Manolopulos lustig, weil er Julia heiratet. Warum soll das nicht in Ordnung sein? Ist doch ein hübsches Mädchen ... Soll das etwa von Nachteil sein, daß er sozusagen über Nacht Mitgift, Ferien-

haus und Bargeld bekommt? Hör doch auf. Oder findest du es vielleicht gut, wenn du ein Leben lang wie ein Sklave schuftest, um dir mit fünfzig einen zweiten Mantel zu leisten? Wenn er eine andere lieben und sie durch die Heirat sitzenlassen würde, dann wäre das was anderes. Aber es ist nun mal so, daß er einen Scheck zur Verfügung hat, sich selbst nämlich, also warum soll er ihn nicht ganz einlösen?"

Solange Liakopulos redete, hatte sich Martha zu mir umgedreht und warf mir tödliche Blicke zu. Als wollte sie sagen: „Ich war dir wohl nicht gut genug, du Idiot, du wolltest dich lieber ins gemachte Nest setzen."

Antoniadis stand auf und lief auf und ab.

„Ich sage besser gar nichts. Wir sind schlimmer als wilde Tiere. Die reinsten lernäischen Schlangen."

Es fehlte nicht viel und er hätte sich wieder mit Liakopulos in die Haare gekriegt.

„Laß doch dein stalinistisches Gequatsche, du Schlauberger. Du hast doch selber Dreck am Stecken, was mischst du dich da ein?"

„Warum soll ich mich denn nicht einmischen? Findest du es etwa richtig, daß er die Tochter des Schwarzmarkthändlers heiratet? Und findest du etwa, daß sie Manolopulos gewachsen ist? Oder heiratet er sie nur wegen ihres Geldes, Mensch? Ist das etwa alles, was er sich erträumt hat?"

„Zunächst einmal heiratet er die Tochter. Was geht es uns an, was der Vater war? Zweitens ..."

Ich hörte nicht mehr zu, sondern beobachtete voll Erstaunen Luis. Der Schuft hatte sein ganzes Unglück vergessen und amüsierte sich über uns. Er lächelte sogar. Ich sah das ganz genau. Der Streit ging weiter. Das Wort hatte nun wieder Antoniadis.

„Kaum kriegst du ein bißchen Geld zwischen die Finger, sind alle deine Ideen und Freunde vergessen."

Er konnte sich unmöglich beherrschen. Das war ein Frontalangriff.

Tatsache ist, daß das Schicksal es mehr als gut mit Liakopulos gemeint hatte. Wie sollte er ahnen, welche Rolle die paar Groschen in seiner Entwicklung spielen sollten, die er bekam, nachdem seine Mutter den Gemüseladen an Panajotaros verkauft hatte?

Wirklich, mit den paar Groschen und der Ausdauer eines gerissenen Onkels kaufte er damals ein halbes Grundstück in Politia – die andere Hälfte übernahm sein Onkel. Und so konnten wir zusehen, wie Liakopulos langsam aber sicher in die Klasse der Großunternehmer aufstieg. Er wurde groß und bedeutend. Ich kann mich noch gut daran erinnern, daß er sein Grundstück einem Bauunternehmen für die Errichtung eines Wohnhauses überließ und dafür dann die vier ersten fertiggestellten Wohnungen bekam. Davon verkaufte nach kurzer Zeit zwei und, bevor das Haus noch ganz fertiggebaut war, hatte er schon ein weiteres Grundstück in dem Edelviertel Neo Psychiko gekauft. Hier machte er genau dasselbe und gewann wieder neue Wohnungen hinzu.

Antoniadis meldete sich erneut zu Wort, diesmal etwas schärfer: „Hast du das mitgekriegt, Herr Retsinas? Bauunternehmer ist er heute, der Herr. Und dann erzählte er uns was von wegen, ‚hier kann man keine Nacht überleben', anstatt zu sagen: ‚Du kannst eine Wohnung haben'.

„Wenn du Wohnungen hättest, würdest du sie zur Verfügung stellen?"

„Ich? Wenn ich welche hätte?"

„Ja, du! Wenn du welche hättest, würdest du sie dann zur Verfügung stellen?"

Von da an wurden Liakopulos' Sätze wie immer fast unverständlich. Er schäumte vor Wut und sprach unverständliches Zeug. Er versuchte zu beweisen, daß „die Freundschaft und die Entscheidungen, die man im Leben trifft, zwei verschiedene Dinge" sind. In Ordnung, er wäre ja bereit, ihn unterzubringen, aber wo und wie? Zuerst einmal hatte er heute nichts Bewohnbares zur Hand. Und davon mal ganz abgesehen, wäre ja wohl nichts Schlimmes dran, wenn man sich im

Leben absichert.

„Es ist eine Sache, sich abzusichern, und eine andere, sich übermäßig abzusichern. Genauso, wie Panajotaros dir für einen Appel und ein Ei den Gemüseladen abgeluchst hat, luchst du jetzt den Leuten Grundstücke ab und häufst Schätze an."

„Ich, Mann?"

„Ja, du, Mann. Hast du dir als Gegenleistung für zwei Scheißwohnungen das Grundstück von Ajisilaos angeeignet oder nicht?"

Das hörte ich zum ersten Mal. Ajisilaos versuchte, das Gespräch nicht ausarten zu lassen. Er fürchtete Liakopulos aus einem anderen Grund.

„Schließlich liegt es in Piräus, einer schlechtbezahlten Gegend. Ist doch normal! Man verkauft und kauft möglichst billig."

Ich sagte nichts, sondern achtete nur auf Martha. Die ganze Zeit über stand sie mit dem Rücken zu uns am Kellerfenster und schaute in die Nacht hinaus. Schön und zart wie immer. Dann wandte ich meinen Blick auf Ajisilaos.

„Wir werden es ja sehen, das wird noch was geben", dachte ich. „Die Beziehung zwischen den beiden wird nicht lange dauern."

Das mußte uns eigentlich allen klar sein. Er war ein kleiner ungebildeter Angestellter in der Wasserbehörde – das war wenigstens der Eindruck, den wir von ihm hatten. Er hatte zwar den Charakter eines Engels, aber wie sollte er es mit Martha aufnehmen? Sie hatte bereits das Architekturstudium beendet – natürlich auf Ajisilaos' Kosten, das sei nicht vergessen – und war schon seit einiger Zeit Liakopulos' rechte Hand in seinem neueröffneten Büro.

Er hatte sie vor sechs Monaten eingestellt, mit einem Anfangsgehalt von dreitausend Drachmen, während Ajisilaos nur zwei bekam. Ein ungleicher und aussichtsloser Kampf. Nicht nur wegen des finanziellen Unterschiedes, eher wegen des intellektuellen. Es fehlte nur noch der Auslöser zur Trennung. Und er fand sich: Ajisilaos' schon erwähnte Schlaflosigkeit. Doch darüber erzähle ich dir später mehr.

Jedenfalls blieb uns Antoniadis' plötzlicher Haß Liakopulos gegenüber unerklärlich. Offensichtlich wußte er im Gegensatz zu uns irgend etwas Verdächtiges und bedrohte ihn deshalb. Oder weil er mit Ajisilaos zu dessen Nachteil das Geschäft mit dem Grundstück gemacht hatte?

„Retsinas, die Dinge sind sehr schwierig geworden. Bereite dich schon mal darauf vor", sagte Antoniadis zu ihm.

Liakopulos stand auf und packte ihn streitsüchtig am Kragen:

„Warum willst du mich beleidigen? Schulde ich dir was? Habe ich dich verleumdet? Bist du immer noch sauer auf mich, weil ich dich mal wegen deiner Kirche angegriffen habe? Entschuldigen Sie, mein Herr. Es war mein Fehler. Reicht dir das?"

Dann ließ er ihn wieder los.

„So, so", wunderte ich mich. „Jetzt bittet der Egoist Liakopulos schon um Entschuldigung? Da stimmt doch was nicht." Antoniadis griff ihn unerbittlich weiter an.

„Ich kann nicht sprechen, Liakopulos. Ich darf nichts sagen, das weißt du, sonst würde ich schon sagen, wo du dir deine Entschuldigungen hinstecken kannst!"

„Nein, Mensch, sprich, wenn du ein Mann bist, sprich dich aus."

Luis griff zu seiner Gitarre und stimmte sie. Plötzlich stand sein Vater auf.

„Manolis, laß uns zu Onkel Ilias gehen, nach Perama. Er hat es mir im Krankenhaus angeboten. ‚Wenn du rauskommst,' hat er gesagt, ‚dann kommst du direkt zu mir'."

Luis antwortete nicht. Er stimmte seine Gitarre. Liakopulos sah die Gelegenheit zum Helfen gekommen:

„Ich stelle meinen Lastwagen zur Verfügung. Ich bringe euch hin, wohin ihr wollt. Und was die Wohnung angeht, so habe ich wirklich keine im Moment. Ehrlich. Wenn ihr zu mir nach Hause kommen wollt, habe ich nichts dagegen, aber auf keinen Fall verbringt ihr auch nur eine Nacht hier in dieser Feuchtigkeit. Drei Zimmer habe ich. Eins ist frei. Ich weiß aber nicht, ob ihr alle drei reinpaßt ..."

Und dabei guckte er Sofia an.

„Manolis, auf mich brauchst du keine Rücksicht zu nehmen. Geht ruhig. Ich komme hier mit ein paar Decken zurecht, und für morgen habe ich schon eine Übernachtungsmöglichkeit."

„Freunde, warum regt ihr euch so auf? Das ist doch kein Weltuntergang. Es geht um eine Nacht. Die werden wir schon rumkriegen."

Liakopulos fing trotz der Eiseskälte an zu schwitzen.

„Versteht ihr? Jetzt verschafft mir auch noch der Herr Antoniadis ein schlechtes Gewissen. In Ordnung, ich habe etwas Geld verdient. Muß ich mich dafür jetzt also schämen? Was für eine idiotische Einstellung ist das denn? Gefalle ich dem Herrn etwa besser als Bettler in Lumpen gehüllt?"

„Ich habe doch schon gesagt, ich darf nichts sagen. Schluß aus. Und daran werde ich mich halten."

Aus irgend einem Grund fühlte er sich plötzlich unwohl und wechselte das Thema. Er fing an, über Lasaris zu sprechen und was für ein Schwein der sei, daß er bis zum heutigen Tag Luis dafür verurteile, daß er Frau und Kind grundlos verlassen habe ... Martha ließ ihn nicht ausreden.

„Halt doch die Klappe, Ajisilaos. Was soll das jetzt? Wen interessiert das? Wie bist du da jetzt überhaupt drauf gekommen?"

Ajisilaos machte seinen Mund nicht mehr auf.

Er zog sich in seine Ecke zurück. Luis klimperte jetzt auf seiner Gitarre. Eine melancholische Melodie, die verdammt gut zu der Atmosphäre hier in seiner Wohnung paßte.

Ich war abgelenkt und völlig in Gedanken versunken. Ich mußte an Julia und unsere Geschichte denken. Ich hörte weder Luis' Melodie noch die Worte der anderen. Luis' Ausspruch „Wollen wir mal sehen, wie du es ihr besorgst, du Blödmann. Große dünne Frauen waren noch nie dein Fall." klang mir noch in den Ohren. Julia war tatsächlich groß und dünn.

Eins ist sicher: wenn meine Mutter, wie Luis behauptete, mir tatsächlich eine Falle gestellt hat, um Julia und mich zusammen zu bringen, dann war sie eine üble Person. Und dann könnte es auch sein, daß sie Julia die gleiche Falle gestellt hat. Eine richtige Kupplerin also.

Ich ging in Gedanken einen Punkt nach dem anderen durch: In Gesprächen mit meiner Mutter über Gott und die Welt streute sie hier und da ein: „Schon gehört? Julia beendet ihre Erzieherausbildung."

„Von welcher Julia redest du, Mama?"

„Von Nikolaidis' Tochter, Junge."

So begann die Heiratsvermittlung. Ich kriegte das gar nicht richtig mit. Alle zwei bis drei Tage ließ sie eine neue Information los: „Ihre Tante Evstathia wird ihr das ganze dreistöckige Haus in der Patissionstraße überschreiben", und „ihr Vater richtet ihr einen eigenen Kindergarten ein."

„Wieso Vater? Er ist doch ihr Stiefvater."

„Ja, aber er ist offensichtlich sogar besser als ein richtiger Vater zu ihr."

Und so kam es, daß ich neugierig auf sie wurde. Außerdem hatte ich zu dem Zeitpunkt gerade keine Freundin. Jede Frau, die mir über den Weg lief, baggerte ich an. Eine Zeitlang spielte ich auch mit dem Gedanken, mich an Martha heranzumachen, doch ich hielt mich wegen Ajisilaos zurück.

„Der ist drauf und dran, sie zu heiraten, und da will ich sie ... Das geht nicht."

Ich bekam ein schlechtes Gewissen. Meine Feigheit und der Gedanke, im ganzen Freundeskreis bloßgestellt zu werden, hielten mich davon ab. Das konnte ich wirklich nicht machen. Also unterdrückte ich meinen Wunsch. Dann dachte ich an Charula, aber als ich sie in ihrer Bar besuchte und so tat, als wäre ich nur mal so vorbeigekom-

men, zeigte sie mir die kalte Schulter. Du hättest sehen sollen, was Charula für eine Ausstrahlung hatte, wie charmant sie war und wie gut sie aussah. Ich kam aus dem Staunen nicht mehr raus. Weil sie es eilig hatte, lud sie mich für ein andermal zu sich nach Hause ein. Sie gab mir ihre Karte. Mit ihrer Adresse und Telefonnummer. Doch sehr offiziell und mit ein wenig Gehässigkeit. Distanziert und gleichgültig. Ich konnte es kaum glauben.
„Wie geht es Ihnen, Herr Manolopulos? Was macht Ihr Studium?"

Ich war mit dem Vorsatz hergekommen, mir eine Frau an Land zu ziehen, ohne Verantwortung übernehmen zu müssen, ohne große Verpflichtungen, und sie verpaßte mir eine volle Breitseite. Als wir uns verabschiedeten, setzte sie noch einen drauf: Sie habe den Besitzer der Bar geheiratet, und ich solle mir keine Sorgen wegen unseres Sohnes machen. Er würde wie ein Prinz aufwachsen. Ich war sprachlos. Was sollte ich auch dazu sagen? Ich haute so schnell wie möglich ab. Sie hatte zum ersten Mal mir gegenüber von „unserem" Sohn gesprochen.

Ich mußte an Luis denken: „Kostantis, mit was für einer Leichtigkeit du dein Leben wegwirfst." Das saß.

Ein Leben lang hielt ich mich an Regeln und Konventionen. War von Schablonen, Schranken und Mauern eingeengt und blockiert. „Rückwärtsgang einlegen, Gas geben", dachte ich damals, „und nichts wie zu Martha."

Glaub mir, zu der Zeit quälte mich das „Problem Frau" fürchterlich. Besonders Martha war zum Objekt meiner Begierde geworden. Sie kam auch noch jeden Tag auf ihrem Weg zu Liakopulos' Büro an unserem Haus vorbei und war so auffällig gekleidet, daß sie eher wie ein Mannequin als wie ein einfaches Mädchen aus der Nachbarschaft aussah. Du kannst bestimmt nachvollziehen, daß mein Verlangen nach ihr zu einer regelrechten Besessenheit wurde.

Wie auch immer. Ich erzähle dir jetzt noch was anderes, nur, damit du Bescheid weißt: Zwischen Martha und mir war vor meinem letzten

Ansturm auf sie noch was absolut Verrücktes auf Drakopulos' Hochzeit passiert. Drakopulos war Soßenfabrikant und jung reich geworden. Ein ehemaliger Mitschüler von uns, aber nach den ersten Klassen war er schon umgezogen und auf eine andere Schule gegangen. Er heiratete Antoniadis' schöne Schwester Tatjana.

Auf dem Fest also, das nach der Hochzeit stattfand, brach ich buchstäblich zusammen, als ich Martha erblickte. Sie strahlte regelrecht unter den anderen Gästen, war elegant und schön.

Sie sah mich wie immer äußerst herausfordernd an, fast dreist. Als ich mit ihr einen Blues tanzte – sie hatte mich dazu aufgefordert –, war es eine echte Qual für mich! Sie schmiegte sich an mich – oder besser gesagt, sie umwand mich wie eine Schlange.

Je mehr ich versuchte, meine Erregung zu verbergen, desto stärker umschlang sie mich. So als probierte sie aus, wieviel ich aushalten könnte. Ich hatte Angst, daß Ajisilaos was davon mitkriegen könnte – er war auch im Raum. Sie tat so, als wäre außer uns keine Menschenseele im Raum und klebte an mir wie ein Blutegel.

Als es mir schließlich kam – damit hatte ich trotz allem nicht gerechnet –, verhielt sie sich sehr verständnisvoll mir gegenüber. Sie hatte es natürlich gemerkt. Wir hielten einen Moment still. Danach tanzten wir unauffällig in Richtung Flur, von dem die Toilette abging. Wir verloren kein einziges Wort darüber! Ich verzog mich heimlich durch die Küchentür. Der Fleck auf meiner Hose war nicht wegzukriegen, und ich hatte Angst, daß das jemand sehen könnte. Deshalb haute ich ab. Ich habe ihr nicht einmal gute Nacht gesagt. Ihr Rock hat auch was abgekriegt, glaube ich.

Es waren einige Tage vergangen, und ich wußte nicht, was ich tun sollte, bis zu der peinlichen Zurückweisung durch Charula, um es nicht Rausschmiß zu nennen, und ich zu dem Schluß kam: „Rückwärtsgang einlegen, Gas geben und nichts wie zu Martha."

Ich schob alle Konventionen und Bedenken beiseite und ging zu ihr. Außerdem war Ajisilaos gerade nicht da, und das gab den Ausschlag. Er war für kurze Zeit in sein Heimatdorf gefahren, um seine Mutter zu besuchen.

„Ich werde es ihr sagen. Koste es, was es wolle.“ Sie wollte mich auch, daran zweifelte ich nicht mehr. Ich wußte es einfach.

Ich badete, rasierte und parfümierte mich, zog einen Anzug und ein frisches Hemd an, dazu eine blaue Krawatte und ging los.

Meine Mutter erschrak zutiefst. Raffiniert, wie sie war, erriet sie mit Sicherheit den Grund meines Aufzugs. Nachträglich betrachtet ist mir ihr Schreck völlig verständlich. Ihr Plan „Heirat mit Julia“ drohte zu platzen!

Ich hörte, wie sie mir hinterherrief, ich sollte zurückkommen, weil Onkel Anestis kommen wolle. Je mehr sie rief, desto eher wollte ich in Ajisilaos' Wohnung sein.

Zum Glück kam ich nicht dazu, an die Tür zu klopfen. Verschwitzt kam ich als zweiter an. Nicht als zweiter. Als dritter. Das auch nicht. Als vierter. Der erste war Arjyris. Erinnerst du dich? Der zweite war Ajisilaos und der dritte war Liakopulos. Der war nun gerade drinnen. Als ich an der Tür klopfen wollte, sah ich ihn durch das Fenster im Wohnzimmer Marthas Haare streicheln. Sie saß auf einem Leinensessel, er streichelte sie und redete auf sie ein ...

„Warum heiraten wir nicht“ fragte sie der arme Ajisilaos ständig, als er die nahende Gefahr ahnte. Woher sollte er wissen, warum Martha sich weigerte und die Hochzeit immer aufschob?

Jetzt im Nachhinein ließ sich auch Antoniadis' Haß auf Liakopulos erklären. Er wußte, wer Ajisilaos ein Grab schaufelte. Und jetzt verstehe ich auch seine Abneigung Martha gegenüber, denn „sie hat sich sehr häßlich dem Mann gegenüber verhalten, der ihr beigestanden hat.“

Als ich durch das Fenster ihre Augen sah, während Liakopulos ihre Haare streichelte, sackte ich zusammen. Selbstverständlich hatte sie mich auch gesehen! Ich fühlte mich zumindest wie ein Idiot. Sie war ganz ruhig. Schaute nicht einmal weg. Man kann fast sagen, sie freute sich, daß ich sie zusammen sah.

Die Szene, die sich bei Drakopulos' Hochzeit zwischen uns abgespielt hatte, war tatsächlich meine letzte Gelegenheit gewesen. Anstatt sie damals zu schnappen, mit ihr abzuhauen und mich einen Dreck um Liakopulos und Ajisilaos, und wie sie alle heißen mögen, zu kümmern, verhielt ich mich weiterhin unentschlossen und feige.

So tappte ich also eine Stunde später in die Falle meiner Mutter. Sie hatte alles perfekt geplant, und ich hatte nichts davon gemerkt, ich Idiot. Sogar, wo genau das „Unvermeidliche" geschehen würde: Sie hatte das Ferienhaus von Julias Stiefvater Nikolaidis dafür ausgewählt. Genau da geschah es dann auch. In Saronida.

Ich hatte keine Möglichkeit, mich noch irgendwie aus der Affäre zu ziehen. Nikolaidis, ein bekannter Politiker in Piräus und Frauenarzt, der durch Abtreibungen reich geworden war, hatte mich sozusagen an Händen und Füßen gefesselt. Aufgrund seiner Beziehungen konnte er mir nicht nur das sichere Bestehen der Prüfungen im Justizministerium garantieren, sondern darüber hinaus auch noch eine feste Stelle.

Während ich dir jetzt diese Geschichte erzähle, muß ich an meinen Vater denken, der an jenem bedeutsamen Ausflug nicht teilgenommen hatte. Er konnte Nikolaidis nicht ausstehen. Sobald er seinen Besuch ankündigte, versteckte sich mein Vater wie eine gejagte Maus. Er entwickelte eine Allergie gegen Nikolaidis. Tatsächlich kriegte sein ganzes Gesicht Pusteln und schwoll an. Ein medizinisches Phänomen. Das Seltsame daran war: Je mehr mein Alter ihn mied, desto intensiver bemühte sich Nikolaidis um ihn.
„Ist Vater Manolopulos nicht im Haus?"

Und ohne um Erlaubnis zu fragen, lief er im ganzen Haus rum und guckte nach, ob mein Vater wirklich nicht da war. Oft stöberte er ihn sogar auf. Mal im Garten, mal in der Küche.

Wie auch immer, auf jenem bedeutungsvollen Ausflug gab sich mir Julia im Keller ihres Landhauses mit Leib und Seele hin, als wir auf Befehl „Papas“ hinuntergegangen waren, um seinen sagenhaften Rotwein heraufzuholen. Nikolaidis fand alles sagenhaft. „Wir haben einen sagenhaften Wein“, „ein sagenhaftes Landhaus“, „ein sagenhaftes Auto“.

Luis fragte mich später, wie ich das denn überhaupt fertiggebracht hatte.

„Du bist ziemlich feige, sie ist total verschlossen und jungfräulich, Internatsschülerin, wie hast du das nur angestellt?“

Dabei hatte keiner von uns bis zu dem Moment, als wir in den Weinkeller gingen, irgend etwas über eine eventuelle Beziehung oder gar eine Hochzeit gesagt. Nur ein paar Andeutungen waren gefallen.

„Du mußt wohl sehr ausgehungert gewesen sein.“

„Allerdings.“

Als ich ihm von der Maus erzählte, konnte er es kaum fassen.

„Als wir die Tür zum Weinkeller aufmachten, sprang uns eine riesige Maus entgegen, woraufhin Julia einen Angstschrei ausstieß und sich in meine Arme stürzte.“

„Du willst doch wohl nicht sagen, daß deine Mutter sogar die Maus organisiert hatte?“

„Nein, die Maus war der glückliche Zufall in der ganzen Geschichte. Und das Schicksalhafte, so unwahrscheinlich es dir jetzt auch vorkommen mag. Wer weiß, wenn die Maus nicht dazwischen gekommen wäre, hätte ich vielleicht nie den Mut aufgebracht ...“

„Und trotz allem hattest du den Mut, Vetter? Das hätte ich nicht von dir gedacht.“

„Du hättest sehen sollen, was ich alles nicht von Julia gedacht hätte. Kaum küßte ich sie, wurde sie wie besessen. Wahnsinn. Sie tat so, als gäbe es mich gar nicht, als hörte und sähe sie nichts. Ich sprach mit ihr, aber sie hörte es nicht. Sie öffnete ihren Mund und verschlang mich. Einen Moment lang dachte ich, daß sie mir die Zunge rausreißen würde. Ich hatte mit so was bei einem solchen Mädchen aus gutem Hause, stolz und streng religiös aufgewachsen, nicht gerechnet. Du weißt doch noch, wie sie war? Jedenfalls habe ich gar nicht mitgekriegt, wie ich auf dem Fußboden landete. Ich auf dem Rücken, sie auf mir. Ich habe nicht einmal mehr meine Hose ganz ausziehen können. Mir gefiel der Gedanke auch ein wenig, daß so eine gottesfürchtige Person wie sie so eine Verwandlung durchmachen konnte."

Um ehrlich zu sein, fiel mir im Nachhinein auf, daß sie ein wenig zu erfahren gewesen war. Gerade die mit den Moralvorstellungen, die einen auf „Ehre und Ruf" machen, stellen sich manchmal als die reinsten Schwanzgrapscherinnen heraus. Solche Damen können dich zuweilen dazu treiben, dir eine Kugel durch den Kopf zu jagen, wenn du nach Jahren feststellst, daß alle Kirchenvorsteher der Gemeinde sie während eurer langjährigen Ehe kräftig durchgebumst haben.

Irgendwann erzählte ich Retsinas von meinen Ängsten, daß ich mir dieser Frau nie ganz sicher war.

„Glaubst du? Ich sehe sie an und weiß nicht, ob sie nicht ein Doppelleben führt. Das heißt, daß es mich überhaupt nicht wundern würde, wenn ich nach zwanzig oder dreißig Ehejahren feststellen würde, daß irgendwer, von dem ich es als allerletztes erwarten würde, sie die ganze Zeit über bumst. Ihr Stiefvater, zum Beispiel."

Offenbar war ich vollkommen in Gedanken versunken gewesen, denn auf einmal sah ich Liakopulos die Kellertür öffnen und rausgehen.

„Manolopulos, wach auf. Bist du eingeschlafen? Wir hauen ab."

Da bemerkte ich erst, daß sie alle aufstanden und Sachen einpackten oder sonst was taten. Offenbar war das Verlassen des „Schiffes" angeordnet worden, während ich geträumt hatte.

„Vater, komm, steh auf, wir wollen los. Wir gehen zu Onkel Ilias nach Perama", und er half ihm beim Aufstehen.

Wir blieben alle wie angewurzelt stehen. Es war das erste Mal, daß wir Luis so zärtlich erlebten. Der alte Retsinas nahm seine Kleider und zog sich an. Luis setzte sich gegenüber hin und sah ihm dabei zu. Wir taten es ihm gleich. Niemand rührte sich. Dünn, bleich, mit schneeweißen Beinen, an denen kein einziges Haar war, stand er da. Als wären die Beine mit Schmirgelpapier abgeschliffen worden.

Als erstes zog er sich das Oberhemd an. Man konnte die abgenutzten Stellen an den Ärmeln und den halbverschlissenen Kragen sehen. Die Hälfte der Knöpfe fehlten. Danach zog er sich die Hose an. Er versank darin. Der Gürtel hatte eine riesige rostige Schnalle. Und das Jackett hatte keine Knöpfe, war an den Ellenbogen durchgewetzt und die Revers glänzten vor Dreck. Er hatte fast keine Zähne mehr und lispelte. Unrasiert war er auch. Ich schaute nun nicht mehr den Vater an, sondern den Sohn, wie der ihm beim Anziehen zusah. Was für traurige Augen er hatte! Mein Gott! Mir lief ein kalter Schauer über den Rücken. Seine Augen erinnerten mich an die von Antigoni.

Der Alte bat um einen Kamm. Als er sich kämmte, mußte Martha, die ihm auch zusah, weinen. Sie konnte sich nicht mehr beherrschen.

Als Sofia, die dabei war, die Decken einzupacken und sie Ajisilaos zu geben, Martha weinen sah, erschrak sie. Martha weinte, schneuzte sich und wischte sich die Tränen ab. Auch ich sah sie verwundert an.

Ajisilaos wollte sie streicheln, doch schlug sie seine Hand weg. „Laß mich", sagte sie.

Da Antoniadis sich offensichtlich unwohl fühlte, ging er zum Stromkasten und fingerte an den Sicherungen herum, um zu sehen, ob der Strom wirklich abgestellt worden war.

Ajisilaos nahm beleidigt und ohne ein weiteres Wort zu verlieren, die Decken unter den Arm, ging die Treppe hinauf und zur offenen Tür heraus. Innerhalb von zwei Minuten war er zu einem alten Mann geworden. Er ging gebeugt. Unglaublich, aber wahr!

Ich wollte ihm hinterherlaufen, doch plötzlich stellte sich mir Martha in den Weg:

„Laß ihn. Kümmere dich um deinen eigenen Kram!“

Ihre Augen sprühten Funken; ich konnte sie sehen. Regungslos sah sie mich an und es war, als spuckte sie mich an. Sie weinte nicht mehr. Plötzlich, bevor ich es merkte und bevor ich reagieren konnte, gab sie mir aus heiterem Himmel eine so heftige Ohrfeige, daß ich einen Schritt rückwärts machen mußte, um nicht hinzufallen. Ihre Augen ließen nicht von mir ab und sprühten weiter Funken. Ich konnte es genau erkennen. Sie haßte mich. Sie war wahrscheinlich gerade im Begriff, mir etwas Beleidigendes zu sagen, vielleicht „Vollidiot“, aber als sie sah, wie der alte Retsinas sie erstaunt ansah, drehte sie sich zur Tür und rannte weg. Ich wäre am liebsten im Erdboden versunken. So bloßgestellt fühlte ich mich. Ja, in diesem Moment verlor ich sie für immer. Das war mir jetzt klar. Ich verspürte den Drang, ihr nachzulaufen, sie aufzuhalten. Doch wieder einmal wagte ich es nicht, wieder einmal.

Gerade fuhr draußen der erste Pferdewagen mit großem Getöse vorbei. Es war kurz vor dem Morgengrauen.

Luis begann, seine Sachen einzupacken und pfiff dabei *Küß mich heute abend und lab dich an mir,* dasselbe Lied, das wir kurz zuvor in Drapetsona gehört hatten.

Als Liakopulos mit dem Lieferwagen kam, hatten wir bereits alle Sachen der Familie Retsinas auf den Bürgersteig hochgetragen. Als letztes hängte ich noch ein Bild von Luis’ Mutter ab. Durch die Feuchtigkeit war das Papier fast verschimmelt. Ich gab es ihm.

Die Tür verschloß Antoniadis, der als letzter herauskam. Nur er und ich waren übriggeblieben, um sie zu verabschieden. Ajisilaos und Martha waren gegangen. Sofia saß vorn. Beim Anfahren drehte sie sich um und sah mich an.

Den Lärm des Lieferwagens übertönten die Pferdewagen, die in Reih und Glied standen und sich immer schneller in Richtung Hafen in Bewegung setzten.

ZWEITES BUCH

SCHADE, WIR WAREN EINE SO GUTE UND ZARTE ERFINDUNG

Für Kiki

ZEHNTES KAPITEL

ABENDLICHE ZUSAMMENKÜNFTE

Als ich gerade aus dem Haus gehen wollte, klingelte das Telefon. Julia ging ran.

„Wo ist dein Mann? Sag ihm, daß er sich nicht von der Stelle rühren soll. Ich bin auf dem Weg zu euch. Laß ihn nicht gehen."

Also ließ sie mich nicht weg. Es war Lasaris. Seinetwegen konnte ich mir kaum noch in die Augen gucken. Je mehr ich mich bemühte, ihn loszuwerden, desto mehr klammerte er sich an mich. Kaum waren wir nach Athen in unsere neue Eigentumswohnung gezogen, zog er auf einmal auch dorthin. Zwei Häuserblocks weiter. Ich hatte noch nicht einmal den Gedanken zu Ende gedacht, daß ich mir

ein neues Auto kaufen wollte, bot er sich auch schon an:
„Ich bin der richtige Mann für dich. Du brauchst dir bloß die Marke auszusuchen, und dann kriegst du Rabatt."

Tatsächlich bekam ich fast acht Prozent. Überall hatte er seine Finger drin. Doch was er auch für mich tat, ich konnte ihn einfach nicht ausstehen. Er saß mir wie ein Kloß im Hals. So wie mein Vater Zustände kriegte, wenn er meinen schmierigen Schwiegervater sah, genauso stiegen mein Blutdruck und Cholesterinspiegel, wenn ich Lasaris' Stimme hörte.

So ging es mir auch jetzt nach seinem Anruf. Während ich auf ihn wartete, begann ich mich überall zu kratzen und war total nervös. Schließlich sagte ich zu Julia, daß ich es eilig hätte, und wollte gehen.

„Warte doch noch einen Moment. Es muß was Ernstes sein. Seine Stimme hat so gezittert."

Julia nahm ihn ständig in Schutz. Immer war sie dran: „Was hat der Mann dir denn getan?" Immer derselbe Spruch. Ich hörte meine Mutter reden. Ich hätte ihr sagen sollen, was Lasaris mir schon alles angetan hatte, was ich seinetwegen damals bei Retsinas' *Letztem Abendmahl* hatte ausstehen müssen, als er den ganzen Freundeskreis ans Messer geliefert hatte – daran habe ich heute keinen Zweifel mehr – und sie uns verhaftet hatten. Was er wohl antworten würde, wenn ich ihn geradeheraus darauf anspräche? Sechs Monate hatte ich im Gefängnis von Vurla abgesessen. Ikonomidis, nach Ansicht meiner Mutter der Prototyp eines anständigen Kerls, der auch beim *Letzten Abendmahl* dabei war, hatte sogar mit seinem Leben bezahlen müssen.

„Das wäre doch ein Freund für dich, und nicht der andere da, der Taugenichts", sagte sie. Als sie allerdings erfuhr, daß Ikonomidis exekutiert worden war – es stellte sich nämlich heraus, daß er bis über beide Ohren im illegalen Apparat der KKE verstrickt gewesen war –, gab

sie zum ersten Mal zu, daß sie sich in ihm geirrt hatte. Julia riß mich aus meinen Gedanken:
„Wenn er dich allerdings krank macht, macht es keinen Sinn. Dann brich den Kontakt zu ihm ab. Du bist der Angeschmierte, nicht ich. Du bist immer derjenige, der sofort hinter ihm herrennt, wenn du etwas brauchst."

Scheinheiliges Biest. Einerseits schob sie die ganze Verantwortung auf mich ab und bezeichnete mich als Arschkriecher und andererseits war sie ausgesprochen liebenswürdig zu ihm und lud ihn andauernd ein. Dabei mußte man ihn ja nicht nur allein ertragen. Sein Busenfreund Moschos war ständig bei ihm. Wenn ich den in seiner Offiziersuniform antanzen sah, stieg mir das Blut zu Kopf.
„Ich bin gespannt, wohin das noch mal führt, wenn man solche Kreaturen im Bekanntenkreis hat."

So endete meistens unser Streit, wenn wir auf dem Weg zu einem von ihnen waren, Moschos oder Lasaris.
„Ich habe es satt, immer den gleichen Mist von dir zu hören."

Julia nahm mir gegenüber kein Blatt mehr vor den Mund. Tatsache war, daß Lasaris und Moschos überall ihre Finger drin hatten. Am schlimmsten war es, wenn sie auch noch Tzavaras, Moschos' Onkel, mitbrachten. Der war inzwischen Rentner, der zahnlose Fuchs. Aber selbst den ertrugen wir.

Julia, die so tat, als hätte sie damit nichts zu tun, riß sich insgeheim um solche „abendlichen Treffen". So nämlich nannte der General diese Abendessen.
„Ach, was mir nicht alles bei diesen abendlichen Treffen in Erinnerung gerufen wird!"

Und dann fing er an, uns irgendwelche Greuelgeschichten aus der Zeit zu erzählen, als er im Kriegsgericht tätig war. Die schlimmste, erinnere ich mich, stammte aus der Zeit, als er in Trikala stationiert war. Er war damals selbst dabei gewesen und hatte die Atmosphäre auf dem zentralen Marktplatz von Trikala erlebt, als sie an einer Straßenlaterne die auf einen Stock gespießten Köpfe von Veluchiotis und Tzavellas[50] befestigten. Er beschrieb uns das alles so anschaulich, daß Moschos' Twiggy sich auf der Toilette übergeben mußte. Sie hielt es nicht mehr aus.

Das einzig Erinnerungswürdige jener Abende war Twiggy. So dünn, daß sie ein Windstoß umgeworfen hätte, sensibel und eingeschüchtert wirkte sie. Sie sagte selten etwas. Nur manchmal erkundigte sie sich in einem unbeobachteten Moment im Flüsterton nach Luis. Der war in Moschos' Haus offensichtlich ein verbotenes Thema, und vielleicht war er auch für sie so etwas wie eine verbotene Frucht.

Kurz und gut, ich war da ganz böse in etwas reingerutscht. Das läßt sich nicht leugnen. Man darf erst gar nicht anfangen. Wenn der Anfang erst gemacht ist, fällt man immer tiefer und weiß nicht mehr, wie man sich aus der Affäre ziehen soll. Allein die Tatsache, daß ich es durch deren Beziehungen geschafft hatte, nicht in die Provinz versetzt zu werden, reichte aus, mich zeitlebens zu ihrem Sklaven zu machen. Stell dir vor, ich war kaum nach Athen umgezogen, da hatten sie mich auch schon von Piräus nach Athen versetzen lassen. Meine Zeit für eine Beförderung war noch nicht gekommen, da hatten sie mich schon zum Gerichtsschreiber aufsteigen lassen. In kürzester Zeit. Ich für meinen Teil wäre absolut unfähig gewesen, irgend etwas in dieser Richtung zu veranlassen. Ohne Julias Zutun wäre ich weder befördert noch nach Athen versetzt worden. Ich hätte den Rest meines Lebens in irgendeinem Provinznest verbracht.

„Hör bloß auf, Kostantis. Spar dir deine Rechtfertigungen", sagte Luis mal zu mir, als wir uns einmal zufällig getroffen und auf ein paar Ouzo in eine Kneipe Ecke Athinasstraße und Postplatz gegangen waren. „Hör auf, dich zu beschweren. Irgendwo machst du das alles doch auch ganz gerne mit."

„Ich doch nicht, Luis. Julia tut das alles. Sie ist es, die sich das alles ausdenkt und einfädelt. Und dann stellt sie mich immer vor vollendete Tatsachen. Kaum hast du den Entschluß gefaßt, dich von der Schweinebrut abzusetzen, tischt sie dir einen neuen Fünfjahresplan auf. Dann heißt es, Geduld zu haben und die Fassung zu behalten. Natürlich hast du recht, irgendwo dulde ich das ja auch, stimmt schon, aber schließlich ..."

Ich traf ihn damals, erinnere ich mich, auf der Athinasstraße am Postplatz. Ich hatte ihn seit jener unbeschreiblichen Nacht, als er mit seinem Vater in Liakopulos' Lastwagen nach Perama aufgebrochen war, nicht mehr gesehen. Nein, was sage ich denn, ich hatte ihn auch auf meiner Hochzeit und dann noch mal woanders gesehen, wo war das noch, na jedenfalls immer ganz zufällig, unerwartet, wie an dem Tag, als er mich zu Fatmé auf die Yacht mitgenommen hatte.

Ich ging also gerade in Gedanken vertieft die Athinasstraße entlang, da sah ich plötzlich eine Menschenmenge um einen untersetzten bärtigen Händler stehen. Vor sich hatte er einen Tisch mit verschiedenen seltsamen Gegenständen und pries die unglaublichen Eigenschaften irgend eines Flecklösers an: „Hier, meine Herrschaften, löst sich das Problem Ihres Lebens. Der sich in nichts auflösende Fleck!"

Ich blieb stehen, um mir den Bärtigen anzuhören und sah plötzlich Luis ein paar Scheine auf den Tisch des Händlers werfen und sich drei Päckchen kaufen. Auf alles war ich gefaßt, aber Luis Waschpulver kaufen zu sehen, nein, das nicht, niemals. Als ich den Schock überwunden hatte, sah ich ihn gerade noch in Richtung Omonia weggehen. Ich folgte ihm. Die Straße war überfüllt. Mitten am Tag auf der Athinasstraße! Und dazu war er noch klein und schnell. Ich konnte ihm kaum folgen, da ich ihn ständig aus den Augen verlor. Ich wollte ihn eigentlich von hinten überraschen.

Plötzlich blieb er stehen. Als ich ihm gerade hinterher rufen wollte, war er schon wieder verschwunden. Ich begann zu rennen, um ihn einzuholen:
„Verdammte Scheiße! Er war doch eben noch da." Da sah ich ihn wieder. Er hatte die Richtung gewechselt und ging jetzt auf das Rathaus zu. Er trug sogar eine Kreissäge. War es denn die Möglichkeit! Luis mit Hut.

Von hinten sah er wirklich sehr elegant gekleidet aus. Sogar eine Tasche hielt er in der Hand. „Das wäre ja ein Witz", dachte ich, „wenn Luis nun doch Kompromisse gemacht und sich auf den rechten Weg begeben haben sollte."

Dabei kam mir Liakopulos in den Sinn, wie er mich einmal besucht und sich ganz fürchterlich über ihn beschwert hatte:
„Manolopulos, ich ertrage deinen Retsinas nicht mehr."

Er hatte ihn nach dessen Flucht nach Perama zum Aufseher auf Ajisilaos' Grundstück gemacht, wo er gerade ein Hochhaus baute.
„Ich schmeiße ihn raus. Ehrlich. Ich bin ja ganz seiner Meinung, daß wir die Arbeiter nicht ausbeuten sollten, aber anstatt mich zu unterstützen, tut er alles, um mich zu ruinieren. Mag ja sein, wir waren alle mal links und das sind wir auch noch heute, aber – wie man es auch dreht und wendet – wenn ich ihm freien Lauf lasse, stehe ich demnächst auf der Straße. Ein Arbeiter als solcher ist nicht mehr das, was er mal war. Du glaubst gar nicht, zu was für Schmarotzern sich die Arbeiter entwickelt haben. Faul bis zum Abwinken und dabei lassen sie den lieben Gott einen guten Mann sein. Wenn du Luis freie Hand läßt, gehst du baden. Ständig haut er mir um die Ohren, was ich denn mit dem ganzen Geld vorhabe, kritisiert mich und schnauzt mich auch noch an. Und wenn du denkst, er sei in der Partei engagiert, dann irrst du dich. Der ist genauso ein Faulpelz wie alle anderen. Überall haben sie ihn rausgeschmissen. Er hält mir Vorträge über Mehrwerte, während sein Leben die reinste Anarchie ist. Was will er überhaupt?

Verdiene erst mal dein täglich Brot, Bürschchen, und komm mal ein bißchen von deinem Roß runter. Da ist nichts zu machen, Manolopulos. Er fängt an, mir ernsthaft auf die Nerven zu gehen. Er blamiert mich vor den Leuten. Immerhin bin ich derjenige von uns beiden, der in der Partei ist, nicht er. Ich drücke meine Tausender ab, nicht er. Was soll das? Soll ich etwa auch arbeitslos werden und betteln gehen?"

Er schmiß ihn dann wirklich in hohem Bogen raus. Luis solle ihm nie wieder unter die Augen treten. Dies war dann der Grund – oder vielleicht nur der Anlaß – daß ihn der ganze Freundeskreis fallen ließ.

Mir kommen laufend tausend Dinge in den Sinn, und dann verliere ich andauernd den Faden. Jetzt hätte ich fast Luis aus den Augen verloren. Da war er! Als ich ihn gerade wieder rufen wollte, sah ich noch, wie er sich wieder unter die Leute mischte und erneut dem Bärtigen zuhörte. Der hatte inzwischen einen ganzen Wäscheberg vor sich aufgehäuft, um uns die flecklösende Wirkung seines Pulvers vorzuführen. Ich folgte ihm. „Luis ist und bleibt derselbe", dachte ich. Ich sprach ihn nicht gleich an, sondern wartete. Der Händler verkaufte ein Päckchen nach dem anderen.

Da sah ich, daß Luis ganz zaghaft wieder ein paar Hunderter aus seiner Tasche zog und drei weitere Päckchen kaufte. Sofort taten es ihm die anderen nach.

Als er sich entfernte, ließ ich ihn ein paar Meter vorgehen, und als er gerade die Straßenseite wechseln wollte, rannte ich ihm hinterher und hielt ihm von hinten die Augen zu. Er wußte sofort, wer ich war. „Manolis, bist du immer noch nicht schlauer geworden? Spielst du jetzt schon den Lockvogel? Den Handlanger des Schwindels?"

Wir setzten uns in die besagte Ouzerie. Er schenkte mir die Päckchen.

„Nimm sie. Es ist kein Schwindel. Das Zeug macht wirklich sauber.

Die Sache ist die: Wir kaufen sie beim Krämer aus unserer Nachbarschaft und verkaufen sie ein bißchen teurer. Das ist alles."

Wir schauten uns an.

„Mensch, Kostantis! Du hast mir gefehlt."

Seine Augen hatten den ihnen eigenen Glanz verloren. Sie hatten nicht mehr dieses intensive Blau. Kraftlos und trübe wirkten sie. Und seine Haut war gröber und ungepflegter. Als nächstes fiel mein Blick auf seine Tasche.

„Guck nicht so. Ich habe es geschafft, kein Schreibtischhengst zu werden."

Er machte die Tasche auf. Leer. Es waren nur ein paar Zeitungen zum Ausstopfen drin.

„Der Typ mit dem Wundermittel ist mein Schwippschwager", sagte er.

„Nicht doch, Luis, sag bloß nicht, daß du wieder geheiratet hast."

„Aber sicher doch, Litsa heißt sie. Ihre Schwester Fani ist die Frau von dem Kumpel eben. Früher Krankenschwester. Sie kam zu Onkel Ilias nach Perama, um meinem Vater Spritzen zu geben. Als der Augenblick kam, wo wir die Spritzen plus ein paar Schulden bezahlen mußten – ich erspare dir die Einzelheiten –, stellte sich heraus, daß es einfacher für mich war, ihre Schwester, die kleine Litsa, zu heiraten und so die Schuld zu begleichen, als sie zu bezahlen ..."

„Mensch Luis, wo soll das noch hinführen? Willst du jedes Mal heiraten, um deine Schulden zu bezahlen? Aleka hast du doch aus demselben Grund geheiratet. Oder hast du das etwa schon vergessen? Ich frage mich, warum du nicht damals Persefoni geheiratet hast, die dir die Welt zu Füßen gelegt und dir ein fürstliches Leben ermöglicht hätte, statt dessen heiratest du diese ... wie hieß sie doch gleich?"

„Sag nicht so was, Vetter, ich bin vielleicht kein Prinz geworden, aber ich habe mir eine Prinzessin zur Frau genommen. Die kleine Litsa ist wie Prinzessin Sissy. Hast du den Film gesehen? Genau so.

Die reinste Prinzessin. Von oben bis unten. Du mußt vorbeikommen und sie kennenlernen."

Und dann zeichnete er mir eine Skizze auf eine Zigarettenpackung, wie ich zu ihm finden würde.

„Du wirst es nicht glauben, aber ich nenne ein ganzes Haus mein eigen. Tja, dein Freund hat sich zum Hausbesitzer gemausert. Haus mit Hof plus Garten in Perama. Du kommst doch, oder? Mach schon, komm von mir aus mit deiner Julia vorbei."

Aber Julia wollte nicht nur nicht mitkommen, sondern wollte auch mich mit allen Mitteln davon abhalten, hinzugehen. Sie fing wieder mit dem alten Gerede an: wann ich endlich Verstand annehmen würde und daß wir ohne ihn endlich zur Ruhe gekommen waren und was ich überhaupt mit so einem Menschen anfangen wolle. Als sie allerdings sah, daß ich mir die Autoschlüssel schnappte, die Tür hinter mir schloß und ging, bereute sie es. Sie kam auf den Balkon und rief:

„Warte, ich komme doch mit."

So lernte ich Luis' Haus kennen. Haus wäre zuviel gesagt. Seine Baracke. Auch Baracke trifft es nicht ganz. Eher Theaterkulisse als Baracke.

Unglaublich. Als Julia sie sah, traute sie ihren Augen nicht. Es war keine gewöhnliche Kulisse. Phantasievoll. Surrealistisch. Total verrückt wie er war, hatte er statt Wänden ganze Bühnenbilder aufgebaut. Da war Dachpappe neben dorischen Säulen zu sehen, königliche Schlafgemächer zwischen Ziegeln und Zementblöcken, bemalte rote Backsteinwände aus dem Haus, in dem Anne Frank sich versteckt gehalten hatte, gingen in einen baufälligen Balkon über, der genauso aussah wie der aus dem Bühnenbild der Liebesszene von *Romeo und Julia,* eine vollständige Glaswand aus Tschechovs *Möwe* ... Du schautest und schautest und konntest dich nicht satt sehen. Das meiste war aus massivem Holz. Seine Wohnzimmereinrichtung stammte sicher aus irgendeinem Puff. Es erinnerte mich an die *Dreigroschenoper*. Ein ganzes Zimmer war aus Dostojewskis *Idiot*, und zwar die Szene, wo Ragozin die Nastasja Filippowna umgebracht hatte. Die Treppe, die auf die Terrasse führte, mußte aus irgendeinem mittelalterlichen Schloß stammen. Weitläufig und grau. Als ich später meinen Fuß auf die erste Treppenstufe setzen wollte, brach die ganze Stufe ein. Sie war völlig verfault.

Der Barackeneingang war eine Mischung aus altgriechischem Palast, Puff und Kirche. Besonders die Fenster. Strahlenbögen und kleine vielfarbige Fenster!

Die Möbel beschreibe ich dir lieber überhaupt nicht. Auch nicht die verrotteten Throne aller Zeiten und Epochen. Verblichene Gardinen aus ehemaligen Bühnenvorhängen, die meisten purpurfarben. Überall Büsten und Masken. Erst, wenn man sie anfaßte, merkte man, daß sie hohl und aus Pappe waren.

„Luis, hast du sie eigentlich noch alle? Wie hast du denn das alles zusammengetragen? Wo hast du das ganze Zeug her?"

Ich hatte immer noch nicht kapiert, was das hier eigentlich alles sein sollte. Eine ganze Wand – erst jetzt sah ich sie – hatte er von innen mit einer Sackleinwand bespannt: Es war eine Darstellung eines Stückes aus der Commedia dell'Arte.

„Das hab ich alles zusammen mit meinem Schwippschwager, dem Zöllner, aufgetrieben."

So nannte er ihn, Zöllner. Weil er irgendwann mal beim Zoll gearbeitet hatte, hatte er ihn Zöllner getauft. Zusammen hatten sie einige Stücke selbst gebaut, andere hatten sie sich aus verlassenen Theaterkellern zusammengesucht, wieder andere hatten sie sich auf nimmer Wiedersehen ausgeliehen und einige hatten sie sich gekauft.

„Und wenn man sich überlegt, daß es gar nicht meine Idee gewesen ist, sondern die des Zöllners. Er hatte vor Urzeiten mal als Requisiteur in einem Theater gearbeitet. Und als wir uns einfach die Grundstücke aneigneten und sich herausstellte, daß man darauf gar nicht bauen konnte, brachte er mich auf die Idee. Er wußte schon, daß ich ein bißchen verrückt bin.

„Weißt du , was man machen könnte?" sagte er, „bau es doch wie ein Theater, mit Wänden aus Bühnenbildern. Da hast du das Baumaterial umsonst."

Er selbst hatte sich gerade das benachbarte Grundstück angeeignet. Und so sind wir nicht nur Verwandte, sondern auch Nachbarn geworden.

Nichtsdestotrotz hatte die ganze Konstruktion der Baracke eine ihr eigene Ästhetik, sie hatte Stil, war nicht geschmacklos.

„Mensch Luis, sie ist zwar ganz schön, aber ich sehe dich schon eines Morgens aufwachen und feststellen, daß sie nicht mehr an derselben Stelle steht, weil der Wind sie weggeweht hat", meinte ich, da sie auf mich doch einen sehr provisorischen und „luftigen" Eindruck machte.

Bei der Besichtigung des ganzen herrschaftlichen von Würmern zerfressenen Trödelladens wäre Julia beinahe ohnmächtig geworden. Ihr war, als müßte sie den Staub ganzer Jahrhunderte einatmen. Dazu kamen Degen, Masken, rissige Tapeten, Kronleuchter, die herunterzufallen drohten, und auch noch Spiegelattrappen aus Goldpapier. Sie hielt es kaum aus. Als sie einen Totenkopf an der Wand sah, hielt sie sich an mir fest, um nicht umzukippen.

„Den hat Veakis im *Hamlet* in der Hand gehabt. Da ist auch Hamlets Degen."

Er erzählte uns Märchen, um Eindruck zu schinden. Es konnte natürlich unmöglich sein, daß das der Totenkopf war, den Veakis in der Hand gehabt hatte.

Als er ihn von der Wand nahm, um ihn uns besser zeigen zu können, drehte Julia den Kopf weg.

„Du brauchst dich nicht davor zu ekeln. Er ist absolut sauber", sagte er.

„Mensch Luis, das ist ja ein richtiges Museum. Wenn du Eintritt nimmst, wirst du reich."

Julias Abscheu ging mir langsam auf die Nerven. Ich war fasziniert von Luis' Welt, und sie flüsterte mir ständig ins Ohr, daß wir gehen sollen.

„Er ist sauber, Julia, er hat es doch gesagt. Was stellst du dich so an?" flüsterte ich ihr wütend zu.

Ich hätte sie am liebsten geohrfeigt. Ich konnte mich kaum beherrschen.

„Und jetzt zeige ich euch Marguerite Gautiers Schlafzimmer ... Kostantis, als ich Verdis *La Traviata* in der Oper sah, sagte ich mir: Das ist es! In so einem Zimmer, in so einem Bett soll sich meine kleine Litsa schlafen legen."

Und er baute es für sie nach. Das komplette Schlafzimmer.

So traten wir nun also in Marguerite Gautiers Boudoir. Als er die Tür öffnete, schlug uns feinster Veilchenduft entgegen. In dem hier herrschenden Halbdunkel konnten wir kaum etwas um uns herum erkennen. Ein Riesenbett, so eins mit großen Säulen an allen vier Ecken. Durchsichtigen Fliegennetzen ähnliche Gitter. Das Bett aus Eisen und Messing. Daneben ein gemütlicher kirschroter Ohrensessel. Sogar ein aus der damaligen Zeit stammendes „durch und durch goldenes" Telefon, so eins, wo man den Hörer oben aufhängt, stand auf einem marmornen Nachttischchen.

Julia hob den Hörer ab, aber er gab kein Freizeichen von sich. Das Telefon war tot.

„Das sind Theaterrequisiten, Julia. Du hast es doch gehört."

Sie hängte den Hörer wieder ein. Die Farbe rot, feuerrot, herrschte vor. Auch die Samtgardine war tiefrot.

Wir standen fasziniert in der Tür und bestaunten die ganze Aufmachung. Sogar Julia staunte. Ein riesiges Gemälde, eine Kopie, ein Akt, bedeckte eine ganze Wand.

„Und nun, Kostantis, möchte ich dir die kleine Litsa, unsere Sissy, vorstellen."

Erstaunt sahen wir rechts hinter der Tür in einem zweiten kirschroten Ohrensessel Retsinas' Sissy sitzen. Sie las gerade eine Romanze von Deli. Eine chinesische Tischlampe aus weißen und gelben Gläsern spendete ihr Licht.

„Ach, Manolis, schon wieder dasselbe? Warum machst du dich über mich lustig?"

Dabei stand sie auf und gab uns die Hand.

„Bitte entschuldigen Sie, ich wußte ja nicht ...", fügte sie hinzu und räumte ein paar auf dem Bett liegende Kleidungsstücke zusammen.

Ehrlich, einen Moment fühlte ich mich in die Atmosphäre eines Schlosses und eines Puffs zugleich versetzt. Wie sie sich in ihrem leuchtend grünen seidenen Nachthemd erhob, wie sie uns ihre Hand zur Begrüßung reichte, die Art, wie sie gedehnt und mit Vibrato sprach, wie sie einen ansah und dazu noch dieser Veilchenduft. All das rief die verschiedensten Erinnerungen in mir wach.

„Hatte ich Unrecht, Vetter, als ich dir sagte, du solltest zu mir nach Hause kommen, um eine Prinzessin kennenzulernen? Das ist sie."

„Ach, hören Sie nicht auf ihn. Manolis weiß nicht, was er sagt. Er redet nur Unsinn."

Ich glaube kaum, je zuvor eine schönere Frau gesehen zu haben. Ehrlich. Sie war wunderschön. Die Augen stets feucht. Grün. Wenn sie dich länger als ein paar Sekunden anschaute, warst du verloren, wärst du an ihrem Blick gestorben. Als sie aufstand und sich einen roten Schal umwarf und zum Fenster ging, um es zu öffnen und ich durch das vom Fenster hereinfallende Licht auch nur die Konturen ihres nackten Körpers erahnte, bekam ich weiche Knie.

Neben dem Ohrensessel stand ein Tischchen mit einem Grammophon, so einem mit großem Trichter.

„Und was denkst du wohl, was ich dir jetzt für Musik auflege? Na? Kommst du drauf?"

Ich kam nicht drauf.

„Was haben wir denn damals bei den Flüchtlingsbaracken in Drapetsona gehört?"

Er kurbelte das Grammophon an, legte die Platte auf, während sich Sissy etwas unbeholfen auf das Bett setzte und wartete. Als ob sie kein lebendiges Wesen wäre. Wie sie so unbeweglich dasaß, hatte ich den Eindruck, daß sie wie eine Puppe zu dem ganzen drapierten Dekor gehörte.

„Laßt uns in die Küche gehen, damit sich meine kleine Litsa etwas anziehen kann."

Er holte Ouzo, Oliven und Käse hervor. Daraufhin war das Lied *Küß mich heute abend und lab dich an mir*[51] zu hören.

Gleich bei den ersten Klängen stieg die Erinnerung an unseren Spaziergang in den Flüchtlingsbaracken in mir hoch, an Sofia aus Trikala und an die Nacht danach bei ihm zu Hause.

„Sag mal, was ist eigentlich aus Sofia geworden?"

„Nichts. Stumm wie ein Fisch. Sechs Nächte hat sie es im *Romantiko* als Sängerin ausgehalten, und das war's dann. Sie haben sie rausgeworfen. Zu dem Geld, das sie verdient hatte, habe ich noch ein bißchen beigesteuert und sie gleich in die Klinik zur Abtreibung gebracht. Diese beiden Typen in Trikala, die sie uns aufgehalst hatten, hätten sie fast noch zur Mutter gemacht. Ich habe sie zur Klinik gefahren, dort abgesetzt und bin abgehauen. Seitdem habe ich sie nicht wiedergesehen."

Er brach ab, denn in dem Moment betrat Litsa die Küche, frisch frisiert, mit einem tiefgrünen Strickkleid bekleidet, lächelnd, schön.

„Wir möchten sie wie eine Prinzessin hier leben lassen. Meine kleine Litsa verläßt kaum das Haus. Sie geht höchstens mal raus in den Hof. Wir arbeiten alle für sie. Das heißt, eigentlich doch nicht alle, ich will ja nicht lügen. Ihre Schwester Fani ist der Segen des Hauses. Früher Krankenschwester, wie ich schon sagte. Es gibt in ganz Perama keinen Arm und keinen Hintern, den sie noch nicht gepieckst hat. Sie geht morgens aus dem Haus und kommt erst abends wieder. Ein bewundernswerter Mensch. Wir haben Angst, der Zöllner und ich, daß der Frau etwas zustoßen könnte."

Als sich die kleine Litsa gerade auf ihren nächsten Thron setzen wollte, merkte ich an ihrem Gang, daß sie hinkte. Kaum merklich, aber doch, sie hinkte.

Auch Julia bemerkte es. Wie leid mir das tat. „Nicht doch, Scheiße", rutschte es mir fast raus, „wie schade, oh nein, warum denn..."

„Sie ist darüber hinweg, Vetter", flüsterte mir Luis kurz zu. Die kleine Litsa, mein lieber Kostantis, habe ich zu zehn Ärzten gebracht. Sie hört auf keinen. Sie hat Angst, früh zu sterben. Als ob so eine Frau je sterben würde."

Ich sah ihre Beine, als sie sie gerade übereinanderschlug und bewunderte ihre perfekte rechte Wade.

Als mir Luis später im Hof erklärte, wie eine Windmühle funktioniert – in dem Augenblick, als eben auch die Stufe einbrach –, sagte er mir, daß er sie sitzend kennengelernt hatte.

„Als ihre Schwester sie mir vorstellte und mir vorschlug, sie zu heiraten, war ich wie geblendet von ihr. Sie hielt mich aber nicht zum Narren, sondern erzählte mir von ihrer Behinderung. Da gab's für mich schon kein Zurück mehr. Den ganzen Tag lang liest oder strickt sie."

Im ganzen Hof standen Töpfe voller Blumen. Er brach einen Lavendelzweig ab und gab ihn mir.

„Sie ist ein seltsames Geschöpf, Vetter. Selbst ich kenne sie kaum. Sie kommt nie aus sich heraus. Das reinste Rätsel. Sie läßt sich nicht erobern. Vielleicht ist es auch deshalb im Bett so phantastisch mit ihr."

Warum erzählte mir der Gauner so was? Er erzählte mir Dinge, als handele es sich nicht um seine eigene Frau, sondern um eine Nutte. Aber er hatte recht. Sie kam nie aus sich heraus. Man konnte nie wissen, ob und an was sie gerade dachte. Sie redete immer nur in Andeutungen und lachte viel.

„Seit sie das Problem mit dem Bein hat, hat sie das Haus nicht mehr verlassen. Nur um zum Arzt zu gehen."

Als nächstes führte er mich in das Schlafzimmer seines Vaters. Der lag ausgestreckt auf dem Bett und starrte an die Decke. Er erkannte mich nicht. Das Philipsradio stand in Reichweite. Es liefen irgendwelche Schnulzen.

„Wie geht es Ihnen, Herr Retsinas? Ich bin es, Manolopulos."

Er drehte seinen Kopf zu mir, sah mich an und langsam hellten sich seine Augen auf, so als ob er Musik von vor Urzeiten hörte.

„Gut", antwortete er.

„Und was macht eigentlich Antigoni, Mann?"

„Sie wohnt immer noch in der Wohnung, die ihr Panajotaros gegeben hat, in Kastella, zusammen mit ihrem gemeinsamen Kind. Athina ist immer noch nicht gestorben. Die wiegt inzwischen hundert Kilo und freut sich ihres Lebens, mein Lieber."

Als wir gingen, öffnete Sissy nur das Fenster zur Straße hin, das aus einer Kirche hätte stammen können. Uns strömte von innen wieder der Veilchenduft entgegen. Luis rief:

„Laß dich mal wieder blicken, Mensch."

Er begleitete uns hinaus. Litsa winkte uns vom Fenster zu und lächelte.

„Trommel doch mal alle alten Freunde zusammen und kommt alle gemeinsam her, ihr Schufte. Ich trage niemandem etwas nach, merk dir das. Aber diese Schurken, die wollen mich nicht mal von weitem sehen, die Schweine. Was habe ich ihnen denn getan? Versuch doch mal rauszubekommen, was sie haben und sag es mir."

Er hatte recht, was hatte er ihnen denn schon getan? Ich hatte nie verstanden, warum alle anfingen, Luis mit solcher Inbrunst zu hassen. Es ist komisch, aber außer Drakopulos, dessen Tatjana Luis geschwängert hatte, gab es für die anderen keinen triftigen Grund für ihren lächerlichen Haß auf ihn.

Zum Schluß, als ich gerade das Auto anließ, bückte er sich zum Fenster runter und sagte:
„Weißt du was, die Behörden haben sich endlich erweichen lassen und mir den Seemannspaß ausgestellt. Jetzt bin ich Kapitän. Ich habe mich auf Yachten spezialisiert. Wenn du irgend jemanden kennst, der eine Yacht hat, bin ich der Richtige."

Ich weiß nicht wieso, aber ich steckte meine Hand in die Tasche und zog ein Bündel mit Tausendern raus – wie viele es waren, weiß ich nicht – und gab es ihm.
„Hier, als Einzugsgeschenk. Ich habe es nicht geschafft, dir ein paar Süßigkeiten mitzubringen."

Er sträubte sich nicht und nahm das Geld an.
„Vergiß nicht, alle Freunde zusammenzutrommeln und kommt mich besuchen. Ich trage niemandem etwas nach."

Kaum war ich um die Ecke gebogen, da fiel Julia auch schon über mich her:
„Sag mal, war es denn wirklich nötig, ihm soviel Geld zu geben? Findest du das Geld etwa auf der Straße?"

Die ganze Fahrt über redete und redete sie ... Ich hörte gar nicht hin. Ich roch nur Veilchen. Der Duft war an meinen Händen haften geblieben.

Es begann zu regnen. Für lange Zeit hatte ich Sissys Bild beim

Abschied vor Augen. Dieses Bild hinterließ einen seltsam herben Geschmack in meinem Mund. Als ob ich Lorbeerblätter und Muskat gekaut hätte. Julia redete immer noch. Ein Genörgel ohne Punkt und Komma, wie damals, als ich Luis wieder getroffen hatte und erst im Morgengrauen wieder zuhause war. Was mußte ich mir damals anhören ... Ich weiß noch, wie ich es eilig gehabt hatte, nach Hause zu kommen. Ich hatte ihr versprochen, spätestens um neun Uhr abends zuhause zu sein. Da traf ich zufällig auf Luis.

„Warum, mein Kleiner, hetzt du dich so ab? Wo mußt du denn schon wieder so eilig hin? Komm, laß uns ein bißchen zusammensitzen."

„Ich habe Julia versprochen, pünktlich zuhause zu sein, ich kann nicht."

„Na und wenn? Warum, mein Kleiner, setzt du ihr ab und zu nicht mal Hörner auf, um deinen Organismus zu stärken? Was ist nur für ein Hampelmann aus dir geworden? Dann hältst du dein Versprechen eben mal nicht ein."

Ich war dann wie gesagt erst gegen Morgen zu Hause, um fünf. Ohne Krawatte, ohne Weste, damals trug ich noch Westen.

Da stellte mir Julia ein Ultimatum: „Entweder er oder ich. Du hast die Wahl." Wieder einmal traf ich die falsche Entscheidung, denn ich entschied mich für sie.

Du hast bestimmt vergessen, wo wir stehengeblieben waren, nämlich bei Lasaris' Anruf, als er mir ausrichten ließ, ich sollte mich nicht von der Stelle rühren. Er sei auf dem Weg zu mir. Und so konnte ich dir von Luis und seiner unbeschreiblichen Baracke berichten, während ich auf Lasaris wartete.

Als Lasaris endlich eintraf, war ich im Begriff zu gehen und hatte schon die Tür aufgemacht, während Julia aufgeregt und nervös an ihrer Zigarette rauchte. Seltsam nervös war sie. Ihre Nervosität paßte so

gar nicht zu der Situation. Schließlich hatte ich es eilig und mußte ins Büro, nicht sie.
„Na endlich, Lasaris, ich bin schon so gut wie weg."
„Ich hatte alle Mühe, ihn aufzuhalten", ergänzte sie.
„Manolopulos, hör auf, dich zu beklagen. Dein Busenfreund Emmanuil Retsinas, Luis genannt, ist verhaftet worden. Er liegt im Krankenhaus und wird bewacht. Er hat eine Ausländerin mit seinem Mofa totgefahren. Eine Holländerin. Die hat bei ihm hinten auf dem Mofa gesessen. Er hat einen Unfall gebaut, aber dieses Mal wird er seinen Kopf nicht so schnell aus der Schlinge ziehen. Schließlich hat er einen Menschen umgebracht."

Er unterbrach seinen Bericht und bat um einen Kaffee. Wenn Lasaris etwas zu erzählen hat, dann macht er immer erst mal eine Pause. Da kannst du Gift drauf nehmen. Er wirft zwei, drei Worte in die Runde und Feierabend. Damit will er einen neugierig machen. Gleichzeitig will er die Reaktion auf seine Worte testen. Danach fängt er mit den Einzelheiten an, aber auch die immer schön tröpfchenweise. Er macht einen ganz fertig, bis er endlich mit der ganzen Geschichte raus ist.

Als dann die Stichworte Mofa, Ausländerin, Holländerin fielen, war ich wie vom Donner gerührt. Ich erschrak zutiefst. „Er hat Fatmé umgebracht" sagte ich bei mir. Ich konnte meine Aufregung nur schwer verbergen. Ich zitterte. Und das Schwein merkte es.
„Was hast du denn? Du zitterst ja", sagte er.
„Siehst du? So fühlt er mit ihm mit, nur seinetwegen zittert er", antwortete meine Frau. Die Alte war wirklich unerbittlich, sofort kriegte ich einen drauf.
„Seit wann hast du denn Luis nicht mehr gesehen?" fragte er scheinbar beiläufig.

Sie antwortete schon wieder für mich:
„Vorgestern mittag, als wir gerade vor dem Fernseher saßen, klingelte

das Telefon. Er war's."
„Sieh einer an, welch ein Zufall", sagte der Schurke daraufhin. „Vorgestern hat er sie umgebracht und am gleichen Tag hat er dich angerufen?"

Ich geriet in Panik. Ich hatte Julia nichts erzählt. Weder von Fatmé noch von der Yacht noch von dem Geschenk, welches Luis mir hatte machen wollen – Fatmé wollte er mir schenken, wenn du dich erinnerst. Ich hatte Julia alles verschwiegen. Ich hatte ihr irgendwas von seinem Seemannspaß erzählt, von einer Erneuerung. Stell dir vor, jetzt würde die ganze Geschichte rauskommen. Keine Chance. Lasaris war gerade drauf und dran, mich auffliegen zu lassen:
„Sag mal, kanntest du die Holländerin etwa auch?"

Inzwischen war durch den Lärm auch Tante Evstathia aufgewacht. Auch so'n Fall für sich. Die hatte sich inzwischen bei uns eingenistet.

Eines Tages, als ich vom Büro nach Hause kam und sie mit ihren Koffern bei uns antraf, lief ich Amok. Des Nachts verwandelte ich unser Schlafzimmer in einen Kampfring:
„Verdammt noch mal, wer hat sie denn eigentlich eingeladen?"
„Papa."
„Was für ein Papa? Der soll in seinem eigenen Haus kommandieren. Hat er mich denn gefragt? Soll ich diese Schreckschraube jetzt etwa ständig um mich haben? Ausgeschlossen."

Julia war die Ruhe selbst, ließ mich ausreden, bis ich mich ausgetobt hatte. Dann sagte sie, daß ich der Mann im Haus sei und machen solle, was ich wolle.
„Natürlich bin ich das, oder etwa nicht?"
„Aber sicher doch. Deshalb wirst du jetzt Papa anrufen und ihn fragen, mit welchem Recht er sie uns auf den Hals schickt, und dann gehst du zu ihr und sagst, daß sie ihren Kram einpacken und gehen soll."

Mehr brauchte sie nicht zu sagen. Wie hätte ich je einen solchen Aufstand wagen können? Da mußt du schon Lenin sein, und das reicht immer noch nicht. Selbst Lenin hätte nicht den Mumm zu so etwas aufgebracht. Wenn du schon Pläne über Pläne gemacht hast, was du alles mit dem Erbe von Tante Evstathia anfangen willst, was regst du dich auf und markierst den Starken? Statt ihr zu antworten, stellte ich das Transistorradio an. Es lief gerade die *Eroika* von Beethoven.

Julia mußte über den bösen Zufall lachen, daß ausgerechnet die *Eroika* lief und ich es nicht wagte ... Sie sagte nichts. Sie knipste einfach nur ihre Nachttischlampe aus. Die perfekte Erniedrigung. Ich sagte nichts mehr, obwohl ich wußte, daß dieser Mensch, diese Tante, sich darauf verschworen hatte, Julia zu überreden, mich so schnell wie möglich zu verlassen, da es mit ihr sonst kein gutes Ende nehmen würde. Die Tante nannte mich Tartuffe.
„Er hat dich um deines Geldes willen genommen, um deines Geldes willen bleibt er bei dir und um deines Geldes willen wird er dich ins Grab bringen."

Ich war noch nicht aus dem Haus und los ging es. Vielleicht hatte sie ja sogar Recht. In meiner Anwesenheit war sie natürlich die Liebenswürdigkeit in Person. Extrem höflich und zuvorkommend. Solange sie bei uns wohnte, kann ich mich nicht erinnern, daß mir Julia je einen Kaffee gebracht hätte. Immer die Tante. Zehn Minuten bevor ich das Haus verließ, stand er duftend auf dem Tisch. Kaum war ich weg, ging die Litanei los. Total widersprüchlich. So viel Zuvorkommenheit, und hinter meinem Rücken zog sie über mich her. Erstaunlicherweise erzählte mir Julia das auch noch alles. Wenn ich es mir jetzt recht überlege, machte es ihr wahrscheinlich Spaß, mir das alles zu erzählen. Wahrscheinlich machte sie sich bereits zu dem Zeitpunkt über mich lustig.

Ich war allerdings auch nicht viel besser, was die Tante betrifft.

Was sagte ich nicht alles hinter ihrem Rücken. Je nach Situation dachte ich mir Spitznamen für sie aus. Kupplerin, Viper, Lumpensammlerin, alte Schachtel, Mafiatante. Nur „Lumpensammlerin" störte Julia. Alles andere ließ sie kalt.

Wie dem auch sei, da brauche ich mir gar nichts vorzumachen, das dreistöckige Haus in der Patissionstraße hatte mich zu einer lächerlichen Figur degradiert. Außerdem langweilte mich die Bigotterie der Tante. Scheinheiliges Miststück. Sie ließ keine Andacht, Vesper noch Ölung[52] aus. Und königstreu war sie auch noch. Mein Schwiegervater hatte Angst, ihre innige Beziehung zur Kirche würde sie noch total um den Verstand bringen, und wir müßten eines schönen Tages mit ansehen, wie sie zum Notar marschieren und ihr dreistöckiges Haus irgendeiner gerade angesagten Heiligen überschreiben würde.

Jeden Morgen der gleiche Spruch am Telefon: „Kümmert euch gut um Evstathia. Lest ihr jeden Wunsch von den Lippen ab."

Luis beharrte auf dem Standpunkt, ich solle Liakopulos in den Ring schicken. Der solle ihr zu Leibe rücken und ihr die Augen öffnen oder besser noch sie gleich verführen, wie er es mit Frau Chrysanthi gemacht hatte.

„Sag mal, trifft er sich immer noch mit ihr?" fragte ich ihn, als ich ihn einmal irgendwo auf der Karageorgi-Servias oder Vulisstraße in einem Antiquitätengeschäft traf.

Unsere „heilige" Evstathia hatte Namenstag und ich war gerade dabei, ihr irgendeine antike Ikone als Namenstagsgeschenk zu kaufen. Sogar Geschenke machte ich ihr!

Die Geschäftsinhaberin bot mir einen Heiligen Kosmas an.

„Diese Ikone ist zwar nicht sehr alt, aber hundert Jahre bestimmt."

Während ich mit ihr um den Preis feilschte – ich wollte sie von zwanzig auf fünfzehntausend runterdrücken – sah ich auf einmal Luis hinten aus dem Laden auftauchen.

Ich hatte ihn lange nicht mehr gesehen. Wir hatten ihn gänzlich aus den Augen verloren. Um ehrlich zu sein, freute ich mich dieses Mal nicht besonders, ihn zu treffen. Mir war bewußt, daß ich ihn mit der Scheiße, die ich gebaut hatte, tief enttäuscht hatte: Julia und Konsorten, Umgang mit Leuten ohne Spritzigkeit, Empfänge von der übelsten Sorte ... Ich will dir nichts vormachen, auch ich fühlte mich nicht mehr wohl in seiner Gesellschaft. Außerdem hatte ich es eilig. Julia wollte mich immer noch pünktlich zu Hause haben. Und wie sollte ich jetzt wieder mit Julia ankommen und ihm erklären, daß Julia dies und jenes wünscht ... Er würde mich ein für alle Male fertigmachen, mich wieder fragen, warum ich mich immer noch nicht von ihr getrennt hätte und warum ich Julia das Recht geben würde, mich so herumzukommandieren. Und wie hätte ich Luis klarmachen sollen, warum ich mir das alles gefallen ließ, mittellos wie ich war – das Haus auf ihrem Namen, ein Scheißgehalt, Unterhaltskosten, ganz abgesehen davon, daß das Erbe ihres Vaters und der Tante wegfallen würde – und wie sollte er mir je verzeihen, wenn ich ihm so was sagte?

Da stand er also genau in dem Moment vor mir, als ich gerade die Tausender auf den Tisch blätterte. „Aah“, entfuhr es mir vor Überraschung, da sah ich, wie er mir Zeichen gab, die Ikone nicht zu kaufen.

Er wollte mich unbedingt zum Kaffee einladen. Als wir beim *Brasilian* ankamen, versuchte ich, ihm zu entwischen.

„Es geht nicht, Luis, ein andermal, ich bin in Eile“, sagte ich, ohne ein Wort über Julias Hysterie und ihre schlechten Nerven zu verlieren.

Ich schämte mich in Grund und Boden. Es war mir sehr peinlich.

„Kostantis, so leicht lasse ich dich nicht gehen. Wir reden jetzt auch nicht am Telefon. Also kannst du dich auch nicht vor mir verstellen.“

„Ich? Was willst du damit sagen?“

„Und deiner Julia kannst du ausrichten, daß sie nicht nach dem Namen des Anrufers fragen soll, wenn sie dich verstecken will. Leck mich am Arsch mit deiner Julia. Und was die Ikone des Heiligen Kosmas betrifft, die ist nicht älter als zehn Tage. Ich selber male die Ikonen, um mir meinen Unterhalt zu verdienen."

Ich war platt ...

„Nicht doch... Maler bist du auch?"

Er lachte.

„Wenn ich nicht auf Reisen bin, male ich."

Wie er so dastand, kam mir eine verrückte Idee: vielleicht gab es ihn ja überhaupt nicht. Er ähnelte eher einem Phantasiegebilde, einer freien Erfindung. Mir war, als hätte unser Freundeskreis ihn sich ausgedacht ... Als hätten wir alle zusammen unter einer Decke steckend uns ihn zurechtgedacht, einfach so, zum Zeitvertreib ... Er war für mich eher wie eine Figur, ein Held aus einem Kunstwerk, als ein lebendiger, tatsächlich existierender Mensch.

Als ich die Idee mal an einem dieser abendlichen Zusammenkünfte bei Lasaris in die Runde warf, gingen alle auf mich los.

Ich weiß noch, daß Liakopulos auch da war. Er gehörte neuerdings auch zu diesem verräterischen Kreis. Schließlich lebten wir unter einer Junta[53] damals, Moschos hatte überall seine Finger drin, eine gefragte Persönlichkeit. Einmal wollte er hohe Nachzahlungen des Finanzamts umgehen, ein andermal brauchte er eine große Anleihe für den Kauf einer Tankstelle, zaghaft anfangs, später selbstbewußter, war er dann auch dabei, als willkommener Gast im Kreise.

„Manolopulos, okay, wir sind ideologisch total verkommen, aber schließlich haben wir genug für unser Vaterland getan. Außerdem sind Ideen eine Sache und das Täglich - Brot - Verdienen eine andere."

Eine Zeitlang brachte er auch Martha mit. Sie war erwartungsgemäß mit Ajisilaos fertig, hatte Liakopulos geheiratet und wenn die beiden nicht gestorben sind, dann leben sie noch heute. Ganze dreimal hatte er sie mitgebracht. Anfangs versuchte er, sich gar nicht mit ihr blicken zu lassen. Alle drei Male jedenfalls sorgte Martha dafür, daß sie mir genau gegenüber saß. Sowohl am Tisch als auch in der Sitzecke, nach dem Essen. Und jedes Mal schaute sie mich die ganze Zeit über an.

Ich war der einzige, den sie so unverhohlen anschaute, ohne sich einen Dreck darum zu kümmern, was die anderen sagten. Selbst Julia ignorierte sie. Sie verhielt sich vollkommen passiv, gleichgültig, fast geringschätzig den anderen gegenüber, und sah nur mich an. Und wenn sie dann von Zeit zu Zeit mal den Mund aufmachte, wollte sie nur meine Meinung zum jeweiligen Thema wissen.

„Und du, Manolopulos, was meinst du dazu?“ war ihr ständiger Spruch.

Dazu setzte sie ihr ironisches Lächeln auf.

Jedes Mal, wenn sie mir diese Frage stellte, kriegte ich Atemnot. Julia wäre ihr am liebsten an die Gurgel gesprungen.

„Die soll zu Hause bleiben. Für wen hält sie sich eigentlich?“

Bei einem solchen Streit geschah es, daß ich ihr zum ersten Mal eine klebte. Julia natürlich.

Liakopulos war unterdessen der Ansicht, daß er sich in unseren Kreis mischen könne, ohne große Zugeständnisse machen zu müssen. Er meinte, vom Umgang mit Moschos und Lasaris profitieren zu können, ohne sich zu sehr mit ihnen einlassen zu müssen.

Ich weiß noch, wie ihm der kalte Schweiß ausbrach, als Lasaris ihn zum ersten Mal anrief und zu sich einlud und ihm mitteilte, daß außer mir noch Moschos eingeladen sei.

Entsetzt rief er mich an und bat mich um Rat, wie er sich verhalten und Lasaris gegenüber herausreden solle, ohne ihn zu sehr vor den Kopf zu stoßen, damit die Geschichte mit der Anleihe nicht den Bach runter ginge. All das brachte er nur andeutungsweise heraus. Die Hälfte seiner Worte verschluckte er.

„Hör schon auf, Liakopulos. Zu guter Letzt wirst du doch kommen. Da brauchen wir gar nicht mehr drüber zu diskutieren.“

„Spinnst du, Manolopulos? Wie denn? Auf keinen Fall komme ich, das bin ich meiner Vergangenheit schuldig. Ganz ausgeschlossen. Ich will dir nicht zu nahe treten, denn du gehst ja hin, aber ...“

Ich hätte fast losgelacht. Ich war mir sicher, daß er letztendlich, nachdem er sich dieselben Rechtfertigungen zurechtgelegt haben würde, wie ich es auch getan hatte, doch kommen würde, und zwar regelmäßig. Und tatsächlich, fünf Minuten später klingelte wieder das Telefon:

„Genau genommen sind sie ja eigentlich keine hundertprozentigen Handlanger der Junta. Und Lasaris war ja schon vor der Junta Gehilfe und Moschos war auch schon Offizier. Und wer sagt denn, daß wir unsere Ideologie verraten, bloß weil wir einen Wein mit ihm trinken? Ist doch weiter nichts dabei. Außerdem bekennen sie sich ja nicht einmal offen zur Junta, wenn man mal von Moschos' Onkel absieht. Und wir haben ja auch nicht vor, uns zusammen mit ihnen auf dem Syntagmaplatz sehen zu lassen.

Nur vor Martha hatte er Angst. Er hatte keine Ahnung, wie sie es auffassen würde. Interessanterweise hatte sie nichts dagegen. Sie fragte nur, ob ich auch da sei.

„Manolopulos? Aber klar, der vorneweg. Natürlich mit seiner Julia.“

Diese Ergänzung brachte er mit einer Portion Schadenfreude vor. Als wollte er damit sagen: „Damit du siehst, wie weit es mit deiner verflossenen Liebe gekommen ist.“

Liakopulos' Bosheit mir gegenüber muß der Grund dafür gewesen sein, daß er sich bei Martha total unbeliebt gemacht hatte. Vielleicht hatte sie auch nur deswegen zugestimmt, zu den Zusammenkünften zu kommen, um sein Selbstbild zu zerstören, ihn zu zwingen aufzuhören, den Revoluzzer und Ehrenmann zu markieren.

Als sie das erste Mal dabei war, kam das Gespräch auf Luis. Ich äußerte eben den Gedanken, daß ich mir manchmal nicht sicher sei, ob er tatsächlich existiere oder ob er ein unserer Phantasie entsprungenes Gebilde sei. Ich hätte manchmal den Eindruck, unsere Phantasie vermische sich mit seinem Leben, daß wir ihn uns eher als eine Märchenfigur als einen Menschen mit konkreten Bedürfnissen vorstellen sollten.

Liakopulos unterbrach mich:

„Du zäumst das Pferd von hinten auf, Manolopulos. Es ist ja wohl eher er derjenige, der Phantasie und Realität nicht voneinander unterscheiden kann, nicht wir. Er ist es, der uns Märchen erzählt. Und du kannst ihm gleich ausrichten, daß er aufhören soll, schlecht über uns zu reden und uns Scheißspießbürger zu nennen."

Er sprach nicht weiter. Er schien das Gesagte bereits zu bereuen. Vielleicht weil er Marthas Blick gesehen hatte, der ihn erschreckte. Wahrscheinlich hatte er Angst, Martha könne ihn fragen, ob er nicht selbst auch ein Scheißspießbürger sei. Lasaris sagte, daß das alles überflüssiges Geschwätz sei und daß Luis im Grunde genommen ein Faulenzer, Egoist und, einem Zuhälter ähnlich, immer zuließ, daß ihm andere ein Taschengeld zusteckten.

„Arbeiten tut er jedenfalls. Als Ikonenmaler", sagte ich.

Moschos bezeichnete ihn als verrückt. Von Geburt an verrückt.

„Verrückt, anpassungsunfähig, unmoralisch. So war er immer. Schon als Kind."

Das ist sein Eindruck von ihm. Der eines Verrückten.

Liakopulos sagte nichts mehr. Nur einmal noch warf er ein: „Von Geburt an, okay, aber als er gemerkt hat, was für einen Eindruck sein Verhalten hinterläßt, hat er es als Projektion benutzt. Er ist seinem eigenen Mythos zum Opfer gefallen. Und was für ein Mythos das ist, das weiß er ganz genau."

Julia stempelte ihn als gesellschaftsfeindlich und gefährlich ab.

„Gefährlich ja nun nicht gerade", widersprach ich ihr.

Hier schaltete sich Martha ein:
„Warum denn nicht, Manolopulos? Na klar ist er gefährlich, deswegen lädt ihn ja auch keiner mehr von euch zu sich nach Hause ein. Oder?"

Sie blickte herausfordernd in die Runde.
„Und recht haben sie", ergänzte Julia boshaft. Schließlich haben alle mehr oder weniger ihren Platz in der Gesellschaft gefunden, und was hat er zustande gebracht?

Twiggy war die einzige, die sich nicht in das Gespräch einmischte. Julia fuhr fort: „Und gefühllos ist er obendrein, denn selten kommt ihm in den Sinn, daß er Vater ist. Alle Jubeljahre besucht er seine Tochter und vor allem ..."

Genau beim „vor allem" wurde sie von Martha unterbrochen, die das Wort an mich richtete:
„Du hast mir meine Frage noch nicht beantwortet, Manolopulos. Ist es wie sie sagen oder wie ich es sage? Ist er gefährlich für euch oder nicht?"

Julia ärgerte sich über Marthas Dreistigkeit, sie einfach so zu unterbrechen. Ich für meinen Teil saß böse in der Patsche. Was sollte ich Martha antworten und wie ihn verteidigen? Alle würden über mich herfallen, allen voran Julia. Ich schwitzte vor Aufregung, doch konnte ich mich nicht mehr beherrschen. Es mußte raus:
„Die Sache sieht so aus, Martha: Ich fürchte, daß wir mit ihm verglichen alle mehr oder weniger erbärmliche Kreaturen sind. Das sagt eigentlich schon alles. Mit uns ist nicht mehr viel los. Deswegen versuchen wir ihn abzuwerten. Vielleicht empfinden wir ihn auch als Bedrohung. Irgendwie rüttelt er uns wach. Ich bin ganz deiner Meinung. Weil er uns bloßstellt, gehen wir ihm aus dem Weg. Darüber brauchen wir nicht viele Worte zu verlieren. Tja, er ist uns gefährlich. Doch ist er letztlich derjenige, der die Suppe auslöffeln muß. Er lebt spartanisch, nicht wir. Seine Verrücktheit kommt ihn teuer zustehen.

Wir sollten nicht vergessen, daß er das Unmögliche möglich gemacht hat, nämlich sich überall anpassen zu können, ohne seine Freiheit einzubüßen. Er ist sich nämlich selbst treu geblieben."

Als ich fertig war, sah mich Martha verwundert und erstaunt an. Offenbar hatte sie mir nicht zugetraut, daß ich Luis so heroisch verteidigen und mich gegen alle stellen würde. Ich genoß das und saß mit stolz geschwellter Brust da. Sie hatte ihren Blick immer noch auf mich gerichtet. Und da begann ich, die Freunde einen nach dem anderen zu mustern, wie sie sich in den Sesseln breit gemacht hatten, mit ihren dicken Bäuchen, wie Frösche – mit Doppelkinn, Fett, aufgeschwommenen Gesichtern, müden Augen –, Mitfünfziger, Glatzköpfe, abgeschmackt, verkommen. Ich erschrak. Ich taufte sie den „Kreis der Nichtsnutze". Dann wurde ich traurig.

Hier schaltete sich Moschos wieder ein:

„Wenn ich verrückt sage, Manolopulos, dann meine ich das wortwörtlich. Ich glaube, daß er wirklich nicht alle Tassen im Schrank hat. Er tut nicht nur so."

„So ist es", fügte Lasaris hinzu. „Man kann wirklich nicht ganz dicht sein, wenn man so eine Lebenseinstellung hat. Wir haben alle früher Träume gehabt wie er, aber der Verstand hat uns davon abgehalten, zivilisiert wie wir sind."

Ich erwiderte nichts. Ich bemerkte, wie Twiggy mich so eindringlich ansah, daß ich nicht fortfahren konnte.

Der Abend ging schlecht aus. Julia war so wütend über meine Argumentation, daß sie aufstand, ihre Tasche nahm, sich verabschiedete und ging.

So war ich gezwungen, auch zu gehen. Ich konnte mich gerade noch verabschieden. Martha lächelte. Sie schien glücklich über die Folgen zu sein, die ihre Worte gehabt hatten.

Die übrigen machten Gesichter, als hätte ich ihren Vater erschlagen. Glaub mir, nur Martha schien weiter guter Stimmung zu sein.

Twiggy auch, auf ihre Art natürlich.

Als ich Julia unten auf der Straße einholte und sie mir vorhielt, ich müsse ja ein Vollidiot sein, ein solches Schwein auch noch in Schutz zu nehmen, knallte ich ihr eine. Ihre Brille ging kaputt und ihre Nase fing an zu bluten.

„Mein armes Kind, mein armes Kind", rief Evstathia, als wir zu Hause ankamen.

Erst als Julia Lasaris seinen Kaffee brachte – erinnerst du dich, beim Kaffee waren wir stehengeblieben – begann er, uns Luis' neuestes Abenteuer zu erzählen. Er redete und redete und redete und als er bei Fatmés Tod angekommen war, unterbrach er seine Schilderung und schlürfte seinen ersten Schluck Kaffee. Dann fuhr er sich mit der Zunge über die Lippen. Lasaris sollte man beim Kaffeetrinken wirklich nicht zuschauen. Ein Schlückchen, dann das Gelecke, noch ein Schlückchen, dann das Gelecke, bis du kotzen mußt, wenn du den Fehler machst, ihm dabei zuzuschauen.

„So sieht's also aus, Freunde. Hätten wir das je für möglich gehalten, daß Luis als Kapitänsgehilfe auf Yachten arbeitet? Und was die Holländerin betrifft, sagt er, daß er sie in Drapetsona spazierenfuhr. Auf seinem Mofa, sie in Shorts und offener Bluse. Da am Fußgängerüberweg sausten sie in Botsaris' Glasgeschäft. Er hatte Schwein und kam mit einer Gehirnerschütterung davon. Natürlich steht er unter Arrest. Sein Mofa hatte kein Nummernschild, war nicht zugelassen. Dazu kommt fahrlässige Tötung. Ohne Kaution lassen sie ihn nicht frei. Würdest du sie stellen? Aber mal was ganz anderes, versuch dich doch zu erinnern, Manolopulos, wenn du ihn vorgestern noch gesehen hast, ist es doch unwahrscheinlich, daß er dir nichts von der Holländerin erzählt hat? ..."

Ich konnte mich nicht mehr verstellen:

„Du bist ein solches Arschloch", sagte ich.

Ich stand auf, nahm meine Tasche und ging. Ich ließ sie verblüfft zurück.

Dann hörte ich Julias:

„Laß ihn, er wird sich schon beruhigen. Das kenne ich schon."

Den Rest erzählte mir Luis selbst, als ich ihn im Krankenhaus besuchte. Er lag da, bewegungslos, mit einem Eisbeutel auf dem Kopf, traurig, still und unter Arrest.

Außer der Gehirnerschütterung hatte er sich noch drei Finger seiner rechten Hand gebrochen. „Er wird nie wieder malen können", dachte ich.

Bevor ihn der Schlaf übermannte, sagte er noch:

„Da kannst du mal sehen, Vetter, wie das Schicksal so spielt; Wenn du damals Fatmé mitgenommen hättest ... Aber nein, es ist nicht nur das Schicksal. Wäre zu einfach, alles auf das Schicksal zu schieben, so als Alibi. Irgendwo gibt es doch immer erst eine Fehlentscheidung. Das Zufällige daran ist wahrscheinlich nur das Ausmaß der Fehlentscheidung, aber die Fehlentscheidung als solche, nein, die ist nicht vorherbestimmt. Es ist alles nicht so einfach, wie ich dachte."

Nach einer kurzen Pause fügte er hinzu:

„Oder vielleicht doch."

Dann schloß er die Augen. Er hatte Schmerzen. Kurz darauf schlief er ein.

ELFTES KAPITEL

ACH, WAS FÜR EINE TRAUER!

Wir befinden uns am makabersten Schauplatz überhaupt: dem Dritten Friedhof von Piräus. Wir trugen Ajisilaos zu Grabe. Nach Arjyris war er nun der zweite aus dem Freundeskreis, der fortging.

Erst schickte er uns einen erschütternden Brief – Schreiben nannte er ihn – und dann brachte er sich um. Jawohl, der Feigling unter den Freunden – du erinnerst dich sicher – brachte sich um. Wie ein Held starb er. Mit schätzungsweise fünfundsechzig Valium im Magen.

Jetzt kann er sich ausschlafen. Sein ewiges Problem war ja die Schlaflosigkeit. Selbst seine Mutter hatte es deswegen nicht mit ihm ausgehalten.

„Es ist mein eigener Sohn, aber ich kann es nicht mit ansehen, wie er jede Nacht wie ein Gespenst durch die Wohnung irrt. Ich ertrage es nicht, ich gehe.“

Sie ging tatsächlich. In ihr Heimatdorf. Aber auch wir, seine Freunde, hatten unter seiner Schlaflosigkeit zu leiden. Er war so mit den Nerven fertig, daß jede Diskussion mit ihm in einen Streit ausartete.

Einer der Gründe, weswegen ihn Martha verlassen hatte, muß diese Schlaflosigkeit gewesen sein. Wir dachten damals, daß nur Intellektuelle, Unglücksraben oder Nörgler, denen man nichts recht machen kann, oder Leute, bei denen alles im Leben schiefgeht, unter Schlaflosigkeit leiden.

Bei Ajisilaos ging nichts schief. Er war weder ein Unglücksrabe noch ein Intellektueller. Im Gegenteil. Er war der Optimist unter uns. Und trotzdem saß er jede Nacht bis ungefähr zwei Uhr senkrecht im Bett. Er wanderte umher. Wenn er nach etwa drei Kilometern Hin- und Hermarschierens in der Wohnung erschöpft war, war er endlich reif fürs Bett.

In der ersten Stunde wälzte er sich meistens hin und her in der Hoffnung, ohne Marathonlauf einschlafen zu können.

„Jetzt reicht's. Ich kann nicht mehr. Schlaf endlich.“

Marthas „Schlaf endlich“ war für ihn dann das Stichwort aufzustehen und seinen Marsch zu beginnen. Um sie mit seiner Schlaflosigkeit nicht zu belästigen, hatte er die Dosis seiner Schlafmittel drastisch erhöht. Sie zeigten aber schon lange keine Wirkung mehr. Das Wandern war das einzige Mittel, das half.

In ihrer ersten gemeinsamen Zeit blieb Martha mit ihm wach. Sie las und wartete auf das Ende des Herumspazierens. Er lief umher; sie las. Sie hatte schon alle Leihbüchereien in Piräus durch, nachdem sie natürlich erst alle Bücher von Luis und mir ausgelesen hatte.

„Du, Schreiberling ...“

So nannte mich Ajisilaos neuerdings.

„Martha läßt fragen, ob du ihr nicht ein Buch leihen könntest."

Ajisilaos' Marschroute in der Wohnung war immer dieselbe: Schlafzimmer, Flur, Arbeitszimmer, Flur, Küche, Bad, Wohnzimmer, Eßzimmer, Flur und zurück.

Nach sechs Monaten schliefen sie in verschiedenen Betten, nach sechs Jahren in verschiedenen Zimmern und irgendwann dann auch in verschiedenen Wohnungen. Als Martha mit ihrer Geduld gänzlich am Ende war.

„Ich ziehe aus, Ajisilaos. Das geht so nicht weiter."

Und sie zog tatsächlich aus. Ajisilaos machte keinerlei Anstalten, sie zurückzuhalten. Sie mietete sich ein kleines Einfamilienhaus in unserer Nähe, in der Phalireosstraße.

Wie zu erwarten, war dieser Umzug dann auch der Anfang vom Ende der Beziehung zwischen Ajisilaos und Martha. Ein paarmal trafen sie sich noch in Parks und an Stränden, seltener bei ihm zu Hause. Gleichzeitig trat Liakopulos in ihr Leben. Die Geschichte ging so aus, daß Martha eines schönen Tages ihr Häuschen vermietete und zu Liakopulos zog, dem zweitreichsten nach Drakopulos.

Natürlich erfuhr Ajisilaos als letzter von Marthas neuem Wohnort. Seltsamerweise schien es ihm niemand verraten zu haben. Nicht einmal Lasaris. Das jedenfalls glaubten wir damals.

Aber selbst als er es erfuhr, tröstete er sich anfangs mit der Hoffnung, daß sie zurückkommen würde. Er war sich da ziemlich sicher.

„Martha ist nicht so gemein. Was soll's? Sie kommt schon zurück. Sie hält es ganz bestimmt nicht mit so einem neureichen Schwein aus."

Das einzige, was seine Hoffnung trübte, war Liakopulos' riesiger Schwanz. Er fürchtete, bei einem Vergleich sähe sein eigener schlecht aus.

Jedenfalls hatten beide Wohnungen etwas gemeinsam: Man hatte

Blick aufs Meer.

Natürlich hatten wir alle vorausgesehen, wie sich ihre Geschichte entwickeln würde. Keiner von uns fand aber den Mut, ihn wenigstens auf deren Ende vorzubereiten, wenn ihm schon nicht anders zu helfen war.

Ein, zwei Versuche hatte Martha selbst gestartet, aber als sie sah, daß Worte nichts halfen und er dabei einen Herzanfall riskierte, gab sie auf.

Zum einen seine Schlaflosigkeit, zum anderen die Vorahnung, daß das Küken demnächst flügge sein würde, hatten sein Herz total ruiniert. Außerdem kam Marthas Versuch, ihn in die Welt der Bücher einzuweihen, noch erschwerend hinzu.

„Ajisilaos, laß die blöden Comics liegen und lies mal was Anspruchsvolleres."

Die Comics waren seine einzige Freude. Vielleicht hing das irgendwie mit seinem unproportionierten Körper zusammen. Er war über einen Meter neunzig groß, hatte ellenlange Beine und Arme, die wie Ruder wirkten. Ajisilaos ging nicht, er ruderte. Wie sollte es ein Mensch mit einem solchen Körper stundenlang ruhig in einem Sessel aushalten?

„Du magst ja recht haben, Martha. Aber was hast du davon, daß du liest? Hat sich dadurch was geändert? Comics sind auf ihre Weise anspruchsvoll. Ich stelle auch Anforderungen an sie, was Gefühle und Gedanken angeht. Was haben mir deine Bücher darüber hinaus zu bieten?"

In letzter Zeit versuchte sie, ihm Novellen von Tschechov nahezubringen. Sie hoffte, daß sie für ihn der Einstieg in die Literatur sein könnten. Verlorene Liebesmüh.

„Wenn du wenigstens am Theater Gefallen fändest. Oder an sonst was. Aber nein, du schläfst im Theater ja immer gleich ein."

„Schließlich gibt es Kinos, was willst du da noch mit dem Theater,

Martha? Und warum soll ich nicht einschlafen? Bilder sprechen für sich. Deshalb mag ich auch Comics. Pack deinen Dostojewski in einen Comic, dann wirst du schon sehen, wie man ihn verschlingen wird. Warum soll ich meine Zeit damit vertun, tausend Seiten zu lesen, wenn ich innerhalb von einer Stunde dasselbe Ergebnis haben kann?"

Er hatte keine Geduld. Auch Luis konnte er da nicht verstehen.

„Wie kann ein Mensch, der mit Leib und Seele lebt, Stunden mit Lesen vergeuden? Dazu fällt mir nichts mehr ein ..."

Ajisilaos hatte auch noch Argumente dafür:

„Du wirst es mir nicht glauben, aber bei allem was ich lese, habe ich den Eindruck, daß ich das schon selbst gedacht oder schon mal irgendwo gelesen hätte. Zum Beispiel *Die Dame mit dem Hündchen.* Martha bestand darauf, daß ich das lese. Ich habe es gelesen. Und was kam dabei raus? Weißt du, wie viele Damen mit Hündchen ich schon in unserem Viertel kennengelernt habe? Außerdem hat es zu viele Seiten. Wie soll man, wenn man arbeitet, Zeit für so was haben? Stattdessen kannst du dasselbe mit zwei Bildern aussagen. Das ist viel ökonomischer. Was hat Martha denn davon, daß sie tonnenweise Bücher verschlungen hat?"

So erklärt sich wohl auch Ajisilaos' Liebe zur Malerei. Die einzigen Bücher, die er sich gerne anschaute – und davon hatte er genug – waren Kunstbücher mit Abbildungen berühmter Gemälde.

„Ich sage dir, nur Bilder sagen mir was. Bilder sprechen mich an, als könnte ich sie hören.

Die Tatsache, daß er nicht las, hieß nicht, daß er nicht wußte, was in der Welt los war. Ajisilaos war immer auf dem neuesten Stand.

Bis er morgens bei der Wasserbehörde ankam, hatte er jeden Kiosk auf seinem Weg in einen Lesesaal verwandelt. Er las die Schlagzeilen der Zeitschriften und Zeitungen, die überall aushingen. So fehlte es ihm nicht an Wissen über das Zeitgeschehen. Im Gegenteil. Die Details eignete er sich durch Gespräche an. Das machte er immer so. Er warf zum Beispiel ganz harmlos eine Schlagzeile, die ihn interessierte, als Köder in die Runde: „Habt ihr das gelesen? Türkische Demonstranten sollen in Smyrna griechische Offiziersgattinnen vergewaltigt haben." Wir, blöd wie wir waren, bissen meistens gleich an. Besonders Antoniadis, der die meisten Zeitungen von uns allen las, führte das Thema dann in allen Einzelheiten aus.

Nun, das Beispiel mit den Vergewaltigungen, das ich gerade erwähnte, war nicht aus der Luft gegriffen, denn wie sich später herausstellte, war dieser Einwurf von Ajisilaos der Anlaß dafür – der Schuft hatte es darauf angelegt – daß die neue herzzerreißende Geschichte von Moschos und Twiggy ans Licht kam. Der arme Moschos war damals Offizier am Griechischen Konsulat in der Türkei und davon betroffen. Sie hatten seine Twiggy nicht nur vergewaltigt, sondern auch noch geschwängert.

„Oh nein!"

„Oh doch!"

„Ist das wirklich passiert?"

„Ja, wirklich. Sogar noch Schlimmeres."

Es wird allgemein angenommen, daß Twiggy zu diesem Zeitpunkt begann, Moschos zu hassen. Sie bat ihn nämlich damals, seine Stellung aufzugeben und mit ihr wegzugehen und nicht vor dem Konsulat stramm zu stehen, als türkische und griechische Offiziere im Zeichen der Versöhnung bei dem Hissen der griechischen Flagge ihre Ehrerbietung erwiesen. Zum ersten Mal erhob Twiggy ihrem obersten Befehlshaber gegenüber ihre Stimme:

„Du darfst da nicht hingehen", sagte sie in fast drohendem Ton.

„Das geht nicht, da muß ich unbedingt hin. Willst du, daß ich mir mein eigenes Grab schaufele? Es ist ein Befehl und eine Ehrensache

obendrein."
„Genau das meine ich ja. Es geht hier um Ehre."

Sieh einer an, was Twiggy für einen Mut aufbrachte. Moschos war perplex. Er traute seinen Ohren nicht.

„Stimmt schon, Eleni, du hast ja recht, aber ..."

Dieses „aber" wurde ihm zum Verhängnis. Letztendlich erreichte sie nur, daß sie selbst nicht bei der Ehrerbietung dabeisein mußte.

„Schließlich haben sie uns Wiedergutmachung bezahlt. Was soll der Staat denn sonst noch tun?"

Höchstwahrscheinlich zählten zu der Wiedergutmachung auch die Kosten für Twiggy Abtreibung. Mit der Abtreibung verlor Moschos die einzige Gelegenheit seines Lebens, Vater zu werden.

Doch laß mich zu unserem anderen Thema zurückkehren, der Beziehung zwischen Martha und Ajisilaos. Um es noch einmal zusammenzufassen: Ajisilaos liebte Gespräche und Comics leidenschaftlich. Und noch etwas, das Briefeschreiben. Er korrespondierte mit Postkarten. Auf einer Postkarte teilte ihm Martha ihren Entschluß mit, ihn zu verlassen: „Lieber Ajis, es tut mir leid, aber ich glaube, daß eine Trennung das einzig Richtige ist. Ich schätze dich viel zu sehr, als daß ich dich betrügen könnte, und ich möchte dir nichts vormachen."

Sie gab also nicht zu, daß sie ihn eine Zeitlang sowohl betrogen als auch ihm etwas vorgemacht hatte. Sie fuhr aber fort: „ ... ich habe versucht, es dir zu erzählen, aber du hast mich nie ausreden lassen. Ich habe nur das Notwendigste mitgenommen. Das, was noch da ist, gehört sowieso dir. Ich weiß auch nicht, ob ich es allein schaffe oder ob ich diesen Schritt bereuen werde. Wer weiß? Vielleicht irgendwann mal ... Ich danke dir für alles. Tschüß. Martha."

Die Postkarte zeigte einen Sonnenuntergang hinter Sunion.

„Das war ein Zufall mit dem Sonnenuntergang", beteuerte Martha später. „Er fühlte sich verletzt, weil er dachte, ich hätte damit symbolisch unsere Trennung unterstreichen wollen."

Ich glaube ihr und finde es sehr ungerecht, wenn Antoniadis, der Martha noch nie leiden konnte, behauptet: „Es haben bestimmt viele Dinge eine Rolle gespielt, aber so verrückt es sich auch anhört, der Sonnenuntergang war es, der ihn in den Selbstmord getrieben hat."

Tatsächlich machte Ajisilaos genau von dem Tag an, an dem er ihre Karte bekam, den Balkon seiner Dachwohnung zum ständigen Aufenthaltsort. Das Haus, in dem diese Wohnung war, hatte Liakopulos nach Entwürfen von Martha bauen lassen. Erst ließ er das Haus für ihn bauen und dann nahm er ihm Martha weg.

Auf den Balkon stellte er nun seinen Schaukelstuhl. Von dort aus konnte er auf die Zigarettenfabrik *Papastratos* und auf den Saronischen Golf schauen. Er fand Gefallen daran, dem Getöse des Hafens und dem Pfeifen der Schiffe und Züge zu lauschen. Immer seltener verließ er seine Wohnung.

Nur Luis und Antoniadis besuchten ihn noch. Wir, der Rest, hatten ihn seiner Ruhe und seinem Schicksal überlassen. Total. Weißt du, den Namen Ajisilaos gibt es nicht im griechisch-orthodoxen Namenstagskalender. Wir wurden also noch nicht mal an seinem Namenstag an ihn erinnert.

Und dann ließ ihn Antoniadis auch noch im Stich, weil er auf keinen Fall Luis bei ihm treffen wollte. Er hatte ihn vor die Wahl gestellt:

„Wenn du dem erlaubst, seinen Fuß über deine Türschwelle zu setzen, diesem Schwein, dieser personifizierten Anarchie, dann hast du mich die längste Zeit bei dir gesehen."

Und tatsächlich ging er nicht mehr hin. Vielleicht hat das auch zu Ajisilaos' Selbstmord beigetragen. Er wollte um nichts in der Welt Luis' Scheitern akzeptieren.

„Was hat er dir denn getan?"

„Das fragst du noch?"

Für Antoniadis war Luis nicht mehr existent.

„Jetzt ist Feierabend. Wir haben genug von seiner Schöntuerei. Er ist unfähig. Nicht nur unfähig, sondern auch gefährlich. Der ist niemals erwachsen geworden. Hat vielleicht ein paar Frauen mehr im Bett gehabt als wir. Na und? Dem ist nichts heilig."

„Warum auch? Abgesehen davon, ihm ist seine Freiheit heilig."

An diesen Worten zeigte sich, daß Ajisilaos bereits in anderen Sphären schwebte. In höheren. Die Comics hatten wohl eine sehr wohltuende Wirkung auf ihn ausgeübt. Er hatte sich mental weiterentwickelt, was übrigens auch daran zu sehen war, mit wieviel Würde er Marthas Weggang hinnahm. Auch an seinem Abschiedsbrief an uns konnte man es erkennen. Wir erhielten ihn natürlich nach seinem Tod. Er war ergreifend und einzigartig:

„ ... ich sterbe, ihr niedrigen Kreaturen, ihr nichtswürdigen Geschöpfe, ich, der einfache der Clique, der Comics und Bilder so liebt. Ich sterbe nicht nur, weil Martha mich verlassen hat. Es war richtig, daß sie mich verlassen hat. Sie ist mir nur zuvorgekommen. Wenn sie mich nicht verlassen hätte, dann wäre ich gegangen. Außerdem war ich nicht so einfältig, um nicht zu spüren, daß sie sich immer mehr von mir entfernte. Jeden Tag war sie in Gedanken woanders. Manolopulos weiß das sehr wohl. Er erinnert sich sicher daran, was ich ihm sagte, als ich nach Luis' spektakulärer Flucht nach Perama zu ihm gekommen war. Damals, als Martha ihm eine Ohrfeige verpaßt hatte, wie mir Antoniadis später erzählte. Oder kann er sich nicht mehr daran erinnern?"

Und ob ich mich daran erinnern konnte! Er war tatsächlich kurz vor meiner Hochzeit mit Julia bei mir gewesen. Natürlich konnte ich mich daran erinnern! ...

Was für ein Tag! Er kam betrunken und ungewaschen an, mit roten geschwollenen Kaninchenaugen. Seine Schuhe und Strümpfe waren total verschmutzt.

Im Wohnzimmer meiner Mutter bildete sich eine Schlammspur. Ein stechender Schweiß- und Alkoholgeruch ging von ihm aus. „Ein Taxifahrer, dieses Arschloch, hat mich bei Carmens Friseursalon auf der Chormovitustraße mit Dreck vollgespritzt. Erinnerst du dich noch an Carmen? Sie hat den Laden dichtgemacht, als sie heiratete."

Zwei Tage war er nicht mehr zu Hause gewesen. Selbst zur Arbeit war er nicht gegangen.

Ich ließ ihn nicht ausreden, sondern steckte ihn erst mal unter die Dusche. So, wie er stank, konnte ich ihm unmöglich zuhören. „Setz dich hin, du Schreiberling. Ich bin nicht so betrunken, wie du denkst."

Ich schob ihn gegen seinen Willen ins Bad. Meine Mutter brachte ihm saubere Kleidung. Sie konnte manchmal richtig nett sein. Im Grunde hat sie doch ein gutes Herz.

Als er wieder halbwegs menschlich aussah, setzten wir uns zusammen an den Tisch. Er wollte nichts essen und keinen Kaffee trinken, sondern Ouzo. Dostojewski beschreibt solche Szenen, in denen es um leidenschaftliche Liebe und leidenschaftliche Menschen geht. Ich fühlte mich an Ragozin, den Prinzen Myskin und die Fliege, die ihre Stille störte, erinnert. Im *Idioten*. Doch war ich mir noch nicht sicher, wer von uns beiden der Prinz und wer Ragozin war.

Meine Mutter, neugierig und mißtrauisch wie sie war, kam ständig rein und verdarb uns die Szene, nahm ihr die Dramatik, die sie sonst gehabt hätte.

Irgendwann konnte Ajisilaos nicht mehr an sich halten und bat sie zu gehen: „Lassen Sie uns in Ruhe" sagte er sogar zu ihr. Das traute er sich. Woher nahm er nur diesen Mut? Na ja. Wo waren wir stehengeblieben? Ach ja, daß die Szene mich an Dostojewski erinnerte. Ich hätte es laut gesagt, wenn ich gewußt hätte, ob er Dostojewski gelesen hat. Er erriet meine Gedanken. Sagenhaft.

„Deinen Dostojewski habe ich nicht gelesen – den hatte mir Martha auch immer angepriesen – aber ich habe den Film im Kino gesehen, sogar zweimal. Ich kenne die Szene. Drinnen die ermordete Nastasjia Filippovna – siehst du, ich weiß Bescheid – und draußen die beiden Typen, die der Fliege zuhören. Aber da ich nicht vorhabe, Martha umzubringen, hilf mir, wenn du kannst. Bewahre mich vor der Irrenanstalt oder davor, daß ich mir eine Kugel durch den Kopf jage. Ich werde verrückt, Schreiberling, ich bin kurz davor durchzudrehen."

Ich wußte immer noch nicht, worauf er hinauswollte.

„Komm schon, Ajisilaos, zieh hier keine Schnulze ab. Alle Paare streiten sich ab und zu. Wie soll ich dir da helfen? Was soll ich zu Martha sagen? Ihr werdet euch schon wieder einkriegen."

Aber er hatte ein ganz anderes Anliegen:

„Du sollst mir weder helfen noch sie zu Verstand bringen. Verstand hat sie genug. Ich will, daß du sie heiratest."

Bevor ich reagieren konnte, stand meine Mutter schon wieder in der Tür. Genau im richtigen Moment. Meine Mutter paßt wirklich überhaupt nicht zu Dostojewski. Du kannst nie wissen, wann sie aus einer Tragödie heraustritt und wann sie in eine Komödie hineinschlüpft. Sie ist einzigartig darin, Verbrechen zu verhindern und Menschen und Situationen ins Alltägliche zu ziehen. Mit ihrem Auftritt, der natürlich gründlich vorbereitet war, reduzierte sie alles wieder auf seine ursprüngliche Größe, um nicht zu sagen, sie stampfte es platt. Gib ihr etwas Großartiges, und sie gibt es dir in Kleinformat zurück. Sie macht dir jede Atmosphäre, jede Spannung kaputt.

„Habt ihr mich gerufen?"

„Nein, Frau Olga, wir haben Sie nicht gerufen. Und lauschen Sie nicht an der Tür. Wir haben sehr ernste Dinge zu besprechen."

Was sie mit ihrem Auftritt bezwecken wollte, hatte sie erreicht.

Die Atmosphäre war vollkommen im Eimer. Sie machte also wieder die Tür hinter sich zu, während ich mich immer noch nicht von dem Schock erholt hatte. Ich war völlig durcheinander. „Was hat der Gauner da eben gesagt?"

„Spinnst du? Was hast du gesagt? Weißt du, was du da gesagt hast?"

„Du hast genau verstanden, was ich gesagt habe, Schreiberling. Wenn du handeln willst, dann tu es jetzt, denn ich werde nicht noch einmal den Mut aufbringen, dir diesen Vorschlag zu machen. Ihr denkt alle, daß Ajisilaos nichts mitkriegt. Ich sage dir, gib Julia den Laufpaß, sag die Hochzeit ab und heirate Martha. Ich verliere sie so oder so. Sie läuft mir davon. Aber Liakopulos soll sie auf keinen Fall kriegen. Ich will mich nicht von dem verarschen lassen. Außerdem gehört sie an deine Seite. Sie ist in dich verliebt. Denkst du etwa, ich hätte damals nicht mitgekriegt, daß sie dich liebt, als wir sie aus Arjyris' Haus holten? Ich habe mich erst später in sie verliebt, während du schon immer eine Schwäche für sie hattest. Sie hat Charakter, sie ist etwas Besonderes, auch wenn sie mich reingelegt hat. Wenn sie mit dir zusammen ist, kann ich es ertragen, aber nicht mit Liakopulos, dem verdammten Schwein, das ertrage ich nicht."

„Ajisilaos, bausch die Sache nicht so auf. Du übertreibst."

„Nein, Manolopulos. Er wird sie uns wegschnappen. Ich weiß es. Und eins sage ich dir: Martha wird ihm nachgeben. Sie besitzt keine besonders große Widerstandsfähigkeit. Sie weiß nicht, was sie will. Außerdem hat sie viel Armut und Unglück erlebt. Meine berufliche Situation ist beschissen, während er sehr großen Erfolg hat. Ich passe zugegebenermaßen nicht besonders gut zu ihr. Martha verdient ein besseres Schicksal. Für Liakopulos ist sie viel zu schade. Du ja, du paßt zu ihr. Auch wenn du dein Fähnchen gern in den Wind hängst, so hast du wenigstens was zu sagen, verdammt noch mal. Er mag vielleicht Akademiker und belesen sein, aber er verdient Martha nicht. Und seine Belesenheit kannst du auch vergessen. Nur mit Sachariadis kennt er sich aus. Was soll's? Du bist gerade dabei, Karriere zu machen. Hol sie aus seinem Büro raus und heirate sie. Sie ist die einzige Frau, die zu dir paßt. Blöder Schreiberling, eines Tages wirst du sowieso mit ihr zusammenkommen. Warum zögerst du es also hinaus? Das kommt übrigens nicht von mir. Luis hat mal zu mir gesagt: ‚Sei wachsam, Langer! Bereite dich schon mal seelisch darauf vor, daß Martha eines Tages die Kurve kratzen und zum Schriftsteller gehen wird, das solltest du wissen.' Ehrlich, genau das hat er zu mir gesagt."

Ajisilaos' Worte und Luis' Vorahnung brachten mich total durcheinander. Ich hatte das Gefühl, daß sich mir der Magen umdrehte. Doch er fuhr unbeirrt fort:

„Jetzt mal im Ernst, schreibst du, oder warum nennt er dich Schriftsteller? So nennt er dich immer. Ich will dich jetzt von deinen Schuldgefühlen befreien, so nach dem Motto ‚das kann ich Ajisilaos doch nicht antun, ich darf mich ihm gegenüber doch nicht so mies verhalten', denn ich weiß, daß du sie mir längst weggenommen hättest, wenn du diese Vorbehalte nicht hättest. Liakopulos hingegen, der sich mit solchem Kleinkram erst gar nicht aufhält, wird sie mir wegschnappen. Dieser Scheißkerl hat sie gar nicht verdient. Ich sag dir nur ein Beispiel: Hier in unserer Gegend bekommt man vom Bauunternehmer für sein Stück Land nach dessen Bebauung dann vierzig Prozent der Wohnfläche als Gegenwert, und dieser Lump hat meine Mutter auf dreißig Prozent runtergedrückt. Das ist doch eine Gemeinheit, oder nicht?"

Die Szene endete peinlicher, als sie begonnen hatte.

Unentschlossen, wie ich war, blockiert von meinem konventionellen Denken und den kleinen Vorteilen, die ich mir damals durch meinen Schwiegervater Nikolaidis erhoffte, wagte ich nicht, Julia zu verlassen, geschweige denn, von Martha auch nur zu träumen. Einen Moment lang stellte ich es mir vor, aber allein der Gedanke machte mir solche Angst – wie sollte ich es Julia und dem Schwiegervater beibringen, wie mich aus der Affäre ziehen, wie es Martha sagen – daß ich ihn schleunigst wieder verwarf.

Doch verdarb mein Vater vorher schon die Szene, als er mich zum Anprobieren meines Hochzeitsanzugs rief – er schneiderte mir nämlich extra einen neuen Anzug – und dann klingelte es auch noch an der Tür.

In dem Moment also, als das Gespräch gerade eine dramatische Wende genommen hätte – Ouzo, Zigaretten, Unsicherheit und Spannung, gerade als ich ihm sagte: „So etwas kommt nicht in Frage, Martha wird dich nicht so einfach verlassen", da klingelte es an der Tür.

Es war Martha. Sie kam, um den vermißten Ajisilaos abzuholen.

„Komm, wir gehen nach Hause", sagte sie zu ihm.

„Wie hast du mich hier gefunden?"

„Antoniadis hat es mir gesagt. Bei ihm warst du doch auch. Er hat mich angerufen und gesagt: ‚Beeil dich, sonst kannst du ihn unter irgendeinem Auto aufsammeln.' Los, steh auf, wir gehen."

Als ich Ajisilaos aufstehen und Martha schwankend folgen sah, kam er mir wie ein begossener Pudel vor, der reuevoll seinem Frauchen folgt.

Beim Hinausgehen versäumte Martha nicht, mir ihren berühmtberüchtigten erbarmungslosen Blick zuzuwerfen:

„Ich weiß nicht, was für einen Unsinn er dir erzählt hat, aber tu mir einen Gefallen und vergiß es."

„Nichts hab' ich ihm gesagt", rief Ajisilaos aus Angst, ich würde seine verrückten Monologe preisgeben.

Doch schätze ich, daß sie nur zu genau wußte, was er mir erzählt hatte.

Ajisilaos hatte verfügt, daß wir sein Schreiben im Anschluß an die Beerdigung in seiner Wohnung in Anwesenheit seiner Mutter lesen sollten und dabei den von ihr zubereiteten echt griechischen Kaffee trinken sollten.

Ich fand es merkwürdig, daß seine Mutter beim Vorlesen anwesend sein sollte.

Alle diejenigen, die sich ihm noch verbunden fühlten – schrieb er – sollten sich bei ihm treffen, ohne die Ehefrauen, betonte er, um sein Schreiben aus Marthas Mund – vorausgesetzt, sie sei damit einverstanden es vorzulesen – anzuhören.

Wir gingen fast alle hin. Obwohl wir alle völlig fertig waren, obwohl einige von uns sich nicht besonders leiden konnten, obwohl wir wußten, daß uns dieses Schreiben total fertigmachen würde, gingen wir hin.

Ein erbärmlicher Anblick. Wir waren in einem Zustand, daß es, wie man sagt, „einen Hund erbarmen konnte." Alle miteinander. Still, befangen, bedrückt, mit tausend Klößen im Hals, gespannt und angsterfüllt, aber auch neugierig. Wir hatten keine Ahnung, was er uns unter die Nase reiben, wie sehr er uns bloßstellen würde. Wir wagten nicht zu atmen. Sogar Luis schien aus dem Gleichgewicht geraten zu sein. Das war unübersehbar. Vielleicht tat dieser Fuchs aber auch nur so, weil er wußte, was uns bevorstand.

Wir ließen uns auf den Sofas, Stühlen und Hockern nieder, und als seine Mutter uns den Kaffee gebracht hatte, wie es im Drehbuch vorgesehen war und sie sich in seinen Schaukelstuhl gesetzt hatte, in dem er immer gesessen hatte und von dem aus er auf die Papastratosfabrik und das Meer blicken konnte – auch das hatte er angeordnet – begann Martha vorzulesen.

Jeder Absatz begann mit den gleichen Worten: *„Ich sterbe, ihr niedrigen Kreaturen, ihr nichtswürdigen Geschöpfe."*

Doch hören wir weiter:

„.. Ich kann nicht mehr. Es war ein Unglück, daß ich Martha kennengelernt habe; es war ein Unglück, daß irgendwo eine Sicherung bei mir durchgebrannt ist. Ich weiß nicht mehr, wo mir der Kopf steht. Seid ihr schon mal in einem Auto mit kaputten Stoßdämpfern gefahren? So fühle ich mich. Und als würde mir jemand meine ganze Lebenskraft absaugen. Antoniadis wird behaupten, daß der Sonnenuntergang auf der Postkarte mir den Rest gegeben hat. Nein, Martha, schlaf ruhig, hab kein schlechtes Gewissen. Ich kann einfach nicht mehr. Ich will nicht den Heiligen spielen, der abhaut, weil ihn alles ankotzt. Stimmt schon, mich kotzen alles und alle an. Ich kotze mich selbst an. Aber ich haue nicht deshalb ab. Wenn das der Fall wäre, Martha, dann hätte ich an dem Tag, an dem du zu Liakopulos gezogen bist, den Schlußstrich gezogen.“

Also hatte er nur so getan, als hätte er es nicht gewußt. Irgend jemand hatte es ihm gesteckt. Lasaris – wir alle verdächtigten ihn, wir alle guckten automatisch ihn an – unterbrach Martha beim Vorlesen und erklärte, daß er es nicht gewesen sei, wir sollten uns doch nicht lächerlich machen. Er schwor, daß er es ihm nicht verraten habe.

Daraufhin beschrieb Ajisilaos in seinem Schreiben die ganze Szene, so wie ich sie erlebt hatte, als er zu mir gekommen war und mir vorgeschlagen hatte, Martha zu heiraten. *„Aber der Idiot hat es wieder einmal nicht gewagt.“* Er beschrieb alles lang und breit, sogar daß ich ihn unter die Dusche steckte – auch das ließ er nicht aus – und daß Martha kam und ihn abholte.

Er brachte auch ans Licht, daß „das Scheusal Liakopulos“ seiner Mutter Anteile des Grundstücks unterschlagen hatte und daß „er, während Luis über den Zauber des Meeres sprach, er, der alte Geizhals, nur sah, wie er mit dem Meer Geld verdienen könnte und sich auf die

Reederei verlegte. Nur schade, daß Martha, eine solche Frau, sich von seinem Geld und seinen Häusern hatte blenden lassen, denn sein Intellekt kann es ja wohl nicht gewesen sein, oder vielleicht war es auch nur sein berühmter Schwanz." Selbst das schrieb er. Und weiter sprach er über den „Dreierbund der Nichtsnutze", Lasaris, Moschos und Liakopulos, und wieder über das Meer, das Luis in einem Gedicht verarbeitet hatte – er zitierte auch die Verse – während Liakopulos im Meer nur eine weitere Gelegenheit sah, Geld zu machen und nicht davor zurückschreckte, „mit solchen Kreaturen zusammenzuarbeiten, wenn dabei ein Darlehen nach dem anderen heraussprang. Vergessen war sein Vater, seine Lebensauffassung, alles war vergessen..."

Er nannte uns die ganze Zeit niedrige Kreaturen und ließ kein gutes Haar an uns. Ich kann nicht beschreiben, wie bloßgestellt wir uns fühlten. Wir wünschten, der Erdboden würde sich auftun und uns verschlucken. Natürlich ließen wir uns nichts anmerken, sondern taten so, als ob wir gar nicht zuhörten und uns sein Schreiben gar nicht betraf.

Seine Mutter war zur Salzsäure erstarrt, saß mit weit aufgerissenen Augen da. Sie weinte nicht, sondern hörte nur zu. Da wurde mir bewußt, warum er sie beim Vorlesen dabei haben wollte. Er wollte, daß sie die Rolle des göttlichen Richters, des Kadi und des Schiedsrichters spielte.

Nach einiger Zeit kam er wieder auf mich zu sprechen:

„...Wenn Manolopulos nicht anwesend sein sollte, was zu erwarten ist, da er unangenehmen Situationen gern aus dem Weg geht, bestellt ihm, daß ein Brief von ihm an Tassula in der Schublade meines rechten Nachttisches liegt. Gebt ihn ihm, damit er, wenn er den Brief liest, sieht, was für ein Idiot er gewesen ist. Vielleicht nützt er ihm auch für das Buch, das er schreibt, denn der Blödmann - allein die Tatsache, daß er Julia geheiratet hat, gibt mir das Recht, ihn Blödmann

zu nennen - sieht in jedem von uns nur Stoff für sein Scheißbuch, das er schreibt. Aber mit meinem Tod werde ich ihm die Quelle und den Lebensnerv rauben. Nun ist Schluß mit den Geschichten für den Blutsauger Manolopulos. Er lud mich zu sich ein, um mich auszuhorchen, und nicht, um mich zu sehen. Er sieht uns als Leichen, lebendige Leichen, die auf ihre Autopsie warten. Er steckt uns einen nach dem anderen in sein Sezierzimmer, nimmt das Skalpell - und Abstand - und arbeitet. Mit Leichen arbeitet dieses Schwein. Das kommt ihm sehr gut gelegen. So leidet er nicht, nimmt keinen Anteil und auch keinen Schaden. Manolopulos, du Schuft, ich weiß sogar schon, in welchem Kapitel diese Szene vorkommen wird. Und ich weiß auch schon, was du mit Martha noch für eine Szene erleben wirst, wenn ihr euch nach Jahren in irgendeinem drittklassigen Hotel treffen werdet. Ich weiß sogar genau, was ihr sagen werdet, Wort für Wort, und was ihr tun werdet. Luis hat sich noch nie vertan. Die Szene wird sich abspielen, ob du willst oder nicht, und sie wird die beste des ganzen Buches sein. Vergiß nie, daß wir, der Freundeskreis, dir dein Buch geschrieben haben. Denk daran. Mit Blut, Sperma, Pisse und Scheiße. Einmal haben Luis und ich uns sogar mit traditionellen griechischen Kostümen verkleidet - wußtest du das? - teils aus Spaß und teils, um uns mit dem Geld unsere Zigaretten zu verdienen, und wir bumsten Touristinnen am Syntagmaplatz. Wußtest du, daß Luis' Vater mit dem verantwortlichen Amerikaner der U.N.R.R.A.[54] *unter einer Decke steckte und sie '45 ganze Kisten voller Kleider stahlen? Viele dachten, daß er sich mit den Partisanen auf die Berge zurückgezogen hätte, während er die Kisten in Dörfern Thessaliens verhökerte. Und du wirst auch nicht wissen, daß Tzavaras ihm zu diesem Job verholfen hatte und daß er den Löwenanteil der Beute dann am Schluß selbst einkassierte. Als dann der alte Retsinas zu ihm ging, um seinen Anteil einzufordern, sagte er zu ihm, daß er sich aus dem Staub machen solle und daß er kein Dahergelaufener und Dieb sei - wozu* treibt der Hunger die Menschen, Manolopulos! - obwohl er seinen Schwiegersohn auf dem Gewissen hatte. Aber ich verurteile niemanden. Zwar stimmt es, daß der alte Retsinas damals schwach wurde - Arbeitslosigkeit, Hunger, Angst - aber ich verurteile niemanden. Seid ihr schon mal in Lasaris' neuem Haus im Edelviertel Psychiko gewesen? Ich führe das nicht an, um euch vorzuhalten, wie weit ihr Schweine aufgestiegen seid, während aus mir nichts geworden ist - es ist nicht der Neid, ihr Schurken - aber ich erwähne es, um euch zu sagen, wo er seine Pornofotos versteckt um zu wichsen. Jawohl, Luis und ich haben ihn einmal beim Wichsen beobachtet. Er hält die Fotos in Schubladen und Büchern versteckt und holt sich mit ihrer Hilfe einen runter. Martha hat sie auch mal entdeckt - sie ist hier und soll es bestätigen. Sie wollte es mir nicht glauben und hat sie dann mit eigenen Augen gesehen, als sie einmal bei ihm eingeladen war und er sich an sie ranschmiß. Oh ja, er hat sogar seinen Schwanz rausgeholt. Er hat auf ihren Rock gespritzt. Bevor sie ihn zurückdrängen konnte - so hat sie es mir wenigstens gesagt - hat er auf ihr abgespritzt. Seine Mutter wohnt unterdessen immer noch in dem Kellerloch in der Flüchtlingssiedlung. Deshalb sage ich euch: Blut, Sperma, Pisse und Scheiße. Und damit du Bescheid weißt, Manolopulos, mit wem du dich identifizierst. Und trotz allem, heute, an dem Punkt, an dem ich jetzt stehe, verstehe ich alles und vergebe alles. Fragt Lasaris, ob er '66 im Hilton war, wo der regimetreue Konstantopulos[55] eine Kundgebung abhielt! Ich hab es damals niemandem verraten - ich habe auch eine Seele, ihr Halunken - aber ich habe ihn gesehen. Und fragt Panajotaros, ob ein Foto des Königs bei ihm hängt! Antigoni weiß es. Und der alte Retsinas auch. Auch wenn sie damals so taten, als wüßten sie von nichts. Panajotaros war für alle von Vorteil. Wenn du volle Taschen hast, bist du bei allen beliebt. Das weißt du am besten, Manolopulos, aber schreibst du es auch auf? Weißt du, warum Antoniadis nicht wollte, daß ihm Luis unter die Augen tritt, weißt du es?

Nicht nur, weil er von der U.N.R.R.A.-Geschichte geschockt war, die ihm sein Schwager Drakopulos gesteckt hatte, sondern mehr noch, weil er irgendwann erfuhr, daß Luis seine Schwester, die Madonna der sieben Monde, Tatjana, geschwängert hatte. Auch das wußtest du nicht. Luis' Kind zieht Drakopulos auf. Wenn er jetzt unter euch ist, dann wird er es zum ersten Mal hören.“

Was er über jeden einzelnen von uns auskotzte, das Schwein, kann man gar nicht in Worte fassen.

Ich dachte an die Madonna der sieben Monde, Antoniadis' Schwester. Sie sah aus wie Rita Hayworth, oder noch schöner. Sie war die schönste aller Schwestern der Freunde. Wir prophezeiten, daß sie die Greta Garbo des Hl. Sophia-Viertels in Piräus werden würde. Scherz beiseite, sie fing es auch schon an zu glauben. Und nicht zu Unrecht. So ist sie Luis durch die Lappen gegangen, der mal was mit ihr hatte.

Als kleiner Soßenfabrikant war Drakopulos schon damals wohlsituiert und schnappte sie ihm im Handumdrehen weg.

Ich weiß nicht mehr genau, wann das war. Vor Litsas Zeiten sicher, aber vor Aleka oder danach? Ich weiß nur noch, daß er sie unter seine Fittiche genommen hatte, sehr stolz über seine neue Eroberung – „eine ‚Greta Garbo‘ wird noch aus dir, meine Madonna“. Luis taufte sie Madonna – und machte sich mit ihr zu Drakopulos auf.

Wir wußten alle nichts von dieser Beziehung. Er hatte sie geheimgehalten. Wie gesagt, nahm er sie zur Fabrik mit. Er wollte Drakopulos überreden, ihn als Vertreter seiner Soßen einzustellen. Als Drakopulos Madonna sah – es war das erste Mal, daß er sie sah – war er überwältigt. Er gehörte damals noch nicht fest zu unserem Freundeskreis. Auch sah er, daß Luis immer noch ein Taugenichts war.

Wie auch immer, er zögerte nicht, ihm die Soßen zu geben und ihm Madonna in atemberaubender Geschwindigkeit zu nehmen. So verpaßte Luis die Frau seines Lebens – Frau seines Lebens nannte er sie – und Madonna verpaßte die Gelegenheit, Greta Garbo zu werden.

Sie mußte, sagte er, plötzlich auf Toilette. Bis Drakopulos ihr die Toilette am anderen Ende der Fabrik gezeigt hatte, bis er ihr gezeigt hatte, wo sich Seife und Handtuch befanden, war Madonna zur Gegenseite übergegangen und hatte auf der Stelle beschlossen, daß Drakopulos der Mann ihres Lebens werden sollte. Sie rechnete sich sehr schnell Vor- und Nachteile aus und entschied sich.

Da faßte Luis den Entschluß, sie zu schwängern. „Nicht aus Rache", schwor er mir später, „nein, Vetter, aber ich wollte, daß ein Kind von mir in besseren Verhältnissen aufwächst."

Drakopulos natürlich – auch er schwor – behauptet, daß er nichts von Luis' Beziehung zu Madonna gewußt hatte und daß er, wenn er es gewußt hätte, um Himmelswillen sich nicht an sie rangemacht hätte.

Wie Luis mir später erzählte, hatte er sehr wohl geahnt, was sich in der Toilette von Drakopulos' Fabrik abgespielt hatte, denn er schnappte seine Madonna, führte sie zum Votsalakiastrand von Paraskevas und schwängerte sie. Die ganze Nacht über ließ er nicht von ihr ab, ohne ihr gegenüber auch nur ein Wort von seinem Verdacht zu erwähnen.

Während ich noch meinen Erinnerungen nachhing, wurde das Schreiben weiter vorgelesen.

Erst als ich meinen Namen hörte, kehrte ich wieder in die Gegenwart zurück. Ajisilaos sagte wieder etwas über das Buch, das ich schreibe:

„Manolopulos, du Schwein, ich weiß sogar, auf welcher Seite du die Szene bringen wirst. Läßt du dir so einen Leckerbissen entgehen? Luis hatte dir gesagt: Wirf dein Leben nicht weg. Du hast doch die

Schlüssel. Warum hältst du sie noch in der Hand? Öffne die Tür zum Königreich des Himmels'. Doch du hast sie nicht benutzt. Was schleppen wir Kreaturen nur alles mit uns rum! Es ist nicht deine Schuld, ich weiß. Er ist es, der Schweinehund, wer immer er auch sein mag, der ständig erneut in unser Leben einbricht und es woanders hinführt als geplant, es durcheinanderbringt, es abnutzt und zu einer wertlosen Hülle macht, er..."

Sieh einer an, was Ajisilaos da alles hervorbrachte, was für einen Schüler Luis da hatte. Der Gauner fuhr unbeirrt fort, wieder ging es gegen mich:

„*Aber du, du Schwein Manolopulos, wirst davonkommen. Ob du willst oder nicht, du wirst das Königreich des Himmels betreten, du wirst zur Rechten Gottes sitzen, neben Luis.*"

Martha konnte nicht mehr. Sie begann zu weinen. Sie hatte sich die ganze Zeit über beherrscht, aber ich hatte sie beobachtet und fühlte regelrecht den Kloß im Hals, fühlte den Druck, der immer stärker wurde und langsam nach oben stieg, immer höher.

Ich sagte zu mir: „Da kommt es, jetzt explodiert sie, jetzt kann sie sich nicht mehr halten, es bricht aus ihr heraus", und plötzlich sehe ich, wie sie ihren Mund öffnet, einen herzzerreißenden Schrei ausstößt, so als ob der Deckel eines Schnellkochtopfes in die Höhe schießt, so als ob einer hochschwangeren Frau die Fruchtwasserblase platzt. Wie Dämme, die brechen und Flüsse, die überlaufen. Wogen, die über einem Schiff zusammenschlagen und es verschlingen.

Ich saß neben ihr. Liakopulos, ihr Mann, gegenüber. Fast zur gleichen Zeit mit dem Schrei warf sie sich in meine Arme. Dort löste sie sich in Tränen auf. Und in dem Moment, als wir alle sprachlos, still, regungslos und wie Salzsäulen erstarrt dasaßen und nur ihr Weinen zu hören war, stand Ajisilaos' Mutter auf, ging zu ihr hin, gab ihr eine gesalzene Ohrfeige und kehrte zu ihrem Platz zurück, so als ob sie eine heilige Pflicht erfüllt hätte. Ruhig und unbeteiligt.

Und wieder rührte sich keiner von uns von seinem Platz. Sekundenlang. Martha bat mich kurz darauf um ein Taschentuch, schneuzte sich, wischte sich die Tränen ab und stand auf. Sie nahm ihre Tasche, legte den Brief hinein und ging.

Ich weiß nicht, was ich mehr bedauerte: daß sie weggegangen war oder daß wir das Schreiben nicht bis zum Ende gehört hatten. Wer weiß, was er noch alles ans Tageslicht gebracht hätte, wie tief er noch mit seinem Messer eingedrungen wäre.

Keiner sprach. Wir saßen immer noch still und regungslos da.

Wir hörten, wie draußen der Fahrstuhl ankam, wie die Tür auf- und zuging, wie er sich in Bewegung setzte, das Quietschen seiner Zugwinde, das Ankommen im Erdgeschoß. Wir hörten sogar, wie die Tür unten ins Schloß fiel.

Erst dann stand Liakopulos auf. Als die Tür zuschlug. Genau in dem Moment. Er verzog sein Gesicht unnatürlich zu einer Grimasse, schaute uns einen nach dem anderen an und sagte dann: „Ich habe ihm für sechs Monate den Psychiater und die Medikamente bezahlt. Und das ist der Dank dafür. Glaubt ihm nichts. Die vielen Elektroschocks sind daran schuld, daß er all das von sich gegeben hat." Dann ging er.

Drakopulos war der nächste. Er stand auf; er sagte nur: „Der übliche Schwachsinn von Ajisilaos, denn Tatjana hat nicht mehr mit Retsinas geschlafen. Er ist hier und soll es zugeben, wenn er noch ein wenig Anstand im Leib hat."

Er wartete einen Moment. Als er sah, daß Luis weiterhin schwieg, nahm er seinen Mantel und ging. Der war nun auch weg.

Ich fand es schade, daß unsere Frauen beim Vorlesen nicht dabei gewesen waren. Nur Martha wollte Ajisilaos dabei haben. Der Schuft wußte nur zu genau, daß allein ihre Anwesenheit ausreichte, um alles in die Luft zu sprengen. Das reinste Nitroglyzerin. Ein einziger Tropfen davon reichte.

Lasaris stand auf, schaute zuerst allgemein in die Runde, danach einen nach dem anderen an und drehte sich dann gewollt lässig um, nachdem er etwas seine Unterlippe heruntergezogen hatte, so als wolle er uns etwas Herablassendes sagen, als ob er auf uns pfeife, nahm seine berühmte Tasche und ging.

Panajotaros, mit beiden Beinen auf der Erde und direkt, wie er war, sagte: „Was ist schon dabei, wenn ich mal in einem schwachen Moment den König an die Wand gehängt habe? Und was hätte nach Ajisilaos' Meinung Antigoni denn machen sollen, als sie entlassen wurde? Sollte sie sich von leeren Worten ernähren? Wir wollen alle einen Rettungsanker im Leben. Das ist es, wonach wir suchen. Leckt mich doch am Arsch. Ihr verschwendet eure Zeit damit, daß ihr mit Kanonen auf Spatzen schießt und mit anderem sinnlosem Zeug, ihr Blödmänner." Das sagte er, und dann war er auch weg.

Antoniadis müßte ich eigentlich gar nicht erwähnen. Er stand auf, nahm seinen grauen Anorak – er trug ständig Anoraks – ließ ein fades „Tschüß" vernehmen und ging zur Tür. Ich hatte ihn schon lange nicht mehr gesehen. Jetzt war er dick, glatzköpfig, mit Doppelkinn und aufgeschwemmten Wangen. Auch seine einstmals schöne Figur war dahin. Ich dachte an seine Frau. Sie wirkte beim Begräbnis neben ihm wie eine Karikatur. Sie war nur noch Haut und Knochen. Die reinste Asketin. Sie hielt eine Plastiktüte in der Hand.

Luis und ich blieben als letzte in der Wohnung zurück. Es wurde kälter. Wir sahen uns an und sprachen kein Wort. Der Geruch von Erde stieg uns in die Nase. Es war Herbst, Oktober.

„Es regnet irgendwo. Hier wird's auch gleich regnen", sagte Ajisilaos' Mutter und schloß die Balkontür.

Daraufhin begann es tatsächlich zu regnen. Dünner Nieselregen.

ZWÖLFTES KAPITEL

DER SPAZIERGANG

Eines Sonntagmorgens stand Luis noch bei Morgengrauen auf und bat seine Litsa, ihm sorgfältig seine Kleidung zu bügeln: erst seinen Anzug, der schon fast eingestaubt war, da er nicht getragen wurde – ein graublau gestreiftes völlig aus der Mode gekommenes Modell – und dann sein gestreiftes Hemd.

Als sie mit dem Bügeln fertig war, er sich angezogen hatte und sich gerade seine rote Krawatte umband – die hatte er auch schon seit Urzeiten – traute sich seine Litsa, ihn zu fragen, was er denn diesmal wieder im Schilde führe. Er gab ihr keine Antwort. Von den anderen erfuhr sie später die Fortsetzung:

Zuerst fuhr er nach Psychiko zu seiner Aleka. Und zwar mit dem

Taxi. Ein Gärtner öffnete ihm das Gartentor, eine Angestellte die Tür, und der Hausherr Anarjyros empfing ihn. Im Schlafanzug. Erinnerst du dich noch an Anarjyros? Nein? Der Typ, der ihm seine Aleka weggenommen hatte, anstatt ihm eine Wohnung zu geben. Ja, genau der.

Anarjyros amüsierte sich immer, wenn Luis kam. Wenn er ihn sah, freute er sich. Allein die Tatsache, daß Luis ihm nichts nachtrug, obwohl er ihm seine Frau weggenommen hatte, reichte ihm, ihn zu schätzen und zum Freund zu erklären. „Du hast ein großes Herz, mein Freund“, sagte er immer zu ihm.

Jedesmal wenn Luis zu ihm kam, gab er sofort Anweisungen: der Tisch wurde gedeckt, Fleisch wurde aufgetragen, natürlich die Gerichte, die Luis besonders gern mochte, und seine Lieblingsmusik wurde aufgelegt. Alle seine Wünsche wurden erfüllt. Wenn er abends kam, wurde die Wasserbeleuchtung des Schwimmbads angeschaltet und die ältesten Weine aus Anarjyros' Weinkeller heraufgeholt. Ich sage dir, Anarjyros machte aus Luis' spontanen Besuchen immer die reinsten Feste.

Meistens begrüßte ihn Anarjyros zuerst und Aleka erst später. Erst wenn die Vorspeisen auf dem Tisch standen, kam sie in ihrem roten seidenen Hausmantel die Treppe herunter.

Luis erzählte ihm seine verrückten Geschichten, und Anarjyros rief nur dazwischen: „Du bist eine Nummer“ und „Aleka, wie konntest du nur so ein Prachtstück verlassen?“, aber Aleka konnte gerade in letzter Zeit Luis' Heldentaten überhaupt nicht mehr komisch finden.

Von Zeit zu Zeit kamen sie auch auf ihren Schwiegervater, Herrn Antypas, den Goldschmied zu sprechen.

„Jetzt sag schon, Luis, hat dein Freund Liakopulos nun wirklich Chrysanthi gebumst oder nicht?“

Aleka hörte ihnen nicht mal mehr zu. Sie war ständig gedrückter Stimmung, war weit weg in einer anderen Welt und verhielt sich ab-

weisend. Ununterbrochen starrte sie Türen, Fenster und den Himmel an.
„Laß sie in Ruhe, sie wird sich schon wieder einkriegen. Sie lacht vielleicht nicht mehr, aber sie weint auch nicht. Stell dir vor, sie würde auch noch weinen."

Und dann kam irgendwann auch seine Tochter Luisa dazu. Sie war schon fast erwachsen, lernte Französisch, nahm Klavierunterricht, war groß, hatte eine stolze Haltung, blaue Augen – dieselben Augen wie Luis – und war sehr intelligent. Auch sie freute sich jedes Mal, wenn sie ihren Vater sah. Sie wußte, was für einen ausgefüllten Tag sie zusammen verbringen würden. „Komm, mein Schatz", sagte er dann und nahm sie auf seinen Schoß.
„Stell dir vor, mein Schatz, Herr Anarjyros hätte mir nicht deine Mama weggeschnappt und du wärst gezwungen, mit mir aufzuwachsen. Was für ein Pech wäre das für dich gewesen!"
„Jetzt mach mal halblang ... Als nächstes erzählst du uns noch, daß du dich für deine Tochter aufgeopfert hast."

Das war das einzige, was Aleka sagte. Dabei sah sie ihn an. Aleka hing häufig mit ihren Augen an ihm und merkte es gar nicht. Wie versteinert saß sie dann da und sah ihn an. Luis fand sie von Mal zu Mal apathischer. Das machte ihn traurig. Irgendwie hatte er Mitleid mit ihr.

Anarjyros versäumte es nie, ihm irgendeinen Job anzubieten, nicht so sehr, um ihm, wie er vorgab, zu helfen, sondern um sich darüber zu amüsieren, daß Luis den Job ausschlug. Er fing damit an, daß er ihn fragte, wovon er leben wolle: „Du bist weder versichert noch wirst du je eine Rente bekommen – oder zahlst du Rentenbeiträge? – noch werden sie dir weiterhin Yachten anvertrauen. Deshalb mußt du irgend etwas unternehmen", und dann kam er zur Sache:
„Soll ich dich als Abteilungsleiter in einem meiner Supermärkte einsetzen? Sag ja, und du bist alle Sorgen los."
Luis konnte nicht verstehen, warum alle, die ihm Arbeit anboten, ihn

als Abteilungsleiter haben wollten. „Zum Teufel, halten sie mich für so ein Arschloch und für so vertrauenswürdig?"
„Nein, mein Guter, such dir jemanden anders für deinen Supermarkt", antwortete er.
„Wo soll das hinführen, Luis? Wie lange willst du noch so weitermachen?"

Diese unbarmherzige Frage, dieses „wo soll das hinführen, wie lange willst du noch so weitermachen?" war dann auch das einzige Gesprächsthema auf dem letzten abendlichen Treffen unseres Kreises, als wir bei Liakopulos auf der Terrasse saßen und etwas zusammen tranken.

Lasaris fing damit an:
„Also wirklich, verdammt noch mal, wie lange will er denn so weitermachen? So verantwortungslos, meine ich."

Lasaris hatte schon lange seine Komplexe abgelegt und sein schlechtes Gewissen überwunden. Früher hatte er, wenn ich dabei war, Angst, seine Meinung zu sagen. Er sagte nicht das, was er wirklich dachte. Jetzt dagegen ließ er alle Konventionen außer acht und den Deckmantel fallen. Er sprach genauso ordinär wie er dachte. Er hatte keinen Grund mehr, sich vor uns zu verstellen.

Der Angriff gegen Luis ging weiter. Wieder war es Lasaris:
„Nicht mal krankenversichert ist er. Und was ist, wenn er mal krank wird? Hat er gar keine Vorsorge getroffen, der Spinner? Überhaupt gar keine?"

Seit langem schon, wohl nach Ajisilaos' Brief, lauerten alle auf seinen Untergang; sie konnten es gar nicht abwarten, ihn verwahrlost, erledigt und am Boden zu sehen.
„Auf eins warte ich", fuhr Liakopulos fort, „daß er eines Tages hungrig und krank zu mir kommt und mich um Hilfe bittet. Nur das will ich noch sehen, sonst nichts. Auf den Knien soll er vor mir liegen und mich um Hilfe bitten."

Julia grinste diesmal noch boshafter als sonst, fast schon hämisch. Ihre Zähne waren auch nicht mehr in bestem Zustand. Sie antwortete Liakopulos nun:
„Mag ja sein, aber damals, als er bei dem Unfall die Holländerin totgefahren hat, habt ihr, du und dein Freund, ihm die Kaution bezahlt, damit er freikam."
„Konnte ich denn damals schon wissen ...?"

Ich war drauf und dran zu fragen: „Was denn, du undankbarer Kerl? Was hat er dir denn getan?", aber wie üblich hielt ich mich raus. Ich sagte nichts. Lasaris ergriff wieder das Wort:
„Was denkt er sich eigentlich? Alles hat Grenzen. Er soll entweder zugeben, daß er verrückt ist oder er soll zugrunde gehen. Jeder muß Kompromisse im Leben machen. Warum also nicht auch er? ... Zum Wohl."

Und er stieß mit uns an. Nein halt, ich hielt ihm mein Glas nicht zum Anstoßen hin. Ich trank, ohne mit jemandem anzustoßen. Mit niemandem.

Es ist schon verrückt, ja, aber alle machten ihre Daseinsberechtigung davon abhängig, auf welche Weise Luis' Leben enden würde. Ich wollte sagen: „Was geht es euch an, Mensch, was Luis macht und wie er stirbt?", aber ich hielt mich wieder zurück. Selbst wenn ich es gesagt hätte, was hätte das für einen Sinn gehabt?

Meistens sagte ich gar nichts. Manchmal allerdings brachte mich Liakopulos in schwierige Situationen, so wie heute:
„Sag auch mal was dazu, versuch nicht immer, es allen recht zu machen."
„Das versuche ich ja gar nicht, aber naiv bin ich nun wirklich nicht. Wenn die Stunde der Wahrheit kommt, dann werden wir uns wieder sprechen, Liakopulos. Dann wird sich zeigen, wer recht und wer unrecht hatte. Was soll ich jetzt schon groß voraussagen? Jeder geht den vom Schicksal bestimmten Weg."
„,Beglückwünsche niemanden zu seinem Glück, bevor du nicht sein

Ende gesehen hast[56]‘ und so’n Scheiß, will er uns damit sagen“, schloß Drakopulos, der nach Ajisilaos’ Tod ein festes Mitglied des Kreises und natürlich ein erbitterter Feind von Luis geworden war. Ja, er auch.

Alle verband derselbe Haß. Auch wenn ich es nicht unbedingt Haß nennen würde. Es waren gemischte Gefühle. Bewunderung, Haß, Neid, aber hauptsächlich eine heimliche, nicht eingestandene Ehrfurcht. Keiner konnte ihm verzeihen, daß er es gewagt hatte, sich all den Dingen zu widersetzen, für die sie ihr Leben in den Sand gesetzt hatten, und es trotzdem immer noch schaffte zu überleben und sich von Feilschereien und Demütigungen fernzuhalten.

Martha schien völlig unbeteiligt. Genau wie Aleka. Sie hörte noch nicht mal mehr zu. Sie hatte sich in einer Ecke der Terrasse mit einem Glas Whisky in der Hand niedergelassen und träumte vor sich hin. Sie hielt das Glas mit beiden Händen umfaßt, drehte es manchmal, trank, träumte und räkelte sich in ihrem Schaukelstuhl.

Es war Ajisilaos’ Schaukelstuhl, von dem ich schon erzählt habe. In seinem Abschiedsbrief hatte er ihr den und all seine Bücher über Malerei vermacht.

Ein makabrer Anblick – Martha mit dem Glas in der Hand in Ajisilaos’ Stuhl –, aber niemand wagte es sie zurechtzuweisen. Auch Liakopulos nicht.

Sie war damals höchstpersönlich zu Ajisilaos’ Mutter gegangen, hatte den Stuhl zusammen mit den Büchern abgeholt und ihn auf ihre Veranda gestellt. Seitdem war das ihr Lieblingsplatz.

Sie stellte die Lektüre ihrer Bücher zurück und widmete sich mehr und mehr den Comics und den Büchern über Malerei. So entdeckte sie Ajisilaos’ Welt und vermutlich auch ihn selbst.

Das Schlimme daran war, daß sie ihren Whisky immer schneller leerte; irgendwann war sie so weit, daß sie erst blau sein mußte, bevor sie einschlafen konnte. Dann sagte sie nur „Gute Nacht“ und verschwand. Selbst ich war ihr gleichgültig geworden, obwohl ich manchmal wie im Flug noch einen Blick von ihr erhaschen konnte. Doch war er nicht mehr so unerbittlich wie früher, sondern eher flehend.

Nur an jenem Tag, als alle den Fall des „Giganten“ Luis herbeiwünschten, fand ihr Blick wieder zu seiner alten Kraft zurück.

Julia ergriff das Wort und sagte etwas über Luis’ Finger, die „jetzt, wo sie gebrochen sind, ja wohl keine Madonnen mehr malen können.“

Während sie sprach, sah ich, daß ihr Rock hochgerutscht war. Das heißt, erst sah ich, wie Lasaris auf ihre Beine glotzte und dann sah ich ihren hochgerutschten Rock. Er merkte nicht einmal, daß ich ihn beobachtete. Er glotzte unverfroren, der Saukerl.

Liakopulos gab ihr Kontra: „Luis und Ikonenmaler? Seid ihr total verrückt geworden? Soweit ich weiß, malt irgendeine Schwuchtel die Ikonen.“

Sie gaben nur Lügen und Boshaftigkeiten von sich, die Schweine, aber ich sagte nichts. Ich hatte es satt, mit Julia ununterbrochen über Luis zu streiten. „Habe ich es satt oder habe ich etwa langsam Angst?“

Da drehte sich Martha aus ihrem Schaukelstuhl zu uns um und sah mich an. Tadelnd, resigniert. Als ich ihren Blick sah, hielt ich es nicht mehr aus. Ich machte den Mund auf. Endlich!

„Redet keinen Scheiß“, mischte ich mich ein. „Er malt die Ikonen, und das wißt ihr ganz genau. Schon in der Schule hat er gemalt, und zwar war er sehr gut. Habt ihr das etwa vergessen? Es ist lächerlich, wie ihr versucht, alles zu verdrehen.“

„Manolopulos, das ist eine Beleidigung. Du beschuldigst uns der Lüge und des Mißtrauens. Dabei hältst du dich immer schön raus, aber wir haben dich durchschaut. Wir haben damals alle so gut wie dein Luis gemalt.“

Liakopulos schäumte vor Wut. Ich wollte gerade etwas erwidern, doch schaltete sich Lasaris ein:

„Liakopulos, warum sagst du ihm nicht auch, daß er Luis letzten Endes auf dem Gewissen hat? Oder stimmt das etwa nicht, Manolopulos? Wenn du dich nicht immer aus der Affäre gezogen und ihm mal ordentlich die Meinung gesagt hättest – dir vertraute er, vergiß das nicht – hättest du ihn vielleicht retten können. Aber es gefiel dir, ihn als Vagabunden und Taugenichts zu sehen. Vielleicht auch, damit er dir ab und zu mal eine Frau vermittelt. Wer weiß? Wir hingegen haben Mitleid mit ihm. Wir versuchen ihn zu retten."

„Hört doch auf mit dem Quatsch. Ihr wollt nur sehen, daß er zugrunde geht. Damit ihr recht behaltet."

Ich mußte es einfach aussprechen. Ich konnte mich nicht mehr zurückhalten und setzte noch einen drauf:

„Damit ihr euch selbst beweist, daß ihr im Leben nicht den falschen Weg genommen habt. Ich schließe mich da gar nicht aus. Ich bin genauso, nur mit dem Unterschied, daß ich das durchschaut habe. Ja, ich habe alles durchschaut. Ich weiß, wie wir alle enden werden. Und noch was: Im Vergleich zu Luis sind wir alle eine Null. Ich wiederhole, eine Null. Er ist ein Mensch, der es geschafft hat, sein Leben zu genießen, der nichts tut, was er nicht mit seinem Gewissen vereinbaren kann. So ist Luis. Während wir ..."

Alle saßen wie erstarrt da. Die Art, wie ich das alles sagte, ließ sie erstarren. Sie konnten gar nicht darauf reagieren.

Da sah ich, wie Martha mir zulächelte. Sie schien wieder zum Leben zu erwachen. Ich spürte es. In ihrem Lächeln lag so etwas wie Hoffnung und ein Versprechen für mich. Ich lag nicht falsch: Als ich meinen kleinen Vortrag beendet hatte, fing sie an zu klatschen. Sie klatschte mir Beifall und sah mich dabei an, als wollte sie sagen: „Du altes Schlitzohr Manolopulos, wie schaffst du es nur, dich im letzten Moment zu retten? Wenn man gerade gedacht hat, daß du nur einen Scheißdreck wert bist, schaffst du es wieder, dich aus dem Schlamm herauszuziehen."

Ich sah sie an und dachte, daß sie mich vielleicht immer noch liebte und von mir träumte. Einerseits tat sie mir leid, doch träumte ich auch von ihr und verfluchte mich, daß ich in meinem Leben den großen Fehler begangen hatte, sie gehen zu lassen.

Julia riß mich aus meinen Gedanken. Sie hatte beschlossen, mich zurechtzuweisen.

„Du rechtfertigst deinen Freund ununterbrochen, aber du hast dir nie überlegt und dich gewundert, warum er nichts im Leben fertiggebracht hat, warum er eine Null ist und warum ihn zum Schluß alle Frauen verlassen. Alle. Oder etwa nicht?"

Wenn das Miststück nur seinen Mund aufmachte, spie es Gift und Galle.

„So? Und was ist mit Litsa? Hat sie ihn etwa verlassen?" gab ich zurück.

Ich wollte eigentlich noch was hinzufügen, doch das sparte ich mir.

„Ich bitte dich, Litsa ist doch keine Frau im eigentlichen Sinn ..."

Sie brach ab. An meinem Blick sah sie, daß sie zu weit gegangen war.

Mir kam es hoch. Es war das erste Mal, daß ich von Julias Worten kotzen mußte. Und ich tat es. Alle bekamen es mit. Natürlich auch den Grund für meine plötzliche Übelkeit.

Niemand sagte ein Wort. Als ich von der Toilette zurückkam, sahen sie mich stumm und ausdruckslos an. Ich verstand. Sie hatten bereits meine Verurteilung beschlossen. Ich stand auf der Abschußliste. Julia sah mich genauso wie alle anderen an. Sie haßte mich.

Es überfiel mich wieder meine alte Angst: „Und wenn sie mir jetzt den Laufpaß gibt, was dann? Zusammen mit Lasaris ist sie in der Lage, mich zu ruinieren." Ich hatte auch noch Mist gemacht und meine Zustimmung gegeben, das Haus auf ihren Namen zu kaufen. Meine Mutter hatte es mir nie verziehen. Sie nannte mich von morgens bis abends „Trottel".

„Wenn ihr euch eines Tages trennt, was willst du dann machen? Wohin willst du dann ziehen?“

Ich ahnte es auch schon. Wenn ich zu ihr sagen würde: „Ich gehe, ich kann dich nicht mehr sehen“, würde sie sicherlich, entgegnen: „Bitte schön, dann geh doch.“ Das spürte ich

Zurück zu Luis' Spontanbesuch bei Anarjyros am Sonntagmorgen: Nachdem Anarjyros sich darüber amüsiert hatte, daß Luis den Job als Abteilungsleiter in seinem Supermarkt ausgeschlagen hatte, malte er ihm ähnlich wie der Freundeskreis die düstere Zukunft aus, die ihn erwartete.

„Luis, wie lange wird Fani durchhalten, für euch alle zu sorgen? Wie lange wird sie noch Spritzen setzen können?“

Luis plante gerade zu der Zeit das dritte große Unternehmen seines Lebens, aber keiner von uns wußte Näheres dazu zu sagen, weder, was es genau war, noch, woher er das dazu nötige Geld nehmen wollte. Wir hatten nur einige Vermutungen, die wir aus einigen seiner Andeutungen anstellen konnten. Einige sagten, er habe vor, irgendwelche Pflaster gegen Rheuma herzustellen, und andere, daß er Fliegenklatschen aus Plastik herstellen wolle.

Als Anarjyros ihn in Schlips und Kragen und mit ernstem Gesichtsausdruck sah – er drückte sich gewählt aus und verzog nicht einmal die Miene – bekam er einen Schreck. „O Gott, das gibt nichts Gutes.“ Vielleicht hatte er auch Angst, er könne ihn um Geld für sein Unternehmen bitten, denn er sprach in diesen Tagen über nichts anderes. Jedenfalls war Luis an jenem Morgen weder nach Scherzen noch nach Eskapaden zumute. Er war auch schon seit einiger Zeit nicht mehr bei ihnen gewesen.

„Zunächst mal, Kostantis, war da die Sache mit Aleka. Offensichtlich konnte sie mit Anarjyros' Paradies nicht umgehen. Als sie die Treppe herunterkam, mußte ich bei ihrem Anblick fast heulen. Sie hatte sich bis zur Unkenntlichkeit verändert. Fett wie eine Tonne ist sie geworden. Und groß war sie ja auch nicht gerade. Taille, Brust und Po konntest du nicht mehr erkennen. Sie waren mit dem Bauch zu einer einzigen Masse verschmolzen. Der Hals war total geschwollen und sah nach einer Schilddrüsenkrankheit im Anfangsstadium aus. Als ich das sah, warf mich das total aus der Bahn. Ich kriegte richtige Depressionen. War dem Selbstmord nahe, Vetter. Die Wände des Zimmers und der Veranda verengten sich. „Mensch Aleka“, sagte ich zu ihr, „Mensch Aleka. Was ist los mit dir? Was hast du, was fehlt dir?“

Luis erzählte mir, daß er an dem Tag Wein, Fleisch, Musik und jeglichen Trubel ablehnte. Alle wunderten sich.

„Warum denn, Luis? Hast du was gegen mich?“

„Nein, mein Guter, aber ich habe es eilig. Ich will nur Luisa abholen. Ich habe nichts gegen euch.“

„Ach!“ sagten sie und beruhigten sich. Er wollte Luisa nur zu einem Spaziergang abholen, sagte er.

„Selbstverständlich, nimm sie mit! Schließlich ist es deine Tochter.“

Und er nahm sie mit. Nur daß es sich diesmal um keinen normalen Spaziergang handelte wie sonst.

Für Luisa war natürlich keiner ihrer Ausflüge mit dem Papa ein Ausflug im herkömmlichen Sinne und vor allen Dingen kein Ausflug in die Märchenwelt, wie man hätte erwarten können.

Weißt du, alle geschiedenen Elternteile machen mit ihren Kindern Ausflüge, kaufen ihnen ein Eis, gehen mit ihnen auf den Spielplatz, auf den Rummel, ermahnen sie, daß sie in der Schule fleißig und brav sein sollen und geben ihnen etwas Geld. Das läuft immer gleich ab.

In diesem Fall allerdings, bei Luis und Luisa, geschah genau das Gegenteil:

Zuerst einmal war der ganze Ausflug ein verzweifelter Versuch von Luis, sie aus der Märchenwelt herauszuholen und nicht umgekehrt. Desweiteren gab Luisa Luis Taschengeld, nicht Luis Luisa.

Luisa lud ihn zum Eis ein. Luisa ging mit ihm auf den Rummel, nicht er mit ihr. Er fuhr mit den kleinen Autos und Eisenbahnen, sie schaute ihm zu und lachte.

Allein sein Anblick erheiterte sie schon. Nur ins Spiegelkabinett wollte sie auch gehen, damit sie zusammen lachen konnten.

Als sie etwas älter wurde, etwa fünfzehn, ging er mit ihr nicht mehr auf den Rummel, sondern nahm sie in die Oper und ins Theater mit.

Für Luis ist die Oper das beste Medium, ein Kind in die Welt der Kunst einzuführen. Dort wird sein Geschmack für gute Musik geformt, dort erfährt es Bildung und lernt die „Konvention" kennen.
„Kann man singend sterben? In der Oper geht alles."

Er wollte ihr klarmachen, daß in der Kunst alles möglich sei, also auch im Leben.
„Kunst ist nicht nur Genuß, Luisa, sondern auch ein Schlüssel zu allen verschlossenen Türen."

Er nahm allen Vorbildern den Heiligenschein – Lehrern, Eltern, Predigern, „Respektspersonen" in Anführungsstrichen – er zeigte ihr, wie relativ einige der sogenannten immerwährenden Werte sind und gab ihnen ein neues Fundament. Dabei ging er so weit, daß er nicht einmal die Zehn Gebote unangetastet ließ. Er ging eins nach dem anderen mit ihr durch:
„Was heißt ‚du sollst nicht ehebrechen'? Was sollst du denn machen, wenn sich dein Ehepartner als altes Ekel entpuppt? Der Witz an der Sache dabei ist doch, daß du erst gar nicht in die Situation kommen solltest, solch ein Bedürfnis zu verspüren. Wenn das Bedürfnis dann da ist, ist es zu spät, Enthaltung zu üben. Bei deiner Mutter zum Beispiel kann ich verstehen, daß sie fremdgegangen ist. Was mich betrifft, deinen Vater ... ‚Ehre deinen Vater' heißt doch eines der Gebote, oder? – Was heißt das für dich? Mußt du mich ehren, auch wenn ich zufällig ein Gauner, Betrüger und Nichtsnutz bin? Oder umgekehrt: wenn du irgendeine Schlampe mit lächerlichen Ansichten und

schlechtem Benehmen geworden wärest, würde ich mich dann nicht schämen, wenn ich dich als meine Tochter vorstellen würde? Was soll's also, nur weil ich dein Vater bin und du mein Kind bist, ist alles in Ordnung? Nein, du sollst mich kritisch betrachten. So respektierst du mich wirklich, wenn du mich unter die Lupe nimmst und dir dein eigenes Urteil bildest. Wie und mit welchen Kriterien, das steht auf einem anderen Blatt, und darüber reden wir auch ein anderes Mal. Wir müssen alles ständig neu bewerten, Luisa. Meinungen revidieren, korrigieren. Alles. Stillstand ist Tod, Morast."

Mit solchen und ähnlichen Reden führte er sie auf gefährliche Pfade.

„Mensch, Luis, sagte ich, dazu hast du nicht das Recht. Wo soll denn das Kind erst einmal landen, wenn du es jetzt schon darauf vorbereitest, daß ... Und bist du dir deiner Sache so sicher? Du hebst ihr ja die ganze Welt aus den Angeln."

„So, wie die Welt heute ist, tue ich gut daran. Schließlich will ich ihr nur Anregungen geben, damit sie die Dinge von selbst in Frage zu stellen beginnt. Das ist doch besser, als wenn es noch ein Schwein mehr auf Erden gibt. Ehebruch ja oder nein? Irgendwo steckt da doch der Wurm drin. Der Mensch tötet. Oder nicht? Versuch dich wenigstens damit auseinanderzusetzen. Soll sie mich doch in Frage stellen, Vetter. Soll sie doch morgen sagen: Mein Vater hat ‚Quatsch' erzählt. Das ist auch ein Gewinn. Sonst bleiben wir auf der Stufe stehen: ‚Urteile nicht, damit du nicht beurteilt wirst'. Vertrittst du das?"

Jedes Mal freilich, wenn Luisa von einem Ausflug mit ihrem Vater zurückkehrte, waren Anarjyros und Aleka total verunsichert. Sie hatten richtig Angst.

„Das ist kein Mensch, das ist ein Ungeheuer", rief Aleka. „Was hat er nur mit ihr angestellt?"

„Wir dürfen sie ihm nicht mehr anvertrauen."

„Niemals, das war das letzte Mal", beschlossen beide.

Doch wenn sie sich erst einmal beruhigt hatten, fing Anarjyros

an, Luisa rechtzugeben.
„Die Dinge sind so, wie Luis sagt, Aleka."

Er lachte.

„Er hat nicht einmal Unrecht."

Und beim nächsten Mal ließen sie Luisa wieder mit Luis weg.

Wie ich dir bereits gesagt habe, war der Ausflug an diesem Sonntag anderer Art. Diesmal standen weder Eisessen noch Gespräche noch die Zehn Gebote noch Oper auf dem Programm. Es ging um was ganz anderes.

Luis trug seinen guten Anzug und führte Luisa mit ernster Miene seine Freunde aus Kindertagen vor. Einen nach dem anderen.

Es war einer der schlimmsten Sonntage, die der Freundeskreis je erleben sollte.

Als erstes führte er sie zu sich, zu seiner Baracke, und danach zu den Freunden. Sie sollte nun endlich sehen, wo und wie ihr Papa wohnte. Bis dahin hatte er es ihr hartnäckig abgeschlagen. „Nein, später", hatte er jedes Mal erwidert.

Zum ersten Mal betrat Luisa die Welt des Märchens, allerdings durch die Hintertür, verkehrt herum sozusagen.

Sie lernte Litsa kennen – sie sah, daß sie hinkte – ihre Schwester Fani, eine magere schmächtige Frau mit verdrießlichen, deprimierten und groben Gesichtszügen. Sie lernte außerdem noch Fanis Mann kennen, den sogenannten Zöllner.

Die drei schauten auf Luisa, ihre vornehme Kleidung, ihr frisches Auftreten, den Goldschmuck an Hand und Ohren, die Perlen am Hals, und waren fasziniert. Es erschien ihnen unerklärlich.

„Manolis' Tochter! Mein Gott!"

Alle waren gerührt. Luisa schämte sich, da sie ihre Tränen nicht zurückhalten konnte. Luis sah sie unverwandt an.

„Luisa, das ist mein Leben. Siehst du es? Meine Welt!"

Luisa nahm die Masken in die Hand, berührte die Vorhänge, die Schwerter, die Requisiten, blätterte in Büchern, knipste die seltsamen Stehlampen an und aus...

„Aber das ist ja das reinste Theater hier!“

So ein Haus würde sie auch später haben wollen, sagte sie und umarmte ihren Vater. Ihr traten die Tränen in die Augen.

Als sie ihren Großvater im Bett liegen sah, fühlte sie sich nicht wohl. Sie gab ihm ihre Hand. Er vergoß heimlich eine Träne. Mehr nicht.

Dann erfolgte das Besuchsritual bei den Freunden. Das war so, als ob er einen nach dem anderen an die Wand stellte.

Ohne sich vorher anzukündigen klingelte er an Türen und rief unverfroren in die Sprechanlagen:

„Ich bin es, Retsinas. Ich möchte euch meine Tochter vorstellen.“

Wenn sie dann die Tür aufmachten, stellte er nicht seine Tochter den Freunden vor, sondern zuerst die Freunde seiner Tochter.

Du mußt wissen, daß die ganze Zeremonie nicht stattfand, um seine Tochter herumzuzeigen nach dem Motto: „Seht, was für eine Tochter ich habe“ oder so ähnlich. Nein, gar nicht. Er wollte auch nicht vor seiner Tochter mit seinen Freunden prahlen. Oh nein. Der Grund war ein viel ernsterer. Luisa sollte ihn vielleicht nie wiedersehen.

„Sie soll sich über alle ihr eigenes Urteil bilden, Vetter, auch über mich.“

Meines Erachtens war es Luisas Einstieg in die Welt der Erwachsenen, wie Luis es sah.

„Darf ich dir vorstellen, Luisa: Herr Lasaris. Ein bedeutender Mensch. Wir sind zusammen in die Schule gegangen, aber er hat es zu etwas gebracht. Geld, Grundbesitz. Er glänzt sogar an der Universität. Professor ist er geworden. Sieh, was für eine schöne Wohnung er hat.

Sag, Vassilakis, hat deine Wohnung nicht fünf Zimmer?"

Vassilakis war sein Vorname.

Lasaris kochte vor Wut, aber was sollte er tun? Er mußte sich zusammenreißen.

„Nein, es sind acht", brachte er gerade so eben noch raus.

Und das war nicht gelogen. Acht Zimmer. Und glaub nicht, daß Luis das Ganze ironisch meinte. Er übertrieb auch nicht, sondern wollte ihr nur die Realität vor Augen führen. Sonst nichts.

Er scheute sich nicht einmal, zu Drakopulos zu gehen, obwohl er genau wußte, daß der ihn haßte wie die Pest.

„Und der hier, meine liebe Luisa, ist ebenfalls ein bedeutender Mensch Er ist zwar kein Akademiker, aber er hat es zu Wohlstand gebracht. Er ist der Unternehmer unter uns, war in der Schule in einer höheren Klasse. Mit Soßen hat er angefangen. Wenn du erst einmal groß bist, dann reicht es, wenn du zu ihm sagst: Ich bin die Tochter von Luis. Dann wird er dich wie eine Prinzessin behandeln. Seine Frau Tatjana wäre fast deine Mutter geworden. Wir nannten sie damals die Madonna der sieben Monde."

Er zeigte sie ihr sogar.

„Tatjana war immer noch wunderschön, Vetter. Sie ist überhaupt nicht älter geworden", gestand er mir später, als wir über die unglaublichen Besuche sprachen.

„Kostantis, Julia hatte recht damit, daß ich keine vernünftige Frau halten kann. Tatjana zum Beispiel hätte wirklich die Frau meines Lebens werden können. Ein Haus, Kinder, leidenschaftliche Liebe ... Aus der Traum."

Luis hatte es damals schwer getroffen. Tatjana hatte er wie keine andere begehrt. Er hatte sie immer begehrt, auch wenn er zu Drakopulos nie ein Wort darüber verloren hatte, daß er sie ihm weggeschnappt hatte. Madonna hatte er wirklich gewollt.

Drakopulos ärgerte sich wahnsinnig über das, was Luis von seiner Tatjana sagte. „Soll ich ihn nun umbringen oder warte ich noch", dachte er. „Woher nimmt das Schwein nur den Mut? In meinen eigenen vier Wänden wagt er zu sagen, daß Tatjana fast die Mutter seiner Tochter geworden wäre? Hört, hört. Und ich steh' daneben ... Das mir und vor allem nach den Enthüllungen von Ajisilaos, die ich auch noch zu verarbeiten hatte: ‚Ist es mein Kind, oder ist es nicht von mir?' Und er, Freunde, ist von einer Dreistigkeit ... Daß er es fertigbringt, es auch noch vor mir zu wiederholen. Mit anderen Worten, Scherz beiseite, könnte seine Tochter ja in der Tat die Halbschwester meines Sohnes sein ..."

Aber er durfte ja nichts laut sagen, konnte sich ja keine Luft machen und ihn zum Teufel schicken. Das einzige, was er rausbrachte, als sie beide zwei Minuten allein waren, war, daß ihn keine Schuld träfe, als er sich an Madonna herangemacht hatte, damals, da er nichts über ihre Beziehung zu Luis gewußt habe: „Ich schwöre es, bei allem, was mir heilig ist", quäkte er.

Doch das ließ Luis ihm nicht durchgehen:

„Komm schon, Drakopulos, laß die Meineide. Du wußtest es nur zu gut."

Da begann sich Drakopulos auf die Lippe zu beißen. Wenn er das tut, weiß man, daß er was verheimlicht. Er kann es nicht unterdrücken. Als sei er an einen Lügendetektor angeschlossen und müßte sich bei der ersten Lüge offenbaren. Das hat ihm schon Unglück gebracht. Sogar beim Kartenspielen kann er nicht bluffen, denn alle, die es wissen, erkennen es sofort. Wenn Drakopulos diesen Tick nicht hätte, wäre er schon längst zum zweiten Rockefeller geworden. Er braucht bloß daran zu denken, Madonna zu betrügen, und schon hat sie es gemerkt. Wenn er sich auf die Lippen biß, dann sagten wir alle: „Drakopulos will uns verarschen." Das war seine Schwachstelle, über die jeder Bescheid wußte.

Jedenfalls ist Luis' Besuchszeremonie bei seinen Freunden als eines der abstrusesten Vorkommnisse in seinem Leben zu bewerten.

Wie zum Teufel ist er nur auf diese Idee gekommen? Nur ein diabolischer Verstand konnte sich so eine Prozedur für den Freundeskreis ausdenken."

Alle waren der Meinung, daß es sich um einen Racheakt Luis' handelte, ein gemeines Spotten auf ihre Kosten.

„Der Winzling wollte uns bloßstellen."

„Winzling" war Luis' neuester Spitzname. „Luis ist ja wohl etwas hochgegriffen. Winzling paßt besser zu ihm."

Lasaris wollte den Ursprung dieses diabolischen Einfalls herausfinden.

„Er hat das irgendwo gelesen, ganz sicher. Er hat es in irgendeinem Buch gelesen und dann in die Praxis umgesetzt. Das hat er immer schon getan. Inzwischen kennen wir ihn ja. Wenn ihm was gefällt, was er liest, setzt er es in die Praxis um. Das Schwein probiert auf unserem Rücken seine neuen Ideen aus. Der Winzling. Aber ich werde die Quelle schon finden; das wollen wir doch mal sehen."

Tatsächlich fand er sie. In einer Zeitschrift. Er fand den Band, die Seite und den Schriftsteller. Es war ein Tscheche. Er las uns die Geschichte sogar vor.

Nach Lasaris war Liakopulos an der Reihe. Luis hatte ihn als dritten auf der Liste der Leute, die er besuchen wollte. Als Liakopulos ihn in Schlips und Kragen und mit ernster Miene antanzen sah, begann es um seine Grübchen herum seltsam zu zucken. „Verarscht er mich jetzt oder verarscht er mich nicht?" fragte er sich genau wie alle anderen, als Luis ein Loblied auf ihn zu singen begann. Es gab kaum etwas Positives, was er nicht über ihn sagte.

„Das ist der Selfmademann unseres Kreises. Das charakteristische Beispiel eines Griechen, der ohne jedes Hilfsmittel notfalls auch den Mond erobern kann."

Martha war dabei und hörte zu.

„Liebe Luisa, diesen Mann kannst du getrost bewundern. Dieser Mensch hier ist bis zum Mond gelangt. Er ist reich geworden. Er ist Reeder und noch vieles mehr. Nichts hat ihn aufhalten können. Die Jagd als solche bildet seinen Antrieb. Es spielt dabei keine Rolle, daß er statt zum Beispiel Vögel und Chimären zu jagen, dem Geld nachjagt. Er ist ein rastloser Mensch. Den kannst du dir als Beispiel dafür vor Augen halten, was ein Mensch alles erreichen kann. Und das Wichtigste ist, daß er trotz seines Reichtums weder seine Ideen noch seine Partei verraten hat. Er ist unerschütterlich, was seine Prinzipien betrifft."

Luis' Lobgesang nahm kein Ende. Er hörte erst auf, als er sah, daß Liakopulos' Augen glänzten. Er erschrak.

Desweiteren bat er Luisa sogar darum, ihn zu ehren und sich zu vergegenwärtigen, was für ein unverbesserlicher Kerl im Gegensatz zu ihm ihr eigener Vater sei, der sein Leben vergeudet und nichts zuwege gebracht habe – bis auf die Tatsache, daß er vielleicht fünf, sechs Abenteuer mehr erlebt habe als die anderen. Alle seine Freunde hingegen seien wichtige und bedeutende Persönlichkeiten geworden.

„Wenn du ihn morgen als Minister wiedersiehst, was in naher Zukunft sicherlich geschehen wird, dann zögere nicht, ihn um Hilfe zu bitten."

Er redete und redete ... Er war zu einem perfekten Redner geworden. Der reinste Demosthenes.

Martha war zuerst irritiert. Sie wußte nicht, was sie von all dem halten sollte. Er sagte das alles mit solcher Ernsthaftigkeit ... Schließlich konnte sie nicht mehr und mußte so sehr lachen, daß die anderen ihr auf den Rücken klopfen und Wasser ins Gesicht spritzen mußten. Schließlich gaben sie ihr eine Ohrfeige, um sie zu beruhigen. Sie hatte schon lange nicht mehr so gelacht.

„Lach nicht, Martha, ich mache keine Scherze", sagte Luis zu ihr.

Das war die Krönung. Dieser Satz gab ihr den letzten Rest. Das „ich mache keine Scherze". Da bekam sie einen noch größeren

Lachanfall. Der brachte sie an den Rand der Ohnmacht. Als sie wieder zu sich gekommen war und sich beruhigt hatte, die Augen rot und voller Tränen vom vielen Lachen, sagte sie zu Luis:
„Gesegnet seist du."

Jawohl, ich garantiere dir, daß sie genau das sagte, auch sie ganz ernst: „Gesegnet seist du!" und sich daraufhin wieder auf ihren Schaukelstuhl auf die Terrasse setzte.

Ich glaube nicht, daß ich jemanden vergessen habe. Alle bekamen den Schock ihres Lebens. Eine unglaubliche Szene. Sogar Onkel Tzavaras ließ er nicht aus.
„Dies, mein liebes Kind, sind die Menschen, die die Geschichte unseres Volkes in der Hand haben. Auch heute noch. Du mußt sie achten."

Er war äußerst überzeugend. Er sagte das alles so, als ob er es wirklich selbst glauben würde. Oder glaubte er es letzten Endes wirklich selbst?

Tzavaras trug seine Uniform. Er wollte zum Makryjannis-Viertel[57] gehen, wo eine Gedenkfeier für die „von den Kommunistenschweinen niedergemetzelten Heimatliebenden" stattfand, wurde aber von Luis aufgehalten. Tzavaras konnte Luis nicht ausstehen. Fast wäre er vor Schreck ohnmächtig geworden. Er traute weder seinen Augen noch seinen Ohren. Die ganze Zeit über kriegte er keinen Ton raus, bis Moschos kam und ihm half, wieder zu sich zu kommen. In seinem Schockzustand hatte er es nicht geschafft, Luis und seine Tochter rauszuschmeißen.

Twiggy betrat das Wohnzimmer im Nachthemd. Sie hatte noch geschlafen. Natürlich versäumte Luis nicht, Luisa Moschos als den wahrsten Patrioten aller Zeiten vorzustellen:
„Er ist der einzige reine Ideologe, der die Umstände nicht zu seiner persönlichen Bereicherung benutzt hat. Er ist auch ein Onkel von dir.

Oh, und da kommt deine Tante!“

Er zeigte auf Twiggy, die gerade in der Tür erschienen war. „Eine Gattin, die ihm gebührt. Sie ertrug jede Erniedrigung, um den Zeichen der Zeit zu trotzen.“

Alle Anwesenden mußten an das Konsulat und Smyrna denken.

Ich sage dir, wenn sie von dem Besuch nicht überrumpelt worden wären, hätten sie ihn gewaltsam rausgeschmissen. Ihn und seine Tochter. Doch kamen sie nicht mehr dazu. Bevor sie sich gefaßt hatten, hatte Luis sich schon aus dem Staube gemacht.

Nur Twiggy wagte es, auf den Balkon hinauszugehen. Als Luis sich kurz umdrehte, sah er sie. Wahrscheinlich hatte er damit gerechnet, daß sie dort stehen würde. Er sah, wie sie gerade die Hand hochheben wollte, um zum Abschied zu winken, doch kam Moschos gerade in dem Moment heraus und zog sie mit Gewalt zurück in die Wohnung.

Woher sollte Luis wissen, daß dieser Besuch so schicksalhaft für den Onkel sein würde? Der nämlich erholte sich zwar kurz vom Schock, aber als er die Tür seines Hauses öffnete, um zu dem „Gedenktag der Niedergemetzelten“ zu gehen – er war schon spät dran – fiel er plötzlich ganz unheroisch in eine Pfütze. Ein Nachbar wusch nämlich gerade sein Auto, und das Wasser hatte sich in einem kleinen See vor dem Haus angesammelt. Platsch! ... machte es, als er hinfiel.

Der Tod trat fast unmittelbar darauf ein. Durch Herzinfarkt. Es war sein erster und sein letzter. Als der Nachbar gerade die größten Verwünschungen ausstieß, weil sein Auto bespritzt worden war, kratzte Tzavaras ab.

Luis zog also seine Liste heraus, auf denen er die Freunde notiert hatte und hakte einen nach dem anderen ab.

Auch Panajotaros ließ er nicht aus. In dessen Wohnung in Kastella selbstverständlich, die ein Ort der Sünde war. Dort war es,

glaube ich, daß Luisa zum ersten Mal ihrer unehelich geborenen Cousine begegnete, der Tochter der Schwester seines Vaters.
„Wie du siehst, Luisa, sind meine Freunde sehr ehrenwerte Menschen. Und vor allem sehr produktiv."

Luis benutzte neuerdings wenn auch etwas falsch, dafür aber häufig, das Wort „produktiv". Wenn er es aussprach, wußte niemand so recht, ob es ironisch oder ernst gemeint war. Ich fragte ihn diesbezüglich viel später einmal:
„Spinnst du, Kostantis? Verstehst du denn nicht, daß die Menschen immer mehr sich selbst verlieren, je produktiver sie werden? Und genau das wollen ja unsere unsichtbaren Chefs."

Er sprach nun nicht mehr von „großen Chefs". Er bevorzugte den Ausdruck „unsichtbare Chefs".
„Je produktiver du wirst, um so mehr versinkst du im Morast. Dann hört der Spaß auf. Vergessen sind Kunst und Bildung. Bald sind wir alle reif fürs Irrenhaus."

Da wurde mir klar, was für eine furchtbare Botschaft Luis fast unbeabsichtigt in sich trug und was seine Welt und sein Leben eigentlich darstellten.

Antigoni umarmte Luisa. Zum ersten Mal sah sie die Tochter ihres Bruders.
„So ein Kind hast du, du Nichsnutz? Ist es denn die Möglichkeit! Aber sie sieht dir ähnlich, sie hat deine Augen", sagte sie zu ihm und küßte Luisa.

Der Besuch bei Antoniadis bedarf keiner Beschreibung. Den kannst du dir vorstellen.

Natürlich zweifelte Antoniadis nicht im geringsten, daß Luis seine Schwester Tatjana geschwängert hatte, aber er wollte es seinem Schwager Drakopulos nicht verraten und dem Thema lieber aus dem Weg gehen. Wenn er ihn darauf ansprach, stritt er alles energisch ab.

„Mit Drakopulos sollte man sich gut verstehen, nicht wahr, lieber Antoniadis?“

Das war Panajotaros’ ständig wiederkehrende Spitze, wenn er Antoniadis traf; damit dieser nicht immer nur den über den Dingen stehenden Ideologen spielte.

Aber selbst zu Ajisilaos, der ihm irgendwann mal geraten hatte, alles seinem Schwager zu erzählen, damit die Sache aus der Welt geschafft sei, sagte er: „Sollte man solche Dinge denn überhaupt aussprechen?“ So kamen Antoniadis und Ajisilaos zu der Einsicht, daß es eben Dinge gibt, die man besser nicht aussprechen sollte .

„Nein, aber dann sollen die angeblich Selbstlosen des Freundeskreises nicht so tun, als ob ihre Weste weiß sei. Wir sind ein Haufen Scheiße, okay, ich gebe es ja zu, aber nicht solche Gemeinheiten ...“, sagte Drakopulos, als er später fast sicher war, daß alle sich gegen ihn verschworen hatten – auch Luis, Madonna und Antoniadis – jeder auf seine Art.

„Die haben mich total verarscht, die Schweine. Das ist eine unglaubliche Intrige.“

Natürlich verstieß er letztendlich weder Madonna noch das Kind – so eine Frau findet man so leicht nicht wieder – und steckte Antoniadis Geld zu wie bisher.

Es war ihm lieber, die Ungewißheit auszuhalten, als Madonna zu verlieren. „Trotz allen Geredes“, dachte er sich, „könnte es doch sein, daß Madonna mich nicht belogen hat.“ Denn sie schwor bis zum Schluß auf den Tod, daß sie unschuldig sei.

So groß auch dein Vorstellungsvermögen sein mag, etwas kannst du bestimmt kaum fassen, was auf dem Treffen zwischen Luis und Antoniadis an jenem Sonntag der Besuche vorgefallen war, nämlich das, was Antoniadis mitten in dem Durcheinander der allgemeinen Begrüßung äußerte: „Mensch, Alter, Retsinas“ sagte er zu ihm in einem Moment der Befangenheit und des Schweigens: „Dir hilft nur noch eins: daß du wieder der Partei beitrittst. Nur dort wirst du zu dir selbst finden, denn du hast ja was drauf, zum Teufel. Befreie dich von den Schuppen, mit denen dich die Scheißspießbürger angesteckt haben, und du wirst schon sehen."

Natürlich konnte er auf Luis' Nachfrage hin weder genau erklären, was er mit den Schuppen meinte, noch wer denn genau die Spießbürger waren, noch was genau er denn dann sehen würde.

Mich hatte er als zweitletzten auf seiner Liste. Als Julia die Haustür klingeln hörte und über die Sprechanlage fragte, wer da sei und er ihr sagte: „Ich bin's, Retsinas", und so weiter, geriet sie so außer Fassung, daß ihre Lippen und Hände zu zittern anfingen.

„Mach ihm nicht auf."

„Aber er hat doch gehört, daß du gefragt hast, wer an der Tür sei. Da kann ich ihm doch schlecht einfach nicht aufmachen!"

Natürlich machte ich ihm auf, und, wie du dir denken kannst, war ich nun an der Reihe:

„Luisa, das ist der Schriftsteller, von dem ich dir erzählt habe. Noch so ein bedeutender Mann. Allerdings nicht so bedeutend wie die anderen. Er befindet sich auf einem Bahnhof und wartet. Er tut so, als ob er arbeite, aber er täuscht uns alle. Er arbeitet nicht, sondern er wartet."

Er nahm uns auf den Arm, anders ließ es sich nicht erklären. Er hatte sogar einen Blumenstrauß mitgebracht. Also verarschte er uns. Aber auch ich war mir nicht sicher.

Ich war irritiert. Julia war total durcheinander. Auch sie konnte sich keinen Reim auf das alles machen. Sie sah ihn nur an und hörte zu.

„Nein, Vetter, ich habe euch nicht verarscht", sagte er später zu mir.

Er erklärte mir dann auch den Grund seiner Besuche bei allen Freunden. Das war, als er erzählte, wie dick Aleka geworden war und auch die anderen neuesten Neuigkeiten.

Als ich viel später versuchte, im Freundeskreis den Gedanken vorzubringen, daß uns Luis tatsächlich zum ersten Mal nicht auf den Arm genommen und im tiefsten Inneren nicht den Vorsatz hatte, ironisch oder sarkastisch zu sein, sondern daß er das alles nur für seine Tochter getan hatte, riefen alle wie aus einem Munde, daß ich doch aufhören sollte, so dumm zu sein.
„Klar wie Kloßbrühe, Manolopulos, daß er uns auf den Arm genommen hat. Das beweist doch sein ganzer Lebensstil. Uns hält er alle für Halunken, Arschkriecher, Karrierehaie, die alle Abstriche gemacht haben und sich selbst fremd geworden sind. Sollen wir uns verstellen? Er sieht auf uns herab, wir ekeln ihn an. Tu jetzt nicht so, als ob du nicht wüßtest, wie er über uns spricht. So ein Schwachsinn ‚er hat uns nicht verarscht'! Wie auch immer, leck uns doch mit deinem Luis. Für uns ist er gestorben."

Luisa sah mich mit ihren intelligenten, großen blauen Augen erstaunt an, als ob sie irgendein Ungeheuer aus der Apokalypse vor sich hätte. Auch sie schien nicht zu wissen, was sie glauben sollte. War ich tatsächlich ein so bedeutender Mann, wie ihr Vater sie glauben machen wollte, oder war ich nur der bedauernswürdige kleine Mann, den sie vor sich sah? Es entging ihr nicht, daß ihr Vater eine andersartige Beziehung zu mir als zu den anderen des Kreises hatte, aber sie wunderte sich trotzdem, da er mich mit ihnen gleichsetzte.
„Doch darfst du es ihm nie nachtun. Er ist ein zwiespältiger Mensch. Er hat die Gabe, die Menschen mit all ihren Schwächen zu verstehen, traut sich aber nicht, sondern bleibt auf der Stelle stehen und schlägt sich nicht auf die andere Seite!"

Das war der Vorwurf, den Luis mir immer machte.
„Kostantis, du hast keine Zeit mehr, entweder du schaffst es oder du schaffst es nicht."

Julia bot ihm nicht mal einen Kaffee an. Im Gegenteil, kaum hatte sie wieder zu sich gefunden, griff sie ihn an:
„Lassen Sie doch den Unsinn, Herr Retsinas!"

Luisa war sprachlos über Julias Aggressivität. Sie erschrak.

„Auf was für eine andere Seite soll er sich denn schlagen? Du vergehst ja nur vor Neid[58]. Das ist es doch. Weil aus allen was geworden ist außer dir, versuchst du jetzt, ein Alibi dafür zu finden ..."

„Siehst du Luisa, hörst du, was meine Freunde sagen? Die Dame hat recht. Es ist genauso, wie sie sagt, nur daß ich nicht versuche, ein Alibi zu finden. Da liegt sie falsch."

Julia war sprachlos. Er hatte es ihr gegeben. Das war das einzige, womit sie nicht gerechnet hatte. Daß Luis mit ihr einer Meinung sein würde.

Gerade in dem Augenblick riefen auch alle anderen aus dem Freundeskreis an. Sie hatten sich alle vom ersten Schock erholt und wollten es ihm heimzahlen. Woher wußten sie nur, daß er jetzt bei mir sein würde?

„Mensch, du Drecksack, mit was für einem Recht bist du zu uns gekommen? Haben wir dich etwa eingeladen?"

So was in der Art sagten sie zu ihm.

Doch vertrat Julia den ganzen Kreis hervorragend. Sie erholte sich rasch und fuhr mit ihrem Angriff fort:

„Mit Menschen wie Ihnen, wie soll da unser gepeinigtes Griechenland nur vorwärtskommen, Herr Retsinas?"

Julia interessierte sich sogar für Politik! Alles hätte ich erwartet, nur nicht, daß sich Julia über das gepeinigte Griechenland auslassen würde. Sie fuhr unbeirrt fort:

„Leute wie Sie, Ajisilaos und Antoniadis tragen die Schuld daran. Jawohl."

Minderbemittelt nannte sie sie, unterentwickelt, ich kann mich gar nicht mehr erinnern, wie sie sie noch bezeichnete.

„Hat Lasaris denn irgend jemandem geschadet, weil er aus seinem Leben was gemacht hat? Weil er sich eine Wohnung in Psychiko gekauft hat? Wenn du kannst, dann kauf doch auch eine. Und was hätte Liakopulos tun sollen? Hätte er sein Leben vergeuden sollen, weil sein Vater umgekommen ist? Hat er dessen Andenken verraten? Wenn ja, hat er gut daran getan.“

Was Julia nicht alles sagte. Sie kannte Ajisilaos’ ganzen Abschiedsbrief auswendig, vorwärts und rückwärts. „Wer hatte ihr das nur alles verraten? Ich hatte ihr nicht ein Wort davon gesagt, so hatten wir es untereinander abgemacht. Es sollte ein Geheimnis bleiben.“

Julia ließ nicht locker. Sie hatte noch etwas Gift zum Versprühen: „Und wenn dein Vater die U.N.R.R.A. beklaut hat, dann hat er richtig gehandelt.“

Da klingelte schon wieder das Telefon. Diesmal war Drakopulos dran. Er fuhr mit der Strafpredigt fort:

„Die Zeiten der Faxen sind vorbei, Retsinas. Die Welt schreitet mit schwindelerregender Geschwindigkeit voran und du und deinesgleichen dreht Däumchen. Und dabei fühlt ihr euch noch überlegen. Ein Scheißdreck seid ihr. Ihr stürzt euch ins Verderben und eure Heimat gleich mit. Leg nicht auf, leg nicht auf ...“

Als ich ihn später traf, fragte ich ihn auch, warum er aufgelegt und Liakopulos nicht hatte ausreden lassen.

„Ich habe aufgelegt, Vetter, weil er und deine Frau beide nur Schwachsinn geredet haben. Und ich kann nicht verstehen, warum sie mich mit Ajisilaos gleichsetzen. Habe ich je gesagt, daß Ajisilaos recht hatte? Ihr alle, und von mir aus auch ich, hängen irgendwelchen Geistern nach. Die sind es, wenn du es wissen willst, die das Land ins Verderben stürzen ... nicht ich. Ich am wenigsten von allen.“

Ich merkte, daß er es ernst meinte. Er spielte mir nichts vor.

„Ich habe euch Welten eröffnet, aber ihr habt euch als Idioten herausgestellt und sie nicht gesehen, Manolopulos. Ich gehöre der Zukunft an, Vetter. Sag ihnen das. Du hast wenigstens etwas kapiert, aber die anderen sind zum Scheitern verurteilt. Das sag ihnen nicht.“

Und wütend wie er war, ging er mit Luisa zusammen fort.

Ich hatte ihn noch nie so wütend gesehen und noch nie so prophetisch und mit solcher Sicherheit über die Zukunft sprechen hören. Wir konnten nichts mehr sagen. Ich aus anderen Gründen als Julia.

An jenem Tag – und in der Nacht – sprachen wir kein Wort. Weder sie noch ich. „Sie ist es nicht wert, daß ich sie mit ihrem Namen anrede“, dachte ich. Ich nannte sie nie wieder „Julia“, sondern „Die!“ Nur „die“.

DREIZEHNTES KAPITEL

SCHIRMCHEN

Panajotaros' Frau Athina wog inzwischen über neunzig Kilo.

Sie bat ihren Mann, sie zum Arzt zu bringen. „Ich habe Beschwerden, und zwar hier und ..."

Er war mit ihr zusammen dort. Als sie sich wieder ankleidete, flüsterte ihm der Arzt schnell ins Ohr:

„Wenn sie auch nur ein Kilo zunimmt, dann wird sie das Weihnachtsfest nicht mehr erleben."

Als er das sagte, war es Frühling.

„Und wenn sie noch ein bißchen mehr zunimmt?"

„Dann ist schon im Herbst alles aus."

Nach dieser makabren Aussage wandelte sich Panajotaros zum

großzügigsten Menschen überhaupt. Alles, was er Athina bis dahin verweigert hatte, das gab er ihr nun reichlich.

„Soll sie doch wenigstens nicht hungrig von uns gehen."

Athina glaubte zunächst, Panajotaros sei reumütig zum ehelichen Herd zurückgekehrt, da er sich wohl von Antigoni getrennt habe, und da er sich nun von seinen Gewissensbissen freikaufen wolle – Athina rechnete alles in Geld auf, deshalb benutzte sie auch das Wort „freikaufen" – , da er sich also von seinen Gewissensbissen freikaufen wolle, gestalte er ihr wohl das Leben so angenehm wie möglich.

Das Ehepaar speiste in den teuersten Restaurants von Athen zu mittag. Mittwochs und freitags nahmen sie reichhaltige Soupers im *Lindra Marriot* und im *Hilton* für einige tausend Drachmen pro Person, unabhängig davon, wieviel man aß, zu sich. Wenn sie besonders deprimiert war, ging er mit ihr in den erlesensten Eisdielen von Nea Philadelphia ein Eis „Spezial" essen, mit Schirmchen oben drauf. Das war Athinas Leidenschaft. Nicht das Eis, sondern die Schirmchen. An der Anzahl der Schirmchen, die sie zu Hause sammelte, konntest du auch die Anzahl der glücklichen Momente ihres Lebens ersehen.

Nachdem sich Panajotaros so reumütig gezeigt hatte – Athinas Ansicht nach war es Reumütigkeit – verzieh sie ihm natürlich ganz und gar.

Anfangs vermied Panajotaros es freilich, Antigoni den wahren Grund seines merkwürdigen Verhaltens zu erklären.

„Soso, woher die plötzliche Zuneigung zu Athina, warum bemühst du dich auf einmal so sehr um sie?"

Er versuchte, ihr beizubringen, daß jeder Mensch irgendwann einmal ein wenig Güte bei sich entdecke.

„Ich war jahrelang mies zu ihr. Was soll's, ich möchte später nicht unter einem schlechten Gewissen leiden, soll sie doch wenigstens nicht hungrig von uns gehen."

„Ich bin es satt, dich permanent dasselbe sagen zu hören. Jahrelang hast du dir eingeredet ,bald ist es soweit, jetzt macht sie es nicht mehr

lange'. Nur wegen ein paar Scheißwohnungen hast du sie nicht schon längst zum Teufel geschickt. Jahre geht das nun schon so."
„Auf jeden Fall ist jetzt bald Schluß mit dem Lügen."

Als er sich dann doch genötigt sah, ihr die Prognose des Arztes mitzuteilen, daß „Athina mit einem Kilo mehr ..." und so weiter und so fort, kriegte sie einen Riesenschrecken.
„Bist du völlig übergeschnappt? Und da ermutigst du sie noch, die letzten Reste aufzuessen?"

Panajotaros sah sie kühl und abwesend an.
„Was du da tust, ist doch Mord."

Panajotaros sah sie weiterhin kühl und abwesend an. Antigoni redete und redete und brach plötzlich ab. Es herrschte eine Eiseskälte zwischen ihnen.
„Also sind es keine Gewissensbisse, die dich dazu gebracht haben, sondern du willst sie umbringen!"
„Was willst du? Soll sie eine Diät machen? Wie du meinst ... gut, dann macht sie ab morgen Diät. Willst du das?"

Anstatt zu antworten, zog es Antigoni vor, eine Videokassette einzulegen. Danach sagte sie zu ihm, er solle tun, was er für richtig halte, und machte es sich gemütlich, um sich Rock Hudson in einer seiner neuen Abenteuer anzusehen.

Und so, mit Antigonis stillschweigender Zustimmung, gestaltete Panajotaros weiterhin Athinas Leben so genußreich wie möglich.

Der Arzt hatte mit seiner Prognose natürlich ziemlich danebengetroffen. Athina starb nicht im Herbst. Auch Weihnachten nicht. Erst im darauffolgenden Frühling. Und sie hatte nicht nur ein Kilo zugenommen. Auch nicht drei. Sechs hatte sie zugelegt. Und da, beim sechsten, geschah das Unvermeidliche.

Sie starb glücklich schmausend, seit ihrem Arztbesuch etwa das hundertste Eis schleckend, in der erlesensten Eisdiele im Philadelphia-Viertel. Ihrem Tod war an dem Tag ein Gelage ohnegleichen vorangegangen, eine totale Völlerei, mit anschließendem obligaten

Eisessen. Der letzte Löffel Eis war dann der verhängnisvolle. Als Panajotaros sie gerade fragen wollte, ob sie noch ein zweites Eis haben möchte, sah er, wie sie mit starrem Blick zum Parnithaberg hinschaute. Dann sah er, wie ihr Eis aus dem halboffenen Mund troff.

Athina hatte unsere schnöde Welt bereits verlassen.

Panajotaros rannte zum Telefon, um Antigoni anzurufen und ihr die traurige Botschaft mitzuteilen. Antigoni spürte, als sie die Nachricht hörte, plötzlich einen starken Ekel in sich aufsteigen. Die Wohnung roch auf einmal unangenehm, ihre Haut, ja sogar ihr eigener Atem. Sie riß die Balkontüren auf und schaltete den Ventilator ein. Es half alles nichts. Sie hatte einen üblen Geruch in der Nase. Am Telefon sagte sie nichts. Sie legte einfach auf. Panajotaros wunderte sich. Er hatte noch nicht einmal ausgesprochen, da legte sie auch schon auf. Antigoni fühlte sich schlecht. Sie hatte das Gefühl, sich übergeben zu müssen.

Schlagartig zog ihr ganzes Leben wie ein Film an ihr vorbei. Ohne einen bestimmten Grund mußte sie an ihre Kindheit, ihren Bruder, ihren Vater, ihre Nachbarschaft denken, und sie weinte. „Lieber Gott“ murmelte sie vor sich hin. Ihr ganzes Leben lang hatte sie auf diesen Moment gewartet. Nun sollte sie endlich nicht mehr die von Panajotaros „Ausgehaltene“ sein, und jetzt, wo der Moment endlich gekommen war, erschien ihr da Ganze so lächerlich und so wenig erstrebenswert, daß sie mit Erstaunen feststellte, daß es ihr nichts, aber auch gar nichts mehr bedeutete.

„Zum Teufel, Manolopulos, zum Teufel“ sagte sie während der Beerdigung ununterbrochen zu mir. Ich stand rein zufällig neben ihr. Sie sprach fast wie im Delirium. Das war nicht die Antigoni, die ich kannte. „Alles stinkt mir; was ist nur mit mir los?“

Panajotaros gab ihr pausenlos Bonbons in verschiedenen Geschmacksrichtungen, verschiedene intensiv riechende Pflanzen, wie

Minze und Nelken, aber es half alles nichts, der Ekel hatte sich wie ein bitterer Geschmack an ihrem Gaumen festgesetzt, und der unangenehme Geruch, den sie vom ersten Moment an verspürt hatte, belagerte ihre Nasenlöcher. Es war etwas, das nach abgestandenen Essensresten, Schimmel, ranzigem Öl stank.

Der Arzt blickte sie während der ganzen Beerdigung unverwandt an. Ob er Bescheid wußte? Sicher.

„Ich kann nicht mehr", heulte Antigoni auf einmal los. Sie hielt das nicht mehr aus. Panajotaros erschrak. Er kniff sie in die Seite.

„Halt den Mund, wir verraten uns ja noch selbst, halt den Mund, flüsterte er ihr ins Ohr."

Ich stand immer noch neben ihnen und hörte alles. Antigoni hörte nicht auf zu heulen.

Sonnenklar, das Verbrechen war nicht so ganz ihre Sache. Jetzt war der Traum ihres Lebens zum Alptraum geworden. Und selbst wenn sie sich beruhigen würde, wäre der Sprung da. Ihr totaler Untergang war nur eine Frage der Zeit. Entweder würde sie verrückt werden oder zur erstbesten Polizeidienststelle gehen und alles beichten, um es endlich los zu sein.

Es war schon keine Beerdigung mehr, sondern eher eine strenge Vernehmung.

Der Freundeskreis war fassungslos. Das heißt, ein Teil des Freundeskreises. Lasaris, Liakopulos und Drakopulos waren der Beerdigung absichtlich ferngeblieben. Doch war Lasaris' Mutter gekommen. Sie war blind, bucklig und bemitleidenswert. Antoniadis und seine Frau waren auch da. Diesmal hatte sie keine Plastiktüte in der Hand wie bei Ajisilaos' Beerdigung.

Der Arzt blickte das Paar weiterhin unverwandt an, Antigoni heulte, Panajotaros kniff sie ununterbrochen in die Seite, um sie zur Besinnung zu bringen, Martha blickte zu mir, ich zu Luis, Luis zu

Panajotaros...

Unsere Blicke gingen wie verrückt im Kreis herum, so als ob ein unsichtbarer Ball vom einen zum anderen ging, während Antigoni schrie und heulte.

Luis brachte die Lösung. Er schnappte sich Antigoni noch während der Vorstellung – denn Beerdigung konnte man das wirklich nicht mehr nennen – und verschwand mit ihr zwischen den Gräbern, während wir stumm und fassungslos dem Sarg von Athina folgten.

Einzig Marthas Blick wirkte in diesem ganzen makabren Schauspiel beruhigend auf mich. Sie wandte ihn nicht einmal ab. Ich spürte ihn, auch wenn ich nicht zu ihr hinsah.

Julia an meiner Seite fühlte sich langsam unangenehm berührt. „Also wirklich, sie verschlingt dich ja mit ihren Blicken. Was für eine Dreistigkeit! Wie wär's, wenn du sie endlich mal bumsen würdest? Dann haben wir vielleicht Ruhe. Worauf wartest du noch?"

Ich richtete meine Aufmerksamkeit auf den Arzt, der seinerseits bis zum Schluß Panajotaros anstarrte. In seinem Blick stand ein undurchsichtiges ironisches Lächeln.

Zur gleichen Zeit, als die Sirene des Krankenwagens zu hören war, der Antigoni abholte, wurde auch Athinas Sarg in das Grab hinuntergelassen. Marthas Blick lag unverwandt auf mir. Ein zugleich verheißungsvoller und resignierter, vielleicht auch provokativer Blick. Ich erwiderte ihn. Und mußte weinen.

VIERZEHNTES KAPITEL

DER ABSCHIED

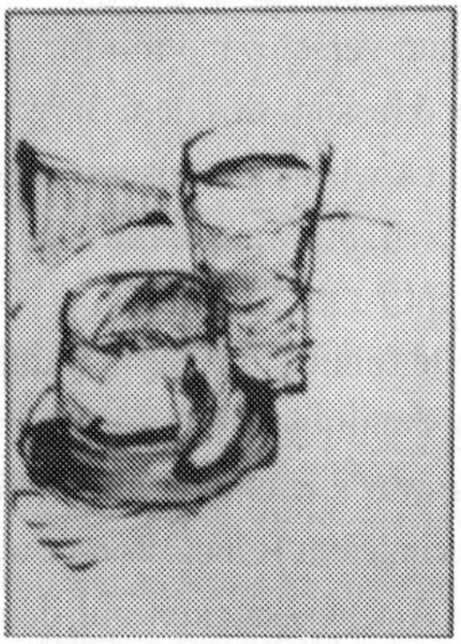

„Der Moment, in dem man über sein Leben Rechenschaft ablegen muß, kommt auf alle zu, Vetter. Auf uns auch. Oder etwa nicht? So sehr du ihn auch auf die ferne Zukunft schiebst, so sehr du auch so tust, als ob es dich nicht angehe, so sehr du dir auch sagen magst ‚das sind noch ungelegte Eier', jedes Mal, wenn du eine Krise hast, kommt dir dieser verflixte Moment wie ein Gespenst in den Sinn. Wenn du ihn am wenigsten erwartest, kommt er. Mal als Spukgestalt oder Alptraum, mal als fein angezogener Herr, den du auf einmal neben dir sitzen siehst. Er kommt ungeladen, verhält sich dreist und tadelt dich. Du traust dich nicht, ihn zu fragen, wo er verdammt noch mal herkommt und was er von dir will. Ich kann dir zwar auch nicht sagen, auf welche Weise er kommen wird, aber daß er kommen wird, darauf kannst du Gift nehmen. Immer wenn du zufällig mit unerklärlichen Phänomenen konfrontiert wirst, wenn du nachts von oben auf eine erleuchtete Stadt oder aufs dunkle Meer schaust und nur das Rauschen der Meereswogen vernimmst und du allein bist, wirklich mutterseelenallein, ohne Ablenkungen und Ausweichmanöver, dir selbst gegenüber stehst, wann, wo, wie und mit wem immer du auch gerade zusammen bist, der Moment wird kommen und du wirst ihm nicht entgehen, Vetter. Ob du nun total heruntergekommen vom Suff, am Ende, ein Penner oder ein hohes Tier bist, es zu was gebracht hast, es bleibt dabei, der Moment wird kommen, und du kannst ihm nicht entgehen. Er kann als Erbrochenes kommen, als Schwellung, als ein Kloß im Hals, den man nicht hinunterschlucken kann, doch er wird kommen, so sicher wie das Amen in der Kirche. So sehr du auch den Coolen spielst nach dem Motto ‚Man lebt nur einmal‘ und ‚Was soll's, einen Tag früher oder einen Tag später‘, damit überzeugst du niemanden. Du sagst es, um dich selbst davon zu überzeugen, aber du glaubst es nicht. Selbst wenn du erfolgreich und glücklich bist, in Geld schwimmst, Sparbücher, Kreditkarten und Aktien hast, selbst wenn du an Gott oder an die Seelenwanderung glaubst, selbst wenn du dich mit Metaphysik und Transzendenz beschäftigst, selbst dann wird er kommen, und zwar, wenn du ihn am wenigsten erwartest. In einem Liegestuhl neben dem Swimmingpool, umgeben von schönen Frauen, Musik, Kristall, Spiegeln und mitten in Zukunftsplänen, der Moment wird kommen. Ein kleiner belangloser Stich im Herz, ein Ziehen tief im Knochen, irgendwo zwischen Niere und Leber, mehr ist gar nicht nötig, um dich daran zu erinnern.

Gewiß, es mag nur vorübergehend gewesen sein, und du reibst dir die Hände und sagst dir: ‚Es war nichts Ernstes, noch ist es nicht soweit‘ und dann verdrängst du es wieder ... Mag sein, aber wie lange? Du hast nur einen Aufschub bekommen. Täusch dich nicht, indem du dir vormachst: ‚Das hab' ich hinter mir.‘ Einmal hast du dich rausgeschlichen, vielleicht ein zweites Mal und dann, zack, wenn du gerade einen großen Deal gemacht, einen wichtigen Vertrag unterzeichnet, eine wichtige Unterschrift bekommen hast, wenn du sie gerade vorzeigen gehen willst, zack, da ist er wieder, der verflixte Moment und wahrscheinlich auch der letzte, der allerletzte, wie man sagt, und dann ist es aus, dann retten dich weder Ausreden noch Tricks. Die anderen können wir täuschen, wir uns selbst niemals. Der gut angezogene Herr warst du selbst. Hast du es nicht gemerkt? Paß auf, denn der Stich, von dem ich sprach, kommt mitunter ohne jegliche Vorwarnung und meist ist es dann leider viel zu spät, dein Leben, Menschen und Dinge zu überdenken. Und zweifelsohne wirst du auch dann nicht den Mut haben zuzugeben, daß du was falsch gemacht hast. Kurz gesagt, du kannst dem Tod nicht entrinnen, Vetter. Stell dir vor, du bist mit deinem Auto unterwegs, hast die endlose gerade Straße vor dir, genießt die Landschaft und das Licht und die Farben, drehst das Radio auf, hörst herrliche Musik und pfeifst sorgenfrei dazu und sagst dir: ‚Alles läuft bestens, den hab' ich schön verarscht, und die Frau, die mir gefällt, habe ich auch rumgekriegt' – sie sitzt neben dir –, die Aktien der Nationalbank sind auch gestiegen, alles läuft bestens' und du singst, drückst auf die Tube, pfeifst und bist ganz trunken von dem allen und plötzlich, peng, ist der Schmerz wieder da, oder, noch schlimmer, du fährst in ein riesiges Loch auf der Straße, mit dem du nicht gerechnet hast, von dem du nicht vermutet hattest, daß es sich extra für dich auftun würde. Sekunden später sind nur noch Fetzen von dir übrig. Die Zukunftspläne sind dahin, der Wagen liegt auf dem Rücken, seine Eingeweide gucken raus ... tja, Vetter, so ist das nun mal."

Als Luis mir das in einer für ihn ungewöhnlichen Erregung sagte, hätte ich da ahnen können, daß ich ihn zum letzten Mal sah? Wir saßen in der Ouzerie von Herrn Lambros im Chatzikyriakioviertel, wo wir uns einst als Jungs geschworen hatten, daß wir uns bis ans Ende unseres Lebens treffen und uns alles erzählen würden:

„Wir erzählen uns alles, einverstanden?“
„Alles. Einverstanden.“

Und wir gaben uns damals die Hand drauf. Wir schauten aufs Meer hinaus und Luis sagte: „Das Meer steht niemals still.“ Dort traf ich ihn auch dieses Mal.

Er hatte mal wieder völlig unerwartet und zu einer unmöglichen Zeit angerufen.

„Hast du gerade was zu tun? Ich wollte vorschlagen, daß wir uns treffen.“

Zum Glück hatte ich den Anruf entgegengenommen; Julia hatte gerade drangehen wollen, doch ich war ihr zuvorgekommen.

Ich hatte keine Ahnung, daß das sein Abschied von mir war. Außerdem war ich schlecht gelaunt. Seit seinen verdammten Besuchen, die er uns mit seiner Tochter abgestattet hatte, war ich irgendwie schlecht drauf. Auch im Freundeskreis trafen wir uns immer seltener ... Nur bei Lasaris fanden manchmal langweilige Treffen statt. Er lud mittlerweile viele Leute ein, irgendwelche Scheißintellektuellen, um ein Netz von Verpflichtungen und Beziehungen zu knüpfen, trockene, gestreßte Universitätstechnokraten ... Du merkst schon, er bereitete schon früh die Besetzung eines Lehrstuhls an der Uni vor. Die Ausschreibung der Stelle stand unmittelbar bevor. Sein ganzes Leben hatte er damit verbracht, dieses Ziel zu erreichen. Endlich! Es stand uns auch schon bis obenhin.

Das Schlitzohr brauchte Stimmen. Bei jedem dieser Zusammentreffen lud er einen Protektor in spe zusammen mit dessen ganzen Hofstaat ein. Es war alles genau kalkuliert.

Die Treffen im engeren Kreis waren selten geworden, hatten fast aufgehört. Wie man's dreht und wendet, so sehr uns das Leben auch unsere Masken abgenommen und unsere wahren nackten und ekelerregenden Gesichter zum Vorschein gebracht hatte, dennoch glomm ein Flämmchen aus vergangenen „glorreichen Zeiten“ in uns, welches bei unseren Treffen aufflackerte.

Etwas verband uns noch miteinander, etwas von dem früheren Vertrauen, wenn es auch damals sehr gering gewesen war, hielt eine gewisse Freundschaft aufrecht. Uns bedeuteten die Treffen noch etwas.

Ich war also völlig unvorbereitet und ohne Elan, als Luis anrief. Meine Handlungsmöglichkeiten waren zusammengeschrumpft und meine Illusionen geschwunden. „Schließlich habe ich es ja zu was gebracht. Ich darf nicht undankbar sein."

Alltägliche Gedanken und Kleinlichkeit hatten mich aufgefressen, während das eigentliche Geheimnis der Welt unbeantwortet und die Frage ungelöst und unerbittlich bestehenbleibt: „Was hast du aus deinem Leben gemacht? Warum hast du so gelebt, wie du gelebt hast? Was hättest du alles tun können und hast es unterlassen? Du wolltest einen anderen Weg einschlagen, deinem Leben einen anderen Sinn geben, aber du hast an den falschen Türen geklopft, falsche Wege eingeschlagen, die falschen Menschen geliebt, in falschen Betten geschlafen, in falschen Häusern gewohnt. Warum nur solch eine Mißachtung deiner Träume, deiner Pläne? Wie auch immer ..."

Auf jeden Fall traf mich Luis' Anruf unvorbereitet und deshalb versuchte ich, das Treffen zu verschieben.

„Geht es nicht ein andermal, Luis?"

„Nein, Vetter, das ist deine letzte Chance."

Ich hatte ihn seit Urzeiten nicht mehr gesehen. Keiner aus dem Kreis der Nichtsnutze hatte Neuigkeiten von ihm. Ajisilaos war nun auch nicht mehr da, der mich wenigstens per Telefon regelmäßig auf dem laufenden gehalten hatte. Er hatte von den unsichtbaren Fäden gewußt, die mich mit Luis verbanden.

Während des Telefongesprächs gewann mich Luis langsam, aber sicher. Er rüttelte etwas in mir wach, ich hörte auf einmal etwas ... Es hörte sich anfangs an wie ein Marsch, dann wie entfernte Musik, die langsam näher kam. War es Bach oder eher ein Blasinstrument, ein Saxophon in der Nacht ...

Es wurde lauter und lauter.

„In Ordnung, Mann, ich komme“, sagte ich.
„Ich bestelle schon mal ein paar Kleinigkeiten, einen Ouzo und den Mond, alter Junge. Heute haben wir Vollmond. Weißt du noch? Die erste Frau, mit der du gebumst hast, Ende der Ätolikoustraße, neben dem Laternenpfahl von den Elektrizitätswerken, bei der Pappel?“

Ich wurde wehmütig!

Erinnerungen, Stimmen, das schrille Pfeifen der Züge, Kohlenstaub ... Während er weiter redete, führten mich meine Erinnerungen weit zurück, ich versank darin! Ach ja! Urania! „Urania, Telefon, dein Vater“, und dann rannte sie zum Krämer. Onkel Anestis, Tante Melpo. Als er starb, brachte sie sich um. Mit Gas.

Er sprach gerade über Maritsa.
„Übrigens ... Maritsa. Hörst du noch zu? Oder träumst du?“
„Ich höre dir noch zu.“
„Maritsa macht jetzt einen auf brave Hausfrau. Eine richtige Dame, unsere Maritsa. Alt ist sie geworden. Ich habe sie aufgesucht. Sie mußte weinen, als sie mich sah. Sieht nicht mehr gut aus. Scheiße. In der Patissionstraße hat sie sich eine Wohnung gekauft. Da kennt keiner ihre Vergangenheit. Sie trifft sich zum Kartenspielen mit einer pensionierten Volksschullehrerin, einem ehemaligen Staatsanwalt und einem Olivenölhändler. Von dem bekommt sie auch das Öl billiger. Ihr Sohn Periklis ist verschwunden und hat sich nicht wieder blicken lassen.“

Luis hatte mich in seinen Bann gezogen. Ich begann abzuheben. Und dabei hatte ich ihn ja noch nicht einmal gesehen. „Ach Mensch, Luis, du bist einfach grandios, Spitze, große Klasse!“
„Okay Mann, ich komme, hab’ ich ja schon gesagt, aber ruf doch mal öfter an, es genügt mir, wenn ich ab und zu deine Stimme höre.“

Er fuhr fort:
„Erinnerst du dich noch an Evjenia Krungas, die ich fast geheiratet hätte? Bald wird ihr Bruder aus dem Gefängnis entlassen, der Telegrafenmast. Er sagt, daß er mich erledigen will, weil die Rechnung mit

seiner Schwester immer noch offen ist. Und der kommt glatt. Du hast sicher noch in guter Erinnerung, daß ihr mich damals verpfiffen habt, Ajisilaos und du, und die zu mir gekommen sind und mich verprügelt haben. Seitdem nennt ihr mich ja auch Luis, weil ich von der Hochzeit abgehauen bin. Erinnerst du dich?"
„Und ob ich mich erinnere!"
„Und weißt du, was aus der kleinen Evjenia geworden ist? Oder langweile ich dich damit?"
„Erzähl doch, Mensch."
„Weißt du, wie sie sich über Wasser gehalten hat? Schließlich war ihr Bruder im Gefängnis, die Bäckerei verkauft, Mutter und Vater auf der Straße. Was blieb ihr anderes übrig? Sie begann, für Kunden eines großen Reisebüros in der Trikupistraße ihre Beine breit zu machen. Sie ließ sich richtig bezahlen. Auf moderne Art. Im *Hilton*, *Asteras* und im *Grand Bretagne*. Eine schlimme Syphilis hat ihr die Zukunft in dieser Branche verbaut. Sie hat dann die Kurve gekriegt und auf der Solonosstraße einen Blumenladen eröffnet. Davon lebt sie jetzt, als Blumenverkäuferin. Geh hin, sie wird dich nicht wiedererkennen. Mich hat sie auch nicht erkannt. Die Blumen, die ich dir an dem Sonntag mitgebracht habe, als ich euch alle besucht habe, hatte ich dort gekauft. Ich sah sie an, sie sah mich an, ich bezahlte den Blumenstrauß, sie hat mich nicht wahrgenommen. Es erkennt uns keiner mehr, Vetter, wir sind ergraut. Wir gehen auf das Ende zu! Die kleine Evjenia ist auch schon in den Vierzigern, aber sie hält sich gut, nicht zu verachten."

Er redete wie ein Wasserfall.

Als wir auflegten, sah ich Julia mir gegenüber, mit Handtasche, ausgehfertig. Sie hatte das Ende meines Gesprächs abgewartet, um mir zu sagen, daß sie wegginge, daß es nicht spät werden würde. Wenn ich auch wegginge, solle ich nicht vergessen abzuschließen, den Anrufbeantworter und die Alarmanlage anzustellen.

Während sie mit mir sprach, sah ich sie an, als sähe ich sie zum ersten Mal. Ihre Gesichtszüge hatten sich in letzter Zeit verändert, ihre Zähne waren schlechter geworden. Ich weiß nicht wieso, aber sie kam mir so fremd vor, als ob ... Sie war anders als vorher. Sie kleidete sich irgendwie ordinär. Sie wollte gefallen und attraktiv sein. Zeigte auffallend viel Brust, Rücken, Beine. Ich mußte daran denken, wie Lasaris auf ihre Beine geglotzt hatte.

Sie sagte kein Wort über Luis. Weder, daß ich nicht hingehen solle, wie üblich, noch sonst irgendwas.

„Nimmst du das Auto?" rief ich ihr hinterher.

„Nein, nimm du es, aber du mußt tanken."

Sie ging. Endlich war ich allein. Die Wohnung leer.

Als ich Luis dann in der Ouzerie von Herrn Lambros traf, versuchte ich, ihm die Sache etwa so zu beschreiben.

„Was ist nur in mich gefahren, Luis? Auf einmal kommt mir die Wohnung fremd vor. Die Möbel, die Bilder ... Als sähe ich sie zum ersten Mal. Ehrlich, ich sehe sie wie zum ersten Mal. Nichts ist nach meinem Geschmack, nichts gefällt mir. Die Farben verursachen mir eine sonderbare Übelkeit. Ohne Scherz. Die bräunliche Decke, das Gelb im Arbeitszimmer, das Aluminium, die lila Blumenvasen ... einfach alles. Mir wird schwindelig von dem Blumenmuster auf dem Sofa. Es ist alles Julias Geschmack. Wir haben zwar alles zusammen ausgesucht, ich habe das nicht vergessen, will mich auch nicht beklagen, aber sie war es, die ... Und der Kronleuchter erst, geschmacklos, billig. Zum Kotzen, sage ich dir. Nur meine Bücher sind mir vertraut. ‚Was ist nur plötzlich mit mir los?' dachte ich. Ich machte meine Augen zu und wieder auf in der Hoffnung, daß es wieder vorbeiging, nur eine vorübergehende Krise war ... Von wegen! Es war da, ging nicht vorbei, war hartnäckig. Es war zum Verrücktwerden."

Luis sah mich an. Wir waren beide schon blau. Wir lallten schon. In dem Moment begann er seinen Vortrag darüber, daß wir alle Rechenschaft ablegen müssen, daß bei allen eines Tages, ob wir wollen oder nicht, die Krise einsetze.

Es war längst Nacht geworden und wir tranken immer weiter!

Der Moment des Abschieds rückte näher.

„Ich will nicht nach Hause“, sagte ich plötzlich.

Wie kam ich nur darauf? Es rutschte mir einfach so raus.

„Ich kann nicht, es ist vorbei.“

„Komm schon, Kostantis, steh auf, wir müssen los. Wenn etwas vorbei ist, dann ist es der Spaß.“

„Ich sagte doch, es ist vorbei. Als hätte es sie nie gegeben. Ausgeschlossen, ich gehe nicht.“

Ich blieb dabei. Der alte Schlingel sah mich an und lächelte.

„Ich habe das Gefühl, als ob ich nicht gelebt habe. Verstehst du, Luis? Ich habe nicht gelebt. Erst einmal habe ich nichts Böses in meinem Leben getan, ich habe es nicht gewagt, jemandem wirklich zu schaden. Wenigstens einmal. Ich hätte es wirklich gerne mal getan. Dann hätte ich mich besser kennengelernt. Jemandem schaden und das zum Alptraum werden lassen, zum Verhängnis. Vielleicht hätte mich das befreit.“

Luis war begeistert. Er sah mich an, als erkenne er mich nicht wieder.

„Na endlich, Kostantis! Laß dich endlich einmal gehen, schüttele deine Zwänge und Ängste ab.“

Ich lallte nicht nur, sondern redete auch noch wirres Zeug. Er aber auch. Die Worte kamen nur noch zur Hälfte raus, ich merkte es, doch konnte ich nicht aufhören.

„Ich mache keinen Spaß, das fühle ich. Böses zu tun macht dich scharfsichtig, es bringt dich in Angesicht mit dem Universum, mit dem Chaos. Vielleicht erkennst du dann den Wunsch in dir, daß andere Gutes tun sollen, daß du das Chaos ordnen möchtest.“

Was redete ich da nur? Ich erinnere mich gar nicht mehr an alles. Ich wollte etwas sehr Wichtiges sagen, fühlte etwas Weltbewegendes in mir gären, aber wahrscheinlich redete ich nur noch Schwachsinn, ich packte es wahrscheinlich falsch an, ich meinte etwas anderes mit dem „Bösen“.

Ich redete weiter: „Ich habe nicht gelebt, ich habe mein Ziel verfehlt, es ist mir aus den Händen geglitten, gerutscht, nicht das Leben selbst, das habe ich sowieso schon gelebt, lebe es noch jetzt, das geht vorbei, aber das andere, das Ungreifbare, das, was du in eine Ecke deines Kopfes verbannst, in den hintersten Winkel. Das wirfst du weg, legst es zu den Akten, vergißt es, willst dich nicht daran erinnern, obwohl du weißt, daß es das Entscheidende ist. Du hast recht, du Gauner. Es läßt sich nicht verdrängen. Sie wartet auf dich, an der Ecke, und sie erwischt dich auf jeden Fall, die Krise, von der du sprachst.“

„Komm, Kostantis, steh auf“, sagte er. „Wenn du wieder nüchtern bist, kannst du ja noch mal darüber nachdenken. Jetzt müssen wir nach Hause.“

„Auf keinen Fall, ich gehe nicht, ich habe kein Zuhause mehr.“

„Kostantis, wenn du von mir erwartest, daß ich dich wieder zur Vernunft bringe, hast du dich geschnitten. Ich habe nicht die Absicht, dich zu ermahnen oder dich zu bitten: ‚Komm, hör auf mit dem Quatsch, geh nach Hause‘, vergiß es, das mache ich nicht, Vetter.“

„Luis, hörst du mir überhaupt zu?“

Ich hatte immer noch die gleiche Leier drauf: „Ich gehe nicht.“

„Paß auf, denk nicht, daß ich der Glückspilz im Freundeskreis bin, denn letztendlich denkt ihr alle, daß das Glück mein Hobby ist. Und hör auf mit dem ‚ich gehe nicht‘, das geht nämlich in die Hose, du bist noch nicht soweit. Hör auf mit dem Gefasel.“

„Ich fasele nicht, Mensch. Ich bin ein Fremder. Es hat nicht funktioniert, die Sache hat einen Riß bekommen.“

„Du kannst nicht alles haben. Dann brich doch alle Brücken hinter dir ab. Schaffst du das? Sonst kommt sie noch auf die Idee, und dann steht es schlecht um dich. Entscheide dich endlich, auf welcher Seite du stehst, du Idiot."

Ich lallte wieder los und wiederholte das mit dem Riß.

Obwohl ich so besoffen war, vermied ich, ihm Einzelheiten über meine Beziehung zu Julia zu erzählen. Es war mir peinlich. Ich hätte ihm gerne anvertraut, wie geringschätzig sie in letzter Zeit zu mir war, darüber, daß ich neulich bei Liakopulos kotzen mußte, doch ich beherrschte mich. Ich erzählte ihm nur, daß Julia mir seit einiger Zeit schon wie eine Nutte vorkam und daß ihr anscheinend nichts mehr heilig war und daß sie vor nichts zurückschreckte.

Er sah mich an, als ob er mir nicht folgen könne. Schließlich schnauzte er mich an:

„Hör auf, Manolopulos, hör auf. Dein ganzes Leben über hat dich deine idiotische Feigheit davon abgehalten, deinen eigenen Sohn kennenzulernen ... und jetzt ist Julia auf einmal die böse? Recht hat sie, wenn sie dich so behandelt. Deinen Fehler bezahlt sie schließlich mit und nicht nur du allein. Sie handelt zu Recht so. Du Vollidiot."

„Halt mal, Luis, ich war sehr wohl bei meinem Sohn. Der Mensch reift eines Tages, es dauert vielleicht etwas, aber er reift. Ich war da."

Er erstarrte. Das hatte er nicht erwartet. Er sah mich wieder an, als könne er mir immer noch nicht folgen.

Dann erwiderte er:

„Ich hab' dir mal versprochen, Kostantis, daß ich nie wieder mit dir über dieses Thema sprechen würde, damals, in der wilden Nacht mit Chrysanthi und Liakopulos ... Dieser Idiot Liakopulos. Damals hatte er noch was drauf. Wie du siehst, reift nicht jeder Mensch langsam aber sicher; meistens entwickelt er sich eher zurück. Im Ernst, bist du hingegangen?"

„Ja, das bin ich. Das sage ich doch. Charula verabscheut mich nicht mehr oder zumindest nicht mehr so sehr. Sie hat ihre Einstellung mir gegenüber geändert. Vielleicht tue ich ihr auch leid, Das wird es wohl sein."

„Kostantis, das rührt mich. Wieder einmal machst du mir Eindruck.

Wenn du es nicht getan hättest, dann wäre das auch der größte Fehler deines Lebens gewesen. Dann brauche ich ja auch kein schlechtes Gewissen mehr zu haben, daß ich sie damals nicht zu dir gebracht habe, als sie mit dem Kind ankam."

„Wenn ich abschalten und ein bißchen ausspannen will, dann gehe ich sie besuchen. Sie wohnt auch in Psychiko. Zusammen mit ihrem Reeder. Dann trinken wir Kaffee und Orangensaft. Julia weiß natürlich von nichts. Ich habe das Kind ‚anerkannt'. Es soll meinen Namen tragen. Jetzt, im Nachhinein, kann ich sagen, daß ich nichts bereue, Luis. Konstantinos ist in einem wundervollen, vielmehr einem leidenschaftlichen Moment gezeugt worden. Es ist wohl alles so verlaufen, wie es verlaufen sollte. Vermutlich. Ich wollte dir das schon lange mal erzählen, aber ich hatte dich aus den Augen verloren."

In dem Moment ging der Mond auf. Er war rund und tiefrot.

„Was ich dir versprochen habe, das hast du nun., Manolopulos. Halt mal einen Moment lang den Mund, laß die Vergangenheit ruhen und schau dir den Himmel an. Nur der Vollmond fehlte. Da ist er nun, da hast du ihn."

Wir waren die letzten Gäste bei Herrn Lambros.

Es wurde still um uns und kühler. Mir war, als ob es nieselte. Eigentlich wollte ich ihn auch nach ihm fragen: wo er gesteckt hatte, was er gerade machte ... Doch vergaß ich es, ich war in meinen Gedanken versunken.

Wir schauten beide den Mond an. Melancholisch und schweigend. Ich begann, fürchterlich zu rülpsen.

FÜNFZEHNTES KAPITEL

ÜBERRESTE EINES LEBENS

Als Luis mich fast bei Morgengrauen nach Hause brachte, war ich in einem üblen Zustand; Julia wollte mich weder berühren noch zeigte sie irgendeine Anteilnahme. Sie machte keinen Hehl aus ihrer Abscheu, schnappte sich ostentativ ihr Bettzeug und ging ins Arbeitszimmer, um dort auf dem Sofa zu übernachten.

„Kümmere du dich um ihn, schließlich hast du ihn so zugerichtet", sagte sie nur zu Luis und knallte die Tür hinter sich zu.

Er brachte mich ins Bett und zog mir Schuhe und Hose aus. Mein Jackett hatte ich bei Herrn Lambros vergessen.

Ich wollte ihn nicht gehen lassen.

„Wohin gehst du? Nimm mich mit! Laß uns zusammen weggehen.

Ich bleibe nicht hier ... Hast du es jetzt gesehen? Schon immer wollte sie mich ihren Vorstellungen entsprechend ändern. Wie kannst du einen Menschen lieben, der dich nach seinen Vorstellungen umformen will?"

Ich redete und redete, bis ich einschlief.

Ich träumte vom Vollmond, von Ajisilaos, Julia und Martha. Martha tanzte nackt auf der Terrasse meines Elternhauses in der Kalergistraße in Piräus. Der Vollmond schien so intensiv auf ihren Rücken, daß ich ihr Gesicht nicht sehen konnte. Es war ein intensives weißes Licht, kreidefarben. Neben ihr befand sich eine Stehlampe, die ebenfalls ihr Licht auf sie warf. Es war ein intensives Rot, wie Blut. Es umflutete sie. Die Terrasse ähnelte einem Kabarett. Mit einer Bühne, einem Orchester – welches ich nicht sehen konnte – und Tischen. Die Stammgäste trugen Schals und weiße Hüte. Die Gesichter konnte ich nicht erkennen. Der Mond blendete mich. Er war riesengroß. Es war windig. Im Hintergrund hörte man die „Erste Symphonie" von Mahler. Ich hatte sie letztens bei Liakopulos zu Hause gehört. Martha hatte sie aufgelegt. Wir unterhielten uns, und sie hörte die *Erste* von Mahler. Zufall? Ich hatte ihr mal erzählt, daß Mahler mich faszinierte, und jetzt hörte sie Mahler. Vor allem die *Erste*.

Ajisilaos stieg auf einer endlosen Wendeltreppe zum Mond hinauf. Er stieg immer höher und schaute dabei auf einen bestimmten Punkt der Terrasse zurück. Ich folgte seinem Blick. Doch Martha war mir dabei im Weg. Dann konnte ich langsam Julia im Schatten ausmachen, wie sie mit hochgeschobenem Rock breitbeinig und äußerst vulgär auf einem Sessel saß. Vor ihr stand ein Mann mit heruntergelassenen Hosen. Sein Gesicht konnte ich nicht sehen. Nur Rücken und Hintern. Die Musik wurde auf einmal fürchterlich laut. Ich wollte mir die Ohren zuhalten, um nicht mehr hinhören zu müssen, aber da gab es wie durch Zauberhand eine absonderliche Pause, nichts war mehr zu hören. Gleichzeitig erstarrten Menschen und Dinge zu Statuen. Auch der Mond schien wie eingefroren. „Jetzt entgehst du mir nicht", dachte ich, wollte aufstehen und mir das Gesicht des Mannes ansehen. Vergeblich. Auch ich war zur Statue erstarrt. Ich bemühte mich, strengte mich an, umsonst. Ich konnte mich weder bewegen noch sprechen. Da, inmitten des regungslosen Universums, begann sich Martha ganz langsam wieder zu bewegen, weißt du, mit solchen Bewegungen in Zeitlupe, die wir manchmal im Kino sehen, wenn sie eine Szene unterstreichen wollen. Sie ging weg. Ich bemühte mich, ihr hinterher zu rufen, sie solle nicht weggehen. Umsonst. Ich war immer noch erstarrt, während sie sich langsam entfernte.

Ich wachte erschöpft auf, mir war eiskalt. Als ich meine Augen endlich aufkriegte, sah ich neben mir ein Frühstückstablett. „Hör doch auf, mich zu verarschen, altes Miststück."

Es war Sonntag. Ich mußte nicht ins Büro. Mir war kalt.

Ich stand auf und warf mir eine dicke Jacke über. Ich hatte immer noch meine Socken an.

Die Tür war zu. Ich öffnete sie einen Spalt. Nur ganz wenig. Stille.

„Julia?" rief ich.

Nichts.

„Wer weiß, was ich alles zu hören bekomme."

Ich ging weiter. Alle anderen Türen waren offen. Die Wohnung leer.

„Wer weiß, von wem sie sich jetzt gerade bumsen läßt. Sie ist ein bißchen viel weg in letzter Zeit." Der Traum hatte mich auch beeinflußt. Was hatte ich da für ein Zeug geträumt. Mein Elternhaus war seit Jahren verkauft, Ajisilaos seit langem fortgegangen, und die Terrasse von höchstens fünfzehn Quadratmetern hatte sich im Traum in ein riesiges Kabarett verwandelt.

Mit meinen Gedanken noch beim Traum spürte ich die gestrige Übelkeit wieder in mir aufsteigen.

Konnte nichts anrühren.

Ich kehrte ins Schlafzimmer zurück, nahm die Kaffeetasse in die Hand, stellte sie wieder hin. „Die reinste Verarschung. Das hat sie schon immer mit mir gemacht. Frühstück am Bett, das hat mir gerade noch gefehlt."

Mich ergriff Panik. Obwohl die Stereoanlage ausgeschaltet war, hörte ich eindeutig die *Erste* von Mahler im Hintergrund, wie im Traum.

„So kann ich nicht weiterleben." Was sollte ich tun? „Sie" hatte mir an dem Tag, als wir von Liakopulos zurückkehrten, nachdem ich gekotzt hatte, klipp und klar gesagt: „Jetzt hör mal gut zu. Ich nehme deine Beleidigungen nicht mehr hin. Ich habe diesmal vor deinen Freunden nichts gesagt, aber es war das letzte Mal. Es können nicht ständig alle im Unrecht und du im Recht sein! Dein Freund hat alles getan, um uns zu trennen, ja uns gar nicht erst zusammenkommen zu lassen, und am Ende wird er es noch schaffen, uns auseinanderzubringen. Ich habe sowieso nie verstanden, warum du ihn auch noch verteidigst."

Irgendwer mußte gequatscht haben. Sie schien sich heimlich mit jemandem zu treffen, der ihr alles erzählte. Wer hatte ihr nur so viele Einzelheiten aus Ajisilaos' Brief anvertraut? Wer hatte ihr verraten, daß Liakopulos und ich nach Fatmés Tod Luis' Kaution bezahlt hatten, damit er entlassen werden konnte?

„Ich habe alles erfahren. Was denkst du eigentlich? Sechzigtausend hat er sich von dir geborgt. Auf Nimmerwiedersehen." Ausgeschlossen, daß Liakopulos es verraten hatte. Der kann den Mund halten. Also wer sonst? Martha ganz gewiß auch nicht. Die beiden telefonierten nie miteinander. Auch über Charula hatten sie ihr alles verraten.

„Denkst du, ich weiß nichts davon? Daß du ein Kind mit ihr hast? Triffst du sie noch? Das haben sie mir nämlich erzählt. Und komm mir nie mit deinem Bastard hier an."

Ich tat, als wüßte ich nicht, wovon sie sprach. „Was für eine Charula? Was für ein Kind?“ Alles leugnete ich, ich Feigling, alles.

Sie zog auch über Martha her, während ich immer noch dabei war, Luis zu verteidigen.

„Was hat dir Luis bloß getan, daß du ihn so haßt? Hattest du vielleicht ein Auge auf ihn geworfen, und weil du ihn nicht rumgekriegt hast, rächst du dich jetzt an ihm? Oder hast du ihn sogar rumgekriegt?“

„Was ich auch getan habe, es war das Richtige“, antwortete mir die blöde Kuh.

Sie hatte es absichtlich nicht abgestritten, um mich auf eine falsche Fährte zu locken.

Ich setzte mich aufs Bett. In Gedanken versunken griff ich wieder nach der Tasse, doch stellte ich sie ganz schnell wieder ab, als mir bewußt wurde, was ich tat. „Deinen Kaffee will ich gar nicht haben!“ Die Hälfte verschüttete ich auf dem Nachttisch.

„Wer weiß, was ich alles zu hören bekomme.“ Sie würde mich erschlagen, weil ich die Handarbeit ihrer Tante ruiniert hatte.

Und erneut stellte ich fest, zum zweiten Mal, daß ich ein Fremder in der eigenen Wohnung war.

„Daß ich mich über so was erschrecke, heißt, daß ich mich hier nicht zu Hause fühle.“

Ich verspürte einen kleinen Schmerz am Schlüsselbein.

„Verdammt und zugenäht, ich stecke ja voller Schuldgefühle.“

Die *Erste* von Mahler war die ganze Zeit über zu hören.

„Ich werde bekloppt, eindeutig! Wenn das so weiter geht, bin ich bald reif. Ich höre ja schon Musik von unsichtbaren Orchestern. Ich drehe durch.“

„Und wie hält es Lasaris denn ohne Frau aus, kannst du mir das verraten? Was tut er? Mag sein, daß er sich selber einen runterholt, aber ob ihm das sein Leben lang reicht?“

Ich ließ ihr gegenüber mal eine Bemerkung dazu fallen. Das weiß ich noch. Ich wollte ihn schlechtmachen, weil sie ihn mir als Mu-

sterbeispiel hingestellt hatte, als jemanden, der sein Leben zu meistern wußte und Karriere gemacht hatte. Doch hauptsächlich wollte ich sehen, wie sie reagierte. Ich hatte ihn ständig im Verdacht.
„Jetzt wirst du ordinär", antwortete sie damals.
„Und zu ihm nach Hause gehen wir auch nicht mehr. Was will er nur von uns, daß er uns andauernd einlädt, he?"
„Du brauchst ja nicht zu gehen. Ich schon. Du kannst ja dann öfter zu Liakopulos und zu deiner Liebsten gehen und zusehen, wie sie sich besäuft."

Ich stand wieder auf und goß die Blumen. Dabei waren sie schon gegossen worden. Jedes Mal ließ ich meine Wut an den Blumen aus.
„Hör auf, die Blumen zu gießen. Sie verfaulen ja", sagte Julia dann gewöhnlich.
„Wie konnte ich nur mit dieser Frau leben? Wie konnte ich mit ihr schlafen? Wie ..."

Beim Gießen kamen mir tausend „Wies" in den Sinn. Wie dies, wie jenes? Ich hatte letztens ein Stück von Strindberg gesehen, das zeigte, wie ein Paar ständig die Ehekrise verdrängte, bis beide Partner selbst zu Mumien wurden.

Ich warf die Gießkanne weg und ging auf den Balkon. Ich stellte mich in die Mitte, rührte mich nicht und stellte mir mich als Mumie vor, auf einem Ohrensessel sitzend, mit dreckigem Schlafanzug, verschlissenen Hausschuhen, ungewaschen, unrasiert, dünn wie ein Skelett, den Blick blöde und teilnahmslos auf ein- und dasselbe Bild gerichtet, als ob ich wer weiß was durch das Bild hindurch sehen würde, durch die Wand hindurch, weit weg.

Ich erschrak bei dieser Vorstellung!

Ich schaute mich um, sah Wände, Möbel, Kleinkram und Fotos, und nichts weckte in mir irgendwelche Erinnerungen oder Gefühle.

Alles rief nur Übelkeit in mir hervor. Wie gestern.

Ich versuche dir das so in allen Einzelheiten zu erzählen, damit du nachvollziehen kannst, was ich fühlte. Dieses „soll ich gehen oder bleiben“, diese ganzen widersprüchlichen Gefühle, die in mir kämpften! Bei der Vorstellung zu gehen ergriff mich Panik, bei der Vorstellung zu bleiben, genauso.

Ich holte einen großen Koffer vom Speicher, öffnete ihn, und es begann der Kampf mit mir selbst.

Hundertmal hatte ich gesagt: entweder als Sieger leben oder ruhmreich sterben, ich gehe. Hundertmal war ich geblieben, unentschieden, willenlos.

Du hättest mich sehen sollen, wie ich das Rasierzeug in die Hand nahm und wieder zurückstellte, die Wäsche zusammenpackte und wieder zurücklegte.

„Wo willst du denn hingehen, du Idiot?“ sagte ich laut zu mir selbst. „Wohin?“

Ich hastete zum Telefon und rief Luis an. Ich mußte ihn sprechen. Eine Männerstimme war am anderen Ende. Er fertigte mich ganz schön ab.

„Ist das nicht die Nummer der Familie Retsinas?“

„Ist sie!“

„Von Luis?“

„Ja, aber wegen dem brauchst du nicht mehr anzurufen“, sagte er wütend und legte auf.

Seltsam. Gestern waren wir noch zusammengewesen, und er hatte mir nichts von einem Streit oder so was erzählt.

Ich mußte unbedingt mit jemandem sprechen. Mit Martha. Ich rief Martha an. Liakopulos nahm ab. Ich legte auf.

Und rief wieder bei Luis an.

„Habe ich mich nicht deutlich genug ausgedrückt? Was willst du? Muß ich dir erst die Fresse polieren?“

Ich bat ihn, mir Luis’ Frau Litsa ans Telefon zu holen.

„Sie schläft.“

Daraufhin legte er wieder auf. „Was ist denn nur los? Seltsame Dinge gehen da vor."

Ich setzte mich in den Ohrensessel, in dem ich mir mich als Mumie vorgestellt hatte. Streckte Arme und Beine aus ...

Mir fiel das Atmen schwer. Am liebsten hätte ich mich wieder ins Bett gelegt, tagelang geschlafen, monatelang, jahrelang. Ich wollte nicht denken, wollte gar nicht da sein.

Plötzlich schien die Wohnung kleiner zu werden. Die Möbel wurden größer und die Wohnung kleiner. Die Wände rückten zusammen, die Decke kam weiter herrunter. Merkwürdig.

Ich geriet in Panik. „Ich verliere den Verstand. Das ist es. Was ist nur mit mir los? Ob das schon mein Ende ist?"

Es war immer noch nichts entschieden. Der Koffer war offen. Rasierzeug, Hemden und Klamotten lagen hier und da verstreut herum.
„Wenn sie zurückkommt und mich hier vorfindet, dann gnade mir Gott!"

Eigenhändig wird sie meinen Koffer packen und mich rauswerfen. „Ich möchte dich nicht aufhalten", wird sie sagen und den Koffer auf die Treppe werfen. Und dann wird sie den Fahrstuhl rufen.
„Wenn ich allerdings jetzt nicht gehe, dann war's das. Noch einmal bringe ich den Mut nicht auf."
„Wo zum Teufel ist sie nur hin am Sonntagmorgen? Sie kümmert sich einen Scheiß um mich. Nicht einmal eine Nachricht hat sie mir hinterlassen. Und mit Tante Evstathia scheint sie sich neuerdings wieder prächtig zu verstehen. Dauernd tuscheln sie miteinander. Sie haben sich gegen mich verschworen."
„Ich gehe, das ist gewiß. Gut, aber wohin? Also, ich packe jetzt meinen Koffer, nehme zwei, drei Anzüge mit ..."

Um meine Bücher tat es mir leid. „Sie wird später nichts rausrükken. Was ich davon behalten will, muß ich jetzt mitnehmen." Ich hatte in ihnen Bemerkungen, Gedanken und Ideen notiert. „Die Platten lasse ich da, die Bilder auch."

Alles, was mir in die Finger kam, warf ich in den Koffer. Ich konnte mich nicht erinnern, ob das Telefon auf meinen Namen angemeldet war. Ich kann alles ertragen, aber nicht, kein Telefon zu haben ... „Rausrücken wird es die alte Zicke nicht. Und dabei haben wir ja zwei Anschlüsse, doch wird sie mir keinen der beiden geben. Es sei denn, er läuft auf meinen Namen."

Ich suchte nach alten Rechnungen, auf denen der Name stand. Ich konnte mich ja nicht erinnern. In meiner Panik konnte ich nichts finden. Ich öffnete Schränke und Schubladen; nirgends fand ich was.

Unterdessen dachte ich: „Du Idiot, die Zeit verstreicht. Was tust du? Entweder du gehst jetzt oder du bleibst. Und wenn du vorhast zu bleiben, verstecke alles, damit sie wenigstens nicht sieht, was du vorhattest. Auf noch eine Blamage kannst du verzichten."

Ich versteckte den Koffer. Und hielt inne. Mir wurde noch einmal bewußt, daß mir hier nichts gehörte. Alles gehörte ihr. Und Unterhalt würde sie fordern. Klagen, Gerichtstermine, Zeugen.

Luis fällt sowas leicht. Der würde einfach gehen, okay. „Welcher Hornochse war denn das bei ihm zu Hause, der mich zum Teufel schicken wollte?"

„Vetter, du wirst noch an Krebs sterben, wenn du so weitermachst. Werde dir allmählich mal klar darüber, was du willst. Wenn du Bequemlichkeit brauchst, ist das okay. Dann genieß sie auch. Aber daß du ständig so nah am Abgrund herumspazierst, ist auf die Dauer kein Zustand.

„Ich träumte von ihrem Tod. Entweder davon, sie zu erwischen, wie sie es mit jemandem treibt, oder von ihrem Tod."

Mir kamen jetzt lauter Gesprächsfetzen in den Sinn, als Luis und ich in der Ouzerie von Herrn Lambros zusammengesessen hatten. Ich mußte unbedingt noch hin und mein Jackett holen.

„Das Auto nehme ich mit. Das gehört schließlich mir, wenigstens das läuft auf meinen Namen."

Der Gedanke an das Auto machte mir Mut.

„Zur Not schlafe ich im Auto, bis ich eine bessere Lösung gefunden habe.“

Ich sehnte mich nach einem Freund, jemand ganz Vertrautem, um mich auszusprechen. Liakopulos? Ausgeschlossen. Ich verstehe mich nicht mehr so gut mit ihm wie früher. Außerdem will ich nicht, daß Martha mich bemitleidet. Lasaris? Das wäre doch was, wenn ich jetzt zu ihm ginge und die beiden dann auf frischer Tat im Bett ertappte.

Ich verdächtigte hauptsächlich ihn. Warum nur? Er würde unten und sie oben sein. Ihre Lieblingsstellung. „Damit sie die Situation beherrscht.“ So deutete es Ajisilaos.

„Er ist weg, Ajisilaos ist nicht mehr da.“ Sollte ich Antoniadis anrufen? Nein. Der würde die Gelegenheit nutzen, mir vorzuwerfen, daß ich ein Spießbürger und auch einer von diesen Idioten geworden bin ... Oh Schreck! Die *Erste* von Mahler. Ich konnte sie so deutlich hören, als hätte ich die Platte aufgelegt.

„Los jetzt, Vollidiot, komm in die Gänge, glorifiziere das Ganze nicht noch, um dich aufzuwerten. Mag ja sein, keine Wohnung, keine Frau, aber jetzt komm mal in die Hufe.“

Stell dir vor, jetzt war ich auch noch auf Frauensuche. Ohne eine Frau kann man nicht leben. Die Welt wird kleiner, du träumst nicht mehr. Andererseits träumst du denn mit einer Frau wie Julia? Nicht mal das Körperliche lief noch einigermaßen mit ihr. Wie auch, bei so viel Haß, wie sollte einem da die Lust kommen? Und wie hättest du sie darum bitten können, du hättest dich erniedrigen müssen, ihre Aktien stiegen und dann ging das Ganze wieder von vorne los. Dann hätte sie dich wieder unter der Knute.

Ich dachte daran, daß mich das Miststück neuerdings trotz allem verstärkt scharfmachte. Vielleicht war es das Ordinäre an ihr. Wenn ich sie mir vornahm, erregte sie mich aufs Äußerste. Vielleicht, weil ich in dem Moment das Gefühl hatte, einen Körper zu beherrschen, den ich haßte. Egal, was zum Teufel ist die körperliche Liebe, und wie paßt das alles zusammen?

Zwei Frauen waren an mir wirklich interessiert. Charula und Martha.

Ich rief Luis noch mal an. Da muß was schiefgelaufen sein, irgendein teuflischer Zufall.

Jetzt verstand ich auch, warum er irgendwann über Kannibalen und ähnliches gesprochen hatte. Er hatte mir irgendwas von sich und von zu Hause erzählen wollen, doch hatten wir das Thema gewechselt, und dann war es in Vergessenheit geraten. Was hatte er nur gesagt? Ach ja, daß „ich mein ganzes Leben versucht habe, den Grund für unsere Verhaltensweisen herauszubekommen, warum wir handeln, wie wir handeln, warum der Mensch zum Tier wird, warum wir an primitiven Ideen festhalten, primitive Gefühle haben, warum wir zu solchen Kanaillen werden ..." Da erzählte ich ihm auch von meinen Gedanken über das Böse.

„Luis, ich würde gerne das Böse ergründen. Was steckt dahinter? Daß man oft eiskalt etwas Böses tut, das muß doch in uns stecken."

Martha kam mir in den Sinn. Das Telefon klingelte, und ich kam wieder zu mir. Es muß schon eine Weile geklingelt haben, ohne daß ich es gehört hatte. Ich ließ es klingeln, bis es aufhörte. Was hätte ich sagen sollen, wenn Julia anrief?

Sieh einer an, wie sich die Dinge verändern. In unseren ersten Ehejahren hatte sie vielleicht manchmal ihre Stimme erhoben, aber wenn sie merkte, daß ich sie auch erheben würde, suchte sie mich zu beschwichtigen – ob ich etwas bräuchte, was ich essen möchte – und gab nach, während sie sich jetzt nicht mehr zurückhielt.

Da fielen mir unsere Sparbücher ein. Wir hatten vier Stück. Alle auf beide Namen. In der Nachttischschublade, die wir sogar abgeschlossen hatten.

Ich wollte den Schlüssel aus dem Versteck holen. Verschwunden. „Das Biest, sie hat ihn woanders versteckt. Also hat sie damit gerechnet, daß ich abhauen würde, und hat ihn versteckt. Und du sitzt noch hier, Vollidiot, mit einem Feind, und was für einem, in derselben

Wohnung?“

Ich schnappte mir wieder den Koffer und warf rein, was mir vor die Nase kam. Sogar ein Bild von Migadis[59] packte ich hinein. Ein Junge auf einem Stuhl war darauf abgebildet. Es erinnerte mich an meine Kindheit. Ich liebte das Bild.

„Und jetzt?“ dachte ich, „ich kann ihr doch nicht drei Millionen überlassen? Ich bin doch nicht blöde. Das wird schön geteilt. Davon kann ich ein bis zwei Jahre leben, bis ich alles neu geregelt habe.“

Ich stellte den ganzen Nachttisch auf den Kopf.

„Ich werde den Boden der Schublade herausbrechen.“

Das Telefon klingelte wieder. Diesmal hob ich ab.

Stell dir vor, mein Freund, ich habe von Martha geträumt, wie sie nackt tanzte. Ich hatte sie ja noch nie nackt gesehen. Nur ihre Brüste. Sie trug keinen BH, und wenn sie sich bückte, konnte man alles sehen. Oder hatte ich sie doch schon mal nackt gesehen? Ja, als sie klein war, bei Arjyris.

Als ich den Telefonhörer abnahm, war ich mit meinen Gedanken immer noch bei Martha.

„Ja bitte?“

Es war wie erwartet Julia. Sie würde später kommen, sagte sie. Sie hätte sich Schaufenster angesehen. Danach wollte sie zu Tante Evstathia, der es sehr schlecht ging. Sie war über nacht krank geworden.

„Du solltest sie auch besuchen.“

Die Tante war in eine eigene Wohnung umgezogen. Sie hatte zwei Grundstücke verkauft und sich die Wohnung dafür gekauft. Die hatte sie in ihrem Testament natürlich auch Julia zugedacht. Zusammen mit dem dreistöckigen Familienhaus in der Patissionstraße. Dazu noch ein Grundstück in Kalamos. Wenn die Tante hops ging, dann hatte Julia ihr Glück gemacht.

„Hörst du? Was machst du gerade“, rief sie. „Du sollst unbedingt kommen, sagt Papa. Es könnte ihr Ende sein. Wir sollen ihr schön

Beistand leisten. Er fürchtet, sie könne jetzt, wo es dem Ende zugeht, auf die Idee kommen, das Testament zu ändern."
„Sagt Papa?"
„Spar dir deine Ironie, denn du bist auch nicht gerade uneigennützig. Und ich denke auch nicht, daß du früher uneigennützig gehandelt hast, eher, daß du Hintergedanken gehabt hast ... Du kannst mich dort treffen und dir deine Worte sparen. Ich bin spät dran."

Ich wollte ihr am liebsten sagen, daß sie mich mal am Arsch lekken könne und daß ich, wenn ich das Erbe der Tante im Hinterkopf gehabt hätte, das ganz schön dumm von mir gewesen wäre, denn die Tante würde sowieso alles ihr überschreiben, nicht mir.

Doch ich sagte mal wieder nichts. Ich fragte sie nur, warum sie den Schlüssel von der Nachttischschublade woanders versteckt hätte.
„Meinst du vielleicht, ich hätte ihn liegenlassen, damit du Geld abhebst, um es wie damals deinem Freund für die Kaution zu geben?"

Wieder dieselbe Leier. Also wirklich, ich hätte zu gerne gewußt, welcher Schuft ihr das verraten hatte.

Ich war voll in Gedanken, während sie weiterredete:
„Hast du es schon erfahren? Die neuen Heldentaten von deinem Freund? Hat er sie dir gestern nicht erzählt? Hat er sie vor dir verschwiegen? Informier dich mal ..."

Ich ließ sie nicht ausreden, sondern legte auf. Und jetzt brach ich den Boden der Schublade auf.

Ich fand Hunderttausend in bar. Ich dachte an Martha. Sie hatte die schönsten Brüste, die eine Frau haben konnte. Auch heute noch.

Alles auf einmal. Geldzählen, ihre Brüste, die *Erste*, Luis.
„Also wirklich, was für Geschichten hat der Gauner nur wieder ausgefressen? Dieses Miststück hat gesagt, daß ich mich informieren soll."
„Daß ich den Boden von der Schublade aufgebrochen habe, war richtig."

Mit einem dicken Messingstößel. Der stand bei uns als Dekorationsstück im Wohnzimmer. „Das habe ich richtig gemacht! Jetzt gibt es kein Zurück mehr. Jetzt treibe ich die Ereignisse voran."

Ich nahm zwei Sparbücher und fünfzigtausend. Genau die Hälfte. Korrekt abgezählt.

Aus dem Fotoalbum löste ich nur ein paar Fotos, die mir gefielen. Auf einem war Martha. Wir hatten uns zusammen fotografieren lassen, Luis, sie und ich. Sie trug einen Badeanzug. Ajisilaos war auch dabei. Er saß vorne. Wir standen. Am Votsalakiastrand von Paraskevas. Ihre Brustwarzen zeichneten sich unter dem Badeanzug ab. Ich roch sie fast.

Ich rannte zum Plattenspieler und legte die *Erste* von Maler auf. Ich wollte die *Erste* von Mahler jetzt live hören.

Ihre eine Brust war fast herausgerutscht, und man konnte die Brustwarze sehen. Violett, rund.

Ich begann zu wichsen. Warum soll ich es dir verheimlichen? Die Tatsache, daß Julia sich verspäten würde, ließ mich meine Freiheit voll auskosten.

Als ich fertig war, fand ich mich mitten im Wohnzimmer stehend, mit meinem Schwanz in der Hand, genau über Marthas Foto, mit der *Ersten* von Mahler im Hintergrund und fühlte mich zum ersten Mal frei und stark.

Ich sah mich im Zimmer um und war glücklich. Es sah aus wie nach einem glorreichen Vandalenüberfall. Aufgerissene Schränke, Kleider umher verstreut, herausgezogene Schubladen, abgenommene Bilder.

Die Autoschlüssel! „Wenn sie die mitgenommen hat, bin ich angeschmiert." Sie waren nicht da. „Hat sie die mitgenommen?" Ich rannte zum Balkon, um zu sehen, ob das Auto da war. „Nein, verdammt! Es ist weg. Sie war damit unterwegs. „Aber wenigstens das ist auf meinen Namen zugelassen. „Ich nehme die Zweitschlüssel, wenn sie die nicht auch einkassiert hat, komme ich ein andermal und hole es.“ Zum Glück fand ich sie an ihrem Platz, in dem Behälter mit den Cremes, dort bewahrte sie sie auf. Ich nahm sie an mich.

Jetzt konnte ich jedenfalls nicht mehr bleiben. Wie hätte ich mich herausreden sollen, wenn sie den kaputten Nachttisch sehen würde? Dann hätte sie alles erraten und mir das Leben zur Hölle gemacht.
„Ich verliere Zeit. Was soll ich tun?“ „Abhauen, abhauen, nicht bleiben.“

Ich ging meine Aufzeichnungen holen, wo all das drinstand, was ich dir jetzt erzähle. Ich hatte mich ab und zu hingesetzt und alles aufgeschrieben, stückchenweise. Fast hätte ich sie vergessen. Auch das gefiel Julia nicht. Daß ich schrieb. Sie hatte es im Freundeskreis jemandem erzählt, wahrscheinlich Lasaris.
„Er sitzt stundenlang da und schreibt. Was schreibt er nur?“ wird sie vermutlich geklagt haben.

Dieser Schuft Lasaris war schon über alle Maßen verdächtig.

Sie machten sich über mich lustig. Allerdings begannen sie mich nach Ajisilaos' Brief zu fürchten, weil ich ja auch irgendwelche schmutzige Wäsche würde waschen können.

Ich könnte meine Mutter anrufen. „Zur Not wohne ich in der ersten Zeit bei ihr.“ Warum hatte ich daran nur nicht früher gedacht? Ach nein. Die Stimme der Vernunft: „Bleib zuhause und laß den Unfug. Was hat dir die Frau denn getan?“ Vergiß es. Sie wird die letzte sein, die es erfährt.“

Und plötzlich stellte ich fest, daß ich nicht einen Freund hatte, den ich mit dem Problem konfrontieren konnte, dem ich mein Herz hätte ausschütten können.

Ich rief Drakopulos an. Ich hatte nicht groß überlegt. Ich rief ihn einfach an. Obwohl er Luis haßte, akzeptierte er mich schon irgendwie. Nein, er schätzte mich.
„Was sagst du da? Du willst weg? Hast du sie noch alle? Dein ganzes Leben lang hast du mitgespielt, und jetzt, wo die Tante im Sterben liegt und ihr reich werdet, willst du bitte was? Ignoriere sie doch ein-

fach und bleib da. Das hast du dir zu spät überlegt, Manolopulos. Früher, okay, hättest du gehen sollen, aber jetzt? Bald bist du reif für Krücken."

Ich hatte ihm erzählt, daß ich seltsame blaue Schwellungen an meinen Beinen festgestellt hatte. An die erinnerte er sich jetzt: „Laß dich doch erst mal untersuchen, damit du siehst, ob das von den Arterien oder den Venen kommt."

„Meine Mutter würde dasselbe sagen, nämlich, daß ich bleiben soll."

„Und ich habe ein Riesenproblem mit Tatjana wegen des Kindes, von wem das nun ist. Ich hab's geschluckt und bin geblieben, und jetzt kommst du und erzählst mir ..."

„Wieso? Legst du deine Hand dafür ins Feuer, daß meine Julia nicht fremdgeht?"

„Weißt du das denn genau? Das weißt du nicht. Folglich, selbst wenn sie es tut, ist es so, als täte sie es nicht."

„Ach, so ist das?"

„Sicher. Während ich, wie soll ich beweisen, daß ... Ajisilaos ist auch tot, der einzige, der meinen Verdacht aus dem Weg räumen oder mir hätte sagen können, woher er das hatte. Soll ich ihn vielleicht im Jenseits suchen gehen? Rühr dich besser nicht und hör mit dem Scheiß auf ..."

„Tschüß", sagte ich und legte auf.

Vom Fenster aus sah ich auf einmal Herrn Antonis von gegenüber in einem grauen Schlafanzug auf dem Balkon hin- und hergehen. Wir sagten uns selten Guten Tag. Ein friedlicher Typ. Berufsschullehrer, Rentner und alleinstehend.

Manchmal blieb er stehen, schaute zum Meer und dann ging er weiter. Das Meer stellte er sich natürlich nur vor, denn durch soviel Smog und Abgaswolken war es nicht zu sehen. „Was macht er denn da? Spinnt der?" Hin und wieder hielt er seine Hand an die Stirn, so als ob ihn die Sonne blendete. Dabei war es gar nicht sonnig. Der Himmel war bedeckt, fast schwarz, es würde bald regnen.

Etliche Male wiederholte er die gleiche Bewegung. Mir fiel das jetzt erst auf.
„Ach, Ajisilaos, es fällt deinem Freund nicht leicht, wie du geschrieben hast, an der Rechten Gottes in Luis' Nähe zu sitzen, es fällt ihm nicht leicht.“

Ich quatschte und quatschte und war immer noch da. Mir war fast, als hörte ich Ajisilaos mir Mut zusprechen: „Wovor hast du Angst, du Dummkopf? Du hast eine Anstellung. Und eine nicht kündbare obendrein. Warum also Angst haben? Hau ab. Was kann dir schon passieren? Wenn du in dieser Wohnung bleibst, gehst du ein. Guck mal, ich bin tot und bereue nichts. Warum solltest du etwas bereuen?“

Das Telefon klingelte. „Wenn die das schon wieder ist, dann kann sie was erleben. Die soll mich gefälligst in Ruhe lassen.“ Aber sie war es nicht. Unglaublich. Es war Martha! Was für ein Zufall. War das denn die Möglichkeit, Martha!
„Hallo!“

Nur dieses eine Wort.
„Martha?“

Das war das einzige, womit ich nicht gerechnet hatte. Ein Anruf von Martha. Die „Erste“ von Mahler war gerade auf ihrem Höhepunkt. Ich war fassungslos. Sie rief so gut wie nie bei uns an und eigentlich nur dann, wenn sie genau wußte, daß Julia nicht zu Hause war. In all den Jahren hatte sie höchstens ein- oder zweimal angerufen. Hier ging's mit dem Teufel zu. Ausgerechnet heute rief sie an? Es geschahen noch Zeichen und Wunder.

Ihr Geruch stieg mir wieder in die Nase, ihr Tanz im Traum, ihre Titten ...
„Vor zwei Minuten habe ich mir das Foto angesehen, auf dem du drauf bist. Du wirst es nicht glauben. Das, wo wir mit Luis am Vot-

salakiastrand von Paraskevas sind. Luis hat es ein Pornofoto genannt. Weißt du noch?"

„Ich hatte das gleiche Foto, aber dein Freund Liakopulos hat es zerrissen. Nach Ajisilaos' Brief hat er alle meine Fotos zerrissen, auf denen ihr beide drauf wart, du und Ajisilaos."

„Martha!"

Ich wollte ihr so viel sagen, und das einzige, was ich ständig wie ein Irrer wiederholte, war ihr Name.

Was für ein Zufall! Daß sie gerade in dem Moment anrief, als ich sie auch anrufen wollte.

Herr Antonis von gegenüber ging immer noch auf seinem Balkon hin und her. Ohne ersichtlichen Grund.

Letztendlich, warum sollte unser Leben auch einen Sinn haben? Wozu nützt mir ein Sinn? Besser keinen Sinn. Wenn du deinem Leben erst einen Sinn gibst, bist du gefangen davon und würgst das Spontane ab. Ich hatte es satt, nach dem Sinn des Lebens zu suchen, davon zu hören. Zum Teufel damit!

Dem Herrn Antonis ging es doch gut. Für den war es eine Kleinigkeit, sich vom Balkon zu stürzen. Kein Zweifel, der würde seinem Leben auch gerne einen Sinn geben, und weil es keinen hatte, war er jetzt soweit. Sollte er springen oder sollte er nicht springen, dachte er jetzt vermutlich. Auch wenn er nicht sprang, war es so, als sei er gesprungen. Jedenfalls würde ihn niemand daran hindern. Es wäre auch falsch, wenn ihn jemand aufzuhalten versuchte. Weißt du, wie es ist, wenn du dich endlich zu der Entscheidung durchgerungen hast und in dem Moment, wo du es ausführen willst, aufgehalten wirst?

„Hörst du die *Erste* von Mahler?"

„Allerdings. Ich höre die *Erste* von Mahler und beobachte einen Herrn auf einem Balkon gegenüber. Der geht die ganze Zeit auf dem Balkon hin und her. Ziellos. Vermutlich will er sich hinunterstürzen."

„Hindere ihn nicht daran."

„Nein. Das wollte ich auch nicht. Wo bist du? Bist du nicht zu

Hause?"
„Warum fragst du?"
„Ich höre Geräusche. Hast du den Fernseher an? Ach, Martha, ich muß dir einen Traum erzählen, den ich gehabt habe. Ich mußte so an dich denken."
„Ich auch an dich."

Ihre Stimme war immer so lieblich!
„Ach, Martha!" wiederholte ich.
„Hör zu ... Heb das Foto auf, von dem du eben sprachst. Ich würde es gerne sehen. Schick es mir."

Was sagte sie da? Wohin sollte ich es schicken?
„Was für einen Film siehst du denn da? Einen Kriegsfilm? Ich höre Flugzeuge. Nein, das war wohl eher eine Schiffssirene."
„Mir geht es nicht gut, Manolopulos. Mir geht es wirklich nicht besonders gut."
„Martha, wenn du wüßtest."
„Ich weiß. Denkst du, ich weiß es nicht? Wer bist du denn, daß nur du es weißt und ich nicht?"
„Was hast du?"
„Mir geht es nicht gut. Reicht das nicht?"
„Willst du abhauen?"
„Mag sein. Wie kommst du darauf? Wo sollte ich denn hingehen?"
„Wo solltest du denn hingehen. Stimmt."

Ihr Atem sagte mehr als ihre Worte. Sie atmete schwer. Sie konnte kaum Luft holen.
„Der ist drauf und dran zu springen. Ich kann es ihm ansehen. Er beugt sich vornüber."
„Laß ihn. Auch wenn ich es wäre, solltest du mich nicht aufhalten."
„Martha!"

Wieder kriegte ich nur ihren Namen raus. Nichts sonst. Was sollte ich ihr sagen? Das Leben war vorbeigezogen, und was ich ihr hätte sagen sollen, hatte ich ihr nicht gesagt.

Martha war jetzt über vierzig ... Mit dunklen Flecken im Gesicht. Aber bezaubernd war sie immer noch. Sicher, der Alkohol hatte ihr zugesetzt. Ihre Haltung war gebeugt, ihre Arme nicht mehr fest, die Muskeln erschlafft, aber ihre Brüste wie ehedem. Aufrecht, rund, dunkel.

Liakopulos war eifersüchtig wegen des Pornofotos. Deshalb hat er es zerrissen. Bestimmt. Er war völlig prüde geworden, der Blödmann.

Und die Ringe unter ihren Augen waren dunkler geworden. Sie hatte immer schon Ringe unter den Augen gehabt. Und wenn sie jetzt ging, wiegte sie sich nicht mehr im Schritt wie früher. Wo war nur ihr unbekümmerter stolzer Gang geblieben! Eine perfekte Kombination. Der wiegende und zugleich stolze Gang.

Ich beneidete Liakopulos. „Wirf dein Leben nicht weg, Manolopulos." Das hatte Luis in Bezug auf Martha zu mir gesagt. Ich hatte nicht auf ihn gehört. Und damals mit Charula war es dasselbe. „Wirf dein Leben nicht weg." In *Dorothys Bar* in Piräus hatte er mir das gesagt.

„Bist du allein?"

„Ja. Warum?"

„Ich würde dich gern sehen, Martha."

Es fiel mir schwer, die Worte rauszukriegen, ich brachte sie nicht in die richtige Reihenfolge.

„Und was haben wir davon, Manolopulos?"

„Stimmt. Was haben wir davon?"

Eine lange Pause und dann fing ich an, ihr von meiner Krise zu erzählen, von Julia, dem offenen Koffer, von meinem Konflikt „gehe ich oder gehe ich nicht".

„Martha, hörst du mir zu? Martha! ... Ich habe sogar bei dir zu Hause angerufen, aber dein Mann war am Apparat, und da habe ich aufgelegt."

Der von gegenüber ging nach wie vor hin und her.

„Weißt du, ich habe mit mir selbst gewettet, daß ich weggehe, wenn der von gegenüber nicht aufhört, daß ich nicht bleibe, daß ich aus der Wohnung abhaue. Für immer. Martha? Martha?"

Sie hatte aufgelegt. Sie hörte nicht. Ich ging auf den Balkon hinaus. Stellte mich ihm genau gegenüber auf. Sah ihn an. Er hielt kurz inne. Wir schauten uns ganz kurz an. Dann setzte er seinen Trott fort.

Ich ging wieder rein und schloß die Balkontür. Es hatte zu tröpfeln begonnen.

„Vielleicht", dachte ich bei mir, „sollte ich die Polizei oder einen seiner Angehörigen benachrichtigen."

Ich hob den Hörer auf. Ich rief Martha an. Fast gedankenverloren. Ich wollte sie fragen, warum sie aufgelegt hatte. Es klingelte. Es nahm niemand ab. Ich ließ es klingeln.

„Warum hat sie nur aufgelegt? Wahrscheinlich, weil sie weinen mußte." Ihre Stimme klang so, als ob sie weinen mußte. Wahrscheinlich deshalb. Es klingelte immer noch. Als ich gerade auflegen wollte, nahm Liakopulos ab. Für einen Moment war ich irritiert. Ich wollte auflegen, doch entschlüpfte mir ein „Hallo".

Er erkannte mich. Ich sagte, daß ich mit Martha sprechen wolle.

„Spinnst du, Manolopulos? Hat Julia dir nichts erzählt?"

„Nein, was soll sie mir denn erzählt haben? Sie ist gar nicht da. Ich habe bis eben geschlafen und bin gerade erst aufgewacht."

„Ich sitze hier wie auf glühenden Kohlen, warte die ganze Zeit, daß du mich endlich anrufst, und jetzt spielst du den Unwissenden? Hör auf mit deinen Tricks, Manolopulos! Ewig tanzt du auf zwei Hochzeiten. Ich war schon so gut wie weg, auf dem Weg zu dir. Ich war gerade an der Tür, als du angerufen hast."

„Was redest du denn? Ich verstehe nur noch Bahnhof."

Ein Segen, daß ich nicht so blöde war, ihm zu verraten, daß ich vor einer Minute mit Martha gesprochen hatte. Dazu wäre ich glatt imstande gewesen. Aus Versehen, vor Naivität oder aus Dummheit, mir passieren solche Sachen.

„Hörst du zu?" schrie er.

„Ich höre“, antwortete ich.

„Verstehst du nicht, Martha ist von zuhause abgehauen. Das versuche ich dir zu sagen. Seit gestern ist sie weg. Und Julia hat dir nichts gesagt? Spinnt die?“

Das Miststück. Sie wußte es und hat es mir absichtlich nicht gesagt. Ihr saß die Angst im Nacken. Sie hatte schon lange Marthas und meine Zuneigung füreinander bemerkt, und so wird sie sich gedacht haben, daß nicht viel fehlt und ich mit ihr abhaue. Völlig ausgeschlossen jedenfalls, daß sie es mir zu erzählen vergessen hatte.

Ich hatte Liakopulos noch nie so außer sich gesehen. Was heißt „gesehen“? Gehört.

Ich fragte:

„Sag mal, war sie denn heute nicht im Büro?“

„Was für ein Büro, Manolopulos. Tu doch nicht blöder als du bist. Ist dir denn gar nichts aufgefallen? Seit Wochen ist sie nicht mehr im Büro gewesen. Wenn sie allein das Haus verläßt, kommt sie sturzbetrunken zurück. Mal schleppen sie Polizisten an, mal irgendwelche Leute von der Straße, mal Nachbarn. Du fragst dich, warum ich euch das nicht erzählt habe? Mal lesen sie sie am Hafen, mal am Flughafen auf, wie sie aufs Meer hinaus blickt oder in den Himmel schaut, sagen die Leute. Ich habe es satt. Bei Gott, soll sie doch gehen, dann ist es endlich vorbei. Und du, Manolopulos, versuch nicht, mich zu verarschen. Du weißt bestimmt mehr und tust so unschuldig. Schon immer warst du ihr Vertrauter. Sie stand auf dich, auch wenn da wohl nichts ... Ajisilaos hat es beschrieben. Oder etwa nicht? In seinem Brief. Wenn sie betrunken war oder wenn wir uns stritten, weißt du, wie oft sie es da zugegeben hat? „Stimmt schon, ich stehe auf ihn.“ Weißt du, wie oft sie mir diesen Satz entgegengeschleudert hat?

Da fiel mir auf, daß wir am Telefon viel leichter mit der Wahrheit rausrücken. Wenn wir unser Gegenüber vor uns haben, schließen sich die Türen, werden verriegelt, hältst du dich zurück, während du am Telefon entspannt bist und aus dir herausgehst.

Also ist unser Gegenüber, seine Anwesenheit für uns bedrohlich. Je näher er dir kommt, desto mehr fühlst du dich von ihm bedroht, gehst ihm aus dem Weg und ziehst dich zurück.

Was war nur mit mir los in letzter Zeit, daß ich immer, wenn ich mit jemandem am Telefon redete, mit meinen Gedanken abschweifte. Jetzt zum Beispiel sprach Liakopulos mit mir, und ich war mit meinen Gedanken ganz woanders. Er redete und redete, und nur den letzten Satz bekam ich mit.

„Rede. Was ist los? Ich habe dich gerade was gefragt. Mit wem warst du gestern abend zusammen, mit Luis oder mit Martha? Das wirst du ja wohl noch wissen."

„Mit Luis."

„Bis zum Morgengrauen mit Luis? Da stimmt doch was nicht, Manolopulos. Wenn du mit ihr zusammen warst, sag es nur, dann brauche ich nicht hinter ihr herzulaufen und mich lächerlich zu machen. Ich hab volles Verständnis dafür, ich gebe euch sogar meinen Segen. Trunksucht hin und her, Martha ist und bleibt was besonderes, ich begehre sie, aber wenn sie ... Sie hat mich zwar nie geliebt – sie hat es sich eher bei mir bequem gemacht –, das weiß ich inzwischen. Sie wollte was ändern."

„Sieh mal einer an", dachte ich, „was der Mensch so alles auskotzt am Telefon. Wenn er mich vor sich gehabt hätte, hätte er bestimmt kein einziges Wort davon gesagt."

„Wenn du allerdings wirklich keinen Schimmer hast ... Ich habe Angst, daß sie sich etwas antut, deshalb frage ich dich ja, ob du was weißt."

Ich mußte an Marthas Bemerkung denken, als ich ihr erzählte, daß sich der von gegenüber vom Balkon stürzen wollte. „Auch wenn ich es wäre, solltest du mich nicht aufhalten."

„Red schon, weißt du was?"

Ich war schon wieder mit meinen Gedanken abgeschweift.

„Nein. Woher auch?"

Ich blieb standhaft. Ich verriet ihm nicht, daß sie mich angerufen hatte. Ich fragte ihn, ob sie denn auch das Auto mitgenommen habe.
„Aber das sage ich doch die ganze Zeit. Natürlich hat sie es mitgenommen. Ihr Auto! Daran mag ich gar nicht denken, ich habe Angst, daß sie einen Unfall baut, wenn sie besoffen ist. Die Scheißstraßen sind auch noch alle so matschig."

Ich hatte von alledem nichts gehört.
„Was soll's, wenn du was von ihr hörst, ruf mich an."

Ich fragte noch, ob sie vielleicht irgendeinen Streit gehabt hätten, warum sie denn abgehauen sei.
„Natürlich haben wir uns gestritten, wie so oft ... Wenn ich ihr nicht ab und zu die Zähne zeigen würde, dann würde sie nur noch auf der Straße herumlungern. Aber sie ist noch nie über Nacht weggeblieben. An allen hat sie was auszusetzen: an mir, am Freundeskreis und an deiner Frau. Ich solle Moschos und Lasaris nicht wieder einladen, sagt sie. ‚Wollen wir uns etwa isolieren, Martha?' Und ich solle mich bei Luis entschuldigen. ‚Entschuldigen soll ich mich, Martha? Soll er mir doch zuerst das Geld für die Kaution zurückzahlen, und dann sehen wir weiter ...' Dann geht es in der Regel erst richtig los. Manchmal fängt sie sich von mir auch eine Ohrfeige ein. Also wirklich, Manolopulos, ich trage sie auf Händen, und was macht sie? Schließlich stehen Lasaris alle Türen offen. Du hast das ja am eigenen Leib erfahren. Es ist nicht gerade einfach, sich von so jemandem zu distanzieren. Schlag doch mal Julia vor, ihn zu ignorieren. Aber du traust dich ja nicht mal, ihr so was vorzuschlagen."

Er traf mich sehr mit der Bemerkung, daß ich es ja „am eigenen Leib erfahren" hatte. Denn damit meinte er ja, daß ich mich aus dem gleichen Grund weiterhin mit ihm abgab.
„Also? Hast du was zu sagen? Weißt du etwas?"
„Nein. Nichts."
„Gut. Wenn du von ihr hörst, ruf mich an."

Daraufhin legte er auf. Unvermittelt.

Als ich den Hörer auflegte, sah ich auf einmal eine Silhouette, die sich im Glas der Balkontür spiegelte, regungslos. Ich erstarrte. „Jetzt bin ich angeschissen", dachte ich. „Es ist geschehen."

Ich drehte mich unauffällig um. Es war Julia! Wer sonst? Nur sie hatte Schlüssel. Und die Tante hatte welche.

Sie schluckte. Ihr Mund war ausgetrocknet.

Ich sah sie an. Ich schluckte auch.

„So mußte es ja kommen, Vollidiot, warum hast du so lange gezögert. Wieder einmal hast du alles in der Schwebe gelassen. Verdammt noch mal", fluchte ich, „warum bist du nicht besser selbst vom Balkon gesprungen?"

Ich hatte keine Ahnung, wie lang sie da schon gestanden und zugehört hatte. Sie sagte nichts. Natürlich hatte sie die Situation erfaßt, das Durcheinander und den Koffer gesehen ...

Sie stellte den Plattenspieler ab. Stille. Aus war es mit der *Ersten*. In der Stille war nur der Regen hörbar. Er hörte sich laut an. Ich blieb wie angewurzelt an derselben Stelle stehen. Sie sagte nur:

„Die Tante ist gestorben. Ich habe versucht, dich anzurufen, weil ich dir sagen wollte, daß du kommen sollst, daß ich dich brauche. Ich war total durcheinander. Aber das Telefon war ununterbrochen besetzt ... Deshalb bin ich hergekommen."

„Ich soll telefoniert haben? Ich habe doch nur eben mit Liakopulos gesprochen."

„Übrigens, ich habe vergessen, dir von Martha zu erzählen."

Mehr sagte sie nicht. Sie begann, die „Trümmer" zusammenzuräumen. Völlig gelassen. Sie räumte alles wieder an seinen Ort, ohne ein Wort zu sagen.

Ich beobachtete sie dabei.

Sie drehte den Nachttisch wieder um und stellte ihn an seinen Platz. Vor das Loch im Boden der Schublade klemmte sie ein Stück dicke Pappe.

Sie nahm das Album und klappte es zu. Später würde sie feststellen, welche Fotos fehlten. Sie hängte das Bild von Migadis an seinen Platz. Etwas schief. Ich korrigierte es. Dann bückte sie sich, um meine Aufzeichnungen aufzuheben und in eine Plastiktüte zu tun.

„Faß sie nicht an. Laß sie so liegen", sagte ich feindselig.

Sie ließ sie liegen.

Das Miststück ließ kein Wort über den Zustand der Wohnung fallen. Sie war ausdruckslos und gelassen.

Aber ich kannte sie nur zu gut. Sie registrierte alles, um es mir später vorzuhalten, wenn ich erst wieder in meinem Schlafanzug und Hausschuhen mit ihr vor dem Fernseher sitzen und essen würde. Alle ihre Vorwürfe sparte sie sich für den Zeitpunkt auf, wenn man sich gerade entspannt hatte, sich der Sturm gelegt hatte und wenn man erschöpft, nichtsahnend und wehrlos war. Dann schlug sie zu.

„Zieh dich an. Nimm den grauen Anzug, wir müssen zur Tante. Soll ich dir vorher noch etwas zu essen machen?"

„Ich will nichts essen."

Und ich zog natürlich auch nicht den grauen Anzug, sondern eine braune Hose und einen sportlichen Anorak aus Wolle an.

Sie bemerkte, daß die Farbe nicht zu diesem Anlaß paßte.

„Hast du Angst, die Tante könnte sich darüber ärgern? Sie lebt ja nicht mehr, um noch ihr Testament zu ändern."

Dazu sagte sie nichts. Auf dem Weg ins Schlafzimmer fragte sie mich nur noch nach dem Auto. Sie hätte es am Morgen nicht finden können.

„Das Auto?"

Da fiel mir wieder alles ein. Ich hatte es bei Herrn Lambros stehen lassen. Ich war so blau, daß Luis mich nicht fahren ließ. Ich suchte in meinen Taschen nach dem Schlüssel.

„Du brauchst nicht zu suchen. Ich habe sie genommen, aber ich habe das Auto nicht gefunden."

Mehr sagte sie nicht. Sie ging ins Schlafzimmer, um sich umzuziehen und in Schwarz zu kleiden. Sie hatte alles vorhergesehen. Sie hatte ein schwarzes elegantes Kostüm parat, passend zum Anlaß. „Einer wird das Zeitliche segnen", wird sie sich gedacht haben, „entweder Papa oder die Tante." Auf jeden Fall rechnete sie damit, daß sie selbst nicht vorher sterben würde.

Ich setzte mich in den Ohrensessel, in dem ich auch einst als Mumie sitzen würde, und wartete auf sie.

Herr Antonis von gegenüber ging immer noch hin und her. Nach kurzem hörte man einen Krankenwagen näherkommen. Er nahte sich immer mehr und hielt dann wohl vor seinem Haus. Die Sirene heulte nervtötend weiter.

Martha kam mir wieder in den Sinn. Ihre Stimme, ihr Atmen und ihr Schluchzen am Telefon.

„Die hat sich zuletzt getraut. Ist abgehauen. Verdammt. Die hat mit allem abgeschlossen, ist gegangen. Ist gegangen? Oder?" Und dann überlegte auch ich mir, wo sie sein könnte. Ich überlegte verzweifelt, wohin sie wohl gegangen sein könnte.

Für einen Moment bekam ich Angst. Mir kam der Satz in den Sinn: „Auch wenn ich es wäre, solltest du mich nicht aufhalten." Ich erschrak! Das hätte uns jetzt noch gefehlt, wenn sie ... Aber nein, ausgeschlossen. Martha würde sich um nichts in der Welt umbringen.

Und da kam mir ein verrückter Einfall.

„Ich weiß, wo sie ist", rief ich beinahe laut. Ich wußte es. Und sie wußte es auch, daß ich ihren Aufenthaltsort wußte. Deshalb hatte sie auch gesagt, daß ich ihr das Foto schicken sollte. In diesem heruntergekommenen Hotel in Piräus. Ganz sicher war sie dahin gegangen. Dort hat sie die Nacht verbracht. Dort, wo sich Ajisilaos umgebracht hat. Dort haben sie ihn gefunden. Dort hatte er sie hingebracht, wenn du dich erinnerst, als sie noch ein Kind war und noch zur Schule ging, als wir sie aus Arjyris Haus entführten. Später hat er sie dann zu sich genommen. Dorthin hatten er, Luis und ich sie gebracht, um sie vor Arjyris' die ersten Tage zu verstecken, damit er sie nicht finden und zurückholen konnte. Ich weiß noch, wie wir damals ein billiges Hotel suchten. Niemand außer Luis und mir wußte es.

Und was Ajisilaos' Selbstmord betraf, hatten zwar alle gehört, daß er in einem Hotel gefunden wurde, aber ich war mir sicher, daß sich keiner daran erinnern konnte, wie es hieß oder wo es lag.

Julia zog sich immer noch um. Die Zweitschlüssel vom Auto hatte ich in der Tasche.

Die Schlafzimmertür war acht Meter von dem Ohrensessel entfernt, in dem ich saß.

„Die Zeit läuft ab, hau ab, Dummkopf. Es macht nichts, wenn du nicht zur Tante gehst, die wirst du sowieso nie mehr zu Gesicht bekommen. Hau ab. Jetzt. Ohne große Erklärungen. Wenn du willst, kommst du zurück und wenn nicht, dann eben nicht. Ohne große Erklärungen. Wenn sie dann überhaupt welche hören will. Ob es ihr paßt oder nicht. Mit ein bißchen Würde, du Idiot. Die Sparbücher hast du doch in der Tasche. Wovor fürchtest du dich?"

Ich machte mich davon. Ich ließ die Wohnungstür auf, um keine Geräusche zu verursachen, und ging.

Als ich die Eingangstür des Etagenhauses öffnete, hörte ich, wie die Wohnungstür zuschlug. So laut, daß ich den Eindruck hatte, daß das ganze Etagenhaus bebte. Stell dir vor, mit was für einer Wut sie die zugeknallt haben mußte.

Ich erwartete, daß sie auf den Balkon kommen und mir „komm zurück, du Spinner, komm zurück!" nachrufen würde.

Das hatte sie in früheren Streitereien schon getan.

Doch diesmal kam sie nicht heraus. Ich hörte nichts. Herr Antonis weigerte sich, in den Krankenwagen einzusteigen. Er wehrte sich!

Bevor ich um die Ecke bog, sah ich noch, wie sein Blick auf mich fiel. Die Sirene des Krankenwagens heulte immer noch ohrenbetäubend.

SECHZEHNTES KAPITEL

VERZWEIFLUNG AUF REISEN

„... Du solltest dir darüber im klaren sein, daß der Mensch berechnend ist. In einer Weise, wie du es dir nicht vorstellen kannst, ist er auf seinen eigenen Vorteil bedacht. Und damit meine ich nicht das Finanzielle. Okay, das gehört vielleicht auch mit dazu. Als ob du ein unsichtbares Maßband mit dir herumträgst, an dem du nach deinen eigenen Vorstellungen und in Übereinstimmung mit deinem Charakter tausend Unterteilungen vorgenommen hast, und von dem Moment ab tust du ohne es keinen Schritt mehr. Du rechnest, schätzt ab und handelst dementsprechend. Du zerlegst Menschen und Dinge, führst sie mit ruhigem Gewissen bis hin zur Exekution, legst sie um, und sie bekommen nicht einmal mit, wer ihr Henker war. Unser Schöpfer ist schon ein unverantwortlicher Herrscher. Nie wird dein jeweiliges Opfer erfahren, warum du dich ihm gegenüber so und nicht anders verhalten hast; nie wird das Fräulein Soundso zum Beispiel erfahren, warum du es nicht angerufen hast, obwohl du es ihm versprochen hattest, niemals wird sie erfahren, warum du sie geheiratet hast, obwohl du sie nicht geliebt hast, oder warum du sie nicht geheiratet hast, obwohl du sie geliebt hast. Woher auch sollten all diejenigen, die du einen Kopf kürzer machst, erfahren, was vorher für durchtriebene Prozesse in dir stattgefunden haben. Alles erscheint auf den ersten Blick friedlich, menschlich und zivilisiert, aber nebenbei ist das Messer bis zum Knochen vorgedrungen. Mit mathematischer Genauigkeit – mikroskopischer Genauigkeit – analysieren wir alles, schätzen es ab und handeln analog. In Sekundenschnelle hast du tausend Entscheidungen mit tausend Varianten und in tausend Abstufungen getroffen, mal zugunsten und mal gegen dieselbe Person oder dieselbe Sache. Von den Fehlern ganz zu schweigen. Widersinnige, lächerliche, unmenschliche Fehlentscheidungen oder auch das Gegenteil davon – das allerdings immer seltener – und immer triffst du sie natürlich in Übereinstimmung mit deinen eigenen Berechnungen. Manchmal versuchen wir, unsere Gedanken ein wenig im Zaum zu halten. Uns fällt auf, wie makaber, hinterhältig und gemein das war, was wir gedacht haben: ‚Wann stirbt er endlich, damit wir das Haus erben?' Doch unser nächster Gedanke ist: ‚Wenn er stirbt, verlieren wir die Einnahmen aus der Rente' und wir besinnen uns sofort eines Besseren und sagen uns: ‚Soll er lieber noch eine Weile leben.' Anschließend erschreckt uns die Tatsache, daß wir so etwas zu denken gewagt haben, aber dann ist es zu spät, der Gedanke war da, hat Gestalt angenommen und kann nicht revidiert werden. Sicherlich rettet und erleichtert uns die Tatsache, daß der Gedanke nicht ans Tageslicht gekommen, daß er in unserem persönlichen Archiv geblieben ist, in unserem geheimen Versteck. Habe ich dir schon gesagt, daß wir ein für allemal in uns das Spontane, das Wahrhaftige erstickt haben? Keine Spur von Ehrlichkeit. Das Abwägen hat alles kaputt gemacht. Anders geht es nicht, mag sein, ich weiß. Der allseits zitierte Überlebensinstinkt zwingt uns dazu, Maßnahmen zu ergreifen. Andererseits haben wir ihn, verdammt noch mal, verfälscht, verdreht und in die Falle gehen lassen."

Darüber dachte ich nach, als ich im Regen an der Kreuzung Lykavittou- und Skufastraße nach einem Taxi Ausschau hielt, um zu Martha zu fahren.

Wie du siehst, betreiben wir, wenn es unter uns bleibt, locker unsere Selbstkritik, und ich bin mir sicher, daß Ajisilaos, wenn er denn noch leben würde, zu mir gesagt hätte: „Manolopulos, du Schuft, laß das kindische Philosophieren und komm zur Sache. Nicht genug, daß du dir die Szene sowieso schon bis zum Schluß aufgehoben hast, um sie uns im rechten Moment zu servieren, doch allmählich ödet es uns an, komm endlich zur Sache. Du hast Martha immer schon begehrt, und sie dich auch, und immer ist im letzten Moment was dazwischengekommen, und es ist nicht dazu gekommen. Die Tricks kennen wir. Wir legen ein Hindernis nach dem anderen in den Weg, um die Geschichte spannender zu machen, aber du solltest es nicht übertreiben, denn das hier ist nicht nur erfunden, Idiot, sondern es ist dein Leben. Und glaube ja nicht, daß es unbegehbare Orte gibt. Alles kommt irgendwann einmal ans Tageslicht, wie Leichen, die das Meer ans Land spült. Hör also endlich auf damit. Martha kennt dich außerdem viel zu gut, als daß du ihr etwas vormachen könntest. Das hat Luis dir auch schon gesagt. Oder etwa nicht? Eines Tages würde die Geschichte darauf hinauslaufen, daß du mit Martha im Bett landest. Warum zögert du es also noch hinaus? Die Dinge haben sich doch bestens für dich ergeben, wirklich sehr romantisch. Im Hotel, in das ich sie damals brachte, dort, wo ich meinem fleischlichen Dasein ein Ende bereitet habe, dort wird nun auch das Unvermeidliche geschehen. Du solltest mehr auf Luis hören, Manolopulos. Luis ist wie ein Held aus den Comics, als ob er aus denen rausgesprungen wäre. Alles hat er vorausgesehen. Was mich betrifft, ich habe meine Tat schon bereut. Ich habe sie bitter bereut, du Idiot. Ich habe auch einen auf Seifenoper gemacht, wollte sie durch meinen Tod dramatisieren. Doch habe ich mich verrechnet. Ich habe nicht daran gedacht, daß die ganze Rührung ja vergebens wäre, weil ich ja in der Zwischenzeit wirklich das Zeitliche gesegnet haben würde. Siehst du, da sind wir wieder bei den Berechnungen, die man anstellt. Ich bin reingefallen. Habe falsch kalkuliert. Siehst du aber auch, was mein Tod bewirkt hat? Hat richtig eingeschlagen. Hast du unsere Martha gesehen? Wie sie runtergekommen ist? Jetzt treibt sie sich auf den Straßen herum. Auf einmal hat sie Ajisilaos entdeckt und die Comics dazu. Aber das war zu viel für sie. Mir tut es nur um die Seifenoper leid. Im selben Hotel, im selben Zimmer. Was wollte ich denn damit zeigen? Hat allerdings was bewirkt. Du wirst schon sehen, daß sie genau dahin gegangen ist, dort wirst du sie antreffen, im selben Hotel. Weißt du noch die Zimmernummer? Zwölf. Neben der Gemeinschaftstoilette. Du bist damals als erster raufgegangen und hattest dir das Zimmer angesehen. ‚Es hat zwar keine Toilette, aber dafür Ausblick', hast du uns berichtet, ‚es hat Blick aufs Meer.' Also geh schon hin. Versuche, wenigstens einmal in deinem Leben nicht nach einer Ausflucht zu suchen, gehe unvorbereitet, mach nicht alles schon im Vorhinein kaputt. Laß die Dezimeter und Kalkulationen beiseite und ergib dich in dein Schicksal. Blödmann! Ich habe dir den Weg frei gemacht. Worauf wartest du noch? Du wirst das auskosten, wonach du dich dein ganzes Leben gesehnt hast. Auch nicht so schlecht, oder?"

Sieh einer an, wie weit es mit mir gekommen war. Jetzt sprach ich schon mit Ajisilaos. Mitten im Regen wartete ich klitschnaß auf ein Taxi und unterhielt mich mit dem toten Ajisilaos. Sieh einer an. Ein echtes Gespräch. Ich hörte ihn sprechen, als ob er neben mir stände.

Unterdessen hielt kein einziger Taxifahrer an. Und dabei goß es in Strömen. Mir fiel ein, wie damals Retsinas' Keller überschwemmt war und wir das Wasser mit Eimern herausschafften.

Ich konnte nichts sehen damals. Ab und zu putzte ich meine Brille, doch beschlug sie immer wieder von neuem.

Taxis fuhren an mir vorbei, doch konnte ich nicht ausmachen, ob Kunden drin saßen oder nicht. Eines hielt an, doch weigerte sich der Taxifahrer, mich einsteigen zu lassen.

„Nein, mein Guter. Bei dem Wetter fahre ich nicht nach Piräus."

So hatte Luis Alekas Anarjyros genannt: „mein Guter". Was mir alles durch den Kopf ging. Ich wartete auf ein Taxi, und meine Gedanken machen Sprünge. Irgendwas stimmt nicht ganz bei mir. Auch das noch, jetzt kommt mir auch noch Charula und das Kind, Konstantinos, in den Sinn.

„Taxi! Taxi!"

Der Schweinehund. Obwohl er frei war, hat er nicht angehalten.

Wie alt mag wohl Konstantinos, ihr Sohn, unser Sohn, jetzt sein? Ich erinnerte mich daran, wie ich Charula in Momenten großer Einsamkeit besucht hatte, als sich auch Martha aus dem Staub gemacht hatte und ich mir gedacht hatte, daß sie vielleicht eine Übergangslösung sein könnte. Ekel packte sie, als sie mich das erste Mal sah. Das waren vielleicht Kalkulationen, die ich angestellt hatte! Bevor ich bei *Dorothys Bar* angekommen war, hatte ich mir alle erdenklichen Gefahren und Komplikationen überlegt, die daraus entstehen könnten. Einerseits reizte mich ihr Körper, sehnte ich mich nach ihr, und andererseits überlegte ich, was für einen Preis ich dafür würde bezahlen müssen und wie ich möglichen Unannehmlichkeiten am besten aus dem Weg gehen könnte. „Ach, du Idiot von einem Knauser, rechne, rechne, du wirst schon sehen, was du davon hast!" Kurz vor der Bar wollte ich umkehren. Soll ich reingehen oder nicht? Und wenn dies und das und jenes passiert ... Kalkulationen bis zum Abwinken. Sie hat mich schön auf den Pott gesetzt. Selbst ihre Spucke war ihr zu schade für mich.

Ich finde nie ein Taxi. Nicht eins hielt an.

„Jungchen, ich fahre in Richtung Vuliagmeni, willst du einsteigen?"

„Nein, ich muß nach Piräus."

„Tja, nach Piräus mußt du jemanden anders finden."

Ich war völlig durchweicht. Jedes Mal, wenn ich unter dem Regenschutz des Kiosks hervorsprang, um ein Taxi anzuhalten, wurde ich pitschnaß ... Und da, mitten in meiner Verzweiflung, hörte ich jemanden meinen Namen rufen. „Komm schon, Manolopulos." Da stand ein Auto. Die Stimme kannte ich. Ich rannte hin. „Komm, steig ein. Ich fahre dich schnurstracks nach Piräus. Genau meine Richtung. Steig ein. Hotel *Mykene!* Da willst du doch hin? Zimmer Nummer zwölf."

Welcher Schurke weiß, wo ich hin will? Ist es denn die Möglichkeit, daß es in diesem Moment jemanden auf der Welt gibt, der weiß, wo ich hin will? Ich erschauderte. Als ich mich zum herunter gekurbelten Fenster bückte, bekam ich fast einen Schlag. Wen sah ich? Ich schüttelte meinen Kopf, um wieder zu Sinnen zu kommen. Fast wäre mir noch die Brille heruntergefallen. Ich konnte sie gerade noch auffangen. Ajisilaos war es. Höchstpersönlich. Jawohl. Lachend und rosig.

Normalerweise starren einen die einem begegnenden Toten ja blaß und mit gläsernen unbeweglichen Augen an. Ich war perplex. Ich sage dir, es war Ajisilaos höchstpersönlich.

Jetzt wirst du – gerade in Anbetracht meines Zustandes – einwerfen: „Das hast du dir doch nur eingebildet, das war jemand, der ihm ähnlich sah oder du hast es geträumt."

Mag schon sein, vielleicht stimmt das ja, aber ich schwöre, daß ich in jenem Moment Ajisilaos gesehen habe.

Es herrschte ein Höllenlärm durch das Gehupe von Taxis, durch Krankenwagensirenen, Lastwagen ...

Als ich ihn erstarrt, fassungslos und verschreckt anglotzte, sagte er: „Komm, was stehst du da, steigst du ein? Ich bin's, bist du noch bei Verstand?"

Ich starrte ihn weiter unverwandt an. „Ach, du bist ja nicht zum Aushalten", sagte er, startete den Motor wieder und fuhr weg, blitzschnell.

Als ich nach einer Weile wieder zur Besinnung kam, dachte ich, daß es vielleicht irgend ein anderer Freund von mir gewesen sei und ich vermeinte, so was wie Piräus zu hören, während er vielleicht ein anderes Wort genannt hatte. Kann sein.

Jedenfalls dauerte es eine ganze Weile, bis ich mich erholt hatte. „Also wirklich, bei mir stimmt was nicht. Was ist nur mit mir los? Was für Fehlleistungen sind das nur? Ich werde am Ende noch richtig durchdrehen. Tausendmal lieber ein kleiner Spießbürger sein, bei Gott. Wenn du nicht zum Sprung gewappnet bist, solltest du dich lieber zurückhalten, zu deinen Hausschuhen, deiner Arbeit und deiner Julia zurückkehren ... Was soll das auch alles, Idiot, jenseits der Grenzen? Jenseits deines Horizontes? Am Ende wird Hopfen und Malz für dich verloren sein, du wirst durchdrehen. Siehst du denn nicht? Du bist überhaupt nicht seit langem darauf vorbereitet. Du hast keinen Mumm in den Knochen. Halt dich also lieber zurück, kehr um, Vollidiot. Worauf willst du hinaus?"

Mir kam Marthas ironisches Lächeln in den Sinn. Julia hatte ganz recht, wenn sie sagte:

„Es wird immer schlimmer mit dir. Du bist ungesellig, haßt alle, die vorwärtskommen, und dabei bist du der schlimmste von allen."

„Ich bin der schlimmste. Hat sie vielleicht recht? Das heißt, halt mal, ist Lasaris denn nicht schlimmer als ich?"

Ich geriet in Panik. Ich versuchte, alle armseligen Gedanken aus meinem Kopf zu vertreiben, aber sie prasselten unaufhörlich wie Regen auf mich herab.

„Du bist undicht. Wie willst du das durchstehen? Überall hast du undichte Stellen, du Armleuchter. Julia haut dir ab. Lasaris wartet nur darauf, sie abzustauben. Eine große Mitgift hat sie. Ab heute Geld ohne Ende."

Ich ging so weit, billige Vergleiche anzustellen, für welche von beiden ich mich entscheiden sollte. Martha oder Julia?

Ich begann, beider Beine zu vergleichen. Julia hatte vollkommene Waden. Erst jetzt realisierte ich es. Die haben mich zurückgehalten. Sie hatte etwas zugenommen und war nicht mehr der freudlose Stengel, den wir kennengelernt hatten. Martha war wirklich wie ein Stengel, zerbrechlich, wie aus Kristall. Julia hatte sich zu einer richtigen Hure entwickelt. Ihre Veränderung begann mich zu ängstigen.

Das Taxi, das vor mir anhielt, unterbrach meinen Gedankenfluß. Ich kam wieder zu mir.

Aber der Taxifahrer stürzte mich in ein neues Abenteuer. Kaum war ich eingestiegen, bekam ich den Schreck meines Lebens. Hör dir an, was das für ein Zufall war, zum Verrücktwerden.

Bis wir in Piräus ankamen, wollte er mir noch seine ganze Lebensgeschichte erzählen.

„So war es, mein Herr!"

Er fuhr wie ein Verrückter und redete.

„Wie ich es Ihnen sage, mein Herr."

Er erzählte mir von einer Thalia, die er geheiratet hatte, obwohl er eine Alexandra liebte. Mir schwirrte der Kopf. Ständig hörte ich Thalia. Verdammt, wie war ich da nur wieder reingeraten. Ich wollte mich auf meinen eigenen Kram konzentrieren, und er hörte gar nicht auf und redete ohne Punkt und Komma.

„Was sagen Sie da? Ich habe nicht richtig zugehört, ich komme da nicht ganz mit."

Er fing von vorne an:

„Jawohl, mein Herr, ich habe Alexandra verlassen und Thalia zur Frau genommen, die mit mir Schlitten fährt. Mehr brauche ich da ja gar nicht zu sagen. Statt Alexandra, meiner Traumfrau, die ich liebte, habe ich diesen Besen geheiratet. Jawohl. Mit Wohnung und Taxischein auf ihren Namen. Für diese beiden Dinge habe ich mich verkauft. Und was habe ich davon? Thalia, hieß es, sei eine Dame, ein Mädchen aus gutem Hause, vornehm, die ideale Ehefrau. Die andere, Alexandra, machte mir etwas Angst, war arm wie eine Kirchenmaus, aber sie hatte Herz, mein Herr ... Wozu das Ganze? Ein Freund von mir hat sie geheiratet, Anestis. Aber der paßte nicht zu ihr. Nur ich hätte zu ihr gepaßt. Und das Ergebnis? Sie ist in einer psychiatrischen Anstalt, und ich bei Thalia, mit der nichts mehr läuft. Alles für eine Wohnung und einen Taxischein."

„Oh nein, muß das jetzt sein? Was quasselt der da nur? Ich bin in einer viel schlimmeren Lage, und der macht hier so ein Theater. Der bringt mich noch um den Verstand. Mir geht es total schlecht und der..."

„Und was denken Sie, wie es weiterging, mein Herr!"

Er hörte gar nicht mehr auf, immer dieselbe Leier.

„Hören Sie zu: lassen Sie sich nicht durch meine scheinbare Ruhe täuschen. Ich tobe innerlich. Ich bin fünfundfünfzig Jahre alt, gehe auf die sechzig zu. In diesem Alter, in dem ich mich nach etwas Liebe und Aufmerksamkeit sehne, bin ich nahe an einem Zusammenbruch. Kurz davor. Ich habe alles verloren, mein Herr. Alles."

„Also, wenn ich es schaffe, hier lebend herauszukommen, dann kann ich von Glück reden." Die Scheiben waren vom Regen beschlagen. Er sah nichts, er hörte nichts, er fuhr wie ein Irrer.

„Sie brauchen keine Angst zu haben, ich passe schon auf", wiederholte er immer wieder. „Ich weiß nicht mehr, wo ich stehe, wohin ich mich wenden soll, was werden wird, mein Herr. Denn die Wohnung gehört ihr, ist schließlich ihr Eigentum und vielleicht sollte ich mich am besten aufhängen, denke ich. Wieso? Weil ich genau vor einer Stunde die Syngrustraße hinauffuhr – deshalb habe ich Sie übrigens mitgenommen, damit ich dieselbe Straße wieder hinunter fahren kann. Was habe ich da gesehen? Sagen Sie es mir, was habe ich da wohl gesehen? Ich zeige Ihnen auch genau die Stelle. Warten Sie. Da, hier, vor der Klinik. Sehen Sie sie? Das gelbe Gebäude. Hier. Was sah ich da? Sie werden es nicht glauben. Thalia, mein Herr. Im kleinen Fiat von Dendrinos. Jawohl. Sie haben richtig gehört. Dendrinos ist ein Freund von mir. Er, Anestis und ich sind die engsten Freunde. Wir machen zusammen Ausflüge, gehen in Tavernen. Er ist zwar ein total ausgebuffter Typ, dieser Dendrinos, jemand, den man sich in allen Situationen vorstellen kann, aber immerhin ein Freund aus Kindestagen. Jawohl. In Dendrinos' Fiat saß Thalia. Können Sie mir folgen? Und sein Arm um ihre Schulter, die Hand tiefer, in ihrem Pullover, auf ihrem Busen. Er streichelte sie. Können Sie sich das vorstellen? Ich als ihr Mann mußte das mit ansehen und konnte nicht schreien, nicht brüllen, ich konnte nichts tun. Jawohl. So weit ist es gekommen. Ich habe Alexandra verlassen, habe den Besen geheiratet, und siehe da, wie weit es gekommen ist ..."

Er redete in der Tat ohne Punkt und Komma, bis mir plötzlich auffiel, daß dieser Mensch die ganze Zeit über mein Leben erzählte, nicht über sein Leben, sondern über meines. Ich rieb mir die Augen, um aufzuwachen. Bei der Geschichte mußte man nur die Namen auswechseln. Statt Julia Thalia, seine Frau. Statt Martha, meinem Traum, Alexandra, das Mädchen, das er wollte und nicht genommen hatte.

Ich erschauderte. Auch Lasaris hatte einen Fiat, auch er war ein Freund aus Kindestagen, auch er ausgebufft. Ein Zufall jagte den anderen. Was sage ich da? Es war haargenau meine eigene Story. Und so ging es weiter:

„Und wissen Sie, mein Herr, heute morgen, als ich mich auf den Weg machte, hat sie gesagt, daß sie um diese Zeit zum Zahnarzt gehen würde. Ich versuchte, nahe an sie heranzufahren, damit sie wenigstens sehen, daß ich sie gesehen habe, denn ich bin mir sicher, daß sie heute abend alles abstreiten und mich für verrückt erklären wird, ich kenne sie. Sie wird dann sagen: ‚Was für einen Schwachsinn erzählst du da und wo willst du mich gesehen haben, Freundchen, das hast du dir nur alles eingebildet.‘ Sie wird mich für verrückt erklären. Aber ein Schwein von einem Lastwagenfahrer ist mir in die Quere gekommen, ist dazwischengefahren, hat mir die Sicht genommen. Ich flehte ihn an, er soll weiterfahren, doch er lachte nur idiotisch. Und so habe ich sie aus den Augen verloren. Ich fuhr um die Ecke in die Charokopoustraße, hielt an und rief zuhause an. Niemand da. Danach habe ich den Zahnarzt angerufen, ich wollte wissen, ob Thalia dort war und man sagte mir: ‚Nein, Herr Antoniou, sie hat erst morgen einen Termin.‘ Und so komme ich zu dem Schluß, daß Frau Thalia einen guten Grund gehabt hat, mir Hörner aufzusetzen. Wie gesagt, es war nichts mehr zwischen uns los. Was hatte ich denn erwartet? Was war ihr denn anderes übrig geblieben? Es ist nicht ihre Schuld. Ich war es schließlich, ich Schwein, der ich mich verkauft habe. Was wollte ich denn? Sie hat mir zurecht Hörner aufgesetzt, es geschieht mir ganz recht. Habe ich das Feilschen nicht provoziert? Natürlich schien damals alles ganz einfach: Alexandra einen Tritt geben, auf den eigenen Vorteil bedacht sein, Thalia heiraten. Damals habe ich das Leben noch leicht genommen, war unbedarft. Alles war mir so ziemlich egal. Aber, mein Herr, eines Tages müssen wir dafür bezahlen. Und zwar nicht zu knapp. Bezahlen müssen wir, mit Blut!“

Wie zu erwarten war, baute er einen Unfall. Er fuhr den Wagen zu Klump. Wir blieben zum Glück heil.

„Gehen Sie, mein Herr“, sagte er nur, „gehen Sie.“

Er stotterte fast. Er wollte nicht mal Geld. Er redete vor sich hin und weinte.

„Gehen Sie, gehen Sie“, sagte er noch einmal.

Er setzte sich in die Trümmer seines Autos und weinte. Er nahm kein Geld von mir an. In der Notarastraße, als aus der Mobiltankstelle ein Rover herausfuhr, da baute er den Unfall. Das Hotel *Mykene* war ganz in der Nähe, in der Bubulinasstraße. Ich würde es zu Fuß erreichen.

SIEBZEHNTES KAPITEL

SO! ... SO! ... SO! ...

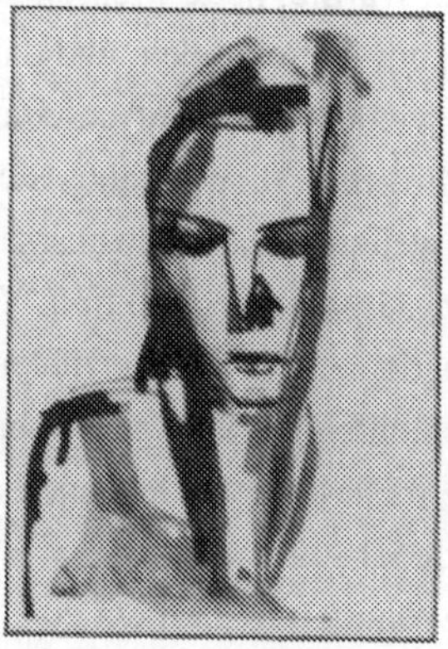

Ich war außerstande, mich auf den Weg zu machen. Der Unfall und die Geschichten des Taxifahrers hatten mich völlig fertig gemacht.

Es regnete nicht mehr. Alles war naß, matschig und es war kalt. Die Angestellte der Mobiltankstelle bemühte sich nach allen Kräften um mich.

„Sie sind ja ganz blaß. Wollen Sie sich hinsetzen?“

„Nein, nein.“

„Sind Sie verletzt?“

„Nein.“

Ich nahm die Notarastraße in Richtung Bubulinasstraße.

Ich habe sie später einmal wieder getroffen, als ich nach langer

Zeit an dieselben Orte zurückkehrte, um sie mir wieder ins Gedächtnis zu rufen und in meine Aufzeichnungen aufzunehmen.

Sie erkannte mich wieder.

„Waren Sie nicht ...?"

Sie setzte mir einen Kaffee und Sesamkringel vor. Olga hieß sie.

Menschen! Gütige, warme, nette Menschen! Du begegnest ihnen für einen Augenblick, einige Sekunden, und dann sind sie wieder fort und du siehst sie nie wieder. Doch verschwinden sie nicht ganz. Du trägst sie mit dir herum! Stell dir vor, auch sie könnten ein Teil deines Lebens sein, eine weitere Geschichte ausmachen.

Luis sagte immer: „Geschichten, Aktion, Vetter. Damit du später davon deinen Kindern, deinen Freunden erzählen kannst."

„Aber wenn die Geschichten zu Ende gehen, bist du deprimiert, Luis, du fühlst dich leer. Je mehr du dein Gedächtnis vollstopfst, desto leerer fühlst du dich, finde ich."

„Mag sein, aber dabei handelt es sich um eine Leere anderer Art. Ich bin mir nicht sicher. Wie bei der Stille. Auch die Stille ist niemals reine Stille. Oder?"

Er hatte recht. Die Stille ist niemals nur reine Stille.

Von der Notarastraße kam ich auf die Merarchiasstraße. Mit letzter Anstrengung. Ich konnte mich kaum noch aufrecht halten. Meine Knie zitterten immer noch.

Ich setzte mich mitten auf die nasse und dreckige Marmortreppe eines Gebäudes, um wieder zu mir zu kommen. „Nicht schlecht für den Anfang", dachte ich bei mir, „wenn mich jetzt irgendein Bekannter in diesem Zustand sieht, werde ich zum Gespött der Leute."

Ich erschrak bei dem Gedanken, das Schwein Lasaris könne mich womöglich so sehen. „Das wäre die Krönung der Peinlichkeit."

Mir fiel ein, daß Antoniadis hier irgendwo in der Nähe arbeitete.

Ich schlug den Kragen meines Mantels hoch, damit mich keiner erkennen konnte. Die Kühle des Marmors war durch Hose, Unterwäsche und Haut gedrungen. Ich fror. Da fiel mir auf, daß ich auf den

Stufen eines Kinos saß. Ich sah mir geistesabwesend die Plakate an. Ausschließlich nackte Frauen. Eine Ansammlung von Pornostars.

Marthas Parfüm stieg mir wieder in die Nase.

Ich stand auf. Wenn ich links um die Ecke biegen würde, wäre ich an der Miaouli-Küste, beim *Mykene*. Ich wollte lieber den Weg über die Spyridonosstraße bzw. Jachnigasse, wie sie früher hieß, nehmen, da ich sehen wollte, ob die klassizistischen zweistöckigen Gebäude noch standen, wo die Nutten sich auf den Balkonen sonnten. In dieser Gegend mußte auch das zweistöckige Haus mit der Holztreppe, den farbigen Fenstern und der Alten am Eingang sein, wohin mich einst Luis einlud, als Namenstagsgeschenk, und mich zu Tassula brachte. Ich weiß noch, wie sie sich ihre Hände am Ofen wärmte und dann aufblickte und mich sah.

Auf einmal dachte ich, daß es ja überhaupt nicht sicher sein konnte, daß Martha im *Mykene* war. Warum sollte sie unbedingt dorthin gegangen sein? Vielleicht war sie ja auf dem Weg nach Australien zu ihrer Tante. Die hatte sie ein paarmal erwähnt. Sie wollte ja weit weg gehen, sehr weit weg.

„Ich muß weg, Manolopulos, weg."

Und der entfernteste Ort war Australien. Das schien der Ort zu sein, den man nicht einmal in seinen Träumen erreichen kann.

„Ich will dorthin, wohin nicht einmal Träume reichen können, da will ich hin. Ich will von dem Ort noch nicht einmal geträumt haben. Nur an so einem Ort kannst du aus deiner Haut schlüpfen und wieder zu dir kommen. Nach Australien will ich. Ich habe eine Tante dort. Wenn sie mich aufnimmt."

Es war das erste ernste Gespräch zwischen uns. Jetzt kam es mir wieder in den Sinn. Wie konnte ich das nur vergessen? Sie hatte allein draußen auf dem Balkon gesessen, und ich war zu ihr herausgegangen, um aus ihr herauszubekommen, was sonst noch in Ajisilaos' Brief gestanden hatte. Sie sagte es mir nicht. Der Gedanke, es könne darin etwas über Julia und Lasaris stehen, ließ mir keine Ruhe. Doch sagte sie nichts. Wie war ich nur darauf gekommen? Keine Ahnung. Ich wußte nicht einmal, warum es mich so sehr beschäftigte. Als ob von der Antwort der Sinn meines Lebens abhinge.

„Laß es gut sein, Manolopulos.“

Sie hatte gemerkt, worauf ich hinaus wollte.

„Du hast dich auch seit Ajisilaos' Tod verändert, Martha. Du scheinst auf der Suche zu sein. Wonach suchst du?“

Sie sah mich mit ihren leuchtenden eindringlichen Augen an.

„Warum trinkst du? Warum bist du so geistesabwesend?“

Ihre Augen waren nicht wie die von Fatmé. Du erinnerst dich doch noch an Fatmé? Marthas Augen waren weder klar noch unschuldig noch transparent. Sie waren gewieft, im positiven Sinne. Sie blieben stets rätselhaft und verwehrten dir den Zugang auf das, was sie dachte. Das konnte man sehen.

Martha behielt einen kleinen Teil ihrer Welt stets für sich. Niemals würde sie dir alle Tore öffnen und dich hereinspazieren lassen.

„Manolopulos, ich habe es nicht bereut, Ajisilaos verlassen zu haben, falls du darauf hinaus willst. Nein. Und die Heirat mit Liakopulos auch nicht. Fehler, die man im Nachhinein erkennt, sind schließlich keine richtigen Fehler. Was ich von jetzt an tue, das zählt. Ich will nicht in der Irrenanstalt enden. Den Gefallen tue ich euch nicht, aber wenn ich jetzt nicht handele ...“

„Vor allem solltest du aufhören zu trinken. Um eine Entscheidung zu treffen, brauchst du einen klaren Kopf.“

Da sagte sie ganz unvermutet:

„Und du? Was machst du?“

Ich war bereits in die Jachnigasse eingebogen. „Also Australien? Könnte sie nach Australien abgehauen sein?“

Vielleicht hatte ich deshalb am Telefon so was wie ein Flugzeug im Hintergrund gehört. Hatte sie vom Flughafen aus angerufen? Aber eine Schiffssirene hatte ich ja auch gehört. Nein, nein. Sie mußte am Hafen gewesen sein.

Plötzlich fiel mir auf, daß ich durch dieselben Straßen ging, in denen ich damals mit Luis gewesen war.

Ich versuchte, mich an damals zu erinnern, in mir die alten Tage wachzurufen, als er mich in ein Bordell schleppen wollte. Vergeblich! Die Gegend hatte auch nicht mehr den Reiz von damals. Die meisten klassizistischen Bauten waren abgerissen und durch freudlose Mehrfamilienhäuser ersetzt worden. Nur der Jannulatosbau ragte triumphal, mächtig und einsam zwischen jener Kargheit hervor, diesem trostlosen Bild, welches die Neubauten schufen. Trostlos, potthäßlich, drekkig. Ab und zu entdecktest du auch ruinenhafte verlassene Überreste alter ruhmvoller Tage.

Das Hotel *Chicago* ragte verlottert vor mir auf. Dort hatten wir zuerst nach einem Zimmer für Martha gefragt.

„Ausgebucht", hatte uns der Hotelbesitzer geantwortet.

Heute ist es geschlossen, düster und staubig. Die Diele ist eine Müllhalde und die Tür mit Ketten und Vorhängeschlössern verriegelt. Rostig, dreckig und trostlos.

Ich war am Hotel *Mykene* angekommen. Oder hieß es *Mykenai?* Ich erinnere mich nicht mehr. Es hatte sich nicht verändert. Dieselben Farben, dieselbe Tür, dieselben ausgebleichten Fensterrahmen, sogar die Spinnen waren noch da, oben in den Ecken des Flurs.

Vor dem Eingang packte mich plötzlich Nervosität. Ich trat einen Schritt zurück. „Nein, du Vollidiot, zögere nicht, vorwärts. Wenn sie drin ist, wirst du sie sehen. Wenn nicht, dann eben nicht."

Ich schaute wieder in den Durchgang hinein bis zu den nach oben führenden Stufen. Marmorstufen, ausgetreten, schwarz. Eine gottserbärmliche Lampe erleuchtete so gerade eben die Räumlichkeiten.

Ich lehnte mich an die Außenwand.

„Schluß mit deiner Scheißvernunft, Manolopulos, ich habe dich satt."

„Mensch, Luis."

„Nein, Manolopulos, du bist nicht zum Aushalten. Aus Vernunft

hast du Charula gemieden, aus Vernunft gehst du immer Martha aus dem Weg, aus Vernunft heiratest du Julia, aus Vernunft verlieren wir Fatmé. Du kannst mich mal!"
„Wenn ich diesen Flur betrete, kann alles Mögliche passieren. Soll ich das riskieren? Vernunft, Vernunft, sagst du, aber was ist, wenn Martha was passiert, wenn ihr etwas zustößt, gerade in ihrer jetzigen Verfassung? Hältst du das für ausgeschlossen? Der Typ an der Rezeption wird seinen Mund nicht halten, er wird sagen, daß ein Herr Soundso sie besucht hat. Sie werden ihm Fotos zeigen und dann wird er mich darauf wiedererkennen. Also? Sind wir dann im Arsch oder etwa nicht?"
„Man muß was riskieren im Leben, Manolopulos. Laß es wenigstens einmal darauf ankommen. Nur einmal. Wenn alle so wie du handelten, warum hätte dann Ödipus zum Beispiel nach Laios'[60] Mörder suchen sollen, wo er doch hätte einsehen müssen, daß alles gegen ihn selbst sprach?"

Für einen Moment wünschte ich mir, sie möge nach Australien gegangen sein, denn dann wäre mir die Entscheidung ja abgenommen.
„Wen versuchst du eigentlich zu täuschen? Du denkst nur Schwachsinn. Merkst du denn überhaupt nicht, was für ein jämmerlicher Kerl du bist? Es fehlt nicht viel und dann wirst du dir noch ihren Tod wünschen, nur um dich aus der unangenehmen Lage zu befreien. Aber was heißt überhaupt ‚unangenehme Lage'? Dein Problem liegt doch ganz woanders: du spürst nämlich, daß Martha heute noch dein Segen bedeuten könnte, die Poesie deines Lebens, während du sie dein ganzes Leben hindurch eiskalt behandelt hast. Das ist dein Problem und nicht, wie du es fertigbringen sollst, in deine Hölle zurückzukehren. Du Vollidiot!"

Ich bewegte mich so leise wie nur möglich vorwärts. Damit der Hotelier mich nicht sah. Ich hörte ihn telefonieren.
„Also, nehmen wir einmal an, ich treffe sie hier tatsächlich. Was soll ich ihr sagen? Daß sie zu Liakopulos zurückkehren soll? Ist es das,

was ich will? Oder was will ich überhaupt?"
„Jetzt, du Idiot, vorwärts, jetzt, wo er dir den Rücken zugekehrt hat, damit er dich nicht sieht, jetzt. Geradewegs zum Zimmer Nummer zwölf. Wenn sie hier ist, dann in dem Zimmer."

Plötzlich war ich mir sicher. Martha war nicht abgereist. Sie war dort, im *Mykene*. Ich war mir jetzt wirklich ganz sicher. Martha war diese Treppen hinaufgegangen. Mit hundertprozentiger Wahrscheinlichkeit. Ihr Parfüm konnte ich bis hier unten riechen.
„Sie ist hier, kein Zweifel."

Im Ernst. Ihr Parfüm überströmte das Treppenhaus, belagerte mich.
„Jetzt vorwärts." Ich ging weiter. Ich lief schnell die Treppe hinauf. Als ich am Zimmer zwölf angekommen war, hörte ich den Hotelier immer noch telefonieren. Er hatte mich nicht bemerkt. Die Tür der Gemeinschaftstoilette nebenan war angelehnt. In einem der hinteren Zimmer hörte ich Frauenlachen und erschrak.
„Beeil dich. Wenn hier irgendein Zimmermädchen auftaucht, bist du dran. Dann fängt sie an zu fragen, zu wem ich will und so weiter."

Ich klopfte ganz sachte und scheu an die Tür von Zimmer zwölf ... Stille. Ich klopfte wieder, etwas stärker. Immer noch Stille. Mir kam wieder der Gedanke an einen möglichen Selbstmord Marthas.
„Das fehlte uns ja noch, daß sie ..."

Panik ergriff mich. In letzter Zeit hatte sie lauter Anspielungen gemacht.
„Wenn ich springen wollte, dann solltest du mich lassen", hatte sie das nicht gesagt?

Dann dachte ich, daß sie ja gar nicht unbedingt in Zimmer Nummer zwölf sein mußte. Vielleicht hatte sie ja nach dem Zimmer zwölf gefragt und es war besetzt und sie hatten ihr das Zimmer Nummer fünfzehn oder zwanzig gegeben? Der Gedanke beruhigte mich ein wenig.

Ich klopfte erneut. Da packte mich wieder dic Gewißheit, daß Mar-

tha in diesem Zimmer war. Ihr Parfüm strömte aus allen Ritzen.
„Sie ist da drin, kein Zweifel." Ich legte mein Ohr an die Tür. Stille.
„Doch keine Stille ist eine reine Stille!"

Ach, Luis, schon wieder kommst du mir in den Sinn. Ich muß immer an dich denken!

Ich griff nach der Türklinke. Langsam drückte ich sie hinunter. Die Tür war von innen verschlossen und ließ sich nicht öffnen. „Kann es sein, daß ich mich so sehr im Parfüm getäuscht habe und es das gar nicht ist? Kann ich mich so vertan haben?"

Ich versuchte noch einmal, die Tür zu öffnen. Nichts zu machen. verschlossen. Da hörte ich sie:

„Geh besser, Manolopulos, geh zurück nach Hause."

„Martha!"

„Geh zu deiner Scheiße zurück, Manolopulos. Du bis zu spät gekommen. Es reicht, wenn einer bezahlen muß. Warum zwei? Hau ab."

„Martha, hör mir zu!"

Ich wollte nicht laut sprechen, damit mich der Hotelier von unten nicht hört.

„Geht es dir gut? Wie geht es dir?"

„Wenn es das ist, was dich interessiert, mir geht es gut."

„Komm schon, mach auf. Es ist nutzlos, daß du dich sträubst, es hat keinen Sinn."

„Es ist zu spät für alles, Manolopulos. Wirklich. Für alles. Du brauchst dich nicht mehr zu bemühen."

„Martha, bitte."

„Du wirst es bereuen, wenn du hartnäckig bleibst. Solche Geschichten sind nichts für dich. Laß es."

Sicherlich stand sie genau hinter der Tür, während sie sprach. Ich stellte sie mir vor, wie sie dastand, aufgeregt, leichenblaß, ungekämmt, verheult und besoffen. Aber sie lallte nicht, wie sonst in letzter Zeit, wenn sie trank.

„Martha, was geschehen ist, ist geschehen, ich bitte dich. Außerdem hast du mich ja schließlich angerufen ..."
„Ich habe dich nicht angerufen, damit du herkommst. Ich wollte nur mit dir sprechen. Mehr nicht. Ich wollte nur deine Stimme hören. Manchmal kriege ich so beschissene Zweifel."
„Bitte!"
„Vielleicht habe ich es auch bereut, daß ich dich angerufen habe, vielleicht war es ein Fehler, entschuldige."
„Komm, Martha, ich bitte dich, das ist nicht nötig."
„Ich habe mich bei dir entschuldigt. Reicht das nicht?"
„Nein, Martha, das reicht nicht."

Stille. Das Gelächter derselben Frau von nebenan. Da drehte sich der Schlüssel im Schloß.

Ich ging nicht sofort hinein. Ich hielt die Türklinke einige Sekunden fest. Mir war klar, daß mit dem Öffnen der Tür ein neues Kapitel in meinem Leben anbrechen würde. Wie sagt man doch gleich: vor Christus und nach Christus? So war es.

In diesem Moment hatte ich das Gefühl, über die Schwelle eines neuen Jahrhunderts zu schreiten.

Ich öffnete die Tür. Als ich ins Zimmer trat, wurden meine Brillengläser schlagartig undurchsichtig. Ich sah nichts mehr. Die Hitze des Zimmers beschlug die Gläser der Brille. Ich nahm sie also ab und putzte sie mit dem Futter meines Anoraks.

Die Fenstergläser waren ebenfalls beschlagen, so daß man das Meer nicht sehen konnte. Ein kleiner Tisch, zwei Korbstühle, ein Holzschrank, das Waschbecken, das Bett – aus Eisen, ziemlich breit, aber kein Doppelbett – bildeten die ganze Ausstattung des Zimmers.

Vor dem Bett standen ihre Schuhe. Schwarze hochhackige Lackschuhe. Martha trug nie flache Schuhe. Immer hochhackige. Vielleicht hatte ihr Gang deshalb so etwas Schwingendes, Provozierendes.

Als ich hereinkam, lag sie mit einer grauen Wolldecke zugedeckt im Bett, mit dem Rücken zu mir und schaute auf die Wand. Sie hatte es geschafft, die Tür aufzuschließen und sich wieder hinzulegen, bevor ich eintrat.

Auf dem Nachttisch stand eine Flasche Kognak und ein halbleeres Glas.

Ich wußte nicht, was ich tun sollte. Ich setzte mich auf den Bettrand. Sie rückte etwas weiter zur Wand, um mir Platz zu machen. Ich nahm das halbleere Glas und trank. Mir wurde wärmer. Ihre Haare waren rot gefärbt und kurz geschnitten, burschikos. Sie trug diesen Haarschnitt schon eine ganze Weile. Auch das hatte ihr Liakopulos nie verziehen.

Da sah ich auf der Stuhllehne ihr Kleid, ihre Strümpfe und ihren BH liegen. Er war weiß.

Über der Decke schauten ihre Schultern hervor. Schneeweiß, nackt. Ich wollte sie berühren. Ich sah Martha an. Als sie zur Wand gerückt war, um mir Platz zu machen, hatte sie die Decke nah an sich gezogen, und so zeichnete sich ihr ganzer Körper ab.

Ihr Körper erstreckte sich über das ganze Bett, so als ob ihn unsichtbare Mächte auseinanderzogen. Sie schien riesengroß und ellenlang zu sein.

Ich schaute wieder zur Flasche. Sie war noch fast voll. „Also hat sie sich nicht betrunken", dachte ich.

„Nein, ich bin nicht betrunken, wenn du das befürchtest. Als ich abgehauen bin, habe ich nicht einen Tropfen getrunken. Und jetzt auch nicht."

Ich schämte mich, daß sie meine Gedanken erraten hatte. „Scheiße!"

„Als ich wegging, war das Wetter sommerlich. Ich habe nichts mitgenommen. Nicht mal einen Mantel. Ich habe mich erkältet."

Ich wollte ihre Schultern berühren.

„Sag, hast du Liakopulos gesteckt, daß ich dich angerufen habe?"

Ihre Sprache, das Vokabular, das sie in letzter Zeit benutzte, mißfiel Liakopulos sehr. Er fühlte sich zunehmend unwohl. Er vermied es, sie zu offiziellen Empfängen mitzunehmen. Mich dagegen nahm es immer mehr für sie ein, es bezauberte mich. „Arschloch, stecken, Scheiße, Schweinerei, laß die Scheiße." Worte, die sie inzwischen täglich gebrauchte, egal, wo sie sich befand. „Martha, ich bitte dich", sagte Liakopulos zu ihr, „das ist doch kein Vokabular, du lebst doch nicht in einem Bordell, du lebst in einem anständigen Haus."

Das war ihr vollkommen egal. Sie gebrauchte weiterhin dasselbe Vokabular und sogar noch schlimmeres.

„Du antwortest nicht, Manolopulos? Ich habe dich gefragt, ob du es ihm gesteckt hast."

Ich schrak auf.

„Nein, ich habe es niemandem gesteckt, aber er sucht dich wie wild. Überall. Bei der Polizei, bei den Freunden, bei mir."

Ich betrachtete ihre Haare.

„Warum läßt du sie dir so schneiden?"

„Seinetwegen. Weil sie ihm so kurz nicht gefallen. Nur deswegen."

Danach erzählte ich ihr die Geschichte mit dem Taxifahrer, seiner Frau, dem Unfall, daß ich fast nicht gehen konnte danach...

„Bist du verletzt?"

„Nein."

Ich wollte ihre Schultern berühren.

„Wie hast du nur den Mut aufgebracht, hierher zu kommen?"

„Ich weiß auch nicht, auf einmal kam es über mich, während Julia sich umzog."

Ich wollte ihr gegenüber ehrlich sein. Nichts vor ihr verstecken. Der sein, der ich war. Das sagte ich ihr:

„Egal, wie billig und kleinlich auch meine Gedanken sind, ich will sie dir erklären."

„Ach, Manolopulos, ich kann dich nicht mal mit deinem Vornamen ansprechen. Ich will Kostantis zu dir sagen, wie Luis dich nennt, und immer rutscht mir Manolopulos raus."

Ich berührte ihre Schultern. Nur ein wenig. Meine Hände blieben auf ihren Schultern regungslos liegen. Sie rührte sich nicht. Als ob sie ihre Luft anhielt.

„Ich wußte, daß du kommen würdest. Es hätte gar nicht anders sein können. Noch einer, der in seiner Scheiße erstickt ist, hätte ich gedacht, wenn du nicht gekommen wärst."

„Aber ich bin hier."

„Ja, das bist du."

Alles war erstarrt. Ihre Schultern, meine Hände, die Zeit, die Worte.

„Im Schrank ist noch eine Decke. Bring sie her. Es ist kalt."

Das Eis war gebrochen.

Ich ging, holte die Decke und warf sie ihr über. Da nahm sie die Decke und hob sie mit der einen Hand am Rand hoch.

„Komm, leg dich zu mir. Zieh dich aus und leg dich zu mir."

Das hatte ich nicht erwartet. Ich war auf so ein Angebot überhaupt nicht gefaßt. Meine Hände begannen zu zittern. Die Kälte des Zimmers, die Unbeholfenheit, die Feigheit.

„Komm, es sieht dich doch keiner."

Immer wieder spielte sie auf meine Entscheidungsunfähigkeit an. Die ganze Zeit über drehte sie mir den Rücken zu.

„Weißt du noch, was für einen Aufsatz wir in der Schule schreiben mußten? ‚Ein Tag allein zu Hause.' Oder so ähnlich. Und was du mir zu schreiben geraten hast? Weißt du das noch? Den ganzen Morgen mußte ich darüber nachdenken, als ich so allein war. Komm, leg dich her."

Zuerst zog ich die Schuhe aus. Dann den Anorak. Bei der Hose zögerte ich etwas. Ich drehte mich um und sah sie an. „Sie ist schließlich auch nackt", dachte ich. Ich zog sie aus. Ich legte alles auf den Stuhl, auf ihre Kleider. Das Hemd knöpfte ich auf, aber ich zog es nicht aus. Mir war kalt.

Sie hob die Decke wieder an, damit ich darunter schlüpfen konnte. Sie hielt sie hoch, bis ich mich hingelegt hatte.

„Du bist eiskalt."
„Ja, das stimmt."

Meine Hände hörten nicht auf zu zittern. Nicht nur wegen der Kälte. Ihr Körper glühte. Durch seine Wärme wurde mir langsam warm. Ich wußte nichts mit meinen Händen anzufangen. Ich wollte sie auf ihre Hüfte legen, sie berühren, aber ich traute mich nicht.
„Du brauchst keine Angst zu haben. Ich werde dich wegen nichts zur Rechenschaft ziehen."
„Ehrlich, Martha, daran habe ich gar nicht gedacht, ich bitte dich."

Dann erzählte ich ihr die ganze tragikomische Situation, die sich bei mir zu Hause abgespielt hatte. Ich verheimlichte nichts. Ich erzählte ihr von meinen Ängsten, meinen widersprüchlichen Gefühlen, gehe ich, gehe ich nicht, von dem Nachttisch, von Julias Eintreffen. Das einzige, was ich ihr nicht erzählte, war, wie ich gewichst hatte. Aber hatte ich nicht versprochen, daß ich alles sagen würde? Also erzählte ich auch das:
„Vor deinem Foto, während ich mir deine Brust ansah."

Da nahm sie mit ihrer Hand meine linke und legte sie auf ihre Hüfte, genau dorthin, wo ich sie selbst gern hingelegt hätte.

Danach rückte sie an mich heran. Mit ihrem ganzen Körper schmiegte sie sich an mich und nahm meine Form an. Eine kleine Kurve, wie ein Bogen, der in der Mitte breiter wird.

Trotzdem war ich immer noch völlig blockiert. Keinerlei Erregung. Sie merkte es.
„Macht nichts, das kommt von selbst, ich weiß es. Besser so. Wenn du dich entspannst, kommt es von selbst. Was mich betrifft ... Das ist doch überhaupt nicht wichtig."
„Martha! Ich habe immer von deinem Körper geträumt. Obszön, vulgär, nenne es, wie du willst."
„Das war mir klar."

Und sie drehte sich ganz langsam zu mir um. Jetzt waren unsere Körper einander gegenüber. Unsere Augen trafen sich.

„Nein, Manolopulos, von wegen ‚vulgär', das glaube ich dir nicht. Nein. Und das ist es auch, was ich an dir liebe. Das, was mich mein ganzes Leben hindurch nicht losgelassen hat, das, was dich mir nahe bringt, ich lese es in deinen Augen. Ich weiß ganz genau, wie du meinen Körper siehst. Du nennst es vulgär, aber ich nicht, denn gleichzeitig, vielleicht unbewußt, identifizierst du ihn mit meinem Denken, meinen Augen, meinem Lachen, allem, was mich ausmacht, meiner Lebensgeschichte. Du schaust in mein Inneres. Du bist einer der wenigen, die eine Frau auf diese Weise betrachten. Einerseits scheinst du bodenständig und direkt zu sein und auf der anderen Seite läuft nichts bei dir, wenn du dich nicht vorher mit deiner ganzen Seele, Phantasie und deinem Denken damit auseinandergesetzt hast."

Das ist wirklich so. So ungefähr läuft es. Jetzt, wo sie es sagte, sah ich es auch, so war es.

Sie sah mich mit ihren ewig lächelnden Augen an und langsam spürte ich, daß etwas in mir zu schmelzen begann und sich auflöste. Wenn man kristallisierten Honig in die pralle Sonne stellst, kann man dabei zusehen, wie er langsam schmilzt und flüssig wird.

Martha ergoß sich in diesem Moment in mich wie tausend Fäden flüssigen Honigs.

Ich wollte ihr sagen, wie sehr ich mich vor diesem Moment gefürchtet hatte. Doch sagte ich nur:

„Wir sind älter geworden, Martha!"

„Ich weiß, Manolopulos."

„Auf dem Weg hierher fragte ich mich, ob ich dich antreffen, ob wir miteinander schlafen würden; ich hatte Angst davor, daß du meinen Bauch sehen würdest, meine eingefallenen Augen, meine tausend Unsicherheiten, meine Hemmungen, meine ... Aber ich stellte mir auch dich vor, mit denselben Schwächen. Ich hatte Angst, von deinen Falten und Krampfadern enttäuscht zu werden. Ich versuchte mir deine Beine vorzustellen und verglich sie mit Julias Beinen ..."

„Deine Frau hat schöne Beine. Aber nein, du könntest niemals wirklich mit einer Frau schlafen, wenn du dir nicht sicher wärst, daß sie dich begehrt. Auch das, Manolopulos, meine ich mit ‚Seele'. Ausgeschlossen, daß es nicht auch zwischen dir und deiner Frau etwas Tieferes gab, daß dich mit ihrem Körper verband. Davon bin ich überzeugt. Vielleicht hast du dir nie darüber Gedanken gemacht. Nein, es können nicht nur ihre Beine gewesen sein. Das wäre fürchterlich."

„Jetzt verbindet mich nichts mehr mit ihr. Auch ihre Beine nicht."

Stille. Wir sahen uns an.

„Also? Was sagst du? Habe ich dich enttäuscht? Aber du hast mich ja noch gar nicht gesehen."

Und sie hob mit einer weichen Bewegung alle Decken hoch. Sie trug nur ihren Slip. Auch der war weiß.

„Bitte schön, sieh mich nun an, damit du Bescheid weißt. Das bin ich."

Ich sah sie an. Martha! Dieser Traum, den ich ein Leben lang verfolgt hatte, war jetzt vor mir, nackt, meinen Augen ausgesetzt, dünn, zerbrechlich. Für mich galt natürlich dasselbe. Nackt, ihren Blicken ausgesetzt, zerbrechlich.

Stille. Wir sahen uns an.

„Okay? Bestanden?"

Sie hielt die Decken weiterhin hoch.

„Du bist schön, Martha."

„Nicht mehr, Manolopulos. Du möchtest mich nur so sehen."

„Du bist schön, Martha."

„Wie damals, am Votsalakiastrand von Paraskevas, auf dem Foto? Sehe ich noch so aus?"

„Genau so."

Sie deckte uns wieder zu.

„Du hast genug gesehen. Schluß mit dem Porno."

Ich streckte meine Hand aus und berührte ihren Nacken, unter ihren Haaren. Ich streichelte sie. Ich begann mich zu entspannen.

„Also? Du hast mir noch gar nicht erzählt, wie du es über dich gebracht hast, hierher zu kommen. Habe ich etwa die Heldentat zu verantworten, dich aus deinen Mauern herausgeholt zu haben?"

Ohne daß ich es merkte, verzogen sich meine Lippen wohl etwas. Sie sah es.

„Nein, das habe ich nicht beleidigend gemeint. Ich bin mit deiner Feigheit vertraut. Ich kann sie nachvollziehen, ich liebe sie."

Sie hielt inne, musterte mich ein wenig und fuhr fort:

„Ach Manolopulos, du Schuft. Wir haben uns schon zu komischen Figuren entwickelt. Wir haben es versaut. So was ist mir jedenfalls noch nicht vorgekommen. Eine Million Kompromisse bist du eingegangen, aber dabei bist du stets jemand anders geblieben, ein anderer. Du hast deine Seele nicht beschmutzt. Du hast es geschafft, sie rein zu halten. Das Dumme ist dabei, daß nur ich das weiß. Und Luis. Ajisilaos wußte es auch, aber der ist nun nicht mehr unter uns. Nur zwei sind dir erhalten geblieben. Du solltet auf uns acht geben. Wir sind dein Alibi. Wenn wir untergehen, ist dein Alibi futsch. Was die übrigen betrifft, die sehen dich als einen doofen Intellektuellen an, mehr nicht."

„Ich habe meine Aufzeichnungen!"

„Ja, du hast deine Aufzeichnungen, die hatte ich ganz vergessen!"

Da fiel mein Blick auf ihre rechte Brustwarze. Mein Blick blieb darauf haften. Sie war genauso wie auf dem Foto.

„Bei Drakopulos' Hochzeit mit seiner Madonna, weißt du noch? Jener weiße Fleck ist nie aus meinem Rock verschwunden. Ich habe ihn gelassen, als Erinnerung an dich ... Ach, Manolopulos! Wenn du damals nicht so feige gewesen und wie von Furien gejagt abgehauen wärst. Ich begehrte dich so sehr, als ich dein Zucken an meinem Körper spürte. Ach, du Blödkopf."

Ich hörte kaum zu. Sie redete, während ich weiter auf ihre Brustwarze schaute. Und plötzlich war Mahlers *Erste* zu hören. Nein. Erst begann es zu regnen. Der Regen schlug an die Fenster. Dicke, fette Tropfen. Mit dem Regen vermischt drang Mahlers *Erste* ins Zimmer.

Wie ein Besuch. Sie drang nicht ein. Um genau zu sein, sie fiel ein, stürmisch.

Da sah sie, wohin ich schaute. Sie verstummte. Sie sah mich an. Ihre Brustwarze war rosa, klein, rund und aufrecht.

Langsam rutschte ich nach unten. Ich berührte sie kaum mit meinen Lippen. Sachte. Dann begann ich sie rundherum zu küssen, flüchtig, wie Vögel, die Samen von den Äckern und Wiesen picken.

Jetzt hörte ich weder den Regen noch die *Erste*.

Sie zog mich an den Haaren. Ich begann an ihr zu saugen. Sie versuchte mich nach oben zu ziehen.

„Du Schuft, hat Liakopulos es dir gesagt? Daß mir das gefällt? Deshalb?"

Ich nuckelte, und sie versuchte mich hochzuziehen. Der ganze Freundeskreis wußte es. Von Luis, dem es Ajisilaos anvertraut hatte. „Martha darf nicht den Fehler begehen, dich ihre Brustwarze berühren oder sogar von dir küssen zu lassen. Wenn sie das zuläßt, dann streckt sie die Waffen."

„Du Schuft, du Schuft", sagte sie nur und zog mich an meinen Haaren hoch. „Wußtest du es?"

„Ich wußte es."

Und dann umarmten wir uns fest und zärtlich.

Da spürte ich plötzlich, wie mein Schwanz hart wurde.

Der Regen war zu Hagel geworden und schlug an die Fenster, während ich sie umarmte.

„Wenn du wüßtest, Martha."

„Ich weiß es doch."

Ihr kamen die Tränen.

„Wenn. ..."

„Nicht, sag nichts!"

Ich hielt sie fest. Ihre Augen waren feucht. Ich leckte ihr die Tränen von den Wangen. Sie waren salzig und köstlich und erinnerten mich an das Meer, an Wellen, an Luis.

"Ich vergehe, Manolopulos, ich vergehe“,

Und da begann sie einen zärtlichen, wilden Monolog. Sie sagte, daß sie vor Rührung vergangen sei, daß ich gekommen sei und wußte, wo sie sei, daß ich mich an das *Mykene* erinnert habe.

Dann begann sie auf die Scheißgefühle zu schimpfen, die sie ständig plagten, und wo das noch hinführen solle und daß sie mich vielleicht besser nicht hätte anrufen sollen.

„Ich habe es bereut. Ich flehte, daß du nicht kämest, obwohl ich wollte, daß du kommst. Scheiße, Scheiße. Unsere Scheißgeschichte soll zu Ende gehen, Manolopulos, das geht so nicht weiter, das geht nicht.“

Ihr Körper erbebte an mir, während ich sie wie nichts in der Welt begehrte.

Mein Glied lehnte aufrecht an ihrem Körper, sie redete, ich preßte sie an mich, wollte schreien, wollte brüllen, endlich, endlich, ich lebe wieder, ich kann, ich kann!

Meine Eingeweide und mein Herz schienen sich zu bewegen, sich aufzublähen, wie Segel, als ob die Welt und mein Körper zu klein für mich wären, endlich, endlich, es war noch nicht alles gestorben in mir, es war noch nicht alles verloren! ... Ich hatte das Gefühl – glaubst du mir – daß sich Segel aufblähten, Türen öffneten, Fenster, der Wind hinein blies, die Segel aufblähte und uns mitnahm, wir reisten auf unserem Bett, während ich die Wellen des Meeres hörte, das auch in das Zimmer eingedrungen war. Das *Mykene* reiste ...

Langsam wurde sie ruhiger, sah mich an; ihre Augen weiteten sich, wurden riesengroß, und sie legte ihre Arme um mich herum und zog mich auf sich, während sie sich gleichzeitig auf den Rücken legte und ihre Beine spreizte. Mit der einen Hand faßte sie nach unten , packte meinen Schwanz und führte ihn in sich hinein. Ich bewegte mich nicht. Lag nun ganz auf ihr.

„So!... So!... So!...“ flüsterte sie, während sie mich auf Mund, Hals und Wangen küßte.

Ich sah ihr in die Augen. Es war, als ob mein Glied nicht in ihrer Scheide, sondern in ihren Augen steckte ... Ich vereinigte mich mit ihren Augen. In ihnen reiste ich.

„So!... So!... So!...", wiederholte sie.

Ihr „so" sagte alles. Alle Liebesworte der Welt waren in ihrem „so" enthalten.

Ich bewegte mich nicht. Und sie sich auch nicht.

„Ich komme."

„Ich auch."

Fast ohne eine Bewegung kamen wir mit einem kleinen gleichzeitigen Zucken.

Ich hielt sie lediglich fest, ganz fest. Und sie mich.

„Liebster", sagte sie.

„Liebste", antwortete ich, und langsam rückten die Dinge wieder an ihren Platz.

Alles beruhigte sich. Der Wind ließ nach, das Geplätscher und der Geschmack des salzigen Meeres im Mund, es ging weg, auch das verlor sich.

Ich hörte wieder die *Erste* von Mahler, den Regen und ihren Atem.

ACHTZEHNTES KAPITEL

DIE EXEKUTION

Lange Zeit blieben wir auf dem Rücken liegen und sahen an die Decke. Ich lag an der Wand, Martha außen.

Die Melancholie kehrte in ihre Augen zurück, wie der morgendliche Tau, der in der Früh Dächer, Bäume und Straßen bedeckt. Feucht, trüb, unbestimmbar.

Lange noch klang ihr „so, so, so“ in meinen Ohren, bis es schließlich verhallte. Es regnete nicht mehr. Die Sonne war aufgegangen. Eine ausgebleichte gelbe Gardine, mit häßlichen braunen Karos, bedeckte das halbe Fenster.

Wir sprachen nichts. Unvermittelt stand Martha, nackt wie sie war, auf, ging zum Fenster, zog die Gardine zurück und lehnte sich daneben an die Wand. Licht überflutete das Zimmer. Sie schien bedrückt.

„Du wirst dich erkälten“, sagte ich.

Sie legte die Hand auf die Heizung.

„Sie haben sie aufgedreht. Es ist warm.“

Sie stand in der Ecke zwischen Wand und Fenster.

„Wenn man sich etwas schräg hinstellt, kann man von hier aus das Meer sehen.“

Sie sah hinaus. Mir fiel auf, daß sie Krampfadern hatte, obwohl ihre Schenkel so dünn waren.

Ihr schien doch kalt zu werden, denn kurz darauf kam sie zurück, nahm sich meinen Anorak, legte ihn sich um und kehrte an ihren Platz zurück. Jetzt nahm mir mein Anorak die Sicht auf ihre Brust.

Wir hatten uns so viel zu sagen und keiner machte den Anfang. Wie Kinder beim Aufsatzschreiben, die nicht wissen, wie sie anfangen sollen.

Sie sah auf das Meer hinaus, während ich die Karos in der Gardine zählte. Sie sprach zuerst.

„Ich bin nicht so unschuldig, wie es den Anschein hat. Ich wollte abhauen, weißt du, aber ...“

Ich unterbrach sie.

„Warum bist du hergekommen, Martha?“

„Um nachdenken zu können. Ich weiß nicht. Es konnte nicht so weitergehen. Ich fand ihn unerträglich. Als Ajisilaos in seinem Brief von den Prozenten des Grundstücks sprach, um die Liakopulos ihn betrogen hatte, da ...“

„Du sagst niemals ‚mein Mann‘. Du nennst ihn immer Liakopulos.“

„Ja, niemals. Es geht mir nicht über die Lippen.“

Der Anorak war zu groß für sie. Sie ging in ihm unter. Sie fuhr fort:

„Mit diesem Betrug war das Maß voll. Zu der Zeit war ich gerade neu im Büro, ich hatte ja keine Ahnung. Und war das vielleicht der einzige Betrug gewesen? Außerdem waren er und Lasaris ein Herz und eine Seele. Der war es auch, Lasaris, der Ajisilaos gesteckt hat – wußtest du das übrigens – daß ich in Liakopulos' Penthouse umgezogen war. Er ist mir zuvorgekommen. Um sich an mir zu rächen. Wir dachten , daß er von nichts wußte, und er wußte alles. Ich hätte es ihm schonend beigebracht. Ich wollte nicht, daß er es von jemand anderem erfährt."

Sie drehte sich zu mir um. Ich konnte ihre Brust wieder sehen, die unter dem Anorak hervorsah.

„Warum bist du weggegangen, Martha? Von zu Hause?"

„Warum ich weggegangen bin ...?"

Sie sagte das so, als ob sie es selbst nicht wüßte. Dann ging sie zum Regal, nahm ein Wasserglas vom Waschbecken und kam zum Bett. Sie goß etwas Cognac hinein und reichte es mir. Ich setzte mich auf, legte das Kissen an das Eisengitter des Bettes und lehnte mich an. Ich nahm das Glas. Sie hatte immer noch den Anorak an, nahm das andere Glas, auch das ein Wasserglas, immer noch halbvoll, von der Kommode, steckte ihre Beine unter die Decke, nahm sich auch ein Kissen für das Kopfende des Bettes und setzte sich neben mich.

„Ob ich mit ihr den Rest meines Lebens verbringen könnte?" fragte ich mich. Sie trank es in einem Zug aus.

„Trinkst du nicht?"

Ich trank. Ein unbehagliches Schweigen brach aus. Danach sagte sie wie zu sich selbst:

„So oder so, Manolopulos, wir haben es versaut. Aber glaube ja nicht, daß ich besser bin. Bin ich nicht."

Sie nahm meine Hand und schaute sie an.

„Deine Hände habe ich immer geliebt."

„Martha!"

„Laß es, sag nichts. Ich weiß, du wolltest mich, ich wollte dich. Siehst du, und trotzdem haben wir es versaut. Wenn du nur damals bei Drakopulos' Hochzeit, als wir zusammen tanzten und du an meinem Körper kamst, nicht getürmt wärst. Ich habe dich gesucht. Du warst abgehauen. Warum nur? Wo du doch wußtest, daß ich dich wollte, daß du mich wolltest. Warum? Wie lächerlich! Mein Gott!"

Ich trank meinen Cognac auch ganz aus.

„Und jetzt werde mal einer schlau aus der Situation. Scheiße."

Daraufhin griff sie die Flasche und goß beide Gläser wieder halb voll.

„Weißt du, in jener Nacht habe ich mich selber reingerissen. Genau da habe ich Liakopulos das Jawort gegeben. Der Schuft hat mich in die Falle gehen lassen. Er hatte meine Verzweiflung gesehen, als du abhautest, hat sie gespürt. Wahrscheinlich hat er die ganze Szene beobachtet, auch wenn er das nie zugestanden hat. Aber dem habe ich's gegeben, darauf kannst du Gift nehmen. Einer nach dem anderen ist im Dreck gelandet. Schluß damit, Schluß damit."

Dieses „Schluß damit" wiederholte sie, als wolle sie es sich selbst zu eigen machen, sich selbst davon überzeugen.

Ich musterte das Zimmer. Sein Reiz war verloren. Es füllte sich mit Geistern und Bitterkeit. Eine Schwere legte sich über alles. Als ob der Sauerstoff ausging, als ob sich Geruch von verwelkten Blumen ausbreitete – Nelken und Rosen schienen zu vergammeln – oder das Blumenwasser war nicht ausgewechselt worden. Ich sagte es ihr.

„Ja, du hast recht, wie etwas, das vergammelt ist."

„Aber er liebt dich", sagte ich und brachte so das Thema wieder auf Liakopulos.

„Er haßt mich. Nur mein Körper gefällt ihm, aber er weiß, daß er ihn nie erobern wird, er hat ihn nie besessen, und das ist es, was ihn verrückt macht. Der Bastard haßt mich, er benutzt mich. Nicht nur ich habe mich verstrickt, er sich genauso."

Sie machte eine kurze Pause, nahm zwei Schluck von ihrem Cognac und fuhr fort:

„Ihr alle denkt natürlich, daß er sich um mich kümmert, daß er besorgt ist, weil ich trinke ... Nichts davon ist wahr. Der Hund genießt es. Es belebt ihn, wenn er mich den Alkohol runterstürzen sieht, das ist es, was er will. Nur so kriegt er mich ins Bett. Wenn ich nüchtern bin, will er mich nicht mal anrühren ... und ich ihn auch nicht. Bald wird er die Geschichte mit Lasaris erfahren, wie der sich bei ihm zu Hause an mich rangemacht hat."

„Aber das weiß er doch schon aus Ajisilaos' Brief. Etwa nicht?"

„Nein. Als wir nach Hause gingen, hat er mich gefragt, ob es wahr sei und ich habe es abgestritten, aber jetzt wird er an die Decke gehen, wenn er erfährt, wen er sich zum Freund gemacht hat. Auch wenn er selber zum Schwein geworden ist, das wird sogar ihm zuviel sein. Ob er es wohl aushalten wird, weiter Umgang mit ihm zu haben?"

Ich erschrak.

„Und wie wird er es erfahren?"

„Ich habe ihm einen Brief geschickt. Darin habe ich ihm die ganze Szene beschrieben. Alles. Detailliert."

„Einen Brief?"

Mich packten wieder die alten Ängste und spießbürgerlichen Gedanken. „Wenn sie ihm geschrieben hat, wo sie jetzt ist, in welchem Hotel, kann es sein, daß er jeden Moment hier auftauchen kann, mit dem ganzen Anhang, Julia, Lasaris und Konsorten."

Ich wollte sie fragen, ob sie ihm irgendwas über uns geschrieben hat, doch hielt ich mich zurück. „Du Vollidiot. Du bist von zu Hause weggegangen, bist zur anderen Seite übergegangen. Selbst wenn sie erfahren, wo du bist, was für eine Bedeutung hat das noch? Sollen sie doch kommen. Um so besser. Dann ist es vorbei. Du bist ausgezogen. Hättest du mal nicht alle Brücken hinter dir abgebrochen, aber jetzt bist du gegangen, kapier das endlich."

Sie drehte sich zu mir und muß wohl meine Gedanken erraten haben.

„Und? Hast du jetzt Schiß? Wegen des Briefes? Überdenke es besser noch einmal, Manolopulos. Bald geht die Hetzjagd los. Das wird nicht leicht sein. Du bist aus einem Gefängnis ausgebrochen. Be-

greifst du das? Du bist ausgebrochen. Du hast nicht nur die Nachbarschaft gewechselt. Du bist abgehauen. Für immer. Oder nicht?"
„Was kann sie mir schon antun? Ich bin abgehauen, stimmt."
„Deine Julia? Sie kann sich an dir rächen. Zuerst einmal wird sie Lasaris beauftragen, dafür zu sorgen, daß du weit weg versetzt wirst, zum Beispiel nach Evros[61], oder sonstwohin. Und dann, wie steht es mit deinem Gehalt? Kannst du davon leben?"

Die Geister wurden immer dreister. Ich konnte sie fast sehen, wie sie barfuß im Zimmer umhergingen, provokativ, ordinär, Grimassen schneidend.
„Ich möchte mich noch einmal mit dir aussprechen, bevor der Cognac die Überhand gewinnt."

Sie hielt inne, nahm zwei Schluck und fuhr fort:
„Manolopulos, ich glaube nicht, daß die Rolle des tragischen Helden das Richtige für dich ist. Das ist meine Meinung. Ein Leben lang hast du klein beigegeben. Daran bist du gewöhnt. Tragik und Feigheit passen nicht zusammen."
„Paßt das bei dir besser zusammen?"
„Ich habe es teuer bezahlt. Beides. Jetzt stehe ich darüber. Ich bin auf alles gefaßt. Es ist mir egal, ob ich gefalle. Bei mir paßt das zusammen."

Es wurde dunkler. Da die Decke herunter gerutscht war, konnte ich jetzt ihren Bauch sehen. Ein weicher Flaum zog sich von ihrem Bauchnabel wie ein Bach abwärts bis zum Dickicht ihres Schosses.. Er gefiel mir. Ich begann, den Flaum zu streicheln.
„Weißt du, was ich gerne tun würde? Mich in einen Unbekannten, einen Fremden verlieben, jemanden, der viel durchgemacht hat, dessen Gesicht mitgenommen ist, dessen Augen mitgenommen sind, der richtig vom Kummer gezeichnet ist, so einen. So einen, den du dir ansiehst und von dem du sagst: ‚Den hat das Leben gezeichnet, das

Salz, das Meer, der Schmerz.‘ Einen Mitgenommenen. Nur in so einen Menschen könnte ich mich noch verlieben. Ich habe die Karrierehaie, die Erfolgreichen, die Profis und deren Kleinmut satt. Jemand, dessen Gang müde, schwer und unbeholfen wirkt. Und dem an Fingern und auf der Stirn die Adern hervorgetreten sind. Einen Weisen. Der nichts abwägt. Ich habe es satt, die Menschen alles abwägen zu sehen. Auch mich hat das Abwägen fertig gemacht. Einen Mitgenommenen, der aber Größe hat, weißt du. Der nicht groß ist, aber groß wirkt. Der, während er zu dir spricht, an Größe gewinnt. Der keine Träume mehr hat. Schluß mit der Träumerei, mit dem Selbstbetrug. Schluß mit all dem Schwachsinn. Mit allem, allem.“

Sie redete ohne Punkt und Komma, hielt einen Monolog, und ich Spießer dachte, ohne es zu wollen, immer noch an ihren Brief an Liakopulos. Was sie ihm wohl alles geschrieben, ob er ihn erhalten, ob sie ihn überhaupt tatsächlich abgeschickt hatte, ob ... Es konnte also sein, daß er ihn jetzt bereits hatte und die Telefonleitungen heiß liefen:

„Wer?“

„Was? Wann?“

„Hast du schon gehört? Martha und Manolopulos.“

Schweinehunde und Nichtsnutze würden sie uns schimpfen. Dann beruhigte ich mich auf einmal. Mir fiel ein, daß Sonntag war, folglich wurde keine Post befördert und folglich ... Ich kam wieder zu mir.

Martha sprach jetzt nicht. Sie sah mich an. Schließlich fragte sie mich, wo ich mit meinen Gedanken sei, was mich beschäftige.

„Ehrlich, Martha, hast du ihm alles geschrieben?“

„Alles. Ich habe mit ihm abgerechnet, Manolopulos, das sagte ich dir bereits. Ich bin zur Ruhe gekommen. Siehst du diese Flasche? Es wird die letzte sein, aus der ich trinke. Ich habe mit allem abgeschlossen. Ende und aus. Ich werde euch nicht den Gefallen tun unterzugehen. Bei dir weiß ich noch nicht. Ob du es je zulassen wirst, alle

Scheiße raus zu lassen? Ob du es zulassen wirst, daß Meere, Flüsse und Erinnerungen dich überschütten? Ob du all das je ans Tageslicht befördern wirst? Ein Leben lang, du Schuft, hast du deine Gefühle verborgen, blockiert, gehemmt ... Wenn man ja wenigstens annehmen könnte, daß du dir der Falle nicht bewußt gewesen bist oder daß du dich damit abgefunden und deine Ruhe gefunden hast. Aber nein, du schwankst immer hin und her, bist mal hier und mal da, orientierungslos, legst dich nicht fest. Manchmal muß ich denken, daß du dazu bestimmt bist, dein eigenes Leben zu sabotieren. Du Idiot!"

Es war inzwischen völlig dunkel geworden. Sie stand auf, um das Licht anzuknipsen. Erst stand sie für Sekunden still, in der Mitte des Zimmers, holte dann tief Luft, als ob eine große Last von ihr abgefallen sei, sozusagen ein Seelenrülpser, und dann erst knipste sie den Lichtschalter an.

Kurz darauf kam sie wieder zum Bett und setzte sich auf denselben Platz. Sie wandte sich mir zu und sah mich an.

„Weißt du was? Ich habe sogar schon das erste Kapitel deines Buches gelesen."

„Unmöglich."

„Doch, ich habe es gelesen, Manolopulos. Deine Frau hat es uns eines Tages mitgebracht, als du ins Krankenhaus gegangen warst, um dich operieren zu lassen, was du dann doch nicht gemacht hast. Liakopulos hat es vorgelesen, da er der einzige war, der deine Schrift entziffern konnte. Mir gefiel es. Es schien gut zu sein. Ich sah darin dein ganzes Bestreben, dich von deinem schlechten Gewissen und deiner Reue zu befreien."

„Wirklich, Martha, du hast es gelesen?"

„Das sage ich doch. Genau genommen, habe ich es nicht gelesen, sondern gehört. Du beschriebst darin eine Fatmé, die umkommt. Alle außer mir haben gelacht. Vor allem über das, was du über Tante Evstathia und das dreistöckige Mehrfamilienhaus in der Patissionstraße schreibst. Natürlich heißt die Tante, die du meinst, in Wirklichkeit nicht Evstathia und das dreistöckige Mehrfamilienhaus ist nicht in der Patissionstraße, aber wir alle wußten, welche Tante und welches Haus gemeint waren. Ich weiß gar nicht, wie du mich in deinem Buch taufen wirst, wenn du zum Beispiel an dieser Stelle, die wir jetzt gerade erleben – oder spielen, kann man ja sagen – angelangt sein wirst."

„Dich werde ich mit deinem richtigen Namen nennen."

„Mit anderen Worten, mich wirst du richtig bloßstellen. Sag mir wenigstens, wirst du gerecht sein? Deine Frau zumindest war zufrieden über die Tatsache, daß du nicht mit Fatmé geschlafen, sondern dich für dein Zuhause entschieden hast ..."

„Entschieden habe?"

„Hat sie dir niemals von diesem Vorlesen erzählt?"

„Niemals, nicht ein Wort."

„Jedenfalls ist dabei ganz klar herausgekommen, wie du über sie denkst."

„Es ist nicht immer so. Wenn du schreibst, veränderst du oft die Personen, Beziehungen, Tatsachen. Natürlich und im Grunde genommen... Aber letztendlich führst du die Dinge dahin, wo ..."

„Ich weiß. Du machst das Unsichtbare sichtbar."

„Du versuchst es zumindest. Das ist es, was du erfassen willst. Das Unsichtbare. Nicht das Nichtexistente. Darin besteht die Faszination. Und das ist gleichzeitig auch die Falle."

„Jedenfalls war sie verletzt. Deine Frau. Sonst hätte sie das Vorlesen dir gegenüber ja mal erwähnt."

„Sie weiß sich zu schützen."

„Tatsache ist, daß du sie nicht gerade schmeichelhaft behandelst."

„Wie auch immer. Es ist jetzt vorbei."

„Ist es das wirklich?"

Ich wandte mich ihr zu und sah ihr in die Augen:

„Es ist vorbei!"

Die Deckenleuchte verbreitete ein abscheuliches Licht. Sie ließ alles erstarren. Zum einen war es meine Müdigkeit, zum anderen dieses abtötende weißgelbe Licht, das alles, Gardinen, Wände, Möbel noch dreckiger und geschmackloser erscheinen ließ, als es schon war, was meine Stimmung in den Keller rutschen ließ, sage ich dir. Ich ließ mich langsam nach unten rutschen, um mir den Anblick dieser unwirtlichen Umgebung zu ersparen, und berührte mit meinen Lippen ihren Bauch. Sie begann mir die Haare zu streicheln. Da merkte ich, wie mir die Augenlieder schwerer wurden und zufielen.

„Besser, du wärst nicht gekommen, Manolopulos. Besser, du hättest dich da rausgehalten."

Sie streichelte weiterhin meine Haare und redete und redete.

„Du erinnerst mich an Hamlet. Was auch immer du im Leben getan hast, es hat nie mit dem übereingestimmt, was du eigentlich wolltest. Es war nicht im Einklang miteinander. Bei mir war es dasselbe. Nein, wir haben nicht das getan, wonach sich unsere Seele sehnte."

Wenn Martha das Wort „Seele" benutzte, wurde sie plötzlich gefühlvoll und sinnlich.

„Aber Hamlet hat zum Schluß nicht gezögert", erwiderte ich.

„Ja, hat er nicht, während du? ... Trotzdem erinnerst du mich an ihn."

Ihre Stimme begann, mich einzuschläfern, wurde zu Lorbeergeruch, zu Musik.

„Weißt du", fuhr sie fort, „was ich dir vorhin gesagt habe, nämlich daß ich mich in einen vom Leben gezeichneten Mann verlieben möchte, den habe ich schon getroffen. Besser gesagt, ich hatte ihn getroffen. Vorgestern. Zufällig."

Als sie „zufällig" sagte, erstarrten meine Lippen auf ihrem Bauch. Ich hielt die Luft an. „Da hast du's, du Idiot! Selbst jetzt warst du noch damit beschäftigt, Vor- und Nachteile abzuwägen, zögertest, ob du bei ihr bleiben solltest oder nicht, und sie ist schon weg, hat sich eingeschifft und reist ab, ist schon weg, Idiot, du Idiot!"

Sie streichelte immer noch meine Haare und fuhr fort, mir den

Kerl zu beschreiben, den sie kennengelernt hatte.
„Er stimmt Klaviere, baut Möbel, ist verheiratet. Was er verdient, gibt er bis zum letzten Heller aus. Er hat eine Glatze. Es kümmerte mich gar nicht, ob er schön oder häßlich war. Nur an seine breiten Hände kann ich mich erinnern. Sie umfaßten diese großen runden Fässern ähnlichen Biergläser. Er konnte es ganz mit seiner Hand umfassen. Die ganze Welt paßte in seine Hand hinein. Er zeigte mir seine Tischlerei. Ein Keller, phantastisch. Er hat seine Arbeit und die Bestellungen völlig vernachlässigt und arbeitet einzig an so seltsamen Holzskulpturen, zu seinem eigenen Vergnügen. Die meisten zeigen dasselbe Thema in verschiedenen Variationen, ein Boot mit dem Tod am Ruder. Manchmal scheint er auch Nymphen abzubilden. Er kannte Luis. So sind wir ins Gespräch gekommen. In einer Bar hatte er eine seiner Skulpturen aufgestellt, eine Bestellung. ‚Ich kenne dich', hatte er gesagt. ‚Warst du nicht mit Ajisilaos zusammen? Ich kenne dich.' Da begann ich ihm von meinem Leben zu erzählen. Später kam dann seine Frau herunter in den Keller, spuckte ihn an und ging wieder. Die Wohnung war im Erdgeschoß. Er lachte. ‚Meine Frau! So ist sie, wie du sie gesehen hast. Nichts mehr, nichts weniger. Sie verstellt sich nicht. So ist sie.' Und er lachte. ‚Ein- bis zweimal am Tag kommt sie in den Keller runter, spuckt mich an und geht wieder. Wenn ich ihr eines Tages sagen würde, tschüß, wir trennen uns, würde sie sich vom Balkon stürzen. Ohne mich kann sie nicht leben und trotzdem – du hast es ja gesehen.'

Später streichelte er meine Haare und küßte mich. ‚Wollen wir zusammen abhauen, Schätzchen?' An einer Wand hatte er sogar ein Einserdiplom angepinnt, Kunsthochschule, verdreckt von Fliegenscheiße und mit Telefonnummern, die an den Rand gekritzelt waren. ‚Schätzchen, wenn man nicht verliebt ist, warum soll man dann leben, wie soll man dann Lust zum Leben haben? Ich möchte nur noch Holzskulpturen machen, davon leben, und von ihr kriege ich ständig zu hören, daß ich Tischler bin und die Holzskulpturenscheiße bleiben lassen soll, weil ich damit kein Geld verdiene. Sie bekommt eine lächerliche Rente, und andauernd reibt sie sie mir unter die Nase: Wenn meine Rente nicht wäre, ja wenn meine Rente nicht wäre. Deshalb sage ich dir, Schätzchen, wollen wir abhauen? Soll sie doch vom Balkon springen. Wenn du nicht liebst im Leben, brauchst du gar nicht zu leben. Hast du sie gesehen? Sie kommt, spuckt mich an und geht. Bei allem, was sie sagt, spuckt sie mich an.‘ Und plötzlich verliebte ich mich in ihn. Er hatte auch ein Klavier dort, auf einem Berg von Sägespänen. Es fiel auf. Was es da nicht alles gab im Keller. Waschmaschinen, Waschtröge, Anker, halb kaputte Möbel, Gemälde. Sie stellte ihm einen Teller Essen hin, spuckte ihn an und ging. Mich sah sie gar nicht. Erst sagte er zu mir: ‚Schätzchen, laß uns zusammen abhauen‘ und dann setzte er sich auf einen Stuhl mit drei Beinen und fing an, Klavier zu spielen. Es war ein sehr melancholisches Stück. Er konnte sich weder an den Komponisten noch an den Namen des Stückes erinnern. ‚Ich weiß es nicht mehr genau, ich will mich nicht erinnern, es hat keinen Sinn,‘ sagte er. Doch an die Melodie konnte er sich erinnern. ‚Zuerst bin ich zum Konservatorium gegangen und danach zur Kunsthochschule. Dann habe ich diese Schreckschraube kennengelernt, und alles war vorbei.‘

Da habe ich mich in ihn verliebt. Ich spürte ihn größer werden, wie ich dir vorhin beschrieben habe. Ich ging zu ihm. Er faßte mich bei der Hand. Mit der anderen spielte er weiter. Dann hörte er auf zu spielen, lehnte den kaputten Stuhl an einen Pfosten an, damit er nicht umfiel, und nahm mich auf seinen Schoß. Ich setzte mich. Warum sollte ich mich wehren? ... Er sieht dir ähnlich. Manchmal brachte ich sein und dein Gesicht durcheinander. Und seine Frau sah deiner Julia ähnlich.“

„Was erzählt sie mir da eigentlich?“ Da kam ich zu mir. War das alles passiert oder nicht? Phantasierte sie oder erinnerte sie sich tatsächlich? Realität oder Einbildung? „Was hat sie gesagt?“ Ich war alarmiert. Und plötzlich war ich eifersüchtig. Ein Kloß stieg vom

Brustbein langsam zum Hals hoch, ich war eifersüchtig. Doch fuhr sie unerbittlich, unaufhaltsam und rücksichtslos fort, von ihm zu erzählen.
„'Wenn du nicht liebst, begehst du auch an niemandem Verrat, meine Schöne', sagte er und dann trieben wir es ganz einfach miteinander, auf dem Stuhl. Irgendwo traten Flüsse aus ihrem Flußbett, irgendwo brachen Dämme, irgendwo regnete es, und es roch wohl nach Regen. Mir wurde schwindelig. Ich begann, sein Gesicht mit deinem zu verwechseln, seine Hände mit deinen, sein Leben mit deinem. Wir verabredeten uns hier im *Mykene*. ich würde ausbrechen, er würde von Zuhause ausbrechen, er würde mich abholen kommen und wir würden zusammen irgendwo auf die Kykladen fliehen, in die Ägäis, ohne Gepäck, ohne Erinnerungen, ohne den ganzen Plunder, hatten wir gesagt, ohne Ballast. ‚Von Anfang an, Schätzchen, von Null an, von Alpha an. Bist du dabei?' War es er, der sprach, oder warst du es? Ich konnte es nicht sagen. Vielleicht hatte ich gehofft, daß du eines Tages so etwas zu mir sagen würdest, aber du hast es nie getan. Auch er ist nicht gekommen. Die ganze Nacht ist vergangen, ohne daß er kam. Es dämmerte und er war immer noch nicht da. Er hat mich versetzt. Da habe ich dich angerufen. Erst in dem Augenblick stand dein Gesicht klar vor mir. Hatte ich alles nur geträumt? Unseren Sex, den Stuhl, ihn, dich? Habe ich es erlebt oder nicht, Manolopulos? Gab es diesen faszinierenden Keller oder nicht?"

Danach schlief ich ein. Ich hatte vielleicht einige Bruchstücke ihrer Geschichte noch gehört, aber irgendwie konnte ich sie nicht behalten, irgendwie verschluckte die Müdigkeit sie, irgendwie entleerten sich die Worte ihrer Bedeutung, wurden zu einem Gemälde ohne Farben. Wie oft habe ich versucht, mich daran zu erinnern. Umsonst. Irgend etwas sagte sie zu mir, ich zu ihr, aber ... Vielleicht haben wir auch über uns gesprochen, bruchstückweise, darüber, was mit uns beiden werden soll, „zögerst du noch, immer noch?“ Vielleicht habe ich auch zu ihr gesagt, „warum sollten nicht auch wir in die Ägäis fahren, in unsere Ägäis?“ Aber vielleicht habe ich mich auch nicht getraut, es auszusprechen, habe es zurückgehalten, kam nicht mehr dazu, es auszusprechen. Glaub mir, ich kann mich nur noch an Bruchstücke von Sätzen, Worten und Farben erinnern, aber, verdammt noch mal, ich bin eingeschlafen. Das heißt, daß vielleicht sogar ungeheuerliche Dinge ausgesprochen wurden, aber ich bin darüber eingeschlafen. Daran kann ich mich gut erinnern, wie ich auf ihrem Bauch eingeschlafen bin! Nein, bei Gott, nein, es darf einfach nicht wahr sein, daß sie sozusagen Christus ans Kreuz nageln oder er gerade aufersteht, und du darüber einschläfst, es darf einfach nicht wahr sein, es darf ...

Mich weckten Schiffspfeifen, Hupen, aufheulende Autos und eine Arie aus einer Oper, von der Callas gesungen, die aus einem entfernten Radio zu hören war.

Als ich die Augen öffnete, sah ich zuerst die zugezogene Gardine, die die Sicht auf das Fenster versperrte und das Licht am Eindringen hinderte. Danach sah ich in einem Wasserglas auf dem Tisch einige Rosen und Lilien stehen. „Ausgeschlossen“, dachte ich, „daß ich die gestern übersehen habe.“ Außerdem hatte es nur zwei Wassergläser im Zimmer gegeben. Alles war aufgeräumt. Das andere Glas stand abgewaschen auf dem Sims über dem Waschbecken. Die Cognacflasche stand auf der Kommode, doch war sie leer. Auf dem Stuhl meine Hose, mein Anorak, die Strümpfe, alles geordnet. Das elektrische Licht aus, doch stahl sich das Tageslicht von überall herein. Mein Kopf lag auf dem Kissen.

Ich wurde ganz wach. Da genau wurde ich mir der Situation bewußt. Martha war weg! Ihr Rock, die Strumpfhose, ihre Schuhe waren weg. Sie war abgehauen!

Der Schmerz stieg langsam von unten auf, erreichte den Bauch und blieb schließlich irgendwo in der Brust stecken. Ich hatte das Gefühl zu ersticken. Sie war abgehauen!

Ich stand auf und zog die Gardine zurück. Tatsächlich, wenn man sich etwas schräg stellte, konnte man von hier das Meer sehen. Wie sie es gesagt hatte.

Der Schmerz in der Brust wurde unerträglich. Genau in dem Moment, mit der Callas im Hintergrund, dem Geräusch der Gemeinschaftstoilette nebenan, einem Staubsauger auf dem Flur, dem Tuten eines schneeweißen Kreuzers, der gerade aus dem Hafen auslief, genau in dem Moment hatte ich zum ersten Mal in meinem Leben das Gefühl, nicht zu existieren, weggeworfener Abfall auf einem Müllhaufen, zeitlos zu sein, keinen Boden unter den Füßen zu haben, vom Universum ausgeschlossen, zum ersten Mal außerhalb jeder Grenze, außerhalb meiner Gegenwart.

Später suchte ich nach einer Notiz von ihr. Wenn ich jetzt darüber nachdenke, sage ich mir, daß sie zum Glück keine hinterlassen hat, es wäre lächerlich, wenn sie mir zum Beispiel geschrieben hätte: „Ich gehe, verschieben wir es auf ein andermal." Besser so. Sie hätte mir höchstens schreiben können, daß ich in meine Scheiße zurückkehren soll. Das hätte Sinn gemacht.

Als ich hinunterging, um den Hotelier an der Rezeption nach ihr zu fragen, hegte ich einen letzten Hoffnungsschimmer, daß sie vielleicht nur kurz weggegangen war, daß sie vielleicht, weil sie als erste aufgewacht war, einen Sandwich essen, einen Kaffee trinken gegangen war, „denn was hätten denn sonst die Blumen zu bedeuten?" dachte ich.

Da fiel mir ein, daß es Lilien und Rosen waren, genau die Blumen, die ich genannt hatte. Ich geriet außer Fassung. Also ersetzten die Blumen die fehlende Notiz? „Lilien und Rosen in fauligem Wasser", hatte ich zu ihr gesagt. Meine Beine drohten nachzugeben. Ich mußte mich irgendwo festhalten, um stehenzubleiben. Mit Mühe und

Not brachte ich es fertig, den Rezeptionisten zu fragen. Ich stotterte sogar. Ich stützte mich am Schalter seines Büros ab, um nicht umzufallen. Als er nach einer Weile geschafft hatte, aus mir herauszubekommen, was ich von ihm wollte, sagte er, daß „die Dame bezahlt habe und gegangen sei. Jemand sei am Morgen gekommen und ..."
„Jemand? Mit Glatze, unrasiert? Große Hände?"
„Ja, so sah er ungefähr aus. Er hat sie abgeholt und ist mit ihr weggegangen."

Ich begann die Treppe hinaufzugehen. Er hielt mich zurück:
„Sie haben auch Besuch, ein Paar zusammen mit einem Herrn. Man wartet auf sie."

Er hob die Hand, um sie mir zu zeigen. Kaum hatte ich mich umgedreht und meine Augen auf sie gerichtet, standen sie alle drei auch schon da, mir gegenüber, kalt, bleich und unerbittlich. Liakopulos, Lasaris und Julia.

Ich lehnte mich an die Wand. Ich sah gerade noch die in ihren Augen auf mich gerichteten Waffen, wie sie auf mich zielten. Ich hörte auch den Schuß. Sie exekutierten mich. Eiskalt.

Mir wurde schwarz vor Augen und ich fiel die Treppe hinunter. Einem Hund wäre es besser ergangen. Sie ließen mich liegen und gingen. Einem Hund wäre es besser ergangen! Sie sagten kein Wort. Es reichte ihnen, daß ich wußte, daß sie mich gesehen hatten.

Weit entfernt sang immer noch die Callas ihre Arie.

NEUNZEHNTES KAPITEL (EPILOG)

UND ÜBER DEM BORDELL DIE SONNE

Es war tatsächlich nicht nur so dahergeredet, als ich zu dir sagte, daß ich Luis zum letzten Mal in der Ouzerie von Herrn Lambros sehen sollte und wir uns dort eigentlich für immer verabschiedeten. Seitdem ist er verschwunden. Ein Zug oder Schiff, eine Wolke, ein Karren oder sonst was hat ihn mitgenommen, jedenfalls ist er weg. Ich traf mich auch mit niemandem mehr aus dem Kreis der „Nichtsnutze", den ich hätte fragen können, ob es ein Lebenszeichen von Luis gab. Wir haben uns völlig aus den Augen verloren.

Nach meiner Exekution im *Mykene* fand ich mich entsprechend Marthas Vorhersage im Handumdrehen nach Evros versetzt, was zur Folge hatte, daß nun auch die letzten Kontakte abbrachen. Seither hat sich der Abstand vergrößert, ist die Erinnerung verblaßt, haben die Personen ihre Bedeutung verloren und deshalb, wenn ich mal zufällig einem begegnete, tat ich so, als sähe ich ihn nicht, oder wechselte die Straßenseite und ging einfach weiter.

Im übrigen hielt ich es nicht lange in Evros aus. Einsamkeit und Langeweile hatten mich so sehr zur Verzweiflung gebracht, daß ich eines schönen Tages mutig mein Abschiedsgesuch einreichte und in meine alte Umgebung zurückkehrte.

Selbstverständlich hat Julia Lasaris geheiratet. Fast am selben Tag, an dem die Scheidung rechtsgültig war, heirateten sie.

Zur Hochzeit erschienen alle außer mir, obwohl sie – die Schweinehunde – mir eine Einladung geschickt hatten, natürlich nicht als Scherz gemeint, denn dann wäre ich glatt hingegangen, sondern aus reinstem Zynismus und gleichgültig gegenüber der Tatsache, ob, und wenn ja, wie sehr mich diese Einladung verletzen würde.

Von dem Tag an quält mich eine Frage: Wenn sie mich damals im *Mykene* nicht in flagranti erwischt hätten, hätte ich dann je einen heroischen Abgang gewagt? Das wüßte ich zu gerne. Ich meine, wenn sie mich nicht erwischt hätten, wäre ich dann nach Hause zurückgekehrt und wäre, dann sehr wahrscheinlich gewesen, daß ich den Rest meines Lebens als Mumie in Julias Ohrensessel verbracht hätte? Was ich wissen möchte, ist folgendes: Habe ich Tatsachen geschaffen oder haben mich die Ereignisse wie einen Ball aus der Geschichte herausgeworfen? Hatte ich mich aufgelehnt oder war mein Abgang vom Schicksal und seinen Zufällen abhängig gewesen? Wer hält letzten Endes die Fäden der Geschichte in der Hand? Es darf einfach nicht wahr sein, daß du von Mühlsteinen zermalmt wirst und nicht einmal weißt, wer dich zwischen sie geworfen hat!

Martha hat bis heute, bis zu diesem Moment, in dem ich dir meine Erlebnisse schildere, niemand je wieder gesehen, weder Liakopulos noch ich. Niemand. Martha ist ausgeflogen, wie Luis, sie ist weg, auch sie ist verschwunden. Doch wer weiß? Nicht nur die Täter kehren zum Schauplatz zurück, auch die Opfer tun es. Manchmal kehren auch sie zurück. Irgendwo, irgendwann kann es ihr in den Sinn kommen, zurückzukehren – und es ist unwahrscheinlich, daß es ihr nicht in den Sinn kommt. Irgendwann, irgendwo wird die Erinnerung sie einholen, wenn sie irgendwann irgendwo zufällig die *Erste* von Mahler hört, wenn sie sich an jenen unseren Sonntag im *Mykene* erinnert, wenn ... ja wenn ... Wer weiß? Vielleicht wird sie wie ich eines Tages zum Schauplatz des großen Verbrechens zurückkehren. Vielleicht. Ich bin mir sicher, daß ihre Liebesgeschichte mit diesem schrägen Typen, mit dem sie abgehauen ist, eher eine Verzweiflungstat war, als daß sie tatsächlich auf Liebe beruhte. Deshalb werde ich warten – wer weiß? – und es ist der einzige Grund, der mir Hoffnung und Lust zum Leben gibt und mich dazu bewegt, dir meine Erlebnisse zu schildern.

Von Liakopulos, ihrem Mann, haben sie mir erzählt, daß er an jenem spektakulären Montag, als er mich im *Mykene* gesehen hatte, nach Hause zurückgekehrt sei, alle ihre Sachen, Fotos, Platten und Bücher eingepackt habe, dazu noch den Schaukelstuhl von Ajisilaos, und sie in eine Abstellkammer geworfen habe und somit ist es – möchte er, daß es so ist – als sei sie niemals in seinem Leben gewesen, als hätte es sie nicht gegeben, als hätte sie niemals in seiner Wohnung gewohnt. Nur daß auch er jetzt, wie ich erfuhr, ständig auf seinem Balkon sitzt und nicht schlafen geht, bevor er blau ist, so wie sie damals, aber er ist so ein Schwein, da bin ich mir sicher, daß er es schnell überwinden wird, wie so vieles.

Doch Luis' Abwesenheit und Rätselhaftigkeit ist besonders stark zu spüren. Die Ereignisse überschlugen sich, meine Versetzung nach Evros, die Scheidung, und ich erfuhr lange nicht, was zum Teufel an jenem schicksalhaften Wochenende meiner Flucht los war, noch wer der Idiot war, der mich zum Teufel geschickt hatte, als ich bei Luis anrief.

Sehr viel später erst bekam ich von Drakopulos einige Antworten

auf die Frage oder besser gesagt das Rätsel, was mit dem Schuft geschehen war, als ich Drakopulos nämlich nach sehr langer Zeit eines Mittags im Pissoir vom Omoniaplatz antraf. Ich war wirklich erstaunt.
„Mensch, Drakopulos, ich wußte gar nicht, daß Industriemagnaten in öffentlichen Pissoirs pinkeln gehen."
„Was sollte ich denn sonst tun, Manolopulos? Ich mußte mal."

Als wir auf den Platz hinaufgingen, Erinnerungen und Geschichten austauschten und jene „Mensch, weißt du noch?" und „Was ist aus dir geworden? Man sieht dich gar nicht". Als das Gespräch auf Luis kam, erzählte er mir nacheinander die Geschehnisse, soweit er sie wußte:
„An jenem Tag, als du ihn anriefst und ein Verrückter den Telefonhörer abnahm und dich zum Teufel schickte, weißt du, wer das war? Der Zöllner, sein Schwippschwager. Luis hatte sich schon vom Acker gemacht, wie du weißt. Hast du ihn je wiedergesehen? Aus dem Staube hat er sich gemacht, ist in den Himmel aufgestiegen. Jawohl, der Zöllner, Fanis Mann, der Schwester seiner Frau Sissy, er war es. Aus ist es mit Fani, mein Herr, tot. Erinnerst du dich noch an Luis' Unternehmen mit den Fliegenklatschen? Als wir alle versuchten herauszubekommen, woher er zum Teufel das Geld dazu gefunden hatte? Von Fani, mein Herr. Ein Leben lang hatte die Arme gespart, bis er sie einwickelte und ihr das Gesparte abluchste. Nun ist alles futsch, mein Freund, sowohl das Unternehmen als auch die Idee und ihr Geld. Sein Kompagnon, ein Franzose hat ihm alles weggenommen. Sowohl das Geld als auch die Idee. Wenn du heute nach Frankreich gehst, wirst du überall sehen, daß sie dieselben Plastikfliegenklatschen verkaufen, wie Luis sie entworfen hat. Also war es keine Spinnerei gewesen, wie wir alle dachten. Fani haben sie zwei oder drei Tage vor deinem Anruf bei ihm zu Grabe getragen. Sie hat sich das Leben genommen, Manolopulos. Sie hat es nicht ertragen. Aber auch er konnte es nicht ertragen. Entweder hätten ihn der Zöllner oder

Krungas umgebracht oder er mußte abhauen. Und er ist abgehauen. Aber wenn du Einzelheiten dazu erfahren willst – du stehst ja auf Einzelheiten – dann schnapp dir ein Taxi, jetzt sofort, und fahr direkt nach Perama, zu seiner Baracke, zu seiner Sissy. Die ist jetzt eine Obernutte geworden, Manolopulos. Wußtest du das? Ich erzähle es dir lieber, damit du weißt, was dich erwartet. Nutte. Sie nimmt tausend Drachmen pro Nummer."

„Hör doch auf, das kann doch nicht sein ..."

„Ich war selbst da. Ich sage es dir. In Marguerite Gautiers Boudoir empfängt sie ihre Freier. Der Zöllner sitzt draußen vor der Baracke auf einem Königsthron irgendeines Heinrichs und kassiert. Luis' Vater, der alte Retsinas, liegt halb gelähmt drinnen. Den Brunnen haben sie zugeschüttet. Der alte Retsinas weigert sich nach dem Mord an Athina – sag nicht, daß es kein reiner Mord war – zu Antigoni zu ziehen, außerdem hört er schlecht und dreht das Philipsradio auf. So besteht keine Gefahr, daß er mitbekommt, wenn Sissy mit ihren Freiern zugange ist. Ich bin selbst hingegangen, weil ich Luis gesucht habe. Es hatte mich gepackt. Ich wollte ihn zur Rede stellen, was mir so sehr auf der Seele lag, wessen das Kind ist, ob von ihm oder von mir, damit ich es aus der Welt schaffe, damit ich Bescheid weiß, und bin aus allen Wolken gefallen. Sie haben mich für einen Freier gehalten, sie erkannten mich nicht. Ich habe bezahlt, habe sie gefickt und bin gegangen. Regelrecht. Geh hin, sie wird dich nicht erkennen. Sie ist total kurzsichtig, aber sie trägt keine Brille, die steht ihr nicht. Übrigens, du wirst es nicht bereuen, laß es dir gesagt sein."

Ich hatte wirklich nicht damit gerechnet, daß ich solche Neuigkeiten von Drakopulos erfahren sollte. Ach, Luis, wie konnte ich damals in der Nacht bei Herrn Lambros, als ich in meiner eigenen aussichtslosen Situation zu ersticken drohte, ahnen, daß du auch in Schwierigkeiten stecktest. Ich Trottel bin nicht mal auf die Idee gekommen, dich nach deinen Neuigkeiten zu fragen.

Ich wollte nichts mehr von Drakopulos hören. Ich sagte kurz „tschüß" und ging. Er rief hinter mir her:
„Halt! Wohin willst du? Ich habe noch andere Neuigkeiten über Luis, es geht noch weiter."

Ich erstarrte und drehte mich um.
„Du kannst zwischen verschiedenen Versionen wählen, Manolopulos. Es sind natürlich nur Mutmaßungen. Es ging sogar um, daß er auf dem Exarchiaplatz als Straßenmusiker gesehen wurde, zusammen mit einem völlig verrückten Komponisten, dem Asimos und einer, deren Beschreibung auf Moschos' Twiggy paßte, etwas verwahrlost und dreckig. Sie ließen ein Tablett umgehen. Wußtest du, daß Twiggy Moschos etwa zu der Zeit verlassen hat, als auch Luis verschwand? Sie spielte auf einer Trommel, Luis auf einer Gitarre und der Komponist auf irgend einem anderen Instrument, weiß nicht mehr, vielleicht einem Blasinstrument. Aber ich bezweifele sehr, daß das Luis gewesen sein soll. Der befindet sich wahrscheinlich irgendwo auf den Kykladen, auf Paros, sagt man. Sie sagen, daß eine reiche Greisin ihn bei sich aufgenommen hat. Sie hat ihn angeblich als Gärtner bei sich angestellt. Ein Bekannter von mir hat ihn dort gesehen, er schien ihm zu ähneln, mit einem Bart, langen Haaren, betrunken ... Da werde mal einer daraus schlau. Andere Stimmen verlauten, daß er nach Australien ausgewandert ist. Was hast du denn gehört?"
„Nichts. Eine Freundin von mir hat mir erzählt, daß sie einmal eine Postkarte von ihm bekommen hat, ohne Absender, auf der er ihr mitteilte, daß er ein Restaurant in Johannesburg aufgemacht hat."
„Johannesburg? Quatsch, Australien, sage ich dir, aber Aleka besteht darauf, daß er Autos in Nachtlokalen an der Strandstraße Richtung Glifada parkt. Ich war selbst da, habe ihn aber nicht gefunden. Auf jeden Fall, das muß ziemlich sicher sein, malte er in einem Theater in Volos an Bühnenbildern herum. Auch dahin bin ich gegangen. Doch was für ein Pech, denn als ich dort ankam, war er genau einen Tag zuvor in unbekannte Richtung abgehauen. Sie wußten nichts. Aber

wie sie ihn mir beschrieben, muß er es gewesen sein, sicher. Unter einem Pseudonym. Kanelos nannten sie ihn dort. Eine Frau war mit ihm zusammen, sagten sie. Wie sie sie mir beschrieben, ähnelte sie sehr Twiggy. Jedenfalls ist die sicherste Information, daß er als Tellerwäscher in Brooklyn arbeitet. Und eine andere, noch sicherer, daß er sich umgebracht hat. Das entspricht der Einschätzung des Freundeskreises am meisten. Das ist ein Ende, das seiner würdig ist! Findest du nicht?"

Er sah mich an und wartete, was ich darauf antworten würde, wie ich reagieren würde. Da wurde ich wild. Ich beschimpfte Drakopulos und mich und den ganzen Freundeskreis als Idioten und fügte hinzu, daß ich es super fände, daß er uns nicht den Gefallen getan hätte, sein Ende mit anzusehen und daß er es uns mal so richtig gezeigt hätte. Was sagte ich ihm nicht alles: daß Luis, egal was er getan haben möge, die Schallgrenze überschritten habe, daß er alle Alibis unserer Scheißleben auf den Kopf gestellt hätten und daß er selbst für den Fall, daß er tot sei, trotzdem „über seinem Grab jetzt Vögel flögen", wie ein Dichter einmal gesagt hat, dessen Namen ich vergessen habe. „Idioten, wir sind Idioten", rief ich am Schluß völlig außer mir. „Christus ist zu uns gekommen und wir haben ihn nicht erkannt, Odysseus, Kolokotronis[62] – wen noch soll ich dir nennen – ist zu uns gekommen, was auch immer für Einwände du da haben magst, und wir haben es nicht erkannt, wir haben nichts gemerkt! Wir Idioten!"

Er sagte kein Wort. Er sah mich dämlich an, fast schielte er. Da fiel mir ein, was Luis bei unserem letzten Treffen in der Ouzerie von Herrn Lambros gesagt hatte: „Manolopulos, die Bücher, die ich gelesen habe, haben mich auf dem Gewissen. Sieh es einmal so: Sie haben mich verdorben und verhext und haben mich nun auf ihrem Gewissen. Willst du es so sehen? Dann sieh es so. Aber ihr Cleveren seid noch mehr hereingefallen. Als ihr gesehen habt, daß die Spinner aufkamen, die Schweine, die Großtuer, da habt ihr, anstatt zu Besinnung zu kommen, euch dem Volkstanz hingegeben. ‚Wir sind dabei', habt ihr gerufen und seid in der Scheiße versunken. Vorwand, Alibi und Rechtfertigungen, eure Ideologien und das Gerede über das Vaterland, die Familie und Religion war alles Aufschneiderei. Aufschneiderei und Scheiße. Aber ihr habt euch nicht einmal mit den Schweinen identifizieren können, so daß ich euch hätte respektieren und sagen können: Okay, sie haben sich entschieden, sie sind nun auf der anderen Seite. Ihr habt so getan, als ob ihr über den Dingen stündet, als ob sie euch nichts angingen. Sowohl von der einen als auch von der anderen Seite. Überall die Finger drin, Aufschneider, Krokodile. Verstehst du, was ich meine? Ihr dachtet, daß ihr die Treppe raufsteigen würdet, aber ihr seid reingefallen, es war nur eine Kellertreppe. Von Keller zu Keller, Vetter. Und wenn ihr eines Tages oben ankommt, was meinst du, was ihr dann seht? Einen Gully werdet ihr sehen, und dann werdet ihr nicht mehr den Mumm haben, ihn anzuheben, damit ihr ans Licht kommt, an die frische Luft. Aber es ist schade, Vetter, wirklich schade, denn der Mensch war eine gute und zärtliche Erfindung, wie ein Schriftsteller mal gesagt hat. Schade. Ihr habt das Bordell vergrößert, das ist es, was ihr fertiggebracht habt."

Drakopulos, der sich anscheinend erholt hatte, holte mich aus meinen Erinnerungen zurück und redete auf mich ein, während ich noch meinen Erinnerungen nachhing und ihn gar nicht hörte.

„Komm schon, Manolopulos, wo bist du mit deinen Gedanken? Ich wollte dir gerade was über Luis erzählen. Weißt du, woran ich gerade denken mußte? Das war schon eine Leistung von ihm. Damals im Gymnasium, in den Fünfzigern, als uns der Schuldirektor Papiere von der Polizei vorsetzte und von uns verlangte aufzuschreiben, ob wir wüßten, wer von unseren Freunden oder Lehrern Kommunisten seien. Sie wollten aus uns Verräter machen. Weißt du noch, was Luis gemacht hat? Er nahm den Zettel, stand von seinem Pult auf, stellte sich vor den Schuldirektor und zerriß es. Er ist nie wieder in die Schule gegangen. So hat er die Schule abgebrochen. Er war der einzige. Einige von uns haben sogar Namen aufgeschrieben. Ist dadurch nicht auch Katsikaros festgenommen worden? Weißt du noch?"

Und ob ich noch wußte! Das bewegte mich auch dazu, noch eher wegzugehen.

„Halt, Mensch", rief er, „ich will dich wiedersehen, laß uns nicht den Kontakt verlieren. Halt, ich habe noch mehr Informationen."

Ich antwortete nicht. Ich hatte es eilig. Ich wollte weg, wollte Neuigkeiten von Luis erfahren. Ich schnappte mir das erste Taxi, daß mir vor die Nase kam und fuhr schnurstracks nach Perama zu seiner Baracke.

Die Situation war genau so, wie Drakopulos sie mir beschrieben hatte. Tatsächlich saß der Zöllner auf dem Kaiserthron. Er hatte ihn etwas schräg gestellt, so daß er an die Wand lehnte. Er sah mich nicht einmal an, um mich zu inspizieren.

„Tausend", sagte er.

Ich gab ihm zweitausend und ging auf die Tür zu.

Als er sah, daß es zweitausend waren, stand er auf und öffnete mir die Tür. Er verbeugte sich sogar. Er erkannte mich nicht. Litsa erkannte mich auch nicht. Sie hielt mich für einen ganz normalen Freier. Sie hatte noch immer eine Spur ihrer früheren Ausstrahlung.

Sie führte mich in das Schlafzimmer mit den roten Gardinen. Nichts hatte sich seit meinem ersten Besuch damals verändert. Die Stehlampe, das Parfüm, alles wie gehabt, alles in rot. Nur etwas abgenutzter, ausgeblichener, dreckiger. Sie trug unter ihrem Morgenrock ein kurzes rosa Unterkleid. Sie wirkte nicht wie vierzig. Anscheinend war sie noch sehr jung, als Luis sie geheiratet hatte. Sie war immer noch hübsch, begehrenswert, wie damals, als ich sie zum ersten Mal gesehen hatte. Weil sie sah, wie ich zögerte, fragte sie mich, ob wir uns nicht hinlegen wollten.

„Nein, ich möchte lieber mit dir sprechen", antwortete ich.

Sie wunderte sich, aber sie fragte nicht nach.

Ich weiß nicht, ob Luis je all das zu lesen bekommen wird, was ich dir hier erzähle, doch bin ich mir sicher, daß er mich einen Unverbesserlichen schimpfen wird, weil ich nun endlich mal die Gelegenheit hatte, etwas Böses zu tun, nämlich mit der Frau meines Freundes zu schlafen und es nicht getan habe.

Ich begann ein Gespräch mit ihr. Ich sagte ihr, daß ich Luis kannte, ich fragte sie, ob sie Neuigkeiten von ihm habe, ob sie wisse, wo er sei. Sie wußte es nicht.

„Ist er wegen Fani weggegangen", fragte ich, „nach ihrem Selbstmord, wegen des Geldes, das verloren gegangen ist? Hat er es nicht ausgehalten? Warum ist er weggegangen?"

„Ich weiß es nicht, kann sein. Auf jeden Fall ist er weggegangen, bevor irgend jemand etwas erfahren hatte. Auch ich wußte von nichts. Der Zöllner rief nur ständig, er solle das Geld zurückbringen, er solle es herbringen, und eines Tages, während eines Gespräches, sehe ich auf einmal, wie er einen halb kaputten Koffer nahm, ihn mit allem, was er vor der Nase hatte, vollstopfte. ‚Was tust du da nur wieder, Manolis, Schatz, wo willst du hin?' fragte ich ihn. ‚Ich gehe weg', sagte er. Und dann ist er gegangen. ‚Halt!' rief ich, ‚halt!' Doch er ging fort. Das ist alles. Ich habe ihn nicht wiedergesehen. Sein Vater schlief. Er hat sich nicht von ihm verabschiedet. „Ich komme wieder", sagte er und ging. Einige haben mir erzählt, daß er mit der Frau seines Bruders abgehauen ist, andere, daß er mit einer Dichterin zusammenlebt, wieder andere ... Dann habe ich erfahren, daß der Franzose ihm das Geld unterschlagen und die Idee mit den Fliegenklatschen geklaut hat. Später. Ach ja, einmal habe ich eine Postkarte mit Meer darauf von ihm erhalten, ohne Namen, nur Meer. Der Stempel war verwischt, man konnte nicht erkennen, von wo er sie abgeschickt hat. Sie muß von ihm gekommen sein. Warten Sie einen Moment, damit ich sie Ihnen hole, damit Sie sie sehen können."

Sie brachte sie mir. Als ich sie ansah, mußte ich an Ajisilaos denken, der auch immer nur Postkarten schrieb. Als ob ich es hörte: „Mach schon, Manolopulos, bring es zu Ende, versuch nicht, alles zu sagen, man kann gar nicht alles sagen, du weißt auch gar nicht alles. Ob du willst oder nicht, es wird das Ende des Lebens sein, das wird es sein, werde fertig."

Ajisilaos hatte recht. Ein Buch, sein Ende, ist wie das Ende eines Lebens. Punkt und Schluß. Ich habe dich genug gelangweilt.

Jedenfalls habe ich dir soviel erzählt und ich weiß immer noch nicht warum, und ob ich es für dich oder für mich erzählt habe. So viele Stunden sind vergangen und ehrlich gesagt weiß ich immer noch nicht, wem ich das erzählt habe.

Vielleicht habe ich dir all das berichtet, was ich erlebt habe, und auch noch so durcheinander und ungeordnet, aus dem einzigen Grund, damit sie für mich eine andere Wichtigkeit gewinnen, einen anderen Sinn, aber auch, damit du dir aus einer gewissen Distanz heraus ein Bild von uns machen und die Dinge mit größerer Einsicht und weniger Gefühl beurteilen kannst, so als ob wir nicht daran beteiligt wären, weder du, der du es tatsächlich nicht bist, noch ich, der ich es bin.

Und nun, ob ich will oder nicht, wirst du mein Richter, und das wünsche ich mir auch nun, da die Lügen und mit ihnen eine ganze Epoche vorüber sind, auch wenn ich eigentlich der Meinung bin, daß nichts vorüber ist und nichts neu beginnt. In Wirklichkeit findet alles wieder seinen Weg, alles gleicht sich irgendwann aus, in uns und um uns herum, bei Menschen und Dingen. Sie verwandeln sich und gleichen sich aus. Sie gleichen sich aus und beruhigen sich. Wie das Meer. Deshalb liebte Luis es auch so.

„Du wirst es nie erstarrt sehen, Vetter. Doch es kommt zur Ruhe!" sagte er jedes Mal, wenn wir unseren Ouzo in der Ouzerie von Herrn Lambros in Chatzikyriakio tranken, während wir von oben auf das Meer schauten, wie es sich am Horizont kräuselte!

ANMERKUNGEN

[1] Evrotas, ngr. Iri, Hauptfluß der Peloponnes. Landschaft Lakonien

[2] Vergleichbar der Vorstellung, die wir haben, wenn wir „Geranien" hören

[3] Briki: Gefäß, das zum Kochen des griechischen Kaffees verwendet wird

[4] Körpergröße hier gemeint als Zeichen für Attraktivität

[5] Als Kommunist gebrandmarkt

[6] Verfolgung, Schikane etc.

[7] Kostis Palamas (1859-1943): Symbolistischer Lyriker, Hauptvertreter der Generation von 1880 und der Volkssprache

[8] Petros Pikros (1900-1953): Wenig bekannter Schriftsteller der darauf folgenden Generation

[9] Griechischer Bürgerkrieg (1944–1945, 1946–1949), dem ca. 158.000 Menschen zum Opfer fielen

[10] Politisch links stehende Bürger wurden je nach Werdegang in Kategorien eingestuft, von denen die dritte Kategorie die „schlimmste" war

[11] Rembetiko–Lied

[12] Gewichtseinheit; einer Oka entsprechen 1282 Gramm; hier als Maßeinheit für Wein gemeint

[13] Lied der kommunistischen Rebellen im Bürgerkrieg

[14] Verse von Solomos (1798–1857), Dichter der Nationalhymne; mit „vergangenen Herrlichkeiten" ist die ruhmreiche Vergangenheit zur Zeit des byzantinischen Reiches und der Antike gemeint

[15] Militärisches Grundausbildungslager

[16] Rechter Politiker, im zweiten Weltkrieg führend in der griechischen Widerstandsbewegung, 1946/47 Ministerpräsident, 1947–50 stellvertretender Ministerpräsident

[17] Politische Gruppierungen, die vom Staat geduldet waren

[18] Wasserwerke

[19] Nationale Befreiungsfront, im August 1941 von Kommunisten und anderen linken Gruppierungen gegründete Widerstandsorganisation

[20] Alexandros Papagos (1885–1955), Sieger über die Italiener in Albanien während des zweiten Weltkriegs, Befehlshaber der Regierungskräfte von 1946–49 während des Bürgerkriegs, Wahlsieger am 16.11.1952, unterstützt von Vertretern der Rechten und des Zentrums

[21] Bei den Spartanern hieß es vor einem Kampf, daß sie entweder lebend als Sieger oder tot als Besiegte wiederkämen. Eine Möglichkeit dazwischen gibt es nicht

[22] Orientalische Haremsdamen

[23] „Er wurde Luis" = Redensart. Spyros Luis ist der Name eines Athleten, der 1896 bei den ersten Olympischen Spielen in Athen im Marathonlauf gesiegt hatte und für seine außergewöhnliche Rekordzeit bekannt war

[24] Gemeint ist Konstantinos Palaiologos, der letzte Kaiser von Byzanz, der der Sage nach bei der Eroberung Konstantinopels durch die Türken versteinerte

[25] Bekannter Komponist und Sänger von Rembetikoliedern

[28] Grigoris Lambrakis, Abgeordneter der EDA–Partei (Vereinigte Demokratische Linke), der auch die Anhänger der verbotenen KKE (Kommunistische Partei Griechenlands) angehörten. Lambrakis wurde im Mai 1963 in Thessaloniki „überfahren"

[29] Hochzeitsreigen, der von Brautpaar, Pfarrer und Trauzeugen in der Kirche „getanzt" wird

[30] Neunköpfige Wasserschlange aus der griechischen Mythologie, Landplage, überfiel Mensch und Tier. Für jeden abgeschlagenen Kopf wuchsen ihr zwei neue Köpfe nach

[31] Eine von Metaxas gegründete nationalistische Jugendorganisation

[32] Ioannis Metaxas (1871-1941), General, Politiker und autoritär regierender Ministerpräsident ab dem 4. August 1936

[33] Kommunistische Partei Griechenlands

[34] Vornehmes Viertel in Athen

[35] Getränke werden in Griechenland nie ohne Häppchen, Nüsse etc. serviert

[36] Jugendorganisation der kommunistischen Partei Griechenlands

[37] Minister der Inneren Sicherheit unter Metaxas

[38] Sofia Vembo, Sängerin, deren Hauptschaffensperiode in den Jahren 1930 bis 1960 war

[39] Propagandasender der Linken, der aus einem benachbarten Ostblockland sendete

[40] Eine der Verbannungsinseln

[41] Partisanenheer

[42] Georgios Kondylis (1878-1936), setzte 1935 durch einen Putsch Tsaldaris ab und ernannte sich selbst zum „Vizekönig", verfolgte Andersdenkende, besonders Kommunisten

[43] Die bekannteste der Verbannungsinseln

[44] Alfamitis Λ+M = Λstynomia Monados = Polizeieinheit im Heer

[45] Nikolaos Plastiras (1884–1953), Politiker und General, seit 1922 einer der republikanischen Führer, 1933–1944 im Exil, 1944–45 und 1950–52 Ministerpräsident

[46] Einige Kommunisten gingen nach Varkisa und in den Libanon und unterschrieben einen Vertrag, der besagte, daß die Demokratische Armee ihre Waffen niederlegt. Dafür wurde ihnen Amnestie versprochen, doch waren alle in der dritten Kategorie d.h. sie bekamen keine Arbeit etc.

[47] Konstantinos Karamanlis, von 1955 bis 1963 Ministerpräsident

[48] Traditionelle Volkslieder, in denen die Klarinette das charakteristische Instrument ist

[49] Manolis Chiotis, griechischer Rembetikosänger, sang hauptsächlich in den fünfziger und sechziger Jahren, und gilt als der Erfinder des schnellen, virtuosen Busukispiels

[50] Aris Veluchiotis: (alias Thanassis Klaras) 1905-1945, Kämpfer und Anführer (= Kapetanios) der ELAS, der kommunistischen Widerstandsarmee im während des 2. Weltkriegs von den Deutschen besetzten Griechenland (1941-44). Nach dem Vertrag von Varkisa 1945 scheint er Selbstmord begangen zu haben, da er zusammen mit einer kleinen Gruppe von Gleichgesinnten von den Nationalgardisten eingekreist worden war. Danach wurde sein Kopf auf einen Stock gespießt und auf dem zentralen Marktplatz von Trikala zur Schau gestellt.
Tzavellas: Vertrauter von Veluchiotis, den dasselbe Schicksal ereilte.

[51] Bekannter Schlager aus den ´50er Jahren.

[52] Eines der sieben Mysterien der Griechisch-Orthodoxen Kirche, nach welchem der Priester mit geweihtem Öl die Gläubigen segnet und um göttliche Gnade für sie bittet.

[53] Die Militärdiktatur von 1967 - 1974.

[54] U.N.R.R.A. = United Nation Relief and Rehabilitation Administration.

[55] Herausgeber einer regimetreuen Zeitung.

[56] Nach Herodot soll diesen Spruch Solon zum letzten König von Lydien Kroisos, gesagt haben, als der zu seinem Reichtum beglückwünscht werden wollte. Als Kroisos später sein Reich verlor und gefangen genommen wurde, erinnerte er sich der Worte Solons

[57] Viertel in Athen, wo sich 1949 das Nationale und das Demokratische Heer Griechenlands eine Schlacht geliefert hatten.

[58] Im Originaltext wird Luis von Julia mal gesietzt und mal geduzt. Dies wurde in der Übersetzung beibehalten

[59] Zeitgenössischer griechische Maler.

[60] Laios: Mythischer König von Theben, Vater des Ödipus. Wurde von Sohneshand erschlagen.

[61] Nordöstlichster, abgelegener Bezirk von Griechenland, an der Grenze zur Türkei, wohin keiner gern versetzt wird

[62] Theodoros Kolokotronis (1770-1843), griechischer Freiheitskämpfer, Held zahlreicher griechischer Volkslieder

BIOGRAPHISCHES

Kostas Murselas wurde 1931 in Piräus geboren. Nach dem Schulabschluß und einem Jahr Jurastudium wurde er 1951 als führendes Mitglied der EPON, der Jugendorganisation der KPG, festgenommen und vor ein außerordentliches Militärgericht gestellt (Affäre Belojannis). Danach setzte er sein Jurastudium fort, ließ aber, bevor er die Anwaltslizenz erhielt, das Anwaltsmetier hinter sich und ging in den Staatsdienst. Er arbeitete als Beamter, bis ihn die Militärjunta (1967-74) 1969 entließ.

Sein jahrelanges leidenschaftliches Geigenstudium gab er auf, als ihn das Theater anzuziehen begann und er sich nun vollkommen – auch beruflich – dem Schreiben widmete: Theaterstücke, Fernsehdrehbücher, Zeitungsartikel, Essays und schließlich auch Prosa. Werke von ihm wurden von Ensembles des *Freien Theaters*, des *Griechischen Nationaltheaters*, des *Theaters der Kunst* (Karolos Koun), des *Staatstheaters Nordgriechenland* und von Volkstheatern aufgeführt.

Sein in Griechenland 1963 uraufgeführtes Stück „Menschen und Pferde" wurde 1965 auch in Paris gespielt und 1971 in Nizza. Sein

Stück „Der Siebte“ wurde in eine Anthologie europäischer Theaterschriftsteller zusammen mit Beckett, Mrozek, De Filippo u.a. aufgenommen. Weitere Werke: „Irrenanstalt: die Welt“, „Gefährliche Last“, „Die Spieler“, „Das Abendmahl“, „Das Ohr des Alexandros“, „Ach was für eine Welt ist das, Papa“, „Aquarium“. „Die Dame trägt keine Trauer“ wurde erstmals vom Experimentiertheater Piräus gespielt und für das Britische Fernsehen ins Englische übersetzt. In Deutschland erfreute sich dieser Einakter, 1983 in der „Comedia Colonia“, Köln, aufgeführt, großer Beliebtheit und war als Gastspiel in Berlin (1983) und Brühl bei Köln (1984) zu sehen.

.... Bei dieser Gelegenheit (und unabhängig davon, ob es dir das Buch gefallen hat oder nicht) möchte ich Dir für alle schönen Momente, die wir in diesem Jahr zusammen erlebt haben, danken und hoffen, daß es auch in Zukunft so bleibt (und besser sogar wird!

Oops ... und nicht vergessen ...

DU BIST MEIN KÜSSI-BABY!

Filakia polla,

Thanos

Berlin, den 22.11.1999